大家小书

从文小说习作选

沈从文 著

北京出版集团
北京出版社

图书在版编目（CIP）数据

从文小说习作选 / 沈从文著. — 北京：北京出版社，2022.4
（大家小书）
ISBN 978-7-200-16423-7

Ⅰ. ①从… Ⅱ. ①沈… Ⅲ. ①小说集—中国—现代②散文集—中国—现代 Ⅳ. ①I216.2

中国版本图书馆 CIP 数据核字（2021）第 065777 号

总策划：	安　东　高立志
项目统筹：	吴剑文
责任编辑：	王忠波　吴剑文
责任印制：	陈冬梅　燕雨萌
装帧设计：	人马艺术设计·储平

· 大家小书 ·

从文小说习作选

CONGWEN XIAOSHUO XIZUO XUAN

沈从文　著

出　版	北京出版集团 北京出版社
地　址	北京北三环中路 6 号
邮　编	100120
网　址	www.bph.com.cn
总 发 行	北京出版集团
印　刷	北京华联印刷有限公司
经　销	新华书店
开　本	880 毫米 ×1230 毫米　1/32
印　张	22.25
字　数	390 千字
版　次	2022 年 4 月第 1 版
印　次	2022 年 4 月第 1 次印刷
书　号	ISBN 978-7-200-16423-7
定　价	88.00 元

如有印装质量问题，由本社负责调换
质量监督电话　010-58572393

目次

习作选集代序 _1

短篇选

三三 _3

柏子 _37

丈夫 _46

夫妇 _69

阿金 _82

会明 _89

黑夜 _104

泥涂 _117

灯 _156

若墨医生 _183

春 _207

龙朱 _223

八骏图 _248

腐烂 _281

月下小景

题记 _303

月下小景 _306

寻觅 _323

女人 _340

扇陀 _348

爱欲 _375

猎人故事 _402

一个农夫的故事 _419

医生 _438

慷慨的王子 _447

神巫之爱

第一天的事 _483

晚上的事 _ 495

第二天的事 _ 509

第二天晚上的事 _ 523

第三天的事 _ 535

第三天晚上的事 _ 548

从文自传

我所生长的地方 _ 557

我的家庭 _ 562

我读一本小书同时又读一本大书 _ 565

辛亥革命的一课 _ 580

我上许多课仍然不放下那一本大书 _ 588

预备兵的技术班 _ 602

一个老战兵 _ 608

辰州 _ 614

清乡所见 _ 621

怀化镇 _ 625

姓文的秘书 _ 634

女难 _ 639

常德 _ 649

船上 _655

保靖 _660

一个大王 _668

学历史的地方 _682

一个转机 _688

习作选集代序

先生，真亏你们的耐心和宽容，许我在这十年中一本书接一本书印出来。花费金钱是小事，花费你们许多宝贵的时间，我心里真难受，我们未必全有机会见面或通信，但我知道你我相互之间无形中早已有了一种友谊流通。我尊重这种友谊。不过我虽然写了许多东西，我猜想你们从这儿得不到什么好处。你们目前所需要的或者我竟完全没有。过去一时有个书评家称呼我为"空虚的作家"，实代表了你们一部分人的意见。那称呼很有见识。活在这个大时代里，个人实在太渺小了。我知道的并不比任何人多。对于广泛人生的种种，能用笔写到的只是很窄很小一部分。我表示的人生态度，你们从另外一个立场上看来觉得不对，那也是很自然的。倘若我作品不合你们的趣味，事不足奇，原因是我的写作还只算是给我自己终生工作一种初步的试验。你们欢喜什么，了解什么，切盼什么，我一时尚注意不到。我虽明白人应在人群中生存，吸收一切人的气息，必贴近人生，方能扩大他的心灵同人格。我很明白！至于临到执笔写作那一刻，可不同了。我除了用文字捕捉感觉与事象以外，俨然与外界绝缘，不相粘附。我以为应当如此，必需如此。一切作品都需要个性，都必需浸透作者人格和感情，想达到这个目的，写作时要独断，要彻底地独断！（文学在这时代虽不免被当作商品之一种，便是商品，也有精粗，且即在同一物品上，制作者还可匠心独运，不落窠臼，社会上流行的风格，流行的款式，尽可置之不问。）先生，不瞒你，我就在这样态度下写作了十年。十年不是一个短短的时间，你只看看同时代多少人的反复"转变"和"没落"就可明白。我总以为这个工作比较一切事业还艰辛，需要日子从各方面去试验，作品失败了，不足丧气，不妨重来一次；成功了，也许近于凑巧，不妨再换个方式看看。不特读者如何不能引起我的注意，便是任何一种批评和意见，目前似乎也都不需要。如果这件事你们把它叫作"傲慢"，就那么称呼下去好了，我不想分辩。我只觉得我至少还应当保留这种孤立态度十年，方能够把那个充满了我也更贴近人生的作品和你们对面。目前我的工作还刚好开始，若不中途倒下，我能走的路还很远。

这世界上或有想在沙基或水面上建造崇楼杰阁的人，那可不是我。我只想造希腊小庙。选山地作基础，用坚硬石头堆砌它。精致，结实，匀称，形体虽小而不纤巧，是我理想的建筑。这神庙供奉的是"人性"。作成了，你们也许嫌它式样太旧了，形体太小了，不妨事。我已说过，那原本不是特别为你们中某某人作的。它或许目前不值得注意，将来更无希望引人注意；或许比你们寿命长一点，受得住风雨寒暑，受得住冷落，幸而存在，后来人还须要它。这我全不管。我不过要那么作，存心那么作罢了。在作品上我使用"习作"字样，不图掩饰作品的失败，得到读者的宽容，只在说明我取材下笔不拘常例的理由。

先生，关于写作我还想另外说几句话。我和你虽然共同住在一个都市里，有时居然还有机会同在一节火车上旅行，一张桌子上吃饭，可是说真话，你我原是两路人。提到这一点你不用误会，不必难受，我并没有看轻你的意思。你不妨想像为人比我高超一等，好书读得比较多，人生知识比较丰富，道德品性比较齐全，——总而言之一切请便。只是我们应当分开。有一段很长很长的时期，你我过的日子太不相同了。你我的生活，习惯，思想，都太不相同了。我实在是个乡下人，说乡下人我毫无骄傲，也不在自贬，乡下人照例有根深蒂固永远是乡巴老的性情，爱憎和哀乐自有它独特的式样，与城市中人截然不同！他保守，顽固，爱土地，也不缺少机警却不甚懂诡诈。他对一切事照例十分认真，似乎太认真了，这认真处某一时就不免成为"傻头傻脑"。这乡下人又因为从小飘江湖,各处奔跑,挨饿,受寒,身体发育受了障碍,另外却发育了想像,而且储蓄了一点点人生经验。即或这个人已经来到大都市中,同你们做学生的——我敢说你们大多数是青年学生——生活在一处,过了十来年日子。也各以因缘多少读了一点你们所读的书,某一时且居然到学校里去教书。也每天照例阅读报纸,对时事发生愤慨,对汉奸感觉切齿。也常常同朋友争论,题目不外乎中国民族的出路,外交联俄亲日的得失,以至于某一本书的好坏,某一个作品的好坏,也有时伤风,必需吃三五片发汗药,躺一两天,机会凑巧等到对于一个女子发生爱情时,也还得昏脑昏头的恋爱,抛下日常正当事务不作,无日无夜写那种永远写不完同时也永远写不妥的信,而且结果就结了婚。自然的,表面生活我们已经差不多完全一样了。可是试提出一两个抽象的名词说说,即如"道德"或"爱情"吧,分别就见出来了。我既仿佛命里注定要拿一枝笔弄饭吃,这枝笔又侧重在写小说,写小说又不可免得在故事里对于"道德","爱情",以及"人生"这类名词有所表示,这件事就显然划分了你我的界限。请你试从我的作品里找出两个短篇对照看看,从《柏子》同《八骏图》看看,就可明白对于道德的态度,城市与乡村的好恶,知识分子与抹布阶级的爱憎,一个乡下人之所以为乡下人,如何显明具体反映在作品里。这不过是一个小小例子罢了,你细心,应当发现比我说到的更多。有许多事情可以说是我的弱点，但你也应当知道我这个弱点。

我这种乡下人的气质倘若得到你的承认，你就会明白我的作品目前与多数读者对面时如何失败的理由了，即或有一两个作品给你们留下点好印象，那仍然不能不说是失败。我作品能够在市场上流行，实际上近于买椟还珠，你们能欣赏我故事的清新，照例那作品背后蕴藏的热情却忽略了，你们能欣赏我文字的朴实，照例那作品背后隐伏的悲痛也忽略了。原因简单，你们是城市中人。城市中人生活太匆忙，太杂乱，耳朵眼睛接触声音光色过分疲劳，加之多睡眠不足，营养不足，虽俨然事事神经异常尖锐敏感，其实除了色欲意识以外，别的感觉官能都有点麻木不仁。这并非你们的过失，只是你们的不幸，造成你们不幸的是这一个现代社会。就文学欣赏而言，却又有过多的理论家和批评家，弄得你们头目晕眩。两年前，我常见有人在报章杂志上写论文和杂感，针对着"民族文学"问题"农民"文学问题，而有所讨论。讨论不完，补充辱骂。我当时想：这些人既然知识都丰富异常，引经据典头头是道，立场又各不相同，一时必不会有如何结论。即或有了结论，派谁来证实，谁又能证实？我这乡下人正闲着，不妨试来写一个小说看看罢。因此《边城》问了世。这作品原本近于一个小房子的设计，用少料，占地少，希望他既经济而又不缺少空气和阳光。我要表现的本是一种"人生的形式",一种"优美,健康,自然,而又不悖乎人性的人生形式"。我主意不在领导读者去桃源旅行,却想借重桃源上行七百里路酉水流域一个小城小市中几个愚夫俗子,被一件人事牵连在一处时,各人应有的一分哀乐,为人类"爱"字作一度恰如其分的说明。文字少,故事又简单,批评他也方便,只看他表现得对不对,合理不合理;若处置题材表现人物一切都无问题,那么,这种世界虽消灭了,自然还能够生存在我那故事中。这种世界即或根本没有,也无碍于故事的真实。这作品从一般读者印象上找答案,我知道没有人把他看成载道作品,也没有人觉得还是民族文学,也没有人认为是农民文学。我本来就只求效果,不问名义;效果得到,我的事就完了。不过这本书一到了批评家手中,就有了花样。一个说"这是过去的世界,不是我们的世界,我们不要"。一个却说"这作品没有思想,我们不要"。很凑巧,恰好这两个批评家一个属于民族文学派,一个属于对立那一派。这些批评我一点儿也不吃惊。虽说不要,然而究竟来了,烧不掉的,也批评不倒的。原来他们要的他们自己也没有,我写出的又不是他们预定的形式,真无办法,我别无意见可说,只觉得中国倘若没有这些说教者,先生,你接近我这个作品,也许可以得到一点东西,不拘是什么;或一点忧愁,一点快乐,一点烦恼和惆怅,多少总得到一点点。你倘若毫无成见，还可慢慢的接触作品中人物的情绪，也接触到作者的情绪，那不会使你堕落的！只是可惜你们大多数即不被批评家把眼睛蒙住，另一时却早被理论家把兴味凝固了。你们多知道要作品有"思想"，有"血"，有"泪"；且要求一个作品具体表现这些东西到故事发展上，人物言语上，甚至于一本书的封面上，目录上。你们要的事多容易办！可是我不能给你们这个。我存心放弃你们，在那书的序言上就写得清清楚楚。我的作品没有这样也没有那样。你们所要的"思想"，我本人就完全不懂你说的是什么意义。

提到这点，我感觉异常孤独。乡下人太少了。倘若多有两个乡下人，我们这个"文坛"会热闹一点罢。目前中国虽也有血管里流着农民的血的作者，为了"成功"，却多数在体会你们的兴味，阿谀你们的情趣，博取你们的注意。自愿作乡下人的实在太少了。

虽然如此，我还预备继续我这个工作，且永远不放下我一点狂妄的想像，以为在另外一时，你们少数的少数，会越过那条间隔城乡的深沟，从一个乡下人的作品中，发现一种燃烧的感情，对于人类智慧与美丽永远的倾心，康健诚实的赞颂，以及对愚蠢自私极端憎恶的感情。这种感情且居然能刺激你们，引起你们对人生向上的憧憬，对当前一切的怀疑。先生，这打算在目前近于一个乡下人的打算，是不是。然而到另外一时，我相信有这种事。

先生，时间太快，想起来令人惆怅。我的第一个十年的工作已快要结束了，现在从一堆习作里，选了这样二十个短篇，附入几个性质不同的作品，编成这个集子，算是我这个乡下人来到都市中十年一点纪念。这样一本厚厚的书能够和你们见面，需要出版者的勇气，同时还有几个人，特别值得记忆，我也想向你们提提：徐志摩先生，胡适之先生，林宰平先生，郁达夫先生，陈通伯先生，杨今甫先生，这十年来没有他们对我种种的帮助和鼓励，这集子里的作品不会产生，不会存在。尤其是徐志摩先生，没有他，我这时节也许照《自传》上说到的那两条路选了较方便的一条，不过北平市区里作巡警，就卧在什么人家的屋檐下，瘦了，僵了，而且早已腐烂了。你们看完了这本书，如果能够从这些作品里得到一点力量，或一点喜悦，把书掩上时，盼望对那不幸早死的诗人表示敬意和感谢，从他那儿我接了一个火，你得到的温暖原是他的。如果觉得完全失望了，不妨把我放在"作家"以外，给我一个机会，到另外一时，再来注意我的工作。十年日子在人事上不是个很短的时期，从人类历史说来却太短了。我们从事的工作，原来也可以看得很轻易，以为是制造饽饽食物必需现作现卖的，也可以看得比较严重，以为是种树造林必需相当时间的。我希望我的工作，在历史上能负一点儿责任，尽时间来陶冶，给他证明什么应消灭，什么宜存在。

短篇选

三

杨家碾坊在堡子外一里路的山嘴路旁。堡子位置在山湾里，溪水沿了山脚流过去，平平的流，到山嘴折湾处忽然转急，因此很早就有人利用它，在急流处筑了一座石头碾坊，这碾坊，不知从什么时候起，就叫杨家碾坊了。

从碾坊往上看，看到堡子里比屋连墙，嘉树成荫，正是十分兴旺的样子。往下看，夹溪有无数山田，如堆积蒸糕，因此种田人借用水力，用大竹扎了无数水车，用椿木做成横轴同撑柱，圆圆的如一面锣，大小不等竖立在水边。这一群水车，就同一群游手好闲人一样，成日成夜不知疲倦的咿咿呀呀唱着意义含糊的歌。

一个堡子里只有这样一座碾坊，所以凡是堡子里碾米的事都归这碾坊包办，成天有人轮流挑了仓谷来，把谷子倒进石槽里去后，抽去水闸的板，枧槽里水冲动了下面的暗轮，石磨盘带着动情的声音，即刻就转动起来了。于是主人一面谈说一件事情，一面清理簸箩筛子，到后头上包了一块白布，拿着一个长把的扫帚，追逐着磨盘，跟着打圈儿，扫除溢出槽外的谷米，再到后，谷子便成白米了。

到米碾好了，筛好了，把米糠挑走以后，主人全身是灰，常常如同一个滚入豆粉里的汤圆，然而这生活，是明明白白比堡子里许多人生活还从容，而为一堡子中人所羡慕的。

凡是到杨家碾坊碾过谷子的，皆知道杨家三三。妈妈十年前嫁给守碾坊的杨，三三五岁，爸爸就丢下碾坊同母女，什么话也不说死去了。爸爸死去后，母亲作了碾坊的主人，三三还是活在碾坊里，吃米饭同青菜小鱼鸡蛋过活子，生活毫无什么不同处。三三先是眼见爸爸成天全身是糠灰，到后爸爸不见了，妈妈又成天全身是糠灰，……于是三三在哭里笑里慢慢的长大了。

妈妈随着碾槽转，提着小小油瓶，为碾盘的木轴铁心上油，或者很兴奋的坐在屋角拉动架上的筛子时，三三总很安静的自己坐在另一角玩。热天坐到有风凉处吹风，用包谷秆子作小笼，冬天则伴同猫儿蹲在火桶里，剥灰煨栗子吃。或者有时候从碾米人手上得到一个芦管作成的唢呐，就学着打大傩的法师神气，屋前屋后吹着，半天还玩不厌倦。

这磨坊外屋上墙上爬满了青藤，绕屋全是葵花同枣树，疏疏树林里，常常有三三葱绿衣裳的飘忽。因为一个人在屋里玩厌了，就出来坐在废石槽上洒米头子给鸡吃，在这时，什么鸡欺侮了另一只鸡，三三就得赶逐那横蛮无理的鸡，直等到妈妈在屋后听到鸡声，代为讨情才止。

这磨坊上游有一潭，四面是大树覆荫，六月里阳光照不到水面。碾坊主人在这潭中养得有白鸭子，水里的鱼也比上下溪里特别多。照一切习惯，凡靠自己屋前的水，也算为自己财产的一份。水坝既然全为了碾坊而筑成的，一乡公约不许毒鱼下网，所以这小溪里鱼极多。遇不甚面熟的人来钓鱼，看潭边幽静，想蹲一会儿，三三见到了时，总向人说："不行，这鱼是我家潭里养的，你到下面去钓罢。"人若顽皮一点，听了这个话等于不听到，仍然拿着长长的杆子，搁到水面上去安闲的吸着烟管，望着这小姑娘发笑，使三三急了，三三便喊叫她的妈，高声的说："娘，娘，你瞧，有人不讲规矩钓我们的鱼，你来折断他的杆子，你快来！"娘自然是不会来干涉别人钓鱼的。

母亲就从没有照到女儿意思折断过谁的杆子，照例将说："三三，鱼多唻，让别人钓罢。鱼是会走路的，上面总爷家塘里的鱼，因为欢喜我们这里的水，都跑来了。"三三照例应当还记得夜间做梦，梦到大鱼从水里跃起来吃鸭子，听完这个话，也就没有什么可说了，只静静的看着，看这不讲规矩的人，钓了多少鱼去。她心里记着数目，回头还得告给妈妈。

有时因为鱼太大了一点，上了钓，拉得不合式，撅断了钓杆，三三可乐极了，仿佛娘不同自己一伙，鱼反而同自己是一伙了的神气，那时就应当轮到三三向钓鱼人咧着嘴发笑了。但三三却常常急忙跑回去，把这事告给母亲，母女两人同笑。

有时钓鱼的人是熟人，人家来钓鱼时，见到了三三，知道她的脾气，就照例不忘记问："三三，许我钓鱼罢。"三三便说："鱼是各处走动的，又不是我们养的，怎么不能钓。"

钓鱼的是熟人时，三三常常搬了小小木凳子，坐在旁边看鱼上钩，且告给这人，另一时谁个把钓杆撅断的故事。到后这熟人回磨坊时，把所得的大鱼分一些给三三家，三三看着母亲用刀破鱼，掏出白色的鱼脬来，就放在地下用脚去踹，发声如放一枚小爆仗，听来十分快乐。鱼洗好了，揉了些盐，三三就忙取麻线来把鱼穿好，挂到太阳下去晒。等待有客时，这些干鱼同辣子炒在一个碗里待客，母亲如想到折钓杆的话，将说："这是三三的鱼。"三三就笑，心想着："怎么不是三三的鱼？潭里鱼若不是归我照管，早被看牛小孩捉完了。"

三三如一般小孩，换几回新衣，过几回节，看几回狮子龙灯，就长大了，熟人都说看到三三是在糠灰里长大的。一个堡子里的人，都愿意得到这糠灰里长大的女孩子作媳妇，因为人人都知道这媳妇的装奁是一座石头作成的碾坊。照规矩十五岁的三三，要招郎上门也应当是时候了。但妈妈有了一点私心，记得一次签上的话语，不大相信媒人的话语，所以这磨坊还是只有母女二人，一时节不曾有谁添入。

三三大了，还是同小孩子一样，一切得傍着妈妈。母女两人把饭吃过后，在流水里洗了脸，眺望行将下沉的太阳，一个日子就打发走了。有时听到堡子里的锣鼓声音，或是什么人接亲，或是什么人做斋事，"娘，带我去看，"又像是命令又像是请求的说着，若无什么别的理由推辞时，娘总得答应同去。去一会儿，或停顿在什么人家喝一杯蜜茶，荷包里塞满了榛子胡桃，预备回家时，有月亮天什么也不用，就可以走回家，遇到夜色晦黑，燃了一把油柴：毕毕剥剥的响着爆着，什么也不必害怕。若到总爷家寨子里去玩时，总爷家还有长工打了灯笼火把送客，一直送到碾坊外边。只有这类事是顶有趣味的事，在雨里打灯笼走夜路，三三不能常常得到这机会，却常常梦到一人那么拿着小小红纸灯笼，在溪旁走着，好像只有鱼知道这会事。

当真说来，三三的事，鱼知道的比母亲应当还多一点，也是当然的。三三在母亲身旁，说的是母亲全听得懂的话，那些凡是母亲不明白的，差不多都在溪边说的。

溪边除了鸭子就只有那些水里的鱼，鸭子成天自己哈哈哈的叫个不休，那里还有耳朵听别人说话？

这个夏天，母女两人一吃了晚饭，不到日黄昏，总常常过堡子里一个人家去，陪一个行将远嫁的姑娘谈天，听一个从小寨来的人唱歌。有一天，照例又进堡子里去，却因为谈到绣花，使三三回碾坊来取样子，三三就一个人赶忙跑回碾坊来，快到屋边时，黄昏里望到溪边有两个人影子，有一个人到树下，拿着一枝杆子，好像要下钓的神气，三三心想这一定是来偷鱼的，照规矩喊着："不许钓鱼，这鱼是有主人的！"一面想走上前去看是什么人。

就听到一个人说："谁说溪里的鱼也有主人，难道溪里活水也可养鱼吗？"

另一人又说："这是碾坊里小姑娘说着玩的。"

那先一个人就笑了。

旋即又听到第二个人说："三三，三三，你来，你鱼都捉完了！"

三三听到人家取笑她，声音好像是熟人，心里十分不平！就冲过去，预备看是谁在此撒野，以便回头告给母亲。走过去时，才知道那第二回说话的人是总爷家管事先生，另外同一个从不见面的年青男人，那男人手里拿的原来只是一个拐杖，不是什么钓杆。那管事先生是一个堡子里知名人物，他认得三三，三三也认识他，所以当三三走近身时，就取笑说：

"三三，怎么鱼是你家养的？你家养了多少鱼呀！"

三三见是总爷家管事先生，什么话也不说了，只低下头笑。头虽低低的，却望到那个好像从城里来的人白裤白鞋，且听到那个男子说："女孩很聪明，很美，长得不坏。"管事的又说："这是我堡里美人。"两人这样说着，那男子就笑了。

到这时，她猜到男子是对她望着发笑！三三心想："你笑我干吗？"又想："你城里人只怕狗，见了狗也害怕，还笑人，真亏你不羞。"她好像这句话已说出了口，为那人听到了，故打量跑去。管事先生知道她要害羞跑了，便说："三三，你别走，我们是来看你碾坊的。你娘呢。"

"到堡子里听小寨人唱歌去了，是不是？"

"是的。"

"你怎么不欢喜听那个？"

"你怎么知道我不欢喜？"

管事先生笑着说："因为看你一个人回来，还以为你是听厌了那歌，担心这潭里鱼被人偷尽，所以……"

三三同管事先生说着，慢慢的把头抬起，望到那生人的脸目了，白白的脸好像在什么地方看到过，就估计莫非这人是唱戏的小生，忘了搽去脸上的粉，所以那么白……那男子见到三三不再怕人了，就问三三：

"这是你的家里吗？"

三三说："怎么不是我家里？"

因为这答话很有趣味，那男子就说：

"你不怕水冲去吗？"

"嗨，"三三抿着小小的美丽嘴唇，狠狠的望了这陌生男子一眼，心里想："狗来了，狗来了，你这人吓倒落到水里，水就会冲去你。"想着当真冲去的情形，一定很是好笑，就不理会这两个人笑着跑去了。

从碾坊取了花样子回向堡子走去的三三，在潭边再上游一点，望到那两个白色影子还在前面，不高兴又同这管事先生打麻烦，故跟到这两个人身后，慢慢的走着。听两个人说到城里什么人什么事情，听到说开河，听到说学务局要总爷办学校，因为这两人全都不知道有人在后面，所以自己觉得很有趣味。到后又听到管事先生提起碾坊，提起妈妈怎么人好，更极高兴。再到后，就听到那城里男人说：

"女孩子倒真俏皮，照你们乡下习惯，应当快放人了。"

那管事的先生笑着说："少爷欢喜，要总爷做红叶，可以去说说。不过这碾坊是应当由姑爷管业的。"

三三轻轻的呸了一口，停顿了一下，把两个指头紧紧的塞了耳朵。但仍然听到那两人的笑声，想知道那个由城里来好像唱小生的人还说些什么，故不久就仍然跟上前去了。

那小生说些什么可听不明白,就只听那个管事先生一人说话,那管事先生说:"少爷做了碾坊主人,别的不说,成天可有新鲜鸡蛋吃,也是很值得的!"话一说完,两人又笑了。

三三这次可再不能跟上去了,就坐在溪边的石头上,脸上发着烧,十分生气。心里想:"你要我嫁你,我偏不嫁你!我家里的鸡纵成天下二十个蛋,我也不会给你一个蛋吃。"坐了一会,凉凉的风吹脸上,水声淙淙使她记忆到先一时估计中那男子为狗吓倒跌在溪里的情形,可又快乐了,就望到溪里水深处,一人自言自语说:"你怎么这样不中用,管事的救你,你可以喊他救你!"

到宋家时,正听宋家婶子说到一件已经说了一会儿的事情,只听到宋家妇人说:

"……他们养病倒希奇,说是养病,日夜睡在廊下风里让风吹,……脸儿白得如闺女,见了人就笑,……谁说是总爷的亲戚,总爷见他那种恭敬样子,你还不见到。福音堂洋人还怕他,他要媳妇有多少!"

母亲就说:"那么他养什么病?"

"谁知道是什么病?横顺成天吃那些甜甜的药,在床上躺着,到城里是享福,到乡里也是享福。老庚说,害第三等的病,又说是痨病,说也说不清楚。谁清楚城里人那些病名字。依我想,城里人欢喜害病,所以病的名字也特别多,我们不能因害病耽搁事情,所以除打摆子就只发烧肚泻,别的名字的病,也就从不到乡下来了。"

另外一个妇人因为生过瘰疬,不大悦服宋家妇人武断的话,就说:"我不是城里人,可是也害城里人的病。"

"你舅妈是城里人!"

"舅妈管我什么事?"

"你文雅得像城里人,所以才生疡子!"

这样说着,大家全笑了。

母女两人回去时,在路上三三问母亲:"谁是白白脸庞的人?"母亲就照先前一时听人说过的话,告给三三,堡子里总爷家中,如何来了一位城里的病人,样子如何美,性情如何怪。一个乡下人,对于城中人膈膜的程度,在那些描写里是分明易见的,自然说得十分好笑。在平常某个时节,三三对于母亲在叙述中所加的批评与稍稍过分的形容,总觉得母亲说得极其俨然,十分有味,这时不知如何却不大相信这话了。

走了一会,三三忽问:

"娘,娘,你见到那个城里白脸人没有呢?"

妈妈说:"我怎么见到他?我这几天又不到总爷家里去。"

三三心想:"你不见到怎么说了那么半天。"

三三知道妈妈不见到的自己倒早见到了,把这件事秘密着,却十分高兴,以为只有自己明白这件事情,凡是说到城里人的都不甚可靠。

两人到潭边，三三又问：

"娘，你见到总爷家管事先生没有？"

若是娘说没有见过，反问她一句，那么，三三就预备把先前遇到总爷家那两个人的一切，都说给妈妈听了。但母亲这时正想到别一个问题，完全不关心到三三身上的事，所以三三把今天的事瞒着母亲，一个字不提。

第二天三三的母亲到堡子里去，在总爷家门前，碰到那个从城里来的白脸客人，同总爷的管事先生。那管事先生告她，说他们昨天曾到碾坊前散步，见到三三，又告给母亲说，这客人是从城里来养病的客人。到后就又告给那客人，说这个人就是碾坊的主人杨伯妈。那人说，真很同三小姐相像。那人又说三三长得很好，很聪敏，做母亲的真福气。说了一阵话，把这老妇人说快乐了，在心中展开了一个幻象，想到自己觉得有些近于糊涂的事情，忙匆匆的回到碾坊去，望到三三痴笑。

三三不知母亲为什么今天特别乐，就问母亲到了些什么地方，遇着了谁。

母亲想应当怎么说才好，想了许久才说：

"三三，昨天你见到谁？"

三三说："我见到谁？"

娘就笑了："三三你记记，晚上天黑时，你不见到两个人吗？"

三三以为是娘知道一切了，就忙说："人是有两个的，一个是总爷家管事的先生，一个是生人……怎么……"

"不怎么。我告你，那个生人就是城里来的少爷，今天我见到他们，他们说已经同你认识了，所以我们说了许多话。那少爷像个姑娘样子。"母亲说到这里时，想起一件事情好笑。

三三以为妈妈是在笑她，偏过头去看土地上灶马，不理母亲。

母亲说："他们问我要鸡蛋，你下半天送二十个去，好不好？"

三三听到说鸡蛋，打量昨天两个男人说的笑话都为母亲知道了，心里很不高兴，说道："谁去送他们鸡蛋，娘，娘，我说……他们是坏人！"

母亲奇怪极了，问："怎么是坏人？"

三三红了脸不愿答应，母亲说：

"三三，你说什么事？"

迟了许久，三三才说："他们背地里要找总爷做媒，把我嫁给那个白脸人。"

母亲听到这话什么也不说，笑了好一阵。到后看到三三要跑了，才拉着三三说："小报应，管事先生他们说笑话，这也生气吗？谁敢欺侮你？总爷是一堡子的主人，他会为你骂他们！……"

说到后来三三也被说笑了。

她到后来就告给娘城里人如何怕狗的话,母亲听到不作声,好久以后,才说:"三三,你真还像个小丫头,什么也不懂。"

第二天,妈妈要三三送鸡蛋到总爷家去,三三不说什么,只摇头,妈妈既然答应了人家,就只好亲自送去。母亲走后,三三一个人在碾坊里玩,玩厌了又到潭边去看白鸭,看了一会鸭子,等候母亲还不回来,心想莫非管事先生同妈妈吵了架,或者天热到路上发了痧?……心里老不自在回到碾坊里去。

但母亲可仍然回来了,回到碾坊一脸的笑,跨着脚如一个男子神气,坐到小凳上,告给三三如何见到那少爷,那少爷如何要她坐到那个用粗布做成的软椅子上去,摇着宕着像一个摇篮。又说到城里人说的三三如何不念书,城里女人是全念书。又说到……

三三正因为等了母亲大半天,十分不高兴,如今听母亲说到的话,莫明其妙,不愿意再听,所以不让母亲说完就走了。走到外边站在溪岸旁,望着清清的溪水,记起从前有人告诉她的话,说这水流下去,一直从山里流一百里,就流到城里了。她这时忖想……什么时候我一定也不让谁知道,就要流到城里去,一到城里就不回来了。但若果当真要流去时,她愿意那碾坊,那些鱼,那些鸭子,以及那一匹花猫,同她在一处流去。同时还有她很想母亲永远和她在一处,她才能够安安静静的睡觉。

母亲不见到三三了,站在碾坊门前喊着:

"三三,三三,天气热,你脸上晒出油了,不要远走,快回来!"

三三一面走回来一面就自己轻轻的说:"三三不回来了!"

下午天气较热,倦人极了,躺到屋角竹凉床上的三三,耳中听着远处水车陆续的懒懒的声音,迷着眼睛觑母亲头上的髻子,仿佛一个瘦人的脸。越看越活,蒙蒙眬眬便睡着了。

她还似乎看到母亲包了白帕子,拿着扫帚追赶碾盘,绕屋打着圈儿,就听到有人在外面说话,提到她的名字。

只听人说:"三三到什么地方去了,怎么不出来?"

她奇怪这声音很熟,又想不起是谁的声音,赶忙走出去,站在门边打望,才望到原来又是那个白脸的人,规规矩矩坐在那儿钓鱼,过细看了一下,却看到那个钓竿,是总爷家管事先生的烟杆。

拿一根烟杆钓鱼,倒是极新鲜的事情,但身旁似乎又已经得到了许多鱼,所以三三非常奇怪,正想走去告母亲,忽然管事先生也从那边来了。

好像又是那一天的那种情景,天上全是红霞,妈妈不在家,自己回来原是忘了把鸡关到笼子里,故跑回来捉鸡的。如今碰到这两个人,管事先生同那白脸城里人,都站立在那石墩子上,轻轻的商量一件事情,这两人声音很轻,三三却听得出是一件关于不利于己的行为。因为听到说这些话,又不能嗾人走开,又不能自己走开,三三就非常着急,觉得自己的脸上也像天上的霞一样。

那个管事先生装作正经人样子说:"我们来买鸡蛋的,要多少钱把多少钱。"

那个城里人,也像唱戏小生么把手一扬,就说:"你说错了,要多少金子把多少金子。"

三三因为人家用金子恐吓她,所以说:"可是我不卖给你,不想你的钱,你搬你家大块金子到场上去买罢。"

管事先生于是又说:"你不卖行吗,你舍不得鸡蛋为我做人情,你想想,妈妈以后写庚帖还少得了管事先生没有?"

那城里人于是又说:"向小气的人要什么鸡蛋,不如算了罢。"

三三生气似的大声说:"就算我小气也行,我把鸡蛋喂虾米,也不卖给人,因为我们不羡慕别人的金子宝贝。你同别人去说金子,恐吓别人罢。"

可是两个人还不走,三三心里就有点着急,很愿意来一只狗向两个人扑去,正那么打量着,忽然从家里就扑出来一条大狗,全身是白色,大声汪汪的吠着,从自己身边冲过去,即刻这两个恶人就落到水里去了。

于是溪里的水起了许多水花,起了许多大泡,管事先生露出一个光光的头在水面,那城里人则长长的头发,缠在贴近水面的柳树根上,情景十分有趣。

可是一会儿水面什么也没有了,原来那两个人在水里摸了许多鱼,全拿走了。

三三想去告给妈妈,一滑就跌下了。

刚才的事原来是做一个梦。母亲似乎是在灶房煮午饭,因为听到三三梦里说话,才赶出来的。见三三醒了,摇着她问,"三三,三三,你同谁吵闹。"

三三定了一会儿神,望妈妈笑着,什么也不说。

妈妈说:"起来看看,我今天为你焖芋头吃。你去照照镜子,脸睡得一片红!"虽然照到母亲说的,去照了镜子,还是一句话不说。人虽醒了还记到梦里一切的情景,到后来又想起母亲说的同谁吵闹的话,才反去问母亲,听到吵闹些什么话。妈妈自然是不注意这些的,所以说听不分明,三三也就不再问什么了。

直到吃饭时,妈妈还说到脸上睡得发红,所以三三就告给老人家先前做了些什么梦,母亲听来笑了半天。

第二次送鸡蛋去时,三三也去了,那时是下午,吃过饭后,两人进了总爷家的大院子。在东边偏院里看到城里来的那个客,正躺在廊下藤椅上,望到天上飞的鸽子。管事的不在家,三三认得那个男子,不大好意思上前去,就逗母亲过去,自己站在月门边等候。母亲上前去时节,三三又为出主意,要妈妈站在门边大声说,"送鸡蛋的来了,"好让他知道。母亲自然什么都照到三三主意作去，三三听到母亲说这句话，说到第三次，才被那个白白脸庞的少爷注意到，自己就又急又笑。

三三这时是站在月门外边的，从门罅里向里面窥看，只见到那白脸人站起身来，又坐下去，正像梦里那种样子，同时就听到这个人同母亲说话，说到天气同别的事情，妈妈一面说话一面尽掉过头来望到三三所在的一边，白脸人以为她就要走去了，便说：

"老太太，你坐坐，我同你说话很好。"

妈妈于是坐下了，可是同时那白脸城里人也注意到那一面门边有一个人等候了，"谁在那里，是不是你的小姑娘？"

看到情形不好，三三就想跑，可是一回头，却望到管事先生站在身后，不知已站了多久，打量逃走自然是难办到的，到后就被管事先生拉着牵进小院子来了。

听到那个人请自己坐下，听到那个人同母亲说那天在溪边见到自己的情形，三三眼望另一边，傍近母亲身旁，一句话不说。

坐了一会儿，出来了一个穿白袍戴白帽古怪装扮的女人，三三先还以为是男子，不敢细细的望，到后听到这女人说话，且看她站在城里人身旁，用一根小小管子塞进那白脸男子口里去，又抓了男子的手捏着，捏了好一会，拿一枝好像笔的东西，在一张纸上写了些什么记号，那少爷问"多少豆"，就听她回答说："同昨天一样。"

且因为另外一句话听到这个人笑,才晓得那是一个女人,这时似乎妈妈那一方面,也刚刚才明白这是一个女人,且听到说"多少豆",以为奇怪,所以两人互相望到都笑了。

看着这母女生疏疏的情形,那白袍子女人也觉得好笑,就不即走开。

那白脸城里人说:"周小姐,你到这地方来一个朋友也没有,就同这个小姑娘做个朋友罢。她家有个好碾坊,在那边溪头,有一个动人的水车,前面一点还有一个好堰堤,你同她做朋友,就可到那儿去玩,还可以钓些鱼回来。你同她去那边林子里玩玩罢,要这小姑娘告你那些花名草名。"

这周小姐就笑着过来,拖了三三的手,想带她走去,三三想不走,望到母亲,母亲却做样子努嘴要她去,不能不走。

可是到了那一边,两人即刻就熟了。那看护把关于乡下的一切,这样那样问了她许多,她一面答着,一面想问那女人一些事情,却找不出一句可问的话,只很希奇的望到那一顶白帽子发笑。

过后听到母亲在那边喊自己的名字,三三也不知道还应当同看护告别,还应当说些什么话,只说妈妈喊我回去,我要走了,就一个人忙忙的跑回母亲身边,同母亲走了。

母女两人回到路上走过了一个竹林，竹林里恰正当晚霞的返照，满竹林是金色的光。三三把一个空篮子戴在头上，扮作钓鱼翁的样子，同时想起总爷家养病服侍病人那个戴白帽子女人，就同妈妈说：

"娘，你看那个女人好不好？"

母亲说："那一个女人？"

三三好像以为这答复是母亲故意装作不明白的样子，故稍稍有点不高兴，向前走去了。

妈妈在后面说："三三，你说谁？"

三三就说："我说谁，我问你先前那个女子，你还问我！"

"我怎么知道你是说谁？你说那姑娘，脸庞红红白白的，是说她吗？"

三三才停着了脚，等着她的妈。且想起自己无道理处，悄悄的笑了。母亲赶上了三三，推着她的背，"三三，那姑娘长得体面，你说是不是？"

三三本来就觉得这人长得体面，听到妈妈先说，所以就故意说："体面什么？人高得像一条菜瓜，也算体面！"

"人家是读过书来的，你不看过她会写字吗？"

"娘，那你明天要她拜你做干妈罢。她读过书，娘你近来只欢喜读书的。"

"嗨，你瞧你！我说读书好，你就生气。可是……你难道不欢喜读书的吗？"

"男人读书还好，女人读书讨厌咧。"

"你以为她讨厌，那我们以后讨厌她得了。"

"不，干吗说'讨厌她得了'？你并不讨厌她！"

"那你一人讨厌她好了。"

"我也不讨厌她！"

"那是谁该讨厌她？三三，你说。"

"我说，谁也不该讨厌她。"

母亲想着这个话就笑，三三想着也笑了。

三三于是又匆匆的向前走去，因为黄昏太美了，三三不久又停顿在前面枫树下了，还要母亲也陪她坐一会，送那片云过去再走。母亲自然不会不答应的。两人坐在那石条子上，三三把头上的竹篮儿取下后，用手整理到头发，就又想起那个同男人一样短短头发的女人。母亲说："三三，你用围裙揩揩脸，脸上出汗了。"三三好像不听到妈妈的话，眺望另一方，她心中出奇，为什么有许多人的脸，白得像茶花。她不知不觉又把这个话同母亲说了，母亲就说，这就是他们称呼为城里人的理由，不必擦粉脸也总是很白的。

三三说："那不好看。"母亲也说："那自然不好看。"三三又说："宋家的黑子姑娘才真不好看。"母亲因为到底不明白三三意思所在，所以再不敢搀言，就只貌作留神的听着，让三三自己去作结论。

三三的结论就只是故意不同母亲意见一致，可是母亲若不说话时，自己就不须结论，也闭了口，不再作声了。

另外某一天，有人从大寨里挑谷子来碾坊的，挑谷子的男人走后，留下一个女人在旁边照料一切。这女人具一种欢喜说话的性格，且不久才从六十里外一个寨上吃喜酒回来，有一肚子的故事，同许多消息，得同一个人说话才舒服，所以就拿来与碾坊母女两人说。母亲因为自己有一个女儿，有些好奇的理由，专欢喜问人家到什么地方吃喜酒，看到些什么体面姑娘，看到些什么好嫁妆。她还明白，照例三三也愿意听这些故事。所以就向那个人，问了这样又问那样，要那人一五一十说出来。

三三听到这些话，却静静的坐在一旁，用耳朵听着，一句话不说，有时说的话那女人以为不是女孩子应当听的，声音较低时，三三就装作毫不注意的神气，用绳子结连环玩，实际上仍然听得清清楚楚。因为，听到些怪话，三三忍不住要笑了，却别过头去悄悄的笑，不让那个长舌妇人注意。

到后那两个老太太，自然而然就说到总爷家中的来客，且说及那个白袍白帽的女人了。那妇人说：她听说这白帽白袍女人，是用钱雇来的一个女人，雇来照料到那个少爷，好几两银子一天。但她却又以为这话不十分可靠，她以为这人一定就是城里人的少奶奶，或者小姨太太。

三三的妈妈意见却同那人的恰恰相反，她以为那白袍女人，决不是少奶奶。

那妇人就说："你怎么知道决不是少奶奶？"

三三的妈说："怎么会是少奶奶。"

那人说："你告我些道理。"

三三的妈说："自然有道理，可是我说不出。"

那人说："你又不看到，你怎么会知道。"

三三的妈说："我怎么不看到……"

两人争着不能解决，又都不能把理由说得完全一点，尤其是三三的母亲，又忘记说是听到过那少爷喊叫过周小姐的话，来用作证据，三三却记到许多话，只是不高兴同那个妇人去说，所以三三就用别种的方法打乱了两人不能说清楚的问题。三三说："娘，莫争这些事情，帮我洗头罢，我去热水。"

到后那妇人把米碾完挑走了，把水热好了的三三，坐在小凳上一面解散头发，一面带着抱怨神气向她娘说："娘，你真奇怪，欢喜同那老婆子说空话。"

"我说了些什么空话？"

"人家媳妇不媳妇管你什么事。"

…………

母亲想起什么事来了，抿着口痴了半天，轻轻的叹了一口气。

过几天，那个白帽白袍的女人，却同总爷家一个小女孩子到碾坊来玩了，玩了大半天，说了许多话，妈妈因为第一次有这么一个客人，所以走出走进，只想杀一只母鸡留客吃饭，但又不敢开口，所以十分为难。

三三则把客人带到溪下游一点有水车的地方去，玩了好一阵，在水边摘了许多金针花，回来时又取了钓竿，搬了凳子，到溪边去陪白帽子女人钓鱼。

溪里的鱼好像也知道凑趣。那女人一根钓竿，一会儿就得了四只大鲫鱼，使她十分欢喜。到后应当回去了，女人不肯拿鱼回去，母亲可不答应，一定要她拿去。并且因为白帽子女人说南瓜子好吃，就又另外取了一口袋的生瓜子，要同来的那个小女孩代为拿着。

再过几天那白脸人同总爷家管事先生，也来钓了一次鱼，又拿了许多礼物回去。

再过几天那病人却同女人在一块儿来了，来时送了一些用瓶子装的糖，还送了些别的东西，使主人不知如何措置手脚。因为不敢留这两个尊贵人吃饭，所以到两人临走时，三三母亲还捉了两只活鸡，一定要他们带回去。两人都说留到这里生蛋，用不着捉去，还不行，到后说等下一次来再杀鸡，那两只鸡才被开释放下了。

自从这两个客人到碾坊这次以后，碾坊里有点不同过去的样子，母女两人说话，提到"城里"的事情就渐渐多了。城里是什么样子，城里有些什么好处，两人本来全不知道。两人用总爷家的派头,同那个白脸男子白袍女人的神气,以及平常从乡下人听来的种种,作为想像的根据,摹拟到城里的一切景况,都以为城里是那么一种样子:一座极大的用石头垒就的城,这城里就有许多好房子,每一栋好房子里面住了一个老爷同一群少爷,每一个人家都有许多成天穿了花绸衣服的女人,装扮得同新娘子一样,坐在家中房里,什么事也不必作。每一个人家,房子里一定都有许多跟班同丫头,跟班的坐在大门前接客人的名片,丫头便为老爷剥莲心去燕窝的毛。城里一定有很多条大街,街上全是车马,城里有洋人,脚干直直的,就在这类大街上走来走去。城里还有大衙门,许多官如包龙图一样,威风凛凛,一天审案到夜,夜了还得点了灯审案。城里还有铺子,卖的是各样希奇古怪的东西。城里一定还有许多庙,庙里成天有人唱戏,成天也有人看戏,看戏的全是坐在一条板凳上,一面看戏一面剥黑瓜子。

自然这些情形都是实在的。这想像中的都市,像一个故事一样动人,保留在母女两人心上,却永远不使两人痛苦。她们在自己习惯中得到幸福,却又从幻想中得到快乐,所以若说过去的生活是很好的,那到后来可说是更好了。

但是,从另外一些记忆上,三三的妈妈却另外还想起了一些事情,因此有好几回同三三说话到城里时,却忽然又住了口不说下去。三三询问这是什么意思，母亲就笑着，仿佛意思就只是想笑一会儿，什么别的意思也没有。

三三可看得出母亲笑中有原因，但总没有方法知道这另外原因是件什么事情。或者是妈妈预备要搬进城里，或者是作梦到过城里，或者是因为三三长大了，背影子已像一个新娘子了，妈妈惊讶着，这些躲在老人家心上一角儿的事可多着呐。三三自己也常常发笑，且不让母亲知道那个理由，每次到溪边玩，听母亲喊"三三你回来罢"，三三一面走一面总轻轻的说："三三不回来了，三三永不回来了。"为什么说不回来，不回来又到些什么地方来落脚，三三不曾认真打量过。

有时候两人都说到前一晚上梦中去过的城里，看到大衙门大庙的情形，三三总以为母亲到的是一个城里，她自己所到又是一个城里。城里自然有许多，同寨子差不多一样，这个三三老早就想到了的。三三所到的城里一定比母亲所到的还远一点，因为母亲凡是梦到城里时，总以为同总爷家那堡子差不多，只不过大了一点，却并不很大。三三因为听到那白帽子女人说过，一个城里看护至少就有两百，所以她梦到的就是两百个白帽子人的城里！

妈妈每次进寨子送鸡蛋去，总说他们问三三，要三三去玩，三三却怪母亲不为她梳头。但有时头上辫子很好,却又说应当换干净衣服才去。一切都好了,三三却常常临时又忽然不愿意去了。母亲自然是不强着三三的,但有几次母亲有点不高兴了,三三先说不去,到后又去,去到那里,两人是都很快乐的。

人虽不去大寨,等待妈妈回来时,三三总很愿意听听说到那一面的事情。母亲一面说,一面注意三三的眼睛,这老人家懂得到三三心事。她自己以为十分懂得三三,所以有时话说得也稍多了一点,譬如关于白帽子女人,如何照料白脸男子那一类事,母亲说时总十分温柔,同时看三三的眼睛,也照样十分温柔,于是,这母亲,忽然又想到了远远的什么一件事,不再说下去,三三也想到了另外一件事,不必妈妈说话了,这母女二人就沉默了。

总爷家管事,有次过碾坊来了,来时三三已出到外边往下溪水车边采金针花去了。三三回碾坊时,望到母亲同那个管事先生商量什么似的在那里谈话,管事一见到三三,就笑着什么也不说。三三望望母亲的脸,从母亲脸上颜色,也看出像有些什么事,很有点凑巧。

那管事先生见到三三就说:"三三,我问你,怎么不到堡子里去玩,有人等你!"

三三望到自己手上那一把黄花,头也不抬说:"谁也不等我。"

管事先生说:"你的朋友等你。"

"没有人是我的朋友。"

"一定有人!"

"你说有就有罢。"

"你今年几岁,是不是属龙的?"

三三对这个谈话觉得有点古怪,就对妈妈看着,不即作答。

管事先生却说:"你不说我也知道,你妈妈还刚刚告我,四月十七,你看对不对?"

三三心想,四月十七五月十八你都管不着,我又不希罕你为我拜寿。但因为听说是妈妈告的,三三就奇怪,为什么母亲同别人谈这些话。她就对母亲把小小嘴唇扁了一下,怪着她不该同人说起这些,本来折的花应送给母亲,也不高兴了,就把花放在休息着的碾盘旁,跑出到溪边,拾石子打飘飘梭去了。

不到一会儿,听到母亲送那管事先生出来了,三三赶忙用背对着大路,装着眺望溪对岸那一边牛打架的样子,好让管事先生走去。管事先生见三三在水边,却停顿到路上,喊三姑娘,喊了好几声,三三还故意不理会,又才听到那管事先生笑着走了。

管事先生走后,母亲说:"三三,进屋里来,我同你说话。"三三还是装作不听到,并不回头,也不作答。因为她似乎听到那个管事先生,临走时还说,"三三你还得请我喝酒,"这喝酒意思,她是懂得到的,所以不知为什么，今天却十分不高兴这个人。同时因为这个人同母亲一定还说了许多话，所以这时对母亲也似乎不高兴了。

到了晚上，母亲因为见三三不大说话，与平时完全不同了，母亲说："三三，怎么，是不是生谁的气？"

三三口上轻轻的说："没有，"心里却想哭一会儿。

过两天，三三又似乎仍然同母亲讲和了，把一切事都忘掉了，可是再也不提到大寨里去玩，再也不提醒母亲送鸡蛋给人了，同时母亲那一面，似乎也因为了一件事情，不大同三三提到城里的什么，不说是应当送鸡蛋到大寨去了。

日子慢慢的过着，许多人家田堤的新稻，为了好的日头同恰当的雨水，长出的禾穗全垂了头。有些人家的新谷已上了仓，有些人家摘着早熟的禾线，舂出新米各处送人尝新了。

因为寨子里那家嫁女的好日子快到了，搭了信来接母女两人过去陪新娘子，母亲正新给三三缝了一件葱绿布围裙，故要三三去住两天。三三没有什么理由可以说不去，所以母女两人就带了些礼物到寨子里来了。到了那个嫁女的家里，因为一乡的风气，在女人未出阁以前，有展览妆奁的习惯，一寨子的女人皆可来看，所以就见到了那个白帽子的女人。她因为在乡下除了照料病人就无什么事情可作，所以一个月来在乡下就成天同乡下女人玩玩，如今随了别的女人来看嫁妆，所以就碰到了这母女两人。

一见面,这白帽子女人便用城里人的规矩,怪三三母亲,问为什么多久不到总爷家里来看他们,又问三三为什么忘了她,这母女两人自然什么也不好说,只按照到一个乡下人的方法,望到略显得黄瘦了的白帽子女人笑着。后来这白帽子的女人,就告给三三妈妈,说病人的病还不什么好,城里医生来了一次,以为秋天还要换换地方,预备八月里就回城去,再要到一个顶远的有海的地方养息。因为不久就要走了,所以她自己同病人,都很想念母女两人,同那个小小碾坊。

这白帽子女人又说:曾托过人带信要她们来玩的,不知为什么她们不来。又说她很想再来碾坊那小潭边钓鱼,可是又因为天气热了一点。

这白帽子女人,望到三三的新围裙,就说:

"三三,你这个围腰真美,妈妈自己作的是不是?"

三三却因为这女人一个月以来脸晒红多了,就望着这个人的红脸好笑。

母亲说:"我们乡下人,要什么讲究东西,只要穿得身上就好了。"因为母亲的话不大实在,三三就轻轻的接下去说,"可是改了三次。"

那白帽子女人听到这个话,向母女笑着:"老太太你真有福气,做你女儿的也真有福气。"

"这算福气吗?我们乡下人那里比得城里人好。"

因为有两个人正抬了一盒礼过去,三三追了过去想看看是什么时,白帽子女人望着三三的背影,"老太太,你三姑娘陪嫁的,一定比这家还多。"

母亲也望那一方说:"我们是穷人,姑娘嫁不出去的。"

这些话三三都听到,所以看完了那一抬礼,还不即过来。

说了一阵话,白帽子女人想邀母女两人到总爷家去看看病人,母亲看到三三有点不高兴,同时且想起是空手,乡下人照例又不好意思空手进人家大门,所以就答应过两天再去。

又过了几天,母女二人在碾坊,因为谈到新娘子敷水粉的事情,想起白帽子女人的脸,一到乡下后就晒红了许多的情形,且想起那天曾答应人家的话了,故妈妈问三三,什么时候高兴去寨子里总爷家看"城里人",三三先是说不高兴,到后又想了一下,去也不什么要紧,就答应母亲,不拘那一天去都行。既然不拘什么时候,那么,自然第二天就可以去了。

因为记起那白帽子女人说的话,很想来碾坊玩,所以三三要母亲早上同去,好就便邀客来,到了晚上再由三三送客回去。母亲则因为想到前次送那两只鸡,客答应了下次来吃,所以还预备早早的回来,好杀鸡款客。

一早上,母女两人就提了一篮鸡蛋,向大寨走去。

过桥，过竹林，过小小山坡，道旁露水还湿湿的，金铃子像敲钟一样，叮叮的从草里发出声音来，喜鹊喳喳的叫着从头上飞过去。母亲走在三三的后面，看到三三苗条如一根笋子，拿着棍儿一面走一面打道旁的草，记起从前总爷家管事先生问过她的话，不知道究竟是些什么意思。又想到几天以前，白帽子女人说及的话，就觉得这些从三三日益长大快要发生的事，不知还有许多。

她零零碎碎就记起一些属于别人的印象来了……一顶凤冠，用珠子穿好的，搁到谁的头上？二十抬贺礼，金锁金鱼，这是谁？……床上撒满了花，同百果莲子枣子，这是谁？……四个奶妈还说不合式，这是谁？……那三三是不是城里人？……

若不是滑了一下，向前一窜，这梦还不知如何放肆做下去。

因为听到妈妈口上连作呸呸，三三才回过头来："娘，你怎么，想些什么，差点儿把鸡蛋篮子也摔了。你想些什么？"

"我想我老了，不能进城去看世界了。"

"你难道欢喜城里吗？"

"你将来一定是要到城里去的！"

"怎么一定？我偏不上城里去！"

"那自然好极了。"

两人又走着，三三忽然又说："娘，娘，为什么你说我要到城里去?"

母亲忙说:"你不去城里,我也不去城里。城里天生是为城里人预备的,我们自然有我们的碾坊,不会离开。"

不到一会儿,就望到大寨那门楼了,总爷家在大寨南方,门前有许多大榆树和梧桐树,两人进了寨门向南走,快要走到时,就望到些榆树下面,有许多人站立,好像看热闹似的,其中还有一些人,忙手忙脚的搬移一些东西,看情形好像是总爷家发生了什么事情,或者来了远客,或者还有别的原因,所以母女两人也不什么出奇,仍然慢慢的走过去。三三一面走一面说:"莫非是衙门的官来了,娘,我在这里等你,你先过去看看罢。"妈妈随随便便答应着,心里觉得有点蹊跷,就把篮子放下要三三等着,自己赶上前去了。

这时恰巧有个妇人抱了自己孩子向北走,预备回家去,看到三三了,就问:"三三,怎么你这样早,有些什么事。"但同时却看到了三三篮里的鸡蛋了,"三三,你送谁的礼呢?"

三三说:"随便带来的。"因为不想同这人说别的话,故低下头去,用手攀弄那个盘云的葱绿围腰扣子。

那妇人又说:"你妈呢?"

三三还是低着头用手向南方指着:"过那边去了。"

那女人说:"那边死了人。"

"是谁死了?"

"就是上个月从城中搬来在总爷家养病的少爷,只说是病,前一些日还常常同管事先生出外面玩,谁知就死了。"

三三听到这个,心里一跳,心想,难道是真话吗?

这时,母亲从那边也知道消息了,匆匆忙忙的跑回来,脸儿白白的,到了三三跟前,什么话也不说,拉着三三就走,好像是告三三,又像是自言自语的说:"就死了,就死了,真不像会死!"

但三三却立定了,三三问:"娘,那白脸先生死了吗?"

"都说是死了的。"

"我们难道就回去吗?"

母亲想想,真的,难道就回去?

因此母女两人又商量了一下,还是到总爷家去看看,知道究竟是些什么原因,三三且想见见那白帽子女人,找到白帽子女人一切就明白了,但一走进总爷家门边,望到许多人站在那里,大门却敞敞的开着,两人又像怕人家知道他们是来送礼的,不敢进去。在那里就听到许多人说到这个白脸人的一切,说到那个白帽子女人,称呼她为病人的媳妇,又说到别的,都显然证明这些人并不同这两个城里人有什么熟识。

三三脸白白的拉着妈妈的衣角,低声的说"走",两人就走了。

……………

到了磨坊，因为有人挑了谷子来在等着碾米，母亲提着蛋篮子进去了，三三站立溪边，眼望一泓碧流，心里好像掉了什么东西，极力去记忆这失去的东西的名称，却数不出。

母亲想起三三了，在里面喊着三三的名字，三三说："娘，我在看虾米呢。"

"来把鸡蛋放到坛子里去，虾米在溪里可以成天看！"因为母亲那么说着，三三只好进去了。磨盘正开始在转动，母亲各处找寻油瓶，三三知道那个油瓶挂在门背后，却不做声，尽母亲各处去找。三三望着那篮子就蹲到地下去数着那篮里的鸡蛋，数了半天，后来碾米的人，问为什么那么早拿鸡蛋往别处去送谁，三三好像不曾听到这个话，站起身来又跑出去了。

起八月五日讫九月十七日（青岛）

柏子

把船停顿到岸边,岸是辰州的河岸。

于是客人可以上岸了,从一块跳板走过去。跳板一端固定在码头石级上,一端搭在船舷,一个人从跳板走过时,摇摇荡荡不可免。凡要上岸的全是那么摇摇荡荡上岸了。

泊定的船太多了,沿岸泊,桅子数不清,大大小小随意矗到空中去,桅子上的绳索像纠纷到成一团,然而却并不。

每一个船头船尾全站得有人穿青布蓝布短汗褂,口里嚙了长长的旱烟杆,手脚露在外面让风吹,——毛茸茸的像一种小孩子想像中的妖洞里喽啰毛脚毛手。看到这些手脚,很容易记起"飞毛腿"一类英雄名称。可不是,这些人正是……桅子上的绳索揹定活车,拖拉全无从着手时,看这些飞毛腿的本领,有得是机会显露!毛脚毛手所有的不单是毛,还有类乎钩子的东西,光溜溜的桅，只要一贴身，便飞快的上去了。为表示上下全是儿戏，这些年青水手一面整理绳索一面还将在上面唱歌，那一边桅上，也有这样人时，这种歌便来回唱下去。

昂了头看这把戏的，是各个船上的伙计。看着还在下面喊着。左边右边，不拘要谁一个试上去，全是容易之至的事，只是不得老舵手吩咐，则不敢放肆而已。看的人全已心中发痒，又不能随便爬上桅子顶尖去唱歌，逗其他船上媳妇发笑，便开口骂人。

"我的儿，摔死你！"

"我的孙，摔死了你看你还唱！"

"……"

全是无恶意而快乐的笑骂。

仍然唱，且更起劲了一点。但可以把歌唱给下面骂人的人听，当先若唱的是"一枝花"，这时唱的便是"众儿郎"了。"众儿郎"却依然笑嘻笑嘻的昂了头看这唱歌人，照例不能生气的。

可是在这情形中，有些船，却有无数黑汉子，用他的毛手毛脚，盘着大而圆的黑铁桶，从舱中滚出，也是那么摇摇荡荡跌到岸边泥滩上了。还有作成方形用铁皮束腰的洋布，有海带，有鱿鱼，有药材……这些东西同搭客一样，在船上舱中紧挤着卧了二十天或十二天，如今全应当登岸了。登岸的人各自还家，各自找客栈，各自吃喝，这些货物却各自为一些大脚婆子走来抱之负之送到各个堆栈里去。

在各样匆忙情形中，便正有闲之又闲的一类人在。这些人住到另一个地方，耳朵能超然于一切嘈杂声音以上，听出桅子上人的歌声，——可是心也正忙着，歌声一停止，唱歌地方代替了一盏红风灯以后，那唱歌的人便已到这听歌人的身边了。桅上用红灯，不消说是夜里了。河边夜里不是平常的世界。

落着雨，刮着风，各船上了篷，人在篷下听雨声风声，江波吼哮如癫子，船只纵互相牵连互相依靠，也簸动不止，这一种情景是常有的。坐船人对此决不奇怪，不欢喜，不厌恶，因为凡是在船上生活，这些平常人的爱憎便不及在心上滋生了。（有月亮又是一种趣味，同晚日与早露，各有不同。）然而他们全不会注意。船上人心情若必须勉强分成两种或三种，这分类方法得另作安排。吃牛肉与吃酸菜，是能左右一般水手心情的一件事。泊半途与湾口岸，这于水手们情形又稍稍不同。不必问，牛肉比酸菜合乎这类"飞毛腿"胃口，船在码头停泊他们也欢喜多了！

如今夜里既落小雨，泥滩头滑溜溜使人无从立足，还有人上岸到河街去。

这是其中之一个，名叫柏子，日里爬桅子唱歌，不知疲倦，到夜来，还依然不知道疲倦，所以如其他许多水手一样，在腰边板带中塞满了铜钱，小心小心的走过跳板到岸边了。先是在泥滩上走，没有月，没有星，细毛毛雨在头上落，两只脚在泥里慢慢翻——成泥腿，快也无从了——目的是河街小楼红红的灯光，灯光下有使柏子心开一朵花的东西存在。

灯光多无数，每一小点灯光便有一个或一群水手，灯光还不及塞满这个小房，快乐却将水手们胸中塞紧，欢喜在胸中涌着，各人眼睛皆眯了起来。沙喉咙的歌声笑声从楼中溢出，与灯光同样，溢进上岸无钱守在船中的水手耳中眼中时，便如其他世界一样，反应着欢喜的是诅咒。那些不能上岸的水手，他们诅咒着，然而一颗心也摇摇荡荡上了岸，且不必冒滑滚的危险，全各以经验为标准，把心飞到所熟习的楼上去了。

酒与烟与女人，一个浪漫派文人非此不能夸耀于世人的三样事，这些喽啰们却很平常的享受着。虽然酒是酽冽的酒，烟是平常的烟，女人更是……然而各个人的心是同样的跳，头脑是同样的发迷，口——我们全明白这些平常时节只是吃酸菜南瓜臭牛肉以及说点下流话的口，可是到这时也粘粘糍糍，也能找出所蓄于心各样对女人的诣谀言语，献给面前的妇人，也能粗粗卤卤的把它放到妇人的脸上去，脚上去，以及别的位置上去。他们把自己沉浸在这欢乐空气中，忘了世界也忘了自己的过去与未来。女人则帮助这些可怜人，把一切穷苦一切期望从这些人心上挪去。放进的是类乎烟酒的兴奋与醉麻。在每一个妇人身上，一群水手同样作着那顶切实的顶勇敢的好梦，预备将这一月贮蓄的金钱与精力，全倾之于妇人身上，他们却不曾预备要人怜悯，也不知道可怜自己。

他们的生活，若说还有使他们在另一时反省的机会，仍然是快乐的罢。这些人，虽然缺少眼泪，却并不缺少欢乐的承受！

其中之一的柏子，为了上岸去找寻他的幸福，终于到一个地方了。

先打门，用一个水手通常的章法，且吹着哨子。

门开后，一只泥腿在门里，一只泥腿在门外，身子便为两条胳膊缠紧了，在那新刮过的日炙雨淋粗糙的脸上，就贴紧了一个宽宽的温暖的脸子。

这种头香油是他所熟习的。这种抱人的章法，先虽说不出，这时一上身却也熟习之至。还有脸，那么软软的，混着脂粉的香，用口可以吮吸。到后是，他把嘴一歪，便找到了一个湿的舌子了，他咬着。

女人挣扎着，口中骂着：

"悖时的！我以为你到常德府被婊子尿冲你到洞庭湖了！"

"老子把你舌子咬断！"

"我才要咬断你……"

进到里面的柏子，在一盏"满堂红"灯下立定。妇人望他痴笑。这一对是并肩立着，他比她高一个头，他蹲下去，像整理橹绳那样扳了妇人的腰身时，妇人身便朝前倾。

"老子摇橹摇厌了，要推车。"

"推你妈！"妇人说，一面搜索柏子身上的东西。搜出的东西便往床上丢去，又数着东西的名字。"一瓶雪花膏，一卷纸，一条手巾，一个罐子——这罐子装什么？"

"猜呀！"

"猜你妈，忘了为我带的粉吗？"

"你看那罐子是什么招牌！打开看！"

妇人不认识字，看了看罐上封皮，一对美人儿画相。把罐子在灯前打开，放鼻子边闻闻，便打了一个嚏。柏子可乐了，不顾妇人如何，把罐子抢来放在一条白木桌上，便擒了妇人向床边倒下去。

灯光明亮，照着一堆泥脚迹在黄色楼板上。

外面雨大了。

张耳听，还是歌声与笑骂声音。房子相间多只一层薄薄白木板子，比吸烟声音还低一点的声音也可以听出，然而人全无闲心听隔壁。

柏子的纵横脚迹渐干了，在地板上也更其分明。灯光依然，对一对横搁在床上的人照得清清楚楚。

"柏子，我说你是一个牛。"

"我不这样，你就不信我在下头是怎么规矩！"

"你规矩！你赌咒你干净得可以进天王庙！"

"赌咒也只有你妈去信你，我不信。"

柏子只有如妇人所说，粗卤得同一只小公牛一样。到后于是喘息了，松弛了，像一堆带泥的吊船棕绳，散漫的搁在床边上。

肥肥的奶子两手抓紧，且用口去咬。又咬她的下唇，咬她的膀子，咬她的大腿……一点不差，这柏子就是日里爬桅子唱歌的柏子。

妇人望到他这些行为发笑，妇人是翻天躺的。

过一阵，两人用一个烟盘作长城，各据长城一边烧烟吃。

妇人一旁烧烟一旁唱《孟姜女》给柏子听，在这样情形下的柏子，喝一口茶且吸一泡烟，像是作皇帝。

"婊子我告给你听，近来下头媳妇才标得要命！"

"你命怎么不要去，又跟船到这地方来？"

"我这命送她们，她们也不要。"

"不要的命才轮到我。"

"轮到你，你这……，好久才轮到我！我问你，到底有多少日子才轮到我？"

妇人嘴一扁，举起烟枪把一个烧好的烟泡装上，就将烟枪送过去塞了柏子的嘴，省得再说混话。

柏子吸了一口烟，又说："我问你，昨天有人来？"

"来你妈！别人早就等你。我算到日子，我还算到你这尸……"

"老子若是真在青浪滩上泡坏了,你才乐!"

"是,我才乐!"妇人说着便稍稍生了气。

柏子是正要妇人生气才欢喜的。他见妇人把脸放下,便把烟盘移到床头去。长城一去情形全变了。一分钟内局面成了新样子。柏子的泥腿从床沿下垂,绕了这腿的上部的是用红绸作就套鞋的小脚。

一种丑的努力,一种神圣的愤怒,是继续,是开始。

柏子冒了大雨在河岸的泥滩上慢慢的走着,手中拿的是一段燃着火头的废缆子,光旺旺的照到周围三尺远近。光照前面的雨成无数返光的线,柏子全无所遮蔽的从这些线林穿过,一双脚浸在泥水里面,——把事情作完了,他回船上去。

雨虽大,也不忙。一面怕滑倒,一面有能防雨——或者不如说忘雨的东西吧。

他想起眼前的事心是热的。想起眼前的一切,则头上的雨与脚下的泥,全成为无须置意的事了。

这时妇人是睡眠了,还是陪别一个水手又来在那大白木床上作某种事情,谁知道。柏子也不去想这个。他把妇人的身体,记得极其熟习;一些转弯抹角地方,一些幽僻地方,一些坟起与一些窟窿,恰如离开妇人身边一千里,也像可以用手摸,说得出尺寸。妇人的笑,妇人的动,也死死的像蚂蝗一样钉在心上。这就够了。他的所得抵得过一个月的一切劳苦,抵得过船只来去路上的风雨太阳,抵得过打牌输钱的损失,抵得过……他还把以后下行日子的快乐预支了。这一去又是半月或一月,他很明白的。以后也将高高兴兴的作工,高高兴兴的吃饭睡觉,因为今夜已得了前前后后的希望,今夜所"吃"的足够两个月咀嚼,不到两月他可又回来了。

他的板带钱已光了,这种花费是很好的一种花费。并且他也并不是全无计算,他已预先留下了一小部分钱,作为在船上玩牌用的。花了钱,得到些什么,他是不去追究的。钱是在什么情形下得来,又在什么情形下失去,柏子不能拿这个来比较。总之比较有时像也比较过了,但结果不消说还是"合算"。

轻轻的唱着《孟姜女》,唱着《打牙牌》,到得跳板边时,柏子小心小心的走过去,预定的《十八摸》便不敢唱了——因为老板娘还在喂小船老板的奶,听到哄孩子声音,听到吮奶声音。

辰州河岸的商船各归各帮,泊船原有一定地方,各不相混。可是每一只船,把货一起就得到另一处去装货,因此柏子从跳板上摇摇荡荡上过两次岸,船就开了。

选自《雨后》

丈夫

落了春雨,一共有七天,河水涨大了。

河中涨了水,平常时节泊在河滩的烟船妓船,离岸极近,船皆系在吊脚楼下的支柱上。

在楼上"四海春"茶馆喝茶的闲汉子,伏身在临河一面窗口,可以望到对河的宝塔烟雨红桃好景致,也可以知道船上妇人陪客烧烟的情形。因为那么近,上下都方便,有喊熟人的声音,从上面或从下面喊叫,到后是互相见到了,谈话了,取了亲昵样子,骂着野话粗话,于是楼上人会了茶钱,从湿而发臭的甬道走去,从那些肮脏地方走到船上了。

上了船,花钱半元到五块,随心所欲吃烟睡觉,同妇人毫无拘束的放肆取乐,这些在船上生活的大臀肥身的年青女人,就用一个妇人的好处,服侍男子过夜。

船上人,她们把这件事也像其余地方一样称呼,这叫做"生意"。她们都是做生意而来的。在名分上，那名称与别的工作，同样不与道德相冲突，也并不违反健康。她们从乡下来，从那些种田挖园的人家，离了乡村，离了石磨同小牛，离了那年青而强健的丈夫的怀抱，跟随了一个熟人，就来到这船上做生意了。做了生意，慢慢的变成为城市里人，慢慢的与乡村离远，慢慢的学会了一些只有城市里才需要的恶德，于是妇人就毁了。但那毁，是慢慢的，因为需要一些日子，所以谁也不去注意了。而且也仍然不缺少在任何情形下还依然好好的保留到那乡村气质的妇人，所以在市的小河妓船上，决不会缺少年青女子的来路。

事情非常简单，一个不亟亟于生养孩子的妇人，到了城市，能够每月把从城市里两个晚上所得的钱送给那留在乡下诚实耐劳种田为生的丈夫，在那方面就过了好日子，名分不失，利益存在，所以许多年青的丈夫，在娶妻以后，把妻送出来，自己留在家中安分过日子，竟是极其平常的事了。

这种丈夫，到什么时候，想及那在船上做生意的年青的妻，或逢年过节，照规矩要见见妻的面了，自己便换了一身浆洗干净的衣服，腰带上挂了那个工作时常不离口的烟袋，背了整箩整篓的红薯糍粑之类，赶到市上来，像访远亲一样，从码头第一号船上问起，一直到认出自己女人所在的船上为止。问明白了，到了船上，小心小心的把一双布鞋放到舱外护板上，把带来的东西交给了女人，一面便用着吃惊的眼睛，搜索女人的全身。这时节，女人在丈夫眼下自然已完全不同了。

大而油光的发髻，用小钳子由人工扯成的细细眉毛，脸上的白粉同绯红胭脂，以及那城市里人派头城市里人的衣服，都一定使从乡下来的丈夫感到极大的惊讶，有点手足无措。那呆像是女人很容易看到的。女人到后开了口，或者问："那次五块钱得了么？"或者问："我们那对猪养儿子了没有？"女人说话时口音自然也完全不同了，就是变成城市里做太太的大方自由，完全不是做媳妇的神气了。

但听女人问到钱，问到家乡豢养的猪，这做丈夫的看出自己做主人的身分，并不在这船上失去，看出这城里奶奶还不完全忘记乡下，胆子大了一点，慢慢的摸出烟管同火镰。第二次惊讶，是烟管忽然被女人夺去，即刻在那粗而厚大的掌心里，塞了一枝哈德门香烟的原故。吃惊也仍然是暂时的事，于是这做丈夫的，一面吸烟一面谈谈，……

到了晚上，吃过晚饭仍然在吸那有新鲜趣味的香烟，来了客，一个船主或一个商人，穿生牛皮长统靴子，抱兜一角露出粗而发亮的银链，喝过一肚子烧酒，摇摇荡荡的上了船。一上船就大声的嚷要亲嘴要睡觉，那宏大而含胡的声音，那势派，皆使这做丈夫的想起了村长同乡绅那些大人物的威风，于是这丈夫不必指点，也就知道怯生生的往后舱钻去，躲到那后艄舱上去低低的喘气。一面把含在口上那枝卷烟摘下来，毫无目的的眺望河中暮景。夜把河上改变了，岸上河上已经全是灯，这丈夫到这时节一定要想起家里的鸡同小猪，仿佛那些小小东西才是自己的朋友，仿佛那些才是亲人，如今与妻接近，与家庭却离得很远，淡淡的寂寞袭上了身，他愿意转去了。

当真转去没有？不。三十里路路上有豺狗，有野猫，有查夜放哨的团丁，全是不好惹的东西，转去实在做不到。船上的大娘自然还得留他上三元宫看夜戏，到"四海春"去喝清茶，并且既然到了市上，大街上的灯同城市中的人皆不可不去看看。于是留下了，坐在后舱看河中景致取乐，等候大娘的空暇。到后要上岸了，就由小阳桥攀援篷架到船头，玩过后，仍然由那旧地方转到船上，小心小心使声音放轻，省得留在舱里躺到床上烧烟的客人发怒。

到要睡觉的时候，城里起了更，西梁山上的更鼓咚咚响了一会，悄悄的从板缝里看看客人还不走，丈夫没有什么话可说，就在艄舱上新棉絮里一个人睡了。半夜里，或者已睡着，或者还在胡思乱想，那太太抽空爬过了后舱，问是不是想吃一点糖。本来非常欢喜口含冰糖的脾气，是做太太不能忘却的，所以即或说已经睡觉，已经吃过，也仍然还是塞了一小片糖在口里。太太用着略略抱怨自己那种神气走去了,丈夫把冰糖含在口里,正像仅仅为了这一点理由,就得原谅妻的行为,尽她在前舱陪客,自己仍然很和平的睡觉了。

这样丈夫在黄庄多着!那里出强健女子同忠厚男人,女子出乡卖身,男人皆明白这做生意的一切利益。他懂事,女子名分仍然归他,养得儿子归他,有了钱也总有一部分归他。

那些船,排列在河下,一个陌生人,数来数去永远无法数清的。明白这数目,而且明白那秩序,记忆得出每一个船与摇船人样子,是五区一个老水保。

水保是个独眼睛的人,这独眼据说在年青时节杀过人,因为杀人,同时也就被人把眼睛抠瞎了。但两只眼睛不能分明的,他一只眼睛却办到了。一个河里都由他管事。他的权力在这些小船上,比一个中国的皇帝在地面上的权力还统一集中。

涨了河水,水保比平时似乎忙多了。他得各处去看看,是不是有些船上做父母的上了岸,小孩子在哭奶了,是不是有些船上在吵架,是不是有些船因照料无人,有溜去的危险。在今天,这位大爷,并且要到各处去调查一些从岸上发生影响到了水上的事情。岸上这几天来发生三次小抢案,据公安局那方面人说,凡地上小缝小罅皆找寻到了,还是毫无痕迹。地上小缝小罅都亏那些体面的在职人员找过，于是水保的责任便到了。他得了通知，就是那些说谎话的公安局办事处通知，要他到半夜会同水面武装警察上船去搜索。

水保得到这个消息时是上半天。一个整白天他要做许多事，他要先尽一些从平日受人款待好酒好肉而来的义务了，于是沿了河岸，从第一号船起始，每个船上去谈谈话。他得先调查一下，得问问这船上是不是留容得有不端正的外乡人。

做水保的人照例是水上一霸，凡是属于水面上的事他无有不知。这人本来就是一个吃水上饭的人，是立于法律同官府对面，按照习惯被官吏来利用，处治这水上一切的。但人一上了年纪，世界成天变，变去变来这人有了钱，成过家，喝点酒，生儿育女，生活安舒，这人慢慢的转成一个和平正直的人了。在职务上帮助了官府，在感情上又亲近了船家，在这些情形上面他建设了一个道德的模范。他受人尊敬不下于官，他做了许多妓女的干爹。

他这时正从一个木跳板上跃到一只新油漆过的花船头，那船位置在较清静的一家莲子铺吊脚楼下。他认得这只船归谁管业，一上船就喊"七丫头"。

没有声音，年青的女人不见出来，年老的掌班也不见出来，老年人很懂事情，以为或者是大白天有年青男子上船做呆事，就站在船头眺望，等了一会。

过一阵他又喊了两声,又喊伯妈,喊五多;五多是船上的小毛头,人很瘦,声音尖锐,平时大人上了岸就守船,买东西煮饭,常常挨打,爱哭。但是喊过五多了,也仍然得不到结果。因为听到舱里又似乎实在有声音,类人出气,不像全上了岸,也不像全在做梦,水保就偻身窥觑舱口,向暗处询问是谁在里面。

里面还是不作答。

水保有点生气了,大声的问:"那一个?"

里面一个很生疏的男子声音,又虚又怯,说:"是我。"接着又说,"都上岸去了。"

"都上岸么?"

"上岸了的。她们……"

好像单单是这样答应,还深恐开罪了来人,这时觉得有一点义务要尽了,这男子于是从暗处爬出来,在舱口,小心小心扳着篷架,非常拘束的望着来人。

先是望到那一对峨然巍然似乎是为柿油涂过的猪皮靴子,上去一点是一个赭色柔软鹿皮抱兜,再上去是一双回环抱着的毛手;手上一颗其大无比的黄金戒指,再上去才是一块正四方形像是无数橘子皮拼合而成的脸膛。这男子,明白这是有身分的主顾了,就学着城市里人说话,"大爷,您请里面坐坐,她们就来。"

从那说话的声音,以及干浆衣服的风味上,这水保一望就明白这个人是才从乡下来的种田人。本来女人不在船就想走，但年青人忽然使他发生了兴味，他留着了。

"你从什么地方来的？"他问他，为了不使人拘束，水保取得是做父亲的和平样子，望到这年青人。"我认不得你。"

他想了一下，好像也并不认得客人，就回答，"我昨天来的。"

"乡下麦子抽穗了没有？"

"麦子吗？水碾子前我们那麦子，哈，我们那猪，哈，我们那……"

这个人，像是忽然明白了答非所问，记起了自己是同一个有身分的城里人说话，不应当说"我们"，不应当说我们"水碾子"同"猪"。把字眼儿用错，所以再也接不下去了。

因为不说话，他就怯怯的望到水保微笑，他要人了解他，原谅他。

水保懂得这个意思的。且在这对话中，明白这是船上人的亲戚了，他问年青人，"老七到什么地方去了，什么时候可以回来？"

这时，这年青人答语小心了。他仍然说"是昨天来的"。他又告水保，他"昨天晚上来的"。末了才说，老七同掌班同五多上岸烧香去了，要他守船。因为守船必得把守船身分说出，他还告给了水保，他是老七的"汉子"。

因为老七平常喊水保都喊干爹,这干爹第一次认识了女婿,不必年青人挽留,再说了几句,不到一会儿两人皆爬进舱中了。

舱中有个小小床铺,床上有锦绸同红色印花洋布铺盖,折叠得整整齐齐,来客皆应当坐在床沿,光线从舱口来,所以在外面以为舱中极黑,在里面却一切分明。

年青人,为客找烟卷,找自来火,毛脚毛手打翻了身边一个贮栗子的小坛子,圆而发乌金光泽的板栗便在薄明的船舱里各处滚去,年青人各处用手去捕捉,仍然放到小坛中去,也不知道应当请客人吃点东西。但客人却毫不客气,从舱板上把栗拾起咬破了吃,且说这风干的栗子真好。

"这个很好,你不欢喜么?"因为水保见到主人并不剥栗子吃。

"我欢喜。这是我屋后栗树上长的。去年生了好多,乖乖的从刺球里爆出来,我欢喜。"他笑了,近于提到自己儿子模样,很高兴说这个话。

"这样大不容易得到。"

"我选出来的。"

"你选?"

"是的,因为老七欢喜吃这个,我才留下到今年。"

"你们那里有猴栗?"

"什么猴栗?"

水保就把故事所说的"猴子在大山上住，被人辱骂时，抛下拳大栗子打人，人想这栗子，就故意去山下骂丑话，预备捡栗子"——说给乡下人听。

因为栗子，正苦无话可说的年青人，得到同情他的人了。他又说到地名栗坳的新闻。他又说到一种栗木作成的犁且如何结实合用。这个人太需要说说这些了。昨天来一晚上都有客人吃酒烧烟，把自己关闭在小船后艄，同五多说话，五多睡得成死猪。今天一早上，本来应当有机会同妻谈到乡下事情了，女人又说要上岸过七里桥烧香，派他一个人守船。坐船上等了半天，还不见人回，到后艄去看河上景致，一切新奇不同，全只给自己发闷。先一时，正睡在舱里，就想这满江大水若到乡下去涨，鱼梁上不知道应当有多少鲤鱼上梁！把鱼捉来时，用柳条穿腮到太阳下去晒，正计算那数目，总算不清楚，忽然客人来到船上，似乎一切鱼都跳进水中去了。

来了客人，且在神气上看出来人是并不拒绝这些谈话的，所以这年青人，凡是预备到同自己的妻说的各样事情，这时得到了一个好机会，都拿来同水保谈着。

他告给水保许多乡下情形，说到小猪捣乱的脾气，叫小猪名字是乖乖，又说到新由石匠整治过的那付石磨，顺便告给了一个石匠的笑话。又提起一把失去了多久的镰刀，一把水保梦想不到的小镰刀，他说：

"你瞧，奇怪不奇怪？我赌咒我各处都找到了。我们的床下，门枋上，谷仓里，什么不找到？它躲了。我为这件事骂过老七。老七哭过。可是仍然不见。鬼打岩，朦朦眼，它在饭箩里！半年躲在饭箩里！它吃饭！一身锈得像生疮。这东西多坏！我说这个你明白我没有？怎么会到饭箩里半年？那是一只做样子的东西，挂到斗窗上。我记起那事了，是我削尖劈，手上刮了皮，流了血，生了大气，抖气把刀一丢。……到水上磨了半天，还不错；仍然能吃肉，你一不小心，就得流血。我还不曾同老七说到这个，她不会忘记那哭得伤心的一回事。找到了，哈哈，真找到了。"

"找到它就好了。"

"是的，得到了它那是好的。因为我总疑心这东西是老七掉到溪里，不好意思说明。我知道她不骗我了。我明白了。我知道她受了冤屈，因为我说过：'找不出么？那我就要打人！'我并不曾动过手。可是生气时也真吓人。她哭了半夜！"

"你不是用得着它割草么？"

"嗨，那里，用处多咧，是小镰刀，那么精巧，你怎么说割草！那是削一点薯皮，刮刮箫：这些这些用的。它小得很，值三百钱，钢火妙极了。我们都应当有这样一把刀放到身边，不明白么？"

水保说："明白明白：都应当有一把，我懂你这个话。"

他以为水保当真懂的！因此再说下去，什么也说到了，甚至于希望明年来一个小宝宝，这样只合宜于同自己的妻睡到一个枕头上的话也说到了。年青人毫无拘束的还加上许多粗话蠢话，说了半天，水保起身要走了，他记起问客人贵姓。

"大爷，您贵姓？留一个片子到这里，我好回话。"

"你告她有这么一个大个儿到过船上，穿这样大靴子，告她晚上不要接客，我要来。"

"不要接客，您要来？"

"就是这样说，我一定要来的。我还要请你喝酒。我们是朋友。"

"好，我们是朋友。"

水保用他那大而肥厚的手掌，拍了一下年青人的肩膊，从船头上岸，走到别一个船上去了。

在水保走后，年青人就一面等候一面猜想到这个大汉子是谁。他还是第一次同这样尊贵的人物谈话，他不会忘记这很好的印象的。人家今天不仅是同他谈话，还喊他做朋友，答应请他喝酒！他猜想这人一定是老七的熟客。他猜想老七一定得了这人许多钱。他忽然觉得愉快，感到要唱一个歌了，就轻轻的唱了一首山歌，用四溪人体裁，他唱的是"水涨了，鲤鱼上梁，大的有大草鞋么大，小的有小草鞋么小"。

但是等了一会还不见老七回来，一个鬼也不回来，他又想起那大汉子的丰彩言谈了。他记起那一双靴子，闪闪发光，以为不是极好的山柿油涂到上面，是不会如此体面好看的。他记起那黄而发沉的戒子，说不分明那将值多少钱，一点不明白那宝贝为什么如此可爱。他记起那伟人点头同发言，一个督抚的派头，一个军长的身分——这是老七的财神！他于是又唱了一首歌。用杨村人不庄重口吻，唱得是"山坳里团总烧炭，山脚里地保爬灰；爬灰红薯才肥，烧炭脸庞发黑"。

到午时，各处船上皆已有人烧饭了。湿柴烧不燃，烟子各处窜，使人流泪打嚏，柴烟平铺到水面时如薄绸。听到河街馆子里大师傅用铲敲打锅边的声音，听到邻船上白菜落锅的声音，老七还不见回来。可是船上烧湿柴的本领年青人还没有学到，小钢灶总是冷冷的不发吼。做了半天还是无结果，只有拿它放下一个办法了。

应当吃饭时候不得吃饭，人饿了，坐到小凳上敲打舱板，他仍然得想一点事情。一个不安分的估计在心上滋长了，正似乎为装满了钱钞便极其骄傲模样的抱兜，在他眼下再现时，把和平已失去了。一个用酒槽同红血所捏成的橘皮红色四方脸，也是极其讨厌的神气，保留在印象上。并且，要记忆有什么用？他记忆得到那嘱咐，是当到一个丈夫面前说的！"今晚上不要接客，我要来。"该死的话，是那么不客气的从那吃红薯的大口里说出！为什么要说这个？有什么理由要说这个？……

胡想使他心上增加了愤怒，饥饿重复揪着了这愤怒的心，便有一些原始人不缺少的情绪，在这个年青简单的人反省中长大不已。

他不能再唱一首歌了。喉咙为妒嫉所扼，唱不出什么歌。他不能再有什么快乐。按照一个种田人的身分，他想到明天就要回家。

有了脾气再来烧火，更不行了，于是把所有的柴全丢到河里去了。

"雷打你这柴！要你到洋里海里去！"

但那柴是在两丈以外便被别个船上的人捞起了的。那船上人似乎正等待一点从河面漂流而来的湿柴，把柴捞上，即刻就见到用废缆一段引火，且即刻满船发烟，火就带着小小爆裂声音燃好了。眼看这一切，新的愤怒使年青人感到羞辱，他想不必等待人回船就要走路。

在街尾遇到女人同小毛头五多两个人，牵了手走来，五多手上拿得有一把胡琴，崭新的样子，这是做梦也不曾遇到的一个好家伙！

"你走那里去？"

"我——要回去。"

"要你看船船也不看，要回去，什么人得罪了你，这样小气？"

"我要回去，你让我回去。"

"回到船上去!"

看看妻,样子比说话还硬,并且看到那一张胡琴,明知道这是特别买来给他的,所以不能坚持,摸了摸自己发烧的额角,幽幽的说"转去也好,转去也好"。就跟了妻的身后跑转船上。

掌班大娘也赶来了,原来提了一付猪肺,好像东西只是乘便偷来的,深恐被人追上带到衙门里去。所以颧骨发了红,喘气不止。大娘一上船,女人在舱中就喊:

"大娘,你瞧,我家汉子想走!"

"谁说的,戏也不看就走!"

"我们到街口碰到他,他生气样子,一定是怪我们不回来。"

"那是我的错;是菩萨的错;是屠户的错。我不该同屠户为一个钱吵闹半天,屠户不该肺里灌了这样多水。"

"是我的错。"陪男子在舱里的女人,这样说了一句话,坐下了,对面是男子汉;她于是有意的在把衣服解换时,露出极风情的红绫胸褡。

男子觑着。不说话,有说不出的什么东西,在血里窜着涌着。

在后艄,听到大娘同五多谈着柴米。

"怎么,柴都被谁偷去了!"

"米是谁淘好的?"

"一定是火烧不燃。……姊夫是乡下人,只会烧松香。"

"我们不是昨天才解散一捆柴么？"

"都完了。"

"去前面搬一捆，不要说了。"

"姊夫知道淘米！"

听到这些话的年青汉子，一句话不说，静静的坐在舱里望着那一把新买来的胡琴。

女人说："弦早配好了，试拉拉看。"

先是不作声，到后把琴搁在膝上，查看松香，调琴时，生疏的音响从指间流出，拉琴人便快乐的微笑了。

不到一会满舱是烟，男子被女人喊出，仍然把琴拿到外面去，占据船头调弦。

到吃中饭时，五多说：

"姊夫你回头拉《孟姜女哭长城》，我唱。"

"我不会。"

"我听你拉得很好，你骗我谎我。"

"我不骗你。"

大娘说："我听老七说你拉得好，所以到庙里，一见这琴，我才说就为姊夫买回去吧。是运气，烂贱就买来了。这到乡里一块钱还恐怕买不到，不是么？"

"是的，值多少钱？"

"一吊六。他们都说值得！"

五多搭嘴说："谁说值得？"

大娘很生气的说:"毛丫头,谁说不值得?你知道?"

因为这琴是从一个卖琴熟人手上拿来,一个钱不花,听到大娘的谎话,五多分辩,大娘就骂五多,老七却笑了。男子以为这是笑大娘不懂事,所以也在一旁笑着。

男子先把饭吃完,就动手拉琴,新琴声音又清又亮,五多放下碗筷唱将起来,被大娘结结实实打了一筷子头,才忙着吃饭收碗洗锅子。

到了晚上,前舱盖了篷,男子拉琴,五多唱歌,老七也唱歌,美孚灯罩子有红纸剪成的遮光帽,全舱灯光如办大喜事作红颜色,年青人在热闹中像过年,心上开了花。有兵士从河街过身,喝得烂醉,听到这声音了。

两个醉鬼踉踉跄跄到了船边,两手全是污泥,用手扳船,口含胡桃那么混混胡胡的嚷叫:

"什么人唱,报上名来!好,赏一个五百。不听到么,老子赏你五百!?"

里面琴声戛然而止,沉静了。

醉鬼用脚踢船,蓬蓬蓬发钝而沉闷的声音,且想推篷,搜索不到篷盖接榫处,"不要赏么,婊子狗造的?装聋,装哑?什么人敢在这里作乐?我怕谁?玉帝我也不怕。大爷,我怕玉帝么?我不是人!……"

另一个喉咙发沙的说道:

"骚婊子?出来拖老子上船!"

且即刻听到用石头打船篷,大声的辱骂祖宗,一船人皆吓慌了,大娘忙把灯扭小一点,走出去推篷,男子听到那汹汹声气,挟了胡琴就往后舱钻去。不一会,醉人已经进到前舱了,两个人一面说着野话一面还要争夺同老七亲嘴,同大娘五多亲嘴,且听到有个哑嗓子问是谁在此唱歌作乐,把拉琴的抓来再唱一个歌。

大娘不敢作声,老七也无主意了,两个酒疯子就大声的骂人。

"臭货,喊龟子出来,跟老子拉琴,赏一千,英雄盖世的曹孟德也不会这样大方!我赏一千,一千个红薯,快来,不出来我烧掉你们这船。听着没有,老东西!？赶快,莫使老子们生了气,认不得人!"

"大爷,这是我们自己家几个人玩玩,不!……"

"不？不？不？老婊子,你不中吃。你老了。快叫拉琴的来!杂种!我要拉琴,我要自己唱!"一面说一面便站起身来,想向后舱去搜寻,大娘弄慌了,把口张大合不拢去。老七急了,拖着那醉鬼的手,安置到自己的大奶上。醉鬼懂到这意思,又坐下了。"好的,妙的,老子出得起钱,老子今天晚上要到这里睡觉!"

这一个在老七左边躺下去了,另一个不说什么,也在右边躺下去了。

年青人听到前舱仿佛安静了一会,在隔壁轻轻的喊大娘。正感到一种侮辱的大娘,爬过去,男子还不大分明是什么事情。

"什么事？"

"营上的副爷，醉了，像猫，等一会儿就得走。"

"要走才行。我忘记告你们了，今天有一个大方脸人来，好像大官，吩咐过我，他晚上要来，不许留客。"

"是大皮靴子，说话像打锣么？"

"是的。是的。他手上还有一个大金戒子。"

"那是干爹，他今早上来过了么？"

"来过的。他说了半天话才走，吃过些干栗。"

"他说些什么事？"

"他说一定要来，一定莫留客，……还说一定要请我喝酒。"

大娘想想，难道是水保自己要来歇夜？难道是老对老，水保注意到……？想不通，一个老鸨虽一切丑事做成习惯，什么也不至于红脸，但被人说到"不中吃"时，是多少感到一种羞辱的。她悄悄的回到前舱，看前舱的事情不成样子，伸伸舌头骂了一声猪狗，终归又转到后舱来了。

"怎么？"

"不怎么。"

"怎么，他们走了？"

"不怎么，他们睡了。"

"睡——？"

大娘虽不看清楚这时男子的脸色，但她很懂得这语气，就说："姊夫，我们可以上岸玩玩去，今夜三元宫夜戏，我请你坐高台子，戏是秋胡《三戏结发妻》。"

男子摇头不语。

兵士走后，五多大娘老七皆在前舱灯光下说笑。说那兵士的醉态。男子留在后舱不出来。大娘到门边喊过了二次不答应，不明白这脾气从什么地方发生。大娘回头就来检查那四张票子的花纹，因为她已经认得出票子的真假了。票子倒是真的，她在灯光下指点给老七看那些记号，那些花，且放近鼻子上嗅嗅，说这个一定是清真馆子里找出来的，因为有牛油味道。

五多第二次又走过去："姊夫，姊夫，他们走了，我们应当把那个唱完，我们还得……"

女人老七像是想到了什么心事，拉着了五多，不许她说话。

一切沉默了，男子在后舱先还是正用手指扣琴弦，作小小声音，这时手也离开那弦索了。

四个人都听到从河街上飘来的锣鼓唢呐声音，河街上一个做生意人办喜事，客来贺喜，大唱堂戏，一定有一整夜的热闹。

过了一会，老七一个人轻脚轻手爬到后舱去，但即刻又回来了。

大娘问："怎么了？"

老七摇摇头,叹了一口气。

先以为水保恐怕不会来的,所以仍然睡了觉,大娘老七五多三个人在前舱,只把男子放到后面。

查船的在半夜时,由水保领来了,鸦雀无声,四个警察守在船头,水保同巡官进到前舱。这时大娘已把灯捻明了,她懂得这不是大事情。老七披了衣坐在床上,喊干爹,喊老爷,要五多倒茶,五多还只想到梦里在乡下摘三月莓。

男子被大娘摇醒,揪出来,看到水保,看到一个穿黑制服的大人物,嗄吓得不能说话,不晓得有什么事情发生。

"什么人?"

水保代为答应:"老七的汉子,才从乡下来的。"

老七补说道:"老爷,他昨天才来的。"

巡官看了一会儿男子,又看了一会儿女人,仿佛看出水保的话不是谎话,就不再说话了,随意在前舱各处翻翻,注意到那个贮风干栗子的小缸子,水保便抓了一把栗子塞进巡官那件体面制服的大口袋里去,巡官只是笑。

一伙人一会儿就走到另一船上去了。大娘刚要盖篷,一个警察回来了。

"大娘,你告老七,巡官要回来过细考察她一下,懂不懂？"

大娘说："就来么？"

"查完夜就来。"

"当真吗？"

"我什么时候同你这老婊子说过谎？"

大娘很欢喜的样子，使男子奇怪，因为他不明白为什么巡官还要回来考察老七。但这时节望到老七睡起的样子，上半晚的气已经没有了，他愿意讲和，愿意同她在床上说点话，商量件事情，就傍床沿坐定不动。

大娘像是明白男子的心事，明白男子的欲望，也明白他不懂事，故只同老七打知会，"巡官就要来的。"

老七咬着嘴唇不作声，半天发痴。

男子一早起来就要走路，沉默的一句话不说，端整了自己的草鞋，找到了自己的烟袋。一切归一了，就坐到那矮床边沿像是有话说又说不出口。

老七问他："你不是昨晚上答应过干爹，今天到他家中吃中饭吗？"

"……"摇摇头不作答。

"人家特意为你办了酒席！"

"……"

"戏也不看看么？"

"……"

"满天红的荤油包子,到半日才上笼,那是你欢喜的包子!"

"……"

一定要走了,老七很为难,走出船头呆了一会,回身从荷包里掏出昨晚上那兵士给的票子来,点了一下数,一共四张,捏成一把塞到男子左手心里去,男子无话说,老七似乎懂到那意思了,"大娘,你拿那三张也把我,"大娘将钱取出。老七又将这钱塞到男子右手心里去。

男子摇摇头,把票子撒到地下去,两只大而粗的手掌捂着脸孔,像小孩子那样莫名其妙的哭了。

五多同大娘看情形不好,逃到后舱去了,五多心想这真是怪事,那么大的人会哭,好笑!她站在船后艄看到挂在艄舱顶梁上的胡琴,很愿意唱一个歌,可是也总唱不出声音来。

水保来船上请远客吃酒时,只有大娘同五多在船上,问及时,才明白两夫妇一早皆回转乡下去了。

十九年四月十三作于吴淞

二十三年七月廿一改于北平

(选自《从文子集》)

夫妇

移住到××村，以为可以从清静中把神经衰弱症治好的璜，某一天，正在院子中柚树边吃晚饭。对于过于注意自己饮食的居停主人，所办带血的炒小鸡感到束手。忽然听到有人在外面喊叫道："看去看去，捉了一对东西！"声音非常迫促，真如出了大事，全村中人皆有非去看看不可的声势。不知如何，本来不甚爱看热闹的璜，也随即放下了饭碗，手拿着竹筷，走过门外大塘边看热闹去了。

出了门，还见人向南跑，且匆匆传语给路人说：

"在八道坡，在八道坡，非常好看的事！要去，就走，不要停了，恐怕不久会送到团上去！"

究竟是怎么会事，他是不得分明的。惟以意猜想，则既然人人皆想一看，自然是一件有趣味的消息了。然而在乡下，什么事即"有趣"，想来是不容易使城中人明白的。

他以为或者是捉到了两只活野猪,也想去看看了。

随了那一旁走路一旁与路上人说话的某甲,脚步匆匆过了一些平时所不经踏过的小山路走去,转弯后,见到小坳上的人群了。人群莫名其妙的包围成一圈,究竟这事是什么事还是不能即刻明白。那某甲,仿佛极其奋勇的冲过去,把人用力掀开,原来这聪明人看着璜也跟来看,以为有应当把乡下事情给城中客人看看的必需了,所以便很奋勇的排除了其余的人。乡下人也似乎觉得这应给外客看看,着忙各自闪开了一些。

一切展在眼前了。

看明白所捉到的,原来是两个乡下人,把看活野猪心情的璜分外失望了。

但许多人正因有璜来看,更对于这事本身似乎多了一种趣味。人人皆用着仿佛"那城里人也见到了"的神气,互相作着会心的微笑,还有对了他近于奇怪的洋服衬衫感到新奇的乡下妇人,作着"你城中穿这样衣服的人也有这么么"的疑问。璜虽知道这些乡下人望到他的头发,望到他的皮鞋与起棱的薄绒裤,所感生兴味正不下于绳缚着那两人的事情,但仍然走近那被绳捆的人面前去了。

到了近身才使他更吓,原来所缚定的是一对年青男女。男女全是乡下人,皆很年青,女的在众人无怜悯的目光下不作一声,静静的流泪。不知是谁还把女人头上插了极可笑的一把野花,这花几几乎是用藤缚到头上的神气，女人头略动时那花冠即在空中摇摆，如在另一时看来当有非常优美的好印象。

望着这情形，不必说话事情也分明了，假若他们犯了罪，他们的罪一定也是属于年青人才有的罪过。

某甲是聪明人，见璜是"城里客人"，却来为璜解释这件事。事情是这样：有人过南山，在南山坳里，大草集旁发现了这一对。这年青人不避人大白天做着使谁看来也生气的事情，所以发现这事的人，就聚了附近的汉子们把人捉来了。

捉来了，怎么处置？捉的人可不负责了。

既然已经捉来，大概回头总得把乡长麻烦麻烦，在红布案桌前，戴了墨镜坐堂审案，这事人人都这样猜想。为什么非一定捉来不可，被捉的与捉人的两方面皆似乎不甚清楚。然而属于流汗喘气事自己无分，却把人捉到这里来示众的汉子们，这时对女人是俨然有一种满足，超乎流汗喘气以上的。妇女们走到这一对身边来时，便各用手指刮脸，表示这是可羞的事，这些人，不消说是不觉得天气好就适宜于同男子作某种事情应当了。老年人看了则只摇头，大概他们都把自己年青时代性情中那点孩气处与憨气处忘掉，有了儿女，风俗有提倡的必需了。

微微的晚风刮到璜的脸上，听着山上有人吹笛，抬头望天，天上有桃红的霞。他心中就正想到风光若是诗，必定不能缺少一个女人。

他想试问问被绳子缚定垂了头如有所思那男子，是什么地方来的人，总不是造孽。

男子原先低头，已见到璜的黑色皮鞋了。皮鞋不是他所习见的东西，故虽不忘却眼前处境，也仍然肆意欣赏了那黑色方嘴的皮鞋一番，且出奇那小管的裤子了。这时听人问他，问的话不像审判官，语气十分温和，就抬头来望璜。人虽不认识，但这人已经看出璜是与自己同情的人了，把头略摇，表示这事所受的冤抑。且仿佛很可怜的微笑着。

"你不是这地方人么？"

这样问，另外就有人代为答应，说"绝对不是"。这说话的人自然是不至于错误的。因为他认识的人比本地所住人还多。尤其是女人，打扮的样子并不与本村年青女人相同。他又是知道全村女子姓名相貌的。但在璜没有来到以前，已经过许多人询问，皆没有得到回答。究竟是什么地方人，那好事的人也说不出。

璜又看看女人。女人年纪很青，不到二十岁。穿一身极干净的月蓝麻布衣裳。浆洗得极硬，脸上微红，身体硕长，风姿不恶。身体风度都不像个普通乡下女人。这时虽然在流泪，似乎全是为了惶恐，不是为了羞耻。

璜疑心或者这是两个年青人背了家人的私奔事也不一定，就觉得这两个年青人很可怜。他想如何可以设法让两人离开这一群疯子才行。然而做居停主人的朋友进了城，此间团总当事人又不知是谁。并且在一群民众前面，或者真会作出比这时情形更愚蠢的事也不可知。这时这些人就并不觉得管闲事的不合理。正这样想已经就听到有人提议了。

有个满脸疙疸再加上一条大酒糟鼻子的汉子，像才喝了烧酒，把酒葫芦放下来到这里看热闹的样子，从人丛中挤进来，用大而有毛的手摸了女人的脸一下，在那里自言自语，主张把男女衣服剥下，一面拿荆条打，打够了再送到乡长处去。他还以为这样处置是顶聪明合理的处置。这人不惜大声的嚷着，拥护这希奇主张，若非另一个人扯了这汉子的裤头，指点他有"城里人"在此，说不定把话一说完，不必别人同意就会做他所想做的事。

另外有较之男子汉另有切齿意义，仿佛因为女人竟这样随便同男子在山上好风光下睡觉，极其不甘心的妇女，虽不同意脱去衣裤，却赞成"挞"。都说应结结实实的挞一顿，让他们明白胡来乱为的教训。

小孩子听到这话莫名其妙的欢喜，即刻便竟往各处寻找荆条去了。他们是另一时常常为家中父亲用打牛的条子，把背抽得次数太多，所以对于打贼打野狗野猫一类事，分外感到趣味。

璜看看这情形太不行了，正无办法。恰在此时跑来一个行伍中出身军人模样的人物。这人一来群众就起了骚动，大家争告给这人事件的经过，且各把意见提出。大众喊这人作"练长"，璜知道这必定是本村有实力的人物了，且不作声，听他如何处置。

行伍中人摹仿在城中所常见的营官阅兵神气，双眉皱着，不言不语，忧郁而庄严的望到众人，随后又看看周围，璜于是也被他看到了。似乎因为有"城中人"在，这汉子更非把身分拿出不可了，于时小孩子与妇人皆围近到他身边成一圈，以为一个出奇的方法，一定可从这位重要人物方面口中说出。这汉子，却出乎众人意料以外的喝一声"站开！"

因这一喝各人皆踉踉跄跄退远了。众人都想笑又不敢笑。

这汉子，就用手中从路旁扯得的一根狗尾草，拂那被委屈的男子的脸，用税关中人盘诘行人的口吻问道：

"从那里来的？"

被问的男子，略略沉默了一会，又望望那练长的脸，望到这汉子耳朵边有一粒朱砂痣。他说：

"我是窑上的人。"

好像有了这一句口供已就够了的练长，又用同样的语气问女人，他问她姓。

"你姓什么？"

那女子不答，抬头望望审问她的人的脸，又望望璜。害羞似的把头下垂，看自己的脚，脚上的鞋绣得有双凤，是只有乡中富人才会穿的好鞋。这时有在夸奖女人的脚的，一个无赖男子的口吻。那练长用同样微带轻薄的口吻问：

"你从那里来的，不说我要派人送你到县里去！"

乡下人照例怕见官，因为官这东西在乡下人看来总是可怕的一种东西。有时非见官不可，要官断案，也就正有靠这凶恶威风把仇人压下的意思。所以单是怕走错路，说进城，许多人也就毛骨悚然了。

然而女人被绑到树下，与男子捆在一处，好像没有办法，也不怕官了，她仍然不说话。

于是有人多嘴了，说"挞"。还是老办法，因为这些乡下人平时爱说谎，在任何时见官皆非大板子皮鞭竹条不能把真话说出，所以他们之中也只记得挞是顶方便的办法，乘混乱中就说出了。

又有人说找磨石来，预备沉潭。这自然是一种恐吓。

又有人说喂尿给男子吃，喂女子吃牛粪。这自然是笑谑。

…………

完全是这类近于孩子气的话。

大家各自提出种种虐待的办法，听着这些话的男女皆不做声。不做声则仿佛什么也不怕。这使练长激动了，声音放严厉了许多，仍然用那先前别人所说过的恐吓话复述给两人听，又像在说"这完全是众人意见，既然有了违反众人的事,众人的裁判是正当的,城里做官的也不能反对"。

女人摇着头,轻轻的轻轻的说:

"我是从窑上来的人,过黄坡看亲戚。"

听到女人这样说话的那男子,也怯怯的说话了,说:

"同路到黄坡。"

那裁判官就问:

"同逃?"

女人对于逃字觉得用得大非事实,就轻轻的说:

"不是。是同路。"

在"同路"不"同逃"的解释上,众人皆知道这是因为路上相遇始相好的意义,大家哄笑。

捉奸的乡下人一个,这时才从团上赶来,正各处找不到练长,回来见到练长了,欢喜得如见大王报功。他用他那略略显得狡滑的眼睛,望练长睐着,笑眯眯的说怎样怎样见到这一对无耻的年青人在太阳下所做的事。事情并不真正希奇,希奇处自然是"青天白日"。因为青天白日在本村的人除了做工就应当打盹,别的似乎都不甚合理,何况所做的事更不是在外面做的事。

听完这话,练长自然觉得这是应当供众人用石头打死的事了,他有了把握。在处置这一对男女以前,他还想要多知道一点这人的身家,因为凡是属于男女的事,在方便中皆可以照习惯法律,罚这人一百串钱,或把家中一只牛牵到局里充公，他从中也多少可叨一点光。有了这种思想的他，就仍然在那里讯取口供，不殚厌烦，而且神气也温和多了。

在无可奈何中男子一切皆不能隐瞒了。

这人居然到后把男子的家中的情形完全知道了，财产也知道了，地位也知道了，家中人也知道了，便很得意的笑着。谁知那被捆捉的男子，到后还说了下面的话。他说他就是女子的亲夫。虽是亲夫妇，因为新婚不久，同返黄坡女家去看岳丈，走过这里，看看天气太好，两人皆太觉得这时节需要一种东西了，于是坐到那新稻草集旁看风景，看山上的花。那时风吹来都有香气，雀儿叫得人心腻，于是记起一些年青人可做的事，于是到后就被捉了。

到男子说完这话，众人也仿佛从这男女情形中看得出不是临时匹配的两个了。然而同时从这事上失了一种浪漫趣味的众人，就更觉得这是非处罚不行了。对于罚款无分的，他们就仍然主张挞了再讲。练长显然也因为男子说出是真夫妇，成为更澈底了的。

正因为是真实的夫妇，在青天白日下也不避人的这样做了一些事情，反而更引起一种只有单身男子才有的愤恨骚动，他们一面想望一个女人无法得到，一面却眼看到这人的事情，无论如何将不答应的，也是自然的事。

从明白了头至尾这事的璜，先是也出于意外的一惊的，这时同练长来说话了。他要这练长，把这人放下才是。听过这话的练长，望着璜的脸，大约必在估计璜"是不是洋人的翻译"。看了一会，璜皮裤带边一个党部的特别证被这人见到了，这人不愿意表示自己是纯粹乡下人，就笑着，想伸手给璜捏。手没有握成，他就在腿上搓自己那只手，起了小小反感，说：

"先生，不能放。"

"为什么？"

"我们要罚他，他欺侮了我们这一乡。"

"做错了事，陪陪礼，让人家赶路好了，没有什么可罚的！"

那糟鼻子在众人中说："那不行，这是我们的事。"虽无言语但见到了璜在为罪人说话的男女，听到糟鼻子的话，就哄然和着。然而当璜回过头去找寻这反对的敌人时，糟鼻子心有所内恧赶忙把头缩下，蹲于人背后抽烟去了。

糟鼻子一失败，于是就有人附和了璜，代罪人为向练长说好话的人来了。这中也有女人，就是非常害怕"城里人"那类平时极爱说闲话的中年妇人，可以谥之为长舌妇而无愧的。其中还有知道璜是谁的，就扯了练长黑香云纱的衣角，轻轻的告练长这是谁。听到了话的练长，点着头，心软了，知道敲诈的事不行，但为维持自己在众人面前的身分虽知道面前站得是"老爷"，也仍然装着办公事人神气说：

"璜先生您对。不过我们乡下的事我不能作主，还有团总。"

"我去见你团总，好不好？"

"那也好吧，我们就去。我是没有什么的，只是莫让本乡人说话就好了。"

练长狡滑处，璜早就看透了，说是要见团总，把事情推到团总身上去，他就跟了这人走。于是众人闪开了，预备让路。

他们同时把男女一对也带去。一群人皆跟在后面看，一直把他们送到团总院子前，许多人还不曾散去。

天色渐渐的夜了。

从团总处交涉得到了好的结果，狡滑的练长在璜面前无所施其伎俩，两个年青的夫妇缚手绳子在团总的院中解脱了。那练长，作成卖人情的样子，向那年青妇人说：

"你谢谢这先生，全是他替你们说话。"

女人正在解除头上乡下人恶作剧为缠上的那一束花，听过这话后，就连花为璜作揖。这花束她并不弃去，还拿在手里。那男子见了，也照样作揖，但却并不向练长有所照应。练长早已借故走去，这事情就这样喜剧的形式收场了。

璜伴送这两个年青乡下人出去，默无言语，从一些还不散去守在院外的愚蠢好事乡下人前面过身，因为是有了璜的原故，这些人才不敢跟随。他伴送他们到了上山路，站到那里不走了，才想到说话，问他们肚中饿了没有，两人中男子说到达黄坡时赶得及夜饭。他又告璜这里去黄坡只六里路，并不远，虽天夜了，靠星光也可以走得到他的岳家。说到星光时三人同时望天，天上有星子数粒，远山一抹紫，黄昏正开始占领地面的一切，夜景美极了。这样的天气，似乎就真适宜于年青男女们当天作可笑的事。

璜说："你们去好了，他们不会与你为难了。"

那乡下男子说："先生住在这里，过几天我来看你。"

女人说："天保佑你这好先生。"

那一对年青夫妇就走了。

独立在山脚小桥边的璜，因微风送来花香，他忽觉得这件事可留一种纪念，想到还拿在女人手中的那一束花了，于是遥遥的说：

"慢点走，慢点走，把你们那一把花丢到地下，给了我。"

那女人似乎笑着为把花留在路旁石头上，还在那里等候了璜一会，见璜不上来，那男子就自己往回路走，把花送来了。

人的影子失落到小竹丛后了，得了一把半枯的不知名的花的璜，坐在石桥边，嗅着这曾经在年青妇人头上留过很希奇过去的花束，不可理解的心也为一种暧昧欲望轻轻摇动着。

　　他记起这一天来的一切事,觉得自己的世界真窄。倘若自己有这样的一个太太,他这时也将有一些看不见的危险伏在身边了。因此开始觉得住在这里是厌烦的地方了。地方风景虽美,乡下人与城市中人一样无味,他预备明后天进城。

　　　　　　　　　　　　　　十八年七月十四作
　　　　　　　　　　　　　　二十二年十一月改

　　　　　　　　　　　　　　（取自《小说月报》）

阿金

黄牛寨十五赶场,鸦拉营的地保,在场头上一个狗肉铺子里,向一个预备与寡妇结婚的阿金进言。这地保说话的本领原同他吃狗肉的本领一样好,成天不会厌足。

"阿金管事,我直得同一根葱一样把话全说尽了,听不听全在你。我告你的事清清楚楚。事情摆在你面前,要是不要,你自己决定。你已经不是小孩子了。你懂得别人不懂的许多事,——譬如划算盘,就使人佩服。你头脑明白,不是醉酒。你要讨老婆,这是你的事,不用别人出主意。不过我说,女人脾气不容易摸捉。我们看过许多会管账的人管不了一个女人。我们又得承认许多人管兵时有作为,有独断,一到女人面前就糟糕,为什么巡防军的游击大人被官太罚跪的笑话会遐迩皆知?为什么有人说知县怕老婆还拿来搬戏?为什么在鸦拉营地方为人正直的阿金也……"

地保一番好心告给阿金,说有些人不宜讨媳妇的。

所谓阿金者，这时似乎有点听厌烦了，站起身来，正想走去。

地保隔桌子一手把阿金拉着，不即放手。走是不行的了。地保力气大，能敌两个阿金。

"别着急！你得听完我的话，再走不迟！我不怕人说我有私心，愿意在鸦拉营正派人阿金作地保的侄婿。我不图财，不图名，劝你多想一天两天。为什么这样忙？我的话你不能听完，将来你能同那女人相处长久？"

"我的哥，你放我，我听你说！"

地保笑了，他望阿金笑，笑阿金为女人着迷，到这样子，全无考虑，就只想把女人接进门。又笑自己做老朋友的，也不很明白为什么今天特别有兴致，非把话说完不可。见阿金样子像求情告饶，倒觉得好笑起来了。不拘是这时，是先前，地保对阿金原完完全全是一番好意的。

除了口多，爱说点闲话，这地保在鸦拉营原被所有人称为好人的。就是口多，爱说说这样那样，在许多人面前，也仍然不算坏人啊！爱说话，在他自己无好无坏。一个地保，他若不爱说话，成天到各处去吃酒坐席，仿佛一个哑子地保的身分，还在什么地方可以找寻呢？一个知县的本分，照本地人说来，只是拿来坐轿子下乡，把个结结实实的身体，给那些轿夫压一身臭汗。一个地保不长于语言可真不成其为地保！

地保见阿金重复又坐下了,他把拉阿金那一只右手,拿起桌上的刀来就割,割了就往口里送。(割的是狗肉!)他嚼着那肥肥的狗肉,从口中发出咀嚼的声音,把眼睛略闭了一会又复睁开,话又说到了阿金的婚事。

"……"

总而言之他要阿金多想一天。就只一天,老朋友的建议总不能不稍加考虑!因为不能说不赞成这事,这地保到后来方提出那么一个办法,等明天才说。仿佛这一天有极大关系存在,一到明天就"革命"似的使世界一切发生了变化。这婚事,阿金原是预备今晚上就定规的,抱兜里的钱票一束,就为的是预备下定钱用的东西。这乡下人手摸钞票洋钱摸厌了,一双数惯钱钞的手,如今存心想摸摸妇人身上的一切,算不得是怎样不合理的欲望!但是经不着地保用他的老友资格一再劝告,且所说的只是一天的事,想一天,想不想还是由乎自己,不让步真像对不起这好人,他到后只好答应下来了。

为了使地保相信,——也似乎为了使地保相信方能脱身的原因,阿金管事举起酒杯,喝了一杯白酒,当天赌了咒,说今天不上媒人家走动,决对要回家考虑,决对要想想利害。赌过咒,地保方面得了保障,到后便满意的微笑着,近于开释的把阿金管事放走了。

阿金在场上,各处走动了一阵,苗族女人格外多。各处是年青的风仪,年青的声音,年青的气味,因此阿金更不能忘情那一身白肉寡妇。乌婆族的女人是妖是神，比酒还使人沉醉，那不承认是不行的。这管事，打量讨进门的女人，就正是乌婆族中身体顶壮肌肤顶白的一个女子！

在别的许多地方，一个人有了点积蓄时，照例可以作许多事情，或者花五百银子，买一匹名为拿破仑的狼狗，或者花一千银子，买一部宋版书。阿金是苗人，生长在苗地，他不明白这些事情。他只按照一个平常人的希望，要得到一种机会，将自己的精力，用在一个妇人身上去。精致的物品只合那有钱的人享用，这句话凡是世界上用货币的地方都通行，这妇人的身体值五头黄牛，凡出得起这个价钱的人都有作她丈夫的资格。阿金管事既不缺少这份金钱，自然就想娶这个精致体面妇人作老婆。

妇人新寡，在本地出名的美丽。大致因为美，引起了许多人的不平。许多无从与这个妇人亲近的汉子中，就传述了一种只有男子们才会有的谣言，地保既是阿金的老友，因此一来自然就觉到一分责任了。地保劝阿金，不是为自己有侄女看上了阿金，也不是自己看上了那妇人，这意思是得到了阿金管事谅解的。既然谅解了老友，阿金当真觉得不大方便在今天上媒人家了。

知道了阿金不久将为那美妇人的新夫的大有其人。这些人，今天同样的来到了黄牛寨场上会集，见了阿金就问："阿金管事什么时候可吃酒？"这正直乡下人，在心上好笑，说是"快了吧，在一个月以内吧"。答着这样话时的阿金管事，是显得非常快乐的。因为照本地规矩一面说吃酒，一面就有送礼物道贺意思。如今刚好进十月，十月正是各处吹唢呐接亲的一个好节季。

说起这妇人，阿金管事就仿佛捏到了妇人腿上的白肉，或拧着了妇人的脸，有说不出的兴奋。他的身子虽在场坪里打转，他的心是在媒人那一边的。

虽然赌了小咒，说决定想一天再看，然而终归办不到。不由自主又向做媒那家走去了。走到了街的一端狗肉摊前时遇见了地保，地保把手一摊拦住了去路。

"阿金管事，这是你的事，我本来不必管。不过你答应了我想一天！"

原来地保等候在那里。他知道阿金会翻悔的。阿金一望到那个大酒糟鼻子，连话也不多听就回头走了。

地保一心为好候在那去媒人家的街口，预备拦阻阿金，这关切真来得深。阿金明白这种关切意思，只有回头一个办法。

他回头时就绕了这场坪，走过卖牛羊处去，看别人做牛羊买卖。认得到阿金管事的，都来问他要不要牛羊。他只要人。他预备的是用值得六只牯牛的钱换一个身体肥胖胖白蒙蒙的妇人的。望到别人牛羊全成了交易，心中有点难过，不知不觉又往媒人家路上走去。老远就听得那地保与他人说话的声音，知道那好管闲事的人还守在那里，像狗守门，所以第二次又回了头。

第三次已走过了地保身边，却被另一人拉着讲话，所以又被地保见到，又不能进媒人家里。

第四次他还只起了心，就有另一个熟人来，说是地保还坐在那狗肉摊边不动，与人谈天。谈到阿金的事，阿金便不好意思敢再过去冒险了。

地保的好心肠的的确确全为的是替阿金打算。他并不想从中叨光，也不想拆散鸳鸯。究竟为什么不让阿金抱兜中钱，送上媒人的门，是一件很不容易明白的事。但他总有他的道理的，好管闲事的脾气，这地保平素虽有一点也不很多，恰恰今天他却特别关心到阿金的婚事。为什么缘故？因为妇人太美，相书上写明"克夫"。老朋友意思，不大愿意阿金勤苦多年积下的一注财产一分事业为一个妇人毁去。

为了避开这麻烦，决计让地保到夜炊时回家，再上媒人家去下定钱，阿金管事无意中走到赌场里面去。一个心里有事的人，赌博自然不大留心，阿金一进了赌场，也同别的许多下人一样，很豪兴的玩了一阵出来时天当真已入夜了。这时节看来无论如何那个地保应当回家吃红炖猪脚去了。但阿金抱兜已空，所有钱财业已输光，好像已无须乎再上媒人家商量迎娶了。

过了几天，鸦拉营为人正直的地保，在路上遇到那为阿金做媒的人,问起阿金管事的婚事究竟如何,媒人说阿金管事出不起钱,妇人已归一个远方绸商带走了。亲眼见到阿金抱兜里一大束钞票的地保,还以为必是阿金已觉得美妇人不能做妻,因此将亲事辞了。地保自以为自己做了一件很对得起朋友的事情,即刻就带了一大葫芦烧酒,走到黄牛寨去看阿金管事,为老朋友的有决断致贺。

(选自《旅店及其他》)

十七年十二月写成

会明

排班站第一，点名最后才喊到，这是会明。这个人所在的世界，是没有什么精彩的世界。一些铁锅，一些大箩筐，一些米袋，一些干柴，把他的生命消磨了三十年，他在这些东西中把人变成了平凡人中的平凡人了。他以前是农夫，民国革命，改了业。改业后，他做的是火夫，在一个军队中，烧火，担水，挑担子走长路，除此以外没有别的可做。

他样子是那么的——

身高四尺八寸。长手长脚长脸，脸上那个鼻子分量也比他人的长大沉重。长脸的下部分，生了一片胡子，这个本来长得像野草，因为剪除，所以不能下垂，却横横的蔓延发展成为一片了。

这品貌，若与身分相称，他应当是一个将军。若把胡子也作为将军必须条件之一时，这个人的胡子，还有两个将军的好处的。许多人，在另一时，因为身上或脸上一点点东西出众，从平凡中跃起，成为一时代中要人，原是很平常的事。这人却似乎正因为这些特长，把一生毁了。

他是陆军第四十七团三十三连一个火夫。提起三十三连，很容易使人同时记起当洪宪帝制时代国民军讨袁时在黔湘边界一带的血战。事情已十年了。那时会明是火夫，无事时烧饭炒菜，战事一起则运输子弹，随连长奔跑。一直到这时，他还仍然在原有位置上任事。一个火夫应做的事他没有不做，他的名分上的收入，也仍然并不与其余火夫两样。

如今的三十三连，全连中只剩余会明一人同一面旗帜十年前参预过革命战争，这光荣的三十三连俨然只是为他一人而有了。旗在会明身上谨谨慎慎的缠裹着，会明则在火夫的职分上按照规矩做着粗重肮脏的杂务，便是本连的长官也仿佛把这过去历史忘掉多久了。

野心的扩张，若与人本身成正比，会明有作司令的希望。然而主持这人类生存的，俨然是有一个人，用手来支配一切，有时因高兴的缘故，常常把一个人赋与了特别夸张的体魄，却又在这峨然巍然的躯干上安置一颗平庸的心。会明便是如此被处治的一个人了。他一面发育到使人见来生出近于对神鬼的敬畏，一面却天真如小狗，循良如母牛。若有人想在这人生活上，找出那屯蹇运蹇的根原，这天真同和善，就是其所以使这个人永远是火夫的一种极正当理由。在躯体上他是一个火夫，在心术上他是一个好人。人好时，就不免有人拿来当呆子惹。被惹时，他在一种大度心情中看不出可发怒的理由，但这不容易动火的性格，在另一意义上，却仿佛人人都比他聪明十分，所以他只有永远当火夫了。

军队中，总不缺少四肢短小如猢狲，却同时又不缺少猢狲聪明那类同伴的。有了这同伴，会明便显得更呆相更元气了。这一类人一开始，随后是全连一百零八个好汉，在为军阀流血之余，人人把他当呆子款待，用各样绰号称呼他，用各样工作磨难他，渐渐的，使他把世界对于呆子的待遇一一尝到了，没有办法，他便自然而然也越来越与聪明离远了。

从讨袁到如今整十年。十年来，在别人看来他只长进了他的呆处，除此以外完全无变动。他正像一株极容易生长的大叶杨，生到这世界地面上，一切的风雨寒暑，不能摧残它，却反而促成他的坚实长大。他把一切戏弄放在脑后，眼前所望所想只是一幅阔大的树林，树林中没有会说笑话的军法，没有爱标致的中尉，没有勋章，没有钱，此外嘲笑同小气也没有，树林印象是从都督蔡锷一次训话所造成，这树林，所指的是中国边境，或者竟可以说是外洋，在这好像外洋地方，军队为保卫国家驻了营，作着所谓伟大事业，一面垦辟荒地，一面生产粮食。

在那种地方，也有过年过节，也放哨，也打仗，也有草烟吃，但仿佛总不是目下军中的情形。那种生活在什么时候就出现，怎么样就出现，问及他时是无结论的。或者问他，为什么这件事比升官发财有意义，他也说不分明。他还不忘记都督尚说过"把你的军旗插到堡上去"那一句话。军旗在他身上，是有一面的，他所以保留下来，就是相信有一天用得着这东西。到了那日，他是预备照所说方法做去的。

被人谥作"呆"，那一面宝藏的军旗，与那理想，都有一部分责任了。他似乎也明白，到近来，旗子事情从不与人提起了。他那伟大的想望，除供自己玩味以外，也不与另外人道及了。

因为打倒军阀打倒反革命，三十三连被调到黄州前线。

这时所说的，就是他上了前线的情形。

打仗不是可怕的事，在中国当兵，不拘如何胆小，都不免在一年中有到前线去的机会。这火夫，有了十年的经验，这十年来是中国在这新世纪别无所为只成天互相战争的时代，新时代的纪录是流一些愚人的血升一些聪明人的官。他看到的事情太多，死人算什么大不了的事。若他有机会知道"君子远庖厨"一类话，他将成天嘲笑人类怜悯是怎么一会事了。流汗，挨饿，以至于流血腐烂，这生活，在军队以外的人配说同情吗？他不为同情，不为国家迁都或党的统一，——他只为"冲上前去就可以发三个月的津贴"，这呆子，他当真随了好些样子很聪明的人冲上前去了。

到前线了，他的职务还是火夫。他预备在职分上仍然参预这热闹事情。他老早就编好了草鞋三双。还有绳子，铁饭碗，成束的草烟，都预备得完完全全。他另外还添制了一个火镰，是用了大的价钱向一个卖柴人匀来的。他算定这热闹快来了。望到那些运输辎重的车辆，很沉重的从身边过去时，车轨深深的埋在泥沙里，他就呐喊，笑那拉车的马无用。他在开向前防的路上，肩上的重量不下一百二十斤，但他还唱歌，一歇息，就大喉咙说话。

军队两方还无接触的事，各处队伍，以连为单位分驻各处，三十三连被分驻在一小山边。他同平时一样，挑水洗菜煮饭每样事都是他作，凡是用气力的他总有分。事情作过了，司务长兴豪时，在那过于触目了的大个儿体格上面，加以地道的嘲弄，把他喊作"枪靶"，他就只做着一个火夫照例在上司面前的微笑，问连长什么时候动手。为什么动手他却不问。因为自然是革命救国打倒军阀才有战事，不必问也知道，这个人，有些地方他已不全呆了。

驻到前线三天，一切却无动静。这事情仿佛与自己太有关系了，他成天总想念到这件事。白天累了，草堆里一倒就睡死，可是忽然在半夜醒来时，他的耳朵就像为什么枪声引起了注意才醒的。他到这时节就不能再睡了。他就想，或者这时候前哨已有命令到了？或者有夜袭的事发生了？或者有些地方已动了手，用马刀互相乱砍，用枪刺互相乱刬？他打了一个冷战，爬起身来，悄悄的走出去望了一望帐篷外的天气，同时望到守哨的兵士鹄立在前面，或者是肩上扛了枪来回的走。他不愿意惊动了这人，又似乎不能不同这人说一句话，就咳嗽，递了一个知会。他的咳嗽是无人不知道的，自然守哨的人即刻就明白是会明了，到这时，遇守哨人是个爱玩笑的人呢，就必定故意的说"口号！"他在无论何时是不至于把本晚上口号忘去的。但他答应的却是"火夫会明"。军队中口号不同是自然的事，然而这个人的口号却永远是"火夫会明"四个字。把口号问过，无妨了，就走近哨兵身边。他总显着很小心的神气，问，"大爷，怎么样，没有事情么？""没有。"答应着这样话的哨兵，走动了。"我好像听见枪声。""你在做梦。""我醒了很久。""说鬼话。"问答应当小住了，这个人，于是又张耳凝神听听远处，然而稍过一会，总仍然又要说："听，听，大爷，好像有点不同，你不注意到么？"假若答的还是"没有"，他就像顽固的孩子气的小声说："我疑心是有，我听到马嘶。"那答的就说，"这是你出气。"被骂了，仍然像是放心不下，还是要说。……或者，另外又谈一点关于战事死人数目的统计,以及生死争夺中的轶闻。这火夫,直到不得回答,身上也有点感觉发冷,到后看看天,天上全是大小星子,看不出什么变化,就又好好的钻进帐篷去了。

战事对于他也可以说是有利益的,因为在任何一次行动中,他总得到一些疲倦与饥渴,同一些紧张的欢喜。就是逃亡,退却,看到那种毫无秩序的纠纷,可笑的慌张,怕人的沉闷,都仿佛在他是有所得的。然而他期待前线的接触,却又并不因为这些事了。他总以为既然是预备要打,两者已经准备好了,那么乘早就动手,天气合宜,人的精神也较好。他还记得去年在鄂西的那回事情,时间正是六月,一倒下,气还不断,糜碎处就发了臭,再过一天,全身就是小蛆的爬行,否则头脸发紫,涨大如斗,肚腹肿高,旋即爆裂出肠。一个军人,自己的生死虽应置之度外,可是死后那么难看,那么发出恶臭流水生蛆,虽然是敌人,还是另一时用枪拟过自己的头作靶,究竟也是不很有意思的事!如今天气是显然一天较一天热,再不打,过一会,真就免不了要像去年情形了。

为了那太难看太不与鼻子相宜的六月情形,他愿意动手的命令即刻就下。

然而前线的光景,却不能如会明所希望的变化。先是已有消息令大队在××集中,到集中以后,局面反而和平了许多,又像是前途还有一线光明希望了。

这和平，倘若当真成了事实，真是一件使他不大高兴的事。单是为他准备战事起后那种服务的梦，这战争的开端，只顾把日子延长下去，已就是许多人觉得是不可忍受的一件事了。人人都并不欢喜打仗。但都期望从战事中得到一种解决：打赢了，就奏凯；败了，退下。总而言之一到冲突，真的和平也就很快了。至于两方支持原来地位下来呢，在军人看来却感到十分无聊。他与他们心情并不差异的，就是死活都以即刻解决为妙，维持原防，不进不退，是不行的。谁也明白六月天气真不行！

他实在愿意打起来，似乎每打一仗，便与他从前所想的军人到西北去屯边救国的事实走近一步了，于是他在白天，逢人就问究竟是要什么时候开火。他那种关心好像一开火后就可以擢升营长。可是这事谁也不清楚，谁也不能作决定的回答。人人就想知道这一件事，然而照例在命令到此以前，军人是谁也无权过问这日子的。看样子，非要在此过六月不可了。

五天了，还没动静。

六天了，一切还是同过去的几天一样情形。

一连几天不见变动，他对于夜里的事渐渐不大关心了。遇到半夜醒来出帐篷解溲，同哨兵谈话的次数也渐渐少了。

去他们驻防处不远是一个小村落，这村落因为地形的原故，没有争夺的必要，所以不驻一兵。然而住在村落中的人，却早已全数迁往深山中去了。数日来，看看情形不甚紧张，渐渐的，数日前迁往深山的乡下人，就有很多悄悄的仍然回到村中看视他们的田园的人，又有乡下人敢拿鸡蛋之类陈列在荒凉的村前大路旁，来同这些军人冒险做生意的。

会明为了火夫的本分，在开火以前，是仍然可以随时各处走动的。村中已经有了人做生意，他就常常到村子里去。他每天走几次，一面是代连上的弟兄买一点东西，一面是找一个吧乡下上年纪的人谈一谈话。而且村中更有使他欢喜的，是那本地种的小叶烟，颜色简直是金子，味道又不坏。既然不开火，烟总是要吸的，有了本地烟，则返回原防时，那原有三束草烟还是原束不动，所得好处的确已不少了，所以他虽然不把开火的事忘却，但每天到村中去谈谈话，尽村中人款待一点很可珍贵的草烟，也像这日子仍然可以过得去了。

村子里还有酒，从地窖中取出的陈货，他量不大，但喝一杯也令人心情欢畅。

他一到了那村落里，把谈话的人找到了，因为那满嘴胡子，别人总愿意知道他胡子的来处，这好人，就很风光的说及十年前的故事。把话说滑了口有时也不免小小吹了一点无害于事的牛皮，譬如本来只见过蔡锷两次，他说顺了口，就说是四五次。然而说过这样话的他，比听的人先把这话就忘记了到脑后，这也不算是罪过了。当他提起蔡锷时，说到那伟人的声音颜色，说到那伟人的精神，他于是记起了腰间一面旗，他就想了一想，很老成的望了一望对方人的颜色。本来这一村，这时留到这里的全是有了年纪的人，照例同他在一起谈话的总是老头子，因为望到对方人眼睛是诚实的眼睛，他笑了。他随后做的事是把腰间缠的小小三角旗取下来了。"看，这个！"看的人眼睛露出吃惊的神气，他得意了。"看，这是他送我们的，他说'嗨，勇敢点，插到那个地方去！'你明白插到那个地方去吗？"听的人，自然是摇头，而且有愿意明白"他"是谁以及插到什么地方去的意思。他就慢慢的一面喝着烟管一面说……听这话的人，于是也仿佛到了那个地方，看到这一群勇敢的军人，在插定旗子下面生活，旗子一角被风吹得拨拨作响的情形。若不是怕连长罚在烈日下立正，这个人，为了使这乡下人多明白一点，早已在这村落中一个土阜上面把旗子竖起，让这面旗子当真来在风中拨拨作响了。有时候，他人也许还问到"这是到日本到英国？"他就告他们"不拘那一国，总之不是湖南省，也不是四川省。"他想到那种树林，那种与中国相远，以为大概不是英国总就是日本国的。

至于俄国呢，他不说的，因为那里可怕，军队中照例是不许说这个国名的。

就好像是因为这慷慨的谈论,他把一切友谊同这村落中人交换了,有一次,他忽然得到一个人赠送的一只母鸡,带回帐篷了。那送鸡的人,告他这鸡每天会从拉屎的地方掉下一个卵来,他把鸡捧回时,就用一个无用处的白木子弹箱安置了它,到第二天一早,果然木箱中多了一个鸡卵。他把鸡卵取去好好的收藏了,喂了鸡一些饭粒,等候第二个鸡卵,第三天果然又是一个。当他把鸡卵取到手中时,便对那母鸡做着"我佩服你"的神气。鸡也懂事,应下的卵从不悭吝过一次。

鸡卵每天增加一枚,他每天抱母鸡到村子里尽公鸡轻薄一次,他为一种新的兴味所牵引,把战事的一切完全忘却了。

自从产业上有了一只母鸡以后,这个人,他有些事情,已近于一个做母亲人才需要的细心了。他同别人讨论这只鸡时,是也像一个母亲与人谈论儿女一样的。他夜间做梦,就梦到有二十只小鸡旋绕脚边吱吱的叫。梦醒来,仍然是凝神听,但所注意的已不是枪声是其他,他担心有人偷取鸡卵,有野猫拖鸡。

鸡卵到后当真已积到了二十枚。

会明除了公事以外多了些私事。预备孵小鸡,他各处找找东西,仿佛做父亲的人着忙看儿子从母亲大肚中卸出。对于那伏卵的母鸡,他也从"我佩服你"的态度上转到"请耐耐烦烦"的神情,似乎非常客气了。

日子在他的期待中,在其他人的胡闹中,在这世界上另一地方许多人的咒骂歌唱中,又糟蹋二十余天了。小鸡从薄薄的蛋壳里出到日光下,一身嫩黄乳白的茸毛,啁啾的叫喊,把会明欢喜到快成疯子。他很高兴,如果这时他被派的地方,就是平时神往的地方,他能把这一笼小鸡带去,即或别无其他人作伴,也将很勤的一个人在那里竖旗子地方住下了。

知道他有了一窝小鸡,本连上小兵,就成天有人来看他的小鸡的。还有那爱小意思的兵士,就有向他讨取的事情发生了。对于这件事他不悭吝的就答应了人,却附下了条件,虽然指派定这鸡归谁那鸡归谁,却统统仍然由他管理。他在每一小鸡身上作一个不同的记号,却把它们一视同仁的喂养下来。他走到任何帐篷里去,都有机会告给旁人小鸡近来如何情形,因为每一个帐篷里面总有一个人向他要过小鸡。

白天有太阳,他就把小鸡雏同母鸡从木箱中倒出来,尽这母子在帐篷附近玩,自己却赤了膊子咬着烟管看鸡玩,或者举起斧头劈柴,把新劈的柴堆成塔形。

遇到进村里去,他便把这笼鸡也带去,他预备给那原来的主人看,像那人是他的亲家。小鸡雏的健康活泼,从那旧主人口中得到一些动人的称赞后,他就非常荣耀骄傲的含着短烟管微笑,还极谦虚的说:"这完全是鸡好,它太懂事了,它太乖巧了。"为此一来,则仿佛这光荣对于旧主人仍然有分,旧主人觉悟到这个,就笑笑,会明感动到眼角噙了两粒热泪。

"大爷,你们是不打了吗?"

"唔,命令不下来。"

"还不听到什么消息吗?"

"或者是六月要打的。"

"若是要打,怎么样?"这老人意思所指,是这一窝鸡雏的下落。

会明也懂到这个意思了,就说:"这是连上一众所有的。"他且为把某只小鸡属于某一个人一一指点给那人看。"要打罢,也得带它们上前去。它们不会受惊的。你不相信吗?我从前带过一匹猫,这猫同我们在壕沟中过了两个月,是一只黑猫。"

"猫不怕炮火么?"

"它像人,到了那里就不知道怕。"

"我听说外国狗也打仗!"

"是吧,狗也能打仗吧。狗比人还聪明的。我亲眼看过一只狗有小牛大,拉车子。"

虽然说着猫呀狗呀的过去的事,看样子,为了这一群鸡雏发育的方便,会明已渐渐的倾向于"非战主义"者一面,也是很显然的事实了。

白日里，还同着鸡雏旧主人说过这类话的会明，返到帐篷中时坐在鸡箱边吸烟，正幻想着这些鸡各已长大飞到帐幕顶上打架的情形，有人来传消息了。人从连长处来，站在门口，说这一连已得到命令，今晚上就应当退却。会明跑出去把人拉着了，"嗨，你说谎！"来人望了望是会明，把身挣脱，走到别一帐幕前去了。他没有追这人，却一直向连长帐篷那一方跑去。

在连长帐篷前遇到他的上司了。

"连长，这是正经话吗？"

"什么话是正经话？"

"我听到他们说……"

连长不做声。这火夫，已经跑得气息发喘，见连长不说话，从连长的肩膊上望过去，才注意到有人在帐篷里面收拾东西，他抿抿嘴唇，很得意的跑回去了。

和议的局势成熟，一切作头脑的讲了和，地盘分派妥当，照例约好各把军队撤退，各处标语全扯去，天下太平了。会明的财产上多一个木箱，多一个鸡的家庭，他们队伍撤原防时，会明的伙食担上一端是还不曾开始用过的三束草烟叶，一端就是那些小儿女。本来应当见到血，见到糜碎的肢体，见到腐烂的肚肠，没有一人不这样想！但料不到的是这样开了一次玩笑，一切的忙碌，一切精力的耗费，一切悲壮的预期，结果无事，等于儿戏。

在前线，会明是火夫，回到原防会明仍然也是火夫。

不打仗,他仿佛觉到去那大树林涯很远,插旗子到堡上,望到这一面旗被风吹的日子还无希望。但他喂鸡,很细心的料理它们,多余的草烟至少能对付四十天,他是很幸福的。六月来了,这一连人没有一个腐烂,会明望到这些人微笑时,那微笑的意义,是没有一个人明白的。

(选自《从文甲集》)

十八年作二十三年改

黑夜

当两人在竹子编成的筏上,沿了河流向下游滑去,经过了四个水面哨卡,全被他们混过,离目的地只差将近五里时,竹筏傍在一些水苇泥泽河边上,滞住了。竹筏停止后,筏上两个人皆听到水声汩汩在筏底流过,风过时苇叶沙沙发响。

罗易,××的部队通信联络人,在黑暗里轻轻的声音带一点儿嘶哑,辱骂着他的年青伙伴:

"怎么会事,平平,你见鬼了,把事当游戏,想到这儿搁下,让人家从堤上用枪子来打靶,打穿我们的胸膛吗?"

那一个并不作声,先是蹲着,这时站起来了,黑暗中河水泛着一点点微光,把这个人佝偻的影子略微画出一个轮廓。他从竹筏一端走过另一端来。

"搁浅了,什么东西掯住了。"从声音上听来这人还只是一个小孩子。

话说完后，这年青人便扳着他朋友身边那把小桨，取那竹篙到手，把这竹筏试来左右撑着。水似乎的确太浅了。但从水声汩汩里，知道这里的水却是流动的，不应当使这竹筏搁浅的，故两人皆站了起来，把两只竹篙向一边尽力撑去，希望这一片浮在水面的东西，能向水中荡开。两人的篙子皆深深的陷在岸旁软泥里，用力时就只听到竹筏戛戛作声，结果这一个竹筏还是毫不移动。他又把篙子抽出向四面水中划着，看看是不是筏前筏后有什么东西挡着绊着。一切都好好的，四面是水，水在筏底筏旁流动，除了搁浅，找不出一个更近人情的理由来。

照理这一片竹筏是不应当掮到这里的。罗易带点焦躁埋怨他的年青同伴：

"还有五里，真是见鬼！应当明白，这是危险的地方，人家随时把电眼一照，就坏事的！"

那一个永远不知恐怖不知忧愁的年青人，一面默默的听取这种埋怨，一面在筏上从腰间取下手枪子弹盒，卷起裤管预备下水去看看。

他从近岸一边轻轻的跳下水里去，在水中站定后，沉默的也是快乐的，用力推动竹筏。筏身在转动中，发出戛戛声音，如人身骨节作响时情形。竹筏似乎也在挣扎中，愿意即早离开这儿。但底下似乎有什么东西掮着，牵扯着，挽留着，虽然可以稍稍转动却不能任意流走。

在筏上那一个说：

"轻一点，轻一点，我知道你气力很好的。你把衣服脱下来，试用手沿了这竹排各处摸去，看看是什么鬼挡了我们的路。一定有一个鬼，一定有的。"

年青人笑着说："一定有的罢，那好，让我来……"

这伙伴在水中当真就沿了竹排走去，伸手到冷冷的河水里去，遇到缚筏的葛藤缠缚处，就把全个身子伏到水中，两只臂膀伸到筏底去时，下巴也接近了水面。

河中水并不深，却有很深的污泥，拔脚时十分费力。慢慢的，他走到筏的另一端另一用葛藤缠缚处了，手中忽然触着了一件东西，圆圆的，硬硬的，一个磨石，另外是一些绳子，衣服，一个冰冷的家伙，年青人用惊讶混合了快乐的声音轻轻的叫了起来。

"呀，见鬼，这里就有个鬼！原来是它！"

"怎么的？"

他不即作答，就伸手各处摸去，捞着头发了，触着脸了，手臂也得到了，石磨同身体是为绳子缚在一块的，绳子挂着筏底，河中另一木桩又正深深的陷在筏底竹罅里。竹筏不动的原因就只这么会事了。年青人轻轻喊着：

"一个东西，捣我们的乱。被石磨缚着沉到这水里的！"

筏上那一个就命令说："拉开它。"一面听到远远的鸡叫，又焦急的轻轻骂着："见鬼的事，活下来不济事，被人好好的在你脖上悬一副磨石,沉到这儿,死了以后还来捣我们的乱。"

因为见到在水中那一个许久许久还不解决,就拉出身边的刀来,敲击筏边:

"平平,平平,伸手过来,拿刀去砍罢。若那只鬼手攀紧我们的筏,把它的手砍去。不要再挨了。还有五里,这里是一个顶危险的地方!……快一点,……溜涮一点。……"

年青那一个想着"手攀紧我们的筏……",筏上那一个急性处,使他在水中笑了。

刀在水中微拨动水声,竹筏转动了。一会儿,水中那一个,又用肩扛了竹筏的一头,尽力想把竹筏举起。仿佛年龄太轻了,力量太小了,竹筏就只转动着。

竹筏能转动,却不能流动。原来河中那个木桩,正陷在竹与竹之间罅穴里,木在水中筏底,刀砍不易着力,若欲除去,除非把竹筏解散,重新编排不可。

时间不许两人作这种从容打算。这竹筏本来到了下游浮桥附近时,不能通过也仍然得弃去的,因此在筏上那一个,虽然十分焦躁,骂着各样的话语,又用各样话语恐吓着水中那一个,以为一切错误完全由于他,且以为只要回到××就得报告执行部处罚这疏忽职务的行为,但水中那一个却只简单的提议:

"从旱路走我们才可以在天明以前赶到。"

"从旱路走我们就又得尽魔鬼在我们脖子上悬一副磨石。"

"难道怕那东西就不赶路了吗？"

两人之中年青的一个事实上终于占了胜利，两人把两只连槽盒子枪，两把刀，以及一些别的东西，皆从泥淖极深的河边搬到了堤上，慢慢的在黑暗中摸索爬上了高堤。到了堤上两人皆坐在路旁深草里，估量去目的地的远近。河中两人走过了两次，却皆是在黑夜里，沿河走去还极其陌生，尚不知要经过多少小溪同泽地，尚不知道必需经过多少人家多少哨卡。天是那么黑暗，两人想从一颗所熟习的星子或别的任何东西辨识一下方向皆不可能。身边虽有一个电筒，可以照寻路径，但黑暗在周围裹着，身旁任何一处，似乎都有一些眼睛同一个枪口，只要发现点点光亮就会有一颗子弹飞来。一被人发现，就不容易通过，只能以命换命，所有职务得由第二批人来冒险了。

两人稍停顿了一下，因为在堤上走路危险成分太多，知道堤旁沿河还应有小道可走，几天来河水退了不少，小道一定很好走路，且说不定还可以在某一时得一只小船，故又下了高堤到河边小路上去。时间实在也不能再迟了，因此两人不管一切向前走去了。

两人从一个泥滩上走了许久，又走进了一片泽地，小径四围皆是苇子，故放心了一点。进苇林后他们只觉得脚下十分滑泽,十分潮湿,且有一股中人欲呕的气味,越走气味越难闻。

"一定在这路上又躺得有一个,小心一点,不要为这家伙绊倒。"

"我忘记摸摸我们筏底那一个身上了,或者是我们的伙计!"

"不是我们的,你以为是谁的?"

"我知道第七十四号文件是缝在裤上的,十三号藏在一枝卷烟里。还有那个……"

"小心一点,我们还在人家笼里,不然也会烂到这里的。留心你的脚下。"

罗易因为觉得死尸一定就在五尺以外了,正想把电筒就地面视察一下。

性格快乐年纪极轻那一个,忽然把他的老伴止住了。两人凝神静气的听,就听到河中有轻微木桨拨水声,在附近很匀称的响着。他们所在地方去河不过五丈,却隔了一片稠密的苇林。两人皆知道所处情形十分危险,因为这一只船显然不是自己一方面的,且显然是在这河港中巡逻,邀截××两方联络的。倘若这只船在上游一点,发现了那个竹筏,检查竹筏时复发现了堤旁泥泽地上分明的脚迹,即刻跟踪赶来时,一切就只有天知道了。

幸好两人上了岸,不然在河中也免不了赌一下命运。

这时节,不知为了两人所惊吓,还是为了河面桨声所惊吓,苇林里有一只极大水鸟在黑暗里鼓翅冲向空中,打了一个无目的的大转,向对河飞去了,就只听到船上有人说话,似乎已疑心到这一片苇林,正想在把船泊近苇林,但过不久,却又逐着水鸟飞去的方向,仍然很匀称很悠闲的打着桨向对河摇去了。

当两人听到船已摇近苇边时,皆伏在湿洳的地面,掏出手枪对准了桨声所在一方,心里沉沉静静。到后船远了,危险过去了,两人在黑暗中伸手各过去握着了另一只手,紧紧的捏了一下。

两人不敢失去一秒钟的机会,即刻又开始前进。

走过去一点,尸气已更触鼻,但再走几步,忽然又似乎已走过这死尸了。这死尸显然并不放在小路上,却是倒在左边苇林丛中的。

罗易被他的伙伴拉着了。

"怎么?"

"等一等,我算定这是我们第七十四号的同志,我要过去摸摸他,只一分钟,半分钟。"

这伙伴不管那头目如何不高兴,仍然躬着腰迎着气味所在的方向,奋勇的向深密的苇林钻去,还不过半分钟,就又转身回来了。

"我说是他就是他。那腐臭也有他的性格在内,这小子活时很勇敢,倒下烂了还是很勇敢的!"

"得了什么?"

"得一手蛆。"

"怎么知道是他？"

"我把那小子缝了文件的领子扯下来了。我一摸到领子就知道是他。"

"你们都是好小子。"

两人重新上了路，沉默的，茫然的，对于命运与责任，几乎皆已忘却，那么在黑暗中迈着无终结的大步。

苇林走尽后，便来了新的危险。

前面原来是一个转折山岨，为两人在所必需经过的地方，若向山下走去，将从一个渡头过身，远远的有一堆火燎，正证明那里有人守着；若向山上走，山上是一条陌生的路，危险可太多了。两人不能决定从上面还是从下面，就因为两方面皆十分危险，却不知道那一方面可以通过。

多一秒钟迟疑，即失去一秒钟机会，两人因为从黑暗中看火光处，较敌人从火光中看黑暗方便，且路途较熟，到不得已时还可以凫水过河，故直向有火光的渡头走去。到较近时方明白火堆并非燎火，业已将近熄灭了。年青人眼明心慧，大胆的估计，以为那地方不会有一个人，毫不迟疑走过去，年长的却把他一把簇着了。

"平平，你见鬼了，还走过去吗，不能再走了！"

"你放心，那一定是驻在山岨上的鬼下河边去上船时烧的火，我们先前不听到一个小船的桨声吗，即或是有意放下的火燎，也是虚张声势的火燎！"

依然又是年青人占了胜利，走近火边了，恐怕中计，两个人小小心心的伏在堤边，等了一阵，方慢慢的同两只狗一样爬过去，什么也没有！什么也没有！两人过了火堆，知道过了这山岨转过去后就是一段长长的平路，傍山是一片树林，傍河是一片深草，一直到快要接近××时，才有新的危险，故胆气也大多了。两人于是沿了大路的草旁走去。

走了一会，先是年青伙伴耳朵聪锐，听着大路上有了马蹄声，后来那一个也听着了。两人知道一定是魔鬼送信骑马过路，两人恐怕这骑马信差带得有狗，嗅得出生人气味，故赶忙爬上山去，胡胡乱乱借着一点点影子，爬了许久。不过一会儿，马蹄声果然临近山下了，嘚嘚嘚嘚踏着不整齐的青石山路，马蹄铁打击着石头放出火花，马嘴喷着大气，上面伏着一个黑色影子，很迅速的跑过去了。

两人从山半走回路上时，罗易扭坏了一只脚。

但两人知道非早一点通过××最后一段危险不可，几几乎还是跑着走去。

到了危险关隘附近时，听到村鸡第二次叫唱，声音在水面浮着。

两人本应向河下走去，把枪埋到岸边苇林里，人向河水中浮去，顺流而下，通过了浮桥，不过半里就无事了。

但罗易已经把脚扭伤,浮水能力全已失去了。若不向水中浮去,则两人应从山头爬过去。这山头道路既极陌生,且山后全是峭壁,一跌下去生命即毫无希望可言,即或不跌下去,若已为山头哨棚所发现,走脱的机会也就很少。但两条路必得选取一条的。

年长的明白难关近了,有点愤怒似的同他的伙伴说:

"平平,这是鬼做的,我也应当烂到这里,让下一次你来摸我的领子了。我这只脚实在不大好,到水中去已不济事,咱们俩各走一边好不好?你把枪交给我,你从水里去,我慢慢的从山路摸去。"

"这怎么好?脚既然坏了,应当同你在一起,我们即刻上山罢。要烂也烂在一堆!"

那一个忽然生气似的骂着:

"你有权利死吗?你这小鬼。我们能两人烂在一堆吗?听我的命令,把枪给我,不许再迟延一刻,知道了吗?"

年青人不作声,罗易就又说了一遍,年青人方低声的说:

"知道了。"

年青人一面解除带子,一面便想:"一只脚怎么能从那山上爬过去?"故虽答应了,还是迟疑不决。罗易明白他的同伴的意思,知道这小孩子同自己共事经过危险已有若干次,两人十分合手,现在从山路走的危险,小孩子意思决不愿意让他老朋友一个人走，但事实上又非如此处置不可，故把声音柔和了许多安慰到这孩子。

"平平同志，你放心从水中下去，不要担心，我有两枝枪，可以讨回他几只狗命，你冒一点险从这条路走去好了。你的路也很危险，到了浮桥边时，若水底已有了铁网，还得从浮桥上过去，多艰难的一件事！我打这儿上去，我摸得到路的，我到了那边可以把这枝枪交还你，一定交还给你。我们等一会儿到那边见，等一会儿。"

说的同听的皆明白，等一会儿见原是一句虚空毫无凭据的话。

这人一面说一面就去解除他年青同伴的枪枝，子弹盒皮带，一解了下来又好好的挂在自己身上，把手拍拍他小朋友的肩膊，说了两句笑话，并且要亲眼看他同伴跳下水后自己才走路。年青人被这又专横又亲切的老伴，用党的严格纪律同友谊上那分诚实，逼迫到他溜下高堤，向水中走去，不好再说什么话语。

河水冷冷的流着。

年青人默默的游到河中心时，同那个站在岸旁的老伴打了一个知会，摹仿水鸟叫了一声，即刻就有一枚石头从岸上抛来落在身旁附近水中。两人算是有了交代，于是分手各自上路了。

年青人小小心心向下游浮去，心中总不忘记他的同伴。快到浮桥时，远远的看到浮桥两端皆有燎火熊熊的燃着，火光倒映在水上。浮桥为魔鬼方面把一些小柴船鱼船用粗铁丝缚而成桥，两端皆有守护的人，桥上面也一定安置得有巡行步哨。他只把头面一部分露出水上，顺了水流漂游下去，刚近到桥时，担心到水面万一有了铁丝网应当如何过去，正计划着这件事，只听到岭上有一声枪响，接着又是一声，从枪声中他知道这是对方的步枪。枪响后还不曾听到朋友盒子枪的回声。但极显然的，朋友已被人家发现了，正在把他当作靶子用枪打着了。他这时从两岸火光微明里，明白自己已流到了离桥不过两丈左右了，只好钻入水底，过了浮桥才再露出头面。幸好河中并不如所传闻有什么阻拦，过了浮桥三丈以外，这年青人把头露出换气时，耳边已听盒子枪剥剥剥剥的响了七下，另一种枪便停顿了。但几乎是即刻的又听到了别的步枪声音，于是盒子枪又回敬了四下。

后来又听到步枪零零碎碎的响三下，隔了许久才又听到盒子枪响了一下。且听到浮拤旁燎火堆处有嗯哨声音，浮桥面上有小电筒的光在水面闪烁着。年青人重新把头沉到水中去，极力向下游泅去。

第二次露出头面时，一切枪声都没有了。

年青人身下是活活的沉默流着的一江河水，四围只是黑暗；无边际的黑暗，黑暗占领了整个空间，且似乎随了水的寒冷在浸入年青人的身体。他知道再下去一里，就可以望到他们自己的火燎了。

他用力泅着。向将近身边的光明与热奋力泅去。

············

"口号!"

"十——九,用包头缠脚。"

"一个吗?怎么一个?"

"问你祖宗去怎么只来一个。"

"丢了吗?"

没有回答,只听到年青人就岸时手脚拍水声。

(纪念郑子参而作)

九月二十四日青岛

泥涂

长江中部一个市镇上,十月某日落小雨的天气,在边街上一家小小当铺里,敝旧肮脏铺柜下面,站了三个瘦小下贱妇人,各在那里同柜台上人争论价钱。其中一个为了一件五毛钱的交易,五分钱数目上有了争执,不能把生意说好,举起一只细瘦的手臂,很敏捷攫过了伙计从柜台上抛下的一包旧衣,恨恨的望了另外两个妇人一眼,做出一种决心的神气,很匆遽的走了出去。可是这妇人快要走到门边时,又怯怯的回过头来,向柜台上人说:

"大先生,加一毛都不行吗?"

"不行!你别走,出了门时,回头来五毛也不要。"

妇人听到这句话,本来已拿这些东西走过好几个小押铺,出的价钱都不能超过五毛,一出门,恐怕回来时当真就不要了,所以神气便有点软弱了,她站在那个门边小屏风角上,迟疑了一下,十分忧郁的说:"人家一定要六毛钱用,不是买米煮饭,是买药救命!"

柜台上几个朝奉恶意的低低的笑着。因为凡是当衣服的人,全不缺少一种值得哀怜的理由,近来后街一带天花的流行,当东西的都说买药,所以更可笑了。

这样一来妇人似乎生了气,走出了门,可是即刻就回来,趱趱回到柜台前了。一会儿重新把手举起那个邋遢包裹,柜上那一面,却并不即伸出手来接受那个肮脏的包袱。还得先说好了条件,"五毛,多了一个不能",答应了,到后才把那个包裹接了过去,重新在台上解开,轻轻的抖着那两件旧衣,口中唱着一种平常人永远听不分明的报告,再过一会儿,就从上面掷来一张棉纸做成的当票,同一封铜子。妇人把当票茫无所知的看了一下,放到汗衣上贴胸小口袋里后,才接过铜子来,坐到窗下一条长凳上,数那从五角钱折好的铜子。来回数了三次,把钱弄清楚了,又在那凳上慢慢的包好,才叹了一口气走出了门。

一出了当铺的门,望望天空细雨已经越落越大了,她记起刚才在当铺柜台边时,地下有几张不知谁人掉下的破报纸,就又重新走回去,拾取了那报纸,把报纸搭盖着头部同肩部,作为一个防雨的宝物,才向距边街当铺已过十二家后一条小弄子里走去。

××的边街位置在×城××市的北方,去本市新近开辟的第四号大柏油路约一里又三分之一,去老城墙不到半里,××的地方因为年来外国商人资本的流入,市面的发展有出人意外的速度,商埠因为扩张渐渐有由南向北移去的样子,所以边街附近那几条街,情形也就成天不同。但边街因太同本地人名为"白墙的花园"那个专为关闭下贱的非法的人类牢狱接近,所以商埠的发展,到了某某街以后,就转而移向东方走去。因为东方多空地,离开牢狱较远,那地方原是许多很卑湿的地方,平时住下无数卑贱的为天所弃的人畜。到后这地方都被官家把地圈定,按亩卖给了当地财主团,各处皆分段插了标识,过不久,就有人从大河运了无数泥沙同笨重石头,预备填平了这些地方,又过一些日子,即在那些地方建筑了无数房子了。至于原来住东城卑湿地面草蓬里的人呢,除了少数年富力强合于工作的,留下来充当小工外,其余老幼男女,自然就到了全被驱逐赶走的时候了。他们有的向更东一方挪移。有些便移过了比较可以方便一点的北区,过着谁也想像不到的日子。北区因为这些分子的搀入,自然也仿佛热闹了,乱糟糟的,各处空地都搭了篷子,各处破庙里都填满了人,各处当街的灶头,屠桌上,铺柜上,一到了夜里,都有许多无处可栖身的人,争先占据一片地方,裹在破絮里,蜷伏成一团,闭了两只失神憔悴的眼睛,度过一个遥遥的寒夜。

这里虽同××市是一片土地,却因为各样原因,仿佛被弃样子,独立的成为一区。许多住过××市南区及新辟地段住宅区的人，若非特别事情到过这里，仿佛就不会相信×城还有这样一些地方。

九月来，在这些仿照地狱铺排的区域里，一阵干燥，一阵淫雨，便照例不知从何处而来一个流行传染病，许多人家小孩子皆害着天花。这病如一阵风，向各处人家稠密的方面卷去，每一家有小孩子的，皆不免有一个患者，各处都可看到一些人用红纸遮盖着头部，各处都看到肿胀发紫的脸儿，各处都看到小小的棺木。百善堂的小棺木，到后来被这个区域贫人也领用完了。直到善堂棺木完后，天花还不曾停止它的流行，街头成天有人用小篮儿或破席，包裹了小小的尸身向市外送去。每天早上，公厕所或那种较空阔地方，或人家铺柜门前，总可以发现那种死去不久，全身发胀崩裂，失去了原来人形，不知为谁弃下的小小尸骸。

地方聪明的当局，关于这类下贱龌浊病症的救济事情，除了接受一个明事绅董的提议，把边街尽头，通过市区繁盛区的街口，各站了一些巡警，禁止抱了小孩出街以外，就什么也不曾做。照习惯边街有善堂的公医院，同善堂的施药施棺木处，一切救济就都是这个善堂。但棺木到某一时也没有了。同时这上帝用污秽来扫灭一切污秽的怪病，却从小孩转到了大人方面。一切人都只盼望刮风，因为按照一种无知的传说，这种从地狱带来的病，医药也只能救济那些不该死的人，但若刮了一阵风，那些散播天花小鬼，是可以为一阵大风而刮去，终于渐渐平复的。

这收拾一切的风，应当在什么时候才来？上帝在这里是不存在的，这地方既然为天所弃，风应当从那儿吹来？自然的，大家都盼望着这奇怪的风，可是多数人在希望中都就先死去了。天气近了深秋，节季已不同了，落了好多天小雨，气候改变了一些，这传染病势力好像也稍稍小了一些。

那个用报纸作帽，在人家屋檐下走着的妇人，这时已走过了名为小街的一个地方，进了一个低低的用一些破旧洋磁脸盆，无用的木片，一些断砖，以及许多想像不到的废物，拌成屋顶的小屋子里。一进去时，因为里边暗了一点，踹了一脚水，吓了一跳，就嘶声叫唤着睡在床上的病人。

"四容，四容，怎么屋里水都满了，你不知道吗？"

卧倒也算是床的一块旧旧的不知从何处抬来的门匾上的病人，正在发热口渴，这时知道家中人已回来了，十分快乐，就从那个脏絮的一头，发出低弱的回声。"娘，你回来了，给我水喝！"孩子声音那么低弱，摇动着妇人的感情，妇人把下唇咬着，抑制着自己。

但妇人似乎生了一点气，站到门口："你喝多少水呀！我问你，我们屋子里全是水了，你不知道吗？"

"我听后面有人嚷闹，说大通公司挖沟放了水，我听他们骂人,可不知是谁骂人。"

妇人不理病人,匆匆走到屋后去了,到了后面,便眼见有许多人正在用家伙就地挖泥壅堤,因为附近过分低了一点,连日雨水已汇积成小湖,尽有灌到这些小小屋子里的趋势,但今天却为了在附近的工厂里放出积水,那些水都流向这个低处来,所以许多人家即刻都进水了。

这时许多人皆在合作情形下,用一些家伙从水里挖起泥来就地堆成小堤,一些从天花中逃出生命的孩子,疾病同饥饿折磨到他们的顽健,皆痴痴的站在高处,看他们家里人作事。

妇人向着一个脸上痘瘢还未脱尽正在那里掘沟的男子,她喊他的名字作祖贵,问他这是怎么一回事。那男子正为了这事有点生气,说:"怎么一回事,只有天晓得,我们房屋明天会都在水里!"

妇人说:"你家也进水了吗?"

男子说:"可以网鱼了!"

妇人说:"别的方法都没有了吗?"

那男子就笑了。"什么方法?"那时正把一铲泥撬起向小堤上抛去,"就是这个,劳动神圣。"

另外远一点一个妇人站在水边发愁,就告四容母亲说:"有人已经告局里去了!"那妇人意思,实以为局里必是很公道的,即刻就有办法的。

"告局里,他们就正想借这件事赶我们!"那男子一面说,一面走过去,把手中的一把铲子向水中捞着一个竹筒。"局里人都是强盗!他们只会骗我们骂我们,诬赖我们,他们只差一件事还不曾做到,就是放火烧我们的房子。"

有人就说:"莫乱说!"

那有痘瘢的祖贵说:"区长若肯说真话,他会详详细细告你一切!"

妇人说:"区长说他捐薪水发棉衣,一到十月就要办这件事!"

"谁得他的棉衣?每个区长都这样说一次,还有更好听更聪明的话!他那么说了,下一次又好派人来排家敛钱,要我们送他的匾。上次为区长登报,出两百钱,张家小九子告我们说,报上还看到我的名字,鬼晓得,名字上了报有什么好处,算什么事!"

另外一个正在搬取泥土,阻拦到他自己屋旁的老年人,搭着嘴说:"为什么没有好处,我出一百钱,我就无名字!许多人出一百钱都无名字!"

那祖贵望老年人露出怜悯的微笑:"你要报上有名字吗?花园里每次砍一个人,就有一个名字在报上……"

妇人喊那个站在水边发愁的女人,问:"是谁去告局里?"那女人说:"帮人写信的张师爷,他说,他去局里报告,要局里派人来看看。他做事是特别热心的。"

那挖泥土脸有痘瘢的男子就说:"他去报告,一面报告这件事，一面就去陪巡长烧烟，讨烟灰吃。"

那发愁的妇人因为不大同意这句话，就分辩说："什么烧烟？张师爷是好人！他帮你们写信，要过谁一个钱没有？他那兄弟死了，自己背过××去，回来时眼泪未干，什么人说，张师爷，做好事，给我写个禀帖，他就不好意思拒绝别人这样的请求！"

祖贵说："那有什么用处？谁不承认他是好人？可是人好有什么用处？况且他帮你做点事，自己并不忘记他自己的身分。他同谁都说他是一个上士，是个军籍中人，现在命运不好，被革命的把地位革掉了。他到这里就因为他觉得比你们高贵，比你们身分高一层，可怜你们，处处帮你们的忙。他同你们借钱，借一个就还一个。可是一发瘾了，这条曲蟮，除了到巡长处讨烟灰吃以外，就没有什么去处！"

"可是巡长看得起他，局里人全看得起他！"

"你说巡长送他的烟灰是不是？"

"他是读书人。"

"他是读书人？丢读书人的丑！"这男子复又自言自语似的说："他算不得读书人！读书人都无耻，我看不起读书人全体。因为他们认得几个字，就想得出许多方法欺侮我们，迫害我们，哄我们，骗我们。我恨他们……"

那发愁女人心想："你跟谁学来的这些空话？"忙把手指塞到耳朵，把头乱摇，因为听到的话好像很不近情，且很危险。她明白祖贵一说到这些时就有许多话，一时不能停止，谁也管不了他，她于是望望天气，天空中的小雨还在落，她似乎重新记起了自己应发愁的事情，觉得到此辩嘴无意思了，就拉了一下披在肩上的一片旧麻布，跳过了一道小沟，钻进自己那小屋子里去了。

这时远远的，正有一个妇人在屋里悠悠的哭着，一定的，什么充满了水的小屋里，一个下贱的生命又断气了。在水边的一些人，即刻就知道了是谁家的孩子去了世，因为这些人，平常时节决不会有什么烟子从屋中出来，家中有了病人，即或如何穷，平时没有饭吃，也照习气得预备一点落气纸钱，到什么时节病人落气时，就在床边焚烧起来，小小的屋子自然即刻满了青烟，这烟与妇人哭声便一同溢出门外，一些好事的或平常相熟的人，就都走过去探望去了。

这时节妇人记起自己家中那个病人要水喝了，忙匆匆回到自己屋里去，因为地下水已把土泡松了，一不小心，便滑了一下，把搁到架上一个空镴铁盒子绊落了地，哗啷啷的响着，手中那一封铜子也打散到水里了。

床上那病人叹着气，衰弱的问着："娘，你怎么了？"

妇人懊恼的从水里爬起："见了鬼。"她不即捡钱，把手在身上擦着，伸到一堆破絮里去摸病人的额部，走过水缸边去舀水，但又记起病人喝冷水不好，就说："四容，你莫喝冷水，等一等我烧水喝。"

病人似乎不甚清醒，只含含糊糊说一些旁的话。

妇人于是蹲到床边水里，摸那打散了的一封铜子，摸了半天，居然完全得到了，又数了两回，才用一块破布包好了，放到病人的床头席垫下，重新用那双湿湿的手去抚摸病人的头额。

"娘，口干得很，你为我舀点冷水给我喝喝罢，我心上发烧！"

妇人一句话不说，拿了一个罐子走出去了，到另外一个正在烧水的人家，讨了些温水，拿回来给病人，病人得到它，即刻就全喝了。把水喝过一会后，病人清醒了许多，就问这时已到了什么时候，是不是要夜了。妇人傍在床边，把头上的报纸取下来，好好的折成一方，压到床下去，没有什么话说。她正在打量着一件事情，就是刚才到当铺得的那五毛钱，是应当拿去买药，还是留下来买米？她心中计算到一切，钱只那么一点点，应做的事却太多了，便不能决定她所应做的事。

那病人把水吃过以后，想坐起来，妇人就扶了他起来，不许他下床，因为床下这时已经全是水了。

妇人见孩子的痛苦样子，就问他："四容，你说真话，好了一点没有？"

"一定好多了，娘你急什么？我们的命在天上，不在自己手上。"

"我看你今天烧得更利害。"

"谁知道?"病人说着,想起先一时的梦,就柔弱的笑了。"我先一会儿好像吃了很多桃子同梨,这几天什么地方会有桃子?"

妇人说:"你想吃桃子吗?"

"我想吃橘子。"

"这两天好像有橘子上市了。"

"我想到的很多,不是当真要吃的。我梦到很多我们买不起的东西!我梦里看到多少好东西呀!我看到大鱼,三尺长的大鱼,从鸡笼里跳出来,这是什么兆头?——天知道,我莫非要死了!"

妇人听说要死了,心里有一点儿纷乱,却忙说:"鱼自然是有余有剩。……"

这时那个门口,有一个过路的相熟妇人,拖着哑哑的声音向里面人发问:"刘孃,刘孃,怎么,你在家吗?孩子不好一点了吗?"

"好一点,谢谢你问到他,我这屋子里全是水了,你不坐坐吗?"

"不坐喔,我家里也是水!今天你怎么不过花园?我在窑货铺碰到七叔,他问你,多久不见你了。他要你去,有事情要你做。"

"七叔孩子不好了吗?"

"你说是第几的?第二的早好了,第四的第五的早埋了。"

那病人听到外面的话，就问妇人："娘，怎么，七叔孩子死了吗？"妇人赶快走到门外边去，向那个停顿在门口的女人摇手，要她不要再说。

不一会儿，这妇人就离了病人，过本地人大家都叫它作"白墙的花园"的监牢的那边去，在监牢外一条街上，一家烟馆的小屋前，便遇着了专司这个监牢买物送饭各样杂琐事情的七叔。这是一个秃头红脸小身材的老年人，在监狱里作了十四年的小事，讨了一个疯瘫的妻，女人什么事都不能作，却睡在床上为他生养了五个儿女。到了把第五个小孩，养到不必再吃奶时，妇人却似乎尽了那种天派给她做人的一分责任，没有什么理由再留到这个世界上，就在一场小小的热寒症上死掉了。这秃头七叔，哭了一场，把妇人从床上抬进棺木里，伴着白木棺材送出了郊外，因此白天就到牢里去为那些地狱中人跑腿，代为当当东西，买买物件，打听一下消息，传达一些信件，从那些事务上得到一点点钱，晚上就回来同五个孩子在一张大床铺上睡觉，把最小的那一个放到自己最近的一边。白天出去做事时，命令大孩子管照小孩子，有时几个较大的孩子，为了看一件热闹事情争跑出去了，把最小的一个丢到家里，无人照料，各处乱拉屎拉尿，哭一阵，无一个人理会，到后哭倦了，于是就随便在什么地方睡着了。

这秃头父亲因为挂念到几个幼小的孩子，常常白天回去看看,有时就抱了最小那一个到狱中去,站到栅栏边同那些犯人玩玩。这秃头同本街人皆称为刘孃的妇人,原有一点亲戚关系,所以妇人也有机会常常在牢狱走动走动,凡有犯人请托秃头做的事,当秃头忙不过来时,就由妇人去作。照例如当点东西,或买买别的吃用物品,妇人因为到底是一个妇人,很耐烦的去讲价钱,很小心的去选择适当的货物,所以更能得到狱中的信任与喜悦。她还会缝补一点衣服,或者在一块布手巾上用麻线扣一朵花,或者在腰带上打很好的结子,就从这牢狱方面得到一种生活的凭藉,以及生存的意义。有时这些犯人中,有被判决开释出去了,或者被判决处了死刑,犯人的遗物,却常常留着话,把来送给秃头同妇人。没有留着话说,自然归看狱管班,但看狱管班,却仍然常常要妇人代为把好的拿去当铺换钱,坏一点的送给妇人作为报酬。

因为本地天花的流行,各家都有了病人,一个在学剃头的孩子四容,平时顽健如小马,成天随了他的师傅,肩挑竖有小小朱红旗竿的担子,到各处小地方去剃头,忽然也害了这脏病。这寡妇服侍到儿子,匆忙过公医院去讨发表药,过药王宫去求神,且忙到一切事情,所以好一些日子,不曾过花园那边去。

就是那么几天,多少人家的小孩子都给收拾尽了。

妇人见到了秃头七叔,就走过去喊他:"七叔。"秃头望着妇人,看看妇人的神气,以为孩子死了。秃头说:

"怎么，四容孩子丢了吗？"妇人说："没有。我听人说小五小四，……"

秃头略略显出慌张："你来，到我家坐坐罢，我同你说话。"

秃头就烟馆门前摊子上的香火，吸燃了一根纸烟，端整了一下头皮上那顶旧毡帽，匆匆的向前走去。妇人不好说什么话，心里也乱乱的，就跟着秃头走去。秃头一面走一面心里就想，死了两个还有三个，谁说不是那个母亲可怜小孩子活下受罪，父亲照料受折磨，才接回去两个？

妇人过秃头家里去，谈了一阵死的病的种种事情，把秃头嘱咐代向万盛去当的银镯钏同戒子，袖到身上后，就辞了秃头，过后街去。把事办妥后又到狱里去找秃头，交给钱同当票，又为另一个犯人买了些东西，事情作完回家时，天已快夜了。那时四容已睡着了，就把所得脚步钱从摊子上买来的两个大橘子，给放在四容床边，等候他醒来，看是不是好了一点。四容醒时同他妈说后面水荡里，撬泥巴拦水的，有人发现了一个小尸首，不知是谁抛入河里的，大家先嚷了半天。妇人说："管他是谁的，埋了就完了。"说了就告给四容，"买得了两个橘子，什么时候想吃就吃。"四容吃了一个橘子，却说："今天想吃点饼，不知吃不吃得。"妇人想，痘落了浆怎么不能吃，不能吃饼又吃什么？

过后听到门前有打小锣的过身，妇人赶忙从病人枕下取了些钱，走出去买当夜饭吃的切饼同烧薯。回来时，把一衣兜吃的东西都向床上抛去，一面笑着一面扯脱脚下浸湿透了的两只鞋，预备爬到床上吃夜饭。四容见他娘发笑，不知是为什么事，就问他的娘，出去碰到了谁。妇人说："不碰到谁。我笑祖贵，白天挖沟泄水时，一面挖泥一面骂张师爷，这时两人在摊子边吃饼喝酒，又同张师爷争着会钞，可是两个人原来都是记账。"

"他们都能记账！"

"他们有钱时又不放赖，为什么不可以记账？"

"祖贵病好了吗？"

"什么病会打倒他呢？谁也打不倒他，他躺到床上六天，喝一点水，仍然好了。"

"他会法术。他那样子是会法术的神气。"

"那里，他是一个强硬的人！人一强硬还怕谁。"

"张师爷也是好人，他一见了我，就说要告我认字。我说我不想当师爷，还是莫认字罢。他不答应我这话，以为我一定得认识点字才对。他要我拜他做老师，说懂得书那是最尊贵没有了。"

"认字自然是好的，他成天帮人的忙，祖贵骂他，只口口声声说要把他头闷到水里去，淹得他发昏，他就从不生气！这是一个极好的人，因为人太好，命运才那么坏！"

"他们是一文一武,若……,可以辅佐真命天子!"

"说鬼话,你乱说这些话,要割你的嘴!"

"是我师傅说的。"

"你师傅若那么乱说,什么时候,就会用自己的剃刀,割他自己的嘴。"

母子两人吃着切饼,喝着水,说着各样的话,黑夜便来了,黑夜把各处角隅慢慢的完全占领后,一切都消失了。

在同一地方,另外一些小屋子里,一定也还有那种能够在小灶里塞上一点湿柴,升起晚餐烟火的人家,湿柴毕毕剥剥的在灶肚中燃着,满屋便窜着呛人的烟子,屋中人,藉着灶口的火光,或另一小小的油灯光明,向那个黑色的锅里,倒下一碗鱼内脏或一把辣子,于是辛辣的气味同烟雾混合,屋中人皆打着喷嚏,把脸掉向另一方去,过一时,他们照规矩,也仍然那么一家人同在一处,在湿湿的地上,站着或蹲着,在黑暗中把一个日子一顿晚饭打发了。

第二天一大清早,强梁的祖贵,就同那个在任何时节,任何场合里,总不忘记自己是一个上士身分的张师爷,依照晚上两人约好的办法,拿一张白纸,一块砚台,一枝笔,排家来看察,看是不是水已侵进了屋子,又问讯这家主人,说明不必出一个钱,只写上一个名字,画个押,把请愿禀帖送到区里去,同时举代表过工厂去,要求莫再放水，看大家愿不愿意。一些人自然是谁都愿意的，虽然都明白区里不大管这些事情，可是禀告了一下，好像将来出什么事情就有话说了。

说到推代表，除了要祖贵同张师爷一文一武，谁还敢单独出场。平常时节什么事就得这两个人，如今自然还是现成的，毫无异议，非两人去不行！可是那个文的，对于这一次事情，却说一定要几个女的同去，一定顺利一点。他在这件事上还不忘记加一个雅谑，引经据典，证明"娘子军到任何地方都不可少"。因为这件事同为了禀帖上的措词，他几乎被祖贵骂了一百句野话，可是他仍然坚持到这个主张。他以为无论如何代表要几个女的，措词则为"恳予俯赐大舜之仁"，才能感动别人。祖贵虽然一面骂他一面举起拳头恐吓他，可是后来还是一切照他的主张办去，因为他那种热心，祖贵有时也不好意思不降服他了。

当两人走到四容家门口时，张师爷就哑哑的喊着："刘孃，刘孃，在家吗？"

妇人正坐在床上盘算一件值几百钱的事情，望到地下的水发愁，听听有熟人声音了，就说："在家，做什么？"因为不打量要人进屋里来，于是又说，"对不起，我家里全是水了！"祖贵说："就是为屋里进水这一件事，写一个名字，等一会儿到厂里去。"

妇人知道是要拼钱写禀帖，来的是祖贵，不能推辞，便问:"祖贵,一家派多少钱?"

"不要钱,你出来吧,我们说说。"

妇人于是出来了,站到门外,用手拉着那破旧的衣襟,望到张师爷那种认真神气很好笑。那上士说,"我们都快成鱼了,人家把我们这样欺侮可不行!这是民国,五族平等,这样来可不行!"

妇人常常听到这个人口上说这些话,可不甚明白他的意思所在,也顺口打哇哇说:"那是的,五族共和,这样来可不行!"

"我们要我们做人的权利,我们要向他们总理说话。"

"你昨天不是到区里说了吗?"

这上士,不好意思说昨天到区长处说话时,被区长恐吓的种种情形了,就嗫嗫嚅嚅向旁人申诉似的,说是"一切总有道理,不讲道理,国家也治不好"。

站在路中泥水里的祖贵,见这人又在说空话了,就说:"什么治国平天下?大家去一趟,要他们想一个办法,讲道理,自然好了,不讲道理,自己想法对付!"

妇人说:"要去我们全去,我不怕他们!"

那上士说:"就是要大家去的,刘孃你就做个代表好了。"

什么叫代表妇人也不明白,只听说是去厂里区里的事,为的是大家的房子,所以当下就答应了。两个人于是把名字写上,约好等一会儿过祖贵家取齐,两个人又过另一家说话去了。

请愿的团体一共是十三个公民所组成，张师爷同祖贵充当领袖，大家集合成群先过警察所去，站到警察所门前，托传达送请愿禀帖进去，等了大半天，还无什么消息。等了许久大家都有点慌了，不知是回去还尽是等在这里好。祖贵出主意，要师爷一个人进去看看。这个人，明白这是公众的意见，便把身上那件旧棉外套整理了一下，口中念念有词，拟定了要说的话，传达原本认识他，见他想进去，自然就让他进去了。

进去一会儿，这人脸上喜洋洋的走出来了。因为昨天他一个人来说时，区长还说再来说就派人捉了他，把他捆绑起来喂一嘴马粪，今天恰逢区长高兴，居然把事情办好了。他出来时手中拿得有一个区长的手谕，到了外边，就念区长的手谕给大家听：

"代表所呈已悉，仰各回家，安心勿躁，静候调查，此谕。"

大家这时面面相觑，似乎把应作事情已作完了，都预备散去，另一个人就说："大家慢点，我们要张师爷再代表我们进去一趟，请求这时就派一个人跟我们去看看。我们别的不要，只要看看我们的住处就行！"

祖贵以为要这边看看，不如要厂里派人看看，倒是请一个巡士同大家们过厂里说说较好。

师爷用不着大家催促，即刻又自告奋勇进去了，不一会，就有一个值班的警察，一路同师爷说话一路走出来，一群人围拢去，师爷把祖贵抓过一旁，轻轻的说："先到厂里去说话，再看我们那个。"

过一阵，一些人就拥了巡警到××小铁厂门外了，守门的拿了愿书进去，且让随来的巡警同祖贵张师爷三人到门房里去坐，祖贵却不愿意，仍然站到外面同大家候着。这厂里大坪原来就满是积水，像一个湖没有泄处。一会儿那个守门人出来了，手里仍然拿着那个愿书，说："监督看过了，要你们回去。"

祖贵说："不好，我们不能那么回去。劳驾再帮我们送上去，我们要会当事的谈话！"

张师爷说："我们十三个代表要见你们监督！"

那个守门的有点为难了，就同随来的巡士说："办不好！这是天的责任，你瞧我们坪里的水多深！"

巡士说："天的责任，我们院子里也是多深的水。"

妇人刘孃便说："谁说是天的罪过？你们这边不挖沟放水，水也不会全流过去。"

另一个女人自言自语的又说："今天再放水，我们什么都完了！"

那守门的心里想："你们什么都完了？你们原本有什么？"

祖贵逼到要守门的再把愿书送进去一次，请他们回话，巡士也帮同说话，守门的无可如何，就又沿了墙边干处走到里面去了。不多久，即见到那个守门人，跟着一个穿长衣的高人出来，这人中等办事员模样，走路气概堂堂的，手中就拿着刚送进去的愿书，脸上显出十分不高兴的神气，慢慢的低着头走出来。到了门前，就问"有什么事一定要来说话"。那种说话的派头，同说话时的神气，就使大家都有点怕。

这人见无一个人答话，转问守门人，那个愿书是不是他们要他拿进去的。祖贵咬咬嘴皮，按捺到自己的火性，走过去了一点，站近那个办事人身边，声音重重的说："先生，这是我们请他拿进去的。"

那穿长衣人估计了祖贵一眼，很鄙夷的说："你们要怎么样？"

祖贵说："你是经理是监督？"

"我是督察，有什么事同我说就行！"

"我们要请求这边莫再放水过去，话都在帖子上头！"

穿长衣的人，就重新看了一下手上那个愿书的内容，头也不愿意抬起，只说："一十三个代表啊，好！可是这不是我们的事情，公司不是自来水公司！天气那么糟，只能怪天气，只能怪天气！"

"我们请求这边不要再放水就行了！"

"水是一个活动东西，它自己会流，那是无办法的事情！"

张师爷就说："这边昨天掘沟，故意把水灌过去。"

那人显出恼怒神气了:"什么故意灌你们。莫非这样一来,还会变成谋财害命的大事不成吗?"

那人一眼望到巡警了,又对着巡警冷笑着说:"这算什么事情?谋财害命,可不是一件小事情,你们区里会晓得的!杨巡官前天到这儿来,与我们监督喝茅台酒,就说……"

祖贵皱着眉头截断了那人的言语:"怎么啦!我们不是来此放赖的,先生。我们请你们这里派人去看看,这里有的是人,只要去看看,就明白我们的意思了。这位巡警是我请来的,杨巡官到不到这里不是我们的事情。我们要得是公道,不要别的!"

"什么是公道!厂里并不对你们不公道!"

"我们说不能放水灌我们的房子,就只这一件事,很不公道。"

"谁打量灌你们的房子?"

"不是想不想,不是有意无意,你不要说那种看不起我们的刻薄话。我们都很穷,当然不是谋财害命。我们可不会诬赖人。你们自然不是谋财害命的人,可是不应该使我们在那点点小地方也站不住脚!"

代表中另一个就撅着嘴说:"我们缴了租钱,每月都缴,一个不能短少!"

"你租钱缴给谁?"

"缴给谁吗?……"那人因无话可说,嗫嚅着,眼看祖贵。

那长衣人说:"这租钱又不是我姓某的得到,你们同区里说好了!"

祖贵十分厌烦的说:"喂,够了,这话请您驾不要说了。我们不是来同您驾骂娘的,我们来请求你们不要再放水!你们若还愿意知道因为你们昨天掘沟放水出去,使我们那些猪狗窝儿所受的影响,你们不妨派个人去看看,你们不高兴作这件事,以为十分麻烦,那一切拉倒。"

那长衣人说:"这原不是我们的事,你们向区里说去,要区里救济好了。"

"我们并不要你们救济,我们只要公道!"

"什么叫作不公道?你们去区里说罢。"

祖贵说:"您驾这样子,派人看看也不愿意了,是不是?"

那人因为祖贵的气势凌人,眼睛里估了一个数目,冷冷的说:"代表,你那么凶干吗?"

"你说干吗,难道你要捉我不成?"

"你是故意来捣乱的!"

"怎么,捣乱,你说谁?"这强人十分生气,就想伸手去抓那个人的领子。那人知道自己不是当前一个的对手,便重复的说,"这是捣乱,这是捣乱",一面赶忙退到水边去。大家皆用力拉着祖贵,只担心他同厂里人打起架来。

两人忽然吵起来了，因为祖贵声音很高，且就想走拢去揍这个办事人一顿，里面听到吵骂，有人匆匆的跑出来了。来的是一个胖子，背后还跟得好几个闲人，只问什么事什么事。先前那个人就快快的诉说着，张师爷也乱乱的分辩着，祖贵瞬了这新跑出的人一眼，看看身分似乎比先来的人强，以为一定讲道理多了，就走近胖子，指着一群人说：

"这是十三个代表，我们从小街派来的，有一点事到这里来。因为你们这边放水，我们房子全浸水了。我们来请你们这边派一个人陪同这位巡士去看看，再请求这边莫再放水过去，这一点点事情罢了。我们不是来这里吵嘴的！"

那人只瞥了祖贵一眼，就把高个儿手中的愿书，拿到眼边看了一下，向原先吵嘴的人问："就是这一点儿事吗？"那人回答说："就是这事情。"

胖子装模作样的骂着那人："这点点事情，也值得让这些乌七八糟的人到公司大门前来大吵大闹，成个什么规矩！"

张师爷说："我们不是来吵闹，我们来讲道理！"

那胖子极不屑的望到卑琐的上士身上那件脏军衣，正要说"什么道理"这样一句话，祖贵一把拉开了上士，"我们要说明白，这里是一位见证。"说时他指到区里随来的一位巡警，"他看见我们一切行为，他亲眼看到！"

那胖子向祖贵说:"我听到你们!这里不是你们胡闹的地方!你们到区里说去!你只管禀告区里。"这人说了就叫站在身旁另一个人,要他取一个片子,跟这些人到区里去见区长,一面回头来问那个巡警,"杨巡官下班了没有?"显然的,要这巡警知道站在面前同他说话的人,是同他们上司有交情,同时且带得有要那班代表听明白的意思。接着又告给先前那个高人,不要同他们再吵。

祖贵只是冷笑,等那胖子铺排完了,就说:"这是怎么?你们这样对付我们,这就是你们的道理!上区里打官事,决定了没有?"

那胖子不理不睬,自己走进去了。大家都不知道怎么说好,互相对望着。

张师爷想走过去说话,祖贵把这上士领口拉着,朝门外一送,向大家扫了一眼:"走,妈的!咱们回去,什么都不要说了!不要公道!"

大家见到祖贵已走,都怯怯的,无可奈何的,跟着他背后走了。

一出了大门,张师爷就大嚷,聊以自慰的神气说着各种气愤大话,要报仇,要烧房子,要这样那样,可是大家都知道这是他的脾气,绝对不会做出这种吓人的事情。到了小街时,女人中有人望到区里巡警,跟着在后面来的,就问祖贵,是不是要请巡警排家去看看。祖贵把代表打发走了,同张师爷带了巡警各处去看看,一句话不说，看了一阵，那巡警就回区里回话去了。

请愿的事明明白白已完全失败了。大家都耽搁了半天事情。妇人回转家里，看看屋中积水，似乎又长多了一点。走过屋后去看看，屋后昨天大家合挖的那条沟，把水虽然挡住了，可是若果今天厂里再放水，就完全无用了。四容那时已睡着了，本来今天预备买药，这时看看四容睡得好，又打量不买药，留下钱来作别的用处。因为屋中水太多，作什么事都不方便，这妇人就想到用个什么东西，把水舀去一点，再撒点灰土，一定好点。各处找寻的结果，得了一块旧镔铁皮，便蹲到门前把水舀着。做了半天脚也蹲木了，还似乎不行。后来有人来到，站在门前告她，张师爷还想往区里去要求公道，祖贵要打他，两人现在正吵着。还说早上全是师爷出的主意，向那些人请什么愿，祖贵始终就不大赞同，只说大家齐心来挖一条大沟到城边去，水就不会再过来了。……

妇人因为四容的病好像很有了一点儿转机，夜间她就仍然打量到所得的那五毛钱，是不是必须要遵照医生所说的话，拿去买药。又想天气快冷了，四容病一好，同师傅上街做生意，身上也得穿厚一点。同时记起日里和祖贵他们到厂里吵架情形，总迷迷糊糊睡得不大好，做了一些怪梦，梦到许多贫人不合理的希奇事情，且似乎同谁吵了半天，赌了许多咒，总永远分解不清楚。

不知如何，妇人忽然惊醒了，就听到有人在屋后水荡边乱嚷乱叫，起先当作是水涨大了，什么人家小屋被水浸透弄坍了，心里忡忡的，以为无论在什么时候，自己头上这一块房顶，也一定会猛然坍下来，把自己同四容压在下面的。这时悄悄的伸手去捏四容的脚，四容恰恰也醒了，询问他妈，是谁在喊叫。只听到门前有人蹚水跑过去，哗哗的响着。随后又是两个人蹚水跑过去。于是听到远处声音很乱，且听远处夹杂有狗叫，有别的声音，正似乎出了什么大事一样。妇人心里想：难道涨大水了吗？又想，莫非是什么人家失了火吧？爬起来一看，屋角都为另一种光映照得亮堂堂的，可不正是失火！这时别一个人家也有人起身了，且有人在门前说话，妇人慌慌张张，披了衣服，顾不得屋中的水，赤了脚去开门，同那些正在说话的人搭话，问是什么地方。

那时天已经发白了，起来的人多了。许多人都向厂里那方面街上跑去。只听人说失了火失了火，各人都糊里糊涂，不知道究竟在什么地方，什么人家。只见天的一边发着红光，仿佛平常日头出来的气派，看来很近，其实还隔得很远，大家都估计着，无论如何也是在后街那一方面。天空大堆大堆的火焰向上卷去，那时正有一点儿风，风卷着火，摧拉着，毁灭着，夹杂着一切声音。妇人毫无目的也跟着别的人向起火那一方面走去，想明白究竟，路上只见到有向回头走的人，说是花园起了火。又说所有的犯人都逃走了。又说衙门的守备队，把后街每一条街口都守着了，不让一个人过去，过去就杀，已有四个人被杀掉了。

妇人一面走一面心里划算，这可糟了，七叔一家莫会完全烧死了！她心里十分着急，因为在花园那一方面，她还放得有些小债，这些债是预备四容讨媳妇用的，狱里起了火，人都烧死了，这些账目自然也完全摧了。

再走过去一点，跑回来的人都说，不能过去了，那边路口已有人把守，谁也不能通过，争着过去说不定就开枪。因此许多怀了好奇心同怀了其他希望的闲人，都扫了兴，有些在先很高兴走出门的，这时记起自己门还未关好，妇人们记起家中出痘疹的儿子，上年纪的想起了自己的腰脊骨风痛，络绎走来，又陆续的回去了。虽然听到说不能通过的话，仍然想走到尽头看看的，还有不少的人。妇人同这些人就涌近去花园不远的花园前街弄口，挤过许多人前面去，才看到守备队把枪都上了刺刀，横撇着在手上，不许人冲过去。街上只见许多人搬着东西奔走，许多挑水的人匆匆忙忙的跑。但因为地方较近，街又转了弯，反而不明白火在什么地方了。

不知是谁，找得了道士做法事用的铜锣，胡乱的在街上敲着，一直向守备队方面冲过来，向小街奔去，一面走一面尽喊，"挑水去，挑水去，一百钱担，一百钱担！"听过这话，许多人知道发财的时候快到了，都忙着跑回去找水桶，大家拥挤着，践踏着，且同时追随着这打锣人身后跑着吼着,纷乱得不能想像。

妇人仍然站近墙下看望这些人。看了一会儿见有人挑水来,守备兵让他过去了。她心里挂着七叔家几个小孩子,不知火烧出街了有多远,前街房子是不是也着了火,就昏昏的也跟挑水的人跑,打量胡混过去。兵士见及却不让她过去,到后大声的嚷着,且用手比着,因为看她是女人,终于得到许可挤过去了。进了后街,才知道火就正是在七叔住处附近燃着,救火人挑了水随便乱倒,泼得满街是水,有些人心里吓慌了,抱了一块木板或一张椅子乱窜。有些人火头还离他家很远,就拿了杠子乱擂屋檐。她慢慢的走拢去了一点,想逼近那边去,一个男子见到了,嘶声的喊着,拉着她往回头路上跑去,也不让她说话,不管她要做些什么事,糊糊涂涂被拉出街口,那为大火所惊吓而发痴的男子却走了。

她仍然是糊糊涂涂,挤出了那条小街。这时离开了火场已很远了,只见有许多妇人守着一点点从烟中火中抢出的行李,坐在街沿恣意的哭泣。又有许多人在搬移东西。一切都毫无秩序,一切都乱七八糟。天已渐渐大明了,且听到有人说火不是从花园起的,狱中现时还不曾着火,烧的全是花园前街的房子。另外又听到兵士也说狱中没有失火,火离狱中还远。她这时似乎才觉得自己是赤光两只脚,忽然想起在此无益,四容在家中会急坏了,就跑回小街屋里去。

四容因为他母亲跑出去了半天，只听到外面人嚷失火，想下地出外看看，地下又全是水，正在十分着急。妇人回来了，天也大亮了，母子两人皆念着七叔一窝小孩，不知是不是全烧死了，还是只留下老的一个。过一会，有人从门外过身，一路骂着笑着，声音很像祖贵，妇人就隔了门忙喊祖贵，跑出去就正看到那强徒，头上包了一块帕头，全身湿漉漉的又灰甫甫的，脸上也全是烟子，失去了原来的人形，耳边还有一线血，沿脸颊一直流下，显然的，一望而知，这个人是才从失火那边救火回来的了。

妇人说："祖贵你伤了！"

那男子就笑着："什么伤了病了，你们女人就是这样的，出不了一点儿事。"

"烧了多少呢？还在烧吗？"

"不要紧，不再会接了。"

"我想打听一下，管监里送饭的秃头七叔家里怎么了？"

"完了，从宋家烟馆起，一直到边街第四弄财神庙，全完事了。"

"哎哟，要命！"妇人低声的嚷着，也不再听结果，一返身回到自己屋里，就在水中套上那两只破鞋，嘱咐了四容不许下床，就出门向失火后街跑去，祖贵本来走过去快要进他自己屋子，见妇人出来，知道她一定是去找熟人了，就喊叫妇人，告给她，要找谁，可以到岳庙去，许多人逃出来都坐在岳庙两廊下。

到了岳庙门前,一个人从人群中挤出拉着她膀子,原来正是秃头七叔。秃头带她过去一点,看到几个孩子都躺在一堆棉絮上发痴,较小的一个已因为过分疲倦睡着了。

妇人安心了。"哎哟,天保佑,我以为你们烧成炭了。"

那秃头乱了半天,把一点铺陈行李同几个孩子从火里抢出来,自己一切东西都烧掉了,还发痴似的极力帮助别人抢救物件,照料到那些逃难的女人小孩。天明后,火势已塌下去了,他还不知道,尽来去嚷着,要看热闹的帮忙,尽管喊水,自己又拿了长长的叉子,打别人的屋瓦,且逼近火边去,走到很危险的墙下去,爬那些悬在半空燃着的橡皮。到后经人拉着他,询问他几个孩子是不是救出来了,他才像是憬然明白他所有全烧光了,方赶忙跑回岳庙去看孩子。这时见到妇人关心的神气,反而笑了。秃头说:

"真是天保佑,都还是活的。可是我屯的那点米,同那些……"

这时旁边一堆絮里一个妇人,忽然幽幽的哭起来了,原来手上抱着的孩子,刚出痘疹免浆,因骤然火起一吓,跑出来又为风一吹,孩子这时抱在手中断气了。许多原来哭了多久的,因惊吓而发了痴的,为这一哭都给愣着了。大家都呆呆望着这妇人,俨然忘了自己的一身所遭遇的不幸。

妇人认得她是花园前街铜匠的女人，因走过去看看，怯怯的摸了一下那搁在铜匠妇人手上的孩子："周氏，一切是命，算了，你铜匠？"

另外一个人就替铜匠妇人说："铜匠过江口好些日子了，后天才会回来。"

又是另外一个人却争着说："铜匠昨天回来了，现在还忙忙的挑水，帮别人救别的房子。"

又一个说："浇一百石水也是空的，全烧掉了！"这人一面说，一面想起自己失掉了的六岁女儿，呱的就哭了，站起来就跑出去了。另外的人都望到这妇人后身，可怜的笑着，且互望了一眼，摇着头，（重新记起自己的遭遇，）叹息着，诅咒着，埋怨着。

旋即有一个男子，从岳庙门前匆匆跑过去，有一女人见到了，认得是那个铜匠，便锐声喊着"铜匠师傅"，那男人就进来了。那年青男子头上似乎受了点伤，用布扎着，布也浸透了。铜匠妇人见了丈夫，把死去的小孩交给他，像小孩子一样纵横的流泪，铜匠见了，生气似的皱着眉头，"死了就算事，你哭什么？"妇人像是深怕铜匠会把小孩掷去，忙又把尸身抢过来，坐到一破絮上，低下头兀自流泪。

那时有人看到这样子，送了一些纸钱过来，为在妇人面前燃着。

铜匠把地下当路的一个破碗捡拾了一下，又想走去，旁边就有一个妇人说："铜匠，你哄哄周氏，要她莫哭。你得讨一副匣子，把小东西装好才是事！"

四容的妈忙告奋勇说："我帮你去讨匣子，我就去罢。"说着，又走到秃头七叔几个小孩子身旁，在那肮脏小脸上，很亲切的各拍了一下，就匆匆的走了。

到善堂时无一个人，管事的还不曾来，守门的又看热闹去了，只得坐在门前那张长凳上等候，等了多久，守门的回来了，才说一定得管事的打条子，过东兴厚厂子里去领，因为这边已经没有顶小的了。说是就拿一口稍微大一点的也行，但看门的作不了主，仍然一定得等管事先生来。

一会儿，另外又来了两个男子，也似乎才从火场跑来领棺材的，妇人认识其中一个，就问那人"是谁家的孩子"。那人说："不是一个小孩子，是一个大人大孩子，——小街上的张师爷！"

妇人听着吓了一跳："怎么，是张师爷吗？我前天晚上还看到他同祖贵喝酒，昨天还同祖贵在厂里说话，回来几乎骂了半夜，怎么会死了？"

"你昨天看到，我今天还看到！他救人，救小孩子，救鸡救猫，自己什么都没有，见火起了，手忙脚乱帮着别人助热闹；跑来跑去同疯狗一样，告他不要白跑了，一面骂人一面还指挥！告他不要太勇敢了，就骂人无用。

可是不久一砖头就打闷了,抬回去一会儿,喔,完事了。"

那守门的说:"那是因为烟馆失火,他不忘恩义,重友谊!"

妇人正要说"天不应当把他弄死",看到祖贵也匆匆的跑来了,这人一来就问管事的来了没有,守门的告他还没来。他望到妇人,问妇人见不见着秃头,妇人问他来做什么,才晓得他也来为张师爷要棺木的。

妇人说:"怎么张师爷这样一个好人,会死得这样快?"

那强硬的人说:"怎么这样一个人不死的这样快?"

妇人说:"天不应当——"

那强硬的人扁了一下嘴唇:"天不应当的多着咧。"因为提到这些,心里有点暴躁,随又向守门人说,"大爷,你去请管事的快来才好!还有你们这里那个瘦个小子,不是住在这里吗?"

那守门的不即作答,先来的两个人中一个就说:"祖贵,你回去看看罢,区长派人来验看,你会说话点,要回话!我们就在这儿等候罢。"

"区长派人来看,管他妈的。若是区长自己来看,张师爷他会爬起来,笑迷迷的告他的伤处,因为他们要好,死了也会重生!若是派人来,让他看去,他们不会疑心我们谋财害命!"

这人虽然那么说着,可是仍然先走了。妇人心想,"这人十砖头也打不死"，想着不由得不苦笑。

又等了许久，善堂管事的赶来了，一面进来，一面拍着肚子同一个生意人说到这一场大火的事情，在那一边他就听到打死一个姓张的事情了，所以一见有人在此等候，说是为那死人领棺木，就要守门的去后殿看，一面开他那办事房的门，一面问来领棺木的人，死人叫什么名字，多大年岁，住什么地方。其中一个就说："名字叫张师爷。"

想不到那管事的就姓章，所以很不平的问着："怎么，谁是什么张师爷李师爷？"

那人就说："大家都叫他作张师爷。"

管事的于是当真生气了："这里的棺材就没有为什么师爷预备的，一片手掌大的板子也没有！你同保甲去说罢。我们这里不办师爷的差，这是为贫穷人做善事的机关！"

这管事因为生气了，到后还说："你要他自己来罢，我要见这师爷一次！"

那陪同善堂管事来的商人，明白是死者师爷两个字，触犯了活的师爷的忌讳了，就从旁打圆儿说："不是那么说，他们一定弄不明白。大家因为常常要这个人写点信，做点笔墨事情，所以都师爷师爷的叫他。您就写一个张三领棺材一口得了，不然写李四也行，这人活时是一个又随便又洒脱的人，死了也应是一个和气的鬼，不会在死后不承认用一个张三名义领一副匣子的！"

管事经此一说，就什么话也不能说了，只好翻开簿子，打开墨盒，从他那一排三枝的笔架上，抓了他那小绿颖花杆尖笔记账。到后就轮到四容的妈来了，一问到这妇人，死的是一岁的孩子，那管事就偏过头去，很为难似的把头左右摆着，说这边剩下几副棺材，全不是为这种小孩预备的。又自言自语的说，小孩子顶好还是到什么地方去找一提篮，提出去，又轻松，又方便。妇人听毕这管事代出主意，又求了一阵，仍然说一时没有小材，心中苦辣辣的，不敢再说什么，只好走回岳庙去报告这件事情。

到了岳庙，铜匠妇人已不哭了，两夫妇已把小孩尸身收拾停妥了，只等候那棺木，听妇人说善堂不肯作这好事，铜匠就说："不要了，等会儿抱去埋了就完了。"可是他那女人听到这话，正吃到米粉，就又哭了。

妇人见秃头已无住处了，本想要几个孩子到她家去，又恐怕四容的病害了人家的孩子，不好启齿，就只问秃头七叔，预备这庙里还是过别处去，秃头七叔就说等一会要到花园去看，那边看守所有间房子，所长许他搬，他就搬过去，不许搬，就住到这廊下，大家人多也很热闹。妇人因为一面还挂念家中四容，就回去了。到了家里，想起死了的张师爷，活时人很好，就走过去看看。他那尸身区里人已来验看过了，熟人已把他抬进棺木去了。

所谓棺木，就是四块毛板拼了两头的一个长匣子，因为这匣子短了一点，只好把这英雄的腿膝略略屈着，旁边站了一些人，都悄悄静静的不说话。那时祖贵正在那里用钉锤敲打四角，从那个空罅，还看到这个上士的一角破旧军服。这棺木是露天摆在那水荡边的，前面不知谁焚了一小堆纸钱，还有火在那里燃着。棺木头上摆了一个缺碗，里面照规矩装上一个煎鸡子，一点水饭。当祖贵把棺木四隅钉好，抬起头来时，望到大家却可怜的笑着。他站在当中，把另外几个人拉在一块，编成一排，面对那搁在卑湿地上的白木匣子。

"来，这个体面人物是完事了，大家同他打一个招呼。我的师爷，好好的躺下去，让肥蛆来收拾你，不要出来吓我们的小孩子，也不要再来同我们说你那做上士时上司看得起你的故事了，也不要再来同我争抢会钞了，也不必再来帮我们出主意了，也不必尽想帮助别人，自己却常常挨饿了，如今你是同许多人一样，不必说话，不必吃饭，也不必为朋友熟人当差，总而言之叫作完事了！"

这样说着，这硬汉也仍然不免为悲哀把喉咙扼住了，就不再说什么，只擤擤鼻子，挺挺腰肢，走过水边去了。大家当此情形都觉得有点悲惨，但大家却互相望着，不知道说一句趣话，也不知道说一句正经话，慢慢的就都散去了。

妇人看看水荡的水已消去很多了,大致先前救火的人,已从这地方挑了很多的水去了。她记起自己住处的情形,就赶回去,仍然蹲到屋中,用那块镶铁皮舀地下的水,舀了半天把水居然舀尽了,又到空灶里撮了些草灰,将灰撒到湿的地上去。

下午妇人又跑往岳庙,看看有些人已把东西搬走了,有些人却将就廊下摊开了铺陈,用席子隔摊到自己所占据的一点地方,大有预备长久住下的样子。还有些人已在平地支了锅灶,煮饭炒菜,一家人同蹲地下等待吃饭。那铜匠一家已不知移到什么地方去了。秃头七叔正在运东西过花园新找的那住处去,妇人就为他提了些家伙,伴着三个孩子一同过花园去,把秃头住处铺排了一下,又为那些犯人买了些东西,缝补了些东西,且同那些人说了一会这场大火发生的种种。大家都听到牢狱后面绞场上有猪叫,知道本街赶明儿谢火神一定又要杀猪,凡是到救火的都有一份猪肉,就有人托妇人回去时,向那些分得了股份却舍不得吃肉的人家,把钱收买那些肉,明早送过花园这边来。

妇人回去时,天又快夜了。远远的就听到打锣,以为一定是失火那边他们记起了这个好人,为了救助别人的失火而死,有人帮张师爷叫了道士起水开路了,一面走着一面还心里匿笑,以为这个人死得还排场,死后尚能那么热闹一夜。且悬想到若果不是那边有人想起这件事，就一定是祖贵闹来的。可是再过去一点，才晓得一切全估计错了。原来打锣的还隔得远啦。妇人站到屋后望着，水荡边的白木匣子，在黑暗里还剩有一个轮廓，水面微微的放着光，冷清极了，那里一个人也没有！

她站了一会儿，想起死人的样子，想起白天祖贵说的话，打了一个冷噤，悄悄的溜进自己屋子里去了。

二十一年一月二十五日（登在《时报》）

灯

因为有个穿青衣服底女人,到×住处来,见×桌上的一个灯,非常旧且非常清洁,想知道这灯被主人敬视的理由,所以他就告给这青衣女人关于这个灯的一件故事。

两年前我住到这里,在××教了一点书,仍然是这样两间小房子,前面办事后面睡觉,一个人住下来。那时正是五月间,不知为什么事情,住处的灯总非常容易失职。一到了晚间,或者刚刚把饭碗筷子摆上了桌子,认清楚了菜蔬,正想由那形色方面,对于我厨子加以一点不失诚实的称赞,灯忽然一熄,晚饭就吃不成了。有时是饭后正预备开始做一点事或看看书的时节,有时是有客人拿了什么问题同我来讨论的时节,就像有意捣乱那种神气,灯会忽然熄灭了的。有几回,正当我同一个朋友,把一段不下注解的章草,从那形体上加以估计的当儿,或者是把一个印章考察它的真伪中间,灯骤然熄灭，朋友同我皆非常扫兴。从来不曾开口骂过人的书画家××，也不能节制这点愤怒，把电灯公司对于市民的不尽职，加以不容恕的指摘了。

这事情发生了几几乎有半个月，似乎有人责问过电灯公司，公司方面的答复，放在当地报纸上登载出来，情形仿佛是完全推诿到由于"天气"。既不是公司的那一方面的过失，所以小换钱铺子的洋烛，每包便忽然比上月贵了五个铜子了。洋烛涨价这件事，是从为我照料饮食的厨子方面知道的。这当家人对于上海人故意居奇的行为，每到晚上为我把饭菜拿来，唯恐电灯熄灭，在预先就点上一枝洋烛的情形下，总要同我说过一次的。

这人是一个非常忠诚的中年人。这人年纪很青的时节，就随同我的父亲到过中国的西北东北，出过蒙古，上过四川。他一个人又走过云南广西。在家乡，且看守过我祖父的坟墓，很有了些年月。上年随了北伐军队过山东，在济南府眼见××军队对于济南省平民所施的暴行，那时他在七十一团一个连上作司务长，一个晚上被机关枪的威胁，胡胡涂涂走出了团部，把一切东西全损失了。人既空手逃回南京，听到一个熟人说我在这里住，所以就写了信来，说是愿意来侍候我。我告给他来玩玩是很好的，要找事做恐怕不行，我生活也非常简单，来玩玩，住一会，想要回去了，我或者能设点法，只是莫希望太大。到后人当真就来了。初次见到，一身灰色中山布军服，衣服又小又旧，好像还是三年前国民革命军初过湖南时节缝就的。一个巍然峨然的身体，就拘束到这军服中间。另外随身的只一个小小包袱，一个热水瓶，一把牙刷，一双黄杨木筷子，热水瓶像千里镜那么佩到身边，牙刷是放在衣袋里，筷子是仿照军营中老规矩插在包袱外面，所以我能够一望就知道的。这真是我日夜做梦的伙计！这个人，一切都使我满意，一切外表以及隐藏在这样外表下的一颗单纯优良的心，我不必同他说话也就全部清楚了！

既来到了我这里，我们要谈的话可多了。从我祖父谈起，一直到我父亲同他说过的还未出世的孙子为止，他都想在一个时节里同我说及。他对于我家里的事情永远不至于说厌，对于他自己的经历又永远不会说完。实在太动人了，请想想，一个差不多用脚走过半个中国的五十岁的人物，看过庚子的变乱，看过辛亥的改革，参加过多少战争，跋涉过多少山水，吃过多少异样的饭，睡过多少异样的床，简直是一部永远翻看不完的名著！我的嗜好即刻就很深很深的染上了。只要一有空闲我即刻就问他这样那样，只要问到，我所得的经验都是些动人的事实。

因为平常时节我的饮食是委托了房东娘姨包办的，所以十六块钱一个月，每天两顿，一些菜蔬总是任凭这江北妇人意思安排。这主人看透了我的性格，知道我对于饮食不大苛刻，今天一碟大蚕豆，明天一碟小青蚶，到后天又是一碟蚕豆。总而言之蚕豆同青蚶是少不了的好菜。另外则吃肉时无论如何总不至于忘记加一点儿糖，吃鱼多不用油煎，只放到饭上去蒸，就拿来加点酱油摆上桌子。本来像做客的他，吃过了两天空饭，到第三天实在看不惯，问我要了点钱。从我手上拿了十块钱去的他，先是不告我这钱的用处，到下午，把一切吃饭用的东西通通买来了。这事在先我还一点不知道，一直到应当吃晚饭时节，这老兵，仍然是老兵打扮，恭恭敬敬的把所有由自己两手做成的饭菜，放到我那做事桌上来，笑眯眯的说这是自己试做的，而且声明以后也将这样做下去。从那人的风味上，从那菜饭的风味上，都使我对于过去的军营生活生出一种眷念，就一面吃饭一面同他谈军中事情。把饭吃过后，这司务长收拾了碗筷，回到灶房去，过一阵，我正坐在桌边凭藉一支烛光看改从学校方面携回的卷子，忽然门一开，这老兵闪进来了，像本来原知道这不是军营，但忽然因为电灯熄灭，房中代替的是烛光，坐在桌边的我还不缺少一个连长的风度，这人恢复了童心，对我取了军中上士的规矩，喊了一声"报告"，站在门边不动。"什么事情？"听到我问他了，才走近我身边来，呈上一个单子，写了一篇账。原来这人是同我来算伙食账的！我当时几几乎要生气了，望到这人的脸，想起司务长的职务，却只有笑了。"怎么这样同我麻烦？""我要弄明白好一点。我要你知道,自己做,我们两个人每月都用不到十六块钱。别人每天把你蚌壳吃,每天是过夜的饭,你还送十六块！""这样你不是太累了吗？""累！煮饭做菜难道是下河抬石头？你真是少爷！"望望这好人的脸,我无话可说了。我不答应是不行的。所以到后做饭做菜就派归这个老兵了。

这老兵,到都会上来,因为衣服太不相称,我预备为他缝一点衣,问他欢喜要什么样子,他总不做声。有一次,知道我得了许多钱,才问我要了十块钱,到晚上,不知往什么地方买了两套呢布中山服,一双旧皮靴,还有刺马轮,把我看时非常满意。我说："你到这地方何必穿这个？你不是现役军官,也正像我一样,穿长衣好！""我永远是军人。"我有一个军官厨子,这句话的来源是这样发生的。

电灯的熄灭,在先还只少许时间,一会儿就恢复了光明,到后来越加不成样子,所以每次吃饭都少不了一枝烛。但是这老兵,不知从什么地方又买来了一个旧灯,擦得罩子非常清洁,把灯头剪成圆形,放到我桌子上来了。因为我明白了他的脾气,也不大好意思说到上海地方用灯是愚蠢事情。电灯既然不大称职,有这灯也真给了我不少方便。因为不愿意受那电灯时明时灭的作弄,索性把这灯放在桌上,到了夜里,望着那清莹透明的灯罩,以及从那里放散的薄明微黄的灯光,面前又站得是那古典风度的军人，总使我常常幻想到那些驻有一营人马的古庙，同小乡村的旅店，发生许多幻想。我是曾经太与那些东西相熟，因为都市生活的缠缚，又太与那些世界离远了的。我到了这些时候，不能不对于目下的生活，感到一点烦躁了。这是什么生活呢？一天爬上讲台去，那么庄严，那么不儿戏，也同时是那么虚伪，站在那小四方木榻上，谈这个那个，说一些废话谎话，这本书上如此说，那本书上又如此说。说了一阵，自己仿佛受了催眠，渐渐觉得是把问题引到严重方面去。待听到下面什么声音一响，憬然有所觉悟，再注意一下学生，才明白原来有几个快要在本学期终了就戴方帽儿的学士某君，已经伏在桌上打盹，这一来，头绪完全为这现象把它纷乱。到了教员休息室里，一些有教养的绅士们，一得到机会，就是一句聪明询问："天气好，又有小说材料！"在他们自己，或者还非常得意，以为这是一种保持教授身分的雅谑，但是听到这个蠢话，望望那些扁平的脸嘴，觉得同这些吃肉睡觉打哈哈的人，不能有所争持，只得认了输，一句话不说，走出外面长廊下去晒太阳。到了外面，又是一些学生，取包围声势走拢来，谈天气，谈这个那个，似乎我因为教了点课，就必得负了一种义务，随时来告他们所谓作家们的佚事，似乎就说点这些空话，他们也就算了解文学了。从学校返回家里，坐近满是稿件以及各处寄来的新书新杂志的桌前，很努力的把桌面匀出一个位置，放下从学校带回的一束文章，一行一行的来过目，第一篇，五个"心灵儿为爱所碎"，第二篇有了七个，第三篇是革命的了，有泪有血，仍然不缺少"爱"。把一堆文章看过一小部分，看看天气有夜下来的样子，弄堂对过王寡妇家中三个年青女儿，照例到了时候把话匣子一开，意大利情歌一唱，我忽然感到小小冤屈，什么事也不能做，觉得自己究竟还是从农村培养长大的人，现在所处的世界，仍然不是自己所习惯的世界，都会生活的厌倦，生存的厌倦，愿意同这世界一切好处离开，愿意再去做十四吊钱的屠税收捐员，坐到团防局，听为雨水汇成小潭的院中青蛙叫，用夺金标笔写《索靖出师颂》同《钟繇宣示表》了。但是当我面对这煤油灯，当我在煤油灯不安定的光度下，望到那安详的和平的老兵的脸，望到那古典的家乡风味的略显弯曲的上身，我忘记了白日的辛苦，忘记了当前的混乱，转成为对于这个人的精神发生极大兴味了。

"怎么样？是不是懂得军歌呢？"我这样问他，同他开一点小小玩笑。

他就说："怎么军人不懂军歌？我不懂洋歌。"

"不懂也很好，山歌懂不懂？"

"看是什么山歌。"

"难道山歌有两样山歌吗？'天上起云云重云'，'天上起云云起花,'[1] 全是好山歌,我小时不明白。后来在游击支队司令杨处做小兵,太放肆了,每天吃我们所说过的那种狗肉,唱我们现在所说的这种山歌,真是小神仙。"

"我们是不好意思唱那种山歌的。一个正派军人,这样撒野算是犯罪。"

"那我是罪恶滔天了。可是我很挂念那些新从父母身边盘养大的人,因为不知这时在这样好天气下,还有这种歌在一些人口中唱着没有?"

"好的都完了!好人同好风俗,都被一个不认识的运气带走了。就像这个灯,我在上年同老爷到乡下去住,就全是这样灯。"

老兵到这些事上,有了因为清油灯的消灭,使我们常常见到的乡绅一般的感慨了。

我们这样谈着,凭了这诱人的空气,诱人的声音,我正迷醉到一个古旧的世界里,非常感动,可是这老兵,总是听到外面楼廊房东主人的钟响了九下,即或是大声的叱他,要他坐到椅子上,把话继续谈下去也不行。一到时候了,很关心的看了看一下我的卧室,很有礼貌的行了个房中的军人礼,用着极其动人的神气,站在那椅子边告了辞,就走下楼到亭子间睡去了。这是为什么?他怕担搁我的事情,恐我睡得太迟,所以明明白白有许

---

1. 是两阕山歌第一句。

多话他很欢喜谈到的,他也必得留到第二天来继续。谈闲话总不过九点,竟是这个老兵的军法,一点不能通融,所以每当到他走去后,我总觉得有一些新的寂寞安置到心上一角,做事总不大能够安定。

因为当到我面前,这个老兵以他五十年的生活经验,吓人的丰富,消化入他的脑中,同我谈及一切。平常时节对于以农村因经济影响到社会组织来写成的短篇小说,是我永远不缺少兴味的工作,但如今想要写一个短篇的短篇,也像是不好下笔了。我有什么方法可以把这个人的单纯优美的灵魂,平平的来安置到这纸上?望到这人的颜色,听到这人的声音,我感觉过去另外一时所写作的人生的平凡。我实在懂得太少了。单是那眼睛,带一点儿忧愁,同时或不缺少对于未来作一种极信托的乐观,看人时总像有什么言语要从那无睫毛的微褐的眼眶内流出,我是缺少气力来为作一种说明的。望着他一句话不说,或者是我们正谈到那些战事,那些把好人家房子一把火烧掉,牵了农人母牛奏凯回营的战事,这老兵忽然想起了什么,不再说话。我猜想他是要说一些话的,但言语在这老兵头脑中好像不大够用,一到这些事情上,他便哑口了。他只望到我!或者他也能够明白我对于他的同意,所以后来总是很温柔的也很妩媚的一笑,把头点点,就转移了一个方向,唱了一个四句头的山歌。他那里料得到我在这些情形下所生的动摇!我望着这老兵一个动作，就觉得看见了中国多数愚蠢的朋友，他们是那么愚蠢，同时又是那么正直，那最东方的古民族和平灵魂，为时代所带走，安置到这毫不相称的战乱世界里来，那种忧郁，那种拘束，把生活妥协到新的天地中，所做的梦，却永远是另一个天地的光与色，我简直要哭了。

有时，就因为这些感觉扰乱了我，我不免生了小小的气，似乎带了点埋怨神气，要他出去玩玩，不必尽呆在我房中，他就像一尾鱼那么悄悄的溜出去，一句话不说。看到那样子我又有点不安，就问他，"是不是到看戏？"恐怕他没有钱了，就一面送了他两块钱，说明白这是可以拿去随意花到大世界或者什么舞台之类地方的。他仍然望了我一下，很不自然的做了一个笑样子，把钱拿到手上，走下楼去了。我照例做事多数到十二点才上床，先是听到这个老兵，开了门出去，大约有十点多样子，又转来了。我以为若不是看过戏，一定也是喝了一点酒，或者照例在可以作赌博的事情上狂了一会，把钱用掉回来了，也就不去过问。谁知第二天，午饭时就有了一钵清蒸母鸡放在桌上，对于这鸡的来源，我不敢询问，我们就相互交换了一个微笑，在这当儿我又从那褐色眼睛里看到流动了那种说不分明的言语。我只能说"应当喝一杯，你不是很能够喝么？""已经买得了的，这里的酒是火酒，亏我找，到后找到了一家乡亲铺子，才得那么一点点米酒。"仿佛先是不好意思劝我喝，听到说及酒，于是忙匆匆的走下楼去，用小杯子倒了半杯白酒，并且把那个酒瓶也拿来了。"你喝一点点，莫多吃。"本来不能喝酒不想喝酒的我，也不好意思拒绝这件事了。把酒喝下，接过了杯子，自己又倒了小半杯，向口中一灌，抿抿嘴，对我笑了一会儿，一句话不说，又拿着瓶子下楼去了。第二天还是鸡，就因为上海的鸡只须要一块钱一只。

学校的事这老兵士像是漠不关心的。他问过我那些大学生将来做些什么事，是不是每人都去做县长。他又问过我学校每月应当送我多少钱，这薪水是不是像军队请饷一样，一起了战争就受影响。但他的意思全不是对于学校的关心。他想知道学生是不是都去做县长，只是要明白我有多少门生是将来的知事老爷。他问欠薪不欠薪，只是要明白我究竟钱够不够用。他最关心的是我的生活。这好人，越来越不守本分，对于我的生活，先还是事事赞同，到后来，好像找出了许多责任，不拘是我愿不愿意，只要有机会总就要谈到了。即或不是像一些不懂事故的长辈那种偏见的批评，但对那些问题，他的笑，他的无言语的轻轻叹息，都代表了他的语言，使我感受不安。我当然不好生他的气，我不能把他踢下楼梯去，也不好意思骂他。他实在又并不加上多少意见，对于我的生活，他就只是反抗，就只是否认，对于我这样年龄，还不打量找寻一个太太，他比任何人皆感觉到不平。在先我只装做不懂他的意思，尽他去自言自语，每天只同他讨论点军中生活，以及各地各不相同的风俗习惯。到后来他简直有点麻烦人了，并且他那麻烦，又永远使人感到他是诚实的麻烦。所以我只得告他我是对于这件事毫无办法的，因为做绅士的方便我得不到，做学生的方便我也得不到，所以不能注意这些空事情。我还以为同他这样一说，自然就一切谅解，此后就再也不会受他的批评了。谁知因此一来更糟了。他仿佛把责任放在他自己身上去，从此对于与我来往的女人，皆被他所注意了。每一个来我住处的女人，或者是朋友，或者是学生，在客人谈话中间，不待我的呼唤，总忽然见到他买了一些水果，把一个盘子装来，非常恭敬的送上，到后就站到门外楼梯上去听我们谈话，待到我送客人下楼时，常常又见他故意做成在梯边找寻什么东西神情，目送客人出门，客人走去后，总又装成无意思的样子，从我口中探寻这女人一切，且窥探我的意思，他并且不忘记对这客人的风度言语加以一种批评，常常引用他所知道的"麻衣相法"，论及什么女人多子，什么女人聪明贤惠，若不是看出我的厌烦，决不轻易把问题移开。他虽然这样关心这件事情，暗示了我什么女人多福，什么女人多寿，但他总还以为他用的计策非常高明。他以为这些关心是永远不会为我明白的，他并不是不懂得到他的地位。这些事在先我实在也是不曾注意的，不过稍稍长久一点，我可就看出这好管闲事的人，是如何把同我来往的女人加以分析了。对于这种行为他所给我的还是忧愁，我不能恨他，又不能同他解释，又不能同他好好商量，只有少同他谈到这些事情为妙。

这老兵，在那单纯的正直的脑中，还不知为我设了多少法，尽了帮助我得到一个女人的多少设计的义务！他那欲望隐藏到心上，以为我完全不了解，其实我什么都懂。他不单是盼望他可以有一个机会，把他那从市上买来的呢布军服穿得整整齐齐，站到亚东饭店门前去为我结婚日子的迎宾主事，还非常愿意穿了军服，把我的小孩子，打扮得像一个将军的儿子，抱到公园中去玩！他在我身上，一定还做得最夸张的梦，梦到我带了妻儿，光荣，金钱，回转乡下去，他骑了一匹马最先进城，对于那些来迎接我的同乡亲戚朋友们，如何询问他，他又如何飞马的走去，一直跑到家里，禀告老太太，让一个小小县城的人如何惊讶到这一次的荣归！他这些希望，十余年前放到我的父亲身上，失败了，后来又放到我的哥哥身上，哥哥又失败了，如今是只有我可以安置他这可怜希望了。他那对于我们父兄如何从衰颓家声中爬起恢复原来壮观的希望，在父亲方面受了非常的打击，父亲是回家了，眼看到那老主人，从西北，从外蒙，带了因与马贼作战的腰痛，带了沙漠的荒凉，带了因频年争斗的衰老，回到家乡去作他那默默无闻的上校军医正了。

他又看到哥哥从东北，从那些军队生活中，得到奉天省人的粗豪，与黑龙江人的勇迈坚忍，从流浪中，得到了上海都市生活的嚣杂兴味，也转到家乡作画师去了。还有我的弟弟，这老兵认为同志却尚无机会见到的弟弟，从广东得了冰冷的铁与热烈的革命的血两种揉和的经验，用起码下级军官的名分，打岳州，打武昌，打南昌，打龙潭，侥幸中的安全，引起了对生存深的感喟，带了喊呼，奔突，死亡，腐烂，一时代人类愚蠢行为各种印象，也寂寞的回到家乡，在那参军闲散职分上过着休息的日子了。他如今只认为我这无用人，可以寄托他那最无私心最诚恳的希望。他以为我做的事比父兄们的都可以把它更夸张的排列到故乡人眼下，给那些人一些歆羡，一些惊讶，一些永远不会忘记的豪华光荣。

我在这样一个人面前，感到忧郁也十分感到羞惭。因为那仿佛由于自己脑中成立的海市，而又在这海市景致中对于海市中人物的我的生活加以纯然天真的信仰，我不好意思把这老兵的梦戳破，也好像缺少那戳破这个梦的权利了。

可是我将怎么来同这老兵安安静静生活下去？我做的事太同我这老家人的梦离远了。我简直怕见他了。我只告他现在做点文章教点书，社会上对我如何好，在他那方面，又总是常常看到体面的有身分朋友同我来往，还有那更体面的精致如粉如奶作成的年青女人到我住处来，他知道我许多关于表面的生活，这些情形就坚固了他的好梦。他极力在那里忍耐，保持着他做仆人的身分，但越节制到自己，也就越容易对于我的孤单感到同情。这另一世界长大的人，虽然有了五十岁，完全不知道我们的世界是与他的世界两样。他没有料得到来我处的人同我生活的距离是多远，他没有知道我写一个短篇小说得费去多少精力，他没有知道我如何与女人疏隔，与生活幸福离开。他像许多人那样，看到了我的外表，他称赞我，也如一般人所加的赞美一样，以为我聪明，以为我待人很好，以为我不应当太不讲究生活，疏忽了一身的康健。这个人，他还同意我的气概，以为这只是一个从军籍中出身才有的好气概！凡是这些他全在另一时用口用眼睛用行动都表示到了的。许多时候当这个人面前时节，我觉得无一句话可说，若是必须要做些什么事，最相宜的，倒真是痛痛的打他一顿较好。

那时到我处来往次数最多的，是一个穿蓝衣服的女孩子，好像一年四季这人都穿得是蓝颜色，也只有蓝色同这女人相称。这是我一个最熟的人，每次来总有很多话说，一则因为这女子是一个××分子，一则是这人常常拿了文章来我处商量。因为这女人把我当成一个最可靠的朋友，我也无事不与她说到。我的老管家私下在暗地里注意了这女人许多日子，他看准了这个人一切同我相合。他一切同意。就因为一切同意，比一个做母亲的还细腻,每次当这客人来到时,他总故意逗留到我房中,意思很愿意我向女人提及他。他又常常采用了那种学来的官家体裁,在我面前问女人这样那样。我不好对于他这种兴味加以阻碍,自然同女人谈到他的生活,谈到他为人的正直,以及经验的丰富等等事情,渐渐的,时间一长,女人对于他自然也发生一种友谊了。可是这样一来,当他同我两个人在一块时,这老兵,这行伍中风霜冰雪死亡饥饿打就的结实的心,到我婚姻问题上,完全柔软如蜡了。他觉得我若是不打量同那蓝衣女人同住,简直就是一种罪过。他把这些意见带着了责备样子很庄严的来同我讨论过。

先是这老兵还不大好意思同女人谈话,女人问到这样那样,像请他学故事那么把生活经验告给她听时,这老兵,总还用着略略拘束的神气,又似乎有点害羞,非常矜持的同女人谈话。后来因为一熟习,竟同女人谈到我的生活来了!他要女人劝我做一个人,劝我少做点事,劝我稍稍顾全一点穿衣吃饭的绅士风度,劝我……,虽然这些话谈及时,总是当着我的面前,却又取了一种在他以为是最好的体裁来提的。他说的只是我家里父亲以前怎么样讲究排场,我弟兄又如何亲爱为乡下人所敬视,母亲又如何贤慧温和。他实在正用了一种最笨拙的手段,暗示到女人应当明白做这人家的媳妇是如何相宜的。提到这些,因为那稍稍近于夸张处,这老兵虑及我的不高兴，一面谈说总一面对我笑，好像不许我开口。把话说完，看看女人，仿佛看清楚了女人已经为他一番话所动摇，责任已尽，这人就非常满意，同我飞了一个眼风，奏凯似的橐橐走下楼预备点心去了。

他见我写信回到乡下去，总问我，是不是告给了老太太有一个非常……的女人？他意思是非常"要好"非常"相称"这一类名词，当发现我眉毛一皱，这老兵，就"吓""吓"的低低喊着，带着"这是笑话，也是好意，不要见怪"的要求神气，赶忙站远了一点，占据到屋角一隅去，好像怕我会要当真动手攫了墨水瓶掷到他头上去。

然而另外任何时节，他是不会忘记谈到那蓝衣女子的。

我能在这些事上有什么办法？我既然不能像我的弟弟那样，处置多嘴的副兵用马粪填口，又不能像我的父亲，用费话去支使他走路。我一见了这老兵就只有苦笑，听他谈到他自己生活同谈到我的希望，都完全是这个样子。这人并不是可以请求就能缄默的。就是口哑了，但那一举一动，他总不忘记使你看出他是在用一幅善良的心为你打算一切。他不缺少一个戏子的天才，他的技巧，使我见到只有感动。

有一天，穿蓝衣的女人来到我的住处，第一次我不在家，老兵同女人说了许多话（从后来他的神气上，我知道他在与女人谈话时节,一定是用了一个对主人的恭敬而又亲切的态度应答着的)。因为恐怕我不能即刻回家,就走了。我回来时老兵正同我讨论到女人,女人又来了。那时因为还没有吃晚饭,这老兵听说要招待这个女客了,显然十分高兴,走下楼去,到吃饭时,菜蔬排列到桌上,却有料不到的丰盛。不知从什么地方学得了规矩,知道了女客不吃辣子,平素最欢喜用辣子的煎鱼,也做成甜醋的味道排上桌子了。

把饭吃过,这老兵不待呼唤又去把苹果拿来,把茶杯倒满了从酒精炉子烧好的开水,一切布置妥贴了,趑趄了好一会才走出去。他到楼下喝酒去了。他觉得非常快乐。他的梦展开在他眼前,一个主人,一个主妇,在酒杯中,他一定还看到他的小主人,穿陆军制服,像在马路上所常常见到的小洋人,走路挺直,小小的皮靴套在白嫩的脚上,在他前面忙走,他就用一个军官的姿式,很有身分很觉尊贵的在后面慢慢跟着。他因为我这个客人的来临,把梦肆无忌惮的做下去了。可是,真可怜,来此的朋友,是告我她的爱人W君的情形,他们在下个月过北平去,他们将在北平结婚的!无意中,这结婚的字言,断章取义的又为那尖耳朵老战马听去,他自以为一切事果不出其所料,他相信这预兆,也非常相信这未来的事情,到女人走去,我正伏到桌子旁边,为这朋友的好消息感到喜悦也感到一点应有的惆怅时节,喝了稍稍过量的酒的好人,一个红红的脸在我面前晃动了。

"今天你喝多了,你怎么忽然有这样好菜,客人说从没有吃过这样菜。"

本来要笑的他,听到这个话样子更像猫儿了。他说:"今天我快乐。"

我说:"你应当快乐。"

他分辩,同我故意争持:"怎么叫做应当?我不明白!我从来没有今天快乐!我喝了半瓶白酒了!"

"明天又去买,多买一瓶存放身边,你到这里别的不有,酒总是当要让你喝够量!"

"这样喝酒我从不曾有过。我应当快乐!为什么应当?我常常是不快乐!我想起老爷,那种运气,快乐不来了。我想起大少爷,那种体格,也不能快乐了。我想起三少爷,我听人说到他一点儿,一个豹子,一个金钱豹,一个有脾气有作为的人,我要跟到他去打仗,我要跟到他去冲锋,捏了枪,爬过障碍物,吼一声杀,把刺刀划到北老胸膛里去。我要向他请教,手榴弹七秒钟的引线,应当如何抛去。但同他们在一处的都烂了,都埋成一堆,我听到人家说,四期黄埔军官生在龙潭作战的全烂了,两个月从那里过身,还有使人作呕臭气味,三少爷命好,他仍然能够骑马到黄罗寨打他的野猪,一个英雄!我不快乐,因为想起了他不作师长。你呢,我也不快乐。你身体多坏!你为什么不——"

"早睡点好不好？我要做点事情，我心里不大高兴。"

"你瞒我。你把我当外人。我耳朵是老马耳朵，听得懂得，我知道我要吃喜酒，你这些事都不愿意同我说，我明天回去了。"

"你听到什么？有什么事说我瞒你？"

"我懂我懂，我求你——你还不知道我这时的心里像什么样子！"

说到这里，这老兵哭了。那么一个中年人，一个老军人，一个……，他真像一个小孩子哭了。但我知道这哭是为欢喜而流泪的。他以为我快要与刚走去不久的女人结婚。他知道我终久不能瞒他也不愿意瞒他。他知道还有许多事我都不能缺少他。他知道这事情不拘大小要他尽力的地方很多。他有了一个女主人，从此他的梦更坚固更实在的在那单纯的心中展开，欢喜得非哭不可了。他这感情是我即刻就看清楚了的。他同时也告给我哭的理由了，一面忙匆匆的又像很害羞的用那有毛的大手掌拭他的眼泪，一面就问我是什么日子，是不是要到吴瞎子处去问问，也选择一下，从一点俗。

一切事都使我哭笑两难。我不能打他骂他。他实在又不是吃醉了酒的人。他只顽固的相信我对于这事情不应当瞒他，还劝我打一个电报，把这件事即刻通知七千里外的几个家中人。他称赞那女人，他告我白天就同女人谈了一些话，很懂得这女人一定会是老太太所欢喜的媳妇。

我不得不把一切事在一种极安静的态度下为他说明。他望到我，把口张着，听完我的解释，信任了我的话，后来看到他那颜色惨沮的样子，我不得不谎了他一下，又告他我另外有了一个女人，相貌性情都同这穿蓝衣的女人差不多。可是这老兵，只愿意相信我前面那一段说明，对于后一段明白是我的谎话。我把话谈到末了，他毫不做声，那黄黄的小眼睛里，酿了满满的一泡眼泪，他又哭了。本来是非常强健的身体，到这时显出万分衰弱的神情了。

楼廊下的钟已经响了十点。

"睡去，明天我们再谈好不好？"

听到我的请求，这老兵忽然又像觉悟了自己的冒失，装成笑样子，自责似的说自己喝多点酒就像颠子，且赌咒以后一定要戒酒，又问我明天欢喜吃鲫鱼没有。我不做声，他懂得我心里难过处，他望到桌上那一个建漆盘子里面的苹果皮，拿了盘子，又取了鱼的溜势，溜了出去，悄悄的把门拉拢，一步一步走下楼梯去了。听到那衰弱的脚，踏着楼梯的声音，我觉得非常悲哀。这中年人给我的一切印象，都使我对于人生多一个反省的机会，且使我感觉到人类的关系，在某一姿态下，所谓人情的认识，全是酸辛，全是难于措置的纠葛。这人走后听响过十二点钟我还没有睡觉，正思索到这些琐碎人情上，失去了心上的平衡。忽然楼梯上有一种极轻的声音，走近了门口,我猜得着这必定是他又来扰我了,他一定是因为我的不睡觉,所以来督促我上床了,就赶忙把桌前的灯扭小,就听到一个低低的叹息起自门外。我不好意思拒绝这老兵好意了,我说:"你听吧,我事情已经做完,就要睡了。"外面没有声音,待一会儿我去开门,他已经早下楼去了。

经过这一次喜剧的排场,老兵性格变更了。他当真不再买酒吃了,问他为什么原故,就只说市上全是搀火酒的假酒。他不再同我谈女人,女客来到我处,好像也不大有兴味加以注意了。他对我的工作,把往日的乐观成分抽去,从我的工作上看出我的苦闷,我不做声时,他不大敢同我说及生活上的希望了。他把自己的梦,安置到一个新的方向上来,却仿佛更大方更夸诞了一点,做出很高兴的样子,但心上那希望,似乎越缩越小得可怜。他不再责备我储蓄点钱预备留给一个家庭支配,也不对于我的衣服缺少整洁加以非难了。

我们互相了解得多一点,我仍然是那么保持到一种同世界绝缘的寂寞生活,并不因为气候时间有所不同,在老兵那一方面,由于从我这里,他得到了一些本来不必得到的认识,那些破灭的梦,永远无法再用一个理由把它重新拼合成为全圆,老兵的寂寞,比我更可怜了。关于光明生活的估计,从前完全由他提出,我虽加以否认也毫无办法挫折他的勇气,但后来反而需要我来为他说明那些梦的根据,如何可以做到如何可以满意,帮助他把梦继续来维持了。

但是那蓝衣女人,预备过北平结婚去了,到我住处来辞行,老兵听说女人又要到此吃饭,却只在平常饭菜上加了一样素菜,而且把菜拿来时节那种样子,真是使人不欢的样子。这情形只有我明白。不知为什么,我那时反而不缺少一点愉快,因为我看到这老兵,在他名分上哀乐的认真。一些情感上的固执,决对不放松,本来应当可怜他,也应当可怜自己,但因为本来就没有对那女人作另外打算的我,因为老兵胡涂的梦,几几乎把我也引到烦恼里去,如今看到这难堪的脸嘴,我好像报了小小的仇,忘记自己应当同情他了。

从此蓝衣女人在我的书房绝了踪迹,而且更坏的是两个青年男女,到天津皆被捕了。我没有把这件事告过老兵,那老兵也从不曾问到过。我明白他不但有点恨那女人,而且也似乎有点恨我的。

本来是答应同我在七月暑假时节,一块儿转回乡下去,因为我已经有八年不曾看过我那地方的天空,踹过我那地方的土泥,他也有了六年没有回去了,可是到仅仅只有十八天要放假的六月初,福建方面起了战事,他要我送他点路费,说想到南京去玩玩。我看他脾气越来越沉静,不能使他快乐一点,并且每天到灶间去做菜做饭,又间或因为房东娘姨欢喜随手拖取东西,常常同那娘姨吵闹。我想就尽他到南京去玩几天也好。可是这人一去就不回来了。我不愿意把他的故事结束到那战事里去。他并不死,如许多人一样,还是活着,还是做他的司务长,驻扎到一个庙里,大清早就同连上的火夫上市镇去买菜,到相熟的米铺去谈谈天,到河边去看看船,一到了夜里,就坐在一个子弹箱上,靠一盏满堂红灯照着,同排长什长算日里的伙食账,用草纸记下那数目,为一些小小数目上的错误赌发着各样的重誓,睡到硬板子的高脚床上去,用棉絮包裹了全身,做梦必梦到同点验委员喝酒,或下乡去捉匪,过乡绅家吃蒸鹅。这人应当永远这样活到世界上,这人至少还应当在中国活二十年,所以他再不同我来信问候我,我总以为他仍然还是在这个世界上。

这就是我桌上有这样一盏灯的理由了。这灯我仍然常常用它。当我写到我所熟习的那个世界上一切时,当我愿意沉溺到那生活里面去时节,把电灯扭熄,燃好这个灯,我的房子里一切便失去了原有的调子,我在灯光下总仿佛见到那老兵的红脸,还有那一身军服,一个古典的人,十八世纪的老管家——更使我不会忘记的,是从他小小眼睛里滚出的一切无声音的言语。

故事说完时,穿青衣服的女人,低低的叹了一声气,走过那桌子边旁去,用纤柔的手去摩娑那盏小灯。女人稍稍吃惊了,怎么两年来还有油?但 × 是说过了的,因为在晚上，把灯燃好，就可在灯光下看到那个老行伍中人的声音颜色。女人好奇似的说晚上要来试试看，是不是也可以看得出那司务长，显然的是女人对于主人所说的那老兵是完全中意了。

到了晚上，×的房间里，那旧洋灯放了薄薄光明，火头微微的动摇，发出低微的滋滋声音，用惯了五十枝烛光的人，在这灯光下是感到一切情调皆非常阒默模糊的。主人×同穿青衣女人把身体搁在两个小小圈椅里，主人又说起了那灯，且告给女人，什么地方是那老兵所站的地方，老兵说话时是如何神气，这灯罩子在老兵手下是擦得如何透明清澈，桌上那时是如何混乱，……末了，他指点那蓝衣女人的坐处，恰恰正是这时她的坐处。

听到这个话的穿青衣女人，笑了又复仍然轻轻的叹着。过了一会，忽然惋惜似的说：

"这人一定早死了！"

男子×说："是的，这人一定死了，在穿蓝衣人心上这人也死了的，但他活在你的心上，他一定还那么可爱的活在你心上，是不是？"

"很可惜我见不着这个人。"

"他也应当很可惜不见你！"

"我愿意认识他，愿意同他谈话，愿意……"

"那有什么用处！不是因为见到，便反而将给许多人的麻烦么？"

女人觉得有些事情应当红脸下来。

于是两人在灯光中沉默下来。

另外一个晚上,那穿青衣的女人忽然换了一件蓝色衣服来了,×懂得这是为凑成那故事而来的,非常欢喜。两人皆像这件事全为的使老兵快乐而作的,没有言语,年青人在一种小小惶恐情形中抱着接了吻。到后女人才觉得房中太明亮了,询问那个灯,今晚为什么不放在桌上,×笑了。

"是嫌电灯光线太强么?"

"是要司务长看另外一个穿蓝衣服的人在你房里的情形!"

听到这个俏皮的言语,×想下楼去取灯,女人问他:

"放在楼下么?"

"是在楼下的。"

"为什么又放到楼下去?"

"那是因为前晚上灯泡坏了不好做事,借他们楼下娘姨的,我再去拿来就是了。"

"是娘姨的灯吗?"

"不,我好像说过是老兵买的灯!"男子×加以分辨,还说,"你知道这灯是老兵买的!"

"但那是你说的谎话!"

"若谎话比真实美丽,……并且,穿蓝衣的人如今不是有一个了么!"

女人承认"穿蓝衣的虽有一个,但她将来也一定不让老兵快乐"。

"我赞成你这个话,倘若真有这个老兵,实在不应当好了他。"

"真是一个坏人,原来说的全是空话!"

"可是有一个很关心他的听差,而且仅仅只把这听差的神气样子告给别人,就使这人对于那主人感到兴味,十分同情,这坏人……!"

女人忍不住笑了。他们于是约定下个礼拜到苏州去,到南京去,男的还答应了女人,这种旅行为的是探听那个老司务长的下落。

(选自《从文子集》)

若墨医生

我抽屉里多的是朋友们照片，有一大半人是死去了的。那些还好好活着的人，检察我的珍藏，发现了那些死人照片混和他自己照片放在一处时，常常显出些惊讶而不高兴的神气。他们在记忆里保留朋友的印象，大致也分成死活贫富等等区别，各贮藏在一个地方不相混淆。我的性情可不甚习惯于这样分类。小孩子相片我这里也很多，这些小孩子有在家中受妈妈爸爸照料得如同王子公主，又有寄养在孤儿院幼稚园里的。其中一些是爸爸妈妈为了人类远景的倾心，年纪青青的就为人类幸福牺牲死去，世界上再没有什么亲人了。我便常常把他们父母的遗影，同他的小相片叠在一处，让这些孤儿同他妈妈爸爸独占据一个空着的抽屉角隅里，我似乎也就得到了一点安慰。我一共有四个抽屉安置照片，这种可怜的家庭照片便占据了我三个抽屉。

可是这种照片近来又多了一份，这是若墨大夫同他的太太以及女儿小青三人一组的。那个医生同他的太太，为了同一案件于最近在汉口地方死去了，小青就是这两个人剩下的一个不满半周岁的女孩。这女孩的来源同我现在住处有些关系，同我也还有些关系。

事情在回忆里增人惆怅，当我把这三个人一组一共大小七张照片排列到桌上，从那些眉眼间去搜索过去的业已在这世界上消灭无余，却独自存在我记忆里的东西时，我的感情为那些记忆所围困了。活得比人长久一点可真是一件怕人的事情，因为一切死去了的都有机会排日重新来活在自己记忆里，这实在是一种沉重的担负。死去的友谊，死去的爱情，死去的人，死去的事，还有，就是那些死去了的想像，有很多时节也居然常常不知顾忌的扰乱我的生活。尤其是最后一件，想像，无限制的想像，如像纠缠人的一群蜂子！为什么我会为这些东西所包围呢？因为我这个人的生活，是应照流行的嘲笑，可呼之为理想主义者的！

我有时很担心，倘若我再活十年，一些友谊感情上的担负，再加上所见所闻人类多少喜剧，悲剧，珍贵的，高尚的，愚蠢的，下流的，种种印象，我的神经会不会压坏？事实呢，我的神经似乎如一个老年人的脊梁，业已那么弯曲多日了。

十六个月以前……

一只白色的小艇，支持了白色三角小篷，出了停顿小艇的平坞后，向作宝石蓝颜色放光的海面滑去，风极清和温柔，海浪轻轻的拍着船头船舷，船身侧向一边，轻盈的如同一只掠水的燕子。我那时正睡在船中小桅下，用手抱了后脑，游目看天上那些与小艇取向同一方向竞走的白云。朋友若墨大夫，脸庞圆圆的，红红的，口里含了烟斗，穿一件翻领衬衫，黄色短裤下露出那两只健康而体面的小腿，略向两边分开：一手把舵，一手扣着挂在舷旁铜钩上的帆索，目不旁瞬的眺望前面。

前面只是一片平滑的海，在日光下闪放宝石光辉，海尽头有一点淡紫色烟子，还是半点钟以前一只出口商轮残留下来的东西。朋友像在那里用一个船长负责的神气驾驶这只小艇，他那种认真态度，实在有点装模作样，比他平时在解剖室用大刀小刀开割人身似乎还来得不儿戏，我望到这种情形时，不由得不笑了。我在笑中夹杂了一点嘲弄意味，让他看得明白，因为另外还有一种理由，使我不得如此。

他见到我笑时先不理会，后来把眼睛向我眨了一眨，用腿夹定舵把，将烟嘴从口中掏出。

我明白他开始又要向我战争了。这是老规矩，这个朋友不说话时，他的烟斗即或早已熄灭，还不大容易离开嘴上的。夜里睡觉有时也咬着烟斗，因此枕头被单皆常常可以发现小小窟窿。来到青岛同我住下时，在他床边我每夜总为他安置一杯清水,便是由于他那个不可救药的习惯,预备烟灰烧了什么时节消防小小火灾用的。这人除了吃饭不得不勉强把烟斗搁下以外,我就只看到他用口舌激烈战争时,才愿意把烟斗从口中掏出。

自然的,人类是古怪的东西,许多许多人的口大都有一种特殊嗜好,有些人欢喜啃咬自己的手指,有些人欢喜嚼点字纸,有些人又欢喜在他口中塞上一点草类,特别是属于某一些女人的某一种荒唐传说,凡是这样差不多都近于必需的。兽物中只有马常常得吃一点草,是不是从这里我们就可以证明某一些人的祖先同马有一种血缘?关于这个我的一位谈进化论的朋友一定比我知道较多,我不敢说什么外行话。至于我这位欢喜烟斗的朋友,他的嗜好来源却为了他是一个医生。自从我认识他,发现了他的嗜好以后,第一件事就是觉得一只烟斗把他变的严肃起来不大合理。一个医生的身分虽应当沉着一点,严肃一点,其实这人的性情同年龄还不许可他那么过日子下去。他还不到三十岁,还不结婚,为了某种理由,我总打量应得多有些机会取掉他那烟斗才好。我为这件事出了好些主意,当我明白只有和这位朋友辩论什么,才能把他烟斗离开他的嘴边后,老实说,只为了怜悯我赠给他那一只烟斗被噙被咬,我已经就应当故意来同朋友辩论些漫无边际的问题了。

我相信我作的事并没有什么错误,因为一则从这辩论中我得了许多智慧，一种从生理学，病理学，化学，各样见地对于社会现象有所说明的那些智慧，另一时用到我的工作上不无益处，再则，就是我把我的朋友也弄得年青活泼多了。这次他远远的从北京地方跑来，虽名为避暑，其实时间还只五月，去逃避暑热的日子还早，使他能够放下业务到这儿来，大多数还是由于我们辩论的结果。这朋友当今年二月春天我到北京时，已被我用语言稍稍摇动了他那忠于事务忠于烟斗的固执习惯，再到后来两人一分手，又通了二次信，总说他为那"烟斗"同"职业"所束缚，使他过的日子同老人一样，论道理很说不去。他虽然回了我许多更长的信，说了更多拥护他自己习惯的话语，可是明明白白，到底他还是为我所战败，居然来到青岛同我住下了。

到青岛时天气还不很热，带了他各处山头海岸跑了几天，把各处地方全跑到了，两人每天早上就来到海边驾驶游艇，黄昏后则在住处附近一条很僻静的槐树夹道去散步，不拘在船中或夹道中，除了说话时他的烟斗总仍然保留原来地位。不过由于我处处激他引他，他要说的话似乎就越来越多，烟斗也自然而然离开嘴边常在手上了。这医生青春的风仪，因为他嘴边的烟斗而失去，烟斗离开后，神气即刻就风趣而年青了。

关于一切议论主张同朋友比较起来，我的态度总常常是站在感情的，急进的，极左的，幻想的，对未来有所倾心，憎恶过去否认现在方面而说话的。医生一切恰恰相反，他其所以表示他完全和我不同，正为的是有意要站在我的对方，似乎尽职，又似乎从中可以得到一些快乐。因为给他快乐使他年青一点，我所以总用言语引导他，断不用言语窘迫他。

这时这个大夫当真要说话了，由于我的笑，他明白那笑的含意。清晨的空气使他青春的热力显现于辞气之间。

"你笑什么？一个船长不应当那么驾驶他的船吗？"

"我承认一个船长应当那么认真去驾篷掌舵，"我说的只是半句话，意思以为他可不是船长。我希望听听这个朋友食饱睡足以后为初夏微凉略涩的海上空气所兴奋而生的议论。但这时节小艇被一阵风压偏了一下，为了调整船身的均衡与方向，须把三角篷略略收束，绳索得拉紧一点，因此朋友的烟斗又上口了。

我接着就说：

"让他自由一点，有什么要紧？海面那么无边际的宽阔，那么温和与平静，应当自由一点！我们不是承认过：感情这东西，有时也不妨散步到正分生活以外某种生活上去吗？医生是你的职业，那件事情你已经过分的认真了，你得在另外一件事情上，或另外一种想像上，放荡洒脱一点！我不觉得严肃适宜于作我们永远的伴侣，尤其是目的以外的严肃！"

我的意思原就指的只是驾船，若想从这平滑的海面上得到任意而适的充分快乐，以为严肃是不必需的。

医生稍稍误会了我的意思，把烟斗一抓："不能同意！"

他说那一句话的神气，是用一种戏剧名角，一种省议会强健分子，那类人物的风度而说的。这是他一种习惯，照例每听到我用一个文学者所持的生活多元论而说及什么时，仿佛即刻就记起了他是医生，而我却是一个神经不甚健康的人，他是科学的，合理的，而我却是病态的，无责任心的，他为了一种义务同成见，总得从我相反那个论点上来批驳我，纠正我，同时似乎也就救济了我。即或这事到后来他非完全同意不可，当初也总得说"不能同意"。我理解他这点用意，却欢喜从他一些相反的立论上，看看我每一个意见受试验受批判的原因，且得到接近一个问题一点主张的比较真理。

我说："那么，你说你的意见。我希望你把那点有学院气大夫气的人生态度说说。"他业已把烟斗送到嘴边又重新取出了。

"感情若容许我们散步，我们也不可缺少方向的认识。散步即无目的，但得认清方向。放荡洒脱只是疲倦的表示，那是人生某一时对道德责任松弛后的一种感觉，这自然是需要的，可完全不是必需的！多少懒惰的人，多少不敢正视人生的人，都借了潇洒不羁脱然无累的人生哲学活着在世界上！我们生活若还有所谓美处可言，只是把生命如何应用到正确方向上去，不逃避一切人类向上的责任，组织的美，秩序的美，才是人生的美！生命可尊敬处同可赞赏处，全在它魄力的惊人；表现魄力是什么？一个诗人很严肃的选择他的文字，一个画家很严肃的配合他的颜色，一个音乐家很严肃的注意他的曲谱，一个思想家严肃去思索，一个政治家严肃的处理当前难题。一切伟大制作皆产生于不儿戏。一个较好的笑话，也就似乎需要严肃一点才说得动人。一切高峰皆由于认真才能达到。谁能缺少这两个字？人人都错误的把快乐幸福同严肃认真对立，多以为快乐是无拘束的任性，幸福是自由，严肃同认真，却是毫无生趣的死呆。严肃成就一切，它的对面只是轻浮，至于快乐和幸福，总常常包含了严肃和轻浮两者而言；轻浮的快乐，平常人同女子，才用得着的一种东西，至于一个有希望的男子，像样的男子，他不会要这个的！他一切尽管严肃认真，从深渊里探索他所需要的东西，他有他那一分孤独伟大的乐趣！你想想，在你生活中缺少了严肃，你能思索什么，能写作什么？……"

他的辩论原来是不大高明的，他能说一切道理，似乎是由于人太诚实，就常常互相矛盾。他只知道取我相反的路线，却又常常不知不觉间引用我另一时另一事他中意了的见解来批驳我。先前我常是领导他，帮助他，使他能在"科学的"立脚点上站稳,到后来就站稳了。站稳以后慢慢的他自己也居然可以守着他的壁垒,根据他的所学,对于我主张上某一些弱点能够有所启示纠正,因此间或我也有被他难倒的时候了。

但这次他可错了。大体是这个大夫早上为我把了一阵脉,由于我的神经不大健全,关心到我的灵魂也有了些毛病,他临时记起他作医生的责任,故把话说得稍多了一点。并且他说到后来有了矛盾,忘记了某一部分见解,就正是我前些日子说到的话,无意中记忆下来,且用来攻打我,使我觉得十分快乐。这个人的可爱处,原来就是生活那么科学,议论却那么潇洒。他简直是太天真了。

我含笑说:"医生,你自己矛盾了。你这算是反对我还是承认我?你对于严肃作了很多的解释,自己的意见不够,还把我的也引用了,你不能同意我究竟是那几点?我要说,我可不能同意你的!就因为我现在提到的,只是你驾船管舵的姿势,不是别一件事。你不觉得你那种装模作样好笑吗?你那么严肃的口叼烟斗,方正平实的坐到那里,是不是妨碍了我们这一只小小游艇随风而驶飘泊海上的轻松趣味?我问你就是这件事,你别把话说得太远。议论不能离题太远,正如这只小船你不能让它离岸太远:一远了,我们就都不免有点胡涂了。"

同时他似乎也记起他理论的来源了,笑了一阵:"这不行,咱们把军器弄错了。我原来拿得是你的盾牌,——你才真是理论上主张认真的一个人!不过这也很好,你主张生活认真,我却行为认真;你想像严肃,我却行动严肃。"

"那么,究竟谁是对的?你说,你说。"

"要我说吗!我们都是对的,不过地位不同,观点各异罢了。且说船罢,你知道驾船,但并不驾船。你不妨试试来坐在舵边,看看是不是可以随随便便,看看照到你自由论者来说,不取方向的办法,我们这船能不能绕那个小岛一周,再泊近那边浮筒。这是不行的!"

我看到他又像要把烟斗放进嘴里去的神气,我就说:"还有下文?"

"下文多着,"他一面把烟斗在船舷轻轻的敲着一面说,"中国国家就正因为毫无目的,飘泊无归,大有不知所之样子,到如今弄得掌舵的人无办法,坐船的人也无办法。大家只知道羡慕这个船,仇视那个船,自己的却取自由任命主义,看看已经不行了,不知道如何帮助一下掌舵的人,不知如何处置这当前的困难,大家都为这一只载了全个民族命运向前驶去的大船十分着急,却不能够尽任何力量把它从危险中救出。为什么原因?缺少认真作事的人,缺少认真思索的人,不只驾船的不行,坐船的也不行。坐船的第一就缺少一分安静,譬如说,你只打量在这小船上跳舞,又不看前面,又不习风向,只管跳舞,只管分派我向这边收帆,向那边搬舵,我纵十分卖气力照管这小船小帆,我们还是不会安全达到一个地方!"

这种承认现在统治者的合法,而且信赖他,仍然是医生为了他那点医生的意识,向我使用手术方法。

我说:"说清楚点,你意思以为中国目前情形,是掌舵的不行,还是坐船的捣乱?"

"除了风浪太大,没有别的原因。中国虽像一只大船,但是一堆旧木料旧形式马马虎虎束成一把的木筏,而且是从闭关自守的湖泊里流出到这惊涛骇浪的大海里来,坐船的不见过风浪,掌舵的又太年青,大家慌乱失措,结果就成了现在样子了。"

"那么,未来呢!"

"未来谁知道?医生就从不能断定未来的。且看现在罢,要明白将来,也只有检察现在。现在正像一个病人,只要热度不增加到发狂眩督程度,还有办法!"

医生见我把手伸出船舷外边去玩弄海水,担心转篷时轧着了手,就把手扬扬:"喂,坐船的小心点,把手缩回来罢。一切听掌舵的指挥,不然就会闹出危险!"

我服从了他的命令,缩回手来,仍然抱了头部。因为望到他并没有把烟斗塞进嘴里的意思,就不说什么,知道他还有下文的。

"中国坐船的大家规规矩矩相信掌舵的能力,给他全部的信托，中国不会那么糟！"

我不能承认掌舵的这点意见了，我说："这不行，我要用坐船者的资格说话了。你说的要信托船长一切处置，是的，一个民族对支配者缺少信托！事情自然办不好。可是现在问题不是应当信托或不应当信托，只是值得信托或不值得信托？为什么那么稀乱八糟？这就是大家业已不能信托，想换船长，想作船长，用新的方法，找新的航线，才如此如此！"

医生说："照你所说，你以为怎么样？"

"照我坐小船的经验，我觉得你比我高明，所以我信托你。至于载了一个民族走去的那一只木筏，那一个船长，我很怀疑……"

"这就对了。大家就因为有所怀疑，不相信这一个，相信那一个，大家都以为存在的不会比那个不存在的好，又以为后一个应比前一个好，故对未来的抱了希望，对现在的却永远怀疑。其实错了的。革命在试验中，这失败并不是革命的失败，失败在稍前一辈负责的人。一个人的结核病还得三五年静养，这是一个国家，一个那么无办法的国家，三年五年谁会负责可以弄得更好一点？"

我简简单单的说："中国试验了二十年，时间并不很短了！"

"我以为时间并不很长。二十年换了多少管理人，你记得那个数目没有？不要向俄国找寻前例，那不能够比拟。人家那只船根本结实许多，一船人也容易对付。他们换了船长以后，还是权力同知慧携手，还是骑在劳动者背上，用鞭子赶着他们，不顾一切向国家资本主义那条大路走去。他们的船改造后走得快一点，稳一点，因为环境好一点！中国羡慕人家成功是无用的，我们打量重新另造，或完全解散仿造，材料同地位全不许可。我们现在只能修补。假若现在船长能具修补决心，能减少阻力，能同知识合作，能想出方法使坐船的各人占据自己那个位置，分配得适当一点，沉静的渡过这一重险恶的伏流，这船不会沉没的。"

"可是一切中毒太深，一切太腐烂，太不适用，……"

"不然，照医生来说，既然中毒，应当诊断。中毒现象很少遗传。既诊知前一辈中毒原因，注意后一辈生活，思想的营养，由专家来分配，——一切由专家来分配！"

"你相信中国有专家吗？那些在厅里部里的人物算得上专家吗？"

"没有就培养它！同养蚕一样完全在功利上去培养它！明知前一批无望，好好的去注意后一批人，从小学教育起始，严格的来计划，来训练，……"

"你相信一切那么容易吗？"

医生俨然的说："我不相信那么容易，但我有这种信仰。我们需要的就是信仰。我们的恐慌失望先就由于心理方面的软弱,我们要这点信仰,才能从信仰中得救!"

其实他这点信仰打那儿来的?是很有趣味的。我那时故意轻轻的喊叫起来:"信仰,你是不是说这两个字!医生不能给人开这样一味药,这是那一批依靠叫卖上帝名义而吃饭的人专用口号,你是一个医生,不是一个教徒!信仰本身是纯洁的,但已为一些下流无耻的东西把这两个字弄到泥淖里有了多日,上面只附着有势利同污秽,再不会放出什么光辉了!除了吃教饭的人以外,不是还有一般人也成天在口中喊信仰吗?这信仰有什么意义,什么结论?"

医生显然被我窘住了,红脸了,无话可说了,可是烟斗进了口以后随即又抽出来,望到我把头摇摇:"不能同意。"

"好的,说你的意思。"

"我的意思还是需要信仰,除了信仰用什么权力什么手段才能统一这个民族的方向?要信仰,就是从信仰上给那个处置一切的家长以最大的自由,充分的权力,无上的决断:要信仰!"

"是的,我也以为要信仰的。先信仰那个旧的完全不可靠,得换一个新的,彻底换一个新的,从新的基础上,建设新的信仰,一切才有办法,——这是我的信仰!"

"这是侥幸,'侥幸'这个名词不大适用于二十世纪。民族的出路已经不是侥幸可以得到了的。古希腊人的大战,纪元前中国的兵车战,为耸动观听起见,历史上载了许多侥幸成功的记录。现在这名词,业已同'炼金术'名词一样的把效率魔力完全失去了。"

"可是你不说过医生只能诊断现在,无从决定未来吗?为什么先就决定中国完全改造的失败?倘若照你所说,这民族命运将决定到大多数的信仰,很明显的,这点新的信仰就正是一种不可儿戏的旋风,它行将把这民族同更多一些民族卷入里面去,医生,你不能否认这一点,绝不能否认这一点!"

"我承认的,这是基督教情绪之转变,其中包含了无望无助的绝叫,包含了近代人类剩余的情感,——就是属于愚昧和夸张彻头彻尾为天国牺牲地面而献身的感情。正因为基督教的衰落,神的解体,因此'来一个新的'便成了一种新的迷信,这新的迷信综合了世界各民族,成为人类宗教情绪的尾闾。这的确是一种有魄力的迷信,但不是我的信仰!"

"你的信仰?"

"我的信仰吗?我……"

我们两人说到前面一些事情时,两人都兴奋了一点,似乎在吵着的样子,因此使他把驾船的职务也忘却了。这时船正对准了一个指示商船方向的浮标驶去,差不到两丈远近就会同海中那个浮标相碰了,朋友发觉了这种危险,连忙把舵偏开时,船已拢去了许多,在数尺内斜斜的挨过去，两人皆为一种意外情形给愣住了。可是朋友眼见到危险已经过去，再不会发生什么事故，便向我伸伸舌头，装成狡顽的样子，向我还把眼睛挤了一下。

"你瞧，一个掌舵的人若尽同坐船的人为一点小事争辩，不注意他的职务所加的责任，行将成一个什么样子！别同掌舵的说道理，掌舵的常常是由于权力占据了那个位置，而不由于道理的。他应当顾及全船的安危，不能听你一个人拘于一隅的意见。你若不满意他的驾船方法，与其用道理来絮聒，不如用流血来争夺。可是为什么中国那么紊乱？就因为二十年来的争夺！来一个新的方法争夺吧，时间放长一点，……历史是其长无尽的一种东西，无数的连环，互相衔接，捶断它，要信仰！"

他在说明他的信仰以前，望望海水，似乎担心把话说出会被海上小鱼听去，就微笑着把烟斗塞进自己嘴巴里了。

无结果的争辩，一切虽照样的无结果，可是由于这点训练，我的朋友风度实在体面多了。他究竟信仰什么？他并不说，也像没有可说的。他实际上似乎只是信仰我不信仰的东西。他同我的意见有意相反，我曾说过了，到现在，他一面驾船一面还是一个医生，不过平时他习惯于治疗人的身体，此时自以为在那里修补我的灵魂罢了。

我们的小艇已向外海驶去，我在心里想，换一个同海一样宽泛无边无岸的问题，还是拣选一个其小如船切于本身的问题？我想起了他平时不谈女人的习惯，且看到他这时候的派头，却正像一个陪新夫人度蜜月驾小艇出游的丈夫模样，故我突然问他"是不是打量结婚，预备恋爱"。我相信我清清楚楚看到他那时脸红了一阵，又像吃了一惊的样子。

他没有预防这一问，故不答复我，所以我又说：

"怎么？你难道是老人吗？取掉你的烟斗，说说你的意见！"

他当真把烟斗抓到手上了。

"女人有什么可说？在你身边时折磨你的身体，离开你身边时又折磨你的灵魂，她是诗人想像中的上帝，是浪子官能中的上帝。但我们为什么必需一个属于个人的上帝？我们应当工作，有许多事情可作，有许多责任要尽，为一个女人过分消耗时间和精力，那实在是无味得很。"

"可是难道不是诗人不是浪子就不需要那么一个上帝吗？我不瞒你，若我像你那么一个人，我就放下我现在这种倾心如你所谓诗人的上帝，找寻那个浪子的上帝去了。再则从女人方面说来，我相信许多女人都欢喜作你那么一个好人的上帝，你自己不相信吗？"

"这一点我可用不着信仰了。可是我同你说说我的感想罢，若是有什么人问到我：若墨大夫，你平生最讨厌的什么？我将回答：我讨厌青年会式的教徒，同自作多情的女子。这两种人在我心上都有一个位置，可是却为我用一种鄙视感情保留到心上的。"

综合而言,我知道医生存三种不可通融的主张了,就是讨厌前面两样人以外还极端怀疑中国共产党革命。

我有一种成见,就是对于这个朋友的爱憎,不大相信得过。我不愿再听下去,听下去伤了我对于女人以及对于几个在印象中还不十分坏的教会朋友的情感。尤其是说到女人,我记起一件事情来了。另外一个朋友昨天还才来了一个信,说到有一个牧师的女儿,不久就要过青岛来,也许还得我为她找寻一个住处。这女人为的是要在青岛休养几个礼拜的胃病,朋友特意把她介绍给我,且告给我这个女人种种好处。朋友意思似乎还正因为明白我几年来在某一方面受了些折磨,把这个女人介绍到青岛来,暗示我一切折磨皆可以从这方面得到取偿。照医生说来,这女人却应当是双料讨人厌烦的东西了。

我忽然起了一种好事的感觉,心想等着这女人来时,若果女人是照朋友所说那样完美的人,机会许可,我将让一个方便机会,把这双料讨厌东西介绍给医生,看看这大夫结果如何。这点动机在好事以外还存了另外一份心事,就是我亲眼看到我的朋友,尽管口上那么厌恶女人,实在生活里,又的的确确需要一个当家的女人,而且这女人同他要好也比同我要好一定强多了,故当时就决定要办好这样一件事,先且不同他说什么。我打算到好几个自以为妙不可言的撮合方法,谁知这些方法到了后来完全不能适用。

到了十点左右，两人把小艇驶回船坞，在沙滩上各人留下了一行长长的足印，回到住处时，事情太凑巧了一点，那个牧师女儿××小姐已坐在小客厅中等候我半点钟了。我同了若墨大夫走进客厅时，那牧师女儿正注意到医生给我写的一个条幅，见了我们两人，赶忙回过身来向医生行礼。她错了，她以为医生是主人，却把我当成主人的朋友了。这不能怪她，只能责备我平常对于衣帽实在太疏忽了一点，我那件中学生式蓝布大衫同我那种一见体面女子永远就只想向客厅一角藏躲的乡下人神气，同我住处那个华丽客厅实在就不大相称。我为这个足以自惭的外表，在另一时还被一个陌生拜访者把我当成仆人，问了我许多关于主人近况的话语，使我不知如何回答这关切我的好人。大家都那么习惯于从冠履之间识别对方的身分，因此我也就更容易害羞受窘了。

可是当我的医生朋友，让人家知道我就是她所等候的人，我且能够用主人资格介绍医生给这个客人时，也许客厅中气候实在太热了一点，那个新来的客人，脸儿很红了一阵。

牧师女儿恰恰如另一朋友在来信上所描写的一样，温柔端静，秀外慧中，相貌性情都可以使一个同她接近的男子十分幸福。一个男子得到她，便同时把诗人的上帝同浪子的上帝全得到了。不过见面之下我就有了主意，认定这女人和医生第一面的误会，就有了些预兆。若能成为一对，倒是最理想的一对了。

我留住了这个牧师女儿在我家中吃了一顿午饭，谈了好些闲话，一面谈话一面我偷偷的去注意医生，看他是不是因为客厅中有一个牧师的女儿，就打量逃走，看来竟像不会逃走的样子，我方放心了。在谈话中医生只默默的含着他的烟斗在一旁听着，我认为他的烟斗若不离开，实在增加了他的岁数，所以还想设法要他去掉烟斗说话，他似乎有点害羞的样子，说的话大不如两人驾船时的英气勃勃。在引导他说话时，我实在很尽了一分气力，比我作别的事困难得多。

女人来青岛名为休养胃病，其实还像是看我的！下午我们三人一同出去为她安置住处时，一路上谈到几个熟人的胃病，牙痛病，以及其他各样事情。我就说这位医生朋友如何可以信托。且告她假若需要常常诊察，这位朋友一定很高兴作这件事，而且这事情在朋友作来还如何方便。医生听我说到这些话时，只含着烟斗，默默的瞧着我，神气时时刻刻像在说："书呆子，理想家，别作孽，够了，够了，这不是好差事，这不是好差事！"我也明白这不是一件好差事，却相信病人很高兴很欢喜这点建议。

女人听我说到这个医生对于胃病有一种专长时，先前似乎还不甚相信得过，望我笑着，一面也望了一下医生。当时我不让医生有所推托，就代为答应了一切。医生听到这话仍然没有把烟斗取去，似乎很不高兴。我也以为或者他当真不大高兴，就因为我自己见着许多女人不大欢喜她时，神气也差不多同我朋友那么一样沉默的。把医生诊病事介绍妥当后，我又很悔我的孟浪，还以为等一会儿一定会被他埋怨了。

但女人回旅馆后，医生却说："这女人的说话同笑真是一种有毒的危险东西。"

我明白那是什么意思。我太明白一个端静自爱的男子一颗平静的心为女人所扰乱时，外表沉默的情形了。我很忠厚的极力避开同他来说到这个女子，他这时是绝不愿有谁来说到这女人的。他吓怕别人提起这个名字，却自己将尽在心里念念这个使他灵魂柔软的名字。

那牧师女儿呢？我相信她离开我们以后，她一定觉得今天的事情很稀奇，且算得出她的胃病有了那么一个大夫，四个礼拜内一定可以完全治好，心里快乐极了。

从此以后这个医生除掉同我划船散步以外多了一件事情。他到约定的时间，总仍然口含烟斗走过女人住处那边去。到了那边，大约烟斗就不常能够留到嘴边了。似乎正因为胃病最好的治疗是散步，青岛地方许多大路小径又太适宜于散步，因此医生用了一种义务的或道德的理由，陪了他的病人各处散步的事情，也慢慢的来得时间较长次数较多了。

青岛地方的五月六月天气是那么好,各处地方都绿荫荫的。各处有不知名的花,天上的云同海中的水时时刻刻在变幻各种颜色,还有那种清柔的,微涩的,使人皮肤润泽,眼目光辉,感情活泼,灵魂柔软的流动空气,一个健康而体面心性又极端正的男子,随同一个秀雅宜人温柔多情的少女,清晨或黄昏选择那些无人注意为花包围的小路上,用散步来治疗胃病,这结果,自然慢慢的把某一些人的地位要变更起来的,医生间或有时也许就用不着把烟斗来保护自己的嘴唇,却从另外一个方便上习惯另外一种嗜好了。

当那些事情逐日在酝酿中有所不同时,医生在我面前更像年青了一点,但也沉默了一点。女人有时到我住处来,他们反而似乎很生疏的样子,女人走后,朋友就送出去,一个人很迟很迟才回来,回来后又即刻躲到他自己房中去了。两个人都把我当书呆子,因为我那一阵实在就成天上图书馆去抄书。其实我就只为给这朋友的方便,才到图书馆去作事。我从朋友沉默上明白那是什么征候,我不会弄错一切,我看得十分清楚,却很难受,因为当时无一个人可以同我来谈谈在客观中我所想像到的一切。我需要这样谈话的人,却没有谁可以来同我讨论这件事。

我为这件事一个人曾记下了五十页日记,上面也有我一些轻微的忧郁。由于两人不来信托我却隐讳我，医生的态度我真不大能够原谅。

到后来，女人有一天到我住处，说是要回北平。医生也说要回北平了。两人恰好是同过北平，同车回去也可减少路上的寂寞，所以我不能留任何一个再住一阵。请他两个人到一个地方去吃了一顿饭，就去为他们买了两张二等车票，送他们上了车。他们上车时我似乎也非常沉默，没有日前的兴致，是不是从别人的生活里我发现了自己的孤立，我自己也不大知道。总而言之我们都似乎因为各人在一种隐约中，担心在言语上触着朋友的忌讳，互相说话都少了许多。临走时，两人似乎说了许多话，但我明明白白知道这是装点离别而说的空话，而且是很勉强在那里说的。所以我心里忍受着，几几乎真想窘这医生一次，要把女人来此第一天，我同医生在船上说到关于女人的话重新说说，让他在女人面前唤起一点回忆，红一阵脸。

十个星期后医生从北平把用高丽发笺印红花的结婚喜帖寄给我，附上了一封长长的信，说到许多我早已清清楚楚的事情，那种信上字里行间充满了值得回忆的最诚实的友谊。结末却说，"那个说女人同教徒坏话的医生，想不到自己要受那么一种幸福来惩罚自己。"我有点生气，因为这两个人还不明白我早已看得十分清楚，还以为这时来告我，对于我是一种诚实的信托与感谢！我当时把我那五十多页的日记全寄去了，我让他两个人知道我不是书呆子，曾处处帮过他们的忙，他们却完全不知道。

只是十六个月，这件事就仅剩下一个影子保留在我一个人记忆上了。我现在还只那么尽想像中国应当如何重新另造，很严肃的来写一本"黄人之出路"。为了如何就可以把某一些人软弱无力的生活观念改造，如何去输入一个新的强硬结实的人生观到较年青一点的朋友心胸中去，问题太杂，怯于下笔，不能动手了。那些人平时不说什么，不想什么，不写什么，很短的时间里，在沉默中做出来的事，产生出的结果，从我看来总常常是一个哑谜，一种奇迹。

在我记忆里，这些朋友用生活造成的奇迹越来越多了。

廿年七月十五日青岛写

廿三年十月北平改

（为纪念采真而作）

春

医科三年级学生樊陆士。身体颀长俊美,体面得像一株小银杏树。这时正跟了一个极美丽的女人,从客厅里走出。他今天是来告他的朋友一件事情的。亲爱的读者,在这种春天里,两个年青人要说点什么话时,应当让他们从客厅里出来,过花园中去,在那些空旷一点的天空下,僻静一点的花树下,不是更相宜一点吗?他们正预备过花园里去。

可是这两个人一到了廊下,一个百灵雀的歌声,把两个年青人拉着了。

医学生站在那个铜丝笼边很惊讶的望到那个百灵的喉咙同小嘴,一串碎玉就从那个源泉里流出。好像有一种惑疑,得追问清楚的样子,"谁是你的师傅,教你那么快乐的唱?"

女人见到这情形就笑了。"它整天都这样子,好像很快乐。"说时就伸出一只白白的手到笼边去,故意吓了那雀儿一下。可是那东西只稍稍跳过去了一点，仍然若无其事的叫着。

医学生对百灵说："你瞧你那种神气，以为我不明白。我一切都明白。我明白你为什么这样高兴！"他意思是说因为你有那么一个标致主人。

女人就笑着说："它倒真像明白谁对它有友谊！它不怕我，也不怕我家里那只白猫。"为了证明这件事，女人重新用手去摇动那笼子，聪明的鸟儿，便偏了头望着女人，好像在说着："我不怕的。你惹我，我不怕的。"等到女人手一离开笼子，就重新很快乐的叫起来了。

医学生望到这情形也笑了。"狡猾东西，你认得你的主人！可是我警告你！我是一个医生，我算定你这样放肆唱下去，终有一天会倒了嗓子，明天就会招凉，后天就会咳嗽……"

那百灵，似乎当真懂得到人类的言语，明白了站在它跟前的人，是一个应当尊敬的医生，一听医生说及害病吃药那一类话，也稍稍生了点疑心，不能再那么高兴叫下去了。于是把一个小小的头，略略偏着，很聪明很虚心，望定医学生，好像想问："那么，大夫，你觉得怎么样？"谁能够知道，这医学生如何就会明白这个虚心的质问？可是医学生明明白白的却说："听我的话，规矩一点，节制一点。我以为你每天少叫一点，对于你十分有益。你穿得似乎也太厚了一点，春天来了怎么还不换毛？"

女人笑着轻轻的说:"够了,够了,你瞧它又在望着你,它还会问你:大夫,我每早上应当吃点什么,晚上又是不是要洗一次脚?"

"那么,我说:吃东西不妨事,欢喜吃的就吃。只是生活上节制一点,行为上庄重一点,语言上谨慎一点。……"

百灵很希奇的看着这两个人,讨论到它的种种,到了这时候,对于医学生的教训好像不相信,忽然又叫起来了。医学生一只手被女人拖着,向斜坡下走去,一面还说:"不相信我的话,到头痛时我们再看吧,我要你知道医生的话,可是不能不相信的!"

两人一路笑着,走下那个斜坡,就到了花园。天气已经将近四月了,一堆接连而来的晴天,中间隔着几次小雨,把园中各样树木皆重新装扮过了。各样花草都仿佛正努力从地下拔起,在温暖日头下,守着本分,静静的立着,尽那只谁也看不见的手来铺排,按照秩序发叶开花,开过了花还有责任的,且各在叶底花蒂处,缀着小小的一粒果子。这时傍近那一列长长的围墙,成排栽植的碧桃花,同火焰那么热闹的开放。还有连翘,黄得同金子一样。木笔各把花尖向上蠢着。沿了一片草地,两行枝干儿瘦瘦的海棠,银白色的枝子上,缀满了小小的花苞,娇怯怯的好像在那里等候着天的吩咐,颜色似乎是从无数女孩子的脸上嘴上割下的颜色。天空的白云,在微风中缓缓的移动，推着，挤着，搬出的空处，显得深蓝如海，却从无一种海会那么深又那么平。把云挪移的小风，同时还轻轻的摇动到一切较高较柔弱的树枝。这风吹拂人身上时，便使人感到一种清快，一份微倦，一点惆怅；仿佛是一只祖母的手，或母亲的手，温柔的摩着脸庞，抚着头发，拉着衣角。还温柔的送来各样花朵的香味，草木叶子的香味，以及新鲜泥土的香味。

女人走在前面一点，医学生正等着那个说话的机会，这机会还不曾来。望到那个象征春天的柔软的背影，以及白白的颈脖，白白的手臂，一面走着，一面心里就想起一些事情。女人在前面说："看看我这海棠，那么怯怯的，你既然同我百灵谈了许多话，就同海棠也来说说罢。"女人是那么爱说话而又会说话的。

医学生稍前一点："海棠假若会说话，这时也不敢说话了。"

"这是说，它在你医生面前害羞，还是……？"

医学生稍迟疑了一时，就说："照我想来，倒大致是不好如何来赞美它的主人，因为主人是那么美丽！……"

"得了。"女人用一个记号止着了医学生的言语，走了两步，一只黑色的燕子，从头上掠过去，一个过去的影子，从心头上掠过去，就说："你不是说预备在做一首诗吗，今天你的诗怎么不拿来。"

"我的诗在这里的。"

"把我看看,或念给我听听。我猜想你在诗上的成功,不比你在细菌学上的研究成绩坏。"

"诗在我的眼睛里,念给你听罢,天上的云,地下……"

"得了,原来还是那么一套。我替你读了罢。天上的云,地下的神……,我不必在你眼睛里去搜寻那一首诗。我真想问你,到什么时候,你才能同我在说话当儿,放诚实一点,把谄谀分量用得稍轻一点?你不觉得谄谀同毒药一样,用得过分时,使人活受罪?你不觉得你所说的话,不是全都不什么恰当吗?"

女人一面说着一面就笑着,望了医学生一眼,好像在继续一句无言语的言语:"朋友,你的坏处我完全知道的。"

医学生分辩的说:"我明白的。你本来是用不着谀美的人,譬如说,天上的虹,用得着什么称赞?虹原本同雨和日头在一块儿存在,有什么方法形容得恰当?"

"得了,你瞧瞧,天上这时不落雨,没有虹的。"

"不错啦,虹还得雨同日头,才会存在。"

"幸亏我还不是虹,不然日晒雨淋,将变成什么样怪物了!"

"你用不着雨和日头来烘托,也用不着花或别的来润色帮衬。"

"我想我似乎总得你许多空话,才能存在罢。"

"我不好意思说,一千年后我们还觉得什么公主很美,是不是原应感谢那些诗人?因为我不是一个有天才的诗人,这时说话也是很蠢笨。"

"用不着客气了,你的天才谁都得承认。学校教病理学的拉克博士,给过你的奖语。我那只百灵,听过你所说到的一切教训。至于我,那是更不消说了。"

"我感谢你给我去做诗人的勇气。"

"唉,假若做了诗人,在谈话时就不那么做作的俏皮,你要做诗人,尽管去做,我真没有反对的理由。"

两人这时节已走到海棠夹道的尽头了,前面是一个紫藤架子,转过去有个小土山,土山后有个小塘,一塘绿水绉动细细的波纹。一个有靠背的白色的长凳,搁在一株覆荫半亩的垂柳下面。

女人说:"将来的诗人,我们坐一坐罢。做诗的日子长着,这春天可很快的就要过去了。你瞧,这水多美!"女人说着,把医学生手拉过去,两人就并排的坐下了。

坐下以后,医学生把女人那只小小的白白的手,安置到自己的手掌里,亲热的握着。瞻顾头上移动的云影,似乎便同时眺望到一些很远的光景,为这未来的或过去的光景,灵魂轻轻的摇荡。

"我怎么说?我还是说还是不说?"过了一会儿,还不说话,女人开始注意到这个情形了。

女人说:"你在思量什么?若容许这园里主人说话,我想说:你千万别在此地做诗罢。你瞧,燕子。你瞧,水动得多美！你瞧，我吃这一朵花了。（吃花介）……怎么，不说话呀！这园子是我们玩的，爸爸的意思，也以为这园子那么宽，可以让我成天各处跑跑。如果你做诗做出病来了，我爸爸听到时，也一定不快乐的！"

医学生瞅着女人，温柔的笑着，把头摇摇："再说下去。"

"再说下去？我倒要听你说点话！你不必说，我就知道你要说的是：（装成男子声音）我在思索，天上的虹同人中的你，他们的区别在什么地方呀？"

医学生把那只手紧紧的捏了一下："再说下去。"

"等你自己说下去罢，我没有预备那么多的词藻！不过，你若有什么疑心，我倒可以告：虹同我的区别，就只是一个怕雨，一个不怕雨。落了雨我可受不了。落了雨我那只百灵也很不高兴，不愿意叫了。你瞧，那燕子玩得多险，水面上滑过去，不怕掉到水里。燕子也怕雨！海棠不是也怕雨吗？……这样说起来，就只你同虹不怕雨，其他一切全怕雨……你说吧，你不是极欢喜雨吗？那么，想起来，将来称赞你时，倒应当说你美丽如虹了！说呀！……"

因为女人声音极美，且极快乐的那么乱说，同一只鸟儿一样，医学生觉得十分幸福，故一句话不敢说了。

女人望了一下医学生的眼睛，好像看到了一点秘密。"你们男子自己，也应当称赞自己一下才好，你原是那么完全！应有一个当差的侏儒，仿照××在他故事上提到的，这样那样，不怕麻烦的，把他装扮起来。还要这个人，成天跟随你身后各处走去。还要他称你做狮子，做老虎，——你够得上这种称呼！还要他在你面前，打筋斗唱歌，是不是？还要他各处为你去探听'公主'的消息，是不是？你自己也要打扮起来，做一个理想中的王子，是不是？你还得有一把宝刀，有……是不是？"

医学生如同在百灵笼旁一样，似乎不愿意让这个较大的百灵飞去，仍然紧紧扣着女人那只柔软体面的小手，仍然把头摇着，只说："再唱下去。"

"喝，你要我再唱下去？"女的一面把手缩回去，一面急促的说，"我可不是百灵！"

医学生才了然自己把话说错了，一面傍过去一点，一面说："你不用生气，我听你说话！你声音是那么不可形容的好听，我有一点醉，这是真的，我还正在想一件事情，事情很古怪。平常不见到你的时节，每一刻我的灵魂，都为那个留在我印象上的你悬在空中，我觉得我是一个幸福的人。如果幸福两个字，用在那上面是恰当的，那么到这个时节，我得用什么字来形容我的感觉？"

"我盼望你少谄谀我一点，留下一些，到另一个日子还有用处！"

医学生一时无话可说了，女人就接着说：

"那么，你就做诗呀！就说：天呀，地呀，我怎么来形容我这一种感觉！唉唉，我傍着一个天仙，……许多诗人不就是那么做诗，做了诗还印成小本子搁到书铺子里出卖！"

"我记起一本书上说的话了，他说：'我希望你给我唱一个较次一等的歌，我才能从所有言语里，找寻比较适当的言语。'你给我的幸福也是这样。因为缺少这种言语，我便哑了。"医学生似乎为了证明那时的口，已经当真不能再说话了，他把女人的手背覆在嘴上去，停留了约有一秒钟。他的行为是那么谨慎，致令女的不便即刻将手抽出。

女人移开手时，也许是天气太暖和，脸稍微红了一点，低下头笑了。"不许这样。我要生气的！"说了，似乎即刻忘掉这种冒犯的行为了，又继续着说前面一件事："不会哑的，不必担心。我同你说。若诚实同谄谀是可以用分量定下的，我疑心你每说一句话时，总常常故意把谄谀多放了一些。可是这不行，我看得清清楚楚！"

"我若能那么选择，现在我就会……可是，你既然觉得我言语里，混和得有诚实同谄谀，你分得出它的轻重，你要我怎么说，我怎么说吧。"

"那不是变八哥了吗？"

"八哥也行！假若此后在你面前的时节，我每说一句话，都全是你所欢喜的话，为什么我不变做八哥？"

"可是诚实话我有时也不那么欢喜听！因为诚实同

时也会把人变成愚蠢的。我怕那种愚蠢。"

"在你的面前,实在说来,做一个愚蠢人,比做一个聪明人可容易一点。"

"可是说谎同装傻,我觉得装傻更使人难受。"

"那么,我这八哥仍然做不成了。"

"做故事上会说话的××吧。把我当成公主,把我想得更美一点,把我想得更完全一点,同时也莫忘记你自己是一个王子。你的相貌同身材原是很像样了的,只是这一件袍子不大相称。若袍子能变成一套……得了,就算作那样一套衣服罢。你就作为去见我,见了我如何感动,譬如说:胸中的心如何的跳动……尽管胡说八道!同我在一处坐下,又应当说如何幸福。……你朋友中不是有多少诗人吗?就说话罢,念诗罢,……你瞧,我在等着你!"

女人这时坐远了一点,装成贵妇人庄重神气,懒懒的望了一望天空,折了身边一朵黄花,很温柔的放到鼻子边嗅了一嗅,把声音压低了一点,故意模仿演戏的风度,自言自语的说道:"笼中蓄养的鸟它飞不远,家中生长的人却不容易寻见。我若是有爱情交把女子的人,纵半夜三更也得敲她的门。"正说着,可是面前一对燕子轻快的滑过去,把这公主身分忘却了,只惊讶的低低喊着:"呀,你瞧,这东西真吓了我一跳!"

医学生只是憨憨的笑,把手拉着女人的手,不甚得体的样子,"你像一个公主啊!"这样说着,想把她手举起来,再吻一次,女人很快的可就摔开了。

女人说:"这是不行的,王子也应当有王子的本分!你站起来罢,我看你向我说谎的本领有多大!"

医学生还不作声,女人又唱:"天堂的门在一个蠢人面前开时,徘徊在门外这蠢人心实不甘:若歌声是启开这爱情的钥匙,他愿意立定在星光下唱歌一年。"女人把歌唱完了,就问:"我的王子,你干吗不跟到你那个写小说的好朋友,学学这种好听的歌?"

医学生觉得时候到了,于是站起来了,口唇微微的发抖,正预备开口,女人装作不知道的神气,把头掉过去。医学生不知如何,忽然反而走远了一点,站在那柳树下,低了一会头,把头又抬起来,才怯怯的望到女人,"我要说一句正经话!"

女人说:"我在这儿听你说正经话,但希望说的有趣味一点,文雅一点。你瞧,我这样子不是准备听你说正经话吗?"

"我不能再让你这样作弄我了,这是极不公平的!"医学生说后,想把这话认真处稍微去掉一些些,自己便勉强笑着。

女的说:"你得记住作一个王子,话应说得美一点,不能那么冒犯我!"

医学生仍然勉强笑着,口角微动,正要说下去,女人忽然注意到了，眉毛微微缩皱了一下："你干吗？坐过来，还是不必装你的王子罢。来呀，坐下来听我说，我知道你不会装一个王子，所以也证明你称呼我做公主，那是一句不可靠的谎话！"

"天知道，我的心为你……"

医学生坐近女人身边，正想把话说完，一对黄色蝴蝶从凳前身边飞过去，女人看到了，就说："蝴蝶，蝴蝶，追它去，追它去！……"于是当真就站起身来追过去，蝴蝶上了小山，女人就又跟上山去。医学生正想跟上去，女人可又跑下来了。下来以后，女人又说："来，到那边去，我引你看我的竹子，长了多少小龙！"

不久，两人都在花园一角竹林边上了，女人数了许久笋子，总记不清楚那个数目，便自嘲似的笑说："爱情是说不清楚的，笋子是数不清楚的，……还是回那边去！"

医学生经过先一时一种变动，精神稍稍颓唐了一点，言语稍稍呆板了一点。女人明白那是为了什么原因，但装着不注意的神气，就提议仍然到小塘边去。到了那里，两人仍然坐在原来那张白色凳上，女人且仍然伸过手去，尽医学生捏着。两个人重新把话谈下去，慢慢的又活泼起来了。

女人说："我看你王子是装不像的，诗人也做不成的，还是不如两人来互相说点谎话罢。"

医学生说："你告我怎么样来说，我便怎么说。在你面前我实在……"

"得了。你就说,你一离开我时,怎么样全身发烧,头痛口渴,记忆力又如何坏,在上课时又如何闹笑话,梦里又如何如何,……我知道这是谎话。我欢喜听这种谎话!"

"说完了这点又如何接下去?"

"你不会说下去?"

"我会说下去的,你听我说罢。我就说:当到我一个人在医院,可真受不了!可是这种苦痛用什么言语什么声调才说得尽呢?……再说,当我记起第二个礼拜,我可以赶到这里来见你时,我活泼了。如果我房里那个小灯,它会说话,它会告给你,我是如何的可笑,把你那个照片,如何恭敬放在桌子上,并且还有那个……"

"得了,我全知道了。以后是你在梦中见我穿了白衣,同观音一样,你跪在泥土上,同我的衣角接吻,同我经过的地面接吻。……总是这一套!我恳求你!说一点别的罢。譬如说,你现在怎么样?可是不许感伤,话语不许发抖打结,我不欢喜那种认真的傻相。你放自然一点,我们都应当快快乐乐的来说!"

医学生点着头,女人又说:"你说罢,你当假话说着,我当假话听着!全是假话!……"

两人当真就说了很多精巧美丽的假话,到后来医学生胆气粗了,就仍然当假话那么说下去。

"假若我说：我为了把你供奉——不，假若我说：我要你嫁我，你答应不答应？"

女人毫不费事的答着："假若你那么说，我也将那么说：我不答应你。"

"假若我再说：你不答应我，我就跑了，从此不再来了？"

"假如你要走，我就说：既然要走了，是留不住的，那么，王子，你上你的马罢。"

"那么，公主不寂寞吗？"

"为什么我不寂寞？你要走，那有什么办法？可是这不是当真的事，你不会走的！"

"我为了公主的寂寞就不走，那么，我……"

"不走我仍然同你在一处，听你对我的恭维，看你惶恐的样子，把你当一个最好的朋友款待。这些事拿去问我那个百灵，它就会觉得是做得很对的。"

"假若我死了？"

"你不会死的。"

"怎么不会死？假若当真你不答应我，不爱我，我就要离开了你，到后我一定要死的。"

"你不会死的。"

"我一定要死！"

女人把头偏过一边，没有注意到医学生，只说："为什么一定要死？这不会是当真的事？所有故事上的王子从没有这种结局的！"

"因为我爱你，我只有去死！"

"我并不禁止你爱我。可是爱我的人，就要好好的活到这个世界上。你死了，你难道还会爱我吗？"

医学生低低的叹息了一次："我说真话，你不爱我，我今天即刻就要走了。我不能够得到你，我不想再见你了。"

"我不是同你很好了吗？"女人想了一下，"你不是得到我了吗？你要什么，我问爸爸就把你！"

"我要你爱！"

"我没有说我讨厌你！"

"但是却没有说你爱我！"

"那么，假如我说：若当真有个王子向我求婚，我也……不会很给他下不去，这你相信不相信？"

医学生低下头去，不敢把头抬起："你不要作弄我，我要走的。因为我是男子！"

"因为你是男子，你要走路，对的，"女人忍着笑咬着嘴唇，一会儿不再说什么话，后来轻轻的说，"但假若我爸爸已答应了这件事，知道你今天就是为这件事来的，他才出去？"

医学生忽然把头抬起，把女人脸庞扶了过来，望到女人的眼睛，望了一会，一切都弄明白了。

…………

女人说:"因为你是男子。一到某一情形下,希望你莫太笨,也就办不到。既不会说谎话,也不会听谎话,我的王子,我们过去走走罢。我还要听你在那海棠树下说点聪明话的,我盼望你再复述一次先前一时节所说的话。"

可是到了那边,医学生仍然一句话不说,只微微的笑着,傍近女人身边走着,感到宇宙的完全。到后女人就又说话了,她的言语是用微带装成的埋怨神气说的:"你瞧,我知道你有这一天!我知道你一到了某个时节,就再也不恭维我了。你相信不相信,我正很悔着我先前说的话!你相信不相信,我早就算到,你当真要成哑子!……如果先前让王子上马一次,我耳朵和我的眼睛,还一定可以经验到你许多好言语同好样子!……可是,我很奇怪,为什么公主也扮不像?"

在路角上,医学生一句话不说,把女人拉着,在一株海棠花树下,抱着她默默的吻了许久。

过后,两人又默默的在那夹道上并排走着了,女人心中回想到,"只这一点,倒真是一个王子的风度",女人就重新笑起来了。

廿一年六月青岛

廿三年十月于北平删改

(给樊海珊写)

龙朱

第一 说这个人

郎家苗人中出美男子，仿佛是那地方的父母全曾参预过雕塑天王菩萨的工作，因此把美的模型留给儿子了。族长儿子龙朱年十七岁，是美男子中之美男子。这个人，美丽强壮像狮子，温和谦驯如小羊，是人中模型、是权威、是力、是光，种种比譬全只为了他的美。其他德行则与美一样，得天比平常人特别多。

提到龙朱像貌时，就使人生一种卑视自己的心情。平时在各样事业得失上全引不出妒嫉的神巫，因为有次望到龙朱的鼻子，也立时变成小气，甚至于想用钢刀去刺破龙朱的鼻子。这样与天作难的倔强野心却生之于神巫。到后又却因为那个美，仍然把这神巫克服了。

郎家，以及乌婆，猓猓，花帕，长脚，各族，人人都说龙朱像貌长得好看，如日头光明，如花新鲜，正因为这样说话的人太多,无量的阿谀,反而烦恼了龙朱了。好的风仪用处不是得阿谀。(龙朱的地位,已就应当得到各样人的尊敬歆羡了。)既不能在女人中煽动勇敢的悲欢,好的风仪全成为无意思之事。龙朱走到水边去照过了自己,相信自己的好处,又时时用铜镜检察自己,觉得并不为人过誉。然而结果如何呢?似乎龙朱不像是应当在每个女子理想中的丈夫那么平常,因此反而与妇女们离远了。

女人不敢把龙朱当成目标,做那荒唐艳丽的梦,不是女人的过错。在任何民族中,女子们,不能把神做对象,来热烈恋爱,来流泪流血,不是自然的事么?任何种族的妇人,原永远是一种胆小知分的兽类,要情人,也知道要什么样情人才合乎身分。纵其中并不乏勇敢不知事故的女子,也自然能从她的不合理希望上得到一种好教训。像貌堂堂是女子倾心的原由,但一个过分美观的身材,却只作成了与女子相远的方便。谁不承认狮子是孤独兽物?狮子永远孤独,就只为了狮子全身的纹彩与众不同。

龙朱因为美,有那与美同来的骄傲不?凡是到过青石冈的苗人,全都能赌咒作证,否认这个事。人人总说总爷的儿子,从不用地位虐待过人畜,也从不闻对长年老辈妇人女子失过敬礼。在称赞龙朱的人口中,总还不忘同时提到龙朱的像貌。全寨中,年青汉子们,有与老年人争吵事情时，老人词穷，就必定说，我老了，你年青人，干吗不学龙朱谦恭对待长辈？这青年汉子若还有羞耻心存在，必立时遁去，不说话，或立即认错，作揖陪礼。一个妇人与人谈到自己儿子，总常说，儿子若能像龙朱，那就卖自己与江西布客，让儿子得钱花用，也愿意。所有未出嫁的女人，都想自己将来有个丈夫能与龙朱一样。所有同丈夫吵嘴的妇人，说到丈夫时，总说你不是龙朱，真不配管我磨我；你若是龙朱，我做牛做马也甘心情愿。

还有，一个女人同她的情人，在山洞里约会，男子不失约，女人第一句赞美的话总是"你真像龙朱"。其实这女人并不曾同龙朱有过交情，也未尝听到谁个女人向龙朱约会过。

一个长得太标致了的人，是这样常常容易为别人把名字放到口上咀嚼的。

龙朱在本地方远远近近，得到如此尊敬爱重。然而他是寂寞的。这人是兽中之狮，永远当独行无伴！

在龙朱面前，人人觉得极卑小，把男女之爱全抹杀，因此这族长的儿子，却仿佛永远无从爱女人了。女人中，属于乌婆族，以出产多情才貌女子著名地方的女人，也从无一个敢来到龙朱面前，闭上一只眼，荡着她上身，向龙朱挑情。也从无一个女人，敢把她绣成的荷包，掷到龙朱身边来。也从无一个女人，敢把自己姓名与龙朱姓名编成一首歌,来在跳年时节唱。然而所有龙朱的亲随,所有龙朱的奴仆,又正因为强壮美好,正因为与龙朱接近,如何在一种沉醉狂欢中享受这个种族中年青及时女人小嘴长臂的温柔!

"寂寞的王子,向神请求帮忙吧。"

使龙朱生长得如此壮美,是神的权力,也就是神所能帮助龙朱的唯一事。至于要女人倾心,是人为的事啊!

要自己,或他人,设法使女人来在面前唱歌,疯狂中裸身于草席上面献上贞洁的身,只要是可能,龙朱不拘牺牲自己所有任何物,都愿意。然而不行。任怎样设法,也不行。七梁桥的洞口终于有合拢的一日,不拘有人能说在高大山洞合拢以前,龙朱能够得到女人的爱,是不可信的事。

民族中积习,折磨了天才与英雄,不是在事业上粉骨碎身,便是在爱情中退位落伍,这不是仅仅白耳族王子的寂寞,他一种族中人,也总不缺少同样的故事!不是怕受天责罚,也不是另有所畏,也不是预言者曾有明示,也不是族中法律限止,自自然然,所有女人都将她的爱情,给了一个男子,轮到龙朱却无分了。

在寂寞中龙朱是用骑马猎狐以及其他消遣把日子混下去的。

日子如此过了四年,他二十一岁。

四年后的龙朱,没有与以前日子龙朱两样处。另一方面也许可以指出一点不同来，那就是说如今的龙朱，更像一个好情人了。年龄在这个神工打就的身体上，增加上了些更表示"力"更像男子的东西，应长毛的地方生长了茂盛的毛，应长肉的地方添上了结实的肉，一颗心，则同样因为年龄所补充的，更其能顽固的预备承受爱给与爱了。

他越觉得寂寞。

虽说七梁洞并未有合拢，二十一岁的人年纪算青，来日正长，前途大好，然而甚么时候是那补偿填还时候呢？有人能作证，说天所给别的男子的那一分，幸福与苦恼，过不久也将同样分派给龙朱么？有人敢包，说到另一时，会有个初生之犊一般的女子，不怕一切来爱龙朱么？

郎家族男女结合，在唱歌。大年时，端午时，八月中秋时，以及跳年刺牛大祭时，男女成群唱，成群舞。女人们，各自穿了峒锦衣裙，各戴花擦粉，供男子享受。平常时，大好天气下，或早或晚，在山中深阿，在水滨，唱着歌，把男女吸到一块来，即在太阳下或月亮下，成了熟人，做着只有顶熟的人可做的事。在此习惯下，一个男子不能唱歌，他是种羞辱，一个女子不能唱歌，她不会得到好丈夫。抓出自己的心，放在爱人的面前，方法不是钱，不是貌，不是门阀也不是假装的一切，只有真实热情的歌。所唱的，不拘是健壮乐观，是忧郁，是怒，是恼，是眼泪，总之还是歌。一个多情的鸟绝不是哑鸟。一个人在爱情上无力勇敢自白，那在一切事业上也全是无希望可言，这样的人决不是好人！

那么龙朱必定是缺少这一项，所以不行了。

事实又并不如此。龙朱的歌全为人引作模范的歌。用歌发誓的青年男子女人，全采用龙朱誓歌那一个韵。一个情人被对方的歌窘倒时，总说及胜利人拜过龙朱作歌师傅。凡是龙朱的声音，别人都知道。凡是龙朱唱的歌，无一个女人敢接声。各样的超凡入圣，把龙朱摒除于爱情之外，歌的太完全太好，也仿佛成为一种吃亏理由了。

有人拜龙朱作歌师傅的话，也是当真的，手下的用人，或其他青年汉子，在求爱时腹中歌词为女人逼尽，或为一种浓烈情感扼着了他的喉咙，歌唱不出心中的恩怨，来请教龙朱，龙朱总不辞。经过龙朱的指点，结果是多数把女子引回家，成了管家妇；或者领导到山洞中，互相把心愿了销。熟读龙朱的歌的男子，博得美貌善歌的女人倾心，也有过许多人。但是歌师傅永远是歌师傅，直接要龙朱教歌的，总全是男子，并无一个年青女人。

龙朱是狮子，只有说这个人是狮子，可以使平常人对于他的寂寞得到一种解释！

当地年青女人到甚么地方去了呢？懂得唱歌要男人的，都给一些歌战胜，全引诱尽了。凡是女人都明白在情欲上的固持是一种痴处，所以女人宁愿减价卖出，无一个敢屯货在家。如今只能让日子过去一个办法,因了日子的推迁,希望那新生的犊中也有那不怕狮子的犊在。

龙朱就常常这样自慰着度着每个新的日子,人事凑巧处正多着,在七梁桥洞口合拢以前,也许龙朱仍然可以得着一种好运。

第二　说一件事

中秋大节的月下整夜歌舞,已成了过去的事了。大节的来临,反而更寂寞,也成了过去的事了。如今已到了九月。打完谷子了。拾完桐子了。红薯早挖完全下窖了。冬鸡已上孵,快要生出小鸡了。连日晴明出太阳,天气冷暖宜人。年青女子全都负了柴耙同篾笼上坡扒草。各处山坡上都有歌声,各处山洞里,都有情人在用干草铺就并撒有野花的临时床铺上并排坐或并头睡。这九月是比春天还好的九月。

龙朱在这样时候更多无聊。出去玩,打鸠本来非常相宜,然而一出门就听到各处歌声,到许多地方又免不了要碰着那成双作对的人,于是大门也不敢出了。

无所事事的龙朱,每天只在家中磨刀,这预备在冬天来剥豹皮的刀,是宝物,是龙朱的朋友。无聊无赖的龙朱,正用着那"一日数摩挲,剧于十五女"的心情来爱这口宝刀的。刀用清油在一方小石上磨了多日,光亮到暗中照得见人，锋利到把头发放近刀口，吹一口气发就成两截。然而他还是每天把这把刀来磨砺。

某天，一个比平常日子似乎更像是有意帮助青年男女"野餐"的一天，黄黄的日头照满全村，龙朱仍然在阳光下磨刀。

在这人脸上有种孤高鄙夷的表情，嘴角的笑纹也变成了一条对生存感到烦厌的线。他时时凝神听察堡外远处女人的尖细歌声，又时时顾望天空。黄日头临照到他一身，使他身上有春天温暖。天是蓝天，在蓝天作底的景致中，常常有雁鹅排成八字或一字写在那虚空。龙朱望到这些也不笑。

什么事把龙朱变成这样阴郁的人呢？郎家，乌婆族，猓猓，花帕，长脚……每一族的年青女人都应负责，每一对年青情人都应致歉。妇女们，在爱情选择中遗弃了这样完全人物，是菩萨神鬼不许可的一件事，是爱神的耻辱，是民族灭亡的先兆。女人们对于恋爱不能发狂，不能超越一切利害去追求，不能选她顶欢喜的一个人，不论是什么种族，这种族都近于无用，很像中国汉人，也很显明了。

龙朱正磨刀，一个五短身材的奴隶走到他身边来，伏在龙朱的脚边，用手攀他主人的脚。

龙朱瞥了一眼，仍然不做声，低头磨刀。

这个奴隶抚着龙朱的脚也不做声。

远处正有一片歌声飞来。过了一阵,龙朱发声了,声音像唱歌,在揉和了庄严和爱的调子中夹着一点儿愤懑,说:"矮子,你又不听我话,做这个样子!"

"主,我是你的奴仆。"

"难道你不想做朋友吗?"

"我的主,我的神,在你面前我永远卑小。谁人敢在你面前平排?谁人敢说他的尊严在美丽的龙朱面前还有存在必须!谁人不愿意永远为龙朱作奴作婢?谁……"

龙朱用顿足制止了矮奴的奉承,然而矮奴仍然把最后一句"谁个女子敢想像爱上龙朱?"恭维得不得体的话说毕,才站起来。

矮奴站起了,也仍然如平常人跪下一般高。矮人似乎真适宜于作奴隶的。

龙朱说:"甚么事使你这样可怜?"

"在主面前看出我的可怜,这一天我真值得生存了。"

"你人太聪明了。"

"经过主的称赞,呆子也成了天才。"

"我说的是毫不必须的'聪明',是令人讨厌的废话。我问你,到底有甚么事?"

"是主人的事,因为主在此事上又可见出神的恩惠。"

"你这个只会唱歌不会说话的人,真要我打你了。"

矮奴到这时才把话说到身上。这时他哭着脸,表明自己的苦恼和失望,且学着龙朱生气时顿足的神气。这行为，若在别人猜来，也许以为矮子服了毒，或者肚脐被山蜂所螫，所以作成这样子，表明自己痛苦，至于龙朱，则早已明白，猜得出矮子的郁郁不乐，不出赌博输钱或失欢女人两件事。

龙朱不作声，高贵的笑，于是矮子说：

"我的主，我的神，我的事是瞒不了你的。在你面前的仆人，又被一个女子欺侮了！"

"得了，谁能欺侮你？你是一只会唱谄媚曲子的鸟，被欺侮是不会有的事！"

"但是，主，爱情把仆人变成一只蠢鸟了。"

"只有人在爱情中变聪明的事。"

"是的，聪明了，仿佛比其他时节聪明了一点点，但在一个比自己更聪明的人面前，我看出我自己蠢得像一只猪。"

"你这土鹦哥平日的本事往甚么地方去了？"

"平时那里有什么本事呢！这只土鹦哥，嘴巴大，身体大，唱的歌全是学来的，不中用。"

"把你所学的全唱唱，也就很可以打胜仗。"

"唱虽唱过了，还是失败。"

龙朱皱了一皱眉毛，心想这事怪。

然而一低头，望到矮奴这样矮，便了然于矮奴的失败是在身体，不是在歌喉了，龙朱微笑说：

"矮东西，莫非是为你像貌把你事情弄坏了。"

"但是她并不曾看清楚我是谁。若果她知道我是在美丽无比的龙朱王子面前的矮奴,那她早被我引到黄虎洞做新娘子了。"

"我不信。一定是你土气太重。"

"主,我赌咒,这个女人不是从声音上量得出我身体长短的人。但她在我的歌声上,却一定把我心的长短量出了。"

龙朱还是摇头,因为自己即或见到矮人站在面前,至于度量这矮奴心的长短,还不能够的。

"主,请你信我的话。这是一个美人,许多人唱枯了喉咙,还为她所唱败!"

"既然是好女人,你也就应当把喉咙唱枯,为她吐血,才是爱。"

"我喉咙枯了,才到主面前来求救。"

"不行不行,我刚才还听过你恭维了我一阵,一个真真为爱情绊倒了脚的人,他决不会过一阵又能爬起来说别的话!"

"主啊,"矮奴摇着他那颗大头颅,悲声的说道:"一个死人在主面前,也总有话赞扬主的完全美好,何况奴仆呢。奴仆是已为爱情绊倒了脚,但一同主人接近,仿佛又勇气勃勃了。主给人的勇气比何首乌补药还强十倍。我仍然唱去了。让人家战败了我也不说是主的奴仆。不然别人会笑主用着这样一个蠢人,丢了郎家的光荣!"

矮奴于是走了。但最后说的几句话，却激起了龙朱的愤怒，把矮子叫着，问，到底女人是怎样的女人。

矮奴把女人的脸，身，以及歌声，形容了一次。矮奴的言语，正如他自己所称，是用一枝秃笔与残余颜色涂在一块破布上的。在女人的歌声上，他就把所有青石冈地方有名的出产比喻净尽。说到像甜酒，说到像枇杷，说到像三羊溪的鳜鱼，说到像大兴场的狗肉，仿佛全是可吃的东西。矮奴用口作画的本领并不蹩脚。

在龙朱眼中，看得出矮奴有点儿饥饿，在龙朱心中，则所引起的，似乎也同甜酒狗肉引起的欲望相近。他有点好奇，不相信，就同到一起去看看。

正想设法使龙朱快乐的矮奴，见说主人要出去，当然欢喜极了，就着忙催主人出寨门往山中去。

不一会，这郎家的王子就到山中了。

藏在一堆干草后面的龙朱，要矮奴大声唱出去，照他所教的唱。先不闻回声。矮奴又高声唱。过一会，在对山，在毛竹林里，却答出歌来了。音调是花帕族中女子悦耳的音调。

龙朱把每一个声音都放到心上去，歌只唱三句，就止了。有一句留着待答歌人解释。龙朱就告给矮奴答复这一句歌。又教矮奴也唱三句出去，等那边解释。龙朱的歌意思是：凡是好酒就归那善于唱歌的人喝，凡是好肉也应归善于唱歌的人吃，只是你姣好美丽的女人应当归谁？

女人就答一句，意思是：好的女人只有好男子才配。她且即刻又唱出三句歌来，就说出什么样男子方是好男子。说好男子时，提到龙朱的大名，又提到别的两个人的名，那另外两个名字却是历史上的美男子名字，只有龙朱是活人。女人的意思是：你不是龙朱，又不是××××，你与我对歌的人究竟算什么人？你胡涂，你不用妄想。

"主，她提到你的姓名！她骂我！我就唱出你是我的主人，说她只配同主人的奴隶相交。"

龙朱说："不行，不要唱了。"

"她胡说，应当要让她知道她是只够得上为主人擦脚的女子。"

然而矮奴见龙朱不作声，也不敢回唱出去了。龙朱的心深沉到刚才几句歌中去了。他料不到有女人敢这样大胆。虽然许多女子骂男人时，都总说："你不是龙朱。"这事却又当别论了。因为这时谈到的正是谁才配爱她的问题。女人能提出龙朱名字来，女人骄傲也就可知了。龙朱想既然这样，就让她先知道矮奴是自己的用人，再看情形如何。

于是矮奴依照龙朱所教的，又唱了四句。歌的意思是：吃酒糟的人何必说自己量大，没有根柢的人也休想同王子要好，若认为搀了水的酒总比酒糟还行，那与龙朱的用人恋爱也就很写意了。

谁知女子答得更妙,她用歌表明她的身分,说,只有乌婆族的女人才同龙朱用人相好,花帕族女人只有外族的王子可以论交,至于花帕苗中的自己,为预备在郎家苗中与男子唱歌三年,再预备来同龙朱对歌的。

矮子说:"我的主,她尊视了你却小看了你的仆人,我要解释我这无用用人并不是你的仆人,免得她知道了耻笑!"

龙朱对矮奴微笑,说:"为甚么你不应当说'你对山的女子,胆量大就从今天起始来同我龙朱主人对歌'呢?你不是先才说到要她知道我在此,好羞辱她吗?"

矮奴听龙朱说的话,还不很相信得过,以为这只是主人说的笑话。他想不到主人因此就会爱上这个狂妄大胆的女人。他以为女人不知对山有龙朱在,唐突了主人,主人纵不生气,自己也应当生气。告女人龙朱在此,则女人虽觉得羞辱了,可是自己的事情也完了。

龙朱见矮奴迟疑,不敢接声,就打一声吆喝,让对山人明白,表示还有接歌的气概,尽女人起头。龙朱的行为使矮奴发急,矮奴说:"主,你在这儿我已没有歌了。"

"你照我意思唱下去,问她胆子既然这样大,就拢来,看看这个如虹如日的龙朱。"

"我当真要她来?"

"当真!要她来我看看是甚么样女人,敢轻视我们说不配同花帕族女子相好！"

矮奴又望了望龙朱，见主人情形并不是在取笑他的用人，就全答应下来了。他们歌唱出口后，于是等待着女子的歌声，稍过一会，女子果然又唱起来了。所唱的意思是：对山的竹雀你不必叫了，对山的蠢人你也不必唱了，还是想法子到你龙朱王子的奴仆跟前学三年歌，再来开口。

矮奴说："主，这话怎么回答？她要我跟龙朱的用人学三年歌，再开口，她还是不相信我是你最亲信的奴仆，还是在骂我郎家苗的全体！"

龙朱告矮奴一首非常有力的歌，唱过去，那边好久好久不回。矮奴又提高喉咙唱。回声来了，大骂矮子，说矮奴偷龙朱的歌，不知羞，至于龙朱这个人，却是值得在走过的路上撒满鲜花的。矮奴烂了脸，不知所答。年青的龙朱，再也不能忍下去了，小心小心，压着了喉咙，平平的唱了四句。声音的低平仅仅使对山一处可以明白，龙朱是正怕自己的歌使其他男女听到，因此哑喉半天的。龙朱的歌中意思就是说：唱歌的高贵女人，你常常提到郎家苗一个平凡的名字使我惭愧，因为我在我族中是最无用的人，所以我族中男子在任何地方都有情人，独名字在你口中出入的龙朱却仍然是个独身。

不久，那一边像思索了一阵，也幽幽的唱和起来了，唱的是：你自称为郎家苗王子的人我知道你不是，因为这王子有银锣银钟的声音，本来呢，拿所有花帕苗年青女子供龙朱作垫还不配，但爱情是超过一切的事情，所以你也不要笑我。所歌的意思，极其委婉谦和，音节又极其整齐，是龙朱从不闻过的好歌。因为对山女人总不相信与她对歌的是龙朱，所以龙朱不由得不放声唱了。

这歌是用顶精粹的言语，自顶纯洁的一颗心中摇着，从一个顶甜蜜的口中喊出，成为顶热情的音调。这样一来所有一切声音仿佛全哑了。一切鸟声与一切远处歌声，全成了这王子歌时和拍的一种碎声。对山的女人，从此沉默了。

龙朱的歌一出口，矮奴就断定了对山再不会有回答。这时节等了一阵，还无回声，矮奴说："主，一个在奴仆当来是劲敌的女人，不等主的第二个歌已压倒了。这女人前不久还说大话，要与郎家王子对歌，她学三十年还不配！"

矮奴不问龙朱意见许可不许可，就又用他不高明的中音唱道：

你花帕族中说大话的女子，
大话以后不用再说了，
若你欢喜作郎家王子仆人的新妇，
他愿意你过来见他的主同你的夫。

仍然不闻有回声。矮奴说，这个女人莫非害羞上吊了吧。矮奴说的原只是笑话，然而龙朱却说过对山看看去。龙朱说后就走，沿山谷流水沟下去。跟到龙朱身后追着，两手拿了一大把野黄菊同山红果的，是想做新郎的矮奴。

矮奴常说，在龙朱王子面前，跛脚的人也能跃过阔涧。这话是真的。如今的矮奴，若不是跟了主人，这身长不过四尺的人，就决不会像腾云驾雾一般的飞！

第三　唱歌过后一天

"狮子，我说过你，永远是孤独的！"郎家为一个无名勇士立碑，曾有过这样句子。

龙朱昨天并没有寻着那唱歌人。到女人所在处的毛竹林中时，不见人。人走去不久，只遗了无数野花。跟踪各处追，还是见不着。各处找遍了，山中不少好女子，各躺在草地唱歌歇憩，见龙朱来时，识与不识都立起来怯怯的如为龙朱的美所征服，见到的女子，问矮奴是不是那一个人，矮奴总摇头。

龙朱又重复回到女人唱歌地方，别无所有，只见一片落英洒在垫坐的干草上。望到这个野花的龙朱，如同嗅过血腥气的小豹，虽按捺自己咆哮，仍不免要憎恼矮奴走得太慢。其实那走在前面的是龙朱，矮奴则两只脚像贴了神行符，全不自主，只仿佛像飞。矮奴无过错。不过女人比鸟儿，这称呼得实在太久了，不怕主仆二人走得怎样飞快，鸟儿毕竟还是先已飞往远处去了！

天气渐渐夜下来，各处有鸡叫，各处有炊烟，龙朱废然归了家。那想作新郎的矮奴，跟在主人的后面，把所有的花全丢了，两只长手垂到膝下，还只说见了她非抱她不可，万料不到自己是拿这女人在主人面前开了多少该死的玩笑！天气当时原是夜下来了。矮奴又是跟在龙朱王子的后面，望不到主人脸上的颜色。一个聪明的仆人，即或怎样聪明，总也不会闭了眼睛知道主人心情的。

龙朱过了一个特别的烦恼日子，半夜睡不着，起来怀了宝刀，披上一件豹皮小褂，走到堡墙上去了望。无所闻，无所见，入目的只是远山上的野烧明灭。各处村庄全睡尽了，大地也睡了。寒月凉露，助人悲思，于是这个少年王子，仰天叹息，悲怀抒郁。且远处山下，听有孩子哭声，如半夜醒来吃奶时情形，龙朱更难自遣。

龙朱想，这时节，各地各处，那洁白如羔羊温和如鸽子的女人，岂不是全都正在新棉絮中做好梦？当地的青年，在日里唱歌倦了的心，作工疲倦了的身体，岂不是在这时节也全得到休息了么？只是那扰乱了自己心思的女人，究竟在什么地方呢？她不应当如同其他女人，在新棉絮中做梦。她不应当有睡眠。她这时应当来思索她所歆慕的王子的歌声。她应当野心扩张,希望我凭空而下。她应当为思我而流泪,如悲悼她情人的死去。……但是,这女子究竟是什么人的女儿?

烦恼中的龙朱,拔出刀来,向天作誓说:"你大神,你老祖宗,神明在左在右,我龙朱不能得到这女人作妻,我永远不与女人同睡,承宗接祖事我不负责!若爱情必需用血来掉换时,我愿意在神面前立约,我如得到她,斫下一只手也不翻悔!"

立过誓后的龙朱,回转自己的屋中,和衣睡了。睡后不久,就梦到女人缓缓唱歌而来,身穿白衣白裙,钉满了小小银泡,头发纷披在身后,模样如救苦救难观世音。女人的神奇,使白耳族王子屈膝,倾身膜拜。但是女人却不理会,越去越远了。白耳族王子就赶过去,拉着女人的衣裙。女人回过头笑了。女人一笑,龙朱就勇敢了,这王子猛如豹子擒羊,把女人连衣抱起飞向一个最近的山洞中去。龙朱做了男子。龙朱把最武勇的力,最纯洁的血,最神圣的爱,全献给这梦中女子了。

郎家的大神是能护佑青年情人的,龙朱所要的,业已由神帮助得到了。

日里的龙朱,已明白昨夜一个好梦所交换的是些什么了,精神反而更充实了一点,坐到那大石礅上晒太阳,在太阳下深思人世苦乐的分界。

矮奴愁眉双结走进院中来,来到龙朱脚边伏下,龙朱轻轻用脚一踢,就乘势一个筋斗,翻然而起。

"我的主,我的神,若不是因为你有时高兴,用你尊贵的脚踢我,奴仆的筋斗决不至于如此纯熟!"

"讨厌的东西,你该打十个嘴巴。"

"那大约因为口牙太钝,本来是在主跟前的人,无论如何也应当比奴仆聪明十倍!"

"唉,矮陀螺,你又在做戏了。我警告了你不知道有多少回,不许这样,难道全都忘记了么?你大约似乎把我当做情人,来练习一种精粹谄媚技能罢。"

"主,惶恐!奴仆是当真有一种野心,在主面前来练习一种技能,以便将来把主的神奇编成历史的。"

"你近来一定赌博又输了,缺少钱扳本,一个天才在穷时越显得是天才,所以这时节的你到我面前时寡话就特别多。"

"主啊,是的。我赌输了,损失不少。但输的不是金钱,是爱情!"

"我以为你肚子这样大,爱情纵输也输不尽的!"

"用肚子大小比爱情贫富,主的想像真是历史上大诗人的想像。不过,……"

矮奴从龙朱脸上看出龙朱今天情形不同往日,所以不说了。这据说爱情上赌输了的矮奴,看得出主人有要出去走走的样子,就改口说:

"主,这样好的天气,真是日头神特意为主出游而预备的天气，不出去像不大对得起这大神一番好意！"

龙朱说："日神为我预备的天气我倒好意思接受，你为我预备的恭维我可受不了。"

"本来主并不是人中的皇帝，要倚靠恭维阿谀而生存。主是天上的虹，同日头与雨一块儿长在世界上的，赞美形容自然多余。"

"那你为甚么还是这样唠唠叨叨？"

"在美好月光下野兔也会跳舞，在主的光明照耀下我当然比野兔聪明一点儿。"

"够了！随我到昨天唱歌女人那地方去，或者今天可以见见那个女人。"

"主呵，我就是来报告这件事。我已经探听明白了。女人是黄牛寨寨主的姑娘。据说这寨主除会酿制好酒以外就是会养女儿。寨中据说姑娘有三个，这是第三的，还有大姑娘二姑娘不常出来。不常出来的据说生长得更美。这全是有福气的人享受的！我的主，当我听到女人是这家人的姑娘时，我才知道我是一只癞蛤蟆。这样人家的姑娘，为郎家王子擦背擦脚，勉勉强强。主若是想要，我们就差人抢来。"

龙朱稍稍生了气，说："给我滚了罢，矮子，白耳族的王子是抢别人家的女儿的么？说这个话不知羞么？"

矮奴当真就把身卷成一个球，滚到院中一角去。这样，算是知羞了。然而听过矮奴的话以后的龙朱怎样呢？三个女人就在离此不到三里路的堡寨里，自己却一无所知，白耳族的王子真是多么愚蠢！到第三的小鸟也能出寨迎太阳与生人唱歌，那大姐二姐早已成了熟透的桃子多日了。让好女人守在家中等候那命运中远方大风吹来的美男子作配，这是神的意思。但是神这意思又是多么自私！龙朱如今既把情形探明白了，也不要风，也不要雨，自己马上就应当走去！

龙朱不再理会矮奴就跑出去了。矮奴这时节正在用手代足走路，作戏法娱龙朱，见龙朱一走，知道主人脾气，也忙站起身追出去。

"我的主，慢一点，别太忙！在笼中蓄养的雀儿是始终飞不远的，主你白忙有什么用？"

龙朱虽听到后面矮奴的声音，却仍不理会，如一枝箭向黄牛寨射去。

快要到大寨边，郎家的王子是已全身略觉发热了，这王子，一面想起许多事，还是要矮奴才行，于是就去到一株大榆树下的青石墩上歇憩。这个地方再有两箭远近就是那黄牛寨用石砌成的寨门了。树边大路下是一口大井。溢出井外的水成一小溪活活流着，溪水清明如玻璃，井边有人低头洗菜，龙朱顾望这人的背影是一个青年女子，心就一动。一个圆圆肩膊，一个大大的发髻，髻上簪了一朵小黄花。龙朱就目不转睛的注意这背影转移，以为总可以有机会见到她的脸。在那边大路上，矮奴却像一只海豹匍匐气喘走来了。矮奴不知道路下井边有人，只望到龙朱，恐怕龙朱冒冒失失走进寨里去却一无所得，就大声嚷：

"我的主，我的神，你不能冒失进去，里面的狗像豹子！虽说你是山中的狮子，无怕狗道理，但是为甚么让笑话留给这花帕族，说狮子会被家养的狗吠过呢？"

龙朱也来不及喝止矮奴，矮奴的话却全为洗菜女人听到了。听到这话的女人，就嗤的笑了。且知道有人在背后，才抬起头回转身来，望了望路边人是甚么样子。

这一望情形全了然了。不必道名通姓，也不必再看第二眼，女人就知道路上的男子便是白耳族的王子，是昨天唱过了歌今天追跟到此的王子，郎家王子也同样明白了这洗菜的女人是谁。平时气概轩昂的龙朱，看日头不眯眼睛，看老虎也不动心，只略微把目光与女人清冷的目光相遇，却忽然觉得全身缩小到可笑的情形中了。女人的头发能系大象，女人的声音能制怒狮，这青年王子屈服到这寨主女儿面前，也是平平常常的一件事啊！

矮奴走到了龙朱身边，见到龙朱失神失志的情形，又望发现了井边女人的背影，情形已明白了五分。他知道这个女人就是那昨天唱歌被主人收服的女人，且知道这时候无论如何女人也明白蹲在路旁石墩上的男子是龙朱。他有点慌张，不知所措，对龙朱作出一种呆样子，又用一手掩自己的口，一手指女人。

龙朱轻轻附到他耳边说:"聪明的扁嘴,这时节,是你做戏的时节!"

矮奴于是咳了一声嗽。女人明知道了头却不回。矮奴于是又把音调弄得极其柔和,像唱歌一样的开口说道:

"郎家王子的仆人昨天做了错事,今天特意来当到他主人在姑娘面前陪礼。不可恕的过失永远不可恕,因此我如今把姑娘想对歌的人引导前来了。"

女人头不回却轻轻说道:

"跟着凤凰飞的乌鸦也比锦鸡还好。"

矮奴说:

"这乌鸦若无凤凰在身边,就有人要拔它的毛……"

说出这样话的矮奴,毛虽不曾拔,耳朵却被龙朱拉长了。小子知道了自己猪八戒性质未脱,赶忙陪礼作揖。听到这话的女人,笑着回过头来,见到矮奴情形,更好笑了。

矮奴见女人掉回了头,就又说道:

"我的世界上唯一良善的主人,你做错事了。"

"为甚么?"龙朱很奇怪矮奴有这种话,所以追问。

"你的富有与慷慨,是各族中全知道的,所以用不着在一个尊贵的女人面前赏我的金银,那本来不必需,你的良善喧传远近,所以你故意这样教训你的奴仆,别人也相信你不是会发怒的人。但是你为甚么不差遣你的奴仆,为那花帕族的尊贵姑娘把菜篮提回,表示你应当同她说说话呢?"

郎家的王子与黄牛寨主的女儿,听到这个话全笑了。

矮奴话还说不完,才责备了主人又来自责。他说:

"不过郎家王子的仆人,照理他应当不必主人使唤就把事情做好,是这样他才配说是龙朱好仆人——"

于是,不听龙朱发言,也不待那女人把菜洗好,走到井边去,把菜篮拿来挂到屈着的手肘上,向龙朱眨了一下眼睛,却回头走了。

龙朱迟了许久才走到井边去。

十天后,龙朱用三十只牛三十坛酒下聘,作了黄牛寨寨主的女婿。

十八年作于上海
(选自《从文子集》)

八骏图

"先生,您第一次来青岛看海吗?"

"先生,您要到海边去玩,从草坪走去,穿过那片树林子,就是海。"

"先生,您想远远的看海,瞧,草坪西边,走过那个树林子——那是加拿大杨树,那是银杏树,从那个银杏树夹道上山,山头可以看海。"

"先生,他们说,青岛海比一切海都不同,比中国各地方海美丽。比北戴河呢,强过一百倍;您不到过北戴河吗?那里海水是清的,浑的?"

"先生,今天七月五号,还有五天学校才上课。上了课,您们就忙了,应当先看看海。"

青岛住宅区××山上,一座白色小楼房,楼下一个光线充足的房间里,到地不过五十分钟的达士先生,正靠近窗前眺望窗外的景致。看房子的听差,一面为来客收拾房子，整理被褥，一面就同来客攀谈。这种谈话很显然的是这个听差希望客人对他得到一个好印象的。第一回开口，见达士先生笑笑不理会。顺眼一看，瞅着房中那口小皮箱上面贴的那个黄色大轮船商标，觉悟达士先生是出过洋的人物了，因此就换口气，要来客注意青岛的海。达士先生还是笑笑的不说什么，那听差于是解嘲似的说，青岛的海与其他地方的海如何不同，它很神秘，很不易懂。

分内事情作完后，这听差搓着两只手，站在房门边说："先生，您叫我，您就按那个铃。我名王大福，他们都叫我老王。先生，我的话您懂不懂？"

达士先生直到这个时候方开口说话："谢谢你，老王。你说话我全听得懂。"

"先生，我看过一本书，学校朱先生写的，名叫《投海》，有意思。"这听差老王那么很得意的说着，笑眯眯的走了。天知道，这是一本什么书。

听差出门后，达士先生便坐在窗前书桌边，开始给他那个远在两千里外的美丽未婚妻写信。

瑗瑗：我到青岛了。来到了这里，一切真同家中一样。请放心，这里吃的住的全预备好好的！这里有个照料房子的听差，样子还不十分讨人厌，很欢喜说话，且欢喜在说话时使用一些新名词；一些与他生活不大相称的新名词。这听差真可以说是个"准知识阶级",他刚刚离开我的房间。在房间帮我料理行李时,就为青岛的海,说了许多好话。照我的猜想,这个人也许从前是个海滨旅馆的茶房。他那派头很像一个大旅馆的茶房。他一定知道许多故事,记着许多故事。(真是我需要的一只母牛!)我想当他作一册活字典,在这里两个月把他翻个透熟。

我窗口正望着海,那东西,真有点迷惑人!可是您放心,我不会跳到海里去的。假若到这里久一点,认识了它,了解了它,我可不敢说了。不过我若一不小心失足掉到海里去了,我一定还将努力向岸边泅来,因为那时我必想起您,我不会让海把我攫住,却尽你一个人孤孤单单。

达士先生打量捕捉一点窗外景物到信纸上,寄给远地那个人看看,停住了笔,抬起头来时窗外野景便朗然入目。草坪树林与远海,衬托得如一幅动人的画,达士先生于是又继续写道:

我房子的小窗口正对着一片草坪,那是经过一种精密的设计,用人工料理得如一块美丽毯子的草坪,上面点缀了一些不知名的黄色花草,远远望去,那些花简直是绣在上面。我想起家中客厅里你作的那个小垫子。草坪尽头有个白杨林,据听差说那是加拿大种白杨林。林尽头便是一片大海,颜色仿佛时时刻刻皆在那里变化;先前看看是条深蓝色缎带,这个时节却正如一块银子。

达士先生还想引用两句诗，说明这远海与天地的光色。一抬头，便见着草坪里有个黄色点子，恰恰镶嵌在全草坪最需要一点黄色的地方。那是一个穿着浅黄颜色袍子女人的身影。那女人正预备通过草坪向海边走去，随即消失在白杨树林里不见了。人俨然走入海里去了。

没有一句诗能说明阳光下那种一刹而逝的微妙感印。

达士先生于是把寄给未婚妻的第一个信，用下面几句话作了结束：

学校离我住处不算远，估计只有一里路，上课时，还得上一个小小山头，通过一个长长的槐树夹道。山路上正开着野花，颜色黄澄澄如金子。我欢喜那种不知名的黄花。

达士先生下火车时上午×点二十分。到地把住处安排好了，写完信，就过学校教务处去接洽，同教务长商量暑期学校十二个钟头讲演的分配方法。很简便的办完了，就独自一人跑到海滨一个小餐馆吃了一顿很好的午饭。回到住处时，已是下午×点了。便又起始给那个未婚妻写信，报告半天中经过的事情。

瑗瑗：我已经过教务处把我那十二个讲演时间排定了。所有时间皆在上午十点前。有八个讲演，讨论的问题，全是我在北京学校教过的那些东西。我不用预备就可以把它讲得很好。另外我还担任四点钟现代中国文学,两点钟讨论几个现代中国小说作家所代表的倾向。你想像得出,这些问题我上堂同他们讨论时,一定能够引起他们的兴味。今天五号,过五天方能够开学。

我应当照我们约好的办法,白天除了上堂上图书馆,或到海边去散步以外,就来把所见所闻一一告给你。我要努力这样作。我一定使你每天可以接到我一封信,这信上有个我,与我在此所见社会的种种,小米大的事也不会瞒你。

我现在住处是一座外表很可观的楼房。这原是学校特别为几个远地聘来的教授布置的。住在这个房子里一共有八个人,其余七个人我皆不相熟。这里住的有物理学家教授甲,生物学家教授乙,道德哲学家教授丙,史汉专家教授丁,以及六朝文学史专家教授戊等等。这些名流我还不曾见面,过几天我会把他们的神气一一告诉你。

我预备明天方过校长处去,我明天将到他那儿吃午饭。我猜想得到,这人一见我就会说:"怎么样,还可……?应当邀你那个来海边看看!我要你来这里不是害相思病,原就只是让你休息休息,看看海。一个人看海,也许会跌到海里去给大鱼咬掉的!"瑷瑷,你说,我应如何回答这个人。

下车时我在车站外边站了一会儿,无意中就见到一种贴在阅报牌上面的报纸。那报纸登载着关于我们的消息。说我们两人快要到青岛来结婚。还有许多事是我们自己不知道的,也居然一行一行的上了版,印出给大家看了。那个作编辑的转述关于我的流行传说时,居然还附加着一个动人的标题:"欢迎周达士先生"。我真害怕这种欢迎。我担心一会儿就会有人来找我。我应当有个什么方法,同一切麻烦离远些,方有时间给你写信。你试想想看,假若我这时正坐在桌边写信,一个不速之客居然进了我的屋子里猝然发问:"达士先生,你又在写什么恋爱小说!你一共写了多少;是不是每个故事都是真的?都有意义?"这询问真使人受窘!我自然没有什么可回答。然而一到第二天,他们仍然会写出许多我料想不到的事情!他们会说:达士先生亲口对记者说的。事实呢,他也许就从不见过我。

达士先生离开××时,与他的未婚妻瑗瑗说定,每天写一个信回××。但初到青岛第一天,他就写了三个信。第三个信写成,预备叫听差老王丢进学校邮筒里去时,天已经快夜了。

达士先生在住处窗边享受来到青岛地方以后第一个黄昏。一面眺望窗外的草坪,——那草坪正被海上夕照烘成一片浅紫色。那种古怪色泽引起他一点回忆。

想起另外某一时,仿佛也有那么一片紫色在眼底眩耀。那是几张紫色的信笺,不会记错。

他打开箱子,从衣箱底取出一个厚厚的杂记本子,就窗前余光向那个书本寻觅一件东西。这上面保留了这个人一部分过去的生命。翻了一阵,果然的,一个"七月五日"标题的记事被他找出来了。

七月五日

一切都近于多余。因为我走到任何一处皆将为回忆所围困。新的有什么可以把我从泥潭里拉出？这世界没有"新"，连烦恼也是很旧了的东西。

读完这个，有一点茫然自失，大致身体为长途折磨疲倦了，需要一会儿休息。

可是达士先生一颗心却正准备到一个旧的环境里散散步。他重新去念着那个二年前七月五日寄给南京的×请她代他过××去看看□的一个信稿。那个原信用的暗紫色纸张写的，那个信发出时，也正是那么一个悦人眼目的黄昏。

这几个人的关系是×欢喜他，他却爱□，□呢，不讨厌×。

当□听人说到×极爱达士先生时，□便说："这真是好事情。"然而人类事情常常有其相左的地方，上帝同意的人不同意，人同意的命运又不同意。×终于怀着一点儿悲痛，嫁给一个会计师了。×作了另外一个人的太太后，知道达士先生尚在无望无助中遣送岁月，便来信问达士先生，是不是要她作点什么事。她很想为他效点劳。因为她觉得他虽不爱她，派她作点事，尚可藉此证明他还信任她。来信说得多委婉，多可怜！当时他被她一点点隐伏着的酸辛把心弄软了，便写了个信给×，托她去看看□。这个信不单是信任×,同时也就在告给×,莫用过去那点幻想折磨她自己。

×，你信我已见到了，一切我都懂。一切不是人力所能安排的，我们总莫过去勉强。我希望我们皆多有一分理知，能够解去爱与憎的缠缚。

听说你是很柔顺贞静作了一个人的太太，这消息使熟人极快乐。……死去了的人，死去了的日子，死去了的事，假若还能折磨人，都不应当留在人心上来受折磨；所以不是一个善忘的人企想"幸福"，最先应当学习的就是善忘。我近来正在一种逃遁中生活，希望从一切记忆围困中逃遁。与其尽回忆把自己弄得十分软弱，还不如保留一个未来的希望较好。

谢谢您在来信上提到那些故事，恰恰正是我讨厌一切写下的故事的时节。一个人应当去生活，不应当尽去想像生活！若故事真如您称赞的那么好，也不过只证明这个拿笔的人，很愿意去一切生活里生活，因为无用无能，方转而来虐待那一只手罢了。

您可以写小说，因为很明显的事，您是个能够把文章写得比许多人还要好的女子。若没有这点自信力，就应当听一个朋友忠厚老实的意见。家庭生活一切过得极有条理，拿笔本不是必需的行为。为你自己设想可不必拿笔；为了读者，你不能不拿笔了。中国还需要这种人，忘了自己的得失成败，来做一点事情。我听人说到你预备去当伤兵看护，实际上您的长处可以当许多男子受伤灵魂的看护，后者职务实在比你去侍候伤兵还精细在行，你不觉得您写点文章比掉换绷带方便些？你需要一点自觉，一点自信。

我不久或过××来，我想看看，那个"我极爱她她可毫不理我"的□。三年来我一切完了。我看看她，若一切还依然那么沉闷，预备回乡下去过日子，再不想麻烦人了。我应当保持一种沉默，到乡下生活十年，把最重要的一段日子费去。×，您若是个既不缺少那种好心也不缺少那种空闲的人，我请您去为我看看她。我等候您一个信。您随便给我一点见她以后的报告，对于我都应当说是今年来最难得的消息。

再过两年我会不会那么活着？

一切人事皆在时间下不断的发生变化。第一，这个×去年病死了。第二，这个□如今已成达士先生的未婚妻。第三，达士先生现在已不大看得懂那点日记与那个旧信上面所有的情绪。

他心想：人这种东西够古怪了，谁能相信过去，谁能知道未来？旧的，我们忘掉它。一定的，有人把一切旧的皆已忘掉了，却剩下某时某地一个人微笑的影子还不能够忘去。新的，我们以为是对的，我们想保有它，但谁能在这个人间保有什么？

在时间对照下，达士先生有点茫然自失的样子。先是在窗边痴着，到后来笑了。目前各事仿佛已安排对了。一个人应知足，应安分，天慢慢的黑下来，一切那么静。

瑷瑷：

暑期学校按期开了学。在校长欢迎宴席上，他似庄似谐把远道来此讲学的称为"千里马"；一则是人人皆赫赫大名，二则是不怕路远，假若我们全是千里马，我们现在的住处，便应当称为"马房"了！

我意思同校长稍稍不同。我以为几个人所住的房子，应当称为"天然疗养院"，方能名实相符。你信不信？这里的人从医学观点看来，皆好像有一点病。（在这里我真有个医生资格！）我不说过我应当极力逃避那些麻烦我的人吗？可是，结果相反，三天以来同住的七个人，有六个人已同我很熟习了。我有时与他们中一个两个出去散步，有时他们又到我屋子里来谈天，在短短时期中我们便发生了很好的友谊。教授乙，丙，己，戊，尤其同我要好。便因为这种友谊，我诊断他们是个病人。我说的一点不错，这不是笑话。这些教授中至少有两个人还有点儿疯狂，便是教授乙同教授丙。

我很觉得高兴，到这里认识了这些人，从这些专家方面，学了许多应学的东西。这些专家年龄有的已经五十四岁，有的还只三十左右。正仿佛他们一生所有的只是专门知识，这些知识有的同"历史"或"公式"不能分开，因此为人显得很庄严,很老成。但这就同人性有点冲突,有点不大自然。一个不到三十岁的小说作家,年龄同事业,从这些专家看来,大约应当属于"浪漫派"。正因为他们是"古典派",所以对我这个"浪漫派"发生了兴味,发生了友谊。我相信我同他们的谈话,一面在检查他们的健康,一面也就解除了他们的"意结"。这些专家有的儿女已到大学三年级,早在学校里给同学写情书谈恋爱了,然而本人的心,真还是天真烂漫。这些人虽富于学识,却不曾享受过什么人生。便是一种心灵上的欲望,也被抑制着,堵塞着。我从这儿得到一点珍贵知识,原来十多年来大家叫喊着"恋爱自由"这个名词,这些过渡人物所受的刺激,以及在这种刺激之下,藏了多少悲剧,这悲剧又如何普遍存在。

瑷瑷,你以为我说的太过分了是不是。我将把这些可尊敬的朋友神气,一个一个慢慢的写出来给你看。

达士

教授甲把达士先生请到他房里去喝茶谈天,房中布置在达士先生脑中留下那么一些印象:

房中小桌上放了张全家福的照片,六个胖孩子围绕了夫妇两人。太太似乎很肥胖。

白麻布蚊帐里,有个白布枕头,上面绣着一点蓝花。枕旁放了一个旧式扣花抱兜。一部《疑雨集》,一部《五百家香艳诗》。大白麻布蚊帐里挂一幅半裸体的香烟广告美女画。

窗台上放了个红色保肾丸小瓶子,一个鱼肝油瓶子,一点头痛膏。

教授乙同达士先生到海边去散步。一队穿着新式浴衣的青年女子迎面而来,切身走过。教授乙回身看了一下几个女子的后身,便开口说:

"真希奇,这些女子,好像天生就什么事都不必做,就只那么玩下去,你说是不是?"

"……"

"上海女子全像不怕冷。"

"……"

"宝隆医院的看护,十六元一月,新新公司的卖货员,四十块钱一月,假若她们并不存心抱独身主义,在货台边相攸的机会,你觉不觉得比病房中机会要多一些?"

"……"

"我不了解刘半农的意思,女子文理学院的学生全笑他。"

走到沙滩尽头时,两人便越马路到了跑马场。场中正有人调马。达士先生想同教授乙穿过跑马场,由公园到山上去。教授乙发表他的意见,认为那条路太远,海滩边潮水尽退,倒不如湿砂上走走有意思些。于是两人仍回到海滩边。

达士先生说:

"你怎不同夫人一块来？家里在河南，在北京？"

"……"

"小孩子读书实在也麻烦，三个都在南开吗？"

"……"

"家乡无土匪倒好。从不回家，其实把太太接出来也不怎么费事；怎么不接出来？"

"……"

"那也很好，一个人过独身生活，实在可以说是洒脱，方便。但是，有时候不寂寞吗？"

"……"

"你觉得上海比北京好？奇怪。一个二十来岁的人，若想胡闹，应当称赞上海。若想念书，除了北京往那里走。你觉得上海可以——？"

那一队青年女子，恰好又从浴场南端走回来。其中一个穿着件红色浴衣，身材丰满高长，风度异常动人。赤着两脚，经过处，湿砂上便留下一列美丽的脚印。教授乙低下头去，从女人一个脚印上拾起一枚闪放珍珠光泽的小小蚌螺壳，用手指轻轻的很情欲的拂拭着壳上粘附的砂子。

"达士先生，你瞧，海边这个东西真美丽。"

达士先生不说什么，只是微笑着，把头掉向海天一方，眺望着天际白帆与烟雾。

道德哲学教授丙,从住处附近山中散步回到宿舍,差役老王在门前交给他一个红喜帖,"先生,有酒喝!"教授丙看看喜帖是上海×先生寄来的,过达士先生房中谈闲天时,就说起×先生。

"达士先生,你写小说我有个故事给你写。民国十二年,我在杭州××大学教书,与×先生同事。这个人您一定闻名已久。这是个从五四运动以来有戏剧性过了好一阵热闹日子的人物!这×先生当时住在西湖边上,租了两间小房子,与一个姓□的爱人同住。各自占据一个房间,各自有一铺床。两人日里共同吃饭,共同散步,共同作事读书,只是晚上不共同睡觉。据说这个叫作'精神恋爱'。×先生为了阐发这种精神恋爱的好处,同时还著了一本书,解释它,提倡它。性行为在社会引起纠纷既然特别多,性道德又是许多学者极热烈高兴讨论的问题。当时倘若有只公鸡,在母鸡身边,还能作出一种无动于中的阉鸡样子,也会为青年学者注意。至于一个公人,能够如此,自然更引人注意,成为了不起的一件大事了。社会本是那么一个凡事皆浮在表面上的社会,因此×先生在他那分生活上,便自然有一种伟大的感觉,日子过得仿佛很充实。分析一下,也不过是佛教不净观,与儒家贞操说两种鬼在那里作祟罢了。

"有朋友问×先生,你们过日子怪清闲,家里若有个小孩,不热闹些吗?×先生把那朋友看得很不在眼似的说,嗨,先生,你真不了解我。我们恋爱那里像一般人那种兽性;你真是——有眼不识泰山。你不看过我那本书吗?他随即送了那朋友一本书。

"到后丈母娘从四川省远远的跑来了,两夫妇不得不让出一间屋子给丈母娘住。两人把两铺床移到一个房中去,并排放下。另一朋友知道了这件事,就问他,×先生如今主张会变了吧?×先生听到这种话,非常生气的说,哼,你把我当成畜生!从此不再同那朋友来往。

"过了一年,那丈母娘感觉生活太清闲,那么过日子下去实在有点寂寞,希望作外祖母了。同两夫妇一面吃饭,一面便用说笑话口气发表意见,以为家中有个小孩子,麻烦些同时也一定可以热闹些。两夫妇不待老母亲把话说完,同声齐嚷起来:娘,你真是无办法。怎不看看我们那本书?两夫妇皆把丈母娘当成老顽固,看来很可怜。以为不受过高等教育的人,除了想儿女为她养孩子含饴弄孙以外,真再也没有什么高尚理想可言!

"再过一阵,女的害了病;害了一种因贫血而起的某种病。×先生陪她到医生处去诊病。医生原认识两人,在病状报告单上称女的为×太太,两夫妇皆不高兴,勒令医生另换一纸片,改为□小姐。医生一看病人,已知道了病因所在,是在一对理想主义者,为了那点违反人性的理想把身体弄糟了。要它好,简便得很,发展兽性,自然会好!医生有作医生的义务,就老老实实把意见告给×先生。×先生听完，一句话不说，拉了女的就走。女的还不明白是怎么回事。×先生说，这家伙简直是一个流氓，一个疯子，那里配作医生。后来且同别人说，这医生太不正经，一定靠卖春药替人堕胎讨生活。我要上衙门去告他。公家应当用法律取缔这种坏蛋，不许他公然在社会上存在，方是道理。

"于是女人改医生服中药，贝母当归煎剂吃了无数，延缠半年，终于死去了。×先生在女的坟头立了一个纪念碑，石上刻字：我们的恋爱，是神圣纯洁的恋爱！当时的社会是不大吝惜同情的，自然承认了这件事。凡朋友们不同意这件事的，×先生就觉得这朋友很卑鄙龌浊，不了解人间恋爱可以作到如何神圣纯洁与美丽，永远不再同那个朋友往来。

"今天我却接到这个喜帖，才知道原来×先生八月里在上海又要同上海交际花结婚了，有意思。潮流不同了，现在一定不再那个了。"

达士先生听完了这个故事，微笑着问教授丙：

"丙先生，我问你，你的恋爱观怎么样？"

教授丙把那个红喜帖摺叠成一个老猪头。

"我没有恋爱观。我是个老人了，这些事应当是儿女们的玩意儿了。"

达士先生房中墙壁上挂了个希腊爱神照像片，教授丙负手看了又看，好像想从那大理石胴体上凹下处凸出处寻觅些什么，发现些什么。到把目光离开相片时，忽然发问：

"达士先生，你班上有个×××，是不是？"

"真有这样一个人。你怎么认识她？这个女孩子真是班上顶美……"

"她是我的内侄女。"

"哦，你们是亲戚！"

"这孩子还聪敏，书读得不坏。"说着，教授丙把视线再度移到墙头那个照片上去，心不在乎的问道："达士先生，这照片是从希腊人的雕刻照下的吗？"这种询问似乎不必回答，达士先生很明白。

达士先生心想："丙先生倒有眼睛，认识美。"不由得不来一个会心微笑。

两人于是同时皆有一个苗条圆熟的女孩子影子，在印象中晃着。

教授丁邀约达士先生到海边去坐船。乳白色的小游艇，支持了白色三角形小帆，顺着微风，向作宝石蓝颜色镜平放光的海面滑去。天气明朗而温柔。海浪轻轻的拍着船头和船舷，船身略侧，向前滑去时轻盈得如同一只掠水的小燕儿。海天尽头有一点淡紫色烟子。天空正有白鸟三五，从容向远海飞去。这点光景恰恰像达士先生另外一个记载里的情形。便是那只船，也如当前的这只船。有一点儿稍稍不同，就是坐在达士先生对面的一个人，不是医生，却换了一个史汉专家教授丁。

两人把船绕着小青岛驶去。讨论着当年若墨医生与达士先生尚未讨论结果的那个问题——女人，一个永远不能结束定论的议题！

教授丁说：

"大概每个人皆应当有一种辖治，方能像一个人。不管受神的，受鬼的，受法律的，受医生的，受金钱的，受名誉的，受牙痛的，受脚气的；必需有一点从外而来或由内而发的限制，人才能够像一个人。一个不受任何拘束的人，表面看来极其自由，其实他做什么也不成功。因为他不是个人。他无拘束同时也就不会有多少气力。

"我现在若一点儿不受拘束，一切欲望皆苦不了我，一切人事我不管，这决不是个好现象。我有时想着就害怕。我明白，我自己居然能够活下去，还得感谢社会给我那一点拘束。若果没有它，我就自杀了。

"若墨医生同我在这只小船上的座位虽相差不多，我们又同样还不结婚。可是，他讨厌女人，他说：一个女人在你身边时折磨你的身体，离开你身边时又折磨你的灵魂。女子是一个诗人想像的上帝，是一个浪子官能的上帝。他口上尽管讨厌女人，不久却把一个双料上帝弄到家中作了太太，在裙子下讨生活了。我一切恰恰同他相反。我对女人，许多女人皆发生兴味。那些肥的，瘦的，有点儿装模作样或是势利浅浮的，似乎只因为她们是女子，有女子的好处，也有女子的弱点，我就永远不讨厌她们。我不能说出若墨医生那种警句，却比他更了解女子。许多讨厌女子的人，皆在很随便情形下同一个女子结了婚。我呢，我欢喜许多女人，对女人永远倾心，我却再也不会同一个女人结婚。

"若依我自己的意见来说，我早就应当自杀了。然而到今天还不自杀，就亏得这个世界上尚有一些女人。这些女人我皆很情欲的爱着她们。我在那种想像荒唐中疯人似的爱着她们。其中有一个我尤其倾心，但我却极力制止我自己的行为。始终不让她知道我爱她。我若让她知道了，她也许就会嫁给我。我不预备这一着。我逃避这一着。我只想等到她有了四十岁，把那点女人极重要的光彩大部分已失去时，我再去告她，她失去了的，在我心上还好好的存在。我为的是爱她，为的是很情欲的爱她，总觉得单是得到了她还不成，我便尽她去嫁给一个明明白白一切皆不如我的人，使她同那男子在一处消磨尽这个美丽生命。到了她本身已衰老时，我的爱一定还新鲜而活泼。

"你觉得怎么样，达士先生？"

达士先生有他的意见：

"您的打算还仍然同若墨医生差不多。您并不是在那里创造哲学，不过是在那里被哲学创造罢了。你同许多人一样，放远期账，表示远见与大胆，且以为将来必可对本翻利。但是您的账放得太远了，我为您担心。这种投资我并无反对理由，因为各人有各人耗费生命的权利和自由，这正同我打量投海，觉得投海是一种幸福时，你不便干涉一样。不过我若是个女人，对于您的计划，可并无多少兴味。你有哲学却缺少常识。您以为您到了那个年龄，脑子尚能有如今这样充满幻想，且以为女子到了四十岁，也还会如十八岁时那么多情善感。这真是糊涂。我敢说你必输到这上面。你若有兴味去看一本关于××的书籍，您会觉得你那意见必需加以小小修改了。你爱她，得给她。这是自然的道理。你爱她，使她归你，这还不够，因为时间威胁到你的爱，便想违反人类生命的秩序，而且说这一切皆为女人着想。我看看，这同束身缠脚一样，不大自然，有点残忍。"

"你以为这个事太不近情，是不是？我们每一个人皆可听凭自己意志建筑一座礼拜堂，供奉自己所信仰的那个上帝。我所造的神龛，我认为是世界上最美丽的神龛。这事由你看来，这么办耗费也许大一点。可是恋爱原本就是一种奢侈的行为。这世界正因为吝啬的人太多了，所以凡事皆做不好。我觉得吝啬原邻于愚蠢。一个人想把自己人格放光，照耀蓝空，眩人眼目如金星，愚蠢人决做不出。"

"您想这么作是中了戏剧的毒。你能这么作可以说是很有演剧的天才。我承认你的聪明。"

"你说对了,我是在演剧。很大胆的把角色安排下来,我期待的就正是在全剧进行中很出众,然而近人情,到重要时忽然一转,尤其惊人。"

达士先生说:

"说得对。一个人若真想把自己全生活放在热闹紧张场面上发展,放在一种变态的不自然的方法中去发展,从一个艺术家眼里看来,没有反对的道理。一切艺术原皆不容许平凡。不过仍然用演戏取譬,你想不想到时间太久了一点,您那个女角,能不能支持得下去?世界上尽有许多女人在某一小时具有为诗人与浪子拜倒那个上帝的完美,但决不能持久。你承认她们到某一时会把生命光彩失去,却不想想一个表面失去了光彩的女人,还剩下一些什么东西。"

"那你意思怎么样?"

"爱她,得到她。爱她,一切给她。"

"爱她,如何能长久得到她?一切给她,什么是我?若没有我,怎么爱她?"

达士先生知道教授戊是个结了婚后一年又离婚的人,想明白他对于这件事的意见同感想。下面是教授戊的答案:

女人,多古怪的一种生物!你若说"我的神,我的王后，你瞧，我如何崇拜你！让莎士比亚的胸襟为一个女人而碎罢，同我来接一个吻！"好辞令。可是那地方若不是戏台，却只是一个客厅呢？你将听到一种不大自然的声音（她们照例演戏时还比较自然），她们会回答你说："不成，我并不爱你。"好，这事也就那么完结了。许多男子就那么离开了她的爱人，男的当然便算作失恋。过后这男子事业若不大如意，名誉若不大好，这些女人将那么想："我幸好不曾上当。"但是，另外某种男子，也不想作莎士比亚，说不出那么雅致动人的话语，他要的只是机会。机会许可他傍近那个女子身边时，他什么空话都不必说，就默默的吻了女人一下。这女子在惊慌失措中，也许一伸手就打了他一个耳光。然而男子不作声，却索性抱了女子，在那小小嘴唇上吻个一分钟。他始终没有说话，不为行为加以解释。他知道这时节本人不在议会，也不在课室。他只在作一件事！结果，沉默了。女人想："他已吻过我了。"同时她还知道了接吻对于她毫无什么损失。到后，她成了他的妻子。这男人同她过日子过得好，她十年内就为他养了一大群孩子，自己变成一个中年胖妇人；男子不好，她会解说："这是命。"

是的，女人也有女人的好处。我明白她们那些好处。上帝创造她们时并不十分马虎，既给她们一个精致柔软的身体，又给她们一种知足知趣的性情，而且更有意思，就是同时还给她们创造一大群自作多情又痴又笨的男子，因此有恋爱小说，有诗歌，有失恋自杀，有——结果便是女人在社会上居然占据一种特殊地位，仿佛凡事皆少不了女人。

我以为这种安排有一点错误。从我本身起始，想把女人的影响，女人的牵制，——尤其是同过家庭生活那种无趣味的牵制，在摆得开时乘早摆开。我就这样离了婚。

达士先生向草坪望着："老王，草坪中那黄花叫什么名？"

老王不曾听到这句话，不作声，低头作事。

达士先生又说："老王，那个从草坪里走来看庚先生的女人是什么人？"

听差老王一面收拾书桌一面也举目从窗口望去，"××女子中学教书先生。长得很好，是不是？"说着，又把手向楼上指指，轻声的说，"快了，快了。"那意思似乎在说两人快要订婚，快要结婚。

达士先生微笑着，"快什么了？"

达士先生书桌上有本老舍作的小说，老王随手翻了那么一下，"先生，这是老舍作的，你借我这本书看看好不好？怎么这本书名叫《离婚》？"

达士先生好像很生气的说：

"怎么不叫《离婚》？我问你，老王。"

楼上电铃忽响,大约住楼上的教授庚,也在窗口望见了经草坪里通过向寄宿舍走来的女人了,呼唤听差预备一点茶。

一个从××寄过青岛的信——

达士先生:

你给我为历史学者教授辛画的那个小影,我已见到了。你一定把它放大了点。你说到他向你说的话,真不大像他平时为人。可是我相信你画他时一定很忠实。你那枝笔可以担保你的观察正确。这个速写同你给其他先生们的速写一样,各自有一种风格,有一种跃然纸上的动人风格,我读他时非常高兴。不过我希望你……,因为你应当记得着,你把那些速写寄给什么人。教授辛简直是个疯子。

你不说宿舍里一共有八个人吗?怎么始终不告给我第七个是谁。你难道半个月以来还不同他相熟?照我想来这一定也有点原因。好好的告给我。

天保佑你。

瑗瑗

达士先生每当关着房门,记录这些专家的风度与性格到一个本子上去时,便发生一种感想:"没有我这个医生,这些人会不会发疯?"其实这些人永远不会发疯,那是很明白的。并且发不发疯也并非他注意的事情,他还有许多必需注意的事。

他同情他们,可怜他们。因为他自以为是个身心健康的人。他预备好好的来把这些人物安排在一个剧本里,这自以为医治人类灵魂的医生,还将为他们指示出一条道路,就是凡不能安身立命的中年人,应勇敢走去的那条道路。他把这件事,描写得极有趣味的寄给那个未婚妻去看。

但这个医生既感觉在为人类尽一种神圣的义务,发现了七个同事中有六个心灵皆不健全,便自然引起了注意另外那一个健康人的兴味。事情说来希奇,另外那个人竟似乎与他"无缘"。那人的住处,恰好正在达士先生所住房间的楼上,从××大学欢迎宴会的机会中,那人因同达士先生座位相近,×校长短短的介绍,他知道那是经济学者教授庚。除此以外,就不能再找机会使两人成为朋友了。两人不能相熟自然有个原因。

达士先生早已发现了,原来这个人精神方面极健康,七个人中只有他当真不害什么病。这件事得从另外一个人来证明,就是有一个美丽女子常常来到寄宿舍,拜访经济学者庚。

有时两人在房里盘桓,有时两人就在窗外那个银杏树夹道上散步。那来客看样子约有二十五六岁,同时看来也可以说只有二十来岁。身材面貌皆在中人以上。最使人不容易忘记,就是一双诗人常说"能说话能听话"的那种眼睛。也便是这一双眼睛,因此使人估计她的年龄,容易发生错误。

这女人既常常来到宿舍,且到来以后,从不闻一点声息,仿佛两人只是默默的对坐着。看情形,两个人感情很好。达士先生既注意到这两个人,又无从与他们相熟,因此在某一时节,便稍稍滥用一个作家的特权,于一瞥之间从女人所得的印象里,想像到这个女子的出身与性格,以及目前同教授庚的关系。

这女子或毕业于北平故都的国立大学,所学的是历史,对诗词具有兴味,因此词章知识不下于历史知识。

这女子在家庭中或为长女。家中一定是个绅士门阀,家庭教育良好,中学教育也极好。从×大学历史系毕业后,就来到××女子中学教书,每星期约教十八点钟课,收入约一百元左右。在学校中很受同事与学生敬爱,初来时,且间或还会有一个冒险心而不大知趣的山东籍国文教员,给她一种不甚得体的殷勤。然而那一种端静自重的外表,却制止了这男子野心的扩张。还有个更重要的原因,便是北京方面每天皆有一个信给她,这件事从学校同事看来,便是"有了主子"的证明,或是一个情人,或是一个好友,便因为这通信,把许多人的幻想消灭了。这种信从上礼拜起始不再寄来,原来那个写信人教授庚已到了青岛,不必再寄什么信了。

这女人从不放声大笑，不高声说话，有时与教授庚一同出门，也静静的走去，除了脚步声音便毫无声响。教授庚与女人的沉默，证明两人正爱着，而且贴骨贴肉如火如荼的爱着。惟有在这种症候中，两个人才能够如此沉静。

女人的特点是一双眼睛，它仿佛总时时刻刻警告人，提醒人。你看她，它似乎就在说："您小心一点，不要那么看我。"一个熟人在她面前说了点放肆话，有了点不庄重行动，它也不过那么看看。这种眼光能制止你行为的过分，同时又俨然在奖励你手足的撒野。它可以使俏皮角色诚实稳重，不敢胡来乱为，也能使老实人发生幻想，贪图进取。它仿佛永远有一种羞怯之光；这个光既代表贞洁，同时也就充满了情欲。

由于好奇，或由于与好奇差不多的原因，达士先生愿意有那么一个机会，多知道一点点这两人的关系。因为照他的观察来说，这两人关系一定不大平常，其中有问题，有故事。再则女的那一分沉静实在吸引着他，使他觉得非多知道她一点不可。而且仿佛那女人的眼光，在达士先生脑子里，已经起了那么一种感觉："先生，我知道你是谁。我不讨厌你。到我身边来，认识我，崇拜我，你不是个糊涂人，你明白，这个情形是命定的，非人力所能抗拒的。"这是一种挑战，一种沉默的挑战。然而达士先生却无所谓。他不过有点儿好奇罢了。

那时节，正是国内许多刊物把达士先生恋爱故事加以种种渲染，引起许多人发生兴味的时节。这个女人必知道达士先生是个什么人，知道达士先生行将同谁结婚，还知道许多达士先生也不知道的事，就是那种失去真实性的某一类铺排的极其动人的谣言。

达士先生来到青岛的一切见闻，皆告诉给那个未婚妻，上面事情同一点感想，却保留在一个日记本子上。

达士先生有时独自在大草坪散步，或从银杏夹道上山去看海，有三四次皆与那个经济学者一对碰头。这种不期而遇也可以说是什么人有意安排的。相互之间虽只随随便便那么点一点头各自走开，然而在无形中却增加了一种好印象。当达士先生从那个女人眼睛里再看出一点点东西时，他逃避了那一双稍稍有点危险的眼睛，散步时走得更远了一点。

他心想："这真有点好笑。若在一年前，一定的，目前的事会使我害一种很厉害的病。可是现在不碍事了。生活有了免疫性，那种令人见寒作热的病皆不至于上身了。"他觉得他的逃避，却只是在那里想方设法使别人不至于害那种病。因为那个女人原不宜于害病，那个教授庚，能够不害那一种病，自然更好。

可是每种人事原来皆俨然被一只看不见的手所安排。一切事皆在凑巧中发生，一切事皆在意外情形下变

动。××学校的暑期学校演讲行将结束时,某一天,达士先生忽然得到一个不具名的简短信件,上面只写着这样两句话:

学校快结束了,舍得离开海吗?(一个人)

一个什么人?真有点离奇可笑。

这个怪信送到达士先生手边时,凭经验,可以看出写这个信的人是谁。这是一颗发抖的心同一只发抖的手,一面很羞怯,又一面在狡猾的微笑,把信写好亲自付邮的。不管这个人是谁,不管这个写得如何简单,不管写这个信的人如何措辞,达士先生皆明白那种来信表示的意义。达士先生照例不声不响,把那种来信搁在一个大封套里。一切如常,不觉得幸福也不觉得骄傲。间或也不免感到一点轻微惆怅。且因为自己那分冷静,到了明知是谁以后,表面上还不注意,仿佛多少总辜负了面前那年青女孩子一分热情,一分友谊。可是这仍然不能给他如何影响。假若沉静是他分内的行为,他始终还保持那分沉静。达士先生的态度,应当由人类那个习惯负一点责。应当由那个拘束人类行为,不许向高尚纯洁发展,制止人类幻想,不许超越实际世界,一个有势力的名辞负点责。达士先生是个订过婚的人。在"道德"名分下,把爱情的门锁闭,把另外女子的一切友谊拒绝了。

得到那个短信时，达士先生看了看，以为这一定又是一个什么自作多情的女孩子写来的。手中拈着这个信，一面想起宿舍中六个可怜的同事，心中不由得不侵入一点忧郁。"要它的，它不来；不要的，它偏来。"这便是人生？他于是轻轻的自言自语说："不走，又怎么样？一个真正古典派，难道还会成一个病人？便不走，也不至于害病！"很的确，就因事留下来，纵不走，他也不至于害病的。他有经验，有把握，是个不怕什么魔鬼诱惑的人。另外一时他就站过地狱边沿，也不眩目，不发晕。当时那个女子，却是个使人值得向地狱深阱跃下的女子。他有时自然也把这种近于挑战的来信，当成青年女孩子大胆妄为的感情的游戏，为了训练这些大胆妄为的女孩子，他以为不作理会是一种极好的处置。

瑗瑗：

> 我今天晚车回××。达

达士先生把一个简短电报亲自送到电报局拍发后，看看时间还只五点钟。行期既已定妥，在青岛勾留算是最后一天了。记起教授乙那个神气，记起海边那种蚌壳。当达士先生把教授乙在海边拾蚌壳的一件事情告给瑗瑗时，回信就说：不要忘记，回来时也为我带一点点蚌壳来。我想看看那个东西！

达士先生出了电报局,因此便向海边走去。

到了海水浴场,潮水方退,除了几个会骑马的外国人骑着黑马在岸边奔跑外,就只有两个看守浴场工人在那里收拾游船,打扫砂地。达士先生沿着海滩走去,低着头寻觅这种在白砂中闪放珍珠光的美丽蚌壳。想起教授乙拾蚌壳那副神气,觉得好笑。快要走到东端时,忽然发现湿砂上有谁用手杖斜斜的划着两行字迹,走过去看看,只见砂上那么写着:

这个世界也有人不了解海,不知爱海。也有人了解海,不敢爱海。

达士先生想想那个意思,笑了。他是个辨别笔迹的专家,认识那个字迹,懂得那个意义。看看潮水的印痕,便知道留下这种玩意儿的人,还刚刚离此不久。这倒有点古怪。难道这人就知道达士先生今天一早上会来海边,恰好先来这里留下这两行字迹?还是这人每天来到海边,写么两行字,期望有一天会给达士先生见到?不管如何,这方式显然的是在大胆妄为以外还很机伶狡狯的。达士先生皱眉头看了一会,就走开了。一面仍然低头走去,一面便保护自己似的想道:"鬼聪明,你还是要失败的。你太年青了,不知道一个人害过了某种病,就永远不至于再传染了!你真聪明?你这点聪明将来会使你在另外一件事情上成就一件大事业，但在如今这件事情上，应当承认自己赌输了！这事不是你的错误，是命运。你迟了一年。……"然而不知不觉却面着大海一方，轻轻的舒了一口气。

不了解海，不爱海，是的。了解海，不敢爱海，是不是？

他一面走一面口中便轻轻数着，"是——不是？不是——是？"

忽然间，砂地上一件新东西使他愣住了。那是一对眼睛，在湿砂上画好的一对美丽眼睛。旁边还那么写着："瞧我，你认识我！"是的。那是谁，达士先生认识得很清楚的。

一个爬砂工人用一把平头铲沿着海岸走来，走过达士先生身边时，达士先生赶着问："慢点走，我问你，你知不知道这是谁画的？"说完他把手指着那些骑马的人。那工人却纠正他的错误，手指着山边一堵浅黄色建筑物，"哪，女先生画的！"

"你亲眼看见是个女先生画的？"

工人看看达士先生，不大高兴似的说："我怎不眼见？"

那工人说完，扬扬长长的走了。

达士先生在那砂地上一对眼睛前站立了一分钟，仍然把眉头略微皱了那么一下，沉默的沿海走去了。海面有微风皱着细浪。达士先生弯腰拾起了一把海砂向海中抛去。"狡猾东西,去了吧。"

十点二十分钟达士先生回到了宿舍。

听差老王从学校把车票取来,告给达士先生,晚上十一点二十五分开车,十点半上车不迟。

到了晚上十点钟,那听差来问达士先生,是不是要他把行李先送上车站去。就便还给达士先生借的那本《离婚》小说。达士先生会心微笑的拿起那本书来翻阅,却给听差一个电报稿,要他到电报局去拍发。那电报说:

瑗瑗:我害了点小病,今天不能回来了。我想在海边多住三天;病会好的。达士

一件真实事情,这个自命为医治人类灵魂的医生,的确已害了一点儿很蹊跷的病。这病离开海,不易痊愈的,应当用海来治疗。

(取自《文学》五卷二号廿四年八月份载出)

腐烂

晚风带着一点儿余热，从吴淞吹过上海闸北，承受了市里阴沟脏水的稻草浜一带，便散放出一种为附近穷苦人家所习惯的臭气。白日里，这不良气味，同一切调子，是常使装扮干净的体面男女人们，乘坐×路公共汽车，从隔浜租界上的柏油路上过身时，免不了要生气的。这些人都得皱着眉毛，用柔软白麻纱小手巾捂着鼻孔，一面与同伴随意批评一会市公安局之不尽职，以为那些收捐收税的人，应当做的事都没有做到，既不能将这一带穷人加以驱逐，也不能将这一带龌龊地方加以改良。一面还嗔恨到这类人不讲清洁，失去了中国人面子。若同时车上还有一个二个外国人，则这一带情形，将更加使车上的中国人，感到愤怒和羞辱。因为那抹布颜色，那与染坊或槽坊差不多的奇怪气味，都俨然有意不为中国上等人设想那么样子，好好的保留到新的日子里。一切都渐渐进步了，一切都完全不同了，上海的建筑，都市中的货物，马路上的人，全在一种不同气候下换成新兴悦目的样子，唯独这一块地方，这属于市内管辖的区域，总永远是那么发臭腐烂，极不体面的维持下来。天气一天不同一天，温度较高，落过一阵雨，垃圾堆在雨后被太阳晒过，作一种最不适宜于鼻子的蒸发，人们皆到了不需要上衣的夏天了！各处肮脏空地上，各处湫陋屋檐下，全是蜡黄色或油赭色的膊子。茶馆模样的小屋里，热烘烘的全是赤身的人。妇女们穿着使人见到极不受用的洋红布裤子，宽宽的脸盘，大声的吵骂，有时且有赤着上身，露出下垂的奶子，在浜边用力的刷着马子，近乎泄气的做事，还一面唱歌度曲。小孩子满头的癣疥，赤身蹲到垃圾堆里捡取可以合用的旧布片同废洋铁罐儿，有时就在垃圾堆中揪打不休。一个什么人——总是那么一个老妇人，哑哑的声音，哭着儿女或别的事情，在那粪船过身的桥下小船上，把声音给路上过身的人听到，但那看不见的老妇人，也可以想像得到，皱缩的皮肤，与干枯的奶子，是全部裸出在空气下的。

还有一块曾经人家整顿过的土坪，一个从煤灰垃圾拓出的小小场子，日里总是热闹着，点缀这个小坪坝，一些敲锣打鼓的，一些拉琴唱戏的，各人占据着一点地位，用自己的长处，吸引到这坪里来的一切人。玩蛇的，拔牙的，算命的，卖毒鼠药的，此外就是那种穿红裤子的妇人，从各处赤膊中找寻熟人，追讨前一晚上所欠下的什么账项，各处打着笑着。小孩子全身如涂油，瘦小膊子同瘦小的腿，在人丛中各处出现，肮脏如猪，迅捷如狗，无意中为谁撞了一下时，就骂出各样野话，诅咒别的人而安慰自己。市公安局怎么样呢？这一块比较还算宽敞的空坪不为垃圾占据，居然还能够使一些人在这上面找得娱乐或生活，就得感谢那区长！

这时可是已经夜了。一切人按照规矩，都应当转回到他那住身地方去，没有饭吃的，应当打算找一点东西塞到肚子去的计划，没有住处的，也应当找寻方便地方去躺下过夜，那场子里的情景，完全不同白天一样了。到了对浜马路上电灯排次发光时，场子里的空阔处，有人把一个小小的灯摆在地下，开始他那与人无竞的夜间生活。那么一盏小小的灯！映照地下五尺远近，地下铺得是一块龌龊方布，布上写得有几个红黑的字，加着一点失去体裁的简陋的画，一个像是斯文样子的中年人，就站在灯旁，轻轻的吟讽一种诗篇。起了风，于是蹲下来，就可以借灯光看出一个黄姜姜的脸。他做戏法一样伸出手来，在布片四围拾小石子镇压那招牌，使风不至于把那块龌龊布片卷去。事情做完了，见还无一个人来，晚风大了一点，望望天空像是要半夜落雨样子，有点寂寞了，重复站起来，把声音加大了一点，唱《柳庄相法》中的口诀，唱姜太公八十二岁遇文王的诗，唱一切他能唱的东西，调子非常沉闷凄凉。自己到后也感觉得这日子难过了，就默默的来重新排算姜尚的生庚同自己的八字，因为这落魄的人总相信另一个日子，还有许多好运在等候。

这样人在白天是也在这坪里出现的。谁也不知他原从什么地方来，也不问他将向那里去。一望到那黄姜的脸，同那为了守着斯文面子而留下的几根疏疏的鼠须，以及盖到脑顶那一顶油腻腻的小帽子，着在身上那油腻腻的青布马褂与破旧不称身的长衫，就使人感到一点凄惶。大白天白相的较多，这斯文人挥着留有长长指甲的双手，酸溜溜的在一群众生包围中，用外江口音读着《麻衣柳庄相法》，口中吐着白沫，且用着动人的姿势，解释一切相法中的要点。又或从人众中，忽地抓出一个预先定好了的小孩子，装神装鬼的把小孩子身前脑后看过一遍，就断定这小孩子的家庭人口。受雇来的孩子，张大着口站在身旁，点点头，答应几个是字，跑掉了，于是即刻生意就来了。若看的人感到无趣味，（因为多数人知道小孩子原是花钱雇来的，）并且也无钱可花到这有神眼铁嘴的半仙身上时，看看若无一个别的猪头三来问相，大家也慢慢的就走散了。没有生意时，这斯文人就坐在一条从附近人家借来的长凳上，默默背诵《渭水访贤》那一类故事，做一点白日好梦，或者拿一本《唐诗三百首》，轻轻的诵读，把自己沉醉到诗里去，等候日头的西落。有时眼见那些竞争到呼吸群众的卖打卖唱玩戏法的人，在另外一处，敲锣打鼓，非常的热闹，人群成堆的拥挤不堪，且听群众大声的哄笑，自己默默的坐在板凳上出神，生出一点感想。不过若是把所得的铜钱数着，从数目上，以及唧唧的声音上，即时又另外可以生出一点使自己安慰的情绪，长长的白日，也仍然如此过去了。

到了夜里时，一切竞争群众的戏法都收了场，一切特殊的主顾，如像住在租界那边的包车夫同厨子，如像泥水匠，道士，娘姨，皆有机会出来吹风白相，所以这斯文人也乐观了一点，把灯点上，在空阔的土坪里，独自一人又把场面排出来了。照例这个灯是可以吸引一些人过这地方来望望的，大家原那么无事可作，照例又总有一些人，愿意花四枚或四十枚，卜卜打花会的方向！以及测验一下近日的气运！白日里的闲话，一到了晚上就可以成为极于可观的收入，这军师，这指道迷途的聪明人，到时他精神也来了。因为习惯了一切言语，明白言语应当分类，某种言语可以成为某种人的补剂，按分量轻重支配给那些主顾，于是白天的失败，在夜里就得到了恢复机会了。大约到九点十点钟左右时，那收容卖拳人玩蛇人的龌龊住处，这斯文人也总据了一个铺位，坐在床头喝主人为刚刚冲好的热茶，或者便靠近铺上烧大烟，消磨一个上半夜。他有一点咳嗽的老毛病，因为凡看相人在无话可说时，总是爱用咳嗽来敷衍时间，所以没有肺痨也习惯咳嗽了。他得喝一壶热茶，或吸点鸦片烟，恢复日里的疲劳，这也是当然的。到了午夜，听各处角落发出愚蠢的鼾声，使人发生在猪栏里住下的感觉，这时某一个地方，则照例不缺少一些愚蠢人们，把在大白天用气力或大喉咙喊来的一点点钱，从一种赌博上玩着运气，这声音，扰乱到了他，若果他还有一些余剩的钱，同时草荐上的肥大臭虫又太多，那么自己即或排算到自己的运气还在屯中，自己即或已经把长褂脱下折好放在枕边，也仍然想法把身子凑近那灯下去，非到所有钱财输尽，不会安分上床睡觉。

天气落雨，情形便糟了。但一落了雨，所有依靠那个空坪过日子的各样人，皆在同一意义下，站立檐前望雨，对雨景发愁，斯文人倒多了一种消遣。因为他认得字，可以在这时读唐人写雨景的诗。并且主人有时写信，用的着他代笔，主人为小孩发烧也用得着他画符，所以这个人生活，与其他人比较起来，还是可以说很丰富而方便的。一面自然还因为时当夏天，夏天原是使一切落魄人方便的日子！

如今还没有落雨，天上各处镶着云，各处屋檐下有人仰躺着挥摇蒲扇，小孩子们坐在桥栏上，望远处市面灯光映照天上出奇，场中无一个主顾惠临。

在浜旁边，去洋人租界不远，还有乘坐租界公共汽车过身时捂鼻子一类人所想像不到的一个地方，一排又低又坏的小小屋子，全是容留了这些无家可归的抹布阶级的朋友们所住。如鱼归水，凡是那类流浪天涯被一切进步所遗忘所嘲笑的分子，都得归到这地方来住宿。这地方外观既不美，里面又肮脏发臭，但留到这里的人总还很多。那么复杂的种类，使人从每一个脸上望去，皆得生出"这些人怎么就能长大的"一种疑问。他们到这里来，能住多久，自己似乎完全无把握。他们全是那么缺少体面也同时缺少礼貌，成天有人吵闹有人相打。每一个人无一件完全衣服或一双干净袜子，每一个人总有一种奇怪的姿势。并不是人人都顽强健康，但差不多人人脾气都非常坏。那种愚暗，那种狡诈，那种人类谦虚美德的缺少，提及时真真使人生气。

到了这时节，这种肮脏住处已容纳了不少白天各种走江湖的浪人。

主持这住宿处的，是许多穿大红布洋裤子妇人中最泼悍的一个，年纪将近四十岁了，还是常常欢喜生事。这妇人日里处置一些寄宿人的饮食，一面还常常找出机会来，到别的事上胡闹。夜静了，盘算一切，若果自己挑选了一个男子，预备做一件需要男子来处置才得安宁的事，办得不妥，就毫无理由把小孩子从梦中揪起重打一顿，又或在别的事上，拿着长长竹杆，勒令某一个寄宿男子离开这屋里。主人小孩子年纪九岁，谁也不须考问这小东西的父亲是什么人。小孩子一头的疥癞，长年齷齪的像条狗，成天到外面去找人打架，成天出去做一些下流事情。白日里守着玩蛇人身旁，乘人不注意时，把蛇取出来作乐，或者又到变戏法的棚后去把一切戏法戳穿。与人吵闹时，能在年龄限制以外智慧中，找出无数最下等的野话骂人，又常常守着机会，在方便中不忘却盗窃别人的物件。

照规矩，在这类住宿地方，每人每夜应当缴纳十一枚铜子，就可在一张破席上躺下来，还可以花一个十文，从茶馆里泡茶，把壶从茶馆里借来，隔天再送回去。有些住客，带得有一点简单行李，总像是常常要忘记了这茶壶不是自己东西，临走时便把它放进自己行李里面去，茶壶不见了，隐藏了，主人心里明白，问了又问还是不见，于是就爽快的伸手从那小小行李中去把壶检查出来，一面骂出一些极不入耳的话把客人轰走。客人在这样情形下，也照例口里骂出种种野话才愿意出门。这些人，又或者无意中把茶壶摔碎了，大家就借此大吵大闹，结果还是茶馆中人来臭骂一阵，算是免去赔偿的代价，吵闹才能结束。

他们住处也有饮食，可是吃主人办来的伙食，总只是那初次来此的人，其他的人照例不吃主人东西的。这些人的肚子里，因为也得按时装上一点东西，所以附近各处，总不缺少贱价的食物。发臭的，粗粝的，为苍蝇领教隔日隔夜变了颜色还来发卖的一切食物，都可以花钱买到。上等人吃饼糕，这里有一种东西也仍然名叫饼糕。上等人吃肉,这里也有肉。上等人在暑天吃瓜,要开心又来一点纸烟同酒,这里也还是满盘的瓜同无数的纸烟,无量的酒。总而言之,租界上所有的一切吃喝哄口的东西,这区域并不因为下贱就无从得到。他们吃什么这些人也吃什么,不过所吃的东西,稍稍不同罢了。譬如酒,那些用火酒和水搀混的东西,用瓶子装好,贴上了店家招牌,又在招牌上贴满了政府的印花税小小票子,酒的颜色还有红有绿,难道这东西不是已经很像酒了么?他们得了点钱,把这样酒买来,吃得大醉后,不是寻事打闹,就是纵横吐呕,每个人好在总是那么吃陈腐东西,受风雨虐待日子太久,酒精的毒又不会一时发作,所以开铺子的把印花税贴足,良心也就非常安宁,不问这酒以后的一切影响了。

在寄宿处不远,过斜街,还有公安局派出所一处。市公安局是从没有忘记这地方还有这些活着的事情,他们从区长到巡丁,大家都记住这里是有人的。凡是一个活人,都应当按照生活营业向官厅缴纳一定的捐款,房捐,营业捐,路摊捐,小车捐,还有什么更好听的名字。他们都非常耐烦,不以数目很小就忘记过一次不派人来收取这种神圣的国课。好像卫生捐,治安捐,这一类动人名目,在这些地方也就仍然能够存在。地方既住得完全是一些下等人,一切都极不讲究,若不是常常有警务人员来视察沿浜情形,以及各家情形,还不知要成什么样子，所以卫生捐就应当收了。至于本区人口既杂乱不堪！动不动就要闹出事情，若非有几个治安警察，遇事发生，就把两造带去拘留到看守所，审问时用违警律处罚点小款到一切爱生事的人头上，警戒下次，还不知每月要出多少乱子！

派出所巡警们，除了收捐日子较为忙碌，其他时节尚比较清闲，所以每每遇及有什么小事发生时，总是把人带局，拘留个半天，审问过后才开释的。站岗的巡警，则常常离开职务进茶馆去享受店主一壶热茶，同熟人谈谈报纸上所记载的一切社会新闻，消磨这个使人忍耐不下的长日。他们白天有时到那块近于竞技处的场子里，走近相士边站站，又走过西洋镜的匣子边看看，各处往来。夜里则旋绕这一个场坪，用警棍击打预备将要在场内拉屎的各种野狗。这些无家可归的野狗，照例一见了这个尊贵的公务人员，就夹了尾巴飞奔的窜到横街小弄堂内去了。

因为没有一个人，那斯文人独在灯边平地上站了半天，一个夜班巡警从横街走出，望到那个情景，走过来看了一会，同相士谈了一阵闲天，有毒的蚊子叮在手背发痒，所以约摸十点左右，巡警的提议生了效力，相士就收拾了场面回到住处喝茶睡觉去了。

夜静后，许多在露天下赤身睡觉的男子，因为半夜来一阵行雨，都收拾进屋里去了，场子中便静悄悄的无一个人。白日众生聚集的地方，这时节都显得宽阔异常。隔河浜一列电灯，白惨惨的，排排的，各个清清楚楚的，望到对河浜的事情，可是不说话。这时节空坪里来了一个卖饺饵的人，还停留在场坪中央不动，轻轻的敲打着手中的梆子，似乎惟恐惊醒旁人样子，敲了一阵又沉默了。

粪船开始从河浜划来，预备等候装取区内的大便，船与船连系衔接磕磕撞撞到了所要到的地点，守船人都从船头上了岸，向饺饵担架边走来吃饺子。雨已经早止住不落，天上出了一饼月亮，许多地方看得出云在奔跑，风从别处吹来时已经毫无日间余热了。

似乎因为听到碗盏相磕的声音，那巡警从小街一端又走出来了，同时从另外一个弄口也走出来了一只大狗，这两样东西不约而同向饺饵摊边走去。不到一会儿，巡警的一饼圆脸，便在饺饵汤锅热气迷蒙中有趣的映出，那只狗，却怯怯的要求讲和似的，非常谦卑蹲踞一旁，看巡警老爷吃饺子了。到后又动了一阵儿风，卖饺饵的已扛了肩担走去了，粪船上的人，大多数都到相熟的妇人小船上"打架"去了，只有几个生手无处可走，躺倒浜边石级上小睡等候天明。场坪中剩下了巡警一人，嗅着从制革厂方面吹过来的臭风，他按照职务，要绕这区域沿浜走去，看看是不是有谁从家中抛出一个死去的孩子，或这一类讨厌的事情。在职务上他有了一点责任观念，所以这时节虽然极适宜于同个妇人在一张床上睡觉，他却不好意思去找寻做梦地方。

一切那么静，一切都像已经死去，白日里看来小小的住屋，这时显得更小了。一匹猫儿的黑影子，从那平屋的檐头溜去，发出小小的声音，又即刻消失到黑暗里，这地方于是就像只有巡警一个人是活人，独立到这天空上视听一切了。他走了又走，走到将近桥头地方，一个路灯柱旁边，忽然发现了一个人形，吓了这个公务人员一跳。其实这仍然是预料得到的一种事情，这样天气，这样使人随处可以倒下去做梦的好天气，一个人在此并不是出奇的事情！不过这时这公务人正咯咯的翻着胃中饺子的葱油气，心里想到一件不舒服的事情，灯柱下的一团人影使他生了一点照例要生的气了。他于是壮大着自己胆子，大声的叱问是什么人在此逗留。灯下那个人，正缩成一团，坐在柱边睁大了眼睛，痴望路灯上的一匹壁虎，盘据到灯泡旁捕虫情形出神。这是一个无家可归的小孩子，是许多这样孩子中的一个，日里因一件事情正为巡警打了一顿，到晚上找不着一个住处。凡是可以睡觉的空灶头都早已有另外的人占去了，肚子又空空的极不受用，这小孩子躺到一个栅下，看落雨过了，还想各处走走，寻一点可以放到肚子里的东西。走到了这里，见到那爬虫，小蛇一样很灵敏的样子，就忘了自己的事，坐在下面欣赏了许久，他正在心中盘算，如何爬上去把那小东西捉来玩一阵,忽然听到巡警一声咤叱,这孩子以为爬电杆的野心业已为巡警看到,本能的站起来,飞奔的跑了。

这杂种,这不知父母所在,像是靠一点空气就长大了的小东西,对于当前所发生的事情,并不觉得是新鲜事情!他一面奔跑,一面还回头来望后面,看看是不是要被追逐一阵。他这时节正极无聊,所以虽然觉得害怕,也同时觉得有趣。本来追了几步,这巡警按照一个巡警的身分,就应当止住了步。可是今夜的事稍稍不同了一点,这巡警无事可作,上半夜还喝了一杯酒,心头上多少有点酒意,看到小孩子跑了又即刻不跑的样子,似乎对于自己的尊严有了一种损失,必须有所补充,就挥舞起他那一根警棍,一直向小孩子逃走的方向冲去。小孩子知道情形不妙,知道那警棍要落到头上背上了,赶忙拉长了脚步逃走,想再跑一阵,就可以从一个为巡警所不屑走的脏弄堂里,获得了自己的安全。可是这场坪的尽头,正有许多水坑,小孩子一不小心,人就跌到这水坑里去了。巡警听到了前面的声音,就赶过前面去,望小孩子在脏水里挣扎好笑。他问小孩:

"干什么跑?"

这意思是好像说既不偷了谁的东西,为什么一见巡警就想逃走。他为了证明这逃走不应当,简直还是愚蠢行为,且警告他逃走就有跌到水里去的理由,这公务人员且不去援救一下落在脏水里的小孩子，他看他怎么爬上坑来，如何运用他的小手小足。因为面前是那么一个不足道的小小动物，而且陷到这井里惶恐无措，这时节巡警的愤怒已经完全没有了。因为问到小孩子为什么要逃走的理由，小孩子没有爽朗的答应是为什么事，这体面人就用那带着神圣法律的意义的警棍戳小孩子的头，尽小孩子在脏水中站起来又复坐下去。小孩子不知道应当如何要求这老总，又没有一个钱送给这公事中人，又不能分辩说这个事不应当开玩笑，就只好还坐脏水中，怪可怜的喊"莫闹莫闹"，摇着那瘦小臂膊，且躲避到那警棍。过了一会，巡警觉得在这种地方，同一个这样渺小东西打闹，实在无多大趣味，自己就唱着老渔翁一钓竿调子扬扬长长走去了。

小孩子坐在水坑中半天，全身是脏水，眼见巡警已经走去了，皮鞋声音远了，才攀住一点东西爬起来，爬出坑上后，坐在地上哭了一会。到后觉得哭也无益，这时决不会有一个人从什么地方过路，随手给一个钱，并且肚中有点儿饿，一切的行为，也使自己疲倦了，就望到远处天的一方电灯的光，出了一会神。他想起这些灯底下的人那种热闹情形，过一会儿又忽然笑了。他很奇怪那些灯同那些人，他知道在这些灯光下，一定有许多人闹着玩着。一定有许多人在吃东西喝酒。还一定有许多人穿上新衣，在路旁那么手挽手从从容容的走路，或者逗留在一些大窗口边，欣赏窗内的各样东西。窗内是红绿颜色的灯映照着，比白天还美观悦目。一切糖果，用金银纸张包裹，一些用具，呢帽子，太太们的伞，三道头的大皮靴子，小小皮夹同方圆瓶子，没有法子记清楚！烧鸡烧鹅都同活的一样神气，成串的香肠都挂在窗边，这些那些，值钱一百万或更多，总而言之是完全的放在那里等候人来拿去随意吃用的东西！这究竟值多少钱，这究竟从什么地方搬来，又必需搬到什么地方去，他是完全不能知道的。他到过这类地方，也像别人那么姿势欣赏过窗内的一切物品，因此被红头阿三打过追过，一切都记得清清楚楚。这时节是不是还有那样多人在那些地方，是不是还有红头阿三，他可不大明白了。但是，还有灯，当真还有灯，那些灯光映到半空，如烧了天的一部分，如正在起始燃烧到天的一部分。

他看过这些，想起这些，记到这些，于是不久就有一个红头阿三的黑脸，在自己眼前摇晃，显出很有趣极生动的神气。照规矩，他要跑，这大个子黑印度人就蹒跚的舞动着手上那根木棍头追赶前来。"来，一过来就可以大杀一阵！"他记起拾石子瓜皮掷打这黑脸鬼子的事，当时并没有当真掷过，如今却俨然已把瓜皮打在那黑脸上。他乐了。"打你这狗禽的！打死你这狗！打你鼻子！"是的，瓜皮是应当要打在鼻上才有趣味的。他就坐在一个垃圾箱上，尽把这一类过去事情，重新以自己意思编排一阵，到后来当真随手摸去，摸着身边一团柔软东西，感觉很不同，嗅嗅手，发恶臭气味，他才明白现在的地位，轻轻骂着娘，于是一面站起一面又哭了。

天上的月亮斜了，只见到一颗星子粘在蓝蓝的天上，另外地方一些云，很悠遐的慢慢游动，这时节有一辆汽车从桥上过去，车夫捏喇叭像狗叫。

他眼望天空，他听到像狗叫的喇叭声音，却不大有趣味。他有点倦了，不能坐在有露水的场坪里过夜，得找一个有遮蔽处去睡觉，一面拭他的眼睛，一面向一条小弄堂走去。一只狗，在暗处从他身边冲过去时，使他生了气，就想追赶这畜牲打一顿，追了几步过后又想想，这事无味，又不追了。他饿了，他倦了，什么办法也没有，除了蜷成一个刺猬样子，到那较干爽的地方去睡到天亮，不会再有更好的事情可作。他的身上一件裤子，还是粘上许多湿腻腻的东西，这时才把裤子脱下来，一面又回想日里那些事情。

后来，他把这小小身体消灭到街角落的阴暗处，像是被黑暗所吞噬，不见了。

天还没有发白，冷露正在下降，睡在浜边石上的粪船夫中一个冷醒了，爬起身来喊叫伙伴。这样人言语吝啬到平常一切事上，生在鼻子下的那一张口，除了为吃粗糙东西而外，几几乎是没有用处的。他喊了伙伴一声，没有得到答应，就不再作声了。他蹲身在自己粪船旁，卸去自己一切的积物，嗵嗵的响着，热尿落在空船中，声音极于沉闷。

南端来了一只小船，从那桥洞下面黑暗处，一个人像是用一只看不见的手使船慢慢的移动，慢慢的挨近了粪船。

一个妇人看不清楚面目，像是才睡醒样子，从那个小船篷舱口爬出外面，即刻就听到船中有小孩子尖声的哭喊，妇人像毫不理会，仍然站在船头。

粪船上另一个船夫也醒了，瞻望那新来的船，不明白是为什么原因。

那船靠近粪船了，船与船互相磕撞着，发出木钝的声音，河中的死水微微起着震荡。

"做什么？"

那妇人，声音如病猫，低微而又沉闷，说："问做什么？一个女人尽你快乐。"

"什么事情？"

"吃蚌壳，煨红壳。"这下等社会中用作形容那件下流事情的言语，使船夫之一明白这是什么事情了。

"我弄不出钱。"

"你说谎话，只要你两只角子！"

"两只铜子也找不出。"

妇人还是固持的说着："你来！"

男子似乎生气了，就大声的说："糟蹋我的力气，我不做这件事。"

妇人像是失望了,口中轻轻吹着哨子,仍然等待什么,要另作主张,站在船头不动。

那最先一位船夫,蹲在船头大便,事情办完了,先是不做声,用一根棍子刮着谷道,站起身来拉上裤头就想走到船尾去,看看妇人是什么样货色。两人接近了,船傍着船,妇人忽然不知为什么缘故,骂出丑话来了。

"……"

"不要么?"这么问着,却不闻有何回答。

隐隐约约是那船夫的傻笑声。

过一会,那只船,慢慢的,仍然看不出是为什么原因,那么毫无声音的溜回到那黑暗阴沉的桥洞下去了。被骂过一些野话的好事船夫,毫不生气,就站在船上干笑。一枚双角可以过船上去做一种出汗事情,但一个钱不花,被他在一种方便中捏了一把妇人的胸部,这件事做得使自己很满意,所以他笑了。

过了一会,这只船消灭到大桥涵洞里,已经看不见影子,一种小孩子被打以后似的哭声却扩大了。这声音尖锐的从黑暗中飘来,同时也消失在黑暗里,听到这个声音,知道那个方向同理由,船夫之一还只是干笑。

另一个船夫蹲身浜旁,正因为无钱作乐,有点懊恼在心,就说:

"她生了气呢。她骂你,又打她的小杂种!"

"你怕她生气去赔礼罢。你一去她就让你快乐,扯脱裤子让你弄,不是这样说过了么?"

"她骂你!"

"……"

那一个不做声,于是这一个蹲在岸旁的,固持的一连说了三次"她骂你",嘲笑到伙伴,伙伴不由的不笑将起来了。

不知道什么地方,有什么东西落到水里去,如一只从浜旁自己奋身掷入浜中去的癞蛤蟆,咚的一声,浜中的死水,便缓缓的摇动起来,仿佛在凉气中微微发抖,小小波纹啮着那粪船的近旁,作出细碎声音,接着就非常沉静了。

某个地方有一只雄鸡在叫,像是装在大瓮坛里,究竟在什么地方也仍然听不分明。两个粪夫知道自己快要忙碌做事了,各人蹲在一个石墩上,打算到自己的生活。天上有流星正在陨落,抛掷着长而光明的线,非常美丽悦目。

十八年七月廿日于吴淞八月重改

(选自《八骏图》)

月下小景

题记

这只是些故事,除《月下小景》在外,全部分出自《法苑珠林》所引诸经。我因为在一个学校里教小说史,对于六朝志怪,唐人传奇,宋人白话小说,在形体方面,如何发生长成,加以注意,觉得提到这个问题的,有所说明,皆不详尽,使人惑疑。我想多知道一些,曾从《真诰》,《法苑珠林》,《云笈七签》诸书中,把凡近于小说故事的记载,掇辑抄出,分类排比,研究它们记载故事的各种方法,且将它同时代或另一时代相类故事加以比较,因此明白了几个为一般人平时所疏忽的问题。另外又因为抄到佛经故事时,觉得这些带有教训意味的故事,篇幅不多,却常在短短篇章中,能组织极其动人的情节。主题所在,用近世眼光看来,与时代潮流未必相合。但故事取材,上自帝王,下及虫豸,故事布置,常常恣纵不可比方。只据支配材料的手段组织故事的文体而言,实在也可以作为"大众文学","童话教育文学",以及

"幽默文学"者参考。我有个亲戚张小五,年纪方十四岁,就在家中同他的姐姐哥哥办杂志,几个年青小孩子,自己写作,自己钞印,自己装订,到后还自己阅读。也欢喜给人说故事,也欢喜逼人说故事。我想让他明白一千年以前的人,说故事的已知道怎样去说故事,就把这些佛经记载,为他选出若干篇,加以改造,如今这本书,便是这故事一小部分。本书虽署明"辑自某经",其实则只可说是就某经取材,重新处理。不过时下风气,抄袭者每每讳言抄袭,虽经明白摘发,犹复强词夺理,以饰其迹,其言虽辩,其丑弥增。张家小五是小孩子,既欢喜作文章,受好作品影响的机会必多,我的意思,却在告他:"说故事时,若有出处,指明出处,并不丢人。"且希望他能够将各故事对照,明白死去了的故事,如何可以变成活的,简单的故事又如何可以使它成为完全的。中国人会写"小说"的仿佛已经有了很多人,但很少有人来写"故事"。在人弃我取意义下,这本书便付了印。

二十三年七月二十五青岛

这些故事照当时估计,应当写一百个,因此写它时前后都留下一个关节,预备到后来把它连缀起来,如《天方夜谭》或《十日谈》形式。

但我的时间精力不许我那么办,到后来不特不便再写下去,即如写成了陆续在《新月》,《现代》发表的几篇。想把文字修改整齐一下也不容易,就匆匆付印了,这是这本书内容前后不大接头的原因。现在过了三年,这本书还是只能在字句间秩序上略微改动情形下付印,心中觉得很难受。

        二十四年十一月二十七日北京

月下小景

初八的月亮圆了一半,很早就悬到天空中。傍了××省边境由南而来的横断山脉长岭脚下,有一些为人类所疏忽历史所遗忘的残余种族聚集的山砦。他们用另一种言语,用另一种习惯,用另一种梦,生活到这个世界一隅,已经有了许多年。当这松杉挺茂嘉树四合的山砦,以及砦前大地平原,整个为黄昏占领了以后,从山头那个青石碉堡向下望去,月光淡淡的洒满了各处,如一首富于光色和谐雅丽的诗歌。山砦中,树林角上,平田的一隅,各处有新收的稻草积,以及白木作成的谷仓。各处有火光,飘扬着快乐的火焰,且隐隐的听得着人语声,望得着火光附近有人影走动。官道上有马项铃清亮细碎的声音,有牛项下铜铎沉静庄严的声音。从田中回去的种田人,从乡场上回家的小商人,家中莫不有一个温和的脸儿,等候在大门外,厨房中莫不预备得有热腾腾的饭菜,与用瓦罐炖热的家酿烧酒。

薄暮的空气极其温柔，微风摇荡，大气中有稻草香味，有烂熟了山果香味，有甲虫类气味，有泥土气味。一切在成熟，在开始结束一个夏天阳光雨露所及长养生成的一切。一切光景具有一种节日的欢乐情调。

柔软的白白月光，给位置在山岨上石头碉堡，画出一个明明朗朗的轮廓，碉堡影子横卧在斜坡间，如同一个巨人的影子。碉堡缺口处，迎月光的一面，倚着本乡寨主独生儿子傩佑；傩神所保佑的儿子，身体靠定石墙，眺望那半规新月，微笑着思索人生苦乐。

"……人实在值得活下去，因为一切那么有意思，人与人的战争，心与心的战争，到结果皆那么有意思。无怪乎本族人有英雄追赶日月的故事。因为日月若可以请求，要它停顿在那儿时，它便停顿，那就更有意思了。"

这故事是这样的：第一个××人，用了他武力同智慧得到人世一切幸福时，他还觉得不足，贪婪的心同天赋的力，使他勇往直前去追赶日头，找寻月亮，想征服主管这些东西的神，勒迫它们在有爱情和幸福的人方面，把日子去得慢一点，在失去了爱心只为忧愁失望所啮蚀的人方面，把日子又去得快一点。结果这贪婪的人虽追上了日头，却被日头的热所烤炙，在西方大泽中就渴死了。至于日月呢，虽知道了这是人类的欲望，却只是万物中之一的欲望，故不理会。因为神是正直的，不阿其所私的，人在世界上并不是唯一的主人，日月不单为人类而有。日头为了给一切生物的热和力，月亮为了给一切虫类唱歌，用这种歌声与银白光色安息劳碌的大地。日月虽仍然若无其事的照耀着整个世界，看着人类的忧乐，看着美丽的变成丑恶，又看着丑恶的称为美丽，但人类太进步了一点，比一切生物智慧较高，也比一切生物更不道德。既不能用严寒酷热来困苦人类，又不能不将日月照及人类，故同另一主宰人类心之创造的神，想出了一个办法，就是使此后快乐的人越觉得日子太短，使此后忧愁的人越觉得日子过长，人类既然凭感觉来生活，就在感觉上加给人类一种处罚。

这故事有作为月神与恶魔商量结果的传说，就因为恶魔是在夜间出世的。人皆相信这是月亮作成的事，与日头毫无关系。凡一切人讨论光阴去得太快，或太慢时，却常常那么诅咒："日子，滚你的去罢。"痛恨日头而不憎恶月亮，土人的解释，则为人类性格中，慢慢的已经神性渐少，恶性渐多。另外就是月光较温柔，和平，给人以智慧的冷静的光，却不给人以坦白直率的热，因此普遍生物皆欢喜月光，人类中却常常诅咒日头。约会恋人的，走夜路的，作夜工的，皆觉得月光比日光较好。在人类中讨厌月光的只是盗贼，本地方土人中却无盗贼，也缺少这个名词。

这时节，这一个年纪还刚只满二十一岁的砦主独生子，由于本身的健康，以及从另一方面所获得的幸福，对头上的月光正满意的会心微笑，似乎月光也正对了他微笑。傍近他身边，有一堆白色东西。这是一个女孩子，把她那长发散乱的美丽头颅，靠在这年青人的大腿上，把它当作枕头安静无声的睡着。女孩子一张小小的尖尖的白脸，似乎被月光漂过的大理石，又似乎月光本身。一头黑发，如同用冬天的黑夜作为材料，由盘据在山洞中的女妖亲手纺成的细纱。眼睛，鼻子，耳朵，同那一张产生幸福的泉源的小口，以及颊边微妙圆形的小涡，如本地人所说的接吻之巢窝，无一处不见得是神所着意成就的工作。一微笑，一睒眼，一转侧，都有一种神性存乎其间。神同魔鬼合作创造了这样一个女人，也得用侍候神同对付魔鬼的两种方法来侍候她，才不委屈这个生物。

女人正安安静静的躺在他的身边，一堆白色衣裙遮盖到那个修长丰满柔软溢香的身体，这身体在年轻人记忆中，只仿佛是用白玉，奶酥，果子同香花，调和削筑成就的东西。两人白日里来此，女孩子在日光下唱歌，在黄昏里与落日一同休息，现在又快要同新月一样苏醒了。

一派清光洒在两人身上，温柔的抚摩着睡眠者全身。山坡下是一部草虫清音繁复的合奏。天上那半规新月，似乎在空中停顿着，长久还不移动。

幸福使这个孩子轻轻的叹息了。

他把头低下去，轻轻的吻了一下那用黑夜搓成的头发，接近那魔鬼手段所成就的东西。

远处有吹芦管的声音。有唱歌声音。身近旁有班背萤,带了小小火把,沿了碉堡巡行,如同引导得有小仙人来参观这古堡的神气。

当地年青人中唱歌圣手的傩佑,唯恐惊了女人,惊了萤火,轻轻的轻轻的唱:

龙应当藏在云里,
你应当藏在心里。
…………

女孩子在迷胡梦里,把头略略转动了一下,在梦里回答着:

我灵魂如一面旗帜,
你好听歌声如温柔的风。

他以为女孩子已醒了,但听下去,女人把头偏向月光又睡去了。于是又接着轻轻的唱道:

人人说我歌声有毒,
一首歌也不过如一升酒使人沉醉一天,
你那傅了蜂蜜的言语,
一个字也可以在我心上甜香一年。

女孩子仍然闭了眼睛在梦中答着：

不要冬天的风，不要海上的风，
这旗帜受不住狂暴大风。
请轻轻的吹，轻轻的吹；
（吹春天的风，温柔的风，）
把花吹开，不要把花吹落。

小砦主明白了自己的歌声可作为女孩子灵魂安宁的摇篮，故又接着轻轻的唱道：

有翅膀鸟虽然可以飞上天空，
没有翅膀的我却可以飞入你的心里。
我不必问什么地方是天堂，
我业已坐在天堂门边。

女孩又唱：

身体要用极强健的臂膀搂抱，
灵魂要用极温柔的歌声搂抱。

砦主的独生子傩佑，想了一想，在脑中搜索话语，如同宝石商人在口袋中搜索宝石。口袋中充满了放光眩目的珠玉奇宝，却因为数量太多了一点，反而选不出那自以为极好的一粒，因此似乎受了一点儿窘。他觉得神祇创造美和爱，却由人来创造赞誉这神工的言语。向美说一句话，为爱下一个注解，要适当合宜，不走失感觉所及的式样，不是一个平常人的能力所能企及。

"这女孩子值得用龙朱的爱情装饰她的身体，用龙朱的诗歌装饰她的人格。"他想到这里时，觉得有点惭愧了，口吃了，不敢再唱下去了。

歌声作了女孩子睡眠的摇篮，所以这女孩子才在半醒后重复入梦。歌声停止后，她也就惊醒了。

他见到女孩子醒来时，就装作自己还在睡眠，闭了眼睛。女孩从日头落下时睡到现在，精神已完全恢复过来，看男子还依靠石墙睡着，担心石头太冷，把白披肩搭到男子身上去后，傍了男子靠着。记起睡时满天的红霞，望到头上的新月，便轻轻的唱着，如母亲唱给小宝宝听催眠歌。

睡时用明霞作被，
醒来用月儿点灯。

砦主独生子哧的笑了。

"……"

"……"

四只放光的眼睛互相瞅定,各安置一个微笑在嘴角上,微笑里却写着白日中两个人的一切行为,两人似乎皆略略为先前一时那点回忆所羞了,就各自向身旁那一个紧紧的挤了一下,重新交换了一个微笑,两人发现了对方脸上的月光那么苍白,于是齐向天上所悬的半规新月望去。

远远的有一派角声与锣鼓声,为田户巫师禳土酬神所在处,两人追寻这快乐声音的方向,于是向山下远处望去。远处有一条河。

"没有船舶不能过那条河,没有爱情如何过这一生?"

"我不会在那条小河里沉溺,我只会在你这小口上沉溺。"

两人意思仍然写在一种微笑里,用得是那么暧昧神秘的符号,却使对面一个从这微笑里明明白白,毫不含胡。远处那条长河,在月光下蜿蜒如一条带子,白白的水光,薄薄的雾,增加了两人心上的温暖。

女孩子说到她梦里所听的歌声,以及自己所唱的歌,还以为他们两人皆在梦里。经小砦主把刚才的情形说明白时,两人笑了许久。

女孩子天真如春风,快乐如小猫,长长的睡眠把白日的疲倦完全恢复过来,因此在月光下,显得如一尾鱼在急流清溪里。

只想说话,全是说那些远无边际的,与梦无异的,年青情人在狂热中所能说的糊涂话蠢话皆完全说到了。

小砦主说：

"不要说话，让我好在所有的言语里，找寻赞美你眉毛头发美丽处的言语！"

"说话呢，是不是就妨碍了你的诌谀？一个有天分的人，就是诌谀也显得不缺少天分！"

"神是不说话的。你不说话时像……"

"还是做人好！你的歌中也提到做人的好处！我们来活活泼泼的做人，这才有意思！"

"我以为你不说话就像何仙姑的亲姊妹了。我希望你比你那两个姐姐还稍呆笨一点。因为得呆笨一点，我的言语字汇里，才有可以形容你高贵处的文字。"

"可是，你曾同我说过，你也希望你那只猎狗敏捷一点。"

"我希望它灵活敏捷一点，为的是在山上找寻你比较方便，为我带信给你时也比较妥当一点。"

"希望我笨一点，是不是也如同你希望羚羊稍笨一样，好让你嗾使那只猎狗咬我时，不至于使我逃脱？"

"好的音乐常常是复音，你不妨再说一句。"

"我记得到你也希望羚羊稍笨过。"

"羚羊稍笨一点，我的猎狗才可以赶上它，把它捉回来送你。你稍笨一点，我才有相当的话颂扬你！"

"你口中体面话够多了，你说说你那些感觉给我听听，说谎若比真实更美丽，我愿意听你那些美丽的谎话。"

"你占领我心上的空间，如同黑夜占领地面一样。"

"月亮起来时，黑暗不是就只占领地面空间很小很小一部分了吗？"

"月亮照不到人心上的。"

"那我给你的应当也是黑暗了。"

"你给我的是光明，但是一种炫目的光明，如日头似的逼人熠耀。你使我糊涂。你使我卑陋。"

"其实你是透明的，从你选择诙谀时，证明你的心现在还是透明的。"

"清水里不能养鱼，透明的心也一定不能积存辞藻。"

"江中的水永远流不完，心中的话永远说不完：不要说了。一张口不完全是说话用的！"

两人为嘴唇找寻了另外一种用处，沉默了一会。两颗心同一的跳跃，望着做梦一般月下的长岭，大河，砦堡，田坪。芦管声音似乎为月光所湿，音调更低郁沉重了一点。砦中的角楼，第二次摇了转更鼓，女孩子听到时，忽然记起了一件事。把小砦主那颗年青聪慧的头颅捧到手上，眼眉口鼻吻了好些次数，向小砦主摇摇头，无可奈何低低的叹了一声气，把两只手举起，跪在小砦主面前来梳理头上散乱了的发辫，意思想站起来，预备要走了。

小砦主明白那意思了，就抱了女孩子，不许她站起身来。

"多少萤火虫还知道打了小小火炬游玩,你忙些什么?走到什么地方去!"

"一颗流星自有它来去的方向,我有我的去处。"

"宝贝应当收藏在宝库里,你应当收藏在爱你的那个人家里。"

"美的都用不着家:流星,落花,萤火,最会鸣叫的蓝头红嘴绿翅膀的王母鸟,也都没有家的。谁见过人蓄养凤凰呢?谁能束缚着月光呢?"

"狮子应当有它的配偶,把你安顿到我家中去,神也十分同意!"

"神同意的人常常不同意。"

"我爸爸会答应我这件事,因为他爱我。"

"因为我爸爸也爱我,若知道了这件事,会把我照××人规矩来处置。若我被绳子缚了沉到地眼里去时,那地方接连四十八根箩筐绳子还不能到底,死了做鬼也找不出路来看你,活着做梦也不能辨别方向。"

女孩子是不会说谎的,××族人的习气,女人同第一个男子恋爱,却只许同第二个男子结婚。若违反了这种规矩,常常把女子用石磨捆到背上,或者沉入潭里,或者抛到地窟窿里。习俗的来源极古,过去一个时节,应当同别的种族一样,有认处女为一种有邪气的东西,地方酋长既较开明,巫师又因为多在节欲生活中生活,故执行初夜权的义务,就转为第一个男子的恋爱。第一个男子因此可以得到女人的贞洁，就不能够永远得到她的爱情。若第一个男子娶了这女人，似乎对于男子也十分不幸。迷信在历史中渐次失去了本来的意义，习俗保持了古代规矩下来，由于××守法的天性，故年青男女在第一个恋人身上，也从不作那长远的梦。"好花不能长在，明月不能长圆，星子也不能永远放光"，××人歌唱恋爱，因此也多忧郁感伤气分。常常有人在分手时感到"芝兰不易再开，欢乐不易再来"，两人悄悄逃走的。也有两人携了手沉默无语的一同跳到那些在地面张着大嘴，死去了万年的火山孔穴里去的。再不然，冒险的结了婚，到后被查出来时，就应当把女的向地狱里抛去那个办法了。

当地女孩子因为这方面的习俗无法除去，故一到成年家庭即不大加以拘束，外乡人来到本地若喜悦了什么女子，使女子献身总十分容易。女孩子明理懂事一点的，一到了成年时，总把自己最初的贞操，稍加选择就付给了一个人，到后来再同第二个钟情的男子结婚。男子中明理懂事的，业已爱上某个女子，若知道她还是处女，也将尽这女子先去找寻一个尽义务的爱人，再来同女子结婚。

但这些魔鬼习俗不是神所同意的。年青男女所作的事，常常与自然的神意合一，容易违反风俗习惯。女孩子总愿意把自己整个交付给一个所倾心的男孩子，男子到爱了某个女孩时,也总愿意把整个的自己换回整个的女子。风俗习惯下虽附加了一种严酷的法律,在这法律下牺牲的仍常常有人。

女孩子遇到了这乡长独生子,自从春天山坡上黄色棣棠花开放时,即被这男子温柔缠绵的歌声与超人壮丽华美的四肢所征服,一直延长到秋天,还极其纯洁的在一种节制的友谊中恋爱着。为了狂热的爱,且在这种有节制的爱情中,两人皆似乎不需要结婚,两人中谁也不想到照习惯先把贞操给一个人蹂躏后再来结婚。

但到了秋天,一切皆在成熟,悬在树上的果子落了地,谷米上了仓,秋鸡伏了卵,大自然为点缀了这大地一年来的忙碌,还在天空中涂抹华丽的色泽,使溪涧澄清,空气温暖而香甜,且装饰了遍地的黄花,以及在草木枝叶间傅上与云霞同样的眩目颜色。一切皆布置妥当以后,便应轮到人的事情了。

秋成熟了一切,也成熟了两个年青人的爱情。

两人同往常任何一天相似,在约定的中午以后,在这古碉堡上见面了。两人共同采了无数野花铺到所坐的大青石板上,并肩的坐在那里,山坡上开遍了各样草花,各处是小小蝴蝶,似乎对每一朵花皆悄悄嘱咐了一句话。向山坡下望去,入目远近皆异常恬静美丽。长岭上有割草人的歌声,村砦中有为新生小犊作栅栏的斧斤声,平田中有拾穗打禾人快乐的吵骂声。天空中白云缓缓的移,从从容容的动,透蓝的天底,一阵候鸟在高空排成一线飞过去了,接着又是一阵。

两个年青人用山果山泉充了口腹的饥渴,用言语微笑喂着灵魂的饥渴。对日光所及的一切唱了上千首的歌,说了上万句的话。

日头向西掷去,两人对于生命感觉到一点点说不分明的缺处。黄昏将近以前,山坡下小牛的鸣声,使两人的心皆发了抖。

神的意思不能同习惯相合,在这时节已不许可人再为任何魔鬼作成的习俗加以行为的限制。理知即或是聪明的,理知也毫无用处。两人皆在忘我行为中,失去了一切节制约束行为的能力,各在新的形式下,得到了对方的力,得到了对方的爱,得到了把另一个灵魂互相交换移入自己心中深处的满足。到后来,于是两个人皆在战栗中昏迷了,喑哑了,沉默了,幸福把两个年青人在同一行为上皆弄得十分疲倦,终于两人皆睡去了。

男子醒来稍早一点,在回忆幸福里浮沉,却忘了打算未来。女孩子则因为自身是女子,本能的不会忘却当地人对于女子违反这习俗的赏罚,故醒来时,也并未打算到这砦主的独生子会要她同回家去,两人的年龄还皆只适宜于生活在夏娃亚当所住的乐园里,不应当到这"必需思索明天"的世界中安顿。

但两人业已到了向所生长的一个地方一个种族的习

惯负责时节了。

"爱难道是同世界离开的事吗?"新的思索使小砦主在月下沉默如石头。

女孩子见男子不说话了,知道这件事正在苦恼到他,就装成快乐的声音,轻轻的喊他,恳切的求他,在应当快乐时放快乐一点。

××人唱歌的圣手,
请你用歌声把天上那一片白云拨开。
月亮到应落时就让它落去,
现在还得悬在我们头上。

天上的确有一片薄云把月亮拦住了,一切皆朦胧了。两人的心皆比先前黯淡了一些。砦主独生子说:

我不要日头,可不能没有你。
我不愿作帝称王,却愿为你作奴当差。

女孩子说:
"这世界只许结婚不许恋爱。"
"应当还有一个世界让我们去生存,我们远远的走,向日头出处远远的走。"
"你不要牛,不要马,不要果园,不要田土,不要狐皮褂子同虎皮坐褥吗？"

"有了你我什么也不要了。你是一切；是光，是热，是泉水，是果子，是宇宙的万有。为了同你接近，我应当同这个世界离开。"

两人就所知道的四方各处想了许久，想不出一个可以容纳两人的地方。南方有汉人的大国，汉人见了他们就当生番杀戮，他不敢向南方走。向西是通过长岭无尽的荒山，虎豹所据的地面，他不敢向西方走。向北是本族人的地面，每一个村落皆保持同一魔鬼所颁的法律，对逃亡人可以随意处置。只有东边是日月所出的地方，日头既那么公正无私，照理说来日头所在处也一定和平正直了。

但一个故事在小砦主的记忆中活起来了，日头曾炙死了第一个××人，自从有这故事以后，××人谁也不敢向东追求习惯以外的生活。××人有一首历史极久的歌，那首歌把求生的人所不可少的欲望，真的生命意义却结束在死亡里，都以为若贪婪这"生"只有"死"才能得到。战胜命运只有死亡，克服一切惟死亡可以办到。最公平的世界不在地面，却在空中与地底：天堂地位有限，地下宽阔无边。地下宽阔公平的理由，在××人看来是可靠的，就因为从不听说死人愿意重生，且从不闻死人充满了地下。××人永生的观念，在每一个人心中皆坚实的存在。孤单的死，或因为恐怖不容易找寻他的爱人，有所疑惑，同时去死皆是很平常的事情。

砦主的独生子想到另外一个世界，快乐的微笑了。

他问女孩子，是不是愿意向那个只能走去不再回来的地方旅行。

女孩子想了一下，把头仰望那个新从云里出现的月亮。

水是各处可流的，
火是各处可烧的，
月亮是各处可照的，
爱情是各处可到的。

说了，就躺到小砦主的怀里，闭了眼睛，等候男子决定了死的接吻。砦主的独生子，把身上所佩的小刀取出，在镶了宝石的空心刀靶上，从那小穴里取出如梧桐子大小的毒药，含放到口里去，让药融化了，就度送了一半到女孩子嘴里去。两人快乐的咽下了那点同命的药，微笑着，睡在业已枯萎了的野花铺就的石床上，等候药力发作。

月儿隐在云里去了。

黄罗寨故事二十一年九月二十二在青岛写成

寻觅

在这故事前面那个故事，是一个成衣匠说的，他让人知道在他那种环境里，贫穷与死亡如何折磨到他的生活。他为了寻找他那被人拐逃的年青妻子，如何旅行各处，又因什么信仰，还能那么硬朗结实的生活下去。他说，"我们若要活到这个世界上，且心想让我们的儿子们也活到这个世界上，为了否认一些由于历史安排下来错误了的事情，应该在一分责任和一个理想上去死，当然毫不踌躇毫不怕！"成衣人把他一生悲惨的经验，结束到上面几句话里后，想起他那个活活的饿死的儿子，就再也不说什么了。

他说过这故事以后，在场众人皆觉得悒郁不欢。这不幸故事，使每个人都回想到自己生活中那一分，于是火堆旁边，忽然便沉默无声了。成衣人看清楚了这种情形，十分抱歉似的，把那双为工作与疾病所磨坏的小小眼睛，向这边那边作了一度小心的溜望，拉拉他那件旧袄，怯生生的说道：

"大爷，总爷，掌柜的，你们帮我个忙，替我说一个好听的故事罢。不要为了我这个故事，把各人心窝子里那点兴头弄掉。不要因为我这种不幸的旅行，便把一切旅行看成一种灾难。来（他指定了一个人说），大爷，你年纪大，阅历多，不管怎么样，你说个故事。你说说你快乐的旅行也成。帮我一个忙，帮我一个忙。"

这被指定的人是一个穿着肮脏装束异样的瘦个子，脸上野草似的长着一丛胡子，先前并不为任何人所注意，半夜来他只是闭了个眼睛低下头在那里烤火，这时恰好刚把眼睛睁开，把头抬起，就被那成衣人指定了。他见成衣人用手向他戳点了两下，似乎自己生平根底已被成衣人所看出，故微受惊吓模样，身体收缩了一下。他好像有点吃惊，又好像在分辩，"怎么，你要我说我的旅行原因吗？你是这种意思吗？"他并不作声，神气之间却俨然在那么询问。

那成衣人口气甜甜的说：

"大爷，说一个，说一个。"

他微笑了一下，一时还似乎无勇气站起来，刚好把身体举起又复即刻坐下了。成衣人当真好像看准了他，知道在场众人只有他说出的经验，能使大家忘掉了旅行的辛苦，就催促他，请求他，且安慰他。成衣人说：

"大爷，你说一个，随便说一个。这里全是好人忠厚人,全眼巴巴的等着你,你会说的,你不用怕,不用羞。"

这胡子倒并不怕谁,也不为自己样子害羞,既要他说,他也明白这时应该轮及他来说了。他把一只干瘪瘪的手伸出去,作出一个表示,安置了成衣人,就大大方方,说了下面的故事。

某处地方有个家资百万的富翁,家中有十个坚固结实的仓库,仓库中分别收藏聚集了无数金银宝贝,衣料食物,并各种各样东西。家中有一百男奴,有一百女奴。地窖中有一地窖的美酒。马厩中有打猎的马五十匹,驾车的马五十匹。花园中栽种了无数名花甘果,花树上有各种禽鸟,叫出种种声音;兽栏里畜养了各样野兽。鱼池里喂有古怪的金鱼,银鱼,五色异鱼。两夫妇将近四十岁时,方生养一个儿子,这个儿子的教育,自然周到万分。当那独生子年纪到十八岁时,父母因为他生长得过于美丽,以为必得一个标致无比的女人,作为他的妻子,方不辜负这孩子一生。因此,就聘请了国内精巧匠人,用黄金仿照古代典型美人的脸目身材,铸造了金像一躯,派人抬往国内各处地方去,金像下刻了一篇宣言,最重要的几句话是:

若有女人美丽如金像,自信上帝创造她时手续并不马虎的,就可以作××地方百万富翁独生子的妻子,享受那分遗产，以及由于两人青春富足可以得到的一切幸福。

恰好那时节另外某个地方，某个公爵的独生女儿，父母也因为女儿生长得过分美丽，成年时不肯随便嫁人，以为必得一个世界上顶美的男子，方配得到这个女儿的爱情，也正聘请了聪明匠人，用白银仿照古代典型男性，铸一理想男子的大像，同时通告各处，以为这世界上若有男子完美若此，自信上帝创造他时并不草率，就可跑来××地方，向有爵位的某某独生女儿求婚。

双方得到了这个消息以后，且互相皆看到了那个标准造相，以为这分姻缘，非常合式凑巧，因此各聘请了有身分的媒妁，交换了几次意见，就议妥了两个年青人的婚姻。

为时不久这年青男子娶了那美貌女人，同时还承袭了一个受人尊敬的爵位。从此一来，他便仿佛是人类中最幸福的人了。

但刚满半年以后，这幸福就有了缺口，原因这样发生：有一天本地起了大风，大风中吹来一条白色毯子，悬挂在庭院里大树上，把毯子取下看看，精致美妙完全不像人工作成。派人拿向各处询问，无人能够说出它的名字，也无人明白它的出处。过不久，天上第二次又起了大风。风中又吹来九色金蕊大花一朵，那花大如车轮，重只三两，香气中人，如喝蜜酒。旋又派人拿这花到各处询问，仍然毫无结果。又过一阵，第三次大风起时，却吹来一本古书，那书说到另外一个国家的一切情形，关于那条毯子，也可知道就是朱笛国人宫内所用的毯子，那朵大花，就是朱笛国王后宫花园萎落的花。

那本书还说朱笛国有五色奇花，大的如车轮大，小的如稗子小，大花轻如毛羽，小花重如水银，花朵皆长年开放，风吹香气，馥郁一国。那地方有马，日行千里。那地方有栗枣，大如人头，甘如蜜蔗。那地方有藕，色如白玉，巨如屋梁。那地方有草，各处丛生，摘断时流汁如奶，味道如蜜。那地方有各种雀鸟，声音柔美溜亮，胜过世上最好的歌喉。那地方富足异常，使用人力，毫无问题，故国王宫殿，全为本国人民乐意代为建筑，却仿天宫式样作成。那地方由于自然生产丰富，人民皆自重乐生，既无盗贼，也无牢狱。

朱笛国所有情形，既可从这本书知个大略，国土方向距离，又从那本古怪书籍后面一幅古代地图上依稀可以估计得出。这三样东西，引起了年青人无数幻想。那年青人自从明白地面上还有一个这样国家后，一切日常生活便不大能引起他的兴味，日子再也过得不是幸福日子了。他总觉得还缺少些东西，他为这件事把性格也改变了不少。

为了要求满足自己的欲望，过不久，这年青人就独自悄悄的离开了家中一切，携带了那三件东西，向那个古怪地方走去了。

他经过了无数苦难，跋涉了整整三年，方跑到一个城市，这城市照地图方向上看来，应当就是古朱笛国。他进到那个大城，傍近那个国王宫殿时，看看宫殿大门，全是刻花金属镶嵌而成，宫殿围墙，全是磨光白玉作成。他就请求守门官吏，入通消息，请他代为陈明，自己来到这里的各种因缘。

因为国王旅行，多年不回，一切国事，皆由公主处置。门官禀告以后，为时不久，年青人就用远国来宾身分，被一个御前侍从，领导进宫，谒见公主。

进宫中时，侍从在前带路，年青人后面跟随，不久到一大门，刚近大门，就有两个异常活泼白脸长眉的女孩子，把门代为推开。两人从一白色厅堂过身，一切全用白银作成，过道一旁，只见到一个女人，脸儿身材，俏俊少有，坐在白银榻上，纺取白银丝缕。年轻体面丫鬟十人，皆身穿白色丝质柔软长袍，在旁侍立。

年青人以为这一定是那个公主了，就问侍从：

"这是第几公主？"

那领路侍从说：

"这是守门宫婢，不是公主。"

又走一阵，到第二道大门，仍然有人代为开门。进门以后，从一黄色厅堂过身，一切全用黄金作成。过道旁边，又见一个女人，神韵飞扬，较前尤美，坐在黄金榻上,拈取黄金微尘。左右丫鬟,计二十人,身穿黄色丝质柔软长袍,在旁侍立。

年青人以为先前不是公主,现在定是公主了,就问侍从:

"这是不是公主?"

领导侍从又说:

"这是守门宫婢,不是公主。"

又走一阵,到第三座大门,开门如前。进一紫色厅堂,一切全用紫玉砌成。过道旁边,一个身穿紫霞鲛绡衣服的女人,艳丽如仙,雅素如神,坐在紫琉璃榻上,割切紫玉薄片。左右丫鬟,计三十人,服装皆紫,质类难名,在旁侍立,静寂无声。

年青人刚欲开口,侍从就说:"这些全是丫头,我们赶快一点,公主在宫里等候业已很久!"

两人再继续走去,到一大厅,宽广可容三千舞伴对舞,只见地下各处皆是白獭海豹,静美可怜,各处且有冰块浮动,如北冰洋。那时正当大暑六月,厅中寒气尚极逼人。年青人先前还以为那是水池,不能通过。那御前侍从就告他这不碍事,可以大步走过,同时心想坚其信实,就从腕上脱取一只黄金嵌宝手镯,尽力掷去,宝镯触地,铿然有声,年青人方明白原来这是一个极大水池,上面盖有一片极大水晶,预备夏天作跳舞场所用。两人于是方从上面走过,直到内殿。到内殿后,进见公主，只见公主坐在殿中百二十重金银帏帐里，用翡翠大盘贮香水浣手。殿中四隅有各种小巧香花，从上缓缓落下。有一秀气逼人的女孩，身穿绿色长袍，站在公主身旁，吹白玉笙，奏东方雅乐中"鹿鸣之章"，欢迎远客。有一极小白猿，偎依公主脚下，轻啸相和。

宾主问讯一阵以后，年青人听说朱笛国王离开本国，出外旅行，业已三年不归，就问公主，国王究为什么原因，抛下王位，向他处走去。

公主不及作声，那小小白猿就告给年青人国王出国旅行的理由。

"你若满足身边一切，你不会来到这里。国王一人悄悄离开本国土地人民，不知去处，原因所在，也不外此。"

年青人如今亲眼见到这个国王豪华尊荣，正以为人类最好地方，莫过于此，谁知作国王的，还不满足，也居然离开王位，独自走去。他亟想从公主方面多知道些事情，随即向公主问了一些话语。公主想起爸爸久无消息，不知去向，故虽身住宫中，处理国事，取精用宏，豪华盖世，但仍然毫无快乐可言。如今被远方来客一问，更觉悲哀，就潸然流泪不止，无话可说，不能不安置来客到馆驿里，准备明天再见。

第二天年青人重新被召入宫，却已见到国王，原来国王悄悄出外，旅行三年，昨天又悄悄回到本国。公主见国王时，就禀告国王，有一远客，步行三年来到本国，故国王首先就召年青人入宫谈话。

见国王时,国王明白年青人旅行原因,与自己旅行原因,皆为同一动机,两人便觉十分契合。原来这国王旅行,也为一本古书而起。那书上记载一个名为白玉丹渊国的地方,人民如何生活,如何打发每个日子,万汇百物,莫不较之朱笛国中自然丰富。这朱笛国王,由于眼前一切,不能满足,对于远国文明,神往倾心,方毅然抛弃一切,根据书中所说方面,追寻而去。

年青人问国王旅行真正意思时,国王不即回答,就拿出那本古书,让年青人阅读。那本书第一页写了这样一行文字:

《白玉丹渊国散记》

以下就是那本书中所写的话语:

中国的西方是朱笛国,朱笛国的西方是白玉丹渊国。那里有一片土地,一个国家。那地方面积是正方形,宽广纵横各五千里。国境中有森林,河流,大山。各处有天然井泉,具有各种味道,味道甘美爽口,颜色或者透明如水晶,或者色白如牛奶羊奶。那地方各处皆生小草,向右盘萦,细如头发,色如翡翠,清香如果子,柔软如毡毯。那地方平处用脚一踹时,就凹下三寸,把脚举起,地又无高无低,平复如掌。

那地方无荆棘，无沟坑，无杂草乱树，也无蚊虻蛇虫。那地方阴阳和柔，四时如春，百花常开，无冬无夏。

那地方人民身体相貌，皆差不多，生活服用，也无分别。人人常壮实活泼，皆如二十来岁。人人口齿洁白整齐，不害牙痛。头发极黑，光滑柔美，不长不短，不生垢腻。那地方有树名曲躬树，叶叶重叠，层次无数，天落雨时，从不漏湿，所有人民，皆在下面过夜。那地方又有香树，高大奇异，开花极香，花落结果，果实成熟时，就自行堕地，皮破裂开，里面有种种用具，大小适用，以及各样颜色衣服，莫不美丽悦目。又有较小香树，高低略同平常橱柜相似，长年开花结果，果大如碗，其中有各式点心，各种美酒，也间或有古董玩器，十分精美雅致。那地方人民一切需要皆可取给于地面树上，不开矿，不设工厂。那地方生自然粮食，不必撒种，自生自熟，且无糠糟，色如玉花，味极厚重，又有清香。那种自然粮食既可取用不竭，又有自然锅釜，同发火宝珠。宝珠名为"焰光宝珠"，把自然粮食放入锅中，焰光宝珠安置锅下，饭煮熟时，珠也无光息热。凡想吃饭，见人坐席，就可加入恣意取吃。主人不起，饭便不完，主人略起，饭就完事。吃完饭时，只须略挖地面，便可把一切餐具，埋于地下，下次用时，再换新物。煮饭既不假樵火，不劳人工，吃后又不必洗碗，故方便洒脱，无可与比。

那地方共有四百个湖泊，皆如天然浴池，各个纵广或十里，或五里，或一里。池底坦平，其下皆平铺金砂和各种细碎宝石，四面有七重金属栏杆围绕，栏杆上各嵌七色宝石，入夜各放异光，不必再用灯烛。池水从地底渗出，从暗道流去，颜色透明，永不浑浊，温暖适如人意，即或久浸水中，也如在空气中。浮力又大，极深处全不溺人。那地方人民全部傍池边住下，白日里无事可作，多在池中划船，船用沙棠香木作成，用轻金装饰一切，色线皆雅致不俗。各人乘船中流娱乐，唱歌奏乐，聚散各随己意。想入池中游泳时，脱衣各放岸边。浴毕上岸，随意取衣，先出先著，后出后著，不必选认原来衣服。若谁想换一新衣，只须向近身处树边走去，摘一果实，把壳挤碎，就可按照自己意思，得一新衣。

那地方人民一切既由上帝代为铺排，不必费事，皆可自由娱乐，打发日子。每日浴后便常常从果树中选取管弦乐器，到鸟雀较多处去，与枝头雀鸟，合奏乐曲。若想换一地方时，雀鸟能如人意，各自先行飞去等候。

那地方大小便时，脚下土地，就自行拆开，成一小坑，完事以后，地又合拢。

那地方每到中夜，天空有清净白云带来甘雨，匀匀落下。落雨时如洒奶汁，草木皆知其甜。全国各处得到这种雨水以后，空气便如用一奇异东西滤过一次，异常干净，地面则柔软润泽，毫无灰尘。落雨过后，天空净明浅蓝，大小星辰，错落有致，清风把温柔澹和香气从各方送来，微吹人身，使人举体舒畅，无可仿佛，在睡梦中，皆含微笑。

那地方人民也有欲心，惟各有周期，不流于滥。欲心起时，男子爱一女人，只需熟视所爱女人，过一阵后，就离开女人，向曲躬树下跑去，若女人同时也正爱慕这个男子，必跟随身后走去。两人到树下后，若为血缘亲属，不应发生情欲，树不曲荫，便各自微笑散去。若非亲属，树在这时候低枝回护，枝叶曲荫，顷刻之间，就可成一天然帐幕，两人便在这帐幕里，经营短期共同生活，随意快乐，毫无拘束，一天两天，或至七天，兴尽为止，然后各自分手。妇人怀妊，七天以后就可分娩，生产时节，既不痛苦，也不麻烦。不问所生是男是女，全可抱去安顿到四衢大道之旁，不再过问。小孩因为饥饿啼哭时，路人经过身旁，就伸出指头，尽小孩含吮，指尖有极甜奶汁，使小孩饱足发育。过七天后，小孩长成，大小已与平常人无异，便可各处走动。

那地方无法律，无私产，无怨憎。

那地方也有死亡，遇死亡时，身旁之人，以为这人自然数尽，从不悲戚。既无亲属，也无教法，便从无倾家荡产埋葬死人习气。人死以前，这人自能明白，故自己先在水中洗涤全身，极其清洁，走到无人处躺下，气绝以后，即刻就有一只白色大鸟，飞来帮忙，把这死人收拾完事，不留踪影。

…………

朱笛国王就只为了这本书上所载一切情形，轻视了他的王位，抛下了他的亲属与臣民，离开了他的本国，足足旅行了三年，方才归来。

那年青人既明白了国王旅行的事情以后，就同国王说："何所为而去，我已明白，何所得而来，还请见告。"

那国王就为年青人说出他旅行前后的经验：

当我既然知道了地面上还有这样一个方便国家后，我就决心独自向地球上跑去，预备找寻这个古怪国土。我同你一样，整整走了三年，过了无数的大河，爬过无数的高山，经过无数的危险，有一天我终于就走到那个地方了。

到那地方时看看一切都恰恰与那本书上所记载的相合。地面生长的奇树，浴池的华美，以及一切一切，无事无物不可以同书上相印证。可是只有一件事情完全不同，就是那地方无一个人不十分衰老，萎靡不振。到后一问，方知道原来这地方三年前大家还能极其幸福好好的过日子下去，当时却有一个人民，在睡梦中，看到一本怪书，书中载了无数图画，最末一页方有这样一个极小的字"死"。他自己也不知道为什么就认识这个字，且为什么懂到了这个字的意义。这人醒来很觉得惆怅，就做了一首《赞美长生快乐》的歌曲，各地唱去。从此一来，无人不感觉到死亡的可怕，由于死亡的意识占据到每个人心上，就无人再能够满足目前的生活。各人只想明白什么地方有不死的国土，什么方法可以不死，又无法去同安排这个世界的上帝接头，故三年来全国人民皆在忧愁中过去，一切生活总不如法，各人脸上颜色也就衰老憔悴多了。

朱笛国王到白玉丹渊国时，恰正是那个国土有人想过别一处去，找寻大德先知，向他质问"上帝所思所在"的时节，众人眼见朱笛国王颜色那么快乐，众人自视却那么苦恼，以为最快乐的人，当然也就是了解神的意见最多的人，故在朱笛国王来到本国，告给他众人衰老忧愁原因以后，就询问国王：

"什么方法可以使人快乐？什么方法可以使人不死？"

国王按照他那自己一分旅行的经验，以及在本国国王位上，使用物力时那点无上魄力而成的观念，就回答说：

"照我想来，对于你目前生活觉得满足，莫去想像你们得不到的东西，你们就快乐了。至于什么方法使人不死，我们身体既然由人类生养出来，当然也可由人类思索弄得明白，不过我现在可回答不出。"

几句话使白玉丹渊国一部分人民得到了知足的快乐，一部分人民得到了研究的勇气。那朱笛国王却为了自己的快乐，与另外自己还不明白的秘密，因此回返本国了。

国王把他自己那分经验说毕以后，想起一个得上帝帮助力量较少的人，既然还能够多知道些活在地面上快乐的哲学，一个年青人有时也许比年老人知道得更多，就向年青人说：

"知足安分是一个使我们活到这世界上取得快乐的方法,我已经认识明白,为了快乐,我就回到本国来了。你现在明白了这个,你不久也应当回你中国了。我且问你,我们若不知足安分,是不是还有什么方法得到快乐?我们若非死不可,是不是还有什么方法能使我们全不怕死?你告给我,你告给我。"

那年青人想了半天,方开口说:

"不知足安分,也仍然可以得到快乐,就譬如我们旅行。我们为了要寻觅我们的真理,追求我们的理想,搜索我们的过去幸福,不管这旅行用的是两只脚或一颗心,在路途中即或我们得不到什么快乐,但至少就可忘掉了我们所有的痛苦。至于生死的事,照我想起来既然向这世界极其幸福的人追寻不出究竟,或许向地面上那极不幸福的人找寻得出结果。"

这年青人回答了国王询问以后,就离开了那朱笛国。他回到了中国,却并不返家,由于他想弄明白为什么我们常常怕死,有什么方法又可以使我们就不怕死,且以为年青人有时或比年老人知道得多,极不幸福的人也许反明白什么是幸福。同时记起为了"有所寻觅而去旅行"的哲学,于是在全中国各处走去,一直飘泊了二十五年。

他的旅行并不完全失败,他在各样地方各种人堆里过了二十五年,因此有一天晚上,他当真得到了他所需要的东西,得到了这东西后,他预备回家去看他那美貌公爵妻子去了。

…………

那胡子把故事一气说完,到这时节,稍稍停顿了一下,向成衣人作了一个友谊的微笑。众人中有人就问他:

"这年青人究竟得到了些什么,你又同年青人有什么关系,如何知道他的事那么详细清楚?"

那胡子望望说话的一个,微笑着,在笑容里好像说了一句话:"你要明白吗?你还不明白吗?"

另外也有人提出质问,那胡子于是便告给众人:

"那年青人旅行了二十五年,只是有一夜到一个深山中的旅店里,听到一个成衣匠说了一个故事,结尾时说了几句话。他寻觅了二十五年,也就正是想听听这样一种人说的这种话语。成衣匠说的不差。"胡子说到这里时便向火堆前那个成衣匠低低的询问,"你不是……这样说过的吗?你说过的。"他走过去把成衣匠拉起,让大家明白他所说的成衣匠就正是目前这个成衣匠。"我要说的那年青人所遇到的成衣匠就是他。他是一个男子,一个硬朗结实的男子。那年青人是谁,你们还要知道么?你们试去众人中找寻一下,不要只记着他三十年前的壮美风仪,他旅行了将近三十年,他应当老了,应当像我那么老了。"

原来这胡子就是正当年纪轻轻的时节,为了有所寻觅,离开了新婚美丽妻子同所有财富,在各处旅行了将近三十年的那个年青人。

为张家小五辑自《长阿含经》《树提伽经》《起世经》
廿二年四月十七在青岛作
廿四年十一月廿六在北平改

女人

因为在上次那个故事中，提到金像与银像，就有两个人同时站起，说他们也有个故事，故事中也有个年青男子，由于金像银像，与一美貌女子结婚，到后觉得生存不幸，方去各处旅行。其中还有一个国王，也因有所寻觅，曾经离开王位，各处旅行。但故事中人物虽多相同，故事内容可完全两样，想问在座众人，能不能让他们有个机会把故事说出来。众人既然不想睡觉，目的就在用各种各样希奇故事打发这个长夜，岂有反对道理。两人刚说完时，当然便有无数掌声，从火堆四近而起，催促两人开口，鼓励两人说话。

这两个人一老一少，装束虽显得十分褴褛，仪表可并不委琐庸俗。下面故事，就是这两个人共同说出的。

某处地方有一个年青男子，某处地方又有一个年青女人，这两人各因为生来特别美丽，各人就聘请了精巧匠人，用黄金白银铸了一躯理想情人的造像。像造成后，就派人抬去陈列到官路上，尽人观看，征求配偶。到后两人凭媒介绍，在极华贵庄严仪式中，订婚结婚。两人所有经过，全同前面那个故事提及的一对青年夫妇相似。这年青人结婚以后，生活十分幸福，自极平常。但时间不久，这年青人放下了本身各种幸福，独自远行异邦，却是另一原因。

那时有个国王，自命不凡，常常对镜自照，总以为自己美丽，超越今古。说实在话，从精神与外表两方面看来，那个国王也就与各处国王相差不多，全身成分，有百分之五的聪明，百分之三的风雅，其余便完全是一个吃肉喝汤的肉架子。国王欢喜用他那仅有的三分风雅，说他所会说的几句话语：

"罗马皇帝凯撒，曾经用他的武力，征服过这个世界，驾驭过这个世界，我敬重他，但我却不想同这种野蛮军人竞争一日长处。我将用我的美貌来管领我的国家。上帝对我特别关心，所以我在这世界地面上，也比任何一个美男子还更美。"

那国家所有臣民，也同现在这世界上许多国中作臣民的一般，由于精神方面缺少一种名为"骨气"的成分，对主子的方法，按照习惯，都认为各有随事阿谀的义务。各人得注意主上意思所在，常常捧场叫好。那国王既然并不想作凯撒，也不想作成吉思汗，为了不应戳穿这国王的糊涂自信，因此每次见国王对镜自照时，在朝众人，就异口同声，承认国王美观，于世界中，应当占一首席，且用这类阿谀，换去赏赐无数。

这国王既有一批亲信大臣，贡献颂祷，用阿谀作为每日营养。又有一个美貌王后，两人爱情也来得浓厚异常，故常自视为天下第一有福气人。

有一天，从别处贡来一头白色鹦鹉，这明慧乖巧禽鸟，能说七十二种方国语言，记忆中保留了三千五百个希奇故事，见多识广，博学有才，得过文学博士学位，曾在五个国王宫庭中作过上等清客。这鹦鹉未来之前，早就知道了国王脾气，一见国王，便故意表示异常惊讶，异常惶恐。国王还以为它初来宫庭，当然不大习惯，就极力安慰它，告它不要害怕。以为如今来到宫庭，尽可自由方便，不会使它感受拘束。且因为明白这鹦鹉极懂人性，就问它吃惊理由，究为何事。

那鹦鹉熟视国王许久，方说出它的巧妙奉承：

"我见过无数贵人，就从来不曾见过一个国王，能比陛下像貌更美丽动人，所以一见陛下，不觉踧踖失仪。"

那国王笑着说：

"美丽使人倾心，固属自然，但阁下经验阅历，世所希有，难道也为我的仪表感到迷惑吗？"

鹦鹉明白计已得售，就说：

"在日光下头，无人眼睛不感到眩耀。陛下美丽，同这一样。"

国王早已听说这鹦鹉见多识广,非同小可,在外国时已极出名,如今还为自己美丽所征服,故异常快乐。且以为鹦鹉应对审详,辞采温雅,即刻就对这个善于说谎的白鸟,厚有赏赐,且款待优渥,如礼大宾。

宫中女子,则因为聪明禽鸟,善说故事,且知道什么样子女人欢喜什么种类故事,便也对这鹦鹉十分欢迎。国王每天指派一个宫女,照料这只鹦鹉,每个宫女,都乐于得到这件差事。

有一天,国王午睡未醒,侍候鹦鹉的宫女,恰恰是个刚刚成年的女子,就在廊下同鹦鹉闲谈。这韶年稚齿的宫女,还不明白人间男女恋爱是些什么,就请它说个关于男女的故事听听。这鹦鹉懂得到这宫女所欢喜的正是些什么,轻轻的为宫人说红叶题诗的故事。又说红叶题诗的故事虽美,已过了时。最合时的应当是那用金像银像找寻情人的故事。说这故事时,它告给这个宫女,那两人如何美丽,如何年青,真算得这世界上"顶幸福"的人。说故事时,宫女同鹦鹉都当作国王正在午睡,不会醒觉,并且话语又说得极轻,方以为绝不会为国王听去。谁知这个国王,每天午睡,并非当真去睡,就为的是每天可以偷听鹦鹉说的一切故事,原来他的睡眠是故意装成的。如今听鹦鹉说世界上居然还有一个男子,比他美丽,比他幸福,不觉妒心顿生,十分难受。

当时他不发作,到第二天早朝时,这国王询问御前各位大臣:

"我问你们,我是不是这世界上顶美丽的男子?"

大臣皆照往常那种态度,恭恭敬敬的回答:

"启禀陛下,您的的确确是这世界上顶美的男子。"

国王回头又问鹦鹉如前,鹦鹉也恭恭敬敬的回答:

"启禀陛下,您的的确确是这世界上顶美的国王。"

那个时节,国王手中正拿得有一面极贵重的青铜铸成嵌满宝石的镜子,气得手中只是发抖,把镜子奋力向阶石上摔碎以后,就指定两边大臣大骂:

"你们全是一群骗子,一群混蛋!你们好好说来,我究竟是不是这世界上最美的人?各说实话,若不说句诚实话语,我即刻叫刽子手割了你们的头颅悬到旗杆上去。"

朝臣眼见情形不妙,全吓坏了,事情来得过于突兀,不知如何奏答。若再说谎,保不定头颅就得割下;若不说谎,则过去所说谎话,如何自圆其说?一时皆发楞发呆,不知如何是好。

国王怒气冲冲的对那只鹦鹉说:

"你说实话。不说实话,你就也是一个骗子,我派人扯去你的毛羽,把你烤吃。"

那鹦鹉明白国王生气理由,必是昨天已把它向宫女所说金像银像故事听去。知道应当如何处置,方可使这国王和平，救出众人，救出自己。就从从容容答复国王道：

"国王平时只问我们：'我是不是这世界上最美丽的国王？'众人齐说'是'。照约翰傩喜博士《逻辑学》的方法说来，众人毫无罪过。照我看来，则世界国王，为数不多，国王的确可说是这世界上最体面漂亮的国王之一。虽在另一地方，还有一个平民，也很美丽；但这人只是一个平民，如何能够相提并论。至于国王若因这事便想把小臣烤吃，那真三生有幸，赴汤蹈火，所不敢辞。但国王应当找寻别的理由，不要以为由于这种罪过，使史官记载，不好下笔！"

国王由于平生骄傲，忽被中伤，原本十分愤怒，真想把这一群混蛋，全体杀头。这时一听这只聪明鸟儿解释，且引出名学代为证明，国王虽不明白约翰傩喜博士究竟是什么人，但听鹦鹉言之成理，也就释然于怀，不再介意了。

到后他向鹦鹉问明白那年青美丽平民的住处，立时就派遣了一个使臣，带了手草谕旨，把那年青人召来见面。

使臣骑了日行六百里的驿马，赶到年青人家中，宣告国王的圣旨，把年青人请去。年青人离开他那体面夫人时，因为新婚远离，互相眷恋，难于分别，故再三嘱咐及早归家，免得挂念。夫人且说，若不相信她的爱情，请他把门锁好，钥匙带走，回来时节再开那门。这年青人既然爱情浓厚,当然不会对于他的夫人有何相信不过处。年青人走到半路时,心想国王见召,必以为他聪明有才,请去商量国事,方记起临走过于匆忙,所有著作,也忘了带在身边,故同使臣商量妥当,赶忙回家取书。回到家中,却眼见那个貌美夫人,正同一个青年恋人骑马出游。年青人忿怒悒郁,无可自解,抵达国王都城时,业已憔悴消瘦,非复平时可比。使臣还以为必是路上过于劳顿,像那样子,不大好见国王,便把这年青人,安置到本国迎宾馆里,让他好好休息三天,再去报到。

那年青人住处比邻,就是国王养马的御厩,初到那天晚上,听到隔壁马房有个女人同那马夫头子说话。马夫问那女人:"怎么今天你又可以出来?"女人就说:"国王因为等候一个远客,独自在外住宿,故可悄悄出来相会。"再听一阵,年青人方明白原来这与马夫头子说话的,正是一国之尊的王后,年青人心中思量:"一国王后,当国王给她一种方便机会时,她还想利用机会,同一马夫恋爱;何况我的妻子?"因此心中一腔闷气,即刻不知去处,心胸既廓然无复滞积,休息三天以后,额头放光,脸色红润,神采隽逸,更倍往昔。

进见国王时,国王业已听说年青人路途劳顿,萎靡不振。谁知一见颜色,精神焕发,不可仿佛。国王惊讶之至,就问年青人究因何事,忽然憔悴,又因何事,忽然充腴。年青人不想隐瞒国王,便把所见所闻,一一禀告国王。

国王听说，心想："我们两人那么有权有势，多财多貌，自己女子还不能够信托，何况他人？"又想："这世界上作女子的，既皆那么不可信托，何以许多动人诗歌，又特为女子而起？因此看来，则女子不是上帝，就是魔鬼，若不是有一分特别长处，就定是有一种特别魔力。或者另外一个阶级，另外一种女人，还值得人类讴歌值得人类崇拜？"为了这点不能解决的问题，两人就互相商量了一个办法，相约离开王位与财富，共同到这个宽广的世界上各处去旅行，旅行的目的，就只是到地面上去寻觅"女人被尊敬的真正理由"。

他们寻觅的结果如何，他们现在还不知道。他们虽然听人说到一个扇陀故事，已经明白女人的魔力，大半由于上帝所赋予的那一分自然长处。但这个世界，除生理方面，女人可以使一个候补仙人糊涂以外，女人是不是还有别种长处别样好处存在？他们相信必定还有一种东西存在，所以他们仍然还在继续旅行，寻觅那点真理。

这两个人是谁？不必说明，大家都清清楚楚，所以当两人把故事说到末了时，并无一人追究这故事的来源。

为张家小五哥辑自《杂比喻经》

二十二年四月二十二日于青岛

廿四年十一月廿七日改于北平

扇陀

一个贩卖骡马的商人,正当着许多人的面前,说到他如何为妇人所虐待,有一天吃了点酒,就用赶骡马的鞭子,去追赶那个性格恶劣的妇人,加以重重的殴打,从此以后这妇人就变得如何贞节良善时,全屋子里的客人,无不抚掌称快。其中有几个曾经被家中媳妇折磨虐待过多年不能抬头的,就各在心上有所划算,看看到了北京以后,如何去买一根鞭子,将来回家,也好如法泡制。

骡马商人稍稍把故事停顿了一下,享受那故事应得的奖励。等候掌声平息后,就用下面的话语,结束了他的故事:

"……大爷,弟兄,应当好好记着,不要放下你的鞭子,不要害怕她们,女人不是值得男子害怕的东西。不要尊敬她们。把她们看下贱一点,不要过分纵容她们。"

很明显的,这商人是由于自己一次意外的发明,把女人的能力,以及有关女人的种种优美品德,——就是在下等社会中的女人尤不缺少的纯良节俭与诚实品德，都仿佛不大注意，话语也稍稍说得过分了。

那时节，在屋角隅一堆火旁，有四个向火烘手的巡行商人，其中之一忽然站起来说话了。这人脸上胡须极乱，身上披了件向外反穿的厚重羊皮短袄，全身肿胀如同一头狗熊。站起身时他约束了一下腰边的带子，用那为风日所炙，冰雪所凝结，带一点儿嘶哑发沙的嗓子，喊着屋中的主人。他意思似乎有几句话要说说。这人对于前面那个故事，有一种抗议，有一分异议，大家皆一望而知。

这人半夜来皆不作声，只沉默地坐在火边烤火，间或用木柴去搅动身前的火堆，使火中木柴从新爆着小小声音，火焰向上卷去时，就望着火焰微笑。他同他的伙伴，似乎都只会听其他客人故事，自己却不会说故事的。现在听人家说到女人如何只适宜用鞭子去抽打，说到女人除了说谎流泪以外，一切事业由于低能与体力缺陷，皆不会作好，还另外说到无数亵渎这世界上女人的言语。说话的却是一个马贩子！因此这商人便那么想：

"如果一切都是事实，女人全那么无能力，无价值，你只要管教得法，她又如何甘心为你作奴作婢，那过去由于恐惧对女人发生的信仰，以及在这信仰上所牺牲的种种，岂不完全成为无意思的行为了吗？"

他想得心中有点难过起来，正因为他原相信女人是世界上一种非凡的东西，一切奇迹皆为女人所保持。凡属驾云乘雾的仙人，水底山洞的妖怪，树上藏身的隐士，朝廷办事的大官，遇到了女人时节，也总得失败在她们手上，向她们认输投降。就只是这点信仰，他如今到了三十八岁的年龄，还不敢同女人接近。这信仰的来源，则为他二十年前跟随了他的爸爸在西藏经商，听了一个故事的结果。故事中的一个女人，使他当时感受极深的印象，一直到如今，这印象还不能够为时间揩去。他相信女人能力在天下生物中应居首一位，业已有了二十年，现在并且要来为这信仰说话了。

大家先料不到他也会有什么故事，看他站起身时，柴堆在他身旁卷着红红的火焰，火光照耀到这人的全身，有一种狗熊竖立时节的神气。一个生长城市读了几本书籍自以为善于"幽默"的小子，就乘机取笑这其貌不扬的商人，对众人说：

"弟兄弟兄，请放清静一点，听我说几句话。先前那位卖马的大老板，给我们说的故事，使我们认为十分开心。一切幸福都应当是孪生的姊妹，所以我十分相信，从这位老板口中，也还可听出一个很好的故事。你们瞧，（他说时充作耍狗熊的河南人神气，指点商人的脸庞同身上。）这有趣的……，不会说无趣的故事！"他把商人拉过大火堆边去，要那商人站到一段木头上面："来，朋友，你说你的。我相信你有说的。你不是预备要说你那位太太,她如何值得尊敬畏惧吗?你不是要说她那种不可思议的神秘能力,当你长年出外经商时节,她在家中还能每一年为你生育一个团头胖脸的孩子吗?你不是要说一个女人在身体方面有些部分高肿,有些部分下陷,与一个男子完全不同,觉得奇怪也就觉得应当畏惧吗?许多人都是这样对他太太发生信仰的,只是仍然请你说说,放大方一点来说。我们这夜里很长,应当有你从从容容说话的时间。"

这善于诙谐的城市中人,所估计的走了形式,这一下可把商人看错了。一会儿他就会明白他的嘲笑,是应从商人方面退回来,证明自己简陋无识的。

那商人怯生生的被人拉过去,站在那段木头上。听人说到许多莫明其妙的话语,轮到他说话时就说:

"不是,不是,我不说这个!我是个三十八岁的男子,同阉鸡一样,还没有用过身体上任何部分挨过一次女人。我觉得女人极可吓怕,并且应当使我们吓怕。我相信女子都有一种能力,可以把男子变成一块泥土,或和泥土差不多的东西。不管你是什么样结实硬朗的家伙,到了她们的手中,就全不济事。我吓怕女人,所以我现在年龄将近四十岁,财产分上有了十四匹骆驼,三千银钱的货物,还不敢随便花点钱买一个女子。"

众人听说都很奇怪,以为这人过去既并不被女人欺骗和虐待,天生成那么怕女人,倒真是罕见的事情。就有人说：

"告给我们你怕女人的道理，不要隐瞒一个字。"

这商人望望四方，看得出众人的意思，他明白他可以从从容容来说这个故事了，他微笑着。在心里说："是的，一个字我也不会隐瞒的。"就不慌不忙，复述了下面那个在十七岁时听来的故事。

过去很久时节，很远一个地方，有那么一个国家：地面不大不小，由于人民饮食适当，婚姻如期举行，加之帝王当时选择得人，地方能够十分平安，人民全很幸福。这国家国内有几条很大的河流，纵横的贯通境内各处，气候又十分调和，地面就丰富异常。全国出产极多，农产物中五谷同水果，在世界上附近各个小国内极其出名。那地方气候好到这种样子：人民需要晴时天就大晴，需要水时天就落雨。凡生长到这个小国中的人民，都知道天不遗弃他们，他们也就全不自弃，人人自尊自爱，奉公守法，勤俭耐劳，诚实大方。凡属人类中良善品德，倘若在另一族类，另一国家，业已发现过了的，这些真理的产品，在这小国人民性格上也十分完全毫不短少。这国家名为波罗蒂长，在北方古代史上有它一个位置。

波罗蒂长国中，有一个大山，高一百里，宽五百里，峰峦竞秀，嘉树四合，药草繁多，绝无人迹。这大山早为国家法律订下一条规定，不能随便住人，只许百兽任意蕃息。山中仅有一位博学鸿儒，隐居山洞，读书修道，冥坐绝欲，离开人世，业已多年。某年秋天一个清晨，这隐士起身时节，正在用盘盂处置他的小便，看见有两只白鹿，在洞外芳草平地，追逐跳跃，游戏解闷。中间有母鹿一匹，生长得秀美雅洁，和气亲人，眼光温柔，生平未见。这隐士当时，心中不知不觉，为之一动。小便完结，照例盘中小便，都应舍给山中鹿类，当作饮料。这母鹿十分欣悦，低头就盘，舔完盘中所有以后，就向山中走去。

为时不久，这母鹿居然怀了身孕，一到月满，就生出小鹿一只。所生小鹿，眉目口鼻，一切完全如人，仅仅头上长出一对小小肉角，两脚异常纤秀，这母鹿正当它生产时，因想起隐士洞边向阳背风，故跑近隐士所住洞边，在草地中生产。落下地后，母鹿看看，"原来是一小孩！"既不能带这小孩跳山跃涧，还不如交给隐士照料，把小孩衔放隐士洞边，自己就跑去了。

隐士那时正在读书，忽然听到洞外有小孩子大哭，心中十分希奇。走出洞外一看，就见着这人鹿同生的孩子，身体极其细嫩，眼目紧闭，抱起细看，头脚尚有鹿形，眼目张开时节，流盻四顾，也如另一地方另一相熟眼目。隐士心中纳罕："小孩来处，必有一个原因！"从目光中隐士即刻明白小孩一定是母鹿所生，小孩爸爸，除了自己也就没有别人了，便把小孩好好抱回洞里，细心调养。

隐士住在山中业已多年，读书有得，饮食皆极随便，不至害病。隐士既不吃人间烟火，因此小孩口渴，隐士就为收取草上露珠，当作饮料。小孩饥饿，隐士又为口嚼松子，当作饭食。小孩既教育有方，加之身上有母鹿血气，故从小就健康聪明，活泼美丽。到后年龄益长，隐士又十分耐烦，亲自教他一切学问，使他明白天地间各种秘密，了然空中诸星，地面百物，如何与人类有关。又读习经典，用古圣先贤，所想所说一切艰深事情，作为这小仙人精神方面的粮食。隐士只差一事不提，就是女人，不说女人究竟如何，就因为对于女人，隐士也不十分明白。

这隐士到后道行完满，就离开本山，不知所往。那时节母鹿所生，隐士所养，年纪业已二十一岁。因为教育得法，年纪虽小，就有各种智慧，百样神通，又生长得美壮聪明，无可仿佛，故诸天鬼神，莫不爱悦。隐士既已他去，这候补仙人，依然住身山洞，修真养性，澹泊无为，不预人事。

一天，正在山中散步，半途忽遇大雨，这雨正为波罗蒂长国中所盼望的大雨，山中落了雨后，山水暴发，路上苔藓被雨极滑，无意之中，使这候补仙人倾跌一跤，打破法宝一件，同时且把右脚扭伤。

这候补仙人，心中不免嗔怒，以为自然阿谀人类，时候似乎还太早了一点。只需请求，不费思索，就为他们落雨，自然尊严，不免失去。且这雨似乎有意同自己为难，就从头上脱下帽子，舀满一帽子清水，口中念出种种古怪咒语，咒罚波罗蒂长国境，此后不许落雨。这种咒语，乃从东方传来，十分灵验，不至十二年后，决不会半途失去效力。这候补仙人，既然法力无边，天上五龙诸神，皆尊敬畏怖，有所震慑，一经吩咐，不敢不从。诅咒以后，波罗蒂长一国，从此当真就不降落点滴小雨。

天不落雨太久，河水井水，也渐渐干枯起来，五谷不生，百叶萎悴，一连三年。三年不雨，国家渐起恐慌。国家渐贫，国库收入短少，不敷开支，人民男女老幼，无法可以生存。

波罗蒂长国王，为人精明干练，负责爱民，用尽诸般方法求雨，皆无结果。他很明白，若从此以往，再不落雨，天旱过久，国家人民，皆得消灭。人民挨饿太久，心就糊涂焦躁，易于煽惑，若有一二在野人物，造谣生事，胡说八道，以为一切天灾，及于本国，皆为政府办事不力，政体组织不妥，如欲落雨，必需革命。虽革命与落雨无关，由于人民挨饿过久，到后终不免发生革命。国家革命，就须流血，一切革命历史，莫不用血写成。国王因此打量不如即早推位让贤，省得发生内争。国王虽有让位之心，一时又觉无贤可让。眼见本国人民，挨饿死去，无法救助，故忧愁烦恼，寝食皆废。

国王有一公主，按照国家法律，每天皆同平民女子，共往公共井边，用木制辘轳，长长绳绠，向深井中汲取地下泉水，灌溉田地，为国服务。公主白日在外，常与平民接近，常听平民因饥饿唱出各种怨而不怨的歌谣，一回宫中，又见国王异常沉闷，就为国王唱歌解闷。国王听歌，更觉难堪。公主就问国王："国王爸爸，如何可以救国？"且说若果救国还有办法，必得牺牲公主，自己心愿为国牺牲。

国王就说：

"一切办法，皆已想尽，国家前途，实深危险。人民虽明白天灾不可幸免，但怨嗟歌谣，业已次第而生，若不即早设法，终究不免革命。发生革命，不拘谁胜谁负，一切秩序，破坏无余，政府救济，更多棘手。故思前想后，总觉退位让贤较好。细想种种，一时又无贤可让，所以心中十分为难。"

公主就把在外所听风谣，以及种种事情，加以分析，建议国王：

"国王爸爸，一切既很烦心，不易一人解决，不如召集大官名臣，国内各党各派博学多通人物，同处一堂，商量办法。首先讨论天灾来源，其次筹措善后救济，或有结果。若这事实在由于国王专政而起，国王退位，就可以使上天落雨，谷果百物，滋生遍地，国王爸爸，就应即刻辞职。若一切另有原因，另有办法，讨论结果，国王爸爸，就负责执行。"

国王心想："公主言之有理！"就按照国法，召集全国公民代表会议，聚集全国公民代表，讨论波罗蒂长一国，应付这次空前天灾种种方策。

开会时节，国王主席，首先致辞，说明种种，希望代表随意发言，把这事情公开讨论。

当开会时，其中就有一个聪明公民，多闻博识，独明本国天旱理由，于是当众发言：

"国王陛下，大臣殿下，有意负责救国，明白一切应从根本入手，故有今天大会。查我波罗蒂长国家，本极富足，有吃有喝，无有忧患。今忽然三年不雨，国困民贫，设若长此以往，当然不堪设想。根据公民所知，这次天灾，并非国王在位，或大臣徇私所致。只为本国宪法所定，国中那个供给禽兽蕃殖的名山，有一年青候补仙人，父亲生为隐士，母亲身是母鹿，神力无边，智慧空前。这候补仙人，平日研究学问，不预人事，安静自守，与世无逆。却当某某一天，因事上山，在半途中，天忽落雨，因雨路滑，摔跌一跤，扭伤右脚。这候补仙人，右脚无端受伤，心怀嗔愤，追究原因，实为落雨所致，雨水下落，又实为本国人民盼望所致，因此诅咒天上，十二年中，不许落下点滴小雨。我波罗蒂长国家，三年不雨，原因在此。故欲盼望落雨，先应明白此事根本所在。"

国王听说本国雨不再落，只是这样一件事情，就说："治国惟贤，经典昭明，本国既有这种圣人，力能支配天地，管束阴阳，用为国王，对我人民，必能造福，朕必即刻退位，以让贤能。"

多数公民，皆不说话。

有一首相，在国内负责多年，明白治国不易。想使国家秩序井然，有条不紊，正赖政体巩固，权力集中。治国所需，不仅只在高深学理法力，经验能力，兼有并存，加以负责，才可弄好。听说国王就想让位，对这事不敢赞同，便说：

"皇帝陛下，让出王位，出于诚意，代表诸君，想当明白。国王意思极好，为国为民，诚为无可与比，不过一切打算，不合目前国家情形。任何国家施政，有不好处，国中人民，加以反对，诚可注意，若攻击批评，只是二三在野名流，虽想救国，不会做官，尚从不闻轻易让贤，把国家组织，陷入纷乱。何况仙人，平时清高澹泊，不问世事，沉静自得，有如木石，即有高尚理想，如何就可治国？并且事情既不过由于一摔而起，照本席主张，不如派员慰问，较为得体。本国对这年青仙人，若想表示尊敬，使他快乐，同他合作，免得或为他人利用，妨碍国家统一，不如取法他国，把这候补仙人，当成国内元老，一切事情，对他十分客气，遇事不能解决，就即刻命驾领教，总以哄得仙人欢喜，不发牢骚，国家前途，方有办法。"

另外有一陆军大臣，头脑简单，性情直率，国内兵士，

全在他一人手中,生平拥护国王,信仰首相,故继续发言:

"皇帝陛下,所说使人感动,首相殿下,所说使人佩服。国王若想退位,好意不能为全国国民见谅。因为国民盼望国王帮忙,并且相信,这个时节,也只有国王可以帮忙。我国旱灾,既为仙人一摔而起,首相高见,本席首先赞同。若国家可以同这刁钻古怪合作,各种条件,皆应负责答应。若方法用尽,还不落雨,本席职责所在,向天赌咒,领率全国兵士,来与周旋,不怕一切,总得把这仙人神通打倒。"

陆军大臣,所说理直气壮,故全体公民代表,莫不动容,鼓掌称善。

其中有一公民,见事较多,知识开明,觉得打倒仙人,很不像话,就说:

"救灾方法还多,武力打倒仙人,本席以为不必。国家多上一个仙人,如同国家多有一个诗人一样,实为我波罗蒂长国中光荣。公民盼望,只是皇帝陛下,代表我们公民全体,想出办法,能与仙人合作。若说武力周旋,效法他国,文人学者,捉来即刻把头割下,办法虽在,轻而易举,所作事情,实极愚蠢。我波罗蒂长国中,国家虽小,不应愚蠢就到如此地步,在历史上为我国王留一污点。政府若断然处置,公民可不能同意。"

另一公民,为了补充前说,又继续说:

"他国短处虽不足取法,他国长处不可不注意:公民以为我们本国,不如仿照他国,设立一个国家学院,或研究院,位置这种有德多能的仙人,让他读经习礼,不问国事。给他最大尊敬和够用薪水,不使他再挨饿受凉,也不使他由于过分孤寂,将脾气变坏,则一切问题,实易解决!"

另一公民又说:

"仙人什么都不缺少,不如封他一个极大爵位,一定可以希望从此合作。"

发言公民极多,政府意思,就是让这些公民代表,充分发表意见,大家决议以后,斟酌执行。但因过去一时,政府太能负责,一切政策,不用平民担心,无不办得极为妥当合理。政府太好,作公民的,就皆只会按照分定,作事做人,因此一来,把一切民主国家公民监督政府的本能,也完完全全消失无余了。到时人人各自发抒意见,皆近空谈,不落边际。

还是首相发言提出办法,希望大家注意,这会议到后,才有眉目。

会议结果,就是政府公民全体同意,认为先得想方设法,把这候补仙人,感情转换过来,不问条件,皆可商量。只要落雨三日,仙人若有任何贪婪条件提出,国王首相,必当代表国民,签字承认。

但这个古怪仙人并非其他国家知识阶级可比,(据说知识阶级,若为政府蔑视过久时节,性之所近,喜发牢骚,诅咒政府,常有话说,只须政府当局,稍稍懂事,应酬有方,就可无事。)生平性情孤僻,不慕荣利,威胁所诱,皆难就范。仙人住处,又在深山,不是租界可比,故首先成为问题,就是波罗蒂长国家政府,应用何种方法,方能接近这候补仙人,商谈一切。

因在会代表,并无人能同这仙人来往,最后方决定悬出赏格,召募一人,若有人来应募,能在一定时期,与仙人晤面,或有方法,恳求仙人,使咒语失去效力,或能请求仙人下山,来到国都开会。不论何人,皆加重赏。

会议散后,国王立刻执行决议,颁布赏格,张贴全国,各处通都大邑,四衢四门,无不有这种赏格悬布。

我国旱灾,不能免去,细查来由,皆是肉角仙人发气所致。为此布告国人:

凡有本领,能够想方设法,哄倒肉角仙人,放弃咒语,使我波罗蒂长国中,再落大雨者:若想作官,国王听凭这人选择地面,与之分国而治;若想讨娶一房老婆,国王最美丽聪明的公主,即刻下嫁。

国民为重赏诱惑,目眩神驰。惟一闻仙人住处,就在大山之上,于是又各心怀畏怖,宝爱性命,不敢冒险应募。

那个时节,波罗蒂长国中,有一女子,名字叫做扇陀。

这个女人，长得端正白皙，艳丽非凡，肌肤柔软，如酪如酥，言语清朗，如啭黄鹂。女人既然容华惊人，家中又有巨富千万。那天听家下用人说到这种事情，并且好事家人，又凭空虚撰仙人种种骄傲侠事，给扇陀听。又因国王赏格，中有公主作为奖赏一条，对于女人，有轻视意思，扇陀心中分外不平。因此来到王宫门前，应王征募。

众人一见，最先来此应募，却是一个女子，都以为"女人所长，即非插花傅粉，就是扫地铺床，何足算数"？故当时不甚措意，接待十分平常。

扇陀就同执事诸人说明来意：

"我的名字叫做扇陀，各位大老，谅不生疏，今应王募前来！请问各位：这个肉角仙，究竟是人是鬼？"

众人皆知国中有扇陀。富甲全国，美如天女。今见来人神采耀目，口气不俗，不敢十分疏慢，就说：

"这个肉角仙人，无人见过，只是根据旧书传说：爸爸原是一个隐士，母亲乃是一个白鹿，可说他是一人，可说他是一兽。所知只此，更难详尽。"

扇陀听说，心中明白，隐士所以逃避人间，就正是怕为女人爱欲缠缚，不能脱身，故即早逃避。如今仙人既由隐士与畜牲共同生养，征服打倒，一切不难，故即向人宣言：

"若这仙人是鬼，我不负责。若这仙人是人，我有巧妙方法，可以降伏。今这大仙不止是人，灵魂骨血，并且杂有兽性，凡事容易，毫不困难。只请各位大老，代禀国王陛下，容我一见，我当亲向国王，说出诸般方法，着手实行。"

扇陀宣言以后，诸官即刻携带这人入宫，引见国王，一一禀明来意。

扇陀所说，事情十分秘密。国王深知扇陀家中，确有巨富千万，相信种种，并非出乎骗诈，故当时就取一个金盘，装好各种珍奇金器，一翡翠盘，装满各种宝石，一对龙角，装满真珠和人间难得宝贝，送给扇陀，吩咐她照计行事。

扇陀既得国王信托，心中十分高兴，临行时向王告辞，安慰老年国王，留下话语，预备将来事实证明。

扇陀说："国王陛下，不必担忧。降伏仙人，一切有我！此去时日，必不甚久，国内土地，就可复得大雨！落雨以后，我尚应当想出一个办法，必将仙人，当成一匹小鹿，骑跨回国！仙人来时，进见大王，叩头称臣，也不甚难！"

国王当时似信非信。

扇陀拿了国王所给宝物，回家以后，即刻就派无数家人携带各种宝物，分头出发，向国内各处走去，征发五百辆华贵轿车，装载五百美女，又寻觅五百货车，装载各种用物。百凡各物，齐备以后，即刻全体整队向大山进发，牛脚四千，踏土翻尘，牛角二千，嶷嶷数里。车中所有美女，莫不容态婉姿，妩媚宜人，娴习礼仪，巧善辞令，虽肥瘦不一，却能各极其妙。货车所载，言语不可殚述：有各种大力美酒，色味与清水无异，吃喝少许，即可醉人。有各种欢喜丸子，用药草配合，捏成种种水果形式，加上彩绘，混淆果中，只须吃下一枚，就可使人狂乐，不知节制。有各种碗碟，各种织物。有凤翼排箫，碧玉竖箫，吹时发音，各如凤嘈。有紫玉笛，铜笛，磁笛，皆个性不同，与它性格相近女人吹它时，即可把她心中一切，由七孔中发出。有五色玉磬，陨石磬，海中苔草石磬。有宝剑宝弓，车轮大小贝壳，金色径尺蝴蝶。有一切耳目所及与想像所及各种家具陈设，使人身心安舒，不可名言，它的来源，则多由人间巧匠仿照西王母宫尺寸式样作成的。

且说这一行人众，到达山中时节，女子扇陀，就下车命令用人，着手铺排一切，把车上所有全都卸下。吩咐木匠，把建筑材料，在仙人住处不远，搭好草庵一座，外表务求朴素淡雅，不显伧俗。草庵完成，又令花匠整顿屋前屋后花草树木，配置恰当。花园完成，又令引水工人从山涧导水，使山泉绕屋流动不息，水中放下天鹅，鸳鸯，及种种鸟类。一切完了以后，扇陀又令随来男子，皆把大车挽去，离山十里，躲藏隐伏，莫再露面。

一切布置，皆在一个黑夜中完成，到天明时，各样规画，就已完全作得十分妥当了。

女子扇陀，约了其他美人，三五不等，或者身穿软草衣裙，半露白腿白臂，装成山鬼。或者身穿白色长衣，单薄透明，肌肤色泽，纤悉毕见。诸人或来往林中，采花捉蝶。或携手月下，微吟情歌。或傍溪涧，自由解衣沐浴。或上果树，摘果抛掷，相互游戏。种种作为，不可尽述。扇陀意思，只是在在引起仙人注意，尽其注意，又若毫不因为仙人在此，就便妨碍种种行为。只因毫不理会仙人，才可以激动仙人，使这仙人爱欲，从淡漠中，培养长大，不可节制。

这候补仙人，日常遍山游行，各处走去。到晚方回，任何一处，总可遇到女人。新来芳邻，初初并不为这仙人十分注意。由于山中畜牲，无奇不有，尚以为这类动物，不过畜牲中间一种，爱美善歌，自得其乐，虽有魔力，不为人害。但为时稍久，触目所见，皆觉美丽，就不免略略惊奇。由于习染，日觉希奇，为时不及一月，这候补仙人，一见女人，就已露出呆相，如同一般男子，见好女人时节，也有同样痴呆。

女人扇陀，估计为时还早，一切不忙，仍不在意。每每同所有女伴到山中游散时节，明知树林叶底枝边，藏有那个男子，总故作无见无闻，依然唱歌笑乐，携手舞踏，如天上人。所有乐器，皆有女人掌持，随时奏乐，不问早晚。歌声清越，常常超过乐器声音，飘扬山谷，如凤凰鸣啸，仙人听来，不免心头发痒。

这候补仙人，生前既为鹿身，扇陀心中明白，故又常于夜半时节，令人用桐木皮卷成哨管，吹作母鹿呼子声音，以便摇动这个候补仙人依恋之心。

月再圆时，扇陀心知一切设计业已成熟，机不可失，故把住处附近，好好安排起来，每一女人，各因性格独有特点，位置俱不相同：长身玉立的放在水边，身材微胖的装作樵女，吹箫的坐在竹林中，呼笙的独集高崖上，弹箜篌的把箜篌缚到腰带边，一面漫游一面弹着，手脚伶俐的在秋千架上飘扬，牙齿美丽的常常发笑。一切布置，皆出扇陀设计，务使各人皆有机会见出长处，些微好处，皆为候补仙人见到，发生作用。

一切布置完全妥贴后，所等候的，就是仙人来此入网触罗。

因此在某一天，这仙人从扇陀屋边经过时，向门痴望，过后心中尚觉恋恋，一再回头，女人扇陀就乘机带领一十二个美中最美的年青女子，从仙人所去路上出现，故意装成初见仙人，十分惊讶，并且略带嗔怒，质问仙人：

"你这生人，来到我们住处，贼眉贼眼，各处窥觑不止，算是什么意思？"

候补仙人就赶忙陪笑说道：

"这大山中，就只我是活人，我正纳罕，不大知道你们从何处搬来，到何处去？我是本山主人，正想问讯你等首领,既已来到山中,如何不先问问这山应该归谁官业!"

女人扇陀听说,装成刚好明白的神气,忙向仙人道歉,且选择很好悦耳爽心谄媚言语,贡献仙人。其余各人,也皆表示迎迓。且制止他,不许走去。齐用柔和声音相劝,柔和目光相勾,柔和手臂相萦绕。因此好好歹歹,终把这个仙人哄入屋中。好花妙香,供养仙人,殷勤体贴,如敬佛祖。

女人莫不言语温顺,恭敬慰贴,竞争问讯仙人种种琐事,不许仙人尚有机会,转询女人来处。为时不久,就又将他带进另一精美小小厅堂,坐近柔软床褥上面。屋中空气,温暖适中,香气袭人,是花非花,四处找寻,又不知香从何来。年幼女人,装成丫鬟,用玛瑙小盘,托出玉杯,杯中装满净酒,当作凉水,请仙人用它解渴。

这种净酒,颜色香味,既同清水无异,惟力大性烈,不可仿佛,故仙人喝下以后,就说:

"净水味道不恶!"

又有女人用小盘把欢喜丸送来,以为果品,请仙人随意取吃。仙人一吃,觉得爽口悦心,味美无边,故又说道:

"百果色味皆佳!"

仙人吃药饮酒时节,女人全围在近旁,故意向他微笑,露出白齿。仙人饮食饱足以后,平时由于节食冥思,

而得种种智慧,因此一来,全已失去。血脉流转,又为美女微笑加速。故面对女人,说出蠢话:

"有生以来,我从未得过如此好果好水!"说完以后,不免稍觉腼腆。

女人扇陀就说:

"这不足怪,我一心行善,从不口出怨言,故天与我保佑,长远能够得到这种净水好果。若你欢喜,当把这种东西,永远供奉,不敢吝惜。"

仙人读习经典极多,经典中提及的种种事情,无不明白。但因生平读书以外,不知其他事情,经典不载,也不明白。故这时女人说谎,就相信女人所说,不加疑惑。又见所有女人,无不小腰白齿,宜笑宜嗔,肌革充盈,柔腻白皙,滑如酥酪,香如嘉果,故又转问诸女人,如何各人就生长得如此体面,看来使人忘忧。

仙人说:"我读七百种经,能反复背诵,经中无一言语,说到你们如此美丽原因。"

女人又即刻说谎,回答仙人:

"事为女人,本极平常,所以你那宝经大典,不用提及。其实说来,也极平常,不过我等日常饮食,皆为食此百果充饥,喝此地泉解渴,因之肥美如此,尚不自觉!"

仙人听说,信以为真。心中为女人种种好处,有所羡慕,欲望在心,故五官皆现呆相,虽不说话,女人扇陀,凡事明白。

为时一顷，女人转问仙人：

"你那洞中阴黯潮湿，如何可以住人？若不嫌弃，怎不在此试住一天？"

仙人想想：既一见如故，各不客气，要住也可住下，就无可不可的说：

"住下也行。"

女人见仙人业已答应住下，各自欣悦异常。

女人与仙人共同吃喝，自己各吃白水杂果，却把净酒药丸，极力劝这业已早为美丽变傻的仙人。杯盘杂果，莫不早已刻有暗中记号，故女人皆不至于误服。仙人见女人殷勤进酒，欲推辞无话可说，只得尽量而饮，尽量而吃，直到半夜。在筵席上，女人令人奏乐，百乐齐奏，音调靡人，目眙手抚，在所不禁。仙人在崭新不二经验中，越显痴呆。女人扇陀，独与仙人极近，低声俯耳，问讯仙人：

"天气燠热，蒸人发汗，有道仙人是不是有意共同洗澡？"

仙人无言，但微笑点头，表示事虽经典所不载，也并不怎样反对。

先是扇陀家中，有一宝重浴盆，面积大小，可容廿人，全身用象牙，云母，碧琋，以及各种真珠玉石，杂宝错锦，镶镂而成。盆在平常时节，可以折叠，如同一个中等帐幕，分量不大，只须鹿车一部，就可带走。但这希奇浴盆,抖开以后,便可成一个椭圆形式小小池子,贮满清水,即四十人在内沐浴,尚不至于嫌其过仄。盆中贮水既满,扇陀就与仙人,共同入水,浮沉游戏。盆大人少,仙人以为不甚热闹。女人扇陀,复邀身体苗条女子十人,加入沐浴。盆中除去诸人以外,尚有天鹅,舒翼延颈,矫矫不凡。有金鲫,大头大尾。有小虾,有五色圆石。水又有深有浅,温凉适中。

仙人入水以后,便与所有女人,共在盆中,牵手跳跃。女人手臂,十分柔软,故一经接触之后,仙人心已动摇。为时不久,又与盆中女人,互相浇水为乐,且互相替洗。所有女人,奉令来此,莫不以身自炫求售,故不到一会,仙人欲心转生,遂对盆中女人,更露傻像。神通既失,鬼神不友,波罗蒂长国境,即刻大雨三天三夜,不知休止。全国臣民,那时皆知仙人战败,国家获福,故相互庆祝,等候美女扇陀回国消息,准备欢迎这位稀奇女子。国王心中记忆扇陀所言,不知结果如何,欣庆之余,仍极担心。

仙人既在扇陀住处,随缘恋爱,即令神通失去,仍然十分糊涂,毫不自觉。扇陀暗中咐嘱诸人,只许为这仙人准备七日七夜饮食所需,七日以内,使这仙人欢乐酒色,沉醉忘归;七日以后,酒食皆尽,随用山中泉水,山中野果,供给仙人,味既不济,滋养功用,也皆不如稍前一时佳美。仙人习惯已成,俨如有瘾,故转向女人,需索日前一切。

诸女人中,就有人说:

"一切业已用尽,没有余存,今当同行,离开这穷山荒地。一到我家园地,所有百物,不愁缺少,只愁过多,使人饱闷!"

仙人既已早把水果吃成嗜好,就承认即刻离开本山,也不妨事。

仙人就说:"只要不再缺少饮食,一切遵命。"

于是各人收拾行李,整顿器物,预备回国报功。为时不久,一行人众,就已同向波罗蒂长国都中央大道,一直走去。

去城不远时节,美女扇陀,忽在车中倒下,如害大病,面容失色,呼痛叫天,不能自止。

仙人问故。美女扇陀装成十分痛苦,气息哽咽,轻声言语:

"我已发病,心肝如割,救治无方,恐将不久,即此死去!"

仙人追问病由,想使用神通,援救女人。扇陀哽咽不语,装成业已晕去样子。身旁另一女人,自谓身与扇陀同乡,深明暴病由来,以为若照过去经验,除非得一公鹿,当成坐骑,缓步走去,可以痊愈。若尽彼在牛车上摇簸百里,恐此美人,未抵家门,就已断气多时了。

女人且说:

"病非公鹿稳步,不可救治,此时此地,何从得一公鹿？故美女扇陀，延命再活，已不可能。"

各人先时，早已商量妥当，听及女人说后，认为消息恶极，皆用广袖遮脸，痛哭不已。

仙人既为母鹿生养，故亦善于模仿鹿类行动，便说：

"既非骑鹿不可救治，不如就请扇陀骑在我颈项上，我来试试，备位公鹿，或可使她舒适！"

女人说：

"所需是一公鹿，人恐不能胜任。"

仙人平时，只因为个人出身不明，故极力避开同人谈说家世。这时因爱忘去一切，故当着众人，自白过去，明证"本身虽人，衣冠楚楚，尚有兽性，可供驱策。若自充坐骑可以使爱人复生，从此作鹿，驮扇陀终生，心亦甘美，永不翻悔"。

美女扇陀，当一行人等从大山动身进发时节，早已派遣一人，带去一信，禀告国王，信中写道："国王陛下，小女托天福佑，与王福佑，业已把仙人带回，大约明日可到国境，王可看我智能如何！"国王得信之后，就派卫队，及各大臣，按时入朝，严整车骑，出城欢迎扇陀。

仙人到时，果如美女扇陀出国之前所说，被骑而来。且因所爱扇陀在上，谨慎小心，似比一匹驯象良马，尚较稳定。

国王心中欢喜，又极纳罕。就问美女扇陀，用何法力，造成如许功绩。

美女扇陀,微笑不言,跳下仙人颈背,坐国王车,回转宫中,方告国王:

"使仙人如此,皆我方便力量,并不出奇,不过措置得法而已。如今这个仙人,既已甘心情愿作奴当差,来到国中,正可仿照他国对待元老方法,特为选择一个极好住处,安顿住下。百凡饮食起居所需,皆莫缺少恭敬供养,如待嘉宾;任其满足五欲,用一切物质,折磨这业已入网的傻子信仰和能力,并且拜为大臣,波罗蒂长国家,就可从此太平无事了。"

国王闻言,点头称是,一切如法照办。

从此以后,这肉角仙人,一切法力智慧,在女人面前,为之消灭无余。住城少久,身转羸瘦,不知节制,终于死去。临死时节,且由于爱,以为所爱美女扇陀,既常心痛,非一健壮公鹿,充作坐骑,就不能活,故弥留之际,还向天请求,心愿死后,即变一鹿,长讨扇陀欢喜。能为鹿身,即不为扇陀所骑,但只想像扇陀,尚在背上,当有无量快乐。

这就是那个商人直到三十八岁不敢娶妻的理由。商人把故事说完,大家皆笑乐不已。其中有一秀才,于是站起身子,表示秀才见解:

"仙人变鹿,事不出奇,因本身能作美人坐骑,较之成仙,实为合算。至于美女扇陀之美,也无可疑惑,兄弟虽尚无眼福,得见佳鹿,即在耳聆故事之余,区区方寸之心,亦已愿作小鹿,希望将来,可备坐骑了。"

那善于诙谐的小丑,听到秀才所说,就轻轻的说:"当秀才的老虎不怕,何况变为扇陀坐骑?"但因为他知道秀才脾气,不易应付,故只把他嘲笑,说给自己听听。

故事自从商人说出以后,不止这秀才愿作畜牲,即如那位先前说到"妇人只合鞭打"的莽汉,也觉得稍前一时,出言冒昧,俨然业已得罪扇陀,心中十分羞惭,悄悄的过屋角草堆里睡去了。

那商人把故事说完,走回自己火堆边去,走过屋主人坐处,主人拉着了他,且询问他:"是不是还怕女人?"

商人说:"世界之上,有此女人,不生畏怖,不成为人。"

言语极轻,不为秀才所闻,方不至为秀才骂为"俗物"。

二十一年十月为张家小五辑自《智度论》

二十四年十一月改

爱欲

在金狼旅店中,一堆柴火光焰熊熊,围了这柴火坐卧的旅客,皆想用故事打发这个长夜。火光所不及的角隅里,睡了三个卖朱砂水银的商人。这些人各自负了小小圆形铁筒,筒中贮藏了流动不定分量沉重的水银,与鲜赤如血美丽悦目的朱砂。水银多先装入猪尿脬里,朱砂则先用白绵纸裹好,再用青竹包藏,方入铁筒。这几个商人落店时,便把那圆形铁筒从肩上卸下,安顿在自己身边。当其他商人说到种种故事时,这三个商人皆沉默安静的听着。因为说故事的,大多数欢喜说女人的故事,不让自己的故事同女人离开,几个商人恰好各有一个故事,与女人大有关系,故互相在暗中约好,且等待其他说故事的休息时,就一同来轮流把自己故事说,供给大家听听。

到后机会果然来了。

他们于是推出一个伙伴到火光中来,向躺卧蹲坐在火堆四围的旅客申明，他们共有三个人，愿意说三个关于女人的故事，若各位许可他们，他们各人就把故事说出来；若不许可，他们就不必说。

众旅客用热烈掌声欢迎三个说故事的人物，催促三个人赶快把故事说出。

一　被刖刑者的爱

第一个站起说故事的，年纪大约三十来岁，人物仪表伟壮，声容可观。他那样子并不像个商人，却似乎是个大官。他说话时那么温和，那么谦虚。他若不是一个代替帝王管领人类身体行为的督府，便应当是一个代替上帝管领人类心灵信仰的主教。但照他自己说来，则他只是一个平民，一个商人。他说明了他的身分后，便把故事接说下去。

我听过两个大兄说得女人的故事。且从这些故事中，使我明白了女人利用她那分属于自然派定的长处，迷惑过有道法的候补仙人，也哄骗过最聪明的贼人，并且两个女孩子皆因为国王应付国事无从措置时，在那唯一的妙计上，显出良好的成绩。虽然其他一个故事，那公主吸引来了年轻贼人，还仍然被贼人占了便宜，远远逃去；但到后因为她给贼人养了儿子，且因长得美丽，终究使这聪敏盗贼，不至于为其他国家利用，好好归来，到底还仍然在历史上留下一个记载,这记载就是:"女人征服一切,事极容易。"世界上最难处置的,恐怕无过于仙人与盗贼,既这两种人皆得在女人面前低首下心,听候吩咐,其他也就不必说了。

但这种故事,只说明女人某一方面的长处,只说到女人征服男子的长处!并且这些故事在称扬女子时,同时就含了讥刺与轻视意见在内。既见得男性对于女子特别苛刻,也见得男子无法理解女子。

我预备说的,是一个女子在自然派定那分义务上,如何完成她所担负的"义务"。这正是义务。她的行为也许近于堕落,她的堕落却使说故事的人十分同情。她能选择,按照"自然"的意见去选择,毫不含糊,毫不畏缩。她像一个人,因为她有"人性"。不过我又很愿意大家明白,女子固然走到各处去,用她的本身可以征服人,使男子失去名利的打算,转成脓包一团,可是同时她也就会在这方面被男子所征服,再也无从发展,无从挣扎。凡是她用为支配男子的那分长处,在某一时也正可以成为她的短处。说简单一点,便是她使人爱她,弄得人糊糊涂涂,可是她爱了人时,她也会糊糊涂涂。

下面是我要说的故事。

××族的部落,被上帝派定在一个同世界俨然相隔绝的地方,生育繁殖他们的种族。他们能够得到充足的日光，充足的饮食，充足的爱情，却不能够得到充足的知识。年纪过了三十以上的，只知道用反省把过去生活零碎的印象，随意拼凑，同样又把一堆用旧了的文字，照样拼凑，写成忧郁柔弱的诗歌。或从地下挖些东西出来，排比秩序，研究它当时价值与意义。或一事不作，花钱雇了一个善于烹调的厨子，每日把鸡鸭鱼肉，加上油盐酱醋，制成各式好菜好汤，供奉他肠胃的消化。一切皆恰恰同中国有一些中产阶级一样，显得又无聊又可怜。他们因为所在的地方，不如中国北京那么文明，不如上海那么繁华，所以玩古董，上公园，跳舞，看戏，这类娱乐也得不到。每人虽那么活下去，可不明白活下去是些什么意义。每人皆图安静，只想变成一只乌龟，平安无事打发每个日子，把自己那点生命打发完结时，便硬僵僵的躺到地坑里去，让虫子把尸身吃掉，一切便算完事了。他们不想怎么样把大部分人的生命管束起来，好好支配到一个为大家谋幸福与光荣的行动上去。（一族中做主子的，就不知道如何组织社会，使用民力！）他们都在习惯观念中见得极其懒惰，极其懦怯。用为遮掩他们中年人的思索与行为懒惰懦怯的，就是一本流传在那个种族中极久远极普遍的古书，那本书同中国的圣经贤传文字不同，意思相近。书中精义，概括起来共只十六个字，就是：

生死自然。不必求生。清静无为。身心安泰。

那种族中中年人虽然记到这十六个深得中国老庄精义的格言，把日子从从容容对付下去，年轻人却常常觉得这一两千年前拘迂老家伙所表示的自然主义人生观，到如今已经全不适用。都以为那只是当时的人把"生""死"二字对立，自然产生的观念。如今的人，应当去生，去求生，方是道理。可是应当怎么样去求生，这就有了问题。

因此那地方便也产生了各种思想与行动的革命，也同样是统治阶级愚蠢的杀戮！也同样乘时雀起在某一时就有了若干名人与伟人，也同样照历史命运所安排的那种公式，糟蹋了那个民族无数精力和财富，但同时自然也就在那分牺牲中，孕育了未来光明的种子。

其中有年青兄弟两人，住在那个野蛮懒惰民族都会中，眼见到国内一切那么混乱，那么糟糕，心中打算着："为什么我们所住的国家那么乱，为什么别个国家又那么好？"

两兄弟那时业已结婚，少年夫妇，恩爱异常，家中境况又十分富裕，若果能够安分在家中住下，看看那个国家一些又怕事又欢喜生点小事的人写出的各样"幽默"文章，日子也就很可以过得下去了。可是这两兄弟却觉得这样下去很不好，以为在自己果园中，若不知道树上所结的果子酸到什么样子，且不明白如何可以把结果极酸的，生虫的，发育不完全的树木弄好的方法，最好还是赶快到别一个果园去看看。于是弟兄两人就决计徒步到各处去游学，希望从这个地球的另一处地方，多得到些智慧同经验，对于国家将来有些贡献。两人旅行计划商量妥当后，把家中财产交给一个老舅父掌管，带了些金块和银块，就预备一同上路。两个年轻人的美丽太太，因为爱恋丈夫，不愿住在家中享福，甘心相从，出外受苦，故出发时，共四个人。

两兄弟明白本国文化多从东方得来，且听说西方民族，有和东方民族完全不同的做人观念与治国方法，故一行四人乃取道西行，向日落处一直走去。

他们若想到西方的××国，必须取道一个寂无人烟不生水草的沙漠，同伴四人，为了寻求光明，到了沙漠边地时，对于沙漠中种种危险传说，皆以为不值得注意。几人把粮秣饮水准备充足以后，就直贯沙漠，向荒凉沙碛中走去。

他们原只预备了二十七天的粮食，可是走过了二十七天后，还不能通过这片不毛之地。那时节虽然还有些淡水，主要食物却已剩不了多少。几人讨论到如何支持这些危险日子，却商量不出什么结果。沙漠里既找寻不出一点水草同生物，天空中并一只飞鸟也很少见到，白日里只是当头白白的太阳，灼炙得人肩背发痛，破皮流血。

到晚上时，则不过一群浅白星子嵌在明蓝太空里而已。原来他们虽带了一张羊皮制成的地图，但为了只知按照地图的方向走去，反而把路走差了。

有一天晚上，几人所剩下的一点点饮料，看看也将完事了。各人又饥又渴，再不能向前走去，便僵僵的躺在沙碛上，仰望蓝空中星辰，寻觅几人所在地面的经度，且凭微弱星光，观察手中羊皮制就的地图。

两兄弟以为身边两个妇人已倦极睡熟，故共同来商量此后的办法。

哥哥向弟弟说：

"你年轻些，比我也可以多在这世界上活些日子，如今情形显然不成了，不如我自杀了，把肉供给你们生吃，这计策好不好！"

那弟弟听哥哥说到想要自杀，就同他哥哥争持说：

"你年纪大些，事情也知道得多些，若能够到那边学得些知识，回国也一定多有一分用处。现在既然四个人不能够平安通过这片沙漠，必需牺牲一个人，作为粮食，不如把我牺牲，让我自杀。"

那哥哥说：

"这决对不行，一切事情必需有个秩序，作哥哥的大点，应当先让大的自杀。"

"若你自杀，我也不会活得下去。"

弟兄俩一面在互相争论，互相解释，那一边两妯娌并未睡着，各人却装成熟睡样子，默默的在窃听他们所讨论的事情。两个妇人都极爱丈夫，同丈夫十分要好，俱不想便与丈夫遽然分离。听到后来两兄弟争论毫无结果，那嫂嫂就想：

"我们既然同甘共苦来到这种境遇中，若丈夫死了，我也得死。"

弟妇就想：

"既然不能两全，若把这弟兄两人任何一个死去，另一个也难独全。想想他们受困于此的原因，皆只为路中有我们两人，受女人累赘所致。我们既然无益有害，不如我们死了，弟兄两个还可希望其同逃出这死海，为国家做出一分事业。"

那嫂嫂因为爱她的丈夫，想在她丈夫死去时，随同死去；丈夫不死，故她也还不死。那弟妇则因为爱她的丈夫，明白谁应当死，谁必需活，就一声不响，睡到快要天明时，悄悄的打破一个饭碗，把自己手臂的动脉用碎磁割断，尽血流向一个木桶里去，等到另外三个人知道这件事情时，木桶中血已流满，自杀的一个业已不可救药了。

弟弟跪在沙地上检察她的头部同心房时，又伤心，又愤怒，问她：

"你这是做什么？"

那女人躺卧在他爱人身旁，星光下做出柔弱的微笑，

好像对于自己的行为十分快乐,轻轻的说:

"我跟在你们身边,麻烦了你们,觉得过意不去。如今既然吃的喝的什么都完了,你们的大事中途而止岂不可惜?我想你们弟兄两个既然谁也不能让谁牺牲,事情又那么艰难,不如把无多用处的我牺牲了,救你们离开这片沙漠较好,所以我就这样作了。我爱你!你若爱我,愿意听我的话,请把这木桶里的血,趁热三人赶快喝了,把我身体吃了,继续上路,做完你们应做的事情。我能够变成你们的力量,我死了也很快乐。"

说完时,她便请求男子允许她的请求,原谅她,同她接一个最后的吻。男子把一滴眼泪淌入她口中,她咽下那滴眼泪,不及接吻气便绝了。

三个人十分伤心,但为了安慰死去的灵魂,成全死者的志愿,记着几人远离家国的旅行,原因是在为国家寻觅出路,属于个人的悲哀,无论如何总得暂且放下不提,因此各人只得忍痛分喝了那桶热血。到后天明时,弟弟便背负了死者尸身,又依然照常上路了。

当天他们很幸运的遇到一队横贯沙漠的骆驼群,问及那些商人,方明白这沙漠区域常有变动,还必需七天方能通过这个荒凉地方,到一个属于××国的边镇。几人便用一些银块,换了些淡水,换了些粮食,且向商人雇了一匹骆驼,一个驼夫把死尸同粮食用具驮着,继续通过这片沙碛,但走到第四天时,赶骆驼的人,乘半夜众人熟睡之际，拐带了那个死尸逃逸而去，从此毫无踪迹可寻。原来这赶骆驼的，属于一种异端外教，相信新近自杀的女尸，供奉起来，可以保佑人民，便把那个女尸带回部落去用香料制作女神去了。

三人知道这愚蠢行为的意义，沙漠中徒步决不能跟踪奔驰疾步的骆驼，好在粮食金钱依然如旧，无可如何，只好在当地竖立一枝木柱，刻上一行字句："凡能将一个白脸长身的女人尸体送至××国者,可以得马蹄金十块,马蹄银十块。"把木柱竖好，几人重复上路。

走了三天，果然走到了一个商镇，但见黄色泥室，比次相接，驼粪堆积如山，骆驼万千，马匹无数，人民熙熙攘攘，很有秩序。走到一座客店，安置了行李以后，就好好的休息了三天。

休息过后，几人又各处参观了一番，正想重新上路，那弟弟却得了当地流行不可救药的热病，不能起身。把当地的著名医生请来诊治时，方知病已无可治疗，当晚就死掉了。

临死时这弟弟还只嘱咐哥哥，应当以国家事情为重，不必因私人死亡忧戚。且希望哥哥不必在死者身上花钱，好留下些钱财，作旅行用。且希望哥嫂即早动身，免得传染。话说完时，便落了气。这哥嫂二人虽然十分伤心，一切办法，自然尽照死者的志愿作去，把死者处置妥当，就上了路。

剩下这一对青年夫妇,又取道向西旅行了大约有半年光景。那男子因为担心国事,纪念死者,只想凝聚精力,作为旅行与研究旅行所得学问而用,因此对于那位同伴,夫妇之间某种所不可缺少的事情,自然就疏忽了些。女人虽极爱恋男子,甘苦与共,生死相依,终不免便觉得缺少了些东西。

有一天,两人在路上碰到一个因为犯罪双足业被刖去的丑陋乞丐,夫妇二人见了这人,十分怜悯,送他些钱后,那乞丐看到这一对旅行的夫妇检阅羊皮地图,找寻方向,就问他们,想去什么地方,有什么事。两人把旅行意见如实告给了乞丐。那乞丐就说,他是西方××大国的人,知道那边一切,且知道向那大国走去的水陆路径,愿意引导他们。两人听说,自然极其高兴。于是夫妇两人轮流用一辆小车推动这乞人上路,向乞人所指点方向,慢慢走去。

夫妇两人爱情虽笃,但因作丈夫的不注意于男女事情,妇人后来,便居然同那刖足男子发生了恋爱。时间这样东西既然还可造成地球,何况其他事情?这爱情就也很自然并不奇怪了。两人因这秘密恋爱,弄得十分糊涂,只想设计脱离那个丈夫。因此那刖足男子,便故意把旅行方向,弄斜一些,不让几人到达任何城池。有一天,几人走近了一道河边,沿河走去,妇人见河岸边有一株大李子树,结实累累,就想出一个计策,请丈夫上树摘取些李子。丈夫因为河岸过于悬崖，稍稍迟疑。那妇人说，这不碍事，若怕掉下，不妨把一根腰带，一端缚到树根，一端缚到腰身，纵或树枝不能胜任，摔下河中时，也仍然不会发生危险了。丈夫相信了这个意见，如法作去，李树枝子脆弱，果然出了事情。女人取出剪子，悄悄的把那丝质腰带剪断，因此那个丈夫，即刻堕入河中，为一股急促黄流卷去，不见踪影。

妇人眼见到自己丈夫堕入大河中为急流冲去以后，就坦然同那刖足男子，成为夫妇，带了所有金银粮食重新上路了。

不过这个男子虽已堕入河中，一时为洑流卷入河底，到后却又被洑流推开，载浮载沉，向下流漂去。后来迷迷糊糊漂流到了一个都市的税关船边，便为人捞起，搁在税关门外，却慢慢的活了。初下水时，这男子尚以为落水的原因，只是腰带太不结实，并不想到事出谋害。只因念念不忘妇人，故极力在水中挣扎，才不至于没顶。等到被人从水中捞起复活以后，检察系在身边那条断了的腰带，发现了剪刀痕迹，方才明白落水原因。但本身既已不至于果腹鱼鳖，目前要紧问题，还是如何应付生活，如何继续未完工作，为国效劳，方是道理。故不再想及那个女人一切行为，忘了那个女人一切坏处。

这男子因为学识渊博，在那里不久就得到了一个位置。作事一年左右，又得到总督的信任，引为亲信。再过三年，总督死去，他就代替了那个位置，作了总督。

妇人虽对于这男子那么不好，他到了作总督时，却很想念到他的妇人，以为当时背弃，必因一时感情迷乱，故不反省，冒昧作出这种蠢事，时间久些，必痛苦翻悔。他于是派人秘密打听，若有关于一个被刖足的男子，与一个美丽女人因事涉讼时，即刻报告前来，听候处治。

时间不久，那大城里就发现了一件希奇事情，一个曼妙端雅的妇人，推挽了辆小小车子，车中却坐了一个双脚刖去剩余只手的丑陋男子，各处向人求乞。有人问她因何事情，从何处来，关系怎样，妇人就说：废人是他的丈夫，原已被刖，因为欢喜游历，故两人各处旅行。有些金银，路上被人觊觎，抢劫而去。当贼人施行劫掠时，因男子手中尚有金子一块，不肯放下，故这只手就被贼徒砍去。路人见到那么美貌妇人，嫁了这种粗丑丈夫，已经觉得十分古怪，人既残废，尚能同甘共苦，各处谋生，不相远弃，尤为罕见。因此各有施赠，并且传遍各处，远近皆知。事为总督所闻，即命令把那一对夫妇找来。总督一看，妇人正是自己爱妻，废人就是那个身受刖刑的废人。虽相隔数年，女人面貌犹依然异常美丽。刖足乞丐，则因足既被刖，手又砍去一只，较之往昔，尤增丑陋。那总督便向妇人询问：

"这废人是不是你丈夫？"

妇人从从容容的说：

"他是我的丈夫。"

总督又问废人：

"你们什么时候结婚，在什么地方住家？"

废人不知如何说谎，那妇人便抢着回答：

"我们结婚业已多年，我们本来有家，到后各处旅行，路上遇了土匪，所有金宝概行掠去以后，就流落在外不能回家了。"

总督说：

"你认识我不认识？"

那妇人怯怯看了一下，便着了一惊。又仔细的一看，方明白座上的总督，就正是数年前落水的丈夫！匆促中无话可说，只顾磕头。

总督很温和的向妇人说：

"你如今居然还认识得我，那好极了。你并没有错处。你并没有罪过。如今尽你意思作去。你自己看，想怎么样？你可以自己说明。你要同这个废人在一处，还是想离开他？你可以把你希望说出来。"

那妇人本来以为所犯的罪过非死不可，故预备一死。如今却见总督那么温和，想起一切过去，十分伤心。哭了一会，就说：

"为了把总督人格和恩惠扩大，我希望还能够活下去。我本来应当即刻自杀，以谢过去那点罪过。但如今却只盼望总督的大恩，依旧允许我同这废人在本境里共同乞讨过日子下去了,因为这样,方见得你好处!"

总督说:

"好,你欢喜怎么样就怎么样,总之如今你已自由了。"

此后这总督因为关心祖国事情,把总督职务交给了另外一个人,所有的金钱,赠给了那个他极爱她她却爱一废人的女子,便离开那都市,回转本国去了。

故事到末了时,那商人说:

"我这故事意思是在告给你们女人的痴处,也并不下于男子。或者我的朋友还有更好的故事,提到这个问题,我希望他故事比我的更好。"

二 弹筝者的爱

第二个商人,有一张马蹄形的脸子,这商人麻脸跛脚,只剩下一只独眼,像貌朴野古怪,接下去说:

"女人常使男子发痴,作出种种呆事,呆事中最著名的一件,应当算扇陀迷惑山中仙人的传说。我并没有那么美丽驾空的故事,但我却知道有个极其美丽的女人,被一个异常丑陋的男子所迷惑,做出比候补仙人还可笑的行为。"

这故事在后面。

副官宋式发,年纪青青的死去时,留给他那妻子的,只是一个寡妇的名分,同一个未满周岁的小雏。这寡妇年龄既然还只有二十岁,像貌又复窈窕宜人,自然容易引起当地年轻的男子注意。谁都希望关照这个未亡人,谁都愿意继续那个副官的义务和权利。因此许多人皆盼望接近这个美貌妇人身边,想把这标致人儿随了副官埋葬在土中的心,用柔情从土中掏出。使尽了各种不同方法,一切还是枉然徒劳。愚蠢的诚实,聪明的狡猾,全动不了这个标致人儿的心。

她一见到这些齐集门前献媚发痴的人,总不大瞧得上眼。觉得又好笑又难受,以为男子全那么不济事,一见美貌红颜,就天生只想下跪。又以为男子中最好的一个,已经死去了,自己的爱情,就也跟着死去了。

过了两年。

这未亡人还依然在月光下如仙,在日光下如神,使见到她的人目眩神迷,心惊骨战。爱她的人还依然极多,她也依然同从前一样,贞静沉默的在各种阿谀各种奉承中打发日子下去。

她自己以为她的心死了,她的心早已随同丈夫埋葬在土中去了,她自己若不掏出来,别人是没有这分本领把它掏得出来的。

到后来,一些从前曾经用情欲的眼睛张望过这个妇人的,因爱生敬皆慢慢的离远了。为她唱歌的,声音已慢慢的喑哑了。为她作诗的,早把这些诗篇抄给另外一个女子去了。

又过了两年。

有一天,从别处来了一个弹筝人,常常扛了他那件古怪乐器,从这未亡人住处门前走过。那乐器上十三根铜弦,拨动时,每一条铜弦便仿佛是一张发抖的嘴唇,轻轻的,甜蜜的靠近那个年轻妇人的心胸。听到这种声音时,她便不能再作其他什么事情,只把一双曾经为若干诗人嘴唇梦里游踪所至的纤美手掌,扶着那个白白的温润额头。一听到筝声,她的心就跳跃不止。

她爱了那个声音。

当她明白那声音是从一只粗糙的手抓出时,她爱了那只粗糙的手。当她明白那只粗糙的手是一个独眼,麻脸,跛脚的人肢体一部分时,她爱了那个四肢五官残缺了的废人。她承认自己的心已被那个残废人的筝声从土中掏出来了。她喜欢听那筝声。久而久之,每天若不听听那筝声,简直就不能过日子了。

那弹筝人住处在一个公共井水边,她因此每天早晚必借故携了小孩来井边打水。她又不同他说什么。他也从不想到这个美丽妇人会如此丧魂失魄的在秘密中爱他。

如此过了很多日子。

有一天,她又带了水瓶同小孩子来取水,一面取水,一面听那弹筝人的新曲。那曲子实在太动人了,当她把长绳络结在瓶颈上时,所络着的不是颈头,竟是那小雏的颈项。她一面为那筝声发痴,一面把自己小孩放下深井里去,浸入水中,待提起时,小孩子早已为水淹死了。

附近的人知道了这件事情时,大家跑来观看,却不明白为什么这妇人如何发痴会把自己亲生小孩杀死。或以为鬼神作祟作出这事,或以为死去的副官十分寂寞,就把儿子接回地下去,假手自己母亲,作出这事。又或以为那副官死后,因明白妇人过于美丽年轻,孀居独处,十分可怜,故促之把小孩子弄死,对旧人无所系恋,便可以任意改嫁。谈论纷纭,莫衷一是,却无一人想像得出这事真正原因。

那时弹筝人已不弹筝了,正抱了他那神秘乐器,欹立在一株青桐树下。有人问他对于这种稀奇事情的意见:

"先生,一个女子像貌如此良善,为人如此贞静,会作这种古怪事情,你说,这是怎么的?"

那弹筝人说:

"我以为这女人一定是爱了一个男子。世界上既常有受女人美丽诱惑发昏的男子,也就应当有相同的女人。她必为一个魔鬼男子先骗去了灵魂,现在的行为,正是想把身体也交给这魔鬼的!"

"这魔鬼属于某一类人?"

那弹筝人听到这样愚蠢的询问,有点生气了,斜睨了面前的人一眼,就闭了他那只独眼说道:

"你难道以为女子会爱一个像我这种样子的男子么?"

那人看看说来无趣，便走开了。至于那弹筝人，当然是料不到妇人会为他发痴的。

到了晚上，弹筝人正独自一人闭着独眼，在明月下弹筝，妇人就披了一件寝衣走去找他，见到他时，同一堆絮一样，倒在他的身边。弹筝人听到这种声音，吃了一惊，睁开独眼，就看到一堆白色丝质物，一个美丽的头颅，一簇长长的黑发。弹筝人赶忙把这个晕了的人抱进屋中竹床上，藉月光细细端详一下面目，原来这个女子就正是日里溺死婴儿的妇人。再想敞敞妇人那件衣服，让她呼吸方便一点时，稍稍把衣服一拉，就明白这妇人原来是一个光光的身体，除了一件寝衣什么也没着身！那弹筝人简直吓呆了，不知如何是好。

妇人等不及弹筝人逃走，就霍然坐起，把寝衣卸下，伸出两只白白的臂膊抱定那弹筝人颈项了。

她告给了他一切秘密，她让他在月光下明白她是一个如何美丽的生物。

但他想起日里溺毙的婴孩，以为这是魔鬼的行为，因为吓怕，终于弃却了女人同那件乐器，远远的逃走了。而她后来却缢死在那间小屋里。

三　一匹母鹿所生的女孩的爱

第三个商人像貌如一个王子，他说：

我的故事虽然所说到的还是女人。这女人同先前几个女人或者稍微不同一点。我的故事同扇陀故事起始大同小异，我要说到的女人，却似乎比扇陀更能干一些。但也有些地方与其余故事相同，因为这女人有所爱恋，到后便用身殉了爱。她爱得更希奇，说来你们就明了。

与扇陀故事一样，同样是一个山中，山中有个隐居遯世修道求真的男子，搭了一座小小茅棚，住在那里，不问世事。这隐士小便时，有一只雌鹿来舐了几次，这鹿到后来便生了一个女子，像貌端正娴雅，美丽非常。这母鹿所生孩子，一切如人，仅仅两只小脚，精巧纤细，仿佛鹿脚。隐士把女孩养育下来，十分细心，故女孩子心灵与身体两方面，皆发展得极其完美。

女孩子大了一些，隐士因为自己是一个旧时代的人物，担心自己的顽固褊持处，会妨碍这女孩的感情接近自然，因此在较远住处，找寻到一片草坪，前面绕有清泉，后面傍着大山，在那里为女孩造一简陋房子，让她住下。两方面大约距离三里左右，每天这女孩子走来探望隐士一次，跟随隐士请业受教。每次来到隐士住处读书问道，临行时，隐士必命令她环绕所住茅屋三周，凡经过这个女孩足迹践履处，地面便现出无数莲瓣。

隐士从女孩脚迹上，明白这个女孩，必有夙德，将来福气无边，故常常为她说及若干故事，大都是另一时节另一国土女子在患难中忍受折磨转祸为福故事。女孩听来，只知微笑，不能明白隐士意思。

有一天国王因为国家大事，无法解决，亲自跑来隐士住处领教，请求这个积德聚学的有道之人，指点一切困难问题。到了山中隐士住处之后，见隐士茅屋周围，皆有莲花瓣儿痕迹，异常美丽。国王就问隐士：

"这是什么？"

隐士说："这是一个山中母鹿所生女孩的脚迹。"

国王说："山中女子，真有美丽如此的脚迹吗？"

"你不相信别人的，就应当相信你自己的。国王，那你以为这是谁的脚迹？"

"假如这个山中真有如此美丽脚迹的人，不管她是谁生的，我都预备把她讨作王后。"

"凡世界上居上位的皆欢喜说谎，皆善说谎。"

"我若说谎，见到这个女人以后，不把她娶作王后，天杀我头。你若说谎，无法证明这是女人的脚迹，我就割下你的头颅。"

隐士眼见到这个国王血脉偾兴，大声说话，却因为这里一切皆是事实，难于否认，故当时只微笑颔首，不作别的话语。

时间不久，住在另外一个地方的女孩又跑来了，一见隐士身边的国王，从服饰仪表上看来，明白这个人是历史上所称的国王，就温文尔雅，为隐士与国王行了个礼，行礼完后，站在旁边不动。这女孩既然容貌柔媚，并且知书识礼。国王有所询问时，应对周详，辞令端雅。国王十分中意，当场就向那个女孩求婚。他请求女孩许可，让他成为她的臣仆，把那戴了一顶镶珠嵌宝王冠的头，常常俯伏在她膝边。

女孩子那时年龄还只一十六岁，第一次见到陌生男子，且第一次听到国王这种糊涂的意见，竟毫不觉得希奇。她即刻应允了这件事，她说：

"国王，您既然以为把王冠搁在我的膝下使您光荣幸福，您现在就可照您意思作去。"

那国王得了女人的爱情以后，就把女人用一匹白色大马，驮回本国宫中。选择吉日良辰，举行婚礼。

结婚以后，这个女人被国王恩宠异常。一月以后，为国王孕了个小孩，将近一年，所孕小孩应分娩了，真忙坏那个国王。自从这山中女孩入宫后，专宠一宫，因此其他妃嫔，莫不心怀妒嫉。故当女孩生产落地一个极大肉球时，就有人在暗中私下把王后所生产的肉球取去，换了一副猪肺。国王听说产妇业已分娩，走来询问，为其他妃嫔买通的收生妇人，就把那一堆猪肺呈上，禀告国王，这就是王后生产的东西。国王听说有这种事情，十分愤怒，即刻派人把那王后押送出宫，恢复平民地位。

这女孩因为早年跟隐士学得忍受横逆方法，当时含冤莫白，只得忍痛出宫。出宫以后，就匿名藏姓，且用药水把自己像貌染黑，替大户人家做些杂务小事，打发日子。因为出自宫中，礼仪娴习，性情又好，深得主人信任，生活也不十分困难。

那个国王，自然就爱了其余妃嫔，把山中母鹿所生的那个女子渐渐忘掉了。

当王后所生养的肉球下地时，隐藏了这肉球的先把它放在一锅沸水中，好好煮了一阵，估计烈火业已把它煮烂了，就连同那口锅子，假称这是国王赏赐某某大臣的羊羔，设法运送出宫。出宫以后，抬到大江边去，乘上特备的小船，摇到江中深处，把那东西全部倾入江中，方带了空锅回宫复命。

这肉球载浮载沉一直向下游流去，经过了七天七夜，流到另外一个地方，被一个打渔的老年人丝网捞着。渔人把网提起一看，原来是个极大肉球。把肉球用刀剖开，见到里面有一朵千瓣莲花，每一花瓣，皆有一个具体而微非常之小的人，弄得渔人异常惊吓。只听到那些小人说：

"快把我送进你们国王那边去。你就可得黄金千块，白银千块。"

渔人不敢隐瞒下去，即刻用丝网兜着那个肉球，面见国王，且把肉球呈上。那国王正无子息，把肉球弄开一看，果然希奇。因此就赏了渔人金银各一千块，渔人得了赏赐，回家作富翁去了，不用再提。这肉球中小人，却因为在日光空气与露水中慢慢长大，为时不久，就同平常小孩一般无二了。这个好事国王，于是凭空多了一千个儿子，上下远近，皆以为这是国王积德，上天所赐。

这一千小孩到十六岁时，莫不文武双全，人世少见。到了二十岁时，这一千个儿子，便被国王命令，派遣到邻国去战征，各人骑了白马，穿戴上棕色皮类镂银甲胄，直到另一国家皇城下面挑战。凡个人应战的无不即刻死去，凡部队应战莫不大败而归。这样一来，竟使城中那个国王，无计可施。

官家方面等待到自己无计可施时，于是只得各处贴上布告，招请平民贡献意见，且悬了极大赏格，找寻能够击退外敌的英雄。

山中母鹿所生的那个女人，知道这是自己的孩子来此胡闹。便穿了破旧衣服，走到国王处去陈说她有退兵办法，请求国王许可，尽她上城一试。得了许可，走上城去，那时城下一千战士，正在跃马挺戈，辱骂挑战。但见城上一面大旗子下，站下一个穿着褴褛像貌平常的妇人，觉得十分希奇，就各自勒着缰辔，注意妇人行为。

那妇人开口说道：

"你们这些小东小西，来到这里胡闹什么？我是你们的母亲，这里国王是你们的爸爸，还不去丢下刀枪，跳下白马。"

其中就有人说：

"你这疯婆子，你说你是我们的母亲，把我们一个证据。"

女人嘱咐各人站定，把嘴张开，便裸出双乳，用手将乳汁挤出，乳汁齐向城下射去，左边分为五百道，右边也分为五百道。一千战士口中，无人不满含甜乳。这一千战士业已明白城上妇人即为生身母亲，不敢违逆，放下武器，投地便拜。

一切弄得明白清楚以后，两国战事，自然就结束了。两个国王因为这一千太子生于此国，育于彼国，故到后就共同议定，各人得到五百儿子。至于那个母亲，自然仍为这一千儿子的母亲，且仍然回转到王宫中作了王后。二十年来使这王后蒙受委屈的一千妇人，因为当时还同谋煮过太子，便通统为国王按照国法捉来放到火中用胡椒火烧死了。

当初那个山中母鹿生养的女人，其所以能够在委屈中等待下去，一面因为受的是隐士熏陶，一面也正因为自信美丽，以为自己眉目发爪，身段肌肤，莫不是世所希少的东西，国王既为这分美丽倾倒于前，也必能使国王另外一时想起她来，使爱情复燃于后。因此所遭受的，即或如何委屈，总能忍耐支持下去。如今却意料不到有了一千儿子，且正因为这一千儿子，能够恢复她那个原来地位。但她同时却也明白了她其所以受人尊敬处，只是为了这一群儿子。且明白她如今已老了，再也不能使那个国王，或其他国王，把戴了嵌宝镶珠王冠的尊贵头颅，俯伏到她的脚边了。她明白了这些事情时，觉得非常伤心。

她想了七天,想出了一个极好计策。同国王早餐时,就问国王说:

"亲爱的人,你还记不记得我在山中时节的样子?"

国王说:

"我怎么不记得?你那时真美丽如仙!"

"亲爱的人,你还记不记得你向我求婚时节的种种?"

"我记得十分清楚,我为你美丽如何糊涂。"

"亲爱的人,你还记不记得我们结婚以后出宫以前那些日子的生活?"

"那些事同背诵我自己顶得意的诗歌一样,最细微处也不容易忘记。你当时那么美丽,这种美丽影子,留在我心中,就再过二十年,也光明如天上日头,新鲜如树上果子。"

女人听到国王称赞她的过去美丽处,心中十分难受,沉默着,过一会儿就说:

"我被仇人陷害出宫,同你离开二十年,如今幸而又回到这宫中来了,一切事真料想不到。我从前那些仇人全被你烧死了,现在却还有一个最大的仇人,就在你身边不远。我已把这个仇人找得。我不想你追问我这仇人姓甚名谁,我只请求你宣布她的死刑,要她自尽在你面前。若你爱过我,你答应了我这件事。"

国王说:

"就照你意思做去,即刻把人带来。"

这女人就说她当亲自去把那仇人带来。又说她不愿眼见到这仇人自杀,故请求国王,仇人一来,就宣布死刑,要那个人自杀,不必等她亲自见到这种残酷的事情。说后,王后就走了。

不到一会,果然就有个身穿青衣头蒙黑纱手脚自由的犯人在国王面前站定了,国王记起王后所说的话,就说:

"犯罪的人,你如今应该死了,你不必说话,不必分辩,拿了我这把宝剑自刎了罢。"

那黑衣人把剑接在手中,沉沉静静的走下阶去,在院子中芙蓉树下用宝剑向脖子一勒,把血管割断,热血泛涌,便倒下了。国王遣人告给王后,仇人已死,请来检视。各处寻觅,皆无王后踪迹。等到后来国王知道自杀的一个仇人就是王后自己时,检察伤势,那王后业已断气多时了。

那王后自杀后,国王才明白她所说的仇人,原来就是她自己的衰老。她的意思同中国汉武帝的李夫人一样,那一个是临死时担心自己丑老不让国王见到,这一个是明白自己丑老便自杀了。

为张家小五哥辑自《法苑珠林》

二十二年七月十八成于青岛

廿四年十一月廿六改于北平

猎人故事

有个善于猎取水鸟的人,因为听另一个人,提及黑龙江地方的雉鸡,行为笨拙,一到了冬季天落大雪时,这些雉鸡就如何飞集到人家屋檐下去,尽人用手随便捕捉。对于鸟类的描写,似乎太刻薄了一点,心中觉得有点不平。这猎人就当众宣布,他有一个关于鸟类的故事,并不与前面的相同。

大家看看,这是一个猎鸟的专家,又很有了一分年纪,经验既多,所说的自然真切动人,故极望他赶快说出来,说出来时,大家再来评定优劣。

这猎人就说:

"这故事是应当公开的,可是不许谁来半途打岔。"

大家异口同声承认了这个约束:

"好的,谁来打岔,把谁赶出门外去。"

有人这时走到窗边看看,外面的雨,正同倾倒一样向下直落,谁也不愿意出去的,谁也不会打岔!

我十六年前住在北京西苑，有志气作一个猎人，还不曾猎取过一只麻雀。那时正当七月间，一个晚上，因为天气太热，恰恰和家中人为点小事，争吵了几句，心中闷闷不乐。家中不能住下，就独自在颐和园旁边长湖堤上散步。这长湖是旗人田顺儿向官家租下，归他营业，我们平时叫它作租界的。我在这堤上走了一阵，又独自在那石桥上坐下来，吸着我的长烟管，看天上密集的星子，让带了荷叶香味的凉风吹吹，觉得闷气渐消，心中十分舒服。走了一阵，坐了一阵，在家中受的闷气既已渐渐儿散了，我想起应当回大坪里听瞎子说故事去了。正当站起身时，忽然从那边芦苇里过来了一个人。这人穿了一身青衣，颈项长长的，样子十分古怪。我先前还以为是一只雁鹅，到后我认清楚了他是一个人时，想起这里常常有人悄悄儿捕鱼，所以看他从芦苇里出来，于是就不觉得希奇了。这人走近我身边以后就不动了。原来他想接一个火，吸一枝烟。

接了火他还不即走开，站在那儿同我说了几句闲话。西苑我住了很多日子，还不曾见到这样一个有趣味的人。我们谈到租界的出产，以及别的本地小事。不知如何我们就又谈到了雁鹅，又谈到了生气，提起这两件事情时，那穿青衣的人就说：有个故事，欢喜不欢喜听下去？我正想听故事，有人为我说故事，岂有不欢喜道理。可是他先同我定下很苛刻的条约,两人事前说好,不许中途打岔,妨碍他的叙述,听不懂也不许打岔。若一打岔,无论如何就不继续再说下去。我当时自然满口答应了他。猎鸟的人先就得把沉默学会,才能打鸟,我不用提,这件事顶容易办到。

这穿青衣的人就一面吸烟一面把故事说下去——

有那么一个池塘,池塘旁边长满了芦苇,池塘中有一汪清水,水里有鱼,有虾,有各样小虫,芦苇里有青蛙,有乌龟,有各种水鸟。那个夏天芦苇里一角,住了两只雁鹅同一个乌龟。这两样东西,本不同类。只因为同在一块地方,相处既久,常常见面,生活来源,又皆完全出自池塘,故他们正好像身住租界另外某种雅人相似,相互之间,在些小小机会上,就成了要好朋友。两方面既没有什么固定正当的职业,每天又闲着无事,聚在一块儿谈天消磨日子,机会自然也就很多。

他们既然能够谈得来,所谈到的,大概也不外乎艺术,哲学,社会问题,恋爱问题,以及其他种种日常琐事佚闻。不过他们从不拿笔,不写日记,不做新诗,中外文学家辞典上自然没有姓名,大致也不加入什么"笔会"。

论性格他们极不相同。他们之间各有个性。譬如那两只雁鹅,教育相等,生活相似,经验阅历皆差不多,观念可就不能完全相同。雁鹅和乌龟,不同处自然更多了。好在他们都有知识,明白信仰自由的真谛,不十分固执己见。虽各有哲学,各有人生观,并不妨碍他们友谊的成立。

雁鹅在天赋上不算聪明,可是天生就一对带毛的翅膀,想到什么地方去时,同世界上有钱的人一样,皆可以一翅飞去,不至于发生困难。性格虽并不如何聪明,所见的自然较宽。且从自己身分地位上看来,生活上的方便自由处,远非其他兽类,鱼类,虫类可比,故不免稍稍有点骄傲。由于自己可以在空中来去,所见较宽,在议论之间,不免常常轻视一切。对于乌龟的笨拙,窄狭,寒酸,以及仿佛有理想而永远不落实际;不能飞却最欢喜谈飞行的乐趣,永远守住一方却常常描写另一世界的美丽,这种书生似的傻处,觉得十分好笑。又因为明白乌龟不会生气,因此就常常称乌龟为"哲学家","理想主义者",且加以小小嘲弄,占了点无损于人有益于己的小便宜。

至于那个乌龟呢,性格玄远静默,澹泊自守,风度格调,不同流俗。生平足迹所经,说来有限。却博闻强记,读书明理。虽对于雁鹅那种自由,有所企羡,但并不觉得自己的缺点难过。这乌龟有乌龟的人生观,这人生观的来源,似乎由于多读古书,对《老》《庄》尤多心得。(《老》《庄》是两部怪书,不拘何种人,一读了也就可以使他满意现状,保守现状,直至于死。)读书很有心得,故这乌龟在生活上一切打算,皆平稳无疵。天气热时,他只想在湿泥里爬爬,或过桥洞下阴凉处玩玩,天气比较寒冷时,太阳很好,他爬到石头上晒晒太阳,无太阳时,就缩了头颈休息在自己窠里。这乌龟生活虽极平凡,但能得到一分生活趣味,每一个日子似乎皆不轻易放过。每每默想到庄子书中所说:"宁为庙堂文绣之牺牲乎?抑为泥涂曳尾之乌龟乎?"便俨然若有所得,以为远古哲人,对于这分生活,尚多羡慕意思,自己既是一个有生命的东西,生活结结实实,就觉得泰然坦然,精神中充满了一个哲人的快乐。

雁鹅不大了解"知足不辱"的哲学,因此以为乌龟是"理想主义"。乌龟依然记着古书上几句话,从不对于雁鹅的误解加以分辩。这乌龟仿佛有种高尚理想,故能对于生存卑贱处,不以为辱,其实这个乌龟对于比本身还大一点儿的理想,全用不着,他的理想就只在他的生活中。

有一次,他又被雁鹅称呼为理想家,且逼迫到要明白他的理想所归宿处,这乌龟无办法时,就说:"我的理想只是:天气晴朗时,各处慢慢爬去,听听其他动物谈谈闲话。腹中需要一点儿柔软东西填填时,遇到什么可吃的,就随便抓来吃吃。玩倦了,看看天气也快要夜了,应当回家时,就赶快回家去睡觉。我的理想只是这样的,不折不扣,同世界上许多活人的理想一样。"

乌龟说的话很实在,雁鹅却不大相信,这也是很自然的。这正同许多没有理想的人一样,由于他的朴质,由于他的无用,由于怕冒险,怕伤风,怕遇见生人,生活得简陋异常,容易与哲人行为相混淆,常常为流俗所尊敬,反而以为是一个布衣哲学家。这种事在乌龟方面虽不常见,在人类可多极了。

照性情,生活,信仰,三方面看来,这两只雁鹅同乌龟,不会成为朋友的。可是他们自己也不大清楚,不但成为朋友,且居然成为极好的朋友了。乌龟那种平庸迂腐,雁鹅心中有时也很难受;雁鹅那种膏粱子弟气息,乌龟也不能完全同意。不过这分友谊却是极可珍贵的,难得的,也不会为了这些小事有所妨害的。

他们还都是一个会里面的会员。那会也同人间的什么党会一样,无所不包。他们之间常常用的是极亲昵的称呼,那个称呼为中国人从外国学来,他们又从人类学来的。

有一天,他们吃得饱饱的,无事可作,同在一个柳树桩上谈天,一只雁鹅刚从他们自己那个会里,听过猫头鹰演说,那题目名为"有翅膀者生存之意义"。复述猫头鹰的话语,给乌龟听听。说到"地球上一切文化同文明,莫不由于速度而产生;换而言之,也莫不由于金钱同翅膀而产生。人类虽有金钱,可无翅膀,所以人类中就有许多人,成天只想生出翅膀。但翅膀为上帝独给鸟类的一分恩物,故报纸上载人类的飞机常常失事,就从不见到什么报纸，载登什么鸟类失事。即此可知鸟类为万物之灵，为上帝的嫡亲的儿女。至于其他……"

这雁鹅记起朋友是乌龟，不好再说下去了。为了不想给朋友难堪，他随即又很谦虚的说："同志，照我想来，速度产生文明是无可否认的，因为他可以缩短空间距离。凡是有翅膀的东西，他本身自然重要一点，或者说自由一点。……我只说，比别的东西生活自由一点。这自由是好像很可贵的。"

乌龟最不满意把文明文化用速度来解释，一则由于自己行动呆滞，一则由于他读过许多中国古书，以为那种速度产生文明的议论，近于一种谎话。他这时把眼睛望望天空，心中既对于翅膀的价值有所不平，平素又不大看得起新学，对于猫头鹰感情极坏，就好像当着猫头鹰面驳一样，盛气的说：

"速度本身决不能产生文化或文明！恰恰相反，文明同文化皆在生活沉淀中产生。我以为世界上纵有更多生了两个翅膀的生物，可以自己各处远远的飞去，对于文明文化还是毫无关系。文明文化是一些人生下来决定的。是一些比较聪明的人，运用他们的聪明，加上三分凑巧产生的。要身体自由有什么用处？自由重在信仰与观念，换言之，重在思想自由！"

那雁鹅对于这种议论本来不大明白，见乌龟这样一说，更不明白了，就要求他朋友，把自由说得浅近一点。

乌龟想想，"是的，我同你应当说浅近一点的。"于是接着说："同志，说浅近一点吗，我只问你，把自己本身安顿到一个陌生世界里去，一切都不让你习惯，关于气候，起居，饮食，一切毫不习惯；关于礼貌，服饰，一切全得摹仿那个世界的规矩，——你算是自由了吗？"

这样一来雁鹅懂了。雁鹅说：

"同志，可是你若有那点自由，不是可以看到许多新地方，看到许多新东西了吗？你不是可以到他们博物馆里去看商周古物，到艺术馆看唐宋古磁古画，到图书馆看宋元版本古书，再到大戏院去听第一流名手唱歌扮戏，到大咖啡馆同美人跳舞吗？只要有翅膀，你不是可以各处游山玩水，把整个世界全跑尽吗？"

乌龟把头摇摇，很有道理的说：

"那不算数，那不算数。一只大船在咸水里各处浮去，他因为缺少思想，每次周游环球，除了在龙骨上粘了些水藻贝壳以外，什么也得不到。生活从外面进来，算不得生活。你纵无翅膀，不能用你的翅膀各处飞去，只要有钱，一只哈叭狗也可以周游全个地球！你试说说，那一只有钱的哈叭狗，照着你所说到的——生活过来，他是不是依然还只是一只哈叭狗？"

雁鹅说：

"同志，我并不以为这哈叭狗玩过了几个地方，就懂得艺术或哲学。我不那么说。可是我请你说浅近一点，不要尽来作比喻。你同人说话，近来的'人'你作比喻他就不大懂，何况一只雁鹅？"

乌龟说：

"同志，总而言之，我以为我们单是有眼睛还不行，譬如一个筛子有多少眼睛，它行吗？"

那雁鹅见到这乌龟又在作比喻了，赶忙把头偏过一边去，表示不想再听；乌龟知道那是什么表示，就说：

"同志，同志，不作比喻，不作比喻。我说的是我们不能靠眼睛来经验一切，应当用灵魂来体念生活，用思索来接近宇宙。宇宙这东西很宽很大，一个生物不管是一只鸟还是一个乌龟，从横的看来，原只占地面那么一个小点，小到不能形容；从纵的看来，我们的寿命同地球寿命比比，又显得如何可笑。因此生活得有意义，不应在身体上那点自由，应在善于生活。一个懂生活的人，即或把他关在笼子里，也能够生活得从从容容，他且能理解宇宙，认识宇宙。"

乌龟那么说着，是因为他不久以前正读过一本书，书上那么说着。

较小那只雁鹅，半天不说话，这时却挑出字眼儿说：

"关在笼子里？就只有同鸡鸭畜牲一样愚蠢的人，总常常被他们同伴关在笼子里。我是一只雁鹅，两个翅膀不剪去，我就不愿意被人关在笼子里！"

那乌龟说：

"同志,人不常常关在木笼或细篾笼里,那是的,那是的。关在笼子里的人也不全是愚蠢的人。可是有些很聪明的人他自己愿意关在另外一种笼子里,又窄又脏,沾沾自喜打发日子,那不是件事实吗?"

"那是由于他们人生观不同,欢喜这样过日子!"

"同志,可是那一个拘束他们生活关闭他们思想的笼子,算不算得一个笼子?"

说到这里他们休息了一会,因为各知道已把话说远了。三个朋友皆明白"人类"的事应由人类去讨论,他们还知道这个问题即或要他们人类自己来说,也永远模模糊糊,说不清楚,雁鹅同乌龟自然更不必来讨论它了。故当时就不再继续说"人"。他们在休息时各自喝了一点儿清水,润润喉咙,那只较小雁鹅,喝过了水时想起了各地方的水,他说:

"本地的水不如玉泉的好,玉泉的水不如北海的好,北海的水不如……"

他同许多人一样,有一种天性,凡事越远就越觉得好。他正想说出一个他自己也并不到过的极远地方的泉水名字,那是他从报纸广告上看来的,因为记起乌龟顶不高兴从报纸上找寻知识,就不好意思再说下去了。

可是,乌龟明白那句话的意思,就很蕴藉的笑笑,且引了两句格言,说明较远的未必就是较好的东西。他引用的自然依旧是中国格言。

那雁鹅对于老朋友引用"人"的格言,并不十分心服,心想"人自己尚用不着那个,一个乌龟还有什么用处?"但一时也不再加分辩。

过了一会,不知何处抛来一个小小石子,正落在乌龟背上,雁鹅明白一定是什么人抛掷来的,便对于朋友这种无妄之灾,有所安慰,说了几句空话,且对于石头来源,加以猜测。可是乌龟却满不在乎,以为极其平常。雁鹅见他朋友满不在乎的神气,反而十分不平,就说:

"哲学家朋友,你不觉得这件事希奇吗?"

乌龟把头摇摇,前脚爬爬,一面说:

"我以为也不十分惊奇。"

雁鹅说:

"既不希奇,然而凭空来那么一下,你不觉得生气吗?"

乌龟想想,做了一个儒雅的微笑,解释这件事毫无生气的理由。

"我因为记起《庄子》上说的,虚舟触舷,飘风堕瓦:一切出于无心,皆不应当生气,故不生气。"

因为说到不生气,其时两只雁鹅兴致正好,就把他朋友如人类中一切聪明朋友作弄老实朋友一样,好好的试验了一番,结果这乌龟还是永远保持到他那个读书人的风度。由于这些原因,他们的友谊此后似乎也就更进步了一点,话非本文,不必多提。

再过不久,这池塘里的水,忽然枯竭起来了,许多有翅膀的为了救亡图存全搬家了。大家为了这件事忙着，各个按照自己经验所及，打算此后办法。两只雁鹅飞到过北京城里先前帝王用作花园的北海，知道那方面一切情形，明白北海地方风景不恶，有水有山，游玩的闲人虽然称多一点，不如这里池塘清静，可是若到那地方去生活，可保定毫无危险。那里来玩的，大多数是受过教育的人，只在那里吃吃东西，谈谈闲天，打发日子，决不会十分胡闹，不守规矩，至多只摘摘莲蓬，折点花草罢了。雁鹅打量邀约乌龟过北海去住，便同他朋友来商量：

"同志，我们的生活有了点儿障碍，你注意不注意。这池子因为天干，忽然涸竭起来了，我们生活，业已发生问题！若老守一方，必受大苦；同在一处，挨饿尚为小事，恐怕本身还多危险。"

乌龟说：

"我记得汉朝大儒董仲舒说过：天若不雨，可用土龙求雨。北京地方，不少明白古书相信古书的人，应当用这方法求雨。它的来源极古，出于《山海经》，本于《神农请雨书》。……"

雁鹅看到他的朋友又在引经据典，不知如何应付，且知道这事一引经据典，便不大容易说得清楚，因此摇摇头就走开了。

到了第二天又来说：

"同志，这样生活可不行，水全涸了，芦苇也枯了，我担心他们不久会放火烧我们的芦苇。我担心会发生这样一件事情,火发时,我们有翅膀的还可一翅飞去,你是那么慢慢儿爬的,这可不成。你得即早设法,想出个主意,方不失古君子明哲保身之道。"

乌龟因为昨天朋友不让他把话说完就走开,今天却又来说,心中不大乐意,就简简单单的向雁鹅朋友说:

"同志,为时还早。"

说了把头缩缩,眼睛一闭,就不再开口了。雁鹅无法,又只好走开。

第三天,芦苇塘内果然起了大火,雁鹅不忍抛下他的朋友独自飞去,就来想法救他朋友。要这乌龟口衔一木,两只雁鹅各衔一头,预备把这乌龟带出危险区域,到北海去。这时乌龟明白事情十分紧急,不得不承认这两个朋友提议,就说:"一切照办,事不宜迟。"

他们把树枝寻觅得到以后,教乌龟如法试试。临动身时,两只雁鹅且再三嘱咐:

"小心一点,不可说话!"

乌龟当时就说:

"同志,我又不是小孩,难道悬在半空,还说话吗?我不开口,只请放心!"

两只雁鹅于是把木衔起,直向北海飞去。

他们经过西苑时节,西苑许多小孩,见半空中发生了这种希奇事情,全抬起头来,向空中大笑大嚷:

"看雁鹅搬家,看乌龟出嫁!"

雁鹅心想:"小孩子,遇事皆得大声喊叫,不算回事。"仍然向东飞去,不管地下事情。乌龟也想:"童妇之言,百无禁忌。"装作毫无所闻,不理不睬。

又飞一阵,到海甸时,又为小孩子看到,大声叫喊。一行仍然不理,向东飞去。

到了城中,又有小孩喊叫如前,这些小孩,全都穿得十分整齐,还是学生!

乌龟就想:"乡下小孩,不懂事情,见了我们搬家,大惊小怪,自不出奇。你们城中小孩,每天有姑妈师母说故事,见多识广,也居然这样子!"正想说:"你们教员,教你们些什么东西,纵是搬家出嫁,事极平常,同你地下小孩,有甚关系,也值得大惊小怪?"话一出口,身子就向下直掉。

…………

说到这里,那穿青衣的人,才预备说以下事情,那时手中烟卷已完事了,正在掉换一枝烟卷。我觉得这故事十分动人,为了不知道这乌龟掉到什么地方,是死是活,替它十分担心,忘了先前约束,就插口说:

"以后的事?"

我可发誓,我只问那么一句,那穿青衣的人,就只为我插嘴说过那么一句闲话,即刻生起气来了。他显出极不高兴的神气向我说道:

"为什么问这句蠢话?以后的事谁能清楚?我嘱咐你不许打岔。你又打岔,看你意思,我说到末尾,你一定还会要问:那这故事,你既不是雁鹅,你又打那儿来的?你别管我是雁鹅不是。我说故事,生平就不高兴人家这样质问!"

我赶忙分辩,说明一切出于无心,请他原谅。这穿青衣的人只自顾自己把话说完以后,不管我所说的是什么,似乎还很不高兴我,把烟卷燃好,向芦苇那边扬扬长长大模大样走去了。我看他走去时,还以为他脾气不会那么认真,就很好笑的想着:"我看看你那种走路方法真像一只雁鹅或同雁鹅有点亲戚关系。"

可是他当真走了,我还很担心那个乌龟,想知道这读过许多中国旧书的乌龟,因为一时节同小孩子生气,得到什么结果。又想知道这两只雁鹅,到乌龟跌下以后,是不是还想得出方法援救这个朋友。我愿意这故事那么结束,就是这乌龟虽然在半空中向下跌落,近地面时却恰恰掉在一个又暖和又体面正好空着的鸟巢里,那鸟巢里最好还应当有几本古书,尽他在那里读书,等候那两只雁鹅各处找寻,寻觅到第三天才终于发现了他。不过自己那么打算可不行,这结局得由那个穿青衣的人口中说出,我才能够放心。我于是追过去,请他慢走一点,为他道歉,且同他评理。

"朋友,朋友,你不应当为这点小事情生气!你不正说过那乌龟因为生城市中小孩子的气，从半空中就摔下去了吗？你若为一句话见怪，也不很合理！"

我一面那么说，一面心里又想："你若把故事为我说完事，你即或就是那两只雁鹅中任何一只，我下次见着你时，也不至于捉你。"

但这个人显然不愿意再继续我们的谈话，他头也不掉回，就消失在芦苇里去了。

我再走过去一点，傍近芦苇时，芦苇深处只听到勾格一声，接着是两只大翅膀扇着极大的风，举起一个黑色的东西，从我头上飞去。我原来正惊起一只大雁。我就大声喊叫那个说故事的朋友。等了许久，里面还无回答。芦苇静静的，一点儿声音没有。再过去一看，芦苇并不多，芦苇尽处前面是一片水。并没有什么捕鱼的人，绝对没有。我想想，这事古怪。

我很悔恨为什么不抓他一把，把这只大雁捉回家去，请求他把故事说完，请求不出，就逼迫他把这故事说完。

猎鸟人说到这里时，望望大家，怯怯的问：

"你们不觉得这只雁鹅很聪明吗？"接着又说，"我因为相信那个穿青衣的人就是那只大雁，相信它会说故事，相信它下面还有故事，就只为了我要明白那个故事的结果，我才决定作一个猎人，全国各处去猎鸟。我把它们捉来时，好好的服侍它们，等候它们开口，看看过了十天半月,这一位还是不会说什么,就又把它放走了。你们别看我是一个猎鸟专家,我作了十六年的猎鸟人,还不曾杀死过一只小鸟!为了找寻那会说故事的雁鹅,我把全国各省有雁鹅落脚的泽地都跑尽了。你们想想,若我找着了它,那不就很好了吗?"

这猎鸟专家把故事说完时,他那么和气的望着众人,好像要人同情他的行为似的。"为了这只雁鹅,我各处找寻了十六年,"他是那么说的,你看看他那分样子,竟不能不相信这件事。

为小五辑自《五分律》

廿四年十一月廿六改校

一个农夫的故事

那个中年猎户,把他为了一个未完故事,找寻雁鹅十六年的情形,前后原因说过后,旅馆中主人就说:

"美丽的常常是不实在的,天空中的虹同睡眠时的梦,皆可作为证明。不管谁来说一句公平话,你们之中有相信雁鹅会变人的这种美丽故事吗?你们说:这故事是有的,那就得了。"

除了其中只有一个似通非通的读书人,以为猎人说的故事是在讽刺他以外,其余诸人都觉得这故事十分有趣。但当主人把这个话问及众人时,由于谁也不知道说谎,故谁也不敢说他曾经在某个地方,也同样遇到过这种有理性的雁鹅同乌龟。可是当中却有个年青农人,身个儿长长的,肩膊宽宽的,脸庞黑黑的,带着微笑站起身来说:

"我并不见到过一只善变的鸟,可知道人类中有种善变的人。若这件事也可以为猎鸟人的故事作一个证明,我就把这故事说出来,请诸位公平裁判。"

许多人都希望把故事说出以后,再来评判是非,看看是不是用一个新的故事能代替那个猎人旧的故事。大家盼望他即刻把故事说出来,故不必约束,皆异口同声请他"快说",且默默的坐下来听那故事。

农人于是说了下面一个故事:

某个地方,有姊弟二人,姊姊早寡,丈夫死后只留下一个儿子,为时不久她也得了小病死去,死去之后,这孤儿便同他舅父两人一同住下,打发每个日子。孤儿年纪到二十岁时同他舅父两人都在京城一个衙门里办事。两人正直诚实,得人敬爱。只因为那个国家阶级制度过严,大凡身居上位,全是皇亲国戚,至于寒微世族,则本人不拘如何多才多艺,如何勤慎守职,皆无抬头希望。那国家一时又还不会发生革命,因此两人在衙门里服务多日,地位尚极卑微。那时本国恰巧发生饥荒,人皆挨饿,京城内外,无数平民无食物可得,死亡极多,情形很可怜悯。那国家读书人虽不少,却同别的国家读书人差不多,大都以为自己既已派定读书教书,诸事自有官吏负责,不能越俎代庖。至于官吏,当然不会注意这类事情。舅甥两人见到这种情形,十分难受,知道国王大库藏里,收了许多稀奇宝物,毫无用处,许多金钱银钱,毫无用处,许多粮食,毫无用处。两人就暗地商量:

"我们事情既那么卑微,国家现状又那么稀糟,照这样情形下去,想要出人一头,再来拯救平民,不知何年何月,方可办到。若等待革命改变制度,更是缓不济急。如今库里宝物极多,别的东西更多,不如就便取点到手,取得以后,分给京城各处穷人,这样作去,不算蠢事。"

两人都觉得这事不妨试作一下,对于别人多少有些益处。对于多数别人有益,自己即或犯罪受罚,并不碍事。两人商量停当以后,就只等候机会来时,准备动手。

机会一来,两人就在库房某处,挖一大洞,共同爬将进去,取出不少东西。

天亮以后,管库大臣发现了库旁有一个大洞,直通内里,细加察看,就知道晚上业已有人从这地洞搬去东西不少。且到各处探听,皆说本城若干穷人住处,半夜深更,忽然有人从屋瓦上抛下不少布帛食物,钱财宝贝。那时只听到有人在门外说话,十分轻微,"国王知道你们为人正直,生活艰难,秘密派遣我们来赠给你们一些东西。事出国王好意,不必怀疑。"开门一看,渺无一人。东西俱在,当非做梦。一切东西既不知真实来源,故第二天天明以后,胆小多疑的人,以为横财之来,别有理由,不能随意受用的,就赶忙把夜来情形,禀告本街保甲,听候定夺。管库大臣得到这种报告,赶忙把一切原委禀告国王。国王听说,心中十分纳闷,不明究竟。以为这无名贼人,既盗国库,又施平民,于法不可原谅,于理实难索解。当时就吩咐管库大臣："暂且不必声张，走露风声，且等数天，好好派人照料库中，到时一定还有人来偷取东西，见他来时，把他捉来见我。小心捉贼，莫令逃脱；更应小心，对那贼人莫加伤害。"

舅甥二人，其一以为国王还不知道这事，必是管库官吏怕事，不敢禀闻。其一又以为国王当已知道这事，但知盗亦有道，故不追究。两人打算虽不一致，结论皆同：稍过一阵，风声略平，便再冒险去库中偷盗，必使京城每个正直平民，都得到些好处，方见公平。

为时不久，又去偷盗，到洞口时，外甥就说：

"舅父舅父，你年纪业已老迈，不大上劲。我看情形，也许里边有了防备，你先进去，若为衙兵捕获，无法逃脱。不如我先进去。我身体伶便如猴子，强壮如狮子，事情发生时，容易对付。"

那舅父说：

"你先进去，那怎么行，我既人老，应当先来牺牲，凡有危险，也应先试。"

"那里有这种道理？若照人情，不管好坏，我应占先。"

"若照礼法，你无占先权利。"

但这种事既非礼法所奖励，也非人情所许可，致甥舅两人，到后便只好抽签决定。轮到舅父先入，那外甥便说：

"舅父舅父,我们所作事情,并非儿戏!若两人被捉,一同牵去杀头,各得同伴,还有趣味。若不杀头,一同充军,路上也不寂寞。若一人被捉,一人逃亡,此后生活,未免无聊。照我意思,我要发誓,决不与舅父因患难分手。"

舅父说:"一切应看事情如何,斟酌轻重,再定方针。"

那舅父于是十分勇敢,溜进洞穴,刚一进洞,头尚在外,就已为两只冰冷的手,拦腰抱定,无从挣扎。且听人说:"守了十天,如今可捉到你了!"外甥用手抱定舅父头颅不放,还想救出舅父。这舅父知道身入网罗,已无办法可以逃脱,且恐为时稍缓,外甥也将被捉。明知同归于尽,两无裨益。这时要他走去,他又必不愿意单独走去,并且纵即走去,天发白后,人还可从他的像貌看出,原系甥舅两人同谋。这舅父为救外甥,故临时想出急计,告外甥说:

"伙伴伙伴,我如今已无希望了。我腰下业已被人用铡刀扎断,不会再活。两人同归于尽,实在无益。我已老去,我应死了。你还年轻,还可为那些穷人出力帮忙。如今不如把我头颅割下带走,省得我为人认识,出做官吏的丑。此后你自己好好生活,不要为我牺牲难受。"

外甥听说,相信舅父腰身业已被人扎断,不能再活。不得不忍痛把他舅父头颅割下,就此走去。

天明以后,管库大臣又把一切情形禀告国王,且同时禀明盗贼之死，并非兵士罪过，只为贼人心虚，恐怕同伴受捕，故牺牲自己，让同伴把头割去。还有伙伴一人，不知去向。国王又说不必声张，并且下一秘密命令，把这无名无头死尸，抬出库房，移放京城热闹大街上去，派人悄悄注意，凡有对死尸流涕致哀的，就是贼首盗魁，务必把他活活捉来，不能尽其逃脱。

这无名死尸，当天果然就在大街上陈列起来。国中人民，不知究竟，争来看这希奇死人，车马络绎，不知其数。这外甥听说，赶一大车，装满柴草，从城外来。车到尸边时节，正当车马拥挤满街，把鞭一挥，痛击马身数下，马一蹶蹄，故意就把车上柴草倾倒，半数柴草，在尸左右，半数柴草，直压尸身，计已得售，这年轻人便弃下车辆，从人丛中逃去。

天晚以后，大臣进见国王，又把这事禀告国王，且启请国王，那堆柴草，应当如何处置。国王又说："不必声张，做愚蠢事。只须好好伺候，为时不久，必有人来纵火，见人纵火，就为我捆定送来，我要亲自审问。"

大臣无言退下，如命转告守尸兵士，小心有人纵火。

这外甥明知尸边必有无数兵士，保护尸身，准备捉人，若冒昧前去，就得上当，故特别雇请十个小孩，身穿红衣，手执火把，如还傩愿，各处游行。游行已惯，再到尸边，把火炬向柴草投去，从黑暗中逃脱，不再过问。小孩得钱，各个照样作去，手执火炬，跳舞踊跃，近尸边后,就把火炬向尸投去,尸上柴草皆燃,人多杂乱。依然无从捉人。

尸被火化以后,大臣又把这事禀明国王,国王又说:"不必声张,这有办法。只须好好注意,再过三天,有谁来收骨灰,就是这人,一定为我捉来,不可再令漏网。"

这时守在骨灰边已换了一队精明勇敢的皇家兵士。这外甥知道皇家兵士,爱喝好酒,便特别酿了两坛好酒。这酒既然味道酽冽,醉人即倒,他自己却扮成一个卖酒老商人,到兵士处每日卖酒。为时稍久,就同守备兵士要好结交,十分信托,愿意把酒赊给每个兵士了。兵士只因守夜多日,十分疲倦,又因粮饷不多,不能大喝,如今既可赊酒,不责偿于一时,就无所顾忌,尽量大喝,等到每人各皆醉倒,睡眠在地,不省人事时,这外甥明白机会已到,便十分敏捷,用酒瓮装好骨灰,离开那个地方。

天明以后,兵士方知骨灰业经被那聪明贼人偷去,大臣把这事第四次禀告国王时,国王仍然不许声张,心中打算:"这贼狡慧不凡,一切办法,皆难捉到,应当想出另外一条巧妙计策,把他捉来!"

国王独自一人想了三天三夜,一个巧妙的设计被他安排出来了。

国王想出的计策,也同一般作国王的脑子所想出的差不多,知道有若干种事情,任何方法无从解决时,自然就应当用女人出面解决的。本国历史上照例有极大篇幅,记载了这类应用女人的方法。他知道捉这狡滑的贼人,如今又得应用这方法了,便把一位最美丽最年轻的公主,着意打扮起来,且放她到一个单独宫殿里去。那小小宫殿建筑在一条清澈见底的河边,除了公主同一群麋鹿在花园里过日子外,就似乎无一个其他生人。同时又用黄金为公主铸好四座极美丽的金像,用白石为基,安置到京城四隅公共广坪中去,使人人从金像上知道公主如何标致美丽。

国王这个公主,既美丽驰名,为国中第一美人,如今又只是一人独在临河别宫避暑,这外甥各处探听,皆属实情,就想乘夜到这公主住处去,见见公主。他早已知道国王意思,不过用公主作饵,想捕捉他,且知道沿河两岸及公主住处附近,莫不有兵士暗中放哨,准备拿人。他因此想出一个主意,抱一大竹,顺流由河中下行,当下行时,必作出种种希奇古怪声音,让两岸听到。每度从公主宫殿前边过身时,他又从不傍岸。他的意思只是故意惊扰哨兵,使沿岸哨兵为这古怪声音惊醒,但看看河中,又毫无所见。一连两月,所有哨兵都以为作这声音的,非妖即怪,不如不理。且认定河上既有怪物,贼人不是傻子,自然也不会从河中上岸。从此以后,便对沿河一带,疏忽许多。

因此有一个晚上,这青年男子,便抱了一段长竹,随水浮沉下流，流到公主独住宫殿前面时，冒险上了河岸。上岸以后，直向公主住处小小宫殿走去。

公主果然独身在她那睡房里，别无旁人。那时业已深夜，各处皆极安静，公主房中只剩下一盏小小长明纱灯。那公主穿了一身白色睡衣，躺在床上还未睡眠，思想作爸爸的国王，出的主意真是不可解。她以为这样保护周密，即或有人爱她想她，那里会有力量冒险跑来看她？她又想："如果有人来了，我让他吻我还是一见他我就喊叫捉贼？"正想到这些事情时，忽然向河边那扇小门开了，走进来了一个身穿黑衣的年青男子，在薄明灯光下，只看得出这男子有一双放光眼睛同一个挺拔俊美的身干。

年青男子见到了公主，就走近公主身边，最谦卑的说明了来意，那分风度，那些言语，无一处不使公主中意。他告她只为了爱，他因此特意冒险来看看她，她明白，她不讨厌，她愿意给平民一点恩惠，他只需要在她脚下裙边接一个吻，即刻被缚也死而无怨了。

那公主默默的看了站在面前的年青人好久，把头低下去了。她看得出那点真诚，看得出那点热情，她用一个羞怯的微笑鼓励了来人的勇气，她鼓励他做一个男子，凡是一个男子在他情人面前做得出的事，他想做时，她似乎全不拒绝。

但当这年轻荒唐男子想同这个公主接吻时，公主虽极爱慕这个男子,却不忘记国王早先所嘱咐的一切,就紧紧的把这陌生男子衣角抓定,不再放松,尽他轻薄,也不说话。

年轻人见到公主行为,明白那是什么意思。

"美丽的人,怎么牵住我衣角?你若爱我,怕我走去,不如抓住我这双手臂。"他似乎很慷慨的把两只手臂递过去让公主捏着。

公主心想:"衣角不如手臂,倒是真的。"就放下衣角,捏定手臂。

但那双手冷得蹊跷,同被冰水淋过的一样。

"你手怎么这样冰冷?"

"美丽的人,我手怎么不冷?我原是从水中冒险泅来的。现在已到秋天了,我全身都被河水浸透,全身都这样冰冷!"

"那不着凉了吗?"

"美丽的人,不会着凉。我见你以后,全身虽结了冰,心里可暖和得很,它不久就能把热血送到四肢的。"

公主把手捏定以后,即刻就大声喊叫,惊动卫兵。那年轻人见到这种变化时,不出所料,依然毫不慌张。万分温柔的说:"美丽的人,我是你的,你如今已经把我捉住了,我不用想逃遁,我不挣扎。且让我到帘幕那边去,作为我刚来看你就被你捉住,省得他们对你问长问短吧。"公主答应了他的请求,隔着帘幕握定他那两只手,等到众人赶来时,大家方才知道公主所握的手,只有两只死人的僵手。原来年轻人早已预备了那么一着,让公主隔了帘幕握定那死人两只手后,自己就从从容容从水上逃走了。

天明以后,大臣又把这件事一切经过禀明国王。

国王心想:"这人可了不起,把女人作圈套,尚难捕捉,奇材异能,真正少见。"

当时就又用其他方法,设计擒拿,自然只是费事花钱,毫无结果。

公主怀妊十个月后,月满生一男孩,长得壮大端正,白皙如玉。周年以后,国王就令乳母怀抱小孩,向京城内外各处走去,且嘱咐这奶妈小心注意,在任何地方,有人若哄小孩,有父子情,就即刻把人缚好,押解回来。这奶妈抱了小孩在京城内外各处走去,逗引小孩全是妇人女子,并无一个男子与这小孩有缘。到后一天,小孩腹中饥饿,抱往卖烧饼处,购买烧饼充饥。这卖烧饼师傅,恰好就正是那个小孩父亲,父子情亲,一见小孩,不觉心生慈爱,逗引小孩发笑,小孩为了父子血缘,互有引力,虽还不到两岁,也显得十分欢喜,在饼师抱中,舒服异常。

天黑以后,奶妈把小孩抱还宫中,国王问他,是不是在京城内外,遇见几个可疑人物。奶妈便如实禀白:

"一个整天,并无什么男子与这小孩有缘。只有一个卖饼男子，见小孩后，同小孩十分投契。"

国王说：

"既有这事，为什么不照我命令把人捉来？"

"他饿了哭了，卖饼老板送个麦饼，哄他一声，不会是贼，怎么随便捉他？"

国王想想，话说得对，又让了这贼人一着，就告奶妈歇歇，明天再把小孩抱去，若遇饼师，即刻揪来，若遇别的可疑人物，也可揪来。

第二天这奶妈又抱了孩子各处走去，城中既已走尽，以为不如出城走走，或者还会凑巧碰到。出城以后，上了一个离城三里的小坡，走得脚酸酸的，就在一株大树下一块青石板上坐下歇憩，且捡树叶子哄小孩子玩。那时来了一个卖烧酒的男子，傍近身边，歇下了他的担子。奶妈眼见这人很有几分年纪，样子十分诚实。两人慢慢的说起话来，交换了一些意见，一些微笑。奶妈生平从不吃过一滴烧酒，对于酒味，毫无经验。那卖酒人把酒用竹溜子舀出，放在自己口边尝了那么一口，做出神往意迷的样子，称赞酒味。那点烧酒味道实在也还像个佳品，人在下风，空闻酒味，真正不易招架。

奶妈被上风烧酒气味所熏陶，把一双眼睛斜着觑了半天，问那男子：

"老板老板，你那竹桶里装的是什么，是不是香汤？"

卖酒人说：

"因为它香,可以说是香汤。但这东西另外还有一个名字,且为女人所不能说,大嫂你一定猜想得到。"

"我猜想,这名字一定是'酒'。我且问你,什么原因,女人就不能说酒喝酒?"

"女人怕事,对于规矩礼法,特别拥护,所以凡属任何一种东西,男子不许女人得到,女人就自己不敢伸手取它,这香汤名字虽然叫作烧酒,因为它香,而且好吃,男子担心你们平分这点幸福,故用法律如此这般写定:本国女子,没有喝烧酒的权利,也没有说烧酒的权利。"

奶妈心想:"法律上的确不许女人喝酒。"她还记起经书,她说:"经书上说酒能乱性,所以不许女子入口。"

那男子不再说话,只当着奶妈面前喝了一大口烧酒,证明经书所说,荒唐不典,相信不得。实际上他喝的却是清水,因为他那酒桶,就有一个机关,又可储水,又可贮酒。

"你瞧,酒能乱性,我如今喝的又是什么!圣书同法律一样,对于女人,便显见得特别苛刻。你相信这个不是好东西吗?"

那奶妈摇头说:

"我不相信。"

那男子正想激动她的感情,就说:

"不要说谎骗人,也不要用谎话自骗。你原来相信法律，也相信圣书。"

奶妈由于赌气，心不服输，把一只手向卖酒人这方面伸出，不即缩回，双眼微闭，话说得有一点儿发急发恼。

"我来一杯，来一滴，我不相信那些用文字写的东西了。我要自己试试。"

卖酒人先不答应。他说他是个正派商人，在国王法律下谋生混日子，不敢担当引诱平民女子犯罪的名义。他且装成即刻要走的神气，站起身来。

奶妈到这时节真有些愤怒了，一把揪定他的酒担，逼那卖酒商人交出勺子，非喝一口烧酒，决不放他脱身。卖酒商人仿佛忍着很大的委屈，递了一小盏烧酒到奶妈手中后，就站在一边，假装极不高兴神气，背过身去，不再望着奶妈。他早知道这一盏酒，对于一个妇人，能够发生如何效果。一切情形，不出所料，顷刻之间，药性一发，这女人便醉倒了。卖酒人便把小孩接抱在手，让奶妈抱定一酒瓮，留在路上。这个国家从此也就不再见到这个卖酒人了。

这年轻人得到了自己同公主所生小孩后，想法逃到了邻近国王处去。进见国王时，为人既仪表不俗，应对复慧辩有方，畅谈各事，莫不中肯，国王心中十分欢喜，便想赏他一个爵位，只不知道应赏何种爵位，比较相宜。那时正当国家文武考试，这年轻人不愿无功得禄，就用另一姓名，秘密投考，已得第一，又戴好面具，手执标枪，骑一白马，去同一个极强梁的武士挑战，结果又把这武士打倒。国王知道这人智慧勇力，皆为本国第一，其时正无太子，就想立他作为太子。

那国王说："远处地方来的年轻人，我虽不大明白你的底细，我信托你。你的文彩是一匹豹子，你的勇敢像一只狮子，真是天下少有的生物。我这时没有儿子，这分产业同一群可靠的人民，全得交给一个最出色的英雄接手管业，如今很想把你当作儿子。你若答应，你想得一女人，这里五族共有七个美貌女子，尽你意思挑选。看谁中意，你就娶谁。"

那年轻人见国王待他十分诚实坦白，向他提议，不能不即刻答复，就禀告国王：

"国王好意，同日头一样公正光明，我不敢藉口拒绝。作太子事小，容易商量。关于女人，我心有所主，虽死不移。若国王对这事有意帮忙，请简派一个使臣，过我本国国王处，为我向他最小公主求婚。若得允许，我愿意在此住下，为王当差；若不允许，我想走路。"

这个国王听说，当时就简派大使，携带无数珍奇礼物，为年轻人向那国王公主求婚。先前那个国王，素闻邻国并无太子，心知必是那个贼人，就慨然应诺。但告使臣，有一条件，必得履行，公主方可下嫁。这条件也并不算苛刻，只是应照习惯礼法，到时必须太子自来迎亲，方可发遣。使臣回国复命时，就将一切详细情形

——禀告。

年轻人既为贼臣，心怀恐惧，心中思量，若回国中，国王一见，必知虚实，发觉以后，便恐捉牢不放。但一切既已定妥，若不前去，近于违礼，且俨然懦怯不前，将为人所轻视。便启请国王，商量迎亲办法，以为若往迎亲，必用五百骑士护卫，并壮观瞻，希望这五百骑士，人马衣服鞍鞯，全用同一式样，同一颜色。

国王依言，即刻派定五百年轻骑士，各穿紫色衣甲，身骑白马。用银鞍金勒，王子也照样扮扎停当。二百五十个骑兵在前，二百五十个骑兵在后。迎亲王子，藏在其中，直向那年轻人本国走去。一行人马到地以后，那五百零一个骑士，便集合排成一队，同在国王面前，向王敬礼。鹄立大坪，听王训令。随行大臣且禀告国王，迎亲太子已到，请见公主。

那国王一见骑士队伍，就知道贼人必在其中，毫无可疑，细心观察一阵过后，便骤马跑入迎亲队伍中间，捉出一人，并骑急驰而去。

年轻人既已被捉，心中便想：若未入宫，必有办法可以脱身。若一入宫，恐欲再出宫门，事不容易。但他这时仍然毫不畏惧，深知命运正在祸福之间，生死决于一人。那时国王把他捉入宫后，即疾趋公主花园，带见公主，任凭公主处罚。公主尚未出见时，国王就向他说：

"小小坏蛋，你聪明千次，糊涂一回，前后计谋，巧捷无比，事到如今，还有话说么？"

年轻人说：

"各事是我所作，我无话说，我只请求国王，当公主面，公平处置，若我所作所事，应受国法惩治，我不逃避。若我还有理由可以自由，我也愿意国王，不必请求，并不吝惜这点恩惠。"

公主正因想及小孩，不知小孩去处，心中发愁，出时尚泪眼莹然，斜睨这年轻男子，虽事隔两年，当时正值黑夜，面目不分，如今衣服改变，一望就知这人正是那夜冒犯入宫的巧贼。公主心中因怨爱纠缠，便默然无话可说。

国王一看已知情形，就说：

"年轻男子，你既愿得公主，公主现在已归你所有！"回头又向公主说："这贼聪明狡黠，天下无双，这次交你看守，好好把他捉牢，莫让这贼又想逃脱。"国王说完，自己就骑马跑去了。

到后这年轻男子，便当真被公主用爱情捉牢，不再逃走了。他既作了两国要人，两个国王死后，国土合并，作了国王，就是一本极厚历史所说到的无忧国王。

故事说毕，人人莫不欢悦异常。但其中有个研究历史的学者，以为故事虽空幻无方，益人知慧，大家欢喜，也极自然。惟这个善变的人，所有历史，既已说有一本极厚书籍说到,他想知道这本古书的名称,版本,形式,希望说故事的人皆能一一说出,他方能承认事非虚构。因为他是一个历史学者,若不提"史",他不过问,若提及史,他要证据。

那年轻农人,把一只为火光熏得微闭的眼睛,向历史学者又狡滑又粗野做了一个表示,他说:

"要问历史,是不是,第一我就认得那个王子。不要以为希奇,我还认得那个舅父。不要惊讶,我还认得那个公主同皇帝!"那历史家茫然了。农人眼看到那学者神气十分好笑,且明白自己几句话已把这个历史家引入了迷途,故显得快乐而且兴奋。他接着说:"历史照例就是像我们这种人做出说出,却由你们来写下的。如今赶快拿出你的笔,赶快记下来,倘若你并不看过这本书,此后的人一定以为你记下的就是那一本书了。你得好好记下来,同时莫忘记写上最后一行:'说这个故事的是一个青年农人,他说这个故事并无其他原因,只为的他正死去了一个极其顽固的舅父,预备去接受舅父的那一笔遗产:四顷田,三只母牛,一栋房子,一个仓库,遗产中还有一个漂亮乖巧的女子,他的表妹。他心中正十分快乐,因此也就很慷慨的分给了众人一点快乐。'这是说谎,是的。可是这谎话算罪过吗?你记下来呀,记下来就可以成为历史!"

大家直到这时方明白原来一切故事全是这个年轻农

人创造的，只有最后几句话十分真实。原来谁也不希望述说的是一段历史，一段真事，故这时反觉得更多喜悦。其中只有那个历史家因此十分生气，因为他觉得历史的尊严，不应当为农人捏造的故事所淆乱。但这也不过一会儿的事，即刻他又觉得快乐了。他虽不曾看过那么一本关于无忧王厚厚的书，他从农人的口中，却得到了一个假定的根据，他疑心另外一个地方，一定曾经有过这样一本厚厚的书。他不相信这故事纯粹出于农人自造，却疑心这是一个"历史的传说"，当真就把这故事记到他一册厚厚的历史稿本上去了。

为张家小五辑自《生经》

廿二年四月十日成于青岛新窄而霉斋

六月廿二改校

廿四年十一月廿五再改

医生

这世界上,有多少害病的人,就有多少人对于医生感到不大愉快。这也正是当然的道理。的的确确,这个世界上,由于他们那种无识,懒惰,狡滑,以及其他恶德,有很多医生,是应当充军或用其他同类方法来待遇的。有许多医生,应得的一份,就正是一个土匪一个拐骗所已得的那一份。但这并不是一种普遍的情形。世界上各个小小角隅皆有很好的医生,既不缺少一个软和的灵魂,又知道如何尽职,知识也恰好够用。

可是凡在说故事上提到什么医生时,我们总常常想说:这是一个有法律作保障的骗子。即或他不是骗子,但他的祖先,还是出于方士同巫师,混合了骗术与魔术精神,继续到这世界上存在的。许多性情和平的老妇人,一见到医生,就不大高兴。许多小孩子,晚上不梦到手执骷髅的妖魔,总常常梦到手执药瓶的医生。

因此那一批商人,留住在金狼旅店的客寓中,用故事消磨长夜的时节，就有一个从前曾作过兵士的，说了一个医生的故事，把这故事结束到极悲惨的死亡里，这兵士说："……这方法是那地方人处治盗匪的，恰恰也给这个骗子照样的布置了。"

把故事说完后，有赞成的，有否认的。各人如对别的其他事情一样，不外乎用自己一点点经验来判断一切。有些人遇到过很好的医生，就说凡是医生绝对不坏，有些人在平时曾吃过医生的亏，就又说在十个医生之中不会有一个值得敬重的好东西。

其中有个毛毯商人却说："既然有人从医生故事上说过医生的恶德，也应当有人来从医生的故事上证明医生的美德。我们这里廿一个人，看看是不是有人记得到这样一个故事？"

大家都没有这种故事，所以售毛毯商人又说："我倒有这样一个故事，请大家放安静一点，听我把故事说出来。"

大家自然即刻就安静下来了的，下面就是这个故事：

医生罗福，为人和平正直，单身住家在离京都三百里左右一个地方，执行业务。平生只有一个女儿，嫁给京都一个读书人，因来都城看望女儿，就搁下事业，在京城住了些日子。有一天，听人说大觉寺有法师讲经，十分动人，全城男女，皆往听经。凡到过那法师身边的，莫不倾心佩服，故这医生，也就走去听听。听经以后，出庙门时还觉得那法师有一分魔力，名不虚传。那天法师讲的是"牺牲精神"，说到东方圣人当年如何为人类牺牲，也如何为畜类牺牲，在牺牲情形中，如何使生命显得十分美丽。这法师不谈牺牲果报，只谈牺牲美丽，因此极其为这医生钦服。出庙门后，医生便心想：一个人若能够为一个畜生也去受点苦，或许当真这痛苦也可以变成一分快乐。

这医生从一个穿珠人家门前过身，看到那个穿珠人手指被银针戳伤，流血不止，正无办法。心生怜悯，照着故乡下医生的慷慨精神，不必别人招呼，就赶忙走过去替这穿珠人止血，用药末带子，好好把这受伤人调理妥贴。那时穿珠人正为国王穿一珠饰，有一粒大真珠在盘盂内。这医生按照当时风气，身穿红衣，映于珠上，真珠发红，光辉眩目，如大桑椹。穿珠人因医生好意替他照料伤处，十分感谢，就进屋里去取一些点心，款待客人。那时有一只白鹅，见着真珠，如大桑椹，不问一切，就把它一口吞下。若这鹅知道这是珠子，并不养人，除了人类很蠢，把它当成宝物以外，别的生物，皆无用处，就不至于吃下这东西了。到穿珠人带着点心出外请客时节，记起宝珠，各处寻觅，皆不再见。这宝珠既为宫中拿出，值价自然非常贵重，穿珠人家中并不富裕，若真失去，如何可以赔偿？心想铺里并无别种罅穴，可以藏下这颗珠子，并且决无另一生人，把珠拿去，现在事情，不出这医生所作所为。就向医生询问：

"见我珠吗？"

医生就说："没有见过。"

医生说话，虽极诚实，仍不能使穿珠人相信，故这穿珠人又告他这珠归谁所有，安置何处，手指盘盂，一一说给医生。

这医生见鹅吃珠时节，也以为这宝珠是一颗桑椹或其他草莓，不甚介意。今见穿珠人脸上流汗，心中发急，口说手比，业已心中清楚，此珠此时，正在白鹅腹中。医生心想：我一说明，这鹅即刻就得杀去，方便取珠。当设一计策，莫使鹅死。但如何设计，方能保全这扁毛畜牲性命？倒很为难。因记起先前一时法师所说各种牺牲之美丽处，故决心不即说出，等候再过一时，鹅把真珠从大便中排出以后，再来说明。鹅命虽小，若能救此小小性命，另一体念，当可证明。医生既作如此打算，故不说话。

那穿珠人，眼看医生沉默不语，疑心特增，便说：

"我这宝珠分明放在盘中，房中又分明只你一人，赶快见还，莫开玩笑。若不退还，一定得大家认真变脸，你会受苦。今天这事，不要以为一言不发，就可了事。今天事情，决不容易轻轻了事。"

医生心想：用自己痛苦，救别的生命，现在不说话，尽其生气，只望一时不即杀鹅，小小痛苦，不甚要紧。

医生仍不说话，只是摇头，表示真珠并非自己拿去，且解衣脱鞋，尽穿珠人各处搜索。但穿珠人问及"不是你拿是谁拿去"？医生又不想说谎，就索性不答不理。

穿珠人越问越加生气，先尚看到医生神气，忠厚实在，以为不像一个盗贼。现在看来，就觉得医生行为，实在有意装傻。

医生眼看穿珠人生气样子，知道结果必有苦吃。四向望望，无可怙恃。身如鹿獐，入围落网以后，实已无法逃脱。但也不想逃脱，只是静待机会，等候吃亏。一面心想法师所说："生活本极平凡，实无多大趣味，使一人在平凡生活之中，能领会生命，认识生命，人格光辉眩目，达到圣境，节制牺牲，必不可少。"于是端正衣服，从容坦白，仿佛一切业已派定，一切无可反抗，如今情形，只是准备挨打，不必再作其他希望。

穿珠人看到这个医生神气，就说：

"你既拿了我的珠子，不愿退还，作出这种神气，难道预备打架吗？"

医生微笑说：

"谁来同你打架？你说我已把你珠宝偷去，我无话说。若说不偷，这宝珠又当真因我来到铺中失去。若说偷去，又退不出。我先前沉默，只是自己身心交战；现在准备，只是尽你处罚！"

穿珠人看到这医生疯疯颠颠，不可理喻，就说：

"不要装傻，装傻不行。绳子，鞭子，业已为你准备上好。再不承认，就得动手！"

医生心中记起法师格言：

身体如干柴，遇火即燃烧；希望不燃烧，全靠精神在。牛马皆有身，身体不足贵。人称有价值，在能有理想！

这医生既以为应为理想的高贵，尽身体忍受一切折磨，故虽明知穿珠人业已十分愤怒，鞭棒即刻就得加于身体，仍然微笑不答，默然玩味另一真理，一切全不在意。

穿珠人忍无可忍，就尽力鞭打这个医生。那时医生两手并头，皆早已被缚好，不能动弹，四向顾望，不知所逃。鞭子上身，沉重异常。流血被面，眼目难于睁开。轻轻的自言自语：

"为一只小鹅牺牲，虽似乎不必，但牺牲精神，自然极其高贵。一切牺牲，皆不自私。为人类牺牲自己，目前世界，已不容易遇到，我所遭遇，可以训练自己。每人生活，若只图不痛不痒，舒适安逸，大猪同人，并无分别。我之所为，只在学习来用自己精神，否认与猪同类。"

穿珠人鞭打了医生一阵，眼见到医生头脸流血，毫不呻吟，怒中含笑询问医生：

"傻子，你有甚话说，只管说来。"

医生说：

"没有话说，说就更傻。只请注意不要单打头部。我这肩背各处，似乎比头部稍稍结实，若不愿意一下把我打死，必需拷出结果，方为本意，请打肩背。若这种行为，不至于使你疲倦，一两天内，你那宝珠仍然可望归回。"

穿珠人以为这医生倔强异常，直到这时，还说笑话，就大声辱骂："不用多说空话，装傻装疯，以为因此一来，就可让你逃走！"于是重新把手脚缚定于屋柱上，加倍挞打。并且用绳急绞，因此这医生到后鼻孔口中，皆直喷血。

那时那只白鹅，见地下有血，各处流动，就来吃血。穿珠人把鹅嗾去，不久又复走来。引起瞋恚，就一鞭一脚，把鹅即刻打死。

医生听鹅在地下扑翅声音，眼睛不能看见，就问穿珠人道：

"我的朋友，你那白鹅，如今是死是活？"

穿珠人闷气在心，盛气而说：

"我鹅死活，不管你事。"

医生极力把眼睁开，见白鹅业已死去，就长叹了好些次数，悲泣不已，独自语言：

"担心你受苦，我为你牺牲，若早知你因此死去，也许我早说，主人为爱你，反不至于死去！"

穿珠人见状希奇，不知原因，就问医生：

"这鹅同你非亲非戚，它死与你有甚关系？自己挨打,不知痛苦,一匹小鹅,使你伤心到这样子吗?"

医生说:

"我本为它牺牲,训练自己,想不到为它牺牲,反使它因此早死。我的行为稍稍奇特,因为我有理想。所想的好,做到的坏,愿心不满,所以极不快乐!"

穿珠人说:

"你想什么,你愿什么?"

医生就告这穿珠人一切事实。

那穿珠人将信将疑,赶忙把鹅腹用刀剖开,就在白鹅嗉囊里,掏出那颗大珠,因鹅吃下不少鲜血,珠浴血中,红如血玉。穿珠人见到宝珠以后,想起医生的行为,以及自己行为,就大声哭泣,爬伏医生脚下,向医生作种种忏悔,不知休止。

医生那时已证明牺牲的美丽处,不用穿珠人说话忏悔,也能原谅那种愚蠢卤莽行为的,只十分客气同穿珠人说:

"一切过去,不必算数。劳驾老兄,为我把绳子解解,你这绳子缚得太紧太久了,我脚发木。让我坐坐,稍稍休息,喝杯热水,不妨碍你工作吗?"

…………

这医生这样训练自己,方法倒不很坏。因这次牺牲,他自己也才认识自己生命的价值。因这个故事,所以说这故事的那一位,否认人家对医生的指摘,证明医生中有这样一个人,作过了这样一件事。且说:世界上只要有这样一个医生,也就可以把一切医生罪过赎去了。

这医生大家都承认他可爱,他可爱处,显然是他体念真理的那种勇猛精神。

据《大庄严论》为张家小五辑出

慷慨的王子

住宿在金狼旅店,用各种故事打发长夜的一群旅客中,有人说了一个悭吝人的故事。因那故事说来措词得体,形容尽致,把故事说完时,就得到许多人的赞美。这故事的粗俚处,恰恰同另一位描写诗人故事那点庄严处相对照,其一仿佛用工致笔墨绘的庙堂功臣图,其一仿佛用粗壮笔触作的社会讽刺画,各有动人的风格,各有长处。由于客人赞美的狂热,似乎稍稍逾越这故事价值以外,因此引起了一个珠宝商人的抗议。

这珠宝商人生活并不在市侩行业以外,他那眉毛,眼睛,鼻子,口,全个儿身段,以及他同人谈话时节那副带点虚伪做作,带点问价索价的探询神气,皆显见得这人是一个十足的市侩。大凡市侩也有市侩的品德,如同吃教饭人物一样,努力打扮他的外表,顾全面子,永远穿得干干净净。且照例可说聪明解事,一眼望去他知道对你的分寸,有势力的,他常常极其客气,不如他的,他在行动中做得出比你高一等的样子。他那神气从一个有教养的人看来，常常觉得伧俗刺眼，但在一般人中，他却处处见得精明能干。

在长途行旅中，使一个有习好爱体面的人也常常容易马虎成为一个野人，一个囚犯。但这个珠宝商人，一到旅店后，就在大木盆里洗了脸，洗了脚，取出一双绣花拖鞋穿上，拿出他假蜜蜡镂银的烟嘴来，一面吸美丽牌香烟，一面找人谈话，在旅客中这个人的行业仿佛高出别人一等，故虽同人谈话，却仍然不忘记自己的尊贵，因此有时正当他同人谈论到各种贵重金属的时价时，会突然向人说道："八古寨的总爷嫁女，用三斤六两银子作成全副装饰，凤冠上大珠值五十两。"说完时，便用那双略带一点愁容的小小眼睛，瞅定对面那一个，看他知不知道这回事情。对面若是一个花纱商人，或一个飘乡卖卜看相的，这事当然无有不知的道理，就不妨把话继续讨论下去。并且对面那个若明白了这笔生意就正是这珠宝商人包办的，必定即刻显得客气起来，那自然话也就更多了。若果那一面是一个猎户，是一个烧炭人，平时只知道熏洞装阱，伐树烧山，完全不明白他说话的用意，那分明是两种身分，两个阶级，两样观念，谈话当然也就结束了。于是这珠宝商人便默默的来计算这一个月以来的一切支出收入，且让一个时间空间皆极久远了的传说，占据自己的心胸，温习那个传说，称赞那传说中的人物，且梦想他有一天终会遇到传说中那个王子发一笔财，聊以自娱。

到金狼旅店的他，今夜里一共听了四个故事，每个故事皆十分平常，也居然得到许多赞美，因此心中不平，要来说说他心中那个传说给众人听听。

他站起身时，用一个乡下所不习见的派头，腰脊微屈，说话以前把脸掉向一旁轻轻的咳了一下，带点装模作样叫卖货物的神气，这神气在另一地方使人觉得好笑，在这里却见得高贵异常。

"人类中悭吝自私固然是一种天性，与之相反那种慷慨大方的品德，这世界上也未尝不有。在中国地方，很多年以前，就有尧王让位给许由先生，许先生清高到这种样子，甚至于帝王位置也不屑一顾，以后还逃走到深山中的故事。虽然这些故事为读书人所欢喜说的，年代究竟远了点，我们既不很清楚当时做王帝的权利义务，说来也不会相信。可是有个现成故事，就差不多同这个一样，那不同处不过尧王让的是一个王位，这人所让的是无量珠宝。"说到这里时这珠宝商人稍稍停顿了一下，看看有多少人明白他是个珠宝商人，那时有个人正想到他自己名为"宝宝"的殇子，因此低低叹息了一声。商人望了那人一眼，接着便说："不要把王位放在珠宝上面，我敢断定在座诸君，就有轻视王位尊敬珠宝的人在内。不要以为把王位同珠宝并列，便觉得比拟不伦。我敢说，珠宝比王位应当更受人尊敬与爱重。诸君各处奔走，背乡离井，长途跋涉，寒暑不辞，目的并不是找寻王位，找寻的还是另外那个东西！"

那时节全个屋子里的人出气都很轻微，当珠宝商人把话略略停顿，在沉寂中让各人去反省王位与珠宝在自己生活中所生的意义时，就只听到屋外的风声同屋中火堆旁的瓦罐水沸声。火堆中的火柴，间或爆起小小火星向某一方向散去时，便可听到一个人把脚匆剧缩开的细微声音。还有一匹灶马，在屋角某处嘈嘈振翅，但谁也不觉得这东西值得加以注意。

下面就是那珠宝商人所说的故事，为的是故事是古时的故事，因此这故事也间或夹杂了一些较古的语言，这是记载这个故事的人对于一些太不明了古文字的读者，应当交代一声请求原谅的。

…………

珠宝比王位可爱，从各人心中可以证明。但有一样东西比珠宝更难得，有人还并王位同珠宝去掉换的，这从下面故事可以证明。

过去时间很久，在中国北方偏西一点，有个国家，名叫叶波。国中有个大王，名叫温波。这个王年轻时节，各处打仗，不知休息，用武力把一切附属部落降伏以后，就在全国中心大都城住下，安富尊荣，打发日子。这国王年纪五十岁时,还无太子,因此按照东方民族作国王的风气,讨取民间女子两万,作为夫人。可是这国王虽有两万年青夫人,依然没有儿子,这事古怪。

叶波国王同其他地面上国王一样,聪明智慧,全部用到政务方面以后,处置自己私人事情,照例就见得不很高明。虽知道保境息民,抚育万类,可不知道用何聪明方法,就可得一儿子。本国太医进奉种种药方,服用皆无效验。自以为本人既是天子,一切由天作主,故到后这国王听人说及本国某处高山,有一天神,正直聪明,与人祸福灵应不爽时,就带了一千御林军,用七匹白色公鹿,牵引七辆花车,车中载有最美夫人七位,同往神庙求愿。

国王没有儿子,事不奇希,由于身住宫中,不常外出,气血不畅,当然无子。今既出门一跑,晒晒太阳,换换空气,筋骨劳动,脉络舒张。神庙停驾七天以后,七个夫人之中,就有一个怀了身孕。这夫人到十个月后,产生一个太子,名须大拿。

太子十六岁时节,读书明礼,武勇仁慈,气概昂藏,使人爱敬。太子年龄既已长大,国王就为他讨了一房媳妇,名叫金发曼坻。这金发曼坻,也是一个国王女儿,长得端正白皙,柔媚明慧。夫妇二人,爱情浓厚,结婚以来,就不见过一人眉毛皱蹙。两人皆只用微笑大笑,打发每个日子。这金发曼坻到后为太子生育一男一女。

太子须大拿身住宫中既久，一切宫中礼节习气，平板可笑，行动处处皆受拘束，心实厌烦，幻想宫殿以外万千人民生活，必更美丽自然。因此就有一天，换上衣服，装扮成为一个平民，离开王宫，走出大城，广陌通衢，各处游观。未出宫前，以为宫外世界宽阔无涯，范围较大，所见所闻，必可开心。迨后全城各处一走，凡属人类种种生活，贫穷，聋聱，喑哑，疥疠，老耄，死亡，仅仅巡游一天，所有人事触目惊心各种景象，皆已一览无余。一天以内，便增加了这王子一种人生经验，把这种人生诸现象认识以后，心中大不快乐。

回宫当日，这王子就向国王请事：

"国王爸爸，我有一件事情想来说说，请先赦罪，方敢禀告。"

国王就说：

"赦你无罪，好好说来。"

太子先向国王说明日里私自出宫不先禀告情形，接着说：

"想求国王爸爸答应一件事情，不知能不能够得到许可。"

"想要什么，可同我说；一切说来，容易商量。这国王宝座，同所有国土臣民，皆你将来所有，如何支配，你有权力。"

"既一切为我所有，我可处置，我想使我臣民，得我一点恩惠。我愿意手中持有国中库藏钥匙,派人从库中取出所有珍宝,放城门边,同大街上,散送给一切可怜臣民。这些宝物,将尽人欢喜,随意拿去,决不令一个人心中不满。"

国王既已答应太子一切要求,必得如约照办。虽明白一国珠宝有限,臣民欲望无穷,太子所想所作,近于稚气。但自己年纪已老,只有这样一个太子,珍宝金银,皆不如太子可贵。且把无用珍宝,舍给平民,为太子结好于下,也未为非计。故用下面话语,答复太子:

"亲爱的孩子,你想要做什么,尽管去做,钥匙在我手里,你就拿去,一切由你!"

太子听国王说话以后,赶忙向国王道谢。当晚无事。到第二天,就派人用各种大小车辆,把国内一切稀奇贵重宝物,从库藏中搬出。这些大小不等的车辆,装满了各样珍宝以后,皆停顿在城门边同大街闹市。不拘何人,心爱何物,若欲拿去,皆可随意挑选,不必说话,就可拿去。国王既富足异常,库中各物,堆积如山,每辆大车载运,皆如从大牛身上拔取一毛,所装虽多,所去无几。故这种空前绝后毫无限制的施舍,经过三天,本国臣民欲望业已满足,叶波国王库中所存,尚较其他国王富足。

那时节去叶波国不远,有一敌国,同叶波王平素意见不合,常常发生战争。听人传说叶波国太子种种布施故事，那个国王就集合全国大臣参谋顾问，开会商量。那不怀好意的国王说：

"叶波国出一傻子，慷慨好施，乐于为善，凡有所求，百凡不厌，各位大臣，谅有所闻。那国有一大象，灵异非凡，颜色白皙，如玉如雪。这象可在莲花上面行走，名须檀延。这象性格温和，极易驾驭。力量强大，长于战争。从前遇有战事发生，每次交锋，这宝象总常占上风。如今国王既老悖昏庸，一切惟傻子是听，若能乘此机会，设一计策，向那国中愚傻王子，把象讨来，从此以后，我国就可天下无敌日臻强盛了。各位大臣之中，有谁能告奋勇，装扮平民，过叶波国讨取这白色宝象，我有重赏。"

大臣中间，人人皆明白两国世仇，相互切齿，交往断绝，业已多日。皆觉得事情不很容易，无人敢告奋勇，独任艰巨。

其中有八个小臣，平时由于位卑职小，并不为王重视，这时节却来同禀国王：

"国王陛下，亲王殿下，大臣阁下，皆只宜于庙堂陈词，筹度国事。讨象事小，应当交给小人办理。我等八人在此，时间已久，无事可作，如今就为大王把象取来，只请颁发粮秣同其他必需用物，八人即刻便可上路。"

国王闻言，心中欢喜，命令财政大臣把一切需要，如数供给八人，国王并且身当大臣面前宣言：

"若能把象取得,各封官爵。"

八人就连夜赶往叶波国,至太子宫门,求见太子。各人皆预先约好,化装成为跛脚,拿一拐杖,跷一右脚,向宫门回事小官说:

"有事想见太子,劳驾引见。"

太子听说八个跛脚男人,同一残废,同一服装,同一神气,齐集宫门求见,心中稀奇,即刻令人引见。并且亲自迎出二门,向每人行礼,十分客气,异样亲切。八人一见太子,照预先约好办法,异口同声说道:

"我们八人皆从极远地方跑来,各想讨点东西回去。只因远远就已听说太子仁慈,想不至于吝啬恩惠。"

太子听说,满心欢喜,询问八人,要的是些什么。并且为八人说明,国中名贵宝物,尚有若干种类,某某宝物,藏某库内,只问欢喜,无不相赠。

八个乔装跛人,同时向太子说明来意:

"我们八人,是八兄弟,家中富有,不可比方。小时作梦同至一处,见一大神,有所嘱咐。神说:'尔等八人,皆有福分,可骑白象,同上太清。白象神物,非凡象比,必须跛脚,方可得象。'第二天,八人清早醒来,各人各把梦中所见所闻,互相印证,八人之中,梦境全同。大神所说,想亦不虚。因此互相商议,各人自用铁锤锤碎一脚,且从此背家离井,四方飘泊,希望与白象相遇。游行十年,备经寒暑,加之一脚上跷,一脚拄地,麻烦痛苦,不可言述。如今听说太子为人慷慨大方,从不拒绝别人请求,名声远播,八方皆知,天上地下,无不明白。且闻人说太子象厩,宝象成群,因此赶来进见太子,别无所求,只求把那一匹白色宝象,送给我们兄弟八人,让我们骑这宝象云游各处,以符梦兆,并可宣扬太子恩惠。"

太子闻言,信以为真,毫不迟疑,即刻就带领八人过象厩中,指点一切大小象名,听凭拣选。

"各位同胞,不必客气,象皆在此,只请注意。且看看这些大小白象,若有任何一象中意,即刻就可把它牵去。"

八人看看,并无须檀延白象在内,装作回想梦境,稍稍迟疑,就摇头说:

"王子豪放,诚过所闻。惟象厩中所有各象,皆不如梦中白象美丽。我们八人冒昧请求,希望太子把恩惠放大,让我们看看那匹能在莲花上行走的白象。"

太子带八人往那宝象所在处,未近象厩以前,八人就同声惊讶,以为仿佛梦中到过此地。一见宝象,又装作更深惊异,以为一切皆与梦境符合。且故意询问王太子:

"这象名字,叫须檀延,不知是不是?"

太子微笑点头。当时八人就想把象骑走,太子便说:

"这象可动不得,是我爸爸的象,国王爱象如爱儿女,若遽送人，事理不合。不得国王许可，这象不能随便送人。"

八人十分失望，不再说话。

太子心想：

"象虽爸爸宝物，不能随便送人。可是我既先前业已告人，百凡国王私财，大家欢喜，皆可任意携取，各随己便。如今八人皆为这白象折足。各处奔走，飘泊十年，也为这象。今若不把这象送给八人，未免为德不卒，于心多愧。把象送人，纵有罪过，必须受罚，也不要紧！"

那么想过以后，为求恩惠如雪如日，一律平等不私所爱起见，太子就命令左右，即刻把白象披上锦毯，加上金鞍。当宝象收拾停当牵出外面时，太子左手持水，洗八人手，右手牵象，送与八人。

八人得象，向天空为太子祝福，且称谢不已。

太子向八人说：

"我的朋友，你听我说：这象既已得到，请速上路，不要迟缓。若时间延宕，国王方面已知消息，派人追夺，我不负责！"

八人听说，知道时间不可稍缓须臾，又复道谢，就急急忙忙骑象走去。

叶波国中大臣，听说太子业已把国中唯一宝象送给敌国，皆极惊怖，即刻齐集宫门，禀告国王。国王闻禀，也觉得十分惊愕，不知所措。

大臣同在国王面前议论这事。

"国家存亡全靠一象，这象能敌六十大象，三百小象。太子慷慨，近于糊涂，不加思索，把象与人。国家失象以后，从此恐不太平！太子年纪太轻，不知事故，一切送人，库藏为空，唯一白象，复为敌有。若不加以惩罚，全国大位，或将断于一人，国王明察，应知此理。"

国王闻说，心中大不快乐。

当时开会讨论，大臣们皆以为白象重要，关系国家命运，白象既为太子送与敌国，国法所在，必将应得处罚，加于太子一身，方称公平。按照国法，失地丧师，以及有损国家权威种种过失，皆应处以死刑。其中有一大臣，独持异议，不欲雷同。那大臣说：

"国法成立，多由国王一人所手创。任何臣民，皆应守法。但因一象死一太子目前虽为他国称赞叶波国人守法，此后恐为历史家所笑，以为国法乃贵畜而贱人，实不相宜。如果因为太子过分慷慨，影响国家，照本大臣主张，以为把太子放逐出国，住深山中十二年，使他惭愧反省，不知大家以为如何。"

大臣所说，极有道理，各个大臣皆无异议，国王即刻就照这位大臣所说，决定一切。

国王把太子叫来，同他说道：

"错事业已作成，不必辩论，今当受罚，即此宣布：

你应过檀特山独住十二年，不能违令。"

太子便说：

"我行为若已逾越国王恩惠范围以外，应受惩罚，我不违令。只请爸爸允许，再让我布施七天，尽我微心，日子一到我就动身出国。"

国王说：

"这可不行，你正因为人大方，逾越人类慷慨范围以外，故把你充军放逐。既说一切如命，即刻上路，不必多说！"

太子禀白国王：

"国王爸爸既如此说，不敢违令。我自己还有些财宝，愿意散尽以后，离开本国，不敢再度荒唐，花费国家分文。"

那时国王两万夫人已知消息，一同来见国王，请求允许太子布施七天，再令出国。国王情面难却，因不得不勉强答应。

七天以内，四方老幼，凡走来携取宝物的，恣意攫取，从不干涉。七天过后，贫人变富，全国百姓，莫不怡悦，相向传言，赞述太子。

太子过金发曼坻处告辞，妃子闻言，万分惊异。"因何过错，便应放逐？"太子就一一告给曼坻，因为什么事情，违反国法，应被放逐，不可挽救。

金发曼坻表示自己意见：

"我们两人,异体同心,既作夫妇,岂能随便分离?鹿与母鹿,当然成双。如你已被放逐,国家就可恢复强大,消灭危险,你应放逐,我亦同去。"

太子说:

"人在山中,虎狼成群,吃肉喝血,使人颤栗。你一女人,身躯柔弱,应在宫中,不便同去!"

妃答太子:

"若需如此,万不可能,王帝用幡信为旗帜,燎火用烟焰为旗帜,女人用丈夫为旗帜;我没有你,不能活下。希望你能许可,尽我依傍,不言畀离,有福同享,有祸分当。若有人向你有所求乞,我当为你预备;人如求我,也尽你把我当一用物,任意施舍。我在身边,决不累你。"

太子心想:"若能如此,尚复何言!"就答应了妃子请求,约好同走。

太子与妃,并两小儿,同过王后处辞行时,太子禀告王后:"一切放心,不必惦念。希望常常劝谏国王,注意国事,莫用坏人。"

王后听说,悲泪潸然,不能自持,乃与身旁侍卫说:

"我非木石,又异钢铁,遇此大故,如何忍取?今只此子,由于干犯国法,必得远去,十二年后,方能回国,我心即是金石,经此打击,碎如糠秕!"

但因担心太子心中难堪,恐以母子之情,留连莫前,增加太子罪戾,故仍装饰笑靥,祝福儿孙,且以:"长途旅行,增长见闻,回国之日,必多故事。"打发一众上路。

国王其余两万夫人,每人皆把真珠一颗,送给太子,三千大臣,各用珍宝,奉上太子。太子从宫中出城时节,就把一切珠宝,散与送行百姓,即时之间,已无存余。国中所有臣民,皆送太子出城,由于国法无私,故不敢如何说话,各人到后,便各垂泪而别。

太子儿女与其母金发曼坻共载一车,太子身充御者,拉马赶车,一行人众,向檀特山大路一直走去。

离城不远,正在树下休息,有一和尚过身,见太子拉车牲口,雄骏不凡,不由得不称羡:

"这马不坏,应属龙种,若我有这样牲口,就可骑往佛地,真是生平快乐事情。"

太子在旁听说,即刻把马匹从车轭上卸下,以马相赠,毫无吝色。

到上路时,让两小儿坐在车上,王妃后推,太子牵挽,重向大路走去。正向前走,又遇一巡行医生,见太子车辆,精美异常,就自言自语说道:

"我正有牡马一匹,方以为人世实无车辆配那母马,这车轻捷坚致,恰与我马相称。"

太子听说,又毫无言语,把儿女抱下,即刻将车辆赠给医生。

又走不远，遇一穷人，衣服敝旧，容色枯槁。一见太子身服绣衣，光辉绚目，不觉心动，为之发痴。太子知道这人穷困，欲加援手，已无财物。这人当太子过身以后，便低声说：

"人类有生，烦恼重叠排次而来，若能得一柔软温暖衣服，当为平生第一幸事。"

太子听说，就返身回头，同穷人掉换衣服，脱此新衣，掉换故衣，一切停当以后，不言而行。另一穷人见及，赶来身后，如前所说，太子以妃衣服掉换，打发走路。转复前行，第三穷人，又近身边，太子脱两小儿衣服，抛于穷人面前，不必表示，即如其望。

太子既把钱财，粮食，马匹，车辆，衣服零件，一一分散给半路生人，各物罄尽以后，初无悔心，如毛发大。在路途中，太子自负男孩。金发曼坻，抱其幼女。步行跋涉，相随入山。

檀特山距离叶波国六千里，徒步而行，大不容易。去国既远，路途易迷，行大泽中，苦于饥渴。其时天帝大神，欲有所试，就在旷泽，变化城郭，大城巍巍，人屋繁庶，伎乐衣食，弥满城中。俟太子走过城边时，就有白脸女人，微须男人，衣冠整肃，出外迎迓。人各和颜悦色，异口同声：

"太子远来，道行苦顿，愿意留下在此，以相娱乐。盘旋数日，稍申诚敬。若蒙允许，不胜欢迎！"

妃见太子不言不语，且如无睹无闻，就说：

"道行已久，儿女饥疲，若能住下数日，稍稍休息，当无妨碍。"

太子说：

"这怎么行，这怎么好。国王把我徙住檀特山中，上路不用监察军士，就因相信我，若不到檀特山中，决不休息。今若停顿此地，半途而止，违国王命，不敬不诚。不敬不诚，不如无生！"

妃不再说，即便出城，一出城后，为时俄顷，前城就已消失。

继续前行，到檀特山，山下有水，江面宽阔，波涛汹涌，为水所阻，不可渡越。

妃同太子说：

"水大如此，使人担忧！既无船舶，不见津梁，不如且住，待至水减再渡。"

太子说：

"这可不成，国王命令，我当入山一十二年，若在此住，是为违法。"

原来这水也同先前一城相同。同为天帝所变化，用试太子。太子于法，虽一人独处，心复念念不忘，不敢有贰，故这时水中就长一山，山旋暴长，以堰断水，便可搴衣渡过。太子夫妇儿女过河以后，太子心想："水既有异，性分善恶，死诸人畜，必不可免。"因此回顾水面，嘱咐水道：

"我已过渡，流水合当把原状即刻恢复。若有人此后欲来寻我，向我有所请求乞索，皆当令其渡过，不用阻拦！"

太子说后，水即复原。"其速如水"，后人用作比喻，比喻来源，即由于此。

到山中后，但见山势嵚崎，嘉树繁蔚。百果折枝，烂香充满空气中。百鸟和鸣，见人不避。流泉清池，温凉各具；泉水味皆如蜜酒，如醴，如甘蔗汁，如椰汁，味各不同，饮之使人心胸畅乐。太子向妃子说："这大山中，必有学道读书人物，故一切自然，如此佳美。使自然景物如有秩序，必有高人，方能作到。"太子说后，便同妃子并诸儿女，取路入山，山中禽兽，如有知觉，皆大欢喜，来迎太子。山中果然有一隐士，名阿周陀，年五百岁，眉长手大，脸白眼方。这人品德绝妙，智慧足尊。太子一见，即忙行礼不迭。太子说道：

"请问先生，今这山中，何处多美果清泉，足资取用？何处可以安身，能免危害？"

阿周陀说：

"请问所问，因何而发？这大山中，一律平等，一切丘壑，皆是福地，今既来住，随便可止！"

太子略同妃子说及过去一时所闻檀特山种种故事，不及同隐士问答。

隐士就说：

"这大山中，十分清净寂寞。世人虽多，皆愿热闹，阁下究为什么原因，携妻带子来到此地？是不是由于幻想，支配肉体，故把肉体尽旅途跋涉折磨，来此证实所闻所想？"

太子一时不知回答。

太子未答，曼坻就问隐士：

"有道先生，来此学道，已经过多少年？"

那隐士说：

"时间不多，不过四五百岁。"

曼坻望望隐士，所说似乎并不是谎话，就轻轻说：

"四五百岁以前，我是什么？"

其时曼坻，年纪不过二十二岁而已。

隐士见曼坻沉吟，就说：

"不知有我，想知无我，如此追究，等于白费。"

曼坻说：

"隐士先生，认识我们没有？"

太子也说：

"隐士先生，也间或听人说到叶波国王独生太子须大拿没有？"

隐士说：

"听人提到三次，但未见过。"

太子说：

"我就是须大拿，"又指妃说，"这是金发曼坻。"

隐士虽明白面前二人，为世稀有，但身作隐士，业已四五百年，人老成精，故不再觉得别人可怪，只问二人：

"太子等到这儿来，所求何事？"

太子说：

"鄙人所求，想求忘我，若能忘我，对事便不固执，人不固执，或少罪过。"

隐士说：

"忘我容易，但看方法。遇事存心忍耐，有意牺牲，忍耐再久，牺牲再大，不为忘我。忘我之人，顺天体道，承认一切，大千平等。太子功德不恶，精进容易。"

隐士话说完后，指点太子应当住处。太子即刻就把住处安排起来，与金发曼坻各作草屋，男女分开，各用水果为饮食，草木为床褥。结绳刻木，记下岁月，待十二年满，再作归计。

太子儿名为耶利，年方七岁，身穿草衣，随父出入。女名脂拿延，年只六岁，穿鹿皮衣，随母出入。

山中自从太子来后，禽兽尽皆欢喜，前来依附太子。干涸之池，皆生泉水。树木枯槁，重复花叶。诸毒消灭，不为人害。甘果繁茂，取用不竭。太子每天无事可作，就领带儿子，常在水边，同禽兽游戏，或抛一白石，到极远处，令雀鸟竞先衔回，或引长绳，训练猿猴，使之分队拔河。金发曼坻则带领女儿，采花拾果，作种种妇女事情，或用石墨，绘画野牛花豹，于洞壁中，或用石针，刻镂土版，仿象云物，毕尽其状。几人生活，美丽如诗，韵律清肃，和谐无方。

那个时节，拘留国有一退伍军人，年将四十，方娶一妇。妇人端正无比，如天上人。退伍军人，却丑陋不堪，状如魔鬼，阔嘴长头，肩缩脚短，身上疥疮，如镂花钿。妇人厌恶，如避蛇蝎，但名分既定，蛇蝎缠绕，不可拒绝，妇人就心中诅咒，愿其早死。这体面妇人一日出外挑水，路逢恶少流氓，各唱俚歌，笑其丑婿。"生来好马，独驮痴汉，马亦柔顺，从不踶啮。"

妇人挑水回家以后，就同那军人说：

"我刚出去挑水，在大路上，迎头一群痞子，笑我骂我，使我难堪。赶快为我寻找奴婢，来做事情，我不外出，人不笑我！"

军人说：

"我的贫穷，日月洞烛，一钱不名，为你所见，我如今向什么地方得奴得婢？"

妇人说：

"不得奴婢，你别想我，我要走去，不愿再说！"

军人像貌残缺，爱情完美，一听这话，心中惶恐，脸上变色，手脚打颤。

妇人记起一个近年传说，就向军人说道：

"我常常听人说及叶波国王太子须大拿，为人慷慨大方，坐施太剧，被国王放逐檀特山中，有一男一女，尚在身边，你去向他把小孩讨来，不会不肯！"

军人说：

"身为王子，取来作奴作婢，惟你妇人，有这打算，若一军人，不愿与闻。"

妇人说：

"他们不来，我便走去，利害分明，凭你拣选。"

那退伍军人，不敢再作任何分辩，即刻向檀特山出发。到大水边，心想太子，刚一着想，中河就有一船，尽其渡过。这退伍军人遂入檀特山，在山中各处找寻须大拿太子所在处。路逢猎师，问太子住处，猎师指示方向以后，就忽然不见。

退伍军人按照方向，不久便已走到太子住处。太子正在水边，训练一熊作人姿式泅水。遥见军人，十分欢喜，即刻向前迎迓，握手为礼，且相慰劳，问所从来。

退伍军人说：

"我是拘留国人，离此不近。久闻太子为人大方，好施乐善，因此远远跑来，想讨一件东西回去。"

太子诚诚实实的说：

"可惜得很，你来较迟，我虽愿意帮忙，惟这时节，一切已尽，无可相赠。"

退伍军人说：

"若无东西，把那两个小孩子送我，我便带去，作为奴婢,做点小事,未尝不好。"

太子不言。退伍军人再三反复申求,必得许可。太子便说:"你既远远跑来,为的是这一件事,你的希望,必有归宿。"

那时两个小孩,正同一老虎游戏,太子把两人呼来,嘱咐他们:

"这军人因闻你爸爸大名,从远远跑来讨你,我已答应,可随前去。此后一切,应听军人,不可违拗。"

太子即拖两儿小手交给军人,两个小孩不肯随去,跪在太子面前,向太子说:

"国王种子,为人奴婢,前代并无故事,此时此地,有何因缘不可避免?"

太子说:

"天下恩爱,皆有别离,一切无常,何可固守?今天事情,并不离奇,好好上路,不用多说!"

两个小孩又说:

"好,好,我去我去,一切如命。为我谢母,今便永诀,恨阻时空,不可面别!我们俨若因为宿世命运,今天之事,不可免避,但想母亲失去我等以后不知如何忧愁劳苦,何由自遣!"

退伍军人说:

"太子太子,我有话说。承蒙十分慷慨,送我一儿一女。我今既老且惫,手足无力,若小孩不欢喜我,一离开你以后,就向他们母亲方面跑去,我怎么办?你既为人大方,不厌求索,我想请你把那两个小孩,好好缚定,再送把我。"

太子就反扭两小孩子手臂,令退伍军人用藤蔓自行紧缚,且系令相连,不可分开,自己总持绳头,即便走去。两个小孩不肯走去,退伍军人就用皮鞭捶打各处,血流至地,亦不顾惜。太子目睹,心酸泪落;泪所堕处,地为之沸。小孩走后,太子同一切禽兽,皆送行至山麓,不见人影,方复还山。

那时各种禽兽皆随太子还至两小儿平时游戏处,号呼自扑,示心哀痛。小孩到半路中,用绳缠绕一银杏树,自相纠缪,不肯即走,希望母亲赶来。退伍军人仍用皮鞭重重抽打不已。两小孩因母亲不来,不能忍受鞭笞,就说:

"不要再打,我们上路!"上路以后,仰天呼喊:"山神树神,一切怜悯,我今远去为人作奴作婢,不知所止,不见我等母亲,心实不甘,请为传话母亲,疾来相见一别!"

金发曼坁,时正在山中拾取成熟自落果实,负荷满筐,正想带回住处。忽然左足发痒,右眼蠕动,两乳喷汁,如受吮吸,心中十分希奇,以为平时未曾经验,必有大变,方作预示。或者小孩有何危险发生,不能自免,正欲母亲加以援救?想到此时,即刻弃去果筐,走还住处。有一狮子,因知太子把儿女给人,实为心愿,恐妃一回住处,由于母子私爱,障碍太子善心,就故意在一极窄路上,当道蹲踞,不让金发曼坻走过。

金发曼坻就说:

"狮子狮子,不要拦我,愿让一路,使我过身!"

狮子当时把头摇摇,表示不行。到后明知退伍军人,业已走去很远,无法追赶,方站起身来,令妃通过。妃还住处,见太子独自坐在水边,瞑目无视。水边林际,不见两儿。即往草屋求索,也不在内。便回到太子身边,追问小孩去处。

妃子说:"我们小孩,现在何处?"太子不应。妃子发急,又说:"你听我说,不要装聋,我们小孩,现在何处?快同我说,告我住处,不应隐瞒,使我发狂!"

妃子如此再三催促太子,太子依然不应。妃极愁苦,不知计策,就自怨自责:"太子不应,增加迷惑,或我有罪,故有此事!"

太子许久方说:

"拘留国来一穷军人,向我把两个儿女讨走,我已送他带去多时!"

金发曼坻听说这话,惊吓呆定,如中一雷,蹩地倒下,如太山崩。在地宛转啼哭,不可休止。

太子劝促譬解,不生效验,太子因此想起一个故事,就向失去儿女那个母亲来说:

"你不要哭,且听我说,这有理由,你不分明!这事有因有果,并不出于意外。你念过大经七章没有?经中故事,就是我等两人另一时节故事。那时我为平民,名鞞多卫,你为女子,名曰陀罗。你手中持好花七朵,我手中持银钱五百,我想买你好花,献给佛爷,你不接钱,送我二花,求一心愿。你当时说:愿我后世,作你爱人,恩怜永生,如大江水。我当时就同你相约:能得你作夫人,为幸多多,但我先前业已许愿,愿我爱人,一切能随我意见,不相忤逆,随在布施,不生吝悔。你当时所说,为一'可'字。今天我把小孩送人,你来啼哭,扰乱我心,来世爱怜,恐已因此割断!"

曼坻听过故事,心开意解,认识过去,只因心爱太子,坚强如玉,既然相信从布施中,可以使两人世世生为夫妇,故不再哭,含泪微笑,且告太子:

"一切布施,皆随所便。"

那时有一大神,见太子大方慷慨,到此地步,就变作一人,比先前一时退伍军人还更丑陋,来到太子住处,向太子表示自己此来希望:

"常闻太子乐善好施,不逆人意,来此不为别事,只因我年老丑恶,无人婚娶,请把那美丽贞淑金发曼坻与我,不知太子意思如何!"

太子说:

"好,你的希望,不会落空。你既爱她,把她带去,你能快乐,我也快乐!"

金发曼坻那时正在太子身旁,就说:

"今你把我送人,谁再来服侍你?"

太子说:

"若不把你送人,尚何成为平等?"

太子不许妃再说话,就牵妃手交给那古怪丑人。大神见太子舍施一切,毫不悔吝,为之赞叹不已,天地皆动。这大神所变丑人,就把曼坻拖去,行至七步,又复回头,重把曼坻交给太子,且说:

"不要给人,小心爱护!"

太子说:

"既已相赠,为何不取?"

那丑人说:

"我不是人,只是一神,因知慷慨,故来试试。你想什么,你要什么?凡能为力,无不遵命。"

曼坻即为行礼,且求三愿:一,愿从前把小孩带去的退伍军人,仍然把小孩卖至叶波国中。二,愿两个小孩不苦饥渴。三,愿太子同妃,早得还国。那大神一一允许。又问太子,所愿何在。

太子说:

"愿令众生,皆得解脱,无生老病死之苦。"

大神说:

"这个希望,可大了点,所愿特尊,力所不及,且待将来，大家商量！"

话已说毕，忽然不见。

那时拘留国退伍军人，业已把两个小孩，带回家中，妇人一见，就在门前挡着，大骂退伍军人：

"你这坏人，心真残忍，这两小孩，皆国王种子，你乃毫无慈心，鞭打如此！今既全身溃烂，脓血成疮，放在家中，有何体面！赶快为我拖上街去，卖给别人，另找奴婢，不能再缓！"

军人唯唯听命，依然用藤缚执，牵上街廛，找寻主顾。军人心想居奇发财，取价不少，人嫌价贵货劣，莫不嗤之以鼻。辗转多日，乃引至叶波国。

既至叶波国中，行通衢中，叫卖求售。大臣人民，认识是太子儿女，大王冢孙，举国惊奇，悲哀不已。诸臣民就问退伍军人："凭何因缘，得这小孩？"退伍军人说："我非拐骗，实向其爸爸讨得！"有些人民，就想夺取，且想殴打军人，发泄悲愤。中有一懂事明理长者，在场制止众人卤莽行动，提议说道：

"这件事情，不能如此了事。目前情形，实为太子乐于成人之善，以至于此。今若强夺，违太子意，不如即此禀告国王，使王明白，王既公正，自当出钱购买！"

诸臣禀告国王，国王闻言，大惊失色，即刻下谕宣取退伍军人带领小孩入宫。王与王后，并二万夫人，及诸宫女从官，遥见两儿，萎悴异常，非复先前丰腴，莫不哽噎。

国王问询退伍军人：

"何从得到这两小孩？"

退伍军人说：

"我向太子求乞得到，所禀是实。"

国王即喊近两个小孩，把绳索解除，想同小孩拥抱接吻，小孩皆哭泣闪避，若有所忌，不肯就抱。

国王问退伍军人，应当出多少钱，方可买得这一男一女，退伍军人一时不知如何索价，未便作答，两小孩同时便说：

"男的值银钱一千，公牛一百头，女的值金钱二千，母牛二百头。"

国王说：

"男子素为人类所尊重，如今何故男贱女贵？"

男孩便说：

"国王所说，未必近实。后宫婇女，与王无亲无戚，或出身微贱，或但婢使，王所爱幸，便得尊贵。今王独有一子，反而放逐深山，毫不关心，所以明白显然，知必男贱女贵！"

国王听说，感动非常，悲哀号泣，如一妇人。且因王孙耶利慧颖杰出，爱之深切，就说：

"耶利耶利，我很对你父子不起。你已回国，为什么不让我抱你吻你？你生我气，还是怕这军人？"

耶利便说：

"我不恨你，我不怕他。本是王孙，今为奴婢；安有奴婢受国王拥抱？我不敢就王拥抱！"

国王闻言，倍增悲怆，即一切如其所言，照数付出金银牛物与退伍军人。再呼两儿，儿即就抱。王抱两孙，手摩小头，口吻各处创伤，问其种种经过。又问两孙：

"你爸爸妈妈，在山中住下，如何饮食，如何生活？"

两个小孩一一作答，具悉其事。国王即遣派一大臣，促迎太子。那大臣到山中时，把国王口谕，转告太子，并告一切近事，敦促太子回国。太子回答：

"国王放逐我等远离家国，山中思过，一十二年为期。今犹刚过三年，为守国法，年满当归！"

大臣回国如太子所说，禀启国王，国王用羊皮纸，亲自作一手书，复命一大臣，把手书带去，送给太子。那书信说：

……一切过去，即应忘怀，你极聪明，岂不了解？去时当忍，来时亦忍；即便归来，不胜悬念！

太子得信以后，向南作礼，致谢国王恕其已往罪过。便与金发曼坻，商量回国。

山中禽兽，闻太子夫妇将回本国，莫不跳跃宛转，自扑于地,号呼不止,诉陈慕思。泉水为之忽然涸竭。奇花异卉,因此萎谢。百鸟毁羽折翅,如有所丧。一切变异,皆为太子。

太子与妃同还本国,在半路中,先是太子出国前后情形,三年以来,为世传述,远近皆知。敌国怨家,设诈取象,种种经过,亦皆全在故事中间。心有所恶,赎罪无方。此时太子回国,敌国怨家,探知消息,即便派遣大使,装饰所骗白象,金鞍银勒,锦毯绣披,用金瓶盛满金米,用银瓶盛满银米,等候在太子所经过大道中,以还太子,并具一谢过公文,恭敬而言:

前骗白象,愚痴故耳。因我之事,太子放逐。故事传闻,心为内恶。赎罪无方,食息难处。今闻来还,欢喜踊跃。兹以宝象奉还太子,愿垂纳受,以除罪尤!

太子告彼大使,请以所言转告:
"过去之事,疚心何益。譬如有人,设百味食,持上所爱,其人食之,吐呕在地,岂复香洁?今我布施,亦若吐呕;吐呕之物,终还不受!速乘象去,见汝国王。委屈使者,远劳相问!"

于是大使即骑象还归,白王一切。即因此象,两国敌怨,化为仁慈。且因此故,两国人民,皆觉人不自私其所爱,牺牲之美,不可仿佛。

太子还国，国王骑象出迎。太子便与国王相见，各致相思，互相拥抱，相从还宫。国中人民，莫不欢喜，散花烧香，以待太子。

自从以后，国王便把库藏钥匙，交付太子，不再过问。太子恣意布施，更胜于前。

…………

故事说完以后，在座诸人，无不神往。赞美声音，不绝于耳。商人也就扬扬自得，重新记起一个被大众所欢迎的名人风度，学作从容，向人微笑，把头向左向右，点而又点。

有一个身儿瘦瘦的乡下人，在故事中对于商人措词用字有所不满，对于屋中掌声有所不满，就说：

"各位先生，各位兄弟，请稍停停，听我说话。叶波国王太子，大方慷慨，施舍珍宝，前无古人，如此大方，的确不错。但从诸位对于这故事所给的掌声看来，诸位行为，正仿佛是预备与那王子媲美，所不同的，不过一为珍宝，一为掌声而已。照我意见说来，这个故事，既由那位老板，用古典文字述叙，我等只须由任何一人，起立大声说说：'佳哉，故事！'酬谢就已相称，不烦如此拍掌，拍掌过久，若为另一敌国怨家，来求慈悲，诸位除掌声以外，还有什么？"

那时节山中正有老虎吼声，动摇山谷，众人闻声，皆为震慑。那人在火光下一面整理自己一件东西，一面就说：

"各位先生，你们赞美王子行为，以为王子牺牲自己，人格高尚，远不可及。现在山头老虎，就正饥饿求食，谁能砍一手掌，丢向山涧喂虎没有？"

各人面面相觑，不作回答。那人就向众人，留下一个微笑，匆匆促促，把门拉开向黑暗中走去了。

大家都以为这人必为珠宝商人说的故事所感化，梦想牺牲，发痴发狂，出门舍身饲虎的，因此互相议论不已。并且以为由于义侠，应当即刻出门援救这人，不能尽其为虎吃去。但所说虽多，却无一人胆敢出门。珠宝商人，则以为自己所说故事，居然如此有力，使人发生影响，舍身饲虎，故极傲然自得。见众人议论之后，继以沉默，便造作一个谎话，以为被这故事感动而舍身饲虎的事情，数到这人，业已是第三个。众人皆愿意听听另外两个人牺牲的情形，愿意听听那个谎话。

店主人明白若自己再不说话，误会下去，行将使所有旅客，失去快乐，故赶忙站起，含笑告给众人："出门的人，为虎而去，虽是事实，但请放心，不必难过。原来那人是一个著名猎户。"众人闻言，莫不爽然自失。珠宝商人，虽想再诌出另外那两次牺牲案件，一时也诌不出了，就装作疲倦，低头睡觉。因装睡熟，必得伪作毫无知觉，故一只绣花拖鞋，分明为火烧去，也不在意。一个市侩能因遮掩羞辱，牺牲一双拖鞋，事不常见，故附记在此,为这故事作一结束。

二十二年一月二十日

为张小五辑自《太子须大拿经》在青岛

神巫之爱

第一天的事

云石镇砦门外边大路上，有一群花帕青裙的美貌女子，守候一个侍候神的神巫来临。人数约五十，全是极年青，不到二十三岁以上，各打扮得像一朵鲜花。人人猜疑到神巫必然带来神的恩惠给全村，却带了自己的爱情给女人中某一个。因此凡是砦中年青貌美的女人，都愿意这幸福能落在她头上。她们等候那神巫来到，希望幸运留在自己身边，失望分给众人，结果就把神巫同神巫的马引到自己的家中；马安顿在马房，用麦杆草喂马，神巫安顿在她自己的房里，床间有新麻布帐子山棉作絮的房里。

在云石镇的女人心中，把神巫款待到家，献上自己的身，给这神之子受用，是以为比作土司的夫人还觉得荣幸的。

云石镇的住民，属于花帕族。花帕族的女人，正仿佛是为全世界上好男子的倾心而生长得出名美丽，下品的下品至少还有一双大眼睛与长眉毛，使男子一到面前就甘心情愿作奴当差。今天的事，却是许多稍次的女人也不敢出面竞争了。每一个女人，能多将神巫的风仪想想，又来自视，无有不气馁失神，嗒然归去的。

在一切女人心中，这男子应属于天上的人。纵代表了神，往各处降神的福佑，与自己的爱情，却从不闻这男子恋上了谁个女人。各处女人用颜色或歌声尽一切的诱惑，神巫直到如今还是独身。神巫大约在那里有所等候的天知道他等候谁。

神巫是在等待谁？生在人世间的人，不是都得渐渐老去么？美丽年青不是很短的事么？眼波樱唇，转瞬即已消逝，神巫所挥霍抛弃的女人的热情，实在已太多了。便是今天的事，五十人中倘若有一个为神巫加了青眼，也就有其余四十九人对这青春觉到可恼。美丽的身体若无炽热的爱情来消磨，则这美丽也等于累赘。花帕族，及其他各族，女人之所以精致如玉，聪明若冰雪，温柔如棉絮，也就可以说是全为了神的儿子神巫来注意的。

好的女人不必用眼睛看，也可以从其他感觉上认识出来的。神巫原是一个有眼睛的人，就更应当清楚各部落里美中完全的女人是怎样多。为完成自己一种神所派遣到人间来的意义，他一面为各族诚心祈福，一面也应当让自己的身心给一个女人所占有！

是的，这男子明白这个。他对于这事情比平常人看得更分明。他并无奢望，只愿意得到一种公平的待遇。在任何部落中总不缺少那配得他上的女人，眯着眼，抿着口，做成那欢迎他来摆布的样子。他并不忘记这事情！许多女人都能扰乱他的心，许多女人都可以差遣他流血出力。可是因为另外一种理由，终于把他变成骄傲如皇帝了。他因为做了神之子，就仿佛无做人间好女子丈夫的分了。他知道自己的风仪是使所有的女人倾倒，所以本来不必伟大的他，居然伟大下来了。他不理任何一个女人，就是不愿意放下了那其余许多美丽女子去给世上坏男子脏污。他不愿意把自己身心给某一女人，意思就是想使所有世间好女人都有对他长远倾心的机会。他认清楚神巫的职分，应当属于众人，所以他把他自己爱情的门紧闭，独身下来，尽众女人爱他。

每到一处遇有女人拦路欢迎，这男子便把双眼闭下，拒绝诱惑，女人却多以为因自己貌陋，无从使神巫倾心，引惭退去。落了脚，找到一个宿处后，所有野心极大的女人，便来在窗外吹笛唱歌，本来窗子是开的，神巫也必得即刻关上，仿佛这歌声烦恼了他，不得安静。有时主人自作聪明，见到这种情形，必定还到门外去用恶声把逗留在附近的女人赶走，神巫也只对这头脑单纯的主人微笑，从不说主人已做错了事。

花帕族的女人，在恋爱上的野心等于猓猓族男子打仗的勇敢，所以每次闻神巫来此作傩，总有不少女人在砦外来迎接这美丽骄傲如狮子的神巫。人人全不相信神巫是不懂爱情的男子，所以上一次即或失败，这次仍然都不缺少把神巫引到家中的心思。女子相貌既极美丽，又非常胆大，明白这地方女人的神巫，骑马前来，在路上就不得不很慢很慢的走了。

时间是烧夜火以前。神巫骑在马上，看看再翻一个山，就可以望到云石镇的砦前大梧桐树了，他勒马不前，细细的听远处唱歌声音。原来那些等候神巫的年青女人，各人分据在路旁树荫下，盼望得太久，大家无聊唱起歌来了。各人唱着自己的心事，用那像春天的莺的喉咙，唱得所有听到的男子都沉醉到这歌声里，神巫听了又听，不敢走动。他有点害怕，前面的关隘似乎不容易闯过，女子的勇敢热情推这一镇最出名。

追随在他身后的一个仆人，肩上扛的是一切法宝，正感到沉重，压得肩背沉甸甸的，想到进了砦后找到休息的快活，见主人不即行动，明白主人的意思了。仆人说道：

"我的师傅，请放心，女人不是酒，酒这东西是吃过才能醉人的。"他意思是说女人想起才醉人，当面倒无妨。原来这仆人是从龙朱的矮奴领过教的，说话的聪明机智处许多人不能及。

可是神巫装作不懂这仆人的聪明言语，很正气的望了仆人一眼。仆人在这机会上就向主人微笑，表示他什么事全清清楚楚,瞒不了他。

神巫到后无话说,近于承认了仆人的意见,打马上前了。

马先是走得很快,然而即刻又慢下来了。仆人追上了神巫,主仆两人说着话,上了一个个小小山坡。

"五羊,"神巫喊着仆人的名字,说,"今年我们那边村里收成真好!"

"做仆人的只盼望师傅有好收成,别的可不想管他。"

"年成好,还愿时,我们不是可以多得到些钱米吗?"

"师傅,我需要铜钱和白米养家,可是你要这个有什么用?"

"没有钱我们不挨饿吗?"

"一个年青男人他应当有别一种饥饿,不是用钱可以买来的。"

"我看你近来一天脾气坏一天,说的话怪得很,必定是吃过太多的酒把人变胡涂了。"

"我自己那知道?在师傅面前我不敢撒谎。"

"你应当节制,你的伯父是酒醉死的,那时你我都很小,我是听黄牛寨教师说的。"

"我那个伯父倒不错!酒也能醉死人吗?"他意思是女人也不能把主人醉死,酒算什么东西。

神巫却不在他的话中追究那另外意义,只提酒。他说:

"你总不应当再这样做。在神跟前做事的人，荒唐不得。"

"那大约只是吃酒，师傅！另外事情——像是天许可的那种事，不去做也有罪。"

"你真在亵渎神了，你这大蒜！"

照例是，主人有点生气时，就会拿用人比蒜比葱，以示与神无从接近，仆人就不开口了。这时节坡已上了一半，还有一半上完就可以望到云石镇，在那里等候神巫来到的年青女人，是在那里唱着歌，或吹着芦管消遣这无聊时光的。快要上到山顶，一切也更分明了。这仆人为了救济自己的过失，所以不久又开了口。

"师傅，我觉得这些女人好笑，全是一些蠢到无以复加的东西！"

随又自言自语说道："学竹雀唱歌谁希罕？"

神巫不答理，骑在马上腰身略弯伸手摘了路旁土坎上一朵野菊花，把这花插在自己的发边。神巫的头上原包有一条大红锦绸首巾，配上一朵黄菊，显得更其动人的妩媚。

五羊见到神巫打扮得如此华贵，也随手摘了一朵野花安插在包头上。他头上缠裹的是深黄布首巾，花是红色。有了这花仆人更像蒋平了。他在主人面前，总愿意一切与主人对称，以便把自己的丑陋衬托出主人的美好。其实这人也不是在爱情上落选的人物，世界上就正有不少龙朱矮奴所说的"吃搀了水的酒也觉得比酒糟还好的女人",来与这神巫的仆人啮臂论交!

翻过坡,坡下砦边女人的歌声更分明了。神巫意思在此间等候太阳落坡,天空有星子出现,这些女人多数因回家煮饭去了,他就可以赶到族总家落脚。

他不让他的马下山,跳下马来,把它系在一株冬青树下,命令仆人也把肩上的重负放下休息。仆人可不愿意。

"我的主,一个英雄他应当在日头下出现!"

"五羊,我问你,老虎是不是夜间才出到溪涧中喝水?"

仆人笑,只好把一切法宝放下了。因为平素这仆人是称赞师傅为老虎的,这时不好意思说虎不是英雄。他望到他主人坐到那大青石上沉思,远处是柔和的歌声,以及忧郁的芦笛,就把一个镶银漆朱的葫芦拿给主人,请主人喝酒。

神巫是正在领略另外一种味道的,他摇头,表示不需要酒。

五羊就把葫芦的嘴亲着自己的嘴,仰头咽嘟咽嘟喝了许多酒,用手抹了一抹葫芦的嘴又抹自己的嘴,也坐在那石头上听山下唱歌。

清亮的歌,呜咽的笛,在和暖空气中使人迷醉。

日头正黄黄的晒满山坡,要等候到天黑还有大半天的时光！五羊有种脾气，不走路时就得吃喝，不吃喝时就得打点小牌，不打牌时就得睡！如今天气正温暖宜人，什么事都不宜作，五羊真愿意睡了。五羊又听到远处鸡叫狗叫，更容易引起睡眠的欲望，因此当到他主人面前张着嘴一连打了三个哈欠。

"五羊，你要睡就睡，我们等太阳落坡再动身。"

"师傅，你说的极有道理。可是你的命令我反对一半承认一半。我实在愿意在此睡一点钟或者五点钟，可是我觉得应当把我的懒惰逐去，因为有人在等候你！"

"我怕她们！我不知道这些女人为什么独对我这样多情，我奇怪得很。"

"我也奇怪！我奇怪她们对我就不如对师傅那么多情了。如果世界上没有师傅，我五羊或者会幸福一点，许多人也幸福一点。"

"你的话是流入诡辩的，鬼在你身上把你变成更聪明了。"

"师傅，你过奖我了。我若聪明，早应当把一个女人占有了师傅，好让其余女子把希望的火蹿熄，各自找寻她的情夫！可是如今却怎么样？因了师傅，一切人的爱情全是悬在空中。一切……"

"五羊，够了。我不是龙朱，你也莫学他的奴仆，我要的用人只是能够听命令的人。你好好为我睡了吧。"

仆人于是听命不再作声，又喝了一口酒，把酒葫芦搁在一旁,侧身躺在大石上,用肘作枕,准备安睡。但他仍然有话说,他的口除了用酒或别的木楦头塞着时总得讲话的。他含含糊糊的说道:

"师傅,你是老虎!"

这话是神巫听厌了的,并不理他。

仆人便半像唱歌那样低低哼道:

一个人中的虎,因为怕女人的缠绕,不愿在太阳下见人,……

不敢在太阳下见人,要星子嵌在蓝天上时才敢下山,……

没有星子,我的老虎,我的主,你怎么样?

神巫知道这仆人有点醉意了,不作理会。还以为天气实在太早,尽这个人哼一阵又睡一阵也无妨于事,所以只坐到原处不动,看马吃路旁草。

仆人一面打哈欠一面又哼道:

黄花岗的老虎,人见了怕;猓猓族的老虎,它只怕人。

过了一会仆人又哼道:

我是个光荣的男子,花帕族小嘴长臂白脸庞女人,你们全来爱我!

把你们那张小小的嘴唇,把你们两条长长的手臂,全送给我,我能享受得下!

我的光荣随了我主人而来……

他又不唱了。他每次唱了一会就歇歇,像神巫在山神前念诵祷词一样。他为了解释他有理由消受女人的一切温柔,旋即把他的资格唱出。他说:

我是千羊族长的后裔,黔中神巫的仆人,女人都应归我。

我师傅怕花帕族的女人,却还敢到云石镇上行法事,我的光荣……

我师傅勇敢的光荣,也就应当归仆人有一分。

这个仆人哼哼唧唧时是闭上眼睛不望神巫颜色的。因了葫芦中一点酒,使他完全忘了形,对主人的无用处开起玩笑来了。

远处花帕族女人唱的歌,顺风来时字句听得十分清楚,在半醉半睡情形中的仆人耳中,还可以得其仿佛,他于是又唱道:

你有黄莺喉咙的花帕族妇人,为什么这样发痴?

春天如今早过去了,你不必为他歌唱。

我师傅虽是美丽的男子,但并不如你们所想像的勇敢与骄傲；

因为你们的歌同你们那唱歌的嘴唇,他想逃遁,他逃遁了。

一会儿,仆人的鼾声代替了他的歌声,安睡了。这个仆人在朦胧中唱的歌使神巫生了一点小小的气,为了他在仆人面前的自尊起见,他本想上了马一口气冲下山去。更其使他心中烦恼的,却是那山下的花帕族年青女人歌声,那样缠绵的把热情织在歌声里,听歌人却守在一个醉酒死睡的仆人面前发痴,这究竟算是谁的过错呢？

这时节,若果神巫有胆量,跳上了马,两脚一夹把马跑下山,马项下铜串铃远远的递了知会与花帕族所有年青女人,那在大路旁等候那瑰奇秀美的神巫人马来到面前的女人,是各自怎样心跳血涌！五十颗年青的,母性的,灼热的心,在腔子里跳着,然而那使这些心跳动的男子,这时节却默然坐在那大路旁,低头默想种种逃遁的方法,人间可笑的事情,真没有比这个更可笑了。

他望到仆人五羊甜睡的脸,自己又深恐有人来不敢睡去。他想起那砦边等候他来的一切女人情形,微凉的新秋的风在脸上刮,柔软的豨人的歌声飘荡到各处,一种暧昧的新生的欲望摇撼到这个人的灵魂,他只有默默的背诵着天王护身经请神保佑。

神保佑了他的仆人,如神巫优待他的仆人一样,所以花帕族女人不应当得到的爱情,仍然没有谁人得到。神巫是在众人回家以后的薄暮,清吉平安来到云石镇的。

到了住身的地方时,东家的院后大刺桐树上,正叫着猫头鹰。五羊放下了肩上的法宝,摇着头说:

"猫头鹰,猫头鹰,白天你虽然无法睁开眼睛,不敢飞动,你仍然不失其为英雄啊!"

那树上的一匹猫头鹰,像不欢喜这神巫的仆人的赞美,扬起翅膀飞去了。神巫望到这个从龙朱矮奴学来乖巧的仆人微笑,坐下去,接受老族总双手递来的一杯蜜蜂茶。

到了夜晚,云石镇的箭坪前便成立了一座极堂皇的道场。

晚上的事

松明，火把，大牛油烛，依秩序一一燃点起来，照得全坪通明如白昼。那个野猪皮鼓，在五羊手中一个皮搥重击下，蓬蓬作响声闻远近时，神巫戎装披挂上了场。

他头缠红巾，双眉向上直竖。脸颊眉心擦了一点鸡血，红缎绣花衣服上加有朱绘龙虎黄纸符箓。手执铜刀和镂银牛角。一上场便在场坪中央有节拍的跳舞着，还用呜咽的调子念着娱神歌曲。

他双脚不鞋不袜，预备回头赤足踹上烧得通红的钢犁。那健全的脚，那结实的腿，那活泼的又显露完美的腰身旋折的姿式，使一切男人羡慕一切女子倾倒。那在鼓声蓬蓬下拍动的铜叉上圈儿的声音，与牛角呜呜喇喇的声音，使人相信神巫的周围与本身，全是精灵所在。

围看跳傩的将近一千人，小孩子占了五分之一，女子们占了五分之二，成年男子占了五分之二，一起在神坛边成圈站定。小孩子善于唱歌的，便依腔随韵，为神巫凑歌。女子们则只惊眩于神巫的精灵附身半疯情形，把眼睛睁大，随神巫身体转动。

五羊这时节虽已酒醒了。但他又沉醉到一种事务中，全部精神集中在主人的踊跃行为上，匀匀的击打着身边那一面鼓。他把鼓槌按拍在鼓边上轻轻的敲，又随即用力在鼓心上打。他有时用鼓槌揉着鼓面，发出一种殢人的声音，有时又沉重一击戛然停止。他脸为身边的焚柴火堆薰得通红，头像个饭箩摇摆又摇摆。平时一见女人即发笑的脸上，这时却全无笑容，严重得像武庙那尊泥塑的关夫子了。

神巫把身一踊，把把一脚，再把牛角向空中画一大圈，五羊把鼓声压低下去，另外那个打锣的人也打锣稍停，忽然像从一只大冰柜中倾出一堆玻璃，神巫用他那银钟的喉咙唱出歌来了。

神巫的歌说，

> 你大仙，你大神，睁眼看看我们这里人！
> 他们既诚实，又年青，又身无疾病，
> 他们大人能喝酒，能作事，能睡觉，
> 他们孩子能长大，能耐饥，能耐冷，
> 他们牯牛肯耕田，山羊肯生仔，鸡鸭肯孵卵，
> 他们女人会养儿子，会唱歌，会找她心中欢喜的情人！
> …………

你大神,你大仙,排驾前来站两边!
关夫子身跨赤兔马,
尉迟恭手拿大铁鞭!
…………
你大仙,你大神,云端下降慢慢行!
张果老驴上得坐稳,
铁拐李脚下要小心!
…………
福禄绵绵是神恩,
和风和雨神好心,
美酒白饭当前陈,
肥猪肥羊火上烹!
…………
洪秀全,李鸿章,
你们在生是霸王,
杀人放火尽节全忠各有道,
今来坐席又何妨!
…………
慢慢吃,慢慢喝,
月白风清好过河!
醉时携手同归去,
我当为你再唱歌!
…………

神巫歌完锣鼓声音又起，人人拍手迎神，人人还呐喊表示欢迎那个唱歌的神的仆人。神巫如何使神驾云乘雾前来降福，是人不能明白知道的事，但神巫的歌声，与他那种优美迷人的舞蹈，却已先在云石镇上人人心中得到幸福与欢喜了。

神巫迎神歌唱完，帮手的宰好的猪羊心献上，神巫在神面前作揖，磕头，风车般翻了三十六个筋斗，鼓声转沉，神巫把猪羊心丢到铁锅里去，用手咬诀，喷一口唾沫，第一趟法事就完结了。

神巫退下坛来时，坐到一张板凳上休息，把头上的红巾除去，首事人献上蜜茶，神巫一手接茶一手抹除额上的汗渍。这时节，一些顽皮小孩子，已把五羊包围着了，争着抢五羊手上的鼓槌，想打鼓玩。五羊站到一张凳上不敢下来，大声咤叱那顶顽皮的正在扯他裤头的孩子。神巫这一面，则有族总，地保，甲长，与几个上年纪的地方老人陪着。

场坪上，各处全是火炬，树上也悬挂得有红灯，所以凡是在场的人皆能互相望到。神巫所在处，靠近神像边，有大如人臂的天烛，有火燎，有七星灯；所以更见得光明如昼。在火光下的神巫，虽作着神的仆人的事业，但在一切女人心中，神不可知的则数目也不可知，有凭有据的神却只应有一个，就是这神巫。他才是神。因为他有完美的身体与高尚的灵魂。神巫为众人祈福，人人皆应感谢神巫，不过神巫歌中所说的一切神，从玉皇大帝到李鸿章，若果真有灵，能给云石镇以幸福，就应人把神巫分给花帕族所有的好女子，至少是这时节应当让他来在花帕族女人面前，听那些女人用敷有蜜的情歌摇动他的心，不合为一些年老男子包围保护！

这样的良夜，风又不冷，满天是星，正适宜于年青人在洞中幽期蜜约，正适宜于在情妇身边放肆作一切顽皮的行为，正适宜于倦极做梦，把来到云石镇唱歌娱神的神巫，解下了法衣，放下了法宝，科头赤足来陪一个年青花帕族女人往无人处去，并排坐到一个大稻草积上看天上的流星，指点那流星落去的方向，或者用药面喂着那爱吠的黄狗，悄悄从竹园爬过一重篱到一个女人窗下去轻轻拍窗边的门，女人把窗推开援引了这人进屋，神见到这天气，见到这情形，神也不至于生气！

为了神巫外貌的尊严，以及老年人保护的周密，一切女人真是徒然有了这美貌，徒然糟蹋了这一年无多几日的天气。各人的野心虽大，却无一个女人能勇敢的将神巫从火光下抢走。虽说"爱情如死之坚强"，然而任何女人，对这神巫建设的堡垒，也无从下手攻打。

休息了一会，第二次神巫上场，换长袍为短背心，鼓声蓬蓬打了一阵，继着是大铜锣铛铛的响起来，神巫吹角，角声上达天庭，一切情形复转热闹，正做着无涯好梦的人全惊醒了。

第一次法事为献牲,第二次法事为祈福。

祈福这一堂法事,情形与前一次完全两样了,照规矩,神巫得把所有在场的人叫到身边来,瞪着眼,装着神的气派,询问这人想神给他什么东西,这人实实在在说过愿心后,神巫即向鬼王瞪目,再问天神磕头,用铜剑在这人头上一画完事。在场的人若太多时,则照例只推举十来个人出场,受神巫的处治,其余也同样得到好处了。因为在大傩中的人,请求神的帮助,不出几件事:要发财,要添丁,要家中人口清吉,要牛羊孳乳,要情人不忘恩负义;纵有些人也有希望凭了神的保佑将仇人消灭的,这类不合理要求,当然无从代表,然而互相向神纳贿,则互相了销,神的威灵仿佛独于这一件无应验,所以受神巫处治的纵多,也不能出二十个人以上。

锣鼓惊天动地的打,神巫翘起一足旋风般在场中转,只要再过一阵,把表一上,就应推举代表向前请愿了,这时在场年青女人,都有一种野心,想在对神巫诉愿时,说着请求神把神巫给她的话。在神巫面前请求神许可她爱神巫,也得神巫爱她,是这样,神就算尽了保佑弱小的职分了。在场一百左右年青女人,心愿莫不是要神帮忙,使神巫的身心归自己一件事,所以到了应当举出年青女人向神请愿时,因为一种隐衷,人人皆说事是私事,只有各自向神巫陈说最好。

众女人为这事争持着,尽长辈排解也无法解决,显然明白今夜的事情糟。男子流血女人流泪全是今夜的事。他只默然不语,站在场坪中火堆前,火光照曜到这英雄如一个天神。他四顾一切争着要祈福的女人,全有着年青美健的身体与洁白如玉的脸额,全都明明白白的把野心放在衣外,企图与这年青神之子接近。各人的竞争,即表明各人的爱心的坚固,得失之间各人皆具有牺牲的决心。

族中当事人,也有女侄在内,情形也大体明白了,劝阻无效,只有将权利付之神巫自己。

那族中最年高的一个,见到自己两个孙女也包了花格子布巾在场,照例族中的尊严,是长辈也无从干预年青人恋爱,他见到这事情争持下去也不会有结果,于是站到凳上去,宣告自己的意见。

他先拍掌把一切的纷扰镇平,演说道:

"花帕族的姊妹们,请安静,听一个痴长九十一岁的人说几句话。

"对于祈福你们不愿意将代表举出,这是很为难的。你们的意见,是你们至上的权利,花帕族女人纯洁的心愿,我不能用高年来加以干预。我并不是不明白你们的意思。只是很为难,今天这大傩是为全镇全族作的,并不是我个人私有;也不是几个姊妹们私有。这是全镇全族的利益。这傩事,应当属于在场的公众,所以凡近于足以妨碍傩事的个人利益要求,我们是有商量考虑的必要。

"如今的夜晚天气并不很长,这还是新秋,这事也请诸位注意。若果照诸位希望,每一个人,(有女人就说,并不是每一人,是我们女人!)是的,单是女子,让我来数数罢,一五,一十,十五,二十……这里像你们这样年青的姑娘,共七十五个。或者还不止。试问七十五个女人,来到神巫身前,把心愿诉尽,又得我们这可敬爱的神巫一一了愿,是作得到的事么?你们这样办,你们的心愿神巫是知道了,(他觉得说错了话又改口说)你们的心愿神已知道了,只是你们不觉得使神巫过于疲倦是不合理的事吗?这样一来到天亮还不能作第三堂法事,你们不觉得这是妨碍了其他人的利益与事务吗?

"我花帕族的女人,全知道自由这两个字的意义的。她知道自己的权利也知道别人的权利,你们可以拿你们自己所要求的去想想。"

有女人就说:"我们想过了,这事情我们愿意决定于神巫,他必能给我们公平的办法。"演说的老人就说道:

"这是顶好的,既然这样,我们就把这事情请我们所敬爱的神巫来解决。来,第二的龙朱,告我们事情应当怎么办。(他向神巫,)你来说一句话,事情由你作主。(女人听到这个话后全体拍手喊好。)

"不过,姊妹们,不要因为太欢喜忘了我们族中的女子美德了!诸位应记着花帕族女人的美德是热情的节制，男子汉才需要大胆无畏的勇敢！我请你们注意，就因为不要为我们尊敬的神巫见笑。

"诸位，安静一点，听我们的师傅吩咐吧。"

女人中，虽有天真如春风的，听族长谈到花帕族女人的美德，也安静下来了。全场除了火燎爆裂声外，就只有谈话过多的老年族总喉中发喘的声音。

神巫还是身向火燎低头无语，用手扣着那把降魔短剑。

打鼓的仆人五羊，低声说道：

"我的主，你不要迟疑了，我们的神对于年青女人请求从不曾拒绝，你是神之子，应照神意见行事。"

"神的意见是常常能使他的仆人受窘的！"

"就是这样也并无恶意！应当记着龙朱的言语；年青的人对别人的爱情不要太疏忽，对自己的爱情不要太悭吝。"

神巫想了一会，就抬起头来，朗朗说道：

"诸位伯叔兄弟，诸位姑嫂姊妹，要我说话我的话是很简单的。神是公正的，凡是分内的请求他无拒绝的道理。神的仆人自然应为姊妹们服务，只请求姊妹们把希望容纳在最简单的言语里，使时间不至于耽搁过多。"

说到此，众人复拍手，五羊把鼓打着，神巫舞着剑，第一个女人上场到神巫身边跪下了。

神巫照规矩瞪眼厉声问女人，仿佛口属于神，眼睛也应属于神，自己全不能审察女人口鼻眼的美恶。女人轻轻的战栗把她的愿心说出，她说：

"师傅我并无别的野心，我只请求神让我作你的妻，就是一夜也好。"

神巫听到这吓人的愿心，把剑一扬，喝一声"走"，女人就退了。

第二个来时，说的话却是愿神许他作她的夫，也只要一天就死而无怨。

第三个意思也不外乎此，不过把话说得更委婉一点。

第四第五……照秩序下去全是一个样子，全给神巫瞪目一喝就走了。人人先仿佛觉到自己无希望说给这人听过后，心却释然。以为别的女子也许野心太大请神帮忙的是想占有神巫全身，所以神或者不能效劳，至于自己则所望不赊，神若果是慈悲的，就无有不将怜悯扔给自己的道理。人人仿佛向神预约了一种幸福，所有的可以作为凭据的券就是临与神巫离开时那一瞪。事情的举行出人意料的快，不到一会在场想与神巫接近一致心事的年青女人就全受福了。女人事情一毕，神巫稍稍停顿了跳跃，等候那另外一种人的祈福，在这时，忽然跑过了一个不到十六岁的小女孩，赤了双脚，披了长长的头发，像才从床上爬起，穿一身白到神巫面前跪下，仰面望着神巫。

神巫也瞪目望女人，望到女人一对眼，黑睛白仁像用宝石镶成，才从水中取出安置到眶中，那眼眶，又是庄子一书上的巧匠手工做成的。她就只把那双眼睛瞅定神巫，她的请求简单到一个字也不必说，而又像是已经说得太多了。

他这光景下有点眩目，眼睛虽睁大，不是属于神，应属于自己了。他望到这女人眼睛不旁瞬，女人也不做声，眼中却像是那么说着："跟了我去吧，你神的仆，我就是神！"

这神的仆人，可仍然把心锁住了，循例的大声的喝道：

"什么事，说！"

女人不答应还是望到这神巫，美目流盼，要说的依然像是先前那种意思。

这神巫有点迷乱，有点摇动了，但他不忘却还有一百左右的花帕族美貌年青女子在周围，故旋即吼问了一声是为什么事。

女人不作答，从那秀媚通灵的眼角边浸出两滴泪来了。仆人五羊的鼓声催得急促，天空西南角上正坠下一大流星光芒如月，神巫望到这眼边的泪，忘了自己是神的仆人了，他把声音变成夏夜一样温柔，轻轻的问道：

"洞府中的仙姊妹，你有什么事你尽管说。"

女人不答理，他又更柔和的说道：

"你仆人是世间一个蠢人，有命令，吩咐出来我照办。"

女人到此把宽大的衣袖,擦干眼泪,把手轻轻抚摩神巫的脚背,不待神巫扬起铜剑先自退下了。

神巫正想去追赶她,却为一半疯老妇人拦着请愿,说是要神帮她把战死的儿子找回,神巫只好仍然作着未完的道场,跳跳舞舞把其余一切的请愿人打发完事。

第二堂休息时,神巫蹙着双眉坐在仆人五羊身边。五羊看师傅神色不大对劲,蹲到主人脚边低声问主人为什么这样忧郁。这仆人说:

"我的主,我的神,什么事使你烦恼到这样子呢?"

神巫说:"五羊我这时比往日颜色更坏吗?"

"在一般女人看来,你比往日更显得骄傲。"

"我的骄傲若使这些女人误认而难堪,那我仍得骄傲下去。"

"但是,难堪的或者是另外一个人!一个人能勇敢爱人,在爱情上勇敢即失败也不会难堪的。难堪只是那些无用的人所有的埋怨。不过,师傅,我说你有的却只是骄傲。"

"我不想这样骄傲了,无味的贪婪我看出我的错来了。我愿意做人的仆,不愿意再做神的仆了。"

五羊见到主人的情形,心中明白必定是刚才请愿祈福一堂道场中,主人听出许多不应当听的话了,这乖巧仆人望望主人的脸,又望望主人插到米斗里那把降魔剑,心想剑原来虽然挥来挥去,效力还是等于面杖一般。大致一切女人的祈福，归总只是一句话，就是请神给这个美丽如鹿骄傲如鹤的神前仆人，即刻为女人烦恼而已。神显然是答应了所有女人的请愿，所以这时神巫当真烦恼了。

祈了福，时已夜半，在场的人，明天有工做的男子，都回家了，玩倦了的小孩子，也回家了，应当照料小孩饮食的有年纪女人，也回家了。场中人少了一半，只剩下了不少青年女人，预备在第四堂法事末尾天将明亮满天是流星时与神巫合唱送神歌，就便希望放在心上向神预约下来的幸福，询问神巫是不是可以实现应当如何努力方能实现。

看出神巫的骄傲，是一般女子必然的事，但神巫相信那最后一个女人，却只会看出他的忧郁。在平时，把自己属于一人或属于世界，良心的天秤轻重分明，择重弃轻他就尽装骄傲活下来。如今天秤已不同了。一百个或一千个好女人，虚无的倾心，精灵的恋爱，似乎敌不过一个女子实际的物质的爱较受用了。他再也不能把在世界上有无数青年女子对他倾心的事引为快乐，却甘心情愿自己对一个女人倾心来接受烦恼了。

他把第三堂的法事草草完场，于是到了第四堂。在第四堂末了唱送神歌时，大家应围成一圈，把神巫圈在中间，把稻草扎成的蓝脸大鬼抛掷到火中烧去，于是打鼓打锣齐声合唱。神巫在此情形中，去注意到那穿白绒布衣的女人，却终无所见。他不能向谁个女子探听那小女孩属姓，又不能把这个意思向族总说明，只在人中去找寻。他在许多眼睛中去发现那熟习的眼睛，在一些鼻子中发现鼻子，在一些小口中发现那小口，结果全归失败。

把神送还天上，天已微明了。道场散了，所有花帕族的青年女子除了少数性质坚毅野心特大的还不愿离开神巫，其余女人均负气回家睡觉去了。

随后神巫便随了族总家扛法宝桌椅用具的工人返族总家，神巫后面跟得是一小群年青女人，天气微寒，各人皆披了毯子，这毯子本来是供在野外情人作坐卧用的东西，如今却当衣服了。女人在神巫身后，低低的唱着每一个字全像有蜜作馅的情歌，直把神巫送到族总的门外。神巫却颓唐丧气，进门时头也不曾掉回。

第二天的事

神巫思量在云石镇逗留三天，这意见直到晚上做过第二堂道场才决定。这神的仆人，当真愿意弃了他的事业，来作人的仆人了。

他耳朵中听过上一千年青女人的歌声，还能矜持到貌若无动于心。他眼见过一千年青女人向他眉目传语，他只闭目若不理会。就是昨晚上，在第二堂道场中，将近一百个女人，来跪到这骄傲人面前诉说心中的愿望，他为了他的自尊与自私，也俨然目无所睹耳无所闻，只大声吒叱行使他神仆的职务。但是一个不用言语诉说的心愿，呆在他面前不到两分钟，却为他猜中非寻找这女人不可了。

见到主人心不自在的仆人五羊，问他主人说：

"师傅，你试差遣你蠢仆去做你要做的那件事吧，天上人参果，地下八宝精，你要我便找得着！"

"事情是神所许可的事，却不是我应当做的事！"

"既然神也许可，人还能违逆神吗？逆违神的意见，地狱是在眼前的。"

"你是做不到这事的，因为我又不愿意她以外另一人知道我的心事。"

"我准可以做到，只要师傅把那人的像貌说出来，我一定要她来同师傅相会。"

"你这个人只是舌头勇敢，别无能耐！"

"师傅！你说！你说！金子是在火里炼得出来的，我的能力要做去才知道。"

"你这人，我对你的酒量并不怀疑，只是吃酒以外的事简直无从信托你。"

"试试这一次吧。师傅你若相信各样的强盗也可以进爱情的天堂，那么，一个欢喜喝一杯两杯酒的人为什么不能当一点较困难的差事呢？"

神巫不是龙朱，五羊却已把矮奴的聪明得到，所以神巫不能不首肯了。

神巫就告给他仆人，说是那白衣的女人他一见就如何钟情。因为女人是最后一个来到场中受福，五羊也早将这女人记在心上了。五羊说这多容易。请师傅放心，在此等候好消息，神巫只好点首应允，五羊笑了笑就去了。

去了半天还不回来，神巫心上有点着急。天气实在太好了，在这样日光下杀人也像不是罪过。神巫想自己出门走走，又恐怕没有那个体己仆人在身边，外面碰到花帕族女人包围时无法脱身。他悔不该把五羊打发出门，因为他知道这地方的烧酒十分出名，五羊还不知到什么时候始能醉醺醺的回家。

族总知道神巫极怕女人麻烦，所以特把他安置到一个单独院落里。

神巫因为寂寞，又不能睡觉，就从旁门走过族总住的正院去找人谈话，到了那边，人全出门了，只见一个小孩坐在堂屋青石板地下不起，用手蒙脸哭唤。这英雄把孩子举起逗孩子发笑，孩子见了生人抱他，便不哭了，只睁了眼睛看望神巫。神巫忽然觉得这眼睛是极熟习的谁一个人的眼睛了。他想了一会，记起了昨夜间那个人。他又望望孩子身上所穿的衣服，也就正是昨夜那女人所穿一个样子白色。他正在对小孩子发痴，以为这凑巧很可注意，那一边门旁一个人赫然出现，他手忙脚乱不知所措，把小孩放下怔怔望着那人无言无语。原来这就正是昨夜那个请愿求神的少年女子。在日光下所见到的女人颜色，如玉如雪，更其分明。女人精神则如日如霞。这晤面显然也出于她的意外，微惊中带着惶恐，用手扶定门框，对神巫出神。

"我的主人，昨夜里在星光下你美丽如仙，今天在日光下你却美丽如神！"

女人好像腼腆害羞，不作回答，还是站立在那里不动。

神巫于是又说道：

"神啊！你美丽庄严的口辅，应当为命令愚人而开的，我在此等候你的使唤。我如今已从你眼中望见了天堂，就即刻入地狱也死而无怨。"

小孩子，这时见到了女人，踊跃着要女人抱他，女人低头无声走到孩子身边来，把孩子抱起，放在怀中，用口唝着小孩的小小手掌，温柔如观音菩萨。

神巫又说道：

"我生命中的主宰，一个误登天堂用口渎了神圣的尊严的愚人，行为如果引起了你神圣的憎怒，你就使他到地狱去吧。"

女人用温柔的眼睛，望了望这个人中模型善于辞令的美男子，却返身走了。

神巫是连用手去触这女人衣裙的气概也消失了的，见到女人走时也不敢走上去把女人拦住，也不能再说一句话，女人将身消失到芦帘背后以后，这神的仆人，惶遽情形比失去了所有法宝还可笑，一无可作，只站到堂屋正中搓手。

他不明白这是神的意思，还是因为与神意思相反，所以仍然当面错过了这个机会。

照花帕族的格言而说："凡是幸运它同时必是孪生。"神巫想起这个格言，预料到这事只是起始，不是结局，所以并不十分气馁，回到自己住屋了。

但他的心是不安定的，他应当即刻就知道一切详细。他不能忍耐等到仆人五羊回来，报告消息，却决定要走出去找五羊向他方面打听去了。

正准备起身出门时节，五羊却忙匆匆的跑回来了，额上全是大汗，一面喘气一面用手抹额上的汗，脸上笑容荡漾像迎喜时节的春官。

"舌头勇敢的人，你得了些什么好消息了呢？"

"主的福分，我把师傅要知道的全得到了。我在三里外一个地方见到那人中的神了，我此后将一唱赞美我自己眼睛有福气的歌。"

"我只怕你见到的是你自己眼中的酒神？还是喝一辈子的酒吧。"

"我可以赌咒，请天为我作证人。我向师傅撒谎没有利益可言。我这时的眼睛有光辉照耀，可以证明我所见不虚。"

"在你眼中放光的，我疑心那只是一匹萤火虫，你的聪明是只能证实你的眼浅的。"

"冤枉！谁说天上日头不是人人明白的东西？世上瞎眼人也知道日头光明，你当差的就蠢到这样吗？"这时他想起另外证据来了。"我还有另外证据在这里，请师傅过目。这一朵花它是有来由的。"

仆人把花呈上，一朵小小的蓝野菊，与通常遍地皆生的东西一个样子，看不出它有什么特异处。

"饶舌的东西,我不明白这花有什么用处?"

"你当然不明白它的用处。让我来替这菊花向师傅诉说吧。我命运是应当在龙朱脚下揉碎的,谁知给一个姑娘带走了,我坐到姑娘发上有半天,到后跌到了一个……哈哈,这样的因缘我把这花带回来了。我只请我主,信任这不体面的仆人,天堂的路去此正自不远,流星虽美却不知道那一条路径。"

"我恐怕去天堂只有一条路径。"神巫意思是他自己已先到过天堂了。

"就是这不体面仆人所知道的一条!"

"有小孩子没有?"

"师傅,罪过!让我这样说一句撒野的话吧,那'圣地'是还无人走过的路!那宝田还不曾被谁下种!"

神巫听到此时不由得不哈哈大笑,微带嗔怒的大声说道:

"不要在此胡言谵语了,你自己到厨房找酒喝去吧。你知道酒味比知道女人多一点。你这家伙的鼻子是除了辨别烧酒以外没有其他用处的。你去了吧!你只到厨房去,在喝酒以前,为我探听族总家有几个姑娘年在二十岁以内,还有一个孩子是这个人的儿子。听清我的话没有?"

仆人五羊把眼睛睁得多大,不明白主人的用意。他还想分辨他所见到的就是主人所要的一个女人。他还想在知识上找出一点证据。可是神巫把这个人轻轻一推,他已踉踉跄跄跌到门限外了。他喊道:"师傅,听我的话!"神巫却訇的把门关上了。这仆人站到门外多久,想起必是主人还无决心,又想起那厨房中大缸的烧酒,自己的决心倒拿定了,就撅嘴蹩脚向大厨房走去。

五羊去了以后,神巫把那一朵小小蓝菊花拿在手上,这菊花若能说话就好了!他望到这花觉到无涯的幸福,这幸福倒是自己所发现,并不必靠自谦为不体面的仆人所禀白的。他不相信他刚才所见到的是另外一个女人,他不相信仆人的话有一句可靠。一个太会说话了的人,所说的话常常不是事实,他不敢信任五羊仆人也就是这种理由。

不过,平时诚实的五羊,今日又不是大醉,所见到的人当然也必美得很。这女人可是谁家的女人?若这花真是从那女人头上掉下,则先一刻在前面院子所见到的又是谁?如果"幸福真是孪生",女人是孪生姊妹,神巫在选择上将为难不知应当如何办了。在两者中选取一个,将用什么为这倾心的标准?人世间不缺少孪生姊妹。可不闻有孪生的爱情。

他胡思乱想了大半天。

他又觉得这决不会错误,眼睛见到的当然比耳朵听来的更可靠,人就是昨夜那个人!但是这儿子属于谁的种根?这女子的丈夫是谁?……这朵花的主人又究竟是谁?……他应当信任自己,信任以后又有何方法处置自己?

这时节,有人在外面拍掌,神巫说:进来!门开了,进来一个人。这人从族总那边来,传达族总的言语,请师傅过前面谈话。神巫点点头,那人就走了。神巫一会儿就到了族总正屋,与族总相晤于院中太阳下。

"年青的人呀,如日如虹的丰神,无怪乎世上的女人都为你而倾心,我九十岁的老人了一见你也想作揖!"

神巫含笑说:

"年深月久的树尚为人所尊敬,何况高年长德的人?江河的谦虚因而成其伟大,长者对一个神前的仆人优遇,他不知应如何感谢这人中的大江!"

"我看你心中的有不安样子,是不是夜间的道场疲倦了你?"

"不,年长的祖父。为地方父老作的事,是不应当知道疲乏的。"

"是饮食太坏吗?"

"不,这里厨子不下皇家的厨子,每一种菜单单看看也可以使我不厌!"

"你洗不洗过澡了?"

"洗过了。"

"你想到你远方的家吗?"

"不,这里住下同自己家中一样。"

"你神气实在不妥,莫非有病。告给我什么地方不舒畅?"

"并无不舒畅地方,谢谢祖父的惦念。"

"那或者是病快发了,一个年青人照例免不了常被一些离奇的病缠倒的。我猜必定是昨晚上那一群无知识的女人扰乱了你。这些年青女孩子,是常常因为人太热情的原故,忘了言语与行动的节制的。告给我,她们中谁个有在你面前说过狂话的没有?"

神巫仍含笑不语。

族总又说:

"可怜的孩子们!她们太热情了,也太不自谅了。她们都以为精致的身体应当尽神巫处治成为妇人。都以为把爱情扔给人间美男子为最合理的事。她们不想想自己野心的不当,也不想想这爱情的无望。她们直到如今还只想如何可以麻烦神巫就如何做,我这无用的老人,若应当说话,除了说妒忌你这年青好风仪以外,不知道尚可以说什么话了。"

"祖父,若知道晚辈的心如何难过,祖父当同情我到万分。"

"我为什么不知道你难过处?众女子千中选一,并无一个够得上配你,这是我知道的。花帕族女子虽出名的美丽,然而这仅是特为一般年青诚实男子预备的。神为了显他的手段,仿照梁山伯身材造就了你,却忘了造那个祝英台了!"

"祖父,我倒并不这样想!为了不辜负神使我生长得中看的好意,我应当给一个女子作丈夫的。只是这女子……"

"爱情不是为怜悯而生,所以我并不希望你委屈于一个平常女子脚下。"

"天堂的门我已无意中见到了,只是不知道应当如何进去。"

"那就非常好!体面的年青人,我愿意你的聪明用在爱情上比用在别的事还多,凡是用得到我这老人时老人无有不尽力帮忙。"

"……"神巫欲说不说,蹙了双眉。

"不要愁!爱情是顶顽皮的,应当好好去驯服。也不要把心煎熬到过分。你烦闷,何不出去走走呢?若想打猎,拿我的枪,骑我的马,同你仆人到山上去吧。这几日那里可以打到很肥的山鸡,怕人注意你顶好戴一个面具去。不过我想来这也无多大用处,一个瞎子在你身边也会觉得你是体面的。就是这样子去罢。乘此可以告给一切女人,说心已属了谁,那以后或者也不至于出门受麻烦了。天气实在太好了,不应当辜负这好天气。"

…………

神巫骑马出门了,马是自己那一匹,从族总借来的长枪则由五羊扛上。扛着长枪跟在马后的五羊,肚中已灌满麦酒与包谷酒了,出得门来听到各处山上的歌声,这汉子也不知不觉轻轻的唱起来。

他停顿了一脚,望望在前面马上的主人,却唱道:

你用口成天唱歌的花帕族女人,
你们的爱情全是失败了。
那骑白马来到镇上的年青人,
已为一个穿白衣女人用眼睛抓住了。
…………
你花帕族的男人,
要情人到别处赶快找去!
从今天起始族中的女人,
把爱情将完全变成妒嫉!

神巫回过头来说:

"好好为我把口合拢,不然我要用路上的泥土塞满你的嘴巴了!"

五羊因为有点儿醉了,慢一步,停留下来,稍与神巫距离远一点,仍然唱道:

我能在山中随意步行,
全得我体面师傅的恩惠,
我师傅已不怕花帕族女人。

我决不见女人就退。

…………

你唱歌想爱神巫的乖巧女人。

此后的歌应当改腔改调!

那神巫如今已为一个女子的情人,

你的歌当问他仆人"要爱情不要?"

神巫在马上仍然听到这歌了,又回过头来,望着这醉人情形,带嗔的说道:

"五羊,你当真想吃马屎是不是?"

五羊忙解释,说只是因为牙齿发酸,非哼哼不行,所以一哼就成歌了。

"既然这样,我明天当为你把牙齿拔去,看还痛不痛。"

"师傅,那么我以后因为拔牙时疼痛的原故,可以成年哼了。"

神巫见这仆人醉时话比醒时多一倍,不可理喻,就只有尽他装牙痛唱歌。自己打马上前走了。马一向前跑,谁知这仆人因为追马,倒仿佛牙齿即刻就不发酸歌也唱不出了。一跑跑到了个溪边,一只水鸭见有人来振翅乎乎飞去,五羊忙收拾枪交把主人,等到主人举枪瞄准时,那水鸟已早落到远处芦丛中不见了。

"完了。龙朱仆人说:凡是笼中畜养的鸟一定飞不远。

这只水鸭子可不是家养的！我们慢慢的沿这小溪向前走罢，师傅。"

神巫等候了一阵，不见这水鸭子出现，只好照五羊意见走去。这时五羊在前，因为溪边路窄，他牵马。走了一会五羊好像牙齿又发生了毛病，哼起来了。

笼中畜养的鸟它飞不远，
家中生长的人却不容易寻见。
我若是有爱情交把女子的人，
纵半夜三更也得敲她的门。

神巫在五羊说出门字以前就勒着了马。他不走了，昂首望天上白云，若有所计划。

"主人，古怪，你把马一勒，我这牙齿倒好了，要唱歌也唱不来了。"

"你少作怪一点！你既然说那个人的家，离这里不远，我们就到她家中去看看吧。"

"要去也得一点礼物，我们应向山神讨一双小白兔才像样子！"

"好，照你主意吧，你安置一下。"

五羊这时可高兴了。照习惯打水边的鸟时可以随便，至于猎取山上的小兽与野鸡，便应当同山神通知一声。通知山神办法也很简便，只是用石头在土坑边或大树下砌一堆,堆下压一绺头发与青铜钱三枚,设此的人略一致术语,就成了。有了通知便容易得到所想得的东西。故此时五羊即来办理这件事。他把石头找得,扯下自己头发一小绺,摸出三个小钱,蹲下身去,如法炮制。骑在马上的神巫,等候着,望着遥天的云彩,一声不响。

不知是山神事忙,还是所有兔类早得了山神警戒不许出穴,主仆两人在各处找寻半天的结果,连一匹兔的影子也不曾见到。时间居然不为世界上情人着想,夜下来了。黄昏薄暮中的神巫,人与马停顿在一个小土阜上面,望云石镇周围各处人家升起的炊烟,化成银色薄雾,流动如水如云,人微疲倦,轻轻打着嗯哨回了家。

第二天晚上的事

回家的神巫，同他的仆人把饭吃过后，坐在院中望天空。蓝天里全是星子。天比平时仿佛更高了。月还不上来，在星光下各地各处叫着纺车娘，声音繁密如落雨，在纺车娘吵嚷声中时常有妇女们清唎宛转的歌声，歌声的方向却无从得知。神巫想起日间的事，说：

"五羊，我们还是到你说的那个地方去看看吧。"

"主人，你真勇敢！一出门，不怕为那些花帕族女人围困吗？"

"我们悄悄从后面竹园里出去！"

"为什么不说堂堂正正从前门出去？"

"就从前门出去也不要紧！"

"好极了，我先去开路。"

五羊就先出去了，到了山外边，耳听岗边有女人的嘻笑，听到芦笛低低的呜咽。微风中有栀子花香同桂花香。举目眺望远处，一堆堆白衣裙隐显于大道旁，不下数十，全是想等候神巫出门的痴心女人。这些女人不知疲倦的唱歌，只想神帮助她们，凭了好喉咙把神巫的心揪住，得神巫见爱。她们将等候半夜或一整夜，到后方各自回家。天气温暖宜人，正是使人爱悦享乐的天气。在这样天气下，神巫的骄傲，决不是神许可的一件事，因此每个女人的自信也更多了。

神巫的仆人五羊，见到这个情形，打算打算，心想还是不必要师傅勇敢较好，就走转身向神巫住处走去报告外面一切光景。

"看到了些什么了呢？"

"……"五羊只摇头。

"听到了些什么了呢？"

"……"五羊仍然摇头。

神巫就说：

"我们出去吧，若等待绊脚石自己挪移，恐怕等到天亮也无希望出去了。"

五羊微带忧愁答道：

"倘若有办法不让绊脚石挡路，师傅，我劝你还是采用那办法吧。"

"你不还讥笑我说那是与勇敢相反的一种行为么？"

"勇敢的人他不躲避牺牲，可是他应当躲避麻烦。"

"在你的聪明舌头上永远见出师傅的过错，却正如在龙朱仆人的舌头上永远见出龙朱是神。"

"就是一个神也有为人麻烦到头昏情形的时候，这应当是花帕族女人的罪过，她们不应当生长得这样美丽又这样多情！"

"骗子，少说闲话罢。一切我依你了。我们走。"

"是吧，就走。让花帕族所有年青女人因想望神巫而烦恼，不要让那被爱的花帕族一个女人因等候而心焦。"

他们于是当真悄悄的出了门，从竹园翻篱笆过田坎，他们走的是一条幽僻的小路。忠实的五羊在前，勇壮的神巫在后，各人用牛皮面具遮掩了自己的脸庞，匆匆的走过了女人所守候的砦门，走过了女人所守候的路亭。到了无人的路上时，五羊回头望了一望，把面具从脸上取下，向主人憨笑着。

神巫也想把面具卸除，五羊却摇手。

"这时若把它取下，是不会有人来称赞我主的勇敢的！"

神巫就听五羊的话，暂时不脱面具。他们又走了一程。经过一家门前，一个稻草堆上有女人声音问道：

"走路的是不是那使花帕族女人倾倒的神巫？"

五羊代答道：

"大姊，不是，那骄傲的人这时应当已经睡觉了。"

那女人听说不是，以为问错了，就唱歌自嘲自解，歌中意思说：

一个心地洁白的花帕族女人，
因为爱情她不知道什么叫作羞耻。
她的心只有天上的星能为证明，
她爱那人中之神将到死为止。

神巫不由得不稍稍停顿了一步。五羊见到这情形，恐怕误事，就回头向神巫唱道：

年青人不是你的事你莫管，
你的路在前途离此还远。

他又向那草堆上女人点头唱道：

好姑娘你心中凄凉还是唱一首歌，
许多人想爱人因为哑可怜更多！

到后就不顾女人如何，同神巫匆匆的走去了。神巫心中觉得有点难过，然而不久又经过了一家门外，听到竹园边窗口里有女人唱歌：

你半夜过路的人，是不是神巫的同乡？
你若是神巫的同乡，足音也不要去得太忙；
我愿意用头发把你脚上的泥擦揩，

因为它是从那神巫的家乡里带来。

五羊听完伸伸舌头,深怕那女人走出来见到主人,或者就实行用头发擦脚的话,拖了神巫就走,担心走慢了点就不能脱身。神巫无法只好又离开了第二个女人。

第三个女人唱的是希望神巫为天风吹来的歌。第四个女人唱的是愿变神巫的仆人五羊。第五个女人唱的是只要在神巫跟前作一次呆事就到地狱去尽鬼推磨也无悔无忌。一共经过了七个女人,到第八个就是神巫所要到的家了。远远的望到那从小方窗里出来的一缕灯光,神巫心跳着不敢走了。

他说:"五羊,不要走向前了吧,让我看一会天上的星子,把神略定再过去。"

主仆两人就在那人家三十步以外的田坎上站定了。神巫把面具取下,昂头望天上的星辰镇定自己的心。天上的星静止不动,神巫的心也渐渐平定了。他嗅到花香,原来那人家门外各处围绕的是夜来香同山茉莉,花在夜风中开放,神巫在一种陶醉中更像温柔熨贴的情人了。

过一会,他们就到了这人家的前面了,神巫以为或者女人是正在等候他,如同其余女子一样的。他以为这里的女人也应当是在轻轻的唱歌,念着所爱慕的人名字。他以为女人必不能睡觉。为了使女人知道有人过路,神巫主仆二人故意把脚步放缓放沉走过那个屋前。走过了不闻一丝声息，主仆二人于是又回头走，想引起这家女人注意。

来回三次全无影响，一片灯光又证明这一家男子全睡了觉，妇女却还在灯光下做工。事情近于不可理解。

五羊出主意，先越过山茉莉作成的低篱，到了女人有灯光的窗下，听了听里面，就回头劝神巫也到窗下来。神巫过来时，五羊就伏在地上，请主人用他的身体作为垫脚东西，攀到窗边去探望探望这家中情形。神巫不应允，五羊却不起来，所以到后就只得照办了。因为这仆人垫脚，神巫的头刚及窗口，他就用手攀了窗边慢慢的小心的把头在窗口露出。那个窗子原是敞开的，一举头房中情形即一目了然。神巫行为的谨慎，以至于全无声息，窗中人正背窗而坐，低头做鞋，竟毫无知觉。

神巫一看女人正是日间所见的女人，虽然是背影，也无从再有犹豫。心乱了。只要他有勇敢，他就可以从这里跳进去，作一个不速之客。他这样行事任何人都不会说他行为的荒唐。他这种行为或给了女人一惊，但却是所有花帕族年青女人都愿意在自己家中得到机会的一惊。

他望着，只发痴入迷，他忘了脚下是五羊的肩背。

女人正在用稻草心编制小篮，如金如银颜色的草心，在女人手上复柔软如丝绒，神巫凝神静气看到一把草成一只小篮，把五羊忘却，把自己也忘却了。在脚下的五羊，见神巫忍气屏息的情形,又不敢说话,又不敢动,头上流满了汗。这忠实仆人,料不到神巫把应做的事全然忘去,却用看戏心情对付眼前的。

到后五羊实在不能忍耐了,就用手扳主人的脚,无主意的神巫记起了垫脚的五羊,以为五羊要他下来了,就跳到地上。

五羊低声说:

"怎么样?我的主。"

"在里边!"

"是不是?"

"我眼睛若已瞎了,嗅她的气味也知道这个人是谁。"

"那就大大方方跳进去!"

神巫迟疑了。他想起大白天族总家所见到的女子了。那女子才真是夜间最后祈福的女子。那女子分明在族总家中,且有了孩子,这女人却未必就是那一个。是姊妹,或者那样吧,但谁一个应当得到神巫的爱情?天既生下了这姊妹两个,同样的韶年秀美,谁应当归神巫所有?如果对神巫用眼睛表示了献身诚心的是另一人,则这一个女人是不是有权利侵犯?

五羊见主人又近于徘徊了,就激动神巫说道:

"勇敢的师傅,我不希望见到你他一时杀虎擒豹,只愿意你此刻在这里唱一首歌。"

"你如果以为一个勇敢的人也有躲避麻烦的理由,我们还是另想他法或回去了罢。"

"打猎的人难道看过老虎一眼就应当回家吗？"

"我不能太相信我自己，因为也许另一个近处那只虎才是我们要打的虎！"

"虎若是孪生，打孪生的虎要问尊卑吗？"

"但是我只要我所想要的一个，如果有两个可倾心的人，那我不如仍然作往日的神巫，尽世人永远倾心好了。"

五羊想了想，又说道：

"主人决定虎有两只么？"

"我决定这一只不是那一只。"

"不会错吗？"

"我的眼睛对日头不晕眩，证明我不会把人看错。"

…………

五羊要神巫大胆进到女人房里去，神巫恐怕发生错误，将爱情误给了另一个人可不甘心。五羊要神巫在窗上唱一首歌，逗女人开口，神巫又怕把柄落在不是昨夜那年青女人手中，将来成一种笑话，故仍不唱歌。

这时既是夜间，这一家男子白天上山作工疲倦已全睡了。惊吵男当家人既像极不方便，主仆二人就只有站在窗下等待天赐的机会，以为女人或者会到窗边来。其实到窗边来又有什么用处？女人不止过一会儿后即如所希望到窗边来，还倚伏在窗前眺望天边的大星！藏在山茉莉花树下的主仆二人，望到女人仿佛在头上，唯恐惊了女人，不敢作声。女人数了又数天上的星，神巫却度量女人的眼眉距离，因为天无月光不能看清楚女人样子，仍然还无结论。

女人看了一会星，把窗关上，关了窗后不久，就只见一个影子像是脱衣情形在窗上晃，五羊正待要请主人再上他的肩背探望时，灯光熄了。

五羊心中发痒，忍不住了，想替主人唱一首歌，刚一发声口就被神巫用手蒙着了。

"你想作什么蠢事？"

"我将为主人唱一曲歌给这女子听！"

"你不记到着龙朱主仆说的许多聪明话吗？为什么就忘掉，蓄养在笼中的鸟飞不远那句话呢？"

"主人，口本来不是为唱歌而生的，不过你也忘了多情的鸟绝不是哑鸟的话了！"

"大蒜！"

在平时，被骂为大蒜的仆人，是照例不能再开口，要说话也得另找一个方向才行的。可是如今的五羊却撒野了。他回答他的主人，话说得妙，他说："若尽是这样站下来等着，就让我这'大蒜'生根抽苗也还是无办法的。"

神巫生了气，说："那我们回去。"

"回去也行！他日有人说到某年某月某人的事，我将搀一句话说我的主张只有这一次违逆了主人的命令，我以为纵回去也得唱一首歌,使花帕族女人知道今天晚上的情形,到后是主人不允许,我只得……"

五羊一面后退一面说,一直退到窗下,离神巫有六步后,却重重的咳了一声嗽,又像有意又像无心,头触了墙。激于义愤的五羊,见到主人今夜的妇人气概,想起来真有点不平!

神巫见五羊已到了窗下,恐怕他还要放肆,就赶过去。五羊见神巫走近时,又赶快伏身贴地,要主人作先前的事情。神巫用脚轻轻踢了一下这个热心的仆人,仆人却低声唱道:

花帕族的女人,你们来看我勇敢的主人!
小心到怕使女人在梦中吃惊,
男子中谁见到过如此勇敢多情?

神巫急了,就用脚踹五羊的头,五羊还是昂头望主人笑。

在这时,忽然窗中灯光又明了。神巫为之一诧,抓了五羊的肩,提起如捉鸡,一跃就跳过那山茉莉的围篱,到了大路上。

窗中灯光明亮后,且见到窗上人影子,神巫心跳着,如先前初到此地时情形相同。五羊目睹此时情形哑口无声,且只想蹲下去,希望女人推窗推开时可以不为女人见到。女人似乎已知道屋外有人的事情了。

过了一会,女人当真又到了窗边把窗推开了,立在窗前望天空吁气,却不曾对大路上注意。神巫为一种虚怯心情所指挥,依旧把身体低藏到路旁树下去。他只要女人口上说出自己的名字一次,就预备即刻跃出到窗下去与女人会面,使女人见到神巫时,为自天而下的神巫一惊。

女人的行为,又像是全不知道路上有望她的人,看了一会星,又把窗关上,灯光稍后又熄了。

神巫放了一口气,身心全像掉落在大海里。他仍然不能向前,即或一切看得分明也不行。

五羊忧郁的向神巫请求道:

"主人,让那其余时节口的用处是另一事,这时却来唱一句歌吧。"

神巫又想了半天,只为了不愿意太对不起今夜,点了头。他把声音压低,仰面向星光唱道:

> 瞅人的星我与你并不相识,
> 我只记得一个女人的眼睛;
> 这眼睛曾为泪水所湿,
> 那光明将永远闪耀我心。

过了一会,他又唱道:

> 天堂门在一个蠢人面前开时,
> 徘徊在门外那蠢人心实不甘;
> 若歌声是启开这爱情的钥匙,
> 他愿意立定在星光下唱歌一年。

　　这种歌反复唱了二十次,三十次,窗中却无灯光重现,也再不见那女人推窗外望,意外的失败,使神巫仆主全愕然了。显然是神巫的歌声虽如一把精致钥匙,但所欲启开的却另是一把锁,纵即或如歌中所说,唱一年也不能得到如何结果了。

　　神巫在爱情上的失败这还是第一次,他懊恼他自己的失策。又不愿意生五羊的气,打五羊一顿,回到家中就倒到床上睡了。

第三天的事

五羊在族总家的厨房中，与一个肥人喝酒。时间是大清早上。吃早饭以后，那胖厨子已经把早上应做事做完，他们就在那灶边大凳上，各用小葫芦量酒，满葫芦酒咕嘟嘟嘟向肚中灌，各人都有了三分酒意。这个人，全无酒意时是另外一种人，除了神巫同谁也难多说话的。到酒在肚中涌时，五羊不是通常五羊了。不吃酒的五羊，话只说一成，聪明的人可以听出两成，五羊有了酒他把话说一成，若不能听五成就不行了。

肥人既然是厨子，原应属于半东家之列的，也有了一点酒意，就同五羊说：

"五羊大爷，我问你，你那不懂风趣的师傅，到底有不有一个女子影子在他心上？"

五羊说：

"哥你真问的怪，我那师傅岂止——"

"有三个——五个——十五个——一百个？"肥人把

数目加上去，仿佛很容易。

五羊喝了一口酒不答。

"有几个？哥你说，不说我是不相信的。"

五羊又喝了一口酒，装模作样把手一摊说：

"哥，你相信吧，我那师傅是把所有花帕族女子连你我情人全算在内，都搁在心头上的。他爱她们，所以不将身体交把那一个女子。一个太懂爱情的人都愿意如此做男子，做得到做不到那就看人来了，可是我那师傅——"

"为什么他不把这些女人引到山上每夜去睡一个？"

"是吧，为什么我们不这样办？"

肥人对五羊的话奇怪了，含含糊糊的说：

"哈，你说我们，是吧，我们就可以这样办。天知道，我是怎么处治了爱我的女人！不瞒大哥，不多不少一共十一个。你别瞧我只会做菜。哥，为什么你不学你的师傅！"

"他学我就好了。"

"倘若是学到了你的像貌，那可就真正糟糕。"

"丑人多福相，受麻烦的人却是像貌很好的人。"

"那我倒很愿意受一点麻烦，把像貌变标致一点。"

"为什么你疑心你自己不标致呢？许多比你更坏的人他都不疑心自己的。一个麻子的脸上感觉是自己的，并不是别人，不然为什么不当麻子的面时我们全不觉到麻子可笑呢？"

"哥你说的对,请喝!"

"哥你喝!"

两人一举手,葫芦又逗在嘴上了。仿佛与女人亲嘴那么热情,两人的葫芦都一时不能离开自己的口。与酒结缘是厨子比五羊还来得有交情的,五羊到后像一堆泥,倒到烧火凳旁冷灰中了,厨子还是一口一口的喝。

厨子望到五羊弃在一旁的葫芦已空,又为量上一葫芦,让五羊抱在胸前,五羊抱了这葫芦却还知道与葫芦口亲嘴,厨子望到这情形,只把巴掌拍着个大肚皮痴笑。

厨子结结巴巴的说:

"哥,听说人矮了可以成精,这精怪你师傅能赶走不能?"

睡在灰中的五羊,只含胡的答道:"是吧,用木棒打他,就走了。"

"不能打!我说用的是道法!"

"念经吧。"

"不能念经。"

"为什么不能?唱歌可以抓得住精怪,念经为什么不能把精怪吓跑?近来一切都作兴用口喊的。"

"你这真是放狗屁。"

"就是这样也好。你说的对。这比那些流别人血做官的方法总好一点吧。这是我五羊说的,决不翻悔。……哥,你为什么不去做官?你用刀也杀了一些了,杀鸡杀猪和杀人有什么不同。"

"你说无用处的话。"

"什么是有用？我请教。凡是用话来说的不全是无用吗？无用等于有用，论人才就是这种说法；有用等于无用，所以能干的就应当被割。"

"你这是念咒语不是？"

"跟神巫的仆人若会念咒语，那么……"

"你说怎么？"

"我说跟到神巫的仆人是不会咒语的，不然那跟到族总的厨子也应有品级了。"

厨子到这时费思索了，把葫芦摇着，听里面还有多少酒。他倚立在灶边，望到五羊卷成一个球倒在那灰堆上，鼾呼已起了，他知道五羊一定正梦到在酒池里泅水，这时他也想跳下这酒池，就又是一葫芦酒咽嘟嘟喝下。这人不久自然也就醉倒到灶边了。这个地方的灶王脾气照例非常和气，所以眼见到这两个醉鬼如此烂醉，也从不使他们肚痛，若果在别一处，恐怕那可不行，至少也非罚款不能了事的。

五羊这时当真梦到什么了呢？他梦到仍然和主人在一处，同站在昨晚上那女人家门外窗前星光下轻轻的唱歌。天上星子如月明，星光照身上使身上也仿佛放光。主人威仪如神，温和如鹿，而超拔如鹤。身旁仍然是香花。花的香气却近于春兰，又近于玫瑰。主人唱歌厌倦了，

要他代替,他不推辞,就开口唱道:

要爱的人,你就爱,你就行,你莫停。
一个人,应当有一个本分,你本分?
你的本分是不让我主人将爱分给他人,
勇敢点,跳下楼,把他抱定,放松可不行。

五羊唱完这体面的歌后,就仿佛听到女人在楼上答道:

跟到凤凰飞的鸦,你上来,你上来,
我将告给你这件事情的黑白。
别人的事你放在心上,不能忘,不能忘,
你自己的女人如今究竟在什么地方?

五羊又俨然答道:

我是神巫的仆人,追随十年,地保作证。
我师傅有了太太,他也将不让我独困。
倘若师傅高兴,送丫头把我,只要一个,
愚蠢的五羊,天气冷也会为老婆捏脚。

女主人于是就把一个丫头掷下来了。丫头白脸长身,而两乳高肿,五羊用手接定,觉得很轻,还不如一箩谷子。五羊把女人所给的丫头,放到草地上,像陈列宝贝,他望到这个女人欢喜极了。他围绕这仿佛是熟睡的女子尽只打转,跳跃欢乐如过年。他想把这人身体各部分望清楚一点,却总是望不清楚。本来望到那高肿的两乳,久望一点却又变成两个馒头了。他另外又望到一个东瓜,又望到一个小杯子,又一望到一碗白炖萝卜,又望到……

奇奇怪怪的,是这行将为他妻女的一身。本来是应当说"用"的,久而久之都变成可吃的东西了。他得在每一件东西上尝尝,或吮一次,或用舌舔舔,一切东西的味道都如平常一切果子,新鲜养人,使人贪馋忘饱。

他在略微知道餍足时候才偷眼望神巫。神巫可完全两样,只一个人孤孑的站在那山茉莉旁边,用手遮了眼睛,不看一切。走过去时神巫也不知。他大声喊也不应。五羊算定是女人不理主人了,就放大喉咙唱道:

若说英雄应当永远孤独,那狮子何处得来小狮子?
若师傅被女人弃而不理,我五羊必阉割终生!

不知如何,他又觉得真是应当在神巫面前阉割的时候了,他有点怕痛,又有点悔,就借故说须到前面看看。到了前面他见到厨子,腆着个大肚子,像庙中弥勒佛,心想这人平时吃肉太多了,肚子里至少有了三只猪,就随意在那胖子肚上踢了一脚,看看是不是有小猪跑出。

胖子捧了大肚皮在草地上滚，草也滚平了。五羊望到这情形，就只笑，全忘了还应履行自己那件重要责任了。

过不久，梦境又不同了。他似乎同他的师傅向一个洞中走去，师傅伤心伤心的哭着，大约为失了女人。大路上则有无数年青女人用唱歌嘲笑这主仆二人，嘲笑到两人的脸嘴，说是太不高明。五羊就望望神巫同自己，真似乎全都苍老了，胡子硬鬣鬣全很不客气的从嘴边茁出芽来了，他一面偷偷的拔嘴上的胡子，一面低头走路。他经过的地方全是坟堆，且可以看到坟中平卧的人，还有烂了脸装着一副不高兴神气的。他临时记起了避魔咒的全文，这咒语，在平时可是还不能念完一半的。这时念咒语走路，然而仍听得到山茉莉花香气，只不明白这香气应从何处吹来。

…………

在酣醉中，这仆人肆无忌惮的做过了许多怪梦。若非给神巫用一瓢冷水浇到头上，还不知道他尚有几个钟头才能酒醒的。当他能够睁眼望他的主人时，时间已是下午了。面对神巫他想起梦中事情，霍然一惊，余醉全散尽了，站起身来才明白已在柴灰中打了几个滚，全身是灰。他用手摸他的头和脸，莫名其妙脸上颈上会为水淋湿，还以为落雨，因为睡到当天廊下，所以雨把脸湿了，他望到神巫，却向神巫痴笑，不知为什么事而笑。又总觉得好笑不过，所以接着就大笑起来。

神巫说:"荒唐东西,你还不清醒吗?"

"师傅,我清醒了,不落雨恐怕还不能就醒!"

"什么雨落到你头上?你一到这里来就像用糟当饭,他日得醉死。"

"醉得人死的酒,为什么不值得喝!"

"来!跟我到后屋来。"

"嚛。"

神巫就先走了。五羊站起了又复坐下,头还是昏昏沉沉,腿脚也很软,走路不大方便。坐下之后,慢慢的把梦中的事归入梦里,把实际归入实际,记起了这时应为主人探听那件事了,就在地下各处寻找那厨子,那一堆肥肉体终于为他发现在碓边了,起来取瓢舀水,也如神巫一样,把水泼到厨子脸上去。厨子先还不醒,到后又给五羊加上一瓢水,水入了鼻孔,打了十来个大嚏。口中含含胡胡说了两句,"出行大吉对我生财",用肥手抹了一下脸嘴,慢慢的又转身把脸侧向碓下睡着了。

五羊见到这情形,知道无办法使厨子清醒,纵此时马房失火大约他也不会醒了,就拍了拍自己身上灰土,赶到主人住处后屋去。

到了神巫身边,五羊恭敬垂手站立一旁,脚腿发软只想蹲。

"我不知告你多少次了,脾气总不能改。"

"是的,师傅。一个小人的恶德,并不与君子的美德两样；全是自己的事，天生的。"

"我要你做的事怎样了呢？"

"我并不是因为她是笼中的鸟原飞不远疏忽了职务，实在是为了……"

"除了为喝酒我看不出你有理由说谎。"

"一个完人总得说一点谎，我并不是完人，决不至于再来说谎！"

神巫烦恼了，不再看这个仆人。因为神巫发气，一面脚久站了当不来，一面想取媚神巫，请主人宽心，这仆人就乘势蹲到地上了。蹲到地上无话可说，他就用指头在地面上作图画，画一个人两手张开，向天求助情形，又画一个日头，日头作人形，圆圆的脸盘，对世界发笑。

"五羊，你知道我心中极其懊恼的，想法子过一个地方为我探听详细那一件事罢。"

"我刚才还梦到——"

"不要说梦了，我不问你做梦的事。你试往别处去，问清楚我所想知道那一件事。"

"我即刻就去。（他站起来）不过古怪得很，我梦到——"

"我无功夫听你说梦话，要说，留给你那同志酒鬼说吧。"

"我不说我的梦了，然而假使这件事，研究起来，我相信有人感到趣味。我梦到我——"

神巫不让五羊说完,喝住了他,五羊并不消沉,见主人实在不能忍耐,就笑着立正,点头,走出去了。

五羊今天已经把酒喝够了,他走到云石镇上卖糍粑处去,喝老妇人为尊贵体面神巫的仆人特备的蜜茶,吸四川金堂旱烟叶的旧烟斗,快乐如候补的仙人。他坐到一个蒲团上问那老妇人为什么这地方女人如此对神巫倾心,他想把理由得到。卖糍粑的老妇人就说出那道理,平常之至,因为神巫有可以给世人倾心处。

"伯娘,我有不有?"他意思是问有不有使女子倾心的理由。

"为什么不有?能接近神巫的除你以外还无别一个。"

"那我真想哭了。若是一个女人,也只像我那样与我师傅接近,我看不出她会以为幸福的。"

"这时节花帕族年青女人那怕神巫给她们苦吃,也愿意,只是无一个女人能使神巫心中的火把点燃,也无一个女人得到神巫的爱。"

"伯娘,恐怕还有罢,我猜想总有那么一个女人,心与我师傅的心接近,胜过我与我师傅的关系。"

"这不会有的事!女人成群在神巫面前唱歌,神巫全不理会,这骄傲男子,心中的人在天上,那里能对花帕族女人倾心?"

"伯娘,我试那么问一句:这地方,都不会有女人用她的歌声,或眼睛,揪着了我师傅的心么?"

"没有这种好女子,我是分明的。花帕族女子配作皇后的,也许还有人,至于作神巫的妻是床头人,无一个的。"

"我猜想,族总对我师傅的优渥,或者家中有女儿要收神巫作子婿。"

"你想的事并不是别人所敢想的事。"

"伯娘,有了恋爱的人胆子都非常大。"

"就大胆,族总家除两个女小孩以外也只一个哑子寡媳妇,哑子胆大包天,也总不能在神巫面前如一般人说愿意要神巫收了她。"

五羊听到这个话诧异了,哑子媳妇是不是——?他问老妇人说:

"他家有一个哑媳妇么?像貌是……"

"一个人哑了,像貌说不到。"

"我问得是瞎了不瞎?"

"这人有一对大眼睛。"

"有一对眼睛,那就是可以说话的东西了!"

"虽地方上全是那么说,说她的舌头是生在眼睛上,我这蠢人可看不出来。"

"我的天——"

"怎么咧?'天'不是你这人的,应当属于那美壮的神巫。"

"是,应当属于这个人!神的仆人是神巫,神应归他侍奉，我告他去。"

五羊说完就走了，老妇人全不知道这是什么用意。

不过走出了老妇人门的五羊，望到这家门前的胭脂花，又想起一件事来了，他回头又进了门。妇人见到这样子，还以为爱情的火是在这神巫仆人心上熊熊的燃了，就说：

"年青人，什么事使你如水车匆忙打转？"

"伯娘，因为水的事俚才像水车……不过我想知道另外在两里路外有峒楼附近住的人家还有些什么人，请你随便指示我一下。"

"那里是族总的亲戚，还有一个哑子，是这一个哑子的妹妹，听说前夜还到道场上请福许愿，你或者见到了。"

"……"五羊点头。

那老妇人就大笑，拍手摇头，她说：

"年青人，在一百匹马中独被你看出了两只有疾病的马，你这相马的伯乐将成为花帕族永远的笑话了。"

"伯娘，若果这真是笑话，那让这笑话留给后人听吧。"

五羊回到神巫身边，不作声。他想这事怎么说才好？还想不出方法。

神巫说："你倒是到外面打听酒价去了。"

五羊不分辩，他依照主人意思："师傅，的确是探听明白的事正如酒价一样，与主人恋爱无关。"

"你不妨说说我听。"

"主人要听，我不敢隐瞒一个字。只请主人小心，不要生气，不要失望，不要怪仆人无用……！"

"说！"

"幸福是孪生的，仆人探听那女人结果也是如此。"

神巫从椅上跳起来了。五羊望到神巫这样子，更把脸烂的如一个面饼。

"师傅，你慢一点欢喜罢。据人说这两个女人的舌头全在眼睛上，事情不是假的！"

"那应当是真事！我见到她时她真只用眼睛说话的。一个人用眼睛示意，用口接吻，是顶相宜的事了！要言语做什么？"

"……"五羊待要分明说这是哑子，见到神巫高兴情形，可不敢说了。他就只告给神巫，说到神坛中许愿的一个是远处的一个，在近处的却是族总的寡媳，那人的亲姊妹。

因为花帕族的谚语是："猎虎的人应当猎那不曾受伤的虎，才是年青人本分，"这主仆二人于是决定了今夜的行动。

第三天晚上的事

到晚来，忽然刮风了，落雨了，像天出了主意，不许年青人荒唐。天虽有意也不能阻拦了这神巫主仆二人，正因为天变了卦，凡是逗留在大路上，以及族总门前，镇旁砦门边的女人，知道天落了雨，神巫不至于出门，等候也是枉然，因此无一个人拦路了。既然这类近于绊脚石的女人，不当路，他们反而因为天雨方便许多了。

吃过了晚饭，老族总走过神巫住处来谈天，因为天气忽变，愿意神巫留在云石镇多住几天，神巫还不答应，五羊便说：

"一个对酒有嗜好的人，实在应当在总爷厨中留一年，一个对女人有嗜好的人，至少也应当留半……！"

五羊的话被主人喝住不说了，老族总明白神巫极不欢喜女人，见到神巫情形不好，就说：

"在这里委屈了年青的师傅了，真对不起。花帕族人用不中听的歌声麻烦了神巫，天也厌烦了，所以今天落了雨。"

神巫说:"祖父说那里话,一个平凡男子,到这里得到全镇父老姊妹的欢迎,他心里真过意不去!天落雨这罪过是仍然应归在神的仆人头上的,因为他不能牺牲他自己,为人过于自私。不过神可以为我证明,我并不希望今夜落雨啊!"

"自私也是好的,一个人不能爱自己他也就无从爱旁人了。花帕族女人在爱情上若不自私,灭亡的时期就快到了。"

神巫不敢答话,就在旁中打圈走路,用一个勇士的步法,轻捷若猴,沉重若狮子,使老族总见了心中喝彩。

老族总见五羊站在一旁,想起这人的酒量来了,就问道:

"有光荣的朋友,你到底能有多大酒量?"

五羊说:"我是吃糟也能沉醉的人,不过有时也可以连喝十大碗。"

"我听说你跟到过龙朱矮仆人学唱歌的,成绩总不很坏吧。"

"可惜人过于蠢笨,凡是那矮人为龙朱尽过力的事我全不曾为主人作到。"

"你自己在吃酒以外,还有什么好故事没有?"

"故事真多啦。大概一个体面人才有体面的事,所以轮到五羊的故事,也都是笑话了。我梦到女主人赏我一个妇人哩,是白天的梦。我如今只好极力把女主人找到,再来请赏。"

老族总听到这话好笑,觉得天真烂漫的五羊,嗜酒也无害其心上天真,就戏说:

"你为你主人做的事也有一点儿'眉目'没有?"

"有'目'不有'眉'。……哈哈,是这样吧,这话应当这样说吧。……天不同意我的心,下了雨!"

"不下雨,你大约可以打火把满村子里去找人,是不是?"老族总说完打哈哈笑了。

"不必这样费神——"五羊极认真的这样说,下面还有话,神巫恐怕这人口上不检,误了事,就喊他拿外廊的马鞍进来,恐怕雨大漂湿了鞍缰。五羊走出去了,老族总向神巫说:

"你这个用人真真不坏。许多人因为爱情把心浸柔软了,他的心却是泡在酒里变天真的。"

神巫不作答,用微笑表示老人话有道理。他仍然在房中来回走着,一面听到外面的风雨撼树的声音,想起另一个地方的山茉莉与胭脂花或者已为风雨毁完了,又想起那把窗推开向天吁气女人的情形,又想起在神坛前流泪女人的情形,忽然心躁起来了,眉毛聚在一处,忘了族总在身边,顿足喊五羊。五羊本是候在门外廊下,听喊声就进来了,问要什么。神巫又无可说了,就顺口问雨有多大,一时会不会止。

五羊看了看老族总，聪明的回答神巫道：

"还是尽这雨落罢，河中水消了，绊脚石就会出现！"

神巫不理会，仍然走动。老族总就说：

"天落雨，是为我留客，明天可不必走了，等候天气晴朗时再说。"

"……"神巫想说一句什么话，老族总已注意到，神巫到后又不说了。

老族总又坐了一会，告辞了，老族总去后不久，神巫便问五羊蓑衣预备好了没有？五羊说天气太早，还不到二更，不合宜。于是主仆二人等候时间，在雨声中消磨了大半天。

出得门时已半夜了。风时来时去。雨还是在头上落。道路已成了小溪，各处岔道全是活活流水。在这样天气下头，善于唱歌夜莺一样的花帕族女人，全敛声息气在家中睡觉了。用蓑衣掩了身体的主仆二人，出了云石镇大砦门，经过无数人家，经过无数田坝，到了他们所要到的地方。

立在雨中望面前房子，神巫望到那灯光，仍然在昨晚上那一处。他知道这一家男子睡了觉，仍然是女子未曾上床。他心子跳动越过那山茉莉的低篱，走到窗下去。五羊仍然蹲在地下，要主人踹踏他的肩，神巫轻轻的就上了五羊的肩头。

今夜窗已关上了，但这窗是薄棉纸所糊，神巫仿照剑客行为，把窗纸用唾液湿透，通了一个小窟窿，就把眼睛向窟窿里张望。

房中无一人，只一盏灯摇摇欲熄。再向床前看去，床边一张大木椅上是一堆白色衣裙，床上蚊帐已放下，人睡了。神巫想轻轻的喊一声，又恐怕惊动了这一家其余的人。他攀了窗边等候了许久，还无变动。女人是已经熟睡，或者已做梦梦到在神巫身边了。神巫眼看到灯已快熄，再过一阵若仍无办法就更不方便了。他缩身下地，把情形告给五羊。五羊以为就是这样翻了窗进去，其余无更好办法。他说请聪明的龙朱来做此事也只有如此，若这一点勇气也缺少，那将永远为花帕族女人笑话了。

神巫应允了，就又蹓到五羊的肩爬到了窗边。然而望到那帐子，又不敢用手开窗了。他不久又跳下了地。

上去下来，上去下来，……一连七八次，还无结果。到后一次下了决心，他仍然上到五羊的肩头。他将手从那窗格中伸了进去，摸到了窗上的铁扣，把它轻轻移去，窗开了。窗开后，五羊先是蹲着，这时慢慢的用力站起，于是这忠实的仆人把他的主人送进窗里去了。五羊做毕这事以后，肩头上的泥水也忘记拍去，只站在这窗下淋雨。他望到那窗里的灯光，目不转睛。他耳朵仿佛已扯长到了窗上。他不能想像这时的师傅是什么情形，忽然灯熄了，这仆人几乎喊出声来，忙咬着蓑衣的边沿，走远一点。

为了忘记把窗关上,一阵风来,无油的灯便吹熄了。灯熄了时神巫刚好身到床边,正想用手揎那细白麻布帐子。灯一熄,一切黑暗,神巫茫然了。过了一阵他记起身边有取灯了。他从身上摸出来刮燃,又把灯点上,五羊在外面见了灯光,又几乎喊出声来。灯燃了时他又去揎那帐子,这年青无经验的人在虎身边时还不如此害怕,如今可是全身发抖在那行为上。

还有更使他吃惊的事,在把帐门打开以后,原来这里的姊妹两个,并在一头,神巫疑心今夜的事完全是梦。

…………
…………

从文自传

我所生长的地方

当我拿起这枝笔来,想写点我在这地面上过的日子,所见的人,所听的声音,所嗅的气味;也就是说我真真实实所受的教育,提到一个我从那儿生长的边疆僻地小城时,实在不知道怎样来着手较方便些。这真是一个古怪地方!只由于两百年前满人治理中国土地时,为了镇抚与虐杀残余苗族,派遣了一队戍卒屯丁驻扎来此,方有了城堡与居民。这古怪地方的成立与一切过去,有一部《苗防备览》记载了些官方文件,但那只是一部枯燥无味的官书。我想把我一篇名为《凤子》的作品里所简单描绘过的那个小城,介绍到这里来。这只是一个轮廓,但那地方一切情景却浮凸起来,仿佛可用手去摸触。

一个好事的人,若从一百年前某种较旧一点的地图上去寻找,当可在黔北,川东,湘西一处极偏僻的角隅上,发现了一个名为"镇筸"的小点。那里同别的小点一样,事实上应有一个城市,在那城市中,安顿了无数人口的。不过一切城市的存在，大部分皆在交通，物产，经济的情形下面，成为那城市枯荣的因缘，这一个地方，却以另外一个意义无所依附而独立存在。将那个用粗糙而坚实巨大石头砌成的圆城，作为其他的中心，向四方展开，围绕了这边疆僻地的孤城，约有四千到七千左右的碉堡，五百以上的营汛。碉堡各用大石堆成，位置在山顶头，随了山岭脉络蜿蜒各处走去，营汛各位置在驿路上，布置得极有秩序。这些东西在一百七十年前，是按照一种精密的计划，各保持到相当距离，在周围数百里内，平均分配下来，解决了退守一隅常作蠢动的边苗叛变的。两世纪来满清的暴政，以及因这暴政而引起的反抗，血染赤了每一条官路同每一个碉堡。到如今，一切完事了，碉堡多数业已毁掉了，营汛多数成为民房了，人民已大半同化了。落日黄昏时节，站到那个巍然独在万山环绕的孤城高处，眺望那些远近残毁碉堡，还可依稀想见当时角鼓火炬传警告急的光景。这地方到今日此时，因为另一军事重心，一切皆以一种迅速的姿势，在改变，在进步，同时这种进步，也就正消灭到过去一切。

　　凡是有机会追随了屈原溯江而行那条长年澄清的沅水，向上游去的旅客和商人，若打量由陆路入黔入川，不经古夜郎国不经永顺龙山，都应当明白"镇筸"是一个可以安顿他的行李最可靠也最舒服的地方。那里土匪的名称是不习惯于一般人的耳朵的。兵皆纯善如平民,与人无侮无扰。农民皆勇敢而安分,且莫不敬神守法。商人各负担了花纱同货物,洒脱的向深山村庄走去,与平民作有无交易,谋取什一之利。地方统治者分数种:最上为天神,其次为官,又其次才为村长同执行巫术的神的侍奉者。人人洁身信神,守法爱官。每家俱有兵役,可按月各自到营上领取一点银子,一份米粮,且可从官家领取二百年前被政府所没收的公田播种。城中人每年各按照家中有无杀猪,宰羊,磔狗,献鸡,献鱼,求神保佑五谷的繁殖,六畜的兴旺,儿女的长成,以及作疾病婚丧的禳解。人人皆很高兴担负官府所分派的捐款,又自动的捐钱与庙祝或单独执行巫术者。一切事保持一种淳朴习惯,遵从古礼;春秋二季农事起始与结束时,照例有年老人向各处人家敛钱,给社稷神唱木傀儡戏。旱暵祈雨,便有小孩子共同抬了活狗,带上柳条,或扎成草龙,各处走去。春天常有春官,穿黄衣各处念农事歌词。岁暮年末居民便装饰红衣傩神于家中正屋,捶大鼓如雷鸣,苗巫穿鲜红如血衣服,吹镂银牛角,拿铜刀,踊跃歌舞娱神。城中的住民,多当时派遣移来的戍卒屯丁,此外则有江西人在此卖布,福建人在此卖烟,广东人在此卖药。地方由少数读书人与多数军官,在政治上与婚姻上两面的结合,产生一个上层阶级,这阶级一方面用一种保守稳健的政策,长时期管理政治,一方面支配了大部分属于私有的土地；而这阶级的来源，却又仍然出于当年的戍卒屯丁。地方城外山坡上产桐树杉树，矿坑中有朱砂水银，松林里生菌子，山洞中多硝。城乡全不缺少勇敢忠诚适于理想的兵士，与温柔耐劳适于家庭的妇人。在军校阶级厨房中，出异常可口的菜饭，在伐树砍柴人口中，出热情优美的歌声。

地方东南四十里接近大河，一道河流肥沃了平衍的两岸，多米，多橘柚。西北二十里后，即已渐入高原，近抵苗乡，万山重叠，大小重叠的山中，大杉树以长年深绿逼人的颜色，蔓延各处。一道小河从高山绝涧中流出，汇集了万山细流，沿了两岸有杉树林的河沟奔驶而过，农民各就河边编缚竹子作成水车，引河中流水，灌溉高处的山田。河水长年清澈，其中多鳜鱼，鲫鱼，鲤鱼，大的比人脚板还大。河岸上那些人家里，常常可以见到白脸长身见人善作媚笑的女子。小河水流环绕"镇筸"北城下驶，到一百七十里后方汇入辰河，直抵洞庭。

这地方又名凤凰厅，到民国后便改成了县治，名凤凰县。辛亥革命后，湘西镇守使与辰沅道皆驻节此地。地方居民不过五六千，驻防各处的正规兵士却有七千。由于环境不同，直到现在其地绿营兵役制度尚保存不废，为中国绿营军制唯一残留之物。

我就生长到这样一个小城里，将近十五岁时方离开。

出门两年半回过那小城一次以后,直到现在为止,那城门我还不再进去过。但那地方我是熟习的。现在还有许多人生活在那个城市里,我却常常生活在那个小城过去给我的印象里。

我的家庭

咸同之季，中国近代史极可注意之一页，曾左胡彭所领带的湘军部队中，箪军有个相当的位置。统率箪军转战各处的是一群青年将校，最著名的为田兴恕。当时同伴数人，年在二十以内，同时得到满清提督衔的仿佛有四位，其中有一沈洪富，便是我的祖父。这青年军官二十二岁左右时，便曾作过一度云南昭通镇守使。同治二年又作过贵州总督，到后因创伤回到家中，终于便在家中死掉了。这青年军官死去时，所留下的一分光荣与一分产业，使他后嗣在本地方占了一个优越的地位。

就由于存在本地军人口中那一分光荣，引起了后人对军人家世的骄傲，我的父亲生下地时，祖母所期望的事，是家中再来一个将军。家中所期望的并不曾失望，自体魄与气度两方面说来，我爸爸生来就不缺少一个将军的风仪。硕大，结实，豪放，爽直，一个将军所必需的种种本色，爸爸无不兼备。爸爸十岁左右时，家中就为他请了武术教师同老塾师，学习作将军所不可少的技术与学识。但爸爸还不曾成名以前，我的祖母却死去了。那时正是庚子联军入京的第三年。当庚子年大沽失守，镇守大沽的罗提督自尽殉职时，我的爸爸便正在那里作他身边一员裨将。那次战争据说毁去了我家中产业的一大半。由于爸爸的爱好，家中一点较值钱的宝货常放在他身边，这一来便完全失掉了。战事既已不可收拾，北京失陷后，爸爸回到了家乡。第三年祖母死去。祖母死时我刚活到这世界上四个月。那时我头上已经有两个姐姐，一个哥哥。没有庚子的拳乱，我爸爸不会回来，我也不会存在。关于祖母的死，我仿佛还依稀记得我被谁抱着在一个白色人堆里转动，随后还被搁到一个桌子上去。我家中自从祖母死后十余年内不曾死去一人，若不是我在两岁以后做梦，这点影子便应当是那时唯一的记忆。

我的兄弟姊妹共九个，我排行第四，除去幼年殇去的姊妹，现在生存的还有五个，计兄弟姊妹各一，我应当在第三。

我的母亲姓黄，年纪极小时就随同我一个舅父在军营中生活，所见事情很多，所读的书也似乎较爸爸读的稍多。我等兄弟姊妹的初步教育，便全是这个瘦小，机警，富于胆气与常识的母亲担负的。我的教育得于母亲的不少,她告我认字,告我认识药名,告我决断;做男子极不可少的决断。我的气度得于父亲影响的较少,得于妈妈的也较多。

我读一本小书同时又读一本大书

我能正确记忆到我小时的一切，大约在两岁左右。我从小到四岁左右，始终健全肥壮如一只小豚。四岁时母亲一面告给我认方字，外祖母一面便给我糖吃，到认完六百生字时，腹中生了蛔虫，弄得黄瘦异常，只得每天用草药蒸鸡肝当饭。那时节我即已跟随了两个姊姊，到一个女先生处上学。那人既是我的亲戚，我年龄又那么小，过那边去念书，坐在书桌边读书的时节较少，坐在她膝上玩的时间或者较多。

到六岁时我的弟弟方两岁，两人同时出了疹子，时正六月，日夜皆在吓人高热中受苦，又不能躺下睡觉，一躺下就咳嗽发喘，又不要人抱，抱时全身难受，我还记得我同我那弟弟两人当时皆用竹簟卷好，同春卷一样，竖立在屋中阴凉处。家中人当时业已为我们预备了两具小小棺木；搁在院中廊下，但十分幸运，两人到后居然全好了。我的弟弟病后雇请了一个壮实高大的苗妇人照料，照料得法，他便壮大异常。我因此一病，却完全改了样子，从此不再与肥胖为缘了。

六岁时我已单独上了私塾。如一般风气，凡是私塾中给予小孩子的虐待，我照样也得到了一分。但初上学时我因为在家中业已认字不少，记忆力从小又似乎特别好，故比较其余小孩，可谓十分幸福。第二年后换了一个私塾，在这私塾中我跟从了几个较大的学生，学会了顽劣孩子抵抗顽固塾师的方法，逃避那些书本去同一切自然相亲近。这一年的生活形成了我一生性格与感情的基础。我间或逃学，且一再说谎，掩饰我逃学应受的处罚。我的爸爸因这件事十分愤怒，有一次竟说若再逃学说谎，便当实行砍去我一个手指。我仍然不为这话所恐吓，机会一来时总不把逃学的机会轻轻放过。当我学会了看世界一切，到一切生活中去生活时，学校对于我便已毫无兴味可言了。

我爸爸平时本极爱我，我曾经有一时还作过我那一家的中心人物，稍稍害点病时，一家人便光着眼睛不即睡眠，在床边服侍我，当我要谁抱时谁就伸出手来。家中那时经济情形很好，我在物质方面所享受到的，比起一般亲戚小孩似乎皆好得多。我的爸爸既一面只作将军的好梦，一面对于我却怀了更大的希望。他仿佛早就看出我不是个军人，不希望我作将军，却告给我祖父的许多勇敢光荣的故事，以及他庚子年间所得的一分经验。

他以为我不拘作什么事，总之应比作个将军高些。第一个赞美我明慧的就是我的爸爸。可是当他发现了我成天从塾中逃出到太阳底下同一群小流氓游荡，任何方法都不能拘束这颗小小的心，且不能禁止我狡猾的说谎时，我的行为实在伤了这个军人的心。同时那小我四岁的弟弟，因为看护他的苗妇人照料十分得法，身体养育得强壮异常，年龄虽小，便显得气派宏大，凝静结实，且极自尊自爱，故家中人对我感到失望时，对他便异常关切起来。这小孩子到后来也并不辜负家中人的期望，二十二岁时便作了步兵上校。至于我那个爸爸，却在蒙古，东北，西藏，各处军队中混过，民国二十年时还只是一个上校，把将军希望留在弟弟身上，在家乡从一种极轻微的疾病中便瞑目了。

我有了外面的自由，对于家中的爱护反觉处处受了牵制，因此家中人疏忽了我的生活时，反而似乎使我方便了一些。领导我逃出学塾，尽我到日光下去认识这大千世界微妙的光，稀奇的色，以及万汇百物的动静，这人是我一个张姓表哥。他开始带我到他家中橘柚园中去玩，到各处山上去玩，到各种野孩子堆里去玩，到水边去玩。他教我说谎，用一种谎话对付家中，又用另一种谎话对付学塾，引诱我跟他各处跑去。即或不逃学，学塾为了担心学童下河洗澡，每度中午散学时，照例必在每人手心中用朱笔写一大字，我们尚依然能够一手高举，把身体泡到河水中玩个半天,这方法也亏那表哥想出的。我感情流动而不凝固,一派清波给予我的影响实在不小。我幼小时较美丽的生活,大部分都与水不能分离。我的学校可以说是在水边的。我认识美,学会思索,水对我有极大的关系。我最初与水接近便是那荒唐表哥领带的。

现在说来,我在作孩子的时代,原本也不是个全不知自重的小孩子。我并不愚蠢。当时在一班旁的表兄弟中和弟兄中,似乎只有我那个哥哥比我聪明,我却比其他一切孩子解事。但自从那表哥教会我逃学后,我便成为毫不自重的人了。在各样教训各样方法管束下,我不欢喜读书的性情,从塾师方面,从家庭方面,从亲戚方面,莫不对于我感觉得无多希望。我的长处到那时只是种种的说谎。我非从学塾逃到外面空气下不可,逃学过后又得逃避处罚,我最先所学,同时拿来致用的,也就是根据各种经验来制作各种谎话。我的心总得为一种新鲜声音,新鲜颜色,新鲜气味而跳。我得认识本人生活以外的生活。我的智慧应当从直接生活上得来,却不需从一本好书一句好话上学来。似乎就只这样一个原因,我在学塾中,逃学纪录点数,在当时便比任何一人都高。

离开私塾转入新式小学时,我学的总是学校以外的,到我出外自食其力时,我又不曾在我职务上学好过什么。我"不安于当前事务,却倾心于现世光色,对于一切成例与观念皆十分怀疑,却常常为人生远景而凝眸",这分性格的形成,应当溯源于小时在私塾中的逃学习惯。

自从逃学成为习惯后,我除了想方设法逃学,什么也不再关心。

有时天气坏一点,不便出城上山里去玩,逃了学没有什么去处,我就一个人走到什么庙里去,那些庙里总常常有人在殿前廊下绞绳子,织竹簟,做香,我就看他们做事。有人下棋,我看下棋,有人打拳,我看打拳。甚至于相骂,我也看着,看他们如何骂来骂去,如何结果。因为自己既逃学,走到的地方必不能有熟人,所到的必是较远的庙里。到了那里,既无一个熟人,因此什么事皆只好用耳朵去听,眼睛去看,直到看无可看听无可听时,我便应当设计我怎么回家去的方法了。

来去学校我得拿一个书篮。逃学时还把书篮挂到手肘上,这就未免太蠢了一点。凡这么办的可以说是不聪明的孩子。许多这种小孩子,因为逃学到各处去,人家一见就认得出,一见到时就会说:逃学的人,你跑回家挨打去,不要在这里玩。若无书篮可不必受这种教训。因此我们就想出了一个方法,把书篮寄存到一个土地庙里去,那地方无一个人看管,但谁也用不着担心他的书篮。小孩子对于土地神全不缺少必需的敬畏,都信托这木偶,把书篮好好的藏到神座龛子里去,常常同时有五个或八个,到时却各人把各人的拿走,谁也不会乱动别人的东西。我把书篮放得那地方去,次数是不能记忆了的，照我想来，搁的最多的必定是我。

逃学失败被家中学校任何一方面发觉时，两方面总得挨一顿打，有时又常常罚跪至一根香时间。我一面被处罚跪在房中的一隅，一面便记着各种事情，想像恰如生了一对翅膀，凭了经验飞到各样动人事物上去。按照天气寒暖，想到河中的鳜鱼被钓起离水以后的情形，想到天上飞满风筝的情形，想到空山中歌呼的黄鹂，想到树木上累累的果实。由于最容易神往到种种屋外东西上去，反而常把处罚的痛苦忘掉，处罚的时间忘掉，直到被唤起以后为止，我就从不曾在被处罚中感觉过小小冤屈。那不是冤屈。我应感谢那种处罚，使我无法同自然接近时，给我一个练习想像的机会。

家中对这件事自然照例以为只是教师方面的过失，因此又为我换一个教师。我当然不能在这些事上有什么异议。现在说来我倒又得感谢我的家中，因为先前那个学校比较近些，虽常常绕道上学，终不是个办法，且因绕道过远，把时间耽误太久时，无可托词。现在的学校可真很远很远了，不必包绕偏街，我便应当经过许多有趣味的地方了。从我家中到那个新的学塾里去时，路上我可看到针铺门前永远必有一个老人戴了极大的眼镜低下头来在那里磨针。又可看到一个伞铺，大门敞开，作伞时尽人欣赏。又有皮靴店，大胖子皮匠天热时总腆出一个肚皮，用夹板上鞋。又有剃头铺，任何时节总有人手托一个小小木盘，呆呆的在那里尽剃头师傅刮头。又可看到一家染坊，有强壮多力的苗人，踹在凹形石碾上面，偏左偏右的摇荡。又有三家苗人打豆腐的作坊，头包花帕的苗妇人，时时刻刻口上都轻声唱着，一面引逗缚在身背后包单里的小苗人，一面用放光的铜勺舀取豆浆。我还必需经过一个豆粉作坊，远远的就可听到骡子推磨隆隆的声音。我还得经过一些屠户肉案桌，可看到那些新鲜猪肉砍碎时尚在跳动不止。我还得经过一家扎冥器出租花轿的铺子，有大鬼，鱼龙，轿子，金童玉女，每天且可以从他那里看出有多少人接亲，有多少冥器，那些定做的作品又成就了多少，换了些什么式样，并且还常常停顿一两分钟，看他们贴金，傅粉，涂色。

我就欢喜看那些东西，一面看一面明白了许多事情。

每天上学时，照例手肘上挂了那个竹篮，里面放两本破书，在家中虽不敢不穿鞋，可是一出了大门，即刻就把鞋脱下拿到手上，赤脚向学校走去。不管如何，时间照例是有多余的，因此我总得绕一节路玩玩。若从西城走去，在那边就可看到牢狱，大清早若干人从那方面带了脚镣从牢中出来，派过衙门去挖土。若从杀人处走过，昨天杀的人还不收尸，一定已被野狗把尸首咋碎或拖到小溪中去了，就走过去看看那个糜碎了的尸体，或拾起一块小小石头，在那个污秽的头颅上敲打一下，或用一木棍去戳戳，看看还动不动。若还有野狗在那里争夺，就预先拾了许多石头放在书篮里，随手一一向野狗抛掷，不再过去，只远远的看看，就走开了。

既然到了溪边，有时候溪中涨了小小的水，就把裤管高卷，书篮顶在头上，一只手扶书篮一只手照料裤子，在沿了城根流去的溪水中走去，直到水深处为止。学校在北门，我出的是西门，又进南门，再绕从城里大街一直走去。在南门河滩方面我还可以看一阵杀牛，机会好时恰好正看到那牛放倒的情形。因为每天可以看一点点，杀牛的手续同牛内脏的位置不久也就完全弄清楚了。再过去一点就是边街，有织簟子的铺子，每天任何时节皆有几个老人坐在门前用厚背的钢刀破篾，有两个小孩子蹲在地上织簟子。（这种事情在学校门边也有，我对于这一行手艺，所明白的现在说来似乎比写字还在行。）又有铁匠铺，制铁炉同风箱皆占据屋中，大门永远敞开着，时间即或再早一些，也可以看到一个小孩子两只手拉着风箱横柄，把整个身子的分量前倾后倒，风箱于是就连续的发出一种吼声，火炉上便放出一股臭烟同红光。待到把铁拉出搁放到铁砧上时，这个小东西，赶忙舞动细柄铁锤，把锤从身背后扬起在身面前落下，火花四溅的一下一下打着。有时打的是一把刀，有时打的是一件农具。有时看到的又是用一把凿子在未淬水的刀上起去铁皮，有时又是把一条薄薄的钢片嵌进熟铁里去。日子一多，关于任何一件铁器的制造秩序我也不会弄错了。边街又有小饭铺，门前有竹筒插满了用竹子削成的筷子，有干鱼同酸菜，用钵头放在门前柜台上。

我最欢喜天上落雨，一落了小雨，若脚下穿的是布鞋，即或天气正当十冬腊月我也可以用恐怕湿却鞋袜为辞，有理由即刻脱下鞋袜赤脚在街上走路。但最使人开心的，还是落过大雨以后，街上许多地方已被水所浸没，许多地方阴沟中涌出水来，在这些地方照例常常有人不能过身，我却故意向深水中走去。若河中涨了点水，照例上游会漂流得有木头，家具，南瓜同其他东西，就赶快到横跨大河的桥上去看热闹。桥上必已经有人用长绳系了自己的腰身，在桥头上呆着，注目水中，有所等待，看到有一段大木或一件值得下水的东西浮来时，就踊身一跃，骑到那树上，或傍近物边，把绳子缚定，自己便快快的向下游岸边泅去。另外几个在岸边的人把水中人援助上岸后，就把绳子拉着，或缠绕到大石上大树上去，于是第二次又有第二人来在桥头上等候。我欢喜看人在洄水里扳罾，一涨了水照例也就可以看这种有趣味的事情。照家中规矩，一落雨就得穿上钉鞋，我可真不愿意穿那种钉鞋。虽然在半夜里有人从街巷里过身，钉鞋声音实在好听，对于钉鞋我依然毫无兴味。

若在四月落了点小雨，山地里田塍上各处皆是蟋蟀声音，真使人心花怒放。在这些时节，我便觉得学校真没有意思，简直坐不住，总得想方设法逃学上山去捉蟋蟀。有时没有什么东西安置这小东西,就走到那里去,把第一只捉到手后又捉第二只,两只手各有一只后,就听第三只。本地蟋蟀原分春秋二季,春季的多在泥里草里,秋季的多在石罅里瓦砾中,如今既然这东西只在泥层里,故即或两只手心各有一匹小东西后,我总还可以想方设法把第三只从泥土中赶出,看看若比较手中的大些,即开释了手中所有,捕捉新的,如此轮流换去,一整天捉回两只小虫。城头上有白色炊烟,街巷里有摇铃铛卖煤油的声音,约当下午三点左右时,赶忙走到一个刻花板的老木匠那里去,同那木匠说:

"师傅师傅,今天可捉了大王来了!"

那木匠便故意装成无动于中的神气,仍然玩他的车盘,一面说:"不成,要打打得赌点输赢!"

我说:"输了替你磨刀成不成?"

"我不要你磨刀,上次磨凿子还磨坏了我的家伙!"

这不是冤枉我的一句话,我上次的确磨坏了他一把凿子。我不好意思再说磨刀了,我说:

"师傅,那这样办法,你借我一个瓦盆子,让我自己来试试这两只谁能干些好不好?"我说这话时真怪和气。

那木匠想了一想,好像莫可奈何的样子:"借盆子得把战败的一只给我,算作租钱。"

我满口答应:"那成那成。"

于是他就很慷慨的借了我一个泥罐子,顷刻之间我也就只剩下一只蟋蟀了。这木匠看看我捉来的虫还不坏,必向我提议:"我们来比比,你赢了我借你这泥罐一天;你输了,你把这蟋蟀输给我:办法公平不公平?"我正需要那么一个办法,连说公平公平,于是这木匠进去了一会儿,拿出一只蟋蟀来同我一斗,不消说,三五回合我的自然又败了。他用的蟋蟀照例却常常是我前一天输给他的。那木匠看看我有点颓丧,明白我认识那匹小东西,担心我生气时一摔,一面赶忙收拾盆罐,一面很鼓励我说:

"明天再来,明天再来,你应当提好的来,走远一点,明天来,明天来!"

我什么话也不说,微笑着,出了木匠的大门,回家了。

这样一整天在为雨水泡软的田塍上乱跑,回家时常常全身是泥,家中当然一望而知,于是不必多说,沿老例跪一根香,罚关在空房子里,不许哭,不许吃饭。等一会儿我自然可以从姊姊方面得到充饥的东西,悄悄的把东西吃下以后,我也疲倦了,因此空房中即或再冷一点,也就睡着再也不知道如何上床的事了。

即或在家中那么受折磨,到学校去时又免不了挨一顿板子,我还是在想逃学时就逃学,决不为经验所恐吓。

有时逃学又只是到山上去偷李子枇杷,主人骂着追来时,就飞奔而逃,逃到远处一面吃那个赃物一面唱山歌气那主人。总而言之两只脚跑得很快,什么茨棚里钻去也不在乎，要捉我可捉不到，就认为这种事很有趣味。

可是只要我不逃学，在学校里我是不至于像其他的那些人受处罚的。我从不用心念书，但我从不在应当背诵时节无法对付。许多书总是临时来读十遍八遍，背诵时节却居然琅琅上口，一字不遗。也似乎就由于这分小小聪明，学校把我同一般人的待遇，更使我轻视学校。家中不了解我为什么不想上进，不好好的利用自己聪明用功，我不了解家中为什么只要我读书，不让我玩。我自己总以为读书太容易了点，把认得的字记那不算什么希奇。最希奇处应当是另外那些人，在他那分习惯下所做的一切事情。为什么骡子推磨时得把眼睛遮上？为什么刀得烧红时在水里一淬方能坚硬？为什么雕佛像的会把木头雕成人形，所贴的金那么薄又用什么方法作成？为什么小铜匠会在一块铜板上钻那么一个圆眼，刻花时刻得整整齐齐？这些古怪事情太多了。

我生活中充满了疑问，都得我自己去找寻答解。我要知道的太多，所知道的又太少，有时便有点发愁。就为的是白日里太野，各处去看，各处去听，还各处去嗅闻：死蛇的气味，腐草的气味，屠户身上的气味，烧碗处土窑被雨以后放出的气味，要我说来虽当时无法用言语去形容，要我辨别却十分容易。蝙蝠的声音，一只黄牛当屠户把刀劁进它喉中时叹息的声音，藏在田塍土穴中大黄喉蛇的鸣声，黑暗中鱼在水面泼剌的微声，全因到耳边时分量不同,我也记得那么清清楚楚。因此回到家里时,夜间我便做出无数希奇古怪的梦。这些梦直到将近二十年后的如今,还常常使我在半夜里无法安眠,既把我带回到那个"过去"的空虚里去,也把我带往空幻的宇宙里去。

在我面前的世界已够宽广了,但我似乎就还得一个更宽广的世界。我得用这方面弄到的知识证明那方面的疑问。我得从比较中知道谁好谁坏。我得看许多业已由于好询问别人,以及好自己幻想,所感觉到的世界上的新鲜事情,新鲜东西。结果能逃学我逃学,不能逃学我就只好做梦。

照地方风气说来,一个小孩子野一点的照例也必需强悍一点,因此各处方能跑去。各处跑去皆随时会有一样东西在无意中扑到你身边来,或是一只凶恶的狗,或是一个顽劣的人。无法抵抗这点袭击,就不容易各处自由放荡。一个野一点的孩子即或身边不必时时刻刻带一把小刀,也总得带一削光的竹块,好好的插到裤带上;遇机会到时,就取出来当作军器,尤其是到一个离家较远的地方去看木傀儡戏,不准备厮杀一场简直不成。你能干点,单身往各处去,有人挑战时还只是一人近你身边来恶斗,包围到你身边的若人数极多,你还可挑选同你精力不大相差的一人。你不妨指定其中之一个说:

"要打吗?你来。我同你来。"

到时也只那一个人拢来,被他打倒,你在地上尽他压着痛打一顿,你打倒了他,你当时可以走去,谁也不会追你,只不过说句下次再来罢了。

可是你根本上若就十分怯弱?即或结伴同行,到什么地方时,也会有人特意挑出你来殴斗,应战你得吃亏,不答应你得被仇人与同伴两方面奚落。

感谢我那爸爸给了我一分勇气,人虽小,到什么地方去我总不吓怕。到被人围上必需打架时,我能挑出那些同我不差多少的人来,我的敏捷同机智,总常常占了上风。有时气运不佳,无意中被人摔倒,我还会有方法翻身过来压到别人身上去。在这件事上我只吃过一次亏,不是一个小孩,却是一只恶狗,把我攻倒后,咬伤了我一只手。我走到任何地方去皆不怕谁,同时又换了好些私塾,各处皆有些同学,并且互相皆逃过学,便有无数朋友,因此也不会同人打架了。可是自从被狗攻倒过一次以后,到如今我却依然十分怕狗。

至于我那地方的大人,用单刀在大街上决斗那不算回事。事情发生时,那些有小孩子在街上玩的母亲,也不过说:"小杂种,站远一点,不要太近!"嘱咐小孩子稍稍站开点儿罢了。但本地军人互相砍杀虽不出奇,行刺暗算却不作兴的。这类善于殴斗的人物,在当地也另成一组,豁达大度,谦卑接物,为友报仇,爱义好施,且多非常孝顺。但这类人物为时代所陶冶,到民五以后也就渐渐消灭了，虽有些青年军官还保存那点风格。风格中最重要的一点洒脱处，却为了军纪一类影响，大不如前辈了。

我有三个堂叔叔皆住在城南乡下，离城四十里左右。那地方名黄罗寨，出强悍的人同猛鸷的兽，我爸爸三岁时在那里差一点险被老虎咬去，我四岁左右，到那里第一天，就看到乡下人抬了一只死虎进城。

我还有一个表哥住在城北十里地名长宁哨的乡下，从那里再过十里便是苗乡。表哥是一个紫色脸膛的人，一个守碉堡的战兵。我四岁时被他带到乡下去过了三天，二十年后还记得那个城堡黄昏来时鼓角的声音。

这战兵在苗乡有点势力很能喊叫一些苗人。每次来城时，必为我带一只小鸡或一点别的东西。一来为我说苗人故事，临走时我总不让他走。我欢喜他，觉得他比乡下叔父有趣。

辛亥革命的一课

有一天我的表哥又从乡下来了,见了他使我非常快乐,我问他那些水车,那些碾坊,又问他许多我在乡下所熟习的东西。可是我不明白,这次他竟不大理我不大同我亲热。他只成天出去买白带子,自己买了许多不算,还托我四叔买了许多。他同我爸爸又商量了很多事情,我虽听到却不很懂是些什么意思。其中一件便是把三弟同大哥派阿妤送进苗乡去,把大姊二姊送过表哥乡下那山洞里去。爸爸即刻就遵照表哥的计划办去,母亲当时似乎也承认这么办较安全方便。在一种迅速处置下,四人当天离开家中同表哥上了路。表哥去时挑了一担白带子,我疑心他想开一个铺子,方用得着这样多带子。

当表哥一行人众动身时,爸爸问表哥"明夜来不来?"那一个就回答说:"不来,怎么成事?我的事还多得很!"

我知道表哥的许多事中,一定有一件事是为我带那匹花公鸡，那是他早先答应过我的。

当我两个姊姊一个哥哥一个弟弟同那苗妇人躲进苗乡时，我爸爸问我：

"你怎么样。跟阿妩进苗乡去，还是跟我在城里？"

"什么地方热闹些？"我意思只是向热闹处走。

"不要这样问，我明白你的意思，你要在城里看热闹，就留下来莫过苗乡吧。"

听说同我爸爸留在城里，我真欢喜。我记得分分明明，第二天晚上，叔父红着脸在灯光下磨刀的情形，真十分有趣。一时走过仓库边看叔父磨刀，一时又走到书房去看我爸爸擦枪。家中人既走了不少，忽然显得空阔许多，我平时似乎胆量很小，到这天也不知吓怕了。我不明白行将发生什么事情，但却知道有一件新事快要发生。我满屋各处走去，又傍近爸爸听他们说话，他们每个人脸色都不同往常安详，每人说话皆结结巴巴的，一面检察枪支一面又常常互相来一个莫名其妙的微笑，我也就跟着他们微笑。

我看到他们在日光下做事，又看到他们在灯光下商量，那长身叔父一会儿跑出门去一会儿又跑回来悄悄的说一阵，我装作不注意的神气，算计到他出门的次数。这一天他一共出门九次，到最后一次出门时，我跟他身后走出到屋廊下，我说：

"四叔，怎么的，你们是不是预备杀仗？"

"咄，你这小东西，还不去睡，回头要猫儿吃你。"

于是我便被一个丫头拖到上边屋里去，把头磕到母亲腿上，一会儿就睡着了。

这一夜中城里城外发生的事我全不清楚。等我照常醒来时，只见各个人皆脸儿白白的，在那里悄悄的说些什么。大家问我昨夜听到什么没有，我只是摇头。我家中似乎少了几个人，我数了一下，几个叔叔全不见了，男的只我爸爸一个人，坐在他那唯一专利的太师椅上，低下头来一句话不说。我记起了杀仗的事情，我问他：

"爸爸爸爸，你杀过仗了没有？"

"小东西，莫乱说，夜来我们杀败了！"

正说着，高个儿叔父从外面回来了，满头是汗，结结巴巴的说：衙门从城边已经抬回了四百一十个人头，一大串耳朵，七架云梯，一些刀，一些别的东西。对河还杀得更多，烧了七处房子，现在还不能上城去看。

爸爸听说有四百个人头，就向叔父说：

"你快去看看，躬韩在里边没有。赶快去，赶快去。"

躬韩就是我那黑而且胖的表兄，我明白他昨天晚上也在城外杀仗了，心中十分关切。听说衙门口有那么多人头，还有一大串耳朵，正与我爸爸平时为我说到的杀长毛故事相合，我又欢乐又吓怕，兴奋得脸白白的简直不知道怎么办。洗过了脸我方走出房门，看看天气像要落雨的神气，一切皆很黯淡。街口平常照例可以听到卖糕人的声音，以及各种别的叫卖声音，今天却异常清静，似乎过年一样。我想得到一个机会出去看看，我最关心的是那些我从不曾摸过的人头。一会儿，我的机会便来了，长身四叔跑回来告我爸爸，人头里没有躲韩的头。且说衙门口人多着，街上铺子皆奉令开了门，张家老爷也上街看热闹了。因此我爸爸便问我：

"小东西，怕不怕人头，不怕就同我出去。"

"不，我想看看人头。"

于是我就在衙门口平地上看到了一大堆人头，还有衙门口鹿角上，辕门上，也无处不是人头。从城边取回的几架云梯，全用新竹子作成（就是把这新从山中砍来的竹子，横横的贯了许多木棍）。云梯木棍上也悬许多人头，看到这些东西我实在希奇，我不明白为什么要杀那么多人。我不明白这些人因什么事就被把头割下。我随后又发现了那一串耳朵，那么一串东西，一生真再也不容易见到过的古怪东西！叔父问我："小东西，你怕不怕？"我回答得极好，我说"不怕"。我听了多少杀仗的故事，总说是"人头如山，血流成河"，看戏时也总据说是"千军万马分个胜败"，却除了从戏台上间或演秦琼哭头时可看到一个木人头放在朱红盘子里，此外就不曾看到过一次真的杀仗砍下什么人头，现在却有那么一大堆血淋淋的从人颈脖上砍下的东西。我并不怕，可不明白为什么这些人就让兵士砍他们，有点疑心，以为这一定有了错误。

为什么他们被砍,砍他们的人又为什么?心中许多疑问,回到家中时问爸爸,爸爸也不能给我一个满意的答复。我当时以为爸爸那么伟大的人,天上地下知道不知多少事,居然也不明白这件事,倒真觉得奇怪。到现在我才明白这事永远在世界上不缺少,可是谁也不能够给小孩子一个最得体的回答。

这革命原是城中绅士早已知道,用来对付两个衙门,同那些外路商人,攻城以前先就约好了的。但临时却因军队方面谈的条件不妥误了事。

革命算已失败了,杀戮还只是刚在开始。城防军把防务布置周密妥当后,就分头派兵下乡去捉人,捉来的人只问问一句两句话就牵出城外去砍掉。平常杀人照例应当在西门外,现在造反的人既从北门来,因此应杀的人也就放在北门河滩上杀戮。当初每天必杀一百左右,每次杀五十个人时,行刑兵士还只是二十,看热闹的也不过三十左右。有时衣也不剥,绳子也不捆缚,就那么跟着赶去的。常常听说有被杀的站得稍远一点,兵士以为看热闹的就忘掉走去。被杀的差不多全从乡下捉来,胡胡涂涂不知道是些什么事。因此还有一直到了河滩被人吼着跪下时,方明白行将有什么新事,方大声哭喊惊惶乱跑,刽子手随即赶上前去那么一阵乱刀砍翻的。

这愚蠢的杀戮继续了约一个月,方渐渐减少下来。

或者因为天气既很严冷,不必担心到它的腐烂,埋不及时就不埋,或者又因为还另外有一种示众意思,河滩的尸首总常常躺下四五百。

到后人太多了,仿佛凡是西北苗乡捉来的人皆得杀头。衙门方面把文书禀告到抚台时大致说的就是苗人造反,因此照规矩还得剿平这一片地面上的人民。捉来的人一多,被杀的头脑简单异常,无法自脱,但杀人那一方面却似乎有点寒了心。几个本地有力的绅士,也就是暗地里同城外人讲通却不为官方知道的人,便一同向宪台请求有一个限制,经过一番选择,该杀的杀,该放的放。每天捉来的人既有一百两百,因此选择的手续,便委托了本地人民所敬信的天王,把犯人牵去,在神前掷一竹筊,一仰一覆的顺筊,开释,双仰的阳筊,开释,双覆的阴筊,杀头。生死取决于一掷,应死的自己向左走去,该活的自己向右走去。一个人在一分赌博上既占去便宜三分之二,因此应死的谁也不说话,就低下头走去。

我那时已经可以自由出门,一有机会就常常到城头上去看对河杀头,每当人已杀过赶不及看那一砍时,便与其他小孩比赛眼力,一二三四屈指计数那一片死尸的数目,或者又跟随了犯人,到天王庙看他们掷筊。看那些乡下人,如何闭了眼睛把手中一副竹筊用力抛去,有些人到已应当开释时还不敢睁开眼睛。又看着些虽应死去还想念到家中小孩与小牛猪羊的,那分颓丧那分对神埋怨的神情，真使我永远忘不了。

我刚好知道"人生"时，我知道的原来就是这些事情。

第二年三月本地革命成功了，各处悬了白旗，写个"汉"字，革命反正的兵士结队成排在街上巡游，镇守使，道尹，知县，已表示愿意走路，地方一切皆由绅士出面来维持，我爸爸便即刻成为要人了。

那时节我哥哥弟弟同两个姊姊，全从苗乡接回来了。家中无数军人来来往往。院子中坐满了人。在一群陌生人中我发现了那个紫黑脸膛的表哥。他并没有死去，背了一把单刀，朱红牛皮的刀鞘上描着黄金色双龙抢宝的花纹。他正在同别人说那一夜走近城边的情形。我悄悄地告他："我过天王庙看犯人掷筊，想知道犯人中有不有你，可见不着。"那表哥说："他们手短了些，捉不着我，现在应当我来打他们了。"当天全城人过天王庙开会时，他当真就爬上台去打了县知事一个嘴巴。

革命使我家中也起了变化，爸爸同人竞选过长沙会议代表失败，心中十分不平，赌气出门往北京去了。爸爸这一去，直到十二年后当我从湘边下行时，在辰州地方又见过他一面，从此以后便再也见不着了。

我爸爸在竞选失败离开家乡那一年，我最小的一个九妹，刚好出世三个月。

革命后地方不同了一点，绿营制度没有改变多少，屯田制度也没有改变多少，地方有军役的，仍然各因等级不同，按月由本人或家中人到营上去领取食粮与碎银，守兵当值的，到时仍然上衙门听候差遣，衙门前钟鼓楼每到晚上仍有人奏乐。但防军组织分配稍微不同了，军队所用器械也不同了，地方官长也不同了。县知事换了本地人，镇守使也换了本地人。当兵的每个家中大门边钉了一小牌，载明一切，且各因兵役不同，木牌种类也完全不同。

但革命印象在我记忆中不能忘记的，却只是关于杀戮人民的几幅颜色鲜明的图画。

民三左右地方新式小学成立，民四我进了新式小学。

我上许多课仍然不放下那一本大书

我改进了新式小学后,学校不背诵经书,不随便打人,同时也不必成天坐上桌边,每天不只可以在小院子中玩,互相扭打,先生见及,也不加以约束,七天照例又还有一天放假,因此我不必再逃学了。可是在那学校照例也就什么都不曾学到。每天上课时照例上上,下课时就遵照大学生的指挥,找寻大小相等的人,到院中去打架。一出门就是城墙,我们便想法爬上城去,看城外对河的景致。上学散学时,便如同往常一样,常常绕了多远的路,去看看那些木工手艺人新雕的佛像,贴了多少金。看看那些铸钢犁的人,一共出了多少新货。或者什么人家孵了小鸡,也常常不管远近必跑去看看。一到星期日,我在家中写了十六个大字后,就一溜出门,一直到晚,方回家中。

半年后家中母亲相信了一个亲戚的建议,以为应从城内第二初级小学换到城外第一小学,这件事实行后更使我方便快乐。新学校临近高山，校屋前后各处是树，同学又多，当然十分有趣。到这学校我仍然什么也不学得，字也不认多少，可是我倒学会了爬树。几个人一下课就各自检选一株合抱大树，看谁个先爬到顶。我从这方面便认识约三十种树木名称。因为爬树有时跌下或扭伤了脚，拉破了手，就跟同学去采药，又认识了十来种草药。我开始学会了钓鱼，总是上半天学钓半天鱼。我学会了采笋子，采蕨菜。后山上到春天各处是兰花，各处是可以充饥解渴的刺莓，在竹篁里且有无数雀鸟，我便跟他们认识了许多雀鸟且认识许多果树。去后山约一里左右又有一个制瓷器的大窑，我们便常常过那里去看人制造一切瓷器，看一块白泥在各样手续下成为一个饭碗或一件别种用具的情形。

学校环境使我们在校外所学的实在比校内课堂上多十倍，但在学校也学会了一件事，便是各人用刀在座位板下镌雕自己的名字，又因为学校有做手工的白泥，我们却用白泥摹塑教员的肖像，且各为取一怪名。在这些事情上我的成绩照例比学校功课好一点，但从不得到任何奖励。

照情形看来，我已不必逃学，但学校既不严格，四个教员恰恰又有我两个表哥在内，想要到什么地方去时，我便请假。看戏请假，钓鱼请假，甚至于几个人到三里外田坪中去看人割禾也请假。

那时我家中每年还可收取租谷三百石左右,到秋收时,我便同叔父或其他年长亲戚,往二十里外的乡下去,监视佃夫督促临时雇来的工人割禾。等到田中成熟禾穗已空,新谷装满白木浅缘方桶时便把新谷倾倒到大晒谷簟上来,与佃夫相对平分,其一半应归佃夫所有的,由他们去处置,我们把我家应得那一半,雇人押运回家。在那里最有趣处是可以辨别各种禾苗,认识各种害虫,学习捕捉蚱蜢分别蚱蜢。同时学用鸡笼去罩捕水田中的肥大鲤鱼鲫鱼,把鱼捉来即用黄泥包好塞到热灰里去煨熟分吃。又向佃户家讨小小斗鸡,且认识种类,准备带回家来抱到街上去寻找别人公鸡作战。又从小农人处学习抽稻草心织小篓小篮,剥桐木皮作卷筒哨子,用小竹子作唢呐。有时捉得一个刺猬,有时打死一条大蛇,又有时还可跟了叔父让佃户带到山中去,把雉媒抛出去,吹唿哨招引野雉,鸟枪里装上一把散碎铁砂同黑色土药,猎取这华丽骄傲的禽鸟。

为了打猎秋末冬初我们还常常去佃户家。我最欢喜的是猎取野猪同黄麂,看他们下围,跟着他们乱跑,有一次还被他们捆缚在一株大树高枝上,看他们把受惊的黄麂从树下追赶过去。我又看过猎狐,眼看着一对狡猾野兽在一株大树根下转,到后这东西便变成了我叔父的马褂。

学校既然不必按时上课,其余的时间我们还得想出几件事情来消磨，到下午三点才能散学。几个人爬上城去，坐在大铜炮上看城外风光，一面拾些石头奋力向到河掷去，这是一个办法。另外就是到操场一角砂地上去拿顶翻斤斗，每个人皆轮流来作这件事，不溜刷的便仿照技术班办法，在那人腰身上缚一条带子，两个人各拉一端，翻斤斗时用力一抬，日子一多便无人不会翻斤斗了。

因为学校有几个乡下来的同学，身体壮大异常，便有人想出好主意，提议要这些乡下人装成马匹，让较小的同学跨到马背上去，同另一匹马上另一员勇将来作战，在上面扭成一团，直到跌下地后为止。这些作马匹的同学总照例非常忠厚可靠，在任何情形下皆不卸责。不拘谁人头面有时流血了，就抓一把黄土，将伤口敷上，全不在乎似的。我常常设计把这些马调度得十分如法，他们服从我的编排，比一匹真马还驯服规矩。

放学时天气若还早一些，几个人不是上城去坐，就常常沿了城墙走去。有时节出城去看看，有谁的柴船无人照料，看明白了这只船的的确确无人时，几人就匆忙跳上了船，很快的向河中心划去。等一会那船主人来时，若在岸上和和气气的说：

"兄弟，兄弟，你们把船划回来。我得回家！"

遇到这种和平人时我们也总得十分和气把船划回来，各自跳上了岸，让人家上船回家。若那人性格暴躁点，一见自己小船为一群胡闹的小将把它送到河中打着圈儿转，心中十分忿怒，大声的喊骂，说出许多恐吓无理的野话，那我们便一面回骂着，一面快快的把船向下游流去，尽他叫骂也不管它，到下游时几个人上了岸，就让这船搁在浅滩上不再理会了。有时刚上船坐定即刻便被船主人赶来，那就得有一分儿担当经验了。船主照例知道我们受不了什么簸荡，抢上船头，把身体故意向左右连续倾侧不已，因此小船就在水面胡乱颠簸，一个无经验的孩子担心身体会掉到水中去，必惊骇得大哭不已。但有了经验的人呢，你估计一下，先看看是不是逃得上岸，若已无可逃避，那就好好的坐在船中，尽那乡下人的磨炼，拚一身衣服给水湿透，你不慌不忙，只稳稳的坐在船中，不必作声告饶，也不必恶声相骂，过一会儿那乡下人看看你胆量不小，知道用这方法吓不了你，他就会让你明白他的行为不过是一种带恶意的玩笑，这玩笑到时应当结束了，必把手叉上腰边，向你微笑，抱歉似的微笑。

"少爷，够了，请你上岸！"

于是几个人便上岸了。有时不凑巧我们也会为人用小桨竹篙一路追赶着打我们，还一路骂我们，只要逃走远一点点，用什么话骂来我们照例也就用什么话骂回去，追来时我们又很快快的跑去。

那河里有鳜鱼，有鲫鱼，有小鲇鱼，钓鱼的人多向上游一点走去。隔河是一片苗人的菜园,不涨水,从跳石上过河,到菜园里去看花买菜心吃的次数也很多。河滩上各处晒满了许多白布同青菜,每天还有许多妇人背了竹背笼来洗衣,用木杵在流水中捶打,回声訇訇的从东城墙脚下应出。

天热时,到了下午四点以后,满河中都是赤光光的身体。有些军人把小孩子,战马,看家的狗,同一群鸭雏,全部都带到河中来。有些人父子数人同来。大家皆在激流清水中游泳,不会游泳的便把裤子泡湿,扎紧了裤管,向水中急急的一兜,捕捉了满满的一裤空气,再用带子捆好,便成了极合用的水马,有了这东西,即或全不会漂浮的人,也能很勇敢的向水深处泅去。到这种人多的地方照例不会被水淹死的,一出了什么事,大家皆很勇敢的救人。

我们洗澡可常常到上游一点去,那里人既很少,水又极深,对我们才算合式。这件事自然得瞒着家中,家中照例总为我们担忧,惟恐一不小心就会为水淹死。每天下午既无法禁止我出去玩,又知道下午我不会到米厂上去同人赌骰子,那位对于管拘我侦察我十分负责的大哥,照例一到饭后我出门不久他也总得到城外河边一趟,人多时不能从人丛中发现我,就沿河去注意我的衣服,在每一堆衣服上来一分注意,一见到了我的衣服,一句话不说,就拿起来走去,远远的坐到大路上,等候我穿衣时来同他会面。衣裤既然在他手上,我不能不见他了,到后只好走上岸来,从他手上把衣服取到手,两人沉沉默默的回家,回去不必说什么,只准备一顿打。可是经过两次教训后,我即或仍然在河中洗澡,也就不至于再被家中人发现了。我可以搬些石头把衣压着,只要一看到他从城门洞边大路走来时,必有人告给我,我就快快的泅到河中去,向天仰卧,把全身泡在水中,只浮出一张脸一个鼻孔来,尽岸上那一个搜索也不会得到什么结果。有些人常常同我在一处,哥哥认得他们,看到了他们时,就唤他们:

"熊澧南,熊澧南,你见我兄弟吗?"

那同学便故意大声答着:

"我们不知道,你不看看衣服吗?"

"你们不正是成天在一堆胡闹吗?"

"是呀,可是现在谁知道他在那一片天底下?"

"他不在河里吗?"

"你不看看衣服吗?不数数我们的数目吗?"

这好人便各处望望,果然不见到我的衣裤,相信我那朋友的答复不是句谎话,于是站在河边欣赏了一阵河中景致,又弯下腰拾起两个放光的贝壳,用他那双常若含泪发愁的艺术家眼睛赏鉴了一下,或坐下来取出速写簿,随意画了两张河景的素描,口上嘘嘘打着唿哨,又向原来那条路上走去了。等他走去以后,我们便来模仿我这个可怜的哥哥,互相反复着前面那种答问。"熊澧南,熊澧南,看见我兄弟吗?""不知道,不知道,你自己不看看这里一共有多少衣服吗?""你们成天在一堆!""是呀!成天在一堆,可是谁知道他现在到那儿去了呢?"于是互相浇起水来,直到另一个逃走方能完事。

有时这好人明知道我在河中,当时虽无法擒捉,回头却常常隐藏在城门边,坐到苗妇人小茅棚里很有耐心的等待着,等到我十分高兴的从大路上同几个朋友走近身时,他便风快的同一只公猫一样,从那小棚中跃出,一把攫住了我。于是同行的朋友就大嚷大笑,伴送我到家门口,才自行散去。不过这种事也只有三两次,我从经验上既知道这一着棋时,我进城时便常常故意慢一阵,有时且绕了极远的东门回去。

我人既长大了些,权利自然也多些了,在生活方面我的权利便是即或家中明知我下河洗了澡,只要不是当面被捉,家中可不能用爬搔皮肤方法决定我的应否受罚了。同时我的游泳自然也进步多了,我记到我能在河中来去泅过三次,至于那个名叫熊澧南的,却大约能泅过五次。

下河的事若在平常日子,多半是晚饭以后才去。如遇星期日,则常常几人先一天就邀好,过河上游一点名为棺材潭的地方去,泡一个整天,泅一阵水又摸一会鱼,把鱼从水中石底捉得,就用枯枝在河滩上烧来当点心。

有时那一天正当附近十里二十里苗乡场集，就空了两只手跑到那地方去，玩一个半天。到了场上后，过卖牛处看看他们讨论价钱的样子，又过卖猪处看看那些大猪小猪，又到赌场上去看看那些乡下人一只手抖抖的下注，替别人担一阵心。又到卖山货处去，用手摸摸那些豹子老虎的皮毛，且听听他们谈到猎取这野物的种种经验。又到卖鸡处去欣赏欣赏那些大鸡小鸡，我们皆知道什么鸡战斗时厉害，什么鸡生蛋极多。我们且各自把那些斗鸡毛色记下来，因为这些鸡照例当天全将为城中来的兵士同商人买去，五天以后就会在城中斗鸡场出现。我们间或还可在敞坪中看苗人决斗，用扁担或双刀互相拚命。小河边到了场期照例来了无数小船，无数竹筏，竹筏上且常常有长眉秀目脸儿极白奶头高肿的青年苗族女人，使人看来十分舒服。我们来回走二三十里路，各个人两只手既是空空的，因此在场上什么也不能吃。间或谁一个人身上有一两枚铜元，就到卖狗肉摊边去割一块狗肉，蘸些咸水，平均分来吃吃。或者无意中谁一个在人丛中碰着了一位亲长，被问道："吃过点心吗？"大家正饿着，互相望了会儿羞羞怯怯的一笑。那人知道情形了，便说："这成吗？不喝一杯还算赶场吗？"到后自然就被拉到狗肉摊边去，切一斤两斤肥狗肉，分割成几大块，各人来那么一块，蘸了盐水往嘴上送。

  机会不好不曾碰到一个慷慨的亲戚，我们也仍然不会瘪了肚皮回家。沿路有无数人家的桃树李树，全把树枝压得弯弯的，等待我们去为它们减除一分担负！还有多少黄泥田里，红萝卜大得如小猪头，没有我们去吃它，赞美它，便委屈在那深土里！除此以外路塍上无处不是莓类同野生樱桃，大道旁无处不是甜滋滋的枇杷，无处不可得到充饥果腹的东西。口渴时无处不可以随意低下头去喝水。即或任何东西没得吃，我们仍然十分高兴，就为的是那一派空气，一阵声音，一份颜色，以及在每一处每一项生意人身上发出那一股臭味，就够使我们觉得满意！我们用各样官能吃了那么多东西，即使不再用口来吃喝也很够了。

到场上去我们还可以看各样水碾水碓，并各种形式的水车。我们必得经过好几个榨油坊，远远的就可以听到油坊中打油人唱歌的声音。一过油坊时便跑进去，看看那些堆积如山的桐子，经过些什么手续才能出油。我们只要稍稍绕一点路，还可以从一个造纸工作场过身，在那里可以看他们利用水力捣碎稻草同竹筱；用细篾帘子勺取纸浆作纸。我们又必需从一些造船的河滩上过身，有万千机会看到那些造船工匠在太阳下安置一只小船的龙骨，或把粗麻头同桐油石灰嵌进缝罅里补治旧船。

总而言之这样玩一次，就只一次，也似乎比读半年书还有益处。若把一本好书同这种好地方尽我检选一种，直到如今我还觉得不必看这本用文字写成的小书，却应当去读那本用人事写成的大书。

我不明白我为什么就学会了赌骰子,大约还是因为每早上买菜,总可以剩下三五个小钱,让我有机会傍近用骰子赌输赢的糕类摊上面起。当三五个人蹲到那些戏楼下,把三粒骰子或四粒骰子或六粒骰子抓到手中,奋力向大土碗掷去,跟着它的变化喊出种种专门名词时,我真忘了自己也忘了一切。那富于变化的六骰子赌,七十二种"快""臭",一眼间我皆能很得体的喊出它的得失。谁也不能在我面前占去便宜,谁也骗不了我。自从精明这一项事情以后,我家里这一早上若派我出去买菜,我就把买菜的钱去作注,同一群小无赖在一个有天棚的米厂上玩骰子,赢了钱自然全部买东西吃,若不凑巧全输掉时,就跑回来悄悄的进门找寻外祖母,从她手中把买菜的钱得到。

但这是件冒险的事,家中知道后可得痛打一顿,因此赌虽然赌,总只下一个铜子的注,赢了拿钱走去。输了也不再来,把菜少买一些,总可敷衍下去。

由于赌术精明我不大担心我输赢。我倒最希望玩个半天结果无输无赢。我所担心的只是正玩得十分高兴,忽然后领一下子为一只强硬有力的手攫定,一个哑哑的声音在我耳边响着:

"这一下捉到你了,这一下捉到你了!"

先是一惊。想挣扎可不成。既然捉定了,不必回头,我就明白我被谁捉到,且不必猜想,我就知道我回家去应受些什么款待,于是提了菜篮让这个仿佛生下来给我作对的人把我揪回去。这样上街可真无脸面,因此不是请求他放和平点抓着我一只手,总是在他不着意的情形下,忽然挣脱先行跑回家去,准备他回来时受罚。

每次在这件事上我受的罚都似乎略略过分了些,总是把一条绣花的白腰带缚定两手,系在空谷仓里,用鞭子打几十下,上半天不许吃饭,或是整天不许吃饭。亲戚中看到觉得十分可怜,便以为哥哥不应当这样虐待弟弟。但这样不顾脸面的去同一些乞丐赌博,给了家中多少气忧,我是不知道的。

我从那方面学会了些下等野话,在亲戚中身分似乎也就低了些。只是当十五年后我能够用我各方面的经验写点故事时,这些粗话野话,却给了我许多帮助。

革命后本地设了女学校,我两个姊姊皆被送过女学校读书。我那时也欢喜过女学校去玩,就因为那地方有些新奇的东西。学校外边一点,有个做小鞭炮的作坊,从起始用一根细钢条,卷上了纸,送到木机上一搓,吱的一声就成了空心的小管子,再如何经过些什么手续,便成了燃放时巴的一声的小爆仗,我皆看得十分熟习。我借故去瞧姊姊时,总在那里看他们工作。我还可看他们烘焙火药,碓舂木炭,筛硫磺,配合火药的原料,因此明白制烟火用的药同制爆仗用的药,硝磺的份配分量如何不同。

一到女学校时,我必跑到长廊下去,欣赏那些平时不易见到的织布机器。那些机器钢齿轮互相衔接,一动它时全部皆转动起来,且发出一种异样陌生的声音,听来我总十分欢喜。我平时是个怕鬼的人,但为了欣赏这些机器,黄昏中我还敢在这儿逗留,直到她们大声呼喊各处找寻时,我才从廊下跑出。

当我转入高小那年,正是民国六年,我们那地方为了上年受蔡锷讨袁战事的刺激,感觉军队非改革不能自存,因此本地镇守署方面,设了一个军官团,前为道尹后改屯务处方面,也设了一个将弁学校。另外还有一个教练兵士的学兵营,一个教导队。小小的城里多了四个军事学校,一切皆用较新方式训练,地方因此气象一新。由于常常可以见到这类青年学生结队成排在街上走过,本地的小孩,以及一些小商人,皆觉得学军事较有意思。有人与军官团一个教官作邻居的,要他在饭后课余教教小孩子,先在大街上操,到后却借了附近的军官团操场使用,顷刻之间便招集了一百人左右。

有同学在里面受过训练来的,精神比起别人来特别强悍,我们觉得奇怪。这同学就告我们一切,且问我愿不愿去。并告我到里面后,每两月可以考选一次,配吃一分口粮作守兵的,就可以当兵。在我生长那个地方当兵不是耻辱,本地的光荣原本是从过去无数男子的勇敢搏来的。谁都希望当兵，因为这是年轻人一条出路，也正是年轻人唯一的出路。同学说及进技术班时，我就答应来问问我的母亲，看看母亲的意见，这将军的后人，是不是仍然得从步卒出身。

那时节我哥哥已过热河找寻我父亲去了，我因不受拘束，生活已日益放肆，母亲正想不出处置我的方法，因此一来，将军后人就决定去作兵役的候补者了。

预备兵的技术班

家中听说我一到那边去,既有机会可以考一份口粮,且明白里面规矩极严,以为把我放进去受预备兵的训练,实在比让我在外面撒野较好。即或在学校免不了从天桥掉下的危险,但有人亲眼看到掉下来,总比无人照料到那些空山里从高崖上摔下为好,因此当时便答应了。

我把这消息告给学校那个梁班长时,军衣还不曾缝好,他就带我去见了一次教官。我第一次见到那个挺着胸脯的人,实在有点害怕,但我却因为听说他的杠杆技术曾经得过全省的锦标,能够在天桥上竖蜻蜓用手来回走四次,又能在杠杆上打大车轮至四十来次,简直是个新式徐良,因此虽畏惧他却也欢喜他。

这教官给我第一次印象不坏,并且此后的印象也十分好,他对于我似乎也很满意。先看我人那么小,排队总在最后一名,在操场中作"跑步"时便把我剔出,到"正步走""向后转"走时,我的步子较小一点,又想法让我不吃亏。但经过十天后，我的能力和勇敢就得到他完全的承认，做任何事应当大家去作的，我头上也总派到一分了。

我很感谢那教官，由于他那分严厉，逼迫我学会了一种攀杠杆的技术，到后来还用这点技术救我自己一次生命的危险。我身体到后在军队中去混了那么久，那一次重重的伤寒病四十天的高热居然能够支持下来，未必不靠从技术班训练好的一个结实体格所帮助。我的性格方面永远保持到的一点坚实军人的风味，不管作什么总去作，不大关心成败，似乎也就是那将近一年的训练养成的。

我进到了那军役补习组后，我方知道原来在学校作班长的梁凤生，在技术班也仍然是班长。我在里面得他的帮助可不少。譬如一进去时的单人教练，他就作了我的教师。当每人皆到小操场的砂地上学习打斤斗时，用腰带束了我的腰，两个人各用手紧紧的抓着那根带子，好在我正当把两只手垫到地面，想把身体翻过去再一下挺起时，他就赶忙用手一拉，使我不要扭坏腰腿。有时我攀上杠杆用膀子向后反挂，预备来一次背车，在旁小心照料的也总是他。有时我不小心摔到砂地上，跌哑了喉，想说话无论如何怎样用力再也说不出口，一为他见及，就赶忙搀起我来，扶着我乱跑，必得跑了好一阵，我口方说得出话。

这人在学校书既读得极好,每次考试总得第一,过技术班来成绩也非常好。母亲是一个寡妇,守着三个儿子替人缝点衣服过日子。这同学散操以后,便跑回去,把那个装了无数甘蔗,业已分配得上好的篮子,提上街到各处去卖,把甘蔗卖完便赚回三五十个小钱。可是这人虽然为了三五十个钱,每个晚上皆得大街小巷的走去,倘在任何地方一遇到同学好友时,总一句话不说,走到你身边来,把二节值十文一段的甘蔗,忽然一下塞到你的手里,风快的就跑掉了。我遇到他这样两次,我心中真感动得厉害。我并不想那甘蔗吃,却因为他那种慷慨大方处,白日见他时简直使我十分害羞。

这朋友虽待得我很好,可是在学校方面,我最好的一个同学却是姓陈名肇林的。在技术班方面,好朋友也姓陈,名继瑛。这个陈继瑛家只隔我家五家,他每天同我一把晚饭吃过后,就各人穿了灰布军服,在街上气昂昂的并排走出城去。每出城到门洞边时,卖牛肉的屠户,正在收拾他的业务,总故意逗我们,叫我们作"排长"。一个守城的老兵也总故意做一个鬼脸,说两句无害于事的玩笑话。两人心中以为这是小事,我们上学的原因,为的是将来做大事,这些小处当然用不着关心。

当时我们所想的实在与这类事不同,他只打量作军长,我就只想进陆军大学。即或我爸爸希望作一将军终生也作不到,但他把祖父那一分光荣,用许多甜甜的故事输入到这荒唐又顽皮的小脑子里后,却引起了很大的影响。书本既不是我所关心的东西,国家又革了命,我知道中状元已无可希望,却俨然有一个将军的志气。家中别的什么教育都不给我,所给的也恰恰是我此后无多大用处的。可是爸爸给我的教育却对于我此后生活的转变,以及在那个不利于我读书的生活中支持,真有很大的益处。体魄不甚健实的我,全得爸爸给我那分骄傲,使我在任何情形中总不气馁,比给我任何数目的财产,也似乎更可贵重。

当营上的守兵有了几名缺额,我们那一组应当分配一名时,我照例去考了一次,考试的结果当然失败。但我总算把各种技术也演习了那么一下,也在小操场杠杆上做挂腿上,翻上,再来了十个背车,又蹲了一次木马,走了一度天桥,且从平台上拿了一个大顶,再丢手侧身倒掷而下,又在大操场指挥一个小队,作正步,跑步,跪下,卧下,种种口令,完事时还跑到阅兵官面前用急促的声音完成一种报告。操演时因为有镇守使同许多军官在场,临事虽不免有点慌张,但一切皆做得还不坏,不跌倒,不吃砂,不错误手续。且想想,我那时还是一个十三岁半的孩子!这次结果守兵名额虽然被一位美术学校的学生田大哥得去了,大家却不难过。(这人在我们班里作了许久大队长,各样皆十分来得。这人若当时机会许可他到任何大学去读书,一定也可做个最出色的大学生。若机会许可他上外国去学艺术,在绘画方面的成就,会成一颗放光的星子。可是到后来机会委屈了他,环境限止了他,自己那点脾气也妨碍了他,十年后跑了半个中国,还是在一个少校闲曹的位置上打发日月。)当时各人虽没有得到当兵的荣耀,全体却十分快乐。我记得那天回转家里时,家中人问及一切,竟对我亲切的笑了许久。且因为我得到过军部的奖语,仿佛便以为我未来必有一天可做将军,为了欢迎这未来将军起见,第二天杀了一只鸡,鸡肝鸡头便皆为我独占。

第二回又考试过一次,那守兵的缺额却为了一个姓舒的小孩子占去了,这人年龄同我不相上下,各种技术皆不如我,可是却有一分独特的胆量,能很勇敢的在一个两丈余高的天桥上,翻倒斤斗掷下,落地时身子还能站立,因此大家仍无话说。这小孩子到后两年却害热病死了。

第三次的兵役给了一个名"田棒搥"的,能跳高,撑篙跳会考时第一,这人后来当兵出防到外县去,似乎也因事死掉了。

我在那里考过三次,得失之间倒不怎么使家中失望,家中人眼看着我每天能够把军服穿得整整齐齐的过军官团上操,且明白了许多礼节,似乎上了正路,待我也好了许多。可是全部组织差不多皆为那教官一人所主持,全部精神也差不多全得那教官一人所提起,就由于那点稀有精神,使那位镇守使看中了意,当他卫队的营副出了缺时，我们那教官便被调去了。教官一去，学校也自然无形解散了。

这次训练算来大约是八个月左右，因为起始在吃月饼的八月，退伍是开桃花的三月。我还记得那天散操回家我摘了一大把桃花。

那年我死了一个第二的姊姊，她比我大两岁，美丽，骄傲，聪明，大胆，在一行九个兄弟姊妹中，这姊姊比任何一个都强过一等。她的死也就死在那分要好使强性格上。

一个老战兵

当时在补充兵的意义下每日受军事训练的,本城计分三组,我所属的一组为城外军官团陈姓教官办的,那时说来似乎高贵一些。另一组在城里镇守使衙门,归镇守使署卫队杜连长主持,名分上便较差些。这两处皆用新式入伍训练。还有一处归我本街一个老战兵滕四叔所主持,用的是旧式教练。新式教练看来虽十分合用,钢铁的纪律把每个人皆造就得自重强毅,但实在说来真无趣味。且想想,一群小孩子,最大的不过十七岁,较小的还只十二岁,一下操场总是两点钟,一个跑步总是三十分钟,姿势稍有不合就是当胸一拳,服装稍有疏忽就是一巴掌。盘杠杆,从平台上拿顶,向木马上扑过,一下子掼到地上时,哼也不许哼一声儿。过天桥时还得双眼向前平视,来回作正步通过,野外演习时,不管是水是泥,喊卧下就得卧下,这规矩真不大同本地小孩性格相宜。可是旧式的那一组,他们却太潇洒了。他们学的是翻斤斗，打藤牌，舞长稍，耍齐眉棍。我们穿一色到底的灰衣，他们却穿花衣。他们有描花皮类的方盾牌，藤类编成的圆盾牌，有弓箭，有标枪，有各种华丽悦目的武器。他们或单独学习，或成对厮打，各人可各照自己意见去选择。他们常常是一人手持盾牌单刀，一人使关刀或戈矛，照规矩练"大刀取耳""单戈破牌"或其他题目。两人一面厮打一面大声喊"砍""杀""摔""坐"，应当归谁翻一个斤斗时，另一个就用敏捷的姿势退后一步，让出个小小地位，应当归谁败下时，战败的跌倒时也有一定的章法，做得又雅致又活泼。作教师的在身旁指点，稍有了些错误，自己就占据到那个地位上去为他们纠正。

这教师就是个奇人趣人，不拘向任何一方翻斤斗时，毫不用力，只需把头一偏，即刻就可以将身体在空中打一个转折。他又会爬树，极高的桅子，顷刻之间就可上去。他又会拿顶，在城墙雉堞上，在城楼上，在高桅半空棋枓上，无地无处不可以身体倒竖把手当成双脚，来支持很久的时间。他又会泅水，任何深处皆可以一佘子到底，任何深处皆可泅去。他又会摸鱼，钓鱼，叉鱼，有鱼的地方他就可以得鱼。他又明医术，谁跌碰伤了手脚时，随手采几样路边草药，捣碎敷上，就可包好。他又善于养鸡养鸭，大门前常有许多高贵种类的斗鸡。他又会种花，会接果树，会用泥土捏塑人像。

这旧式的一组能够存在，且居然能够集收许多子弟，实在说来，就全为的是这个教练的奇材异能。他虽同那么一大堆小孩子成天在一处过日子，却从不拿谁一个钱，也从不要公家津贴一个钱。他只属于中营的一个老战兵，他作这件事也只因为他欢喜同小孩子在一处。全城人皆喊他为"滕师傅"，他却的的确确不委屈这一个称呼。他样样来得懂得，并且无一事不精明在行，你要骗他可不成，你要打他你打不过他。最难得处就是他比谁也和气，比谁也公道。但由于他是一个不识字的老战兵，见"额外""守备"这一类小官时，也得谦谦和和的喊一声"总爷"，同时他不单教小孩子打拳，有时还鼓励小孩子打架，他不只教他们摆阵，甚至于还教他们洗澡赌博，因此家中有规矩点的小孩，却不大到他这里来，到他身边来的多数是些寒微人家子弟。

他家里藏了漆朱红花纹的牛皮盾牌，带红缨的标枪，镀银的方天画戟，白檀木的齐眉棍。他家中有无数的武器，同时也有无数的玩具；有锣，有鼓，有笛子和胡琴，有渔鼓简板，有骨牌和纸牌。大白天，家中总常常有人唱戏打牌，到了应当练习武艺时，弟子儿郎们便各自扛了武器到操坪去。天气炎热不练武，吃过饭后就带了一群小孩，并一笼雏鸭，拿了光致致的小鱼叉，一同出城下河去教练小孩子泅水，且用极优美姿势钻进深水中去摸鱼。

在我们新式两组里，谁犯了事，不问年龄大小，不是当胸一拳就是罚半点钟立正，或一个人独自绕操场跑步一点钟。可是在他们这方面，就不作兴这类处罚。一提到处罚他们就嘲笑这是种"洋办法"，事从他们看来十分好笑。至于他们的错误，改正错误的，却总是那师傅来一个示范的典雅动作，相伴一个微笑。犯了事，应该处罚，也总不外是罚他泅过河一次，或类似有趣味的待遇。我们敬畏老师，一见教官时就严肃了许多，他们则爱他的师傅，一近身时就潇洒快乐了许多。我们那两组学到后来得学打靶，白刃战的练习，终点是学科中的艰深道理，射击学，筑城学，以及种种不顺耳于一切生活的名词。他们学到后来却是驰马射箭，再多学些便学摆阵，人穿了五彩衣服，各自随方位调动，随旗声进退。我们永远是枯燥的，把人弄呆板起来，对生命不流动的，他们却自始至终使人活泼而有趣味，学习本身同游戏就无法分开。

本地武备补充训练既分三处，当时从学的，最合于事实的希望，大都只盼得一分守兵的名额。我们新式操练成绩虽不坏，可是当考取守兵免役时，还仍然让那老战兵所教练的旧式一组得去名额最多。即到十六年后的现在，从三处出身的军官，精明，能干，勇敢，负责，也仍然是一个从他那儿受过基础教育的张姓的团长最在行出色。

当时我同那老战兵既同住一条街上，家中间或有了什么小事，还得常常请他帮忙。譬如要点药，或做点别的事，总少不了他。可是家中却不许我跟这战兵在一处，仍然要我扛了一枝青竹出城过军官团去学习撑篙跳，让班长用拳头打胸脯，大约就为的是担心我跟这样俗气的人把习惯弄坏。但家中却料不到，十来年后在军队中好几次危险，我用来自救救人的知识，便差不多全是从那老战兵学来的！

在我那地方，学识方面使我敬重的是我一个姨父，带兵方面使我敬重的是本地一个统领官，做人最美技能最多，使我觉得他富于人性十分可爱的，是这个老战兵。

家中对于我的放荡缺少任何方法来纠正，家中正为外出的爸爸卖去了大部分不动产，还了几笔较大的债务，景况一天比一天坏下去，加之二姊死去，因此母亲看开了些，以为与其让我在家中堕入下流，不如打发我到世界上去学习生存。在各样机会上去做人，在各种生活上去得到知识与教训。当我母亲那么打算了一下，去向一个杨姓军官谈及得到了那方面的许可，应允尽我用补充兵的名义同过辰州驻防时，我自己还正好泡在河水里，试验我从那老战兵处学来的沉入水底以后的耐久力，与仰卧水面的上浮力。这天正是七月十五中元节，我记得分明，我到河边还为的是拿了些纸钱同水酒白肉奠祭河鬼，照习俗这一天谁也不敢落水，我把纸钱烧过后，却把酒倒到水中去,把肉吃尽,脱了衣裤,独自一人在清清的河水中拍浮了约两点钟左右。

七月十六那天早上,我就背了小小包袱,离开了本县学校,开始混进一个更广泛的学校了。

辰州

离开了家中的亲人,向什么地方去,到那地方去又做些什么,将来便有些什么希望,我一点儿也不知道。我还只是十四岁稍多点一个孩子,这份年龄似乎还不许可我注意到与家中人分离的痛苦。我又那么欢喜看一切新奇东西,听一切新奇声响,所以初初离开本乡时,深觉得无量快乐。

可是一上路却有点忧愁了。同时上路的约三百人,我就没有一个熟人。我身体既那么小,背上的包袱却似乎比本身还大。我不知道同谁吃饭,且不知道晚上同谁睡觉。听说当天得走六十里路,才可到有大河通船舶的地方,再坐船向下行。这么一段长路照我过去经验说来,还不知道是不是走得到。家中人担心我会受寒,在包袱中放了过多的衣服,想不到我还没享受这些衣服的好处以前,先就被这些衣服累坏了。

尤其使我吓怕的,便是那些坐在轿子里的几个女孩子同骑在白马上几个长官，这些人我全认得他们，他们已仿佛不再认识我，由于身分的自觉，当无意中他们轿马同我走近时，我实在又害怕又羞怯。为了逃避这些人的注意，我就同几个差弁模样的年轻人，跟在一伙脚夫后面走去。后来一个脚夫看我背上包袱太大了一点，人可太小了一点，便许可我把包袱搭到他较轻的一头去。我同时又与一个中年差遣谈了话，原来这人是我叔叔一个同学。既有了熟人，又双手洒脱的走空路，毫不疲倦的，黄昏以前我们便到了名叫高村的大江边了。

一排篷船泊定在水边，大约有二十余只，其中一只较大的还悬了一面红旗，各个船上全是兵士，各人皆在寻觅着指定的一船。那差遣已同我离开了，我便一个人背了包袱，怯怯的站到岸上，随后向一只船旁冲去，轻轻的问："有地方吗？大爷。"那些人总说："满了，你自己看，全满了！你是第几队的？"我自己就不知道自己应分在第几队，也不知道去问谁。有些没有兵士的船看来仿佛较空的，他们要我过去问问，又总因为船头上站得有穿长衣的师爷参谋，不敢冒险过去问问。

天气看看渐渐的夜了下来，有些人已经在船头烧火煮饭，有些人已蹲着吃饭，我却坐到岸边大石上，想不出什么办法。那时阔阔的江面，已布满了薄雾，有野鹜鸂鶒之类接翅在水面向对河飞去，天边剩余一抹深紫。见到这些新奇光景，小小心中来了一分无言的哀戚，自己便微笑着，揉着为长途折磨的两只脚。

一会儿又看到那个差遣，差遣也看到我了。

"啊，你这人，怎么不上船呀？"

"船上全满了，没有地方可上的。"

"船上全满了，你说！你那么拳头大的小孩子，放大方点，什么地方不可以龛进去。来，来，这里有的是空地方！"

我见了熟人高兴极了。听他一说我就跟了他到那只船上去，原来这还是一只空船！不过这船舱里舱板也没有，上面铺的只是一些稀稀的竹格子，船摇动时就听到舱底积水汤汤的流，到夜里怎么睡觉？正想同那差遣说我们再去找找看，是不是别的地方当真还可照他用的那个粗俚字眼龛进去，一群留在后边一点本军担荷篷帐的伕子赶来了，我们担心一走开回头再找寻这样一个船舱也不容易，因此就同这些伕子挤得紧紧的住下来。到吃饭时有人各船上来喊叫，因为取饭的原因，我却碰到了一个军械处的熟人，我于是换了一个船，到军械船上住下，一会儿便异常舒服的睡熟了。

船上所见无一事不使我觉得新奇，二十四只大船有时衔尾下滩，有时疏散散浮到那平潭里，两岸时时刻刻在一种变化中，把小小的村落，广大的竹林，黑色的悬崖，一一收入眼底。预备吃饭时，长潭中各把船只任意溜去，那分从容那分愉快处，实在感动了我。摇橹时满江浮荡着歌声。我就看这些，听这些，把家中人暂时完全忘掉了。四天以后，我们的船编成一长排停泊在辰州城下的河岸。

又过了两天，我们已驻扎在总爷巷一个旧衙门里，一分新的日子便开始了。

墙壁各处是膏药，地下各处是瓦片同乱草；草中留下成堆黑色的粪便，这就是我第一次进衙门的印象。于是轮到了我们来着手扫除了，作这件事的共计二十人，我便是其中一个。大家各在一种异常快乐情形下，手脚并用整整工作了一个日子，居然全部弄清爽了。庶务处又送来了草荐同木板，因此在地面垫上了砖头，把木板平铺上去，摊开了新作的草荐，一百个人便一同躺到这草荐上，把第一个夜晚打发走了。

到地后，各人应当有各人的事，作补充兵的，只需要大清早起来操跑步，操完跑步就单人教练，把手肘向后抱着，独自在一块地面上，把两只脚依口令起落，学慢步走。下午无事可作，便躺在草荐上唱"大将南征"的军歌。每个人皆结实单纯，年纪大的约二十二岁，年纪小的只十三岁，睡硬板子的床，吃粗粝陈久的米饭，却在一种沉默中活着下来。我从本城技术班学来那分军事知识，很有好处，使我为日不多就做了班长。

直到现在我还不明白为什么当时有些兵士不能随便外出，有些人又可自由出入。照我想来则大约系城里人可以外出，乡下人可以外出却不敢外出。

我记得我的出门是不受任何限制的，但每早上操过跑步时，总得听苗人吴姓连长演说："我们军人，原是卫国保民。初到这来客军极多，一切要顾脸面。外出时节制服应当整齐，扣子扣齐，腰带弄紧，裹腿缠好。胡来乱为的，要打屁股。"说到这里时于是复大声说："听到了么？"大家便说："听到了。"既然答应全已听到，就散开了。当时因犯事被按在石地上打板子的就只有火夫，兵士却因为从小地方开来，十分怕事，谁也不敢犯罪，不作兴挨打。

我很满意那个街上，一上街触目皆十分新奇。我最欢喜的是河街，那里使人惊心动魄的是有无数小铺子，卖船缆，硬木琢成的活车，小鱼篓，小刀，火镰，烟嘴。满地皆是有趣味的物件。我每次总去蹲到那里看一个半天，同个绅士守在古董旁边一样恋恋不舍。

城门洞里有一个卖汤圆的，常常有兵士坐在那卖汤圆人的长凳上，把热热的汤圆向嘴上送去，间或有一个本营里官佐过身，得照规矩行礼时，便一面赶忙放下那花碗，把手举起，站起身来含含胡胡的喊"敬礼"。那军官见到这种情形，有时也总忍不住微笑。这件事碰头最多的还是我，我每天总得在那里吃一回汤圆，或坐下来看过往行路人！

我又常常同那团长看马的张姓马夫，牵马到朝阳门外大坪里去放马，把长长的缰绳另一端那个檀木钉，钉固在草坪上,尽马各处走去,我们就躺到草地上晒太阳,说说各人所见过的大蛇大鱼。又或走近教会中学的城边去,爬上城墙,看看那些中学生打球。又或过有树林处去,各自选定一株光皮梧桐,用草揉软作成一个圈套,挂在脚上,各人爬到高处桠枝上坐坐,故意把树摇荡一阵。

营里有三个小号兵同我十分熟习,每天他们必到城墙上去吹号,过城外河坝去吹号,我便跟他们去玩。有时我们还爬到各处墙头上去吹号,我不吹号却能打鼓。

我们的工课固定不变的,就只是每天早上的跑步。跑步的用处是在追人还是在逃亡,谁也不很分明。照例起床号吹过不久就吹点名号,一点完名跟着下操坪,到操场里就只是跑步。完事后,大家一窝蜂子向厨房跑去,那时节豆芽菜一定已在大锅中沸了许久,大甑笼里的糙米饭也快好了。

我们每天吃的总是豆芽菜汤同糙米饭,每到礼拜天那天,每人就吃一次肉,各人名下有一块肥猪肉,分量四两,是从豆芽汤中煮熟后再捞出的。

到后我们把枪领来了。

除了跑步无事可作,大家就只好在太阳下擦枪,用一根细绳子缚上一些布条,从枪膛穿过,绳子两端各缚定在廊柱上,于是把枪一往一来的拖动。那时的枪名有下列数种,单响,九子,五子,单响分广式,猪槽两种,五响分小口紧,双筒,单筒,拉筒,盖板五种。也有说"日本春田""德国盖板"的，但不通俗。兵士只知道这种名称，填写枪械表时也照这样写上。

我们既编入支队司令的卫队，除了司令官有时出门拜客，选派二十三十护卫外，无其他服务机会。某一次保护这生有连鬓胡子的司令官过某处祝寿，我得过五毛钱的奖赏，算是我最先一次得到国家的钱。

那时节辰州地方组织了一个湘西政府。驻扎了三个部队，军人首脑其一为军政长田应诏，其一为民政长张学济，另外一个却是黔军旅长后来回黔作了省长的卢焘，与之对抗的是驻兵常德身充旅长的冯玉祥。这一边军队既不向下取攻势，那一边也不敢向上取攻势，各人就只保持原有地盘，等待其他机会。

单是湘西一隅，除客军一混成旅外，集中约十万人。我们部队是游击第一支队，属于第二军。全辰州地方约五千家户口，各部分兵士大致就有两万。当时军队虽十分庞杂，各军联合组织得有宪兵稽察处，故还不至于互相战争。不过当时发行钞票过多，每天兑现时必有小孩同妇人被践踏死去。每天给领军米，各地方部队互相殴打伤人，在那时也极平常。

一次军事会议的结果，上游各县重新作了一度分配，划作了若干防区，军队除必需一部分沿河驻扎防卫下游侵袭外，其余照指定各县城驻防清乡。由于特殊原因，第一支队派定了开过那总司令官的家乡去剿匪。

清乡所见

据传说快要清乡去了,大家莫不喜形于色。开差时每人发了一块现洋钱,我便把钱换成铜元,买了三双草鞋,一条面巾,一把名为"黄鳝尾"的小尖刀,刀靶还缚了绸子,刀鞘还是朱红漆就的。我最快乐的就是有了这样一把刀子,似乎一有了刀子可不愁什么了。我于是仿照那苗人连长的办法,把刀插到裹腿上去,得意扬扬的到城门边吃了一碗汤圆,说了一阵闲话,过两天便离开辰州了。

我们队伍共约两团,先是坐小船上行,大约走了七天,到了我第一次出门无法上船的地方,再从旱路又走三天,便到了沅州所属的东乡榆树湾。这一次我们既然是奉命来到这里清乡,因此沿路每每到达一个堡垒时,就享受那堡中有钱地主用蒸鹅肥腊肉的款待,但在山中小路上,却受了无数冷枪的袭击。有一次当我们从两个长满小竹的山谷狭径中通过时,拍的一声枪响,我们便倒下了一个。听到了枪声，见到了死人，再去搜索那些竹林时，却毫无什么结果。于是把枪械从死去的身上卸下，砍了两根大竹子缚好，把他抬着，一行人又上路了。二天路程中我们部队又死去了两个，但到后我们却杀了那地方人将近两千。

到地后我们便与清乡司令部一同驻扎在天后宫楼上，一到第二天，各处团总来见司令供办给养时，同时就用绳子缚来四十三个乡下人，当夜过了一次堂，每人照呈案的罪名询问了几句，各人按罪名轻重来一顿板子，一顿夹棍，有二十七个在刑罚中画了供，用墨涂在手掌上取了手模，第二天，我们就簇拥了这二十七个乡下人到市外田坪里把头砍了。

第一次杀了将近三十个人，第二次又杀了五个。从此一来就成天捉人，把人从各处捉来时，认罪时便写上了甘结，承认缴纳清乡子弹若干排，或某种大枪一枝，再行取保释放。无力缴纳捐款，或仇家乡绅方面业已花了些钱运动必需杀头的，就随随便便列上一款罪案，到一相当时日，牵出市外砍掉。认罪了的虽名为缴出枪械子弹，其实则无枪无弹，照例皆作价折钱，枪每枝折合一百八十元，子弹每排一元五角，多数是把现钱派人挑来。钱一送到，军需同副官点验数目不错后，当时就可取保放人。

关于杀人的纪录日有所增，我们却不必出去捉人，照例一切人犯大多数由各乡区团总地主送来。我们有时也派人把团总捉来，罚他一笔钱又再放他回家。地方人民既非常蛮悍，民三左右时一个黄姓的辰沅道尹在那里杀了约两千人，民六黔军司令王晓珊在那里又杀了三千左右，现时轮到我们的军队作这种事，不过杀一千人罢了！

那地方上行去沅州县城约九十里，下行去黔阳县城约六十里。一条河水上溯可至黔省的玉屏，下行经过湘西重要商埠的洪江可到辰州。

那地方照例五天一集，到了这一天便有肉和其他东西可买。我们用钱雇来的本地侦探，且常常到市集热闹人丛中去，指定了谁是土匪处派来的奸细，于是捉回营里去一加搜查，搜出了一些暗号，认定他是从土匪方面派来的探事奸细时，即刻就牵出营门，到那些乡下人往来最多的桥头上，把奸细头砍下来，在地面流一滩腥血。人杀了，大家欣赏一会儿，或用脚踢那死尸两下，踹踹他的肚子，仿佛做完了一件正经工作，有别的事的，便散开做事去了。

住在这地方共计四个月，有两件事在我记忆中不能忘去，其一是当场集时，常常可以看到两个乡下人因仇决斗，用同一分量同一形色的刀互砍，直到一人躺下为止，我看过这种决斗两次，他们方法似乎比我那地方所有的决斗还公平。另外一件是个商会会长年纪极轻的女儿，得病死去埋葬后，当夜便被本街一个卖豆腐的年轻男子，从坟墓里挖出，背到山洞中去睡了三天，方又送回坟墓去。到后这事为人发觉时，这打豆腐的男子，便押解过我们衙门来，随即就地正法了。临刑稍前一时，他头脑还清清楚楚，毫不胡涂，也不嚷吃嚷喝，也不乱骂，只沉默的注意到自己一只受伤的脚踝。我问他："脚被谁打伤的？"他把头摇摇，仿佛记起一件可笑的事情，微笑了一会，轻轻的说："那天落雨，我送她回去，我也差点儿滚到棺材里去了。"我又问他："为什么你做这件事？"他依然微笑，向我望了一眼，好像当我是小孩子，不会明白什么是爱的神气，不理会我，但过了一会，又自言自语的轻轻的说："美得很，美得很。"另一个兵士就说："要杀你了，你怕不怕？"他就说："这有什么可怕的。你怕死吗？"那兵士被反问后有点害羞了，就大声恐吓他说："癫子，你不怕死吗？等一会儿就要杀你这癫子的头！"那男子于是又柔弱的笑笑，便不作声了。那微笑好像在说："不知道谁是癫子。"我记得这个微笑，十余年来还异常明朗。

怀化镇

四个月后我们移防到了另一个地名怀化的小乡镇住下。这地方给我的印象,影响我的感情极其深切。这地方一切,在我《从文子集》里一篇题作"我的教育"的记载里,说得还算详细。我到了这个地方,因为勉强可以写几个字,那时填造枪械表正需要一些写字的人,有机会把生活改变了一个方式,因此在那领饷清册上,我便成为上士司书了。

我在那地方约一年零四个月,大致眼看杀过七百人。一些人在什么情形下被拷打,在什么状态下被把头砍下,我皆懂透了。又看到许多所谓人类做出的蠢事,简直无从说起。这一分经验在我心上有了一个分量,使我活下来永远不能同城市中人爱憎感觉一致了。从那里以及其他一些地方,我看了些平常人不看过的蠢事,听了些平常人不听过的喊声,且嗅了些平常人不嗅过的气味;使我对于城市中人在狭窄庸懦的生活里产生的作人善恶观念，不能引起多少兴味，一到城市中来生活，弄得忧郁强悍不像一个"人"的感情了。

我所到的地方原来不过只是六百户左右一个小镇，地方唯一较大的建筑是一所杨姓祠堂，于是我们一来便驻扎到这个祠堂。

这里有一个官药铺，门前安置一口锅子，有半锅黑色膏药，锅旁贴着干枯了的蛇，壁虎，蜈蚣，等等，常常有那么一个穿上青洋板绫马褂，二马居蓝青布衫子，站在大门前边，一见到我们过路时，必机械似的把手摊开，和气亲人的向我们说：

"副爷，副爷，请里边坐，膏药奉送，膏药奉送。"

因为照例作兵士的总有许多理由得在身体不拘某一部分贴上一张膏药，并且各样病症似乎也都可由膏药治好。所以药铺表示欢迎驻军起见，管事的常常那么欢迎我们，并且膏药锅边总还插上一个小小纸招，写着"欢迎清乡部队，新摊五毒八宝膏药，奉送不取分文。"既然有了这种优待，兵士火夫到那里去贴膏药自然也不乏其人。我方明白为什么戏楼墙壁上膏药特别多的理由，原来有不要钱买的膏药，无怪乎大家竞贴膏药了。

那个豆腐作坊门前常是一汪黑水，黑水里又涌起白色泡沫，常常有五六只肮脏大鸭子把个嫩红的嘴巴插到泡沫里去，且喋呷出一种声音来。

那个南货铺有冰糖红糖，有海带蛰皮，有陈旧的芙蓉酥同核桃酥，有大麻饼与小麻饼。铺子里放了无数放乌金光泽的大瓮，上面贴着剪金的福字寿字。有成束的干粉条，又有成束的咸面，皆用皮纸包好，悬挂在半空中，露出一头让人见到。

那个烟馆门前常常坐了一个年纪四十来岁的妇人，脸上擦了很厚一层粉，眉毛扯得细细的，故意把五倍子染绿的家机布裤子，提得高高的，露出水红色洋袜子来。见兵士同火夫过身时，就把脸掉向里面，看也不看，若过身的穿着长衣或是军官，她便很巧妙的做一个眼风，把嘴角略动，且故意娇声娇气喊叫屋中男子，为她做点事情。我同兵士走过身时，只看到她的背影，同营副走过时，就看到她的正面了。这点人性的姿态，我能欣赏它，注意到这些时，始终没有丑恶的感觉，只觉得这是"人"的事情。我太熟习这些人的事情了。

我们到那地方除了杀人似乎无事可作的。我们除了看杀人，似乎也是没有什么可作的。

由于过分寂寞，杀人虽不是一种雅观的游戏，本部队官佐中赶到行刑地去鉴赏这种事情的很不少。有几个副官同一个上校参谋，我每次到场时，他们也就总站在那桥栏上看热闹。

到杀人时，那个学问超人的军法长，常常也马马虎虎的宣布了一下罪状，在预先写好的斩条上，勒一笔朱红，一见人犯被兵士簇拥着出了大门，便匆匆忙忙提了长衫衣角,拿起水烟袋,从后门菜园跑去,赶先到离桥头不远一个较高点的土墩上,看人犯到桥头大路上跪下时砍那么一刀。

若这一天正杀了人,那被杀的在死前死后又有一种出众处,或招供时十分快爽,或临刑时颜色不变,或痴痴呆呆不知事故,或死后还不倒地,于是副官处,卫队营,军需处,参谋军法秘书处,总有许久时间谈到这个被杀的人有趣味地方,或又辗转说到关于其他时节种种杀戮故事。杀人那天如正值场期,场中有人卖猪肉牛肉,刽子手照例便提了那把血淋淋的大刀,后面跟着两个火夫,抬一只竹箩,每到一个屠桌前可割三两斤肉,到后把这一箩筐猪肉牛肉各处平分,大家便把肉放到火炉上去炖好,烧酒无限制的喝着。等到各人皆有点酒意时,就常常偏偏倒倒的站起来,那么随随便便的扬起筷子,向另一个正蹲着吃喝的同事后颈上一砍,于是许多人就扭成一团,大笑大闹一阵。醉得厉害一些的,倒到地下谁也不管,只苦了那些小副兵,必得同一只狗一样守着它的主人,到主人醒来时方能睡去。

地方逢一六赶场,到时副官处就派人去摆赌抽头,得钱时,上至参谋,下至传达,人人有分。

大家有时也谈谈学问。几个高级将校,各样学识皆像个有知识的军人,有些做过一两任知事,有些还能做诗,有些又到日本留过学。但大家都似乎因为所在地方不是说学问的地方,加之那姓杨的司令官又不识字,所以每天大家就只好陪司令官打打牌,或说点故事,烧烧雅片烟,喝一杯酒。他们想狗肉吃时,就称赞我上一次作的狗肉如何可口,且总以为再来那么一次试试倒不坏。我便自告奋勇,拿了钱即刻上街。几个上级官佐自然都是有钱的,每一次罚款,他们皆照例有一份,摆赌又有一份,他们的钱得来就全无用处。不说别人,单是我一点点钱,也就常常不知道怎么去花!因此有时只要听到他们赞美了我烹调的手腕后,我还常常不告给他们,就自己跑出去把狗肉买得,一个人拿过修械处打铁炉上去,把那一腿狗肉皮肤烧烧,再同一个小副兵到溪边水里去刮尽皮上的焦处,砍成小块,用钵头装好,上街去购买各样作料,又回到修械处把有铁丝贯耳的瓦钵,悬系打铁炉上面,自己努力去拉动风箱,直到把狗肉炖得稀烂。大家把晚饭摆上桌子时,我方要小副兵把我的创作搬来,使每个人的脸上皆写上一个惊讶的微笑,各个人的脸嘴皆为这一钵肥狗肉改了样子。于是我得意了,我便异常快乐的说:"来,来,试一试,今天的怎么样!"我那么忙着,赤个双脚跑上街去又到冰冷的溪水里洗刮,又守在风箱边老半天,究竟为的是什么?就为的是临吃饭时惊讶他们那么一下!这些将校也可真算得是幽默,常常从楼上眼看着我手上提了狗肉,知道了我正在作这件事时,只装作不知道,对于我应办的公文,那秘书官却自己来动手。见我向他们微笑,他们总故意那么说:"天气这样坏,若有点狗肉大家来喝一杯,真不错!"说了他们又互相装成抱歉的口吻说:"上一次真对不起小师爷,请我们的客忙了他一天。"他们说到这里时就对我望着,仿佛从我微笑时方引起一点疑心,方带着疑问似的说:"怎么,怎么,小师爷你难道又要请客了么?这次可莫来了,再来我们就不好意思了!"可是,我笑笑,跑了。他们明白这件事,他们也没有什么不好意思。我虽然听得出他们的口吻,懂得他们的做作,但我还是欢喜那么做东请客。

就因为这点性格,名义上作的是司书,实际上每五天一场,我总得作一回厨子。大约当时我焖狗肉的本领较之写字的本领实在也高一着,我的生活兴味,对于作厨子办菜,又似乎比写点公函呈文之类更相近。

我间或同这些高等人物出村口往山脚下乡绅家里去吃蒸鹅喝家酿烧酒,间或又同修械处小工人上山采药摘花找寻山果。我们各人会用篠竹做竖笛,在一支短竹上钻四个圆圆的眼儿,另一端安置一个扁扁的竹膜哨子,就可吹出新婚嫁女的唢呐声音。胡笳曲中的"娘送女""山坡羊"等等,我们无一不可以合拍吹出。我们最得意处也就是四五个人各人口中含了那么一个东西向街上并排走去,呜呜喇喇声音引起许多人注意,且就此吹进营门。住在戏楼上人,先不知道是谁作的事,各人皆争着把一个大头从戏楼窗口伸出，到后明白只是我们的玩意儿时，一面大骂我们一面也就笑了许久。大致因为大家太无事可作，所以他们不久反而来跟我们学习吹这个东西，有一姓杨的参谋，便常常拿了这种绿竹小管，依傍在楼梯边吹它，一吹便是半天。

我们又常常在晚上拿了火炬镰刀到小溪里去砍鱼，用鸡笼到田中去罩鱼。且上山装套，设阱，捕捉野狸同黄鼠狼。把黄鼠狼皮整个剥来，用米糠填满它的空处，晒干时用它装零件东西。

我有一次无意中还在背街发现了一个融铁工厂。

当我发现了那个制铁处以后，就常常一个人跑到那里去，看他们工作。因此明白制铁分四项手续，第一收买从那里担来的黄褐色原铁矿，七个小钱一斤，按分量算账。其次把买来的铁矿每一层矿石夹一层炭，再在上面压一大堆矿块，从下面升火让它慢慢的燃。第三等到六七天后矿已烘酥冷却，再把它同木炭放到黄泥作成可以倾侧的炉子里面去，一个人把炉旁风箱拉动，送空气进炉腹，等到铁汁已融化时，就把炉下一个泥塞子敲去，把黑色矿石渣先爬出来，再把炉倾侧，放光的白色融液，泻出到划成方形的砂地上，再过一会白汁一凝结，便成生铁板了。末了再把这些铁板敲碎放到煤火的炉上去烧红，用锤打成方条，便成为运出本地到各地去的熟铁了。我一到这里来就替他们拉风箱，风箱拉动时作出一种动人的吼声,高巍巍的炉口便喷起一股碧焰,使人耳目十分愉快。用一阵气力在这圆桶形风箱上面,不到一刻就可看到白色放光闪着火花的铁汁从缺口流出,这工作也很有意义的。若拉了一阵风箱,亲眼看过倾泻一次铁汁,我回去时便极高兴的过修械处告给那几个小工人,又看他们拉风箱打铁。我常常到修械处,我欢喜那几个小工人,我欢喜他们勇敢而又快乐的工作。我最高兴的是看他们那个麻子主任,高高的坐在一堆铁条上面,一面唱《孟姜女哭长城》,一面调度指挥三个小孩子的工作。他们或者裸着瘦瘦的膊子,舞动他们的铁锤,或用鱼头钻在铁盘上钻眼,或把敷了酱的三角形新钢锉,烧红时放到盐水里一淬,或者什么事也不作,只是蹲成一团,围到一大钵狗肉,各人用小土碗喝酒,向那麻子"师傅长师傅短"的随意乱说乱笑。说到"作男人的不勇敢可不像男子"时,那师傅若多喝了一杯,时间虽到了十一月,为了来一个证明,总说:

"谁愿意作男子谁同我下溪里泅一阵水!"

到后必是师徒四人一齐从后门出去,到溪水里去乱浇一阵水,闹一阵,光着个上身跑回来,大家哈哈笑个半天。有一次还多了一个人,因为我恰恰同他们喝酒,我也就作了一次"男子"。

在部中可看到的还很多,间或有什么火夫犯了事,值日副官就叫他到大堂廊下,臭骂一顿,喊:"护兵,打这杂种一百！"于是那火夫便自动卸了裤子，爬在冷硬的石阶上，露出一个黑色的大臀，让板子拍拍的打，把数目打足，站起来荷荷的哭着走了。

白日里出到街市尽头处去玩时，常常还可以看见一幅动人的图画，前面几个兵士，中间一个十二三岁的小孩子，挑了两个人头，这人头便常常是这小孩子的父亲或叔伯，后面又是几个兵，或押解一两个双手反缚的人，或押解一担衣箱，一匹耕牛。这一行人众自然是应当到我们总部去的，一见到时我们便跟了去。

晚上拷打时，常常看到他们用木棒打犯人脚下的螺丝骨，二十下左右就可把一只脚的骨髓敲出。又用香火薰鼻子，用香火烧胁。又用铁棍上"地绷"，啵的一声把脚扳断，第二天上午就拖了这人出去砍掉。拷打这种无知乡民时，我照例得坐在一旁录供，把那些乡下人在受刑不过情形中胡胡乱乱招出的口供，记录在一角公文纸上。末后兵士便把那乡下人手掌涂了墨，在公文末尾空白处按个手迹。这些东西得归我整理，再交给军法官存案。

姓文的秘书

当我已升作司书常常伏在戏楼上窗口边练字时,从别处地方忽然来了一个趣人,作司令部的秘书官。这人当时只能说他很有趣,现在想起他那个风格,也作过我全生活一颗钉子,一个齿轮,对于他有可感谢处了。

这秘书先生小小的个儿,白脸白手,一来到就穿了青缎马褂各处拜会。这真是稀奇事情。部中上下照例全不大讲究礼节,吃饭时各人总得把一只脚跷到板凳上去,一面把菜饭塞满一嘴,一面还得含含胡胡骂些野话。不拘说到什么人,总得说:

"那杂种,真是……"

这种辱骂并且常常是一种亲切的表示,言语之间有了这类语助辞,大家谈论就仿佛亲爱了许多。小一点且常喊小鬼,小屁眼客,大一点就喊吃红薯吃糟的人物,被喊的也从无人作兴生气。若见面只是规规矩矩寒暄,大家倒以为是从京里学来的派头,有点"不堪承教"了。

可是那姓文的秘书到了部里以后，对任何人都客客气气的，即或叫副兵，也轻言细语，同时当着大家放口说野话时，他就只微微笑着。等到我们熟了点，单是我们几个秘书处的同事在一处时，他见我说话，凡属自称必是"老子"，他把头摇着：

"啊呀呀，小师爷，你人还那么一点点大，一说话也老子长老子短！"

我说："老子不管，这是老子的自由！"可是我看看他那和气的样子，我有点害羞起来了。便解释我的意见："这是说来玩的，不损害谁。"

那人说：

"莫玩这个，你聪明，你应当学好的，世界上有多少好事可学！"

我把头偏着说：

"那你为老子说说，老子再看看什么样好就学什么罢。"

因为我一面说话一面看他，所以凡是说到"老子"时总轻声一点，两人谈到后来，不知不觉就成为要好的朋友了。

我们的谈话也可以说是正在那里互相交换一种知识，我从他口中虽得到了不少知识，他从我口中所得的也许还更多一点。

我为他作狼嗥，作老虎吼，且告诉他野猪脚迹同山羊脚迹的分别，我可从他那里知道火车叫的声音，轮船叫的声音，以及电灯电话的样子。我告他的是一个被杀的头如何沉重，那些开膛取胆的手续应当如何把刀在腹部斜勒，如何踢那么一脚，他却告我美国兵英国兵穿的衣服，且告我鱼雷艇是什么，氢气球是什么；他对于我所知道的种种觉得十分新奇，我也觉得他所明白的真真古怪。

这种交换谈话各人皆仿佛各有所得，故在短短的时间中，我们便成就了一种最可纪念的友谊。他来到了怀化后，先来几天因为天气不大好，不曾清理他的东西。三天后出了太阳，他把那行李箱打开时，我看到他有两本厚厚的书，字那么细小，书却那么厚实，我竟吓了一跳。他见我为那两本书发呆，就说：

"小师爷，这是宝贝，天下什么都写在上面，你想知道的各样问题，全部写得有条有理。"

这样说来更使我敬畏了。我用手摸摸那书面，恰恰看到书脊上两个金字，我说：

"《辞源》，《辞源》。"

"正是《辞源》。你且问我不拘一样什么古怪的东西，我立刻替你找出。"

我想了想，一眼望到戏楼下诸葛亮三气周瑜的浮雕木刻，我就说："诸葛孔明卧龙先生怎么样？"他即刻低下头去，前面翻翻后面翻翻，一会儿就被他翻出来了。到后另外又翻了一件别的东西。我快乐极了。他看我自己动手乱翻乱看,恐怕我弄脏了他的书,就要我下楼去洗手再来看。我相信了他的话,洗过了手还乱翻了许久。

因为他见我对于他这一本宝书爱不释手,就问我看过报没有。我说:"老子从不看报,老子不想看什么报。"他却从他那《辞源》上翻出"老子"一条来,我方知道老子就是太上老君,太上老君竟是真有的人物。我不再称自己做太上老君,我们却来讨论报纸了。于是同另一个老书记约好,三人各出四毛钱,订一份《申报》来看,报钱买成邮花寄往上海后,报还不曾寄来,我就仿佛看了报,且相信他的话,报纸是了不得的东西,我且俨然就从报纸上学会许多事情了。这报纸一共定了两个月,我似乎从那上面认识了好些生字。

这秘书虽把我当个朋友看他,可是我每天想翻翻他那本宝书可不成。他把书放在箱子里,他对这书显然也不轻视的。既不能成天翻那本书,我还是只能看看《秋水轩尺牍》,或从副官长处一本一本的把《西游记》借来看看。办完公事不即离开白木桌边时,从窗口望去正对着戏台,我就用公文纸头描画戏台前面的浮雕。我的一部分时间,跟这人谈话,听他说下江各样东西,大部分时间,还是到外边无限制的玩。但我梦里却常常偷翻他那宝书,事实上也间或有机会翻翻那宝书。氢气是什么,《淮南子》是什么,参议院是什么,就多半从那本书上知道的。

驻扎到这里来名为清乡,实际上便是就食。从湘西方面军队看来，过沅州清乡，比较据有其他防地占了不少优势，当时靖国联军第二军实力尚厚，故我们部队能够得到这片地土。为时不久，靖国联军一军队伍节制权由田应诏转给了他团长陈渠珍后，一二军的势力有了消长。二军杂色军队过多，无力团结，一军力图自强，日有振作。作民政长兼二军司令的张学济，在财政与军事两方面，支配处置皆发生了困难，第一支队清乡除杀人外既毫无其他成绩，军誉又极坏，因此防地发生了动摇。当一军陈部从麻阳开过，本部感受压迫时，既无法抵抗，我们便在一种极其匆忙中退向下游。于是仍然是开拔，用棕衣包裹双脚，在雪地里跋涉，又是小小的船浮满了一河。五天后我又到辰州了。

军队防区既有了变化，杂牌军队有退出湘西的模样，二军全部皆用"援川"名义，开过川东去就食。我年龄由他们看来，似乎还太小了点，就命令我同一个老年副官长，一个跛脚副官，一个吃大烟的书记官，连同二十名老弱兵士，留在后方的留守部。

军队开走后，我除了每三天誊写一份报告，以及在月底造一留守处领饷清册呈报外，别的便无事可作。街市自从二军开拔后，似乎也清静多了。我每天仍然常常到那卖汤圆处去坐坐，间或又到一军学兵营看学兵下操。或听副官长吩咐，与一个兵士为他过城外水塘边去钓蛤蟆，把那小生物弄回部里给他下酒。

女难

我欢喜辰州那个河滩,不管水落水涨,每天总有个时节在那河滩上散步。那地方上水船下水船虽那么多,由一个内行眼中看来,就不会有两只相同的船。我尤其欢喜那些从辰溪一带载运货物下来的高腹昂头"广舶子",一来总斜斜的孤独的搁在河滩黄泥里,小水手从那上面搬取南瓜,茄子,成束的生麻,黑色放光的圆瓮。那船在暗褐色的尾梢上,常常晾得有朱红裤褂,背景是黄色或浅碧色一派清波,一切皆那么和谐,那么愁人。

美丽总是愁人的。我或者很快乐,却用的是发愁字样。但事实上每每见到这种光景,我总默默的注视许久。我要人同我说一句话,我要一个最熟的人,来同我讨论这些光景。可是这一次来到这地方,部队既完全开拔了,事情也无可作的,玩时也不能如前一次那么高兴了。虽仍然常常到城门边去吃汤圆,同那老人谈谈,看看街,可是能同在一堆玩,一处过日子,一阵子说话的,已无一个人。

我感觉到我是寂寞的。记得大白天太阳很好时,我就常常爬到墙头上去看驻扎在考棚的卫队玩。有时又跑到井边去,看人家轮流接水,看人家洗衣,看他们作豆芽菜的浇水进桶里去。我坐在那井栏一看就是半天。有时来了一个挑水的老妇人,就帮着这妇人做做事,把桶递过去,把瓢递过去。我有时又到那靠近学校的城墙上去,看那些教会学生玩球,或互相用小小绿色柚子抛掷,或在那坪里追赶扭打。我就坐在城墙上看热闹,间或他们无意中把球踢上城时,学生们懒得上城捡取,总装成怪和气的样子:

"小副爷,小副爷,帮个忙,把我们皮球抛下来。"

我便赶快把球拾起,且仿照他们把脚尖那么一踢,于是那皮球便高高的向空中蹿去,且很快的落到那些年轻学生身边了。那些人把赞许与感谢安置在一个微笑里,有的还轻轻的呀了一声,看我一眼,即刻又竞争皮球去了。我便微笑着,仍然坐下来看别人的游戏,心中充满了不可名言的快乐。我虽作了司书,因为穿的还是灰布袄子,故走到什么地方去别人总是称呼我作小副爷。我就在这些情形中,以为人家全不知道我身分,感到一点秘密的快乐。且在这些情形中,仿佛同别个世界里的人也接近了一点。我需要的就是这种接近。

可是不到一会,那学校响了上堂铃,大家一窝蜂散了，只剩下一个圆圆的皮球在草坪角隅，墙边不知名的繁花正在谢落，天空静静的，我望到日头下自己的扁扁影子，有说不出的无聊。我得离开这个地方，得沿了城墙走去。有时在城墙上见一群穿了花衣的女人从对面走来，小一点的女孩子远远的一看到我，就"三姐二姐"的乱喊，且说"有兵有兵"，意思就想回头走去。我那时总十分害羞，赶忙把脸向雉堞缺口向外望去，好让这些人从我身后走过，心里却又对于身上的灰布军衣有点抱歉。我以为我是读书人，不应当被别人厌恶。可是我有什么方法使不认识我的人也给我一分尊敬？我想起那册厚厚的《辞源》，想起三个人共同订的那一分《申报》，还想起《秋水轩尺牍》。

就在这一类隐隐约约的刺激下，我有时回到部中，坐在用公文纸裱糊的桌面上，发愤去写细字，一写便是半天。

时间过去了，春天夏天过去了，且重新又过年了。川东鄂西的消息来得够坏。只听说我们军队在川边同当地神兵接了火，接着就说得退回湖南，第三次消息来时，却说我们军队全部都覆灭了，营长，团长，旅长，军法长，秘书长，参谋长完全皆被杀了。这件事最初不能完全相信，作留守的老副官长就亲自跑过二军留守部去问，到时那边正接到一封详细电报，把我们总司令部如何被人袭击，如何占领，如何残杀的事，一一说明。拍发电报的就正是我的上司。他因为先带一团人过湘境龙山布防，因此方不遇难。

好，这一下可好！熟人全杀尽了，兵队全打散了，这留守处还有什么用处？自从得到了详细报告后，五天之中我们便领了遣散费，各人带了护照各自回家。

回到家中约在八月左右。一到十二月，我又离开家中过沅州。军队中不成了还得另想生路，沅州地方有机会。那时正值大雪，既出了几次门，有了出门的经验，把生棕衣毛松松的包裹到两只脚，背了个小小包袱，跟着我一个亲戚的轿后走去，脚倒全不怕冻。雪实在大了点，山路又窄，有时跌到了雪坑里去，便大声喊呼，必得那脚夫把扁担来援引方能出险。可是天保佑，跌了许多次数我却不受伤。四天到地以后我暂住在一个舅父家中，不久舅父作了警察所长，我就作了那小小警察所的办事员。办事处在旧县衙门，我的职务只是每天抄写违警处罚的条子。隔壁是个典狱署，每夜皆可听到监狱里犯人受狱中老犯拷掠的呼喊。警察署也常常捉来些偷鸡摸狗的小窃，一时不即发落，便寄存到牢狱里去，因此每天黄昏将近牢狱里应当收封点名时，照例我也同一个巡官，拿了一本名册，跟着进牢狱里去，点我们这边寄押人犯的名。点完了名，看着他们那方面的人把重要犯人一一加上手镣，必需套枷的还戴好方枷，必需固定的还把他们系在横梁铁环上，几个人方走出牢狱。

警察署不久从地方财产保管处接收了本地的屠宰税，我这办事员因此每天又多了一分职务。每只猪抽收六百四十文的税捐，我便每天填写税单。另外派了人去查验，恐怕那查验的舞弊不实，我自己也得常常出来到全城每个屠案桌边看看。这分职务有趣味的倒不是查出多少漏税的行为，却是我可以因此见识许多事情。我每天得把全城皆跑到，还得过一个长约一里在湘西方面说来十分著名的长桥，往对河地方去看看。各个店铺里的人俱认识我，同时我也认识他们。成衣铺、银匠铺、南纸店、丝烟店，不拘走到什么地方，便有人同我打招呼，我随处也照例谈谈玩玩。这些商店主人照例就是本地绅士，常常同我舅父喝酒，也知道许多事情皆得警察所帮忙，因此款待我很不坏。

另外还有个亲戚，在本地又是一个大拇指人物，有钱，有势，从知事起任何人物任何军队皆对他十分尊敬，从不敢稍稍得罪他。这个亲戚对于我的能力，也异常称赞。

那时我的薪水每月只有十二千文，一切事我倒做得有条不紊。

大约正因为舅父同另外那个亲戚每天做诗的原因，我虽不会做诗，却学会了看诗。我成天看他们作诗，替他们抄诗，工作得很有兴致。为了盼望所抄的诗被人嘉奖，我开始来学写小楷字。为了空暇的时间仍然很多，恰恰那亲戚家中有两大箱商务印行的《说部丛书》，这些书轮流作了我最好的朋友。我记得迭更司的《冰雪因缘》《滑稽外史》《贼史》这三部书，反复约占去了我两个月的时间。我欢喜这种书，因为它告给我的正是我所要明白的。它不如别的书说道理，它只记下一些现象。即或它说的还是一种很陈腐的道理，但它却有本领把道理包含在现象中。我就是个不想明白道理却永远为现象所倾心的人。我看一切，却并不把那个社会价值掺加进去，估定我的爱憎。我不愿向价钱上的多少来为百物作一个好坏批评，却愿意考查它在我官觉上使我愉快不愉快的分量。我永远不厌倦的是"看"一切。宇宙万汇在动作中，在静止中，我皆能抓定它的最美丽与最调和的风度，但我的爱好却不能同一般目的相合。我不明白一切同人类生活相联结时的美恶，另外一句话说来，就是我不大能领会伦理的美。接近人生时我永远是个艺术家的感情，却绝不是所谓道德君子的感情。可是，由于社会人与人的关系产生的各种无固定性的流动的美，德性的愉快，责任的愉快，在当时从别人看来，我也是毫无瑕疵的。我玩得厉害，职分上的事仍然做得极好。

那时节我的母亲同姊妹，因为已把家中房屋售去，剩下几千块钱，既把老屋售去不大好意思在本城租人房子住下，且因为我事情作得很好，沅州的亲戚又多，便坐了轿子来到沅州我们一同住下。本地人只知道我家中是旧家，且以为我们还能够把钱拿来存钱铺里，我又那么懂事明理有作有为，那在当地有势力的亲戚太太且恰恰是我母亲的妹妹，因此无人不同我十分要好，母亲也以为一家的转机快到了。

假若命运不给我一些折磨，允许我那么把岁月送走，我想像这时节我应当在那地方做了一个小绅士，我的太太一定是个极有财产商人的女儿，我一定做了两任知事，还一定做了四个以上孩子的父亲。照情形看来，我的生活是应当在那么一个公式里发展的。这点打算不是现在的想像，当时那亲戚就说到了。因为照他意思看来，我最好便是作他的女婿，所以别的人请他向我母亲询询对于我的婚事意见时，他总说得慢一点。

不意事业刚好有些头绪，那作警察所长的舅父却害肺病死掉了。

因他一死，本地捐税抽收保管改为一个新的团防局，我得到职务上"不疏忽"的考语，仍然把职务接续下去，改到了新的地方，作了新机关的收税员。改变以后情形稍稍不同的，我得每天早上一面把票填好，一面还得在十点后各处去查查。不久在那团防局里我认识了十来个绅士，却同时认识一个白脸长身的小孩子。由于这小孩子同我十分要好，半年后便有一个脸儿白白的身材高的女孩印象，把我生活完全弄乱了。

我是个乡下人，我的月薪已从十二千增加到十六千，我已从那些本地乡绅方面学会了刻图章，写草字，做点半通不通的五律七律，我年龄也已经到了十七岁。在这样情形下，一个样子诚实聪明懂事的年轻人，和和气气邀我到他家中去看他的姐姐，请想想我结果怎么样。

乡下人有什么办法可以抵抗这命运所摊派的一份？

当那在本地翘大拇指的亲戚隐隐约约明白了这件事情时，当一些乡绅知道了这件事情时，每个人皆劝告我不要这么傻。有些本来看中了我同我常常作诗的绅士，就向我那有势力的亲戚示意，愿意得到这样一个女婿。那亲戚于是把我叫去，当着我的母亲，把四个女孩子提出来问我看谁好就定谁。四个女孩子中就有我一个表妹。老实说来，我当时也还明白四个女孩子生得皆很体面，比另外那一个强得多，全是在平时不敢希望得到的好女孩子。可是上帝的意思与魔鬼的意思两者必居其一，我以为我爱了另外那个白脸女孩子，且相信了那白脸男孩子的谎话，以为那白脸女孩子也正爱我。一份离奇的命运，行将把我从这种庸俗生活中攫去，再安置到此后各样变故里，因此我当时同我那亲戚说："那不成，我不作你的女婿，也不作店老板的女婿。我有计划，得自己照我自己的计划作去。"什么计划？真只有天知道。

我母亲什么也不说，似乎早知道我应分还得受多少折磨，家中人也免不了受许多磨难的样子，只是微笑。那亲戚便说："好，那我们看，一切有命，莫勉强。"

那时节正是三月,四月中起了战事,八百土匪把一个小城团团围住,在城外各处放火,四百左右驻军同一百左右团丁站在城墙上对抗,到夜来流弹满天交织,如无数紫色小鸟振翅,各处皆喊杀连天。三点钟内城外即烧去了七百栋房屋。小城被围困共计四天,外县援军赶到方解了围。这四天中城外的枪炮声我一点儿也不关心,那白脸孩子的谎话使我只知道有一件事情,就是我已经被一个女孩子十分关切,我行将成为他的亲戚。我为他姊姊无日无夜作旧诗,把诗作成他一来时便为我捎去。我以为我这些诗必成为不朽作品,他说过,他姊姊便最欢喜看我的诗。

我家中那点余款本来归我保管存放的。直到如今,我还不明白为什么那白脸孩子今天向我把钱借去,明天即刻还我,后天再借去,大后天又还给我,结果算去算来却有一千块钱左右的数目,任何方法也算不出用它到什么方面去。这钱居然无着落了。但还有更坏的事。

到这时节一切全变了,他再不来为我把每天送他姊姊的情诗捎去了,那件事情不消说也到了结束时节了。

我有点明白,我这乡下人吃了亏。我为那一笔巨大数目着了骇,每天不拘作任何事都无心情。每天想办法处置,却想不出比逃走更好的办法。

因此有一天,我就离开那一本账簿,同那两个白脸姊弟,四个一见我就问我"诗作得怎么样"的理想岳丈,四个眼睛漆黑身长苗条发辫极大的女孩印象,以及我那个可怜的母亲同姊妹走了。为这件事情我母亲哭了半年,这老年人不是不原谅我的荒唐,因我不可靠用去了这笔钱而流涕,却只为的是我这种乡下人的气质,到任何处总免不了吃亏,而想来十分伤心。

常德

我本预备到北京的,但去不成。我本想走得越远越好,正以为我必得走到一个使人忘却了我的存在种种过失,也使自己忘却了自己种种痴处蠢处的地方,方能够再活下去。可是一到常德后,便有个人把我留下了。

到常德后一时什么事也不能作,只住在每天连伙食共需三毛六分钱的小客栈里打发日子,因此最多的去处还依然同上年在辰州军队里一样,一条河街占去了我大部分生活。辰州河街不过几家作船上人买卖的小茶馆,同几家与船上人作交易的杂货铺,常德的河街可不同多了。这是一条长约两里的河街,有客栈,有花纱行,有油行,有卖船上铁锚铁链的大铺子,有税局,有各种会馆与行庄。这河街既那么长又那么复杂,长年且因为被城中人担水把地面弄得透湿的,我每天来回走个一回两回,又在任何一处随意蹲下欣赏当时那些眼前发生的新事,以及照例存在的一切,日子很快的也就又夜下来了。

那河街既那么长，我最中意的是名为麻阳街的一段。那里一面是城墙，一面是临河而起的一排陋隘逼窄的小屋。有烟馆同面馆，有卖绳缆的铺子，有杂货字号，有屠户，有铸铁锚与琢硬木活车以及贩卖小船上应用器具的小铺子。又有小小理发馆，走路的人从街上过身时，总常常可见到一些大而圆的脑袋，带了三分呆气在那里让剃头师傅用刀刮头，或偏了头搁在一条大腿上，在那里向阳取耳。有几家专门供船上划船人开心的妓院，常常可以见到三五个大脚女人，身穿蓝色印花洋布衣服，红花洋布裤子，粉脸油头，鼻梁根扯得通红，坐在门前长凳上剥朝阳花子，见有人过路时就迷笑迷笑，且轻轻的用麻阳人腔调唱歌。这一条街上龌浊不过，一年总是湿漉漉的不好走路，且一年四季总不免有种古怪气味。河中还泊满了住家的小船，以及从辰河上游洪江一带装运桐油牛皮的大船。上游某一帮船只拢岸时，这河街上各处都是水手，只看到这些水手手里提了干鱼或扛了大南瓜到处走动，各人皆忙匆匆的把从上游本乡带来的礼物送给亲戚朋友。这街上又有些从河街小屋子里与河船上长大的小孩子，大白天三三五五捧了红冠公鸡，身前身后跟了一只肥狗，街头街尾各处找寻别的公鸡打架。一见了什么人家的公鸡时，就把怀里的鸡远远抛去，各占据着那堆积在城墙脚下的木料下观战。或者因点别的什么事，两人互骂了一句娘，看看谁也不能输那一口气，就在街中揪打起来，缠成一团揉到烂泥里去。

那街上卖糕的必敲竹梆，卖糖的必打小铜锣，这些人在引起别人注意方法上，皆知道在过街时口中唱出一种放荡的调子，同女人身体某一些部分相关。街上又常常有妇女坐在门前矮凳上大哭乱骂，或者用一把菜刀，在一块木板上一面砍一面骂那把鸡偷去宰吃了的人。那街上且常常可以看到穿了青羽缎马褂，新浆洗过蓝布长衫的船老板，带了很多礼物来送熟人。街头中又常常有唱木头人戏的，当街靠城架了场面，在一种奇妙处置下当当当当蓬蓬当的响起锣鼓来，许多人便张大了嘴看那个傀儡戏，到收钱时却一哄而散。

那街上有个茶馆，一面临街，一面临河，旁边甬道下去就是河码头，从各小船上岸的人多从这甬道上下，因此来去的人也极多。船上到夜来各处全是灯，河中心有许多小船各处摇去，弄船人拖出长长的声音卖烧酒同猪蹄子粉条。我想像那个粉条一定不坏，很愿意有一个机会到那小船上去吃点什么，喝点什么，但当然办不到。

我到这街上来来去去，看这些人如何生活，如何快乐又如何忧愁，我也就仿佛同样得到了一点生活意义。

我又间或跑向轮船码头去看那些从长沙从汉口来的小轮船，在趸船一角怯怯的站住，看那些学生模样的青年和体面女人上下船，看那些人的样子，也看那些人的行李。间或发现了一个人的皮箱上贴了许多上海北京各地旅馆的标志，我总悄悄的走过去好好的研究它一番，估计这人究竟从那儿来。内河小轮船刚一抵岸，在我这乡巴老的眼下实在是一个奇观。

我间或又爬上城去，在那石头城上兜一个圈子，一面散步，一面且居高临下的欣赏那些傍了城墙脚边住家的院子里一切情形。在近北门一方面，地邻小河，每天照例有不少染坊工人，担了青布白布出城过空场上去晒晾，又有军队中人放马，又可看到埋人，又可看鸭子同白鹅。一个人既然无事可作，因此到城头看过了城外的一切，还觉得有点不足时，出城到那些大场里去找染坊工人与马夫谈话，情形也就十分平常。我虽然已经好像一个读书人了，可是事实上一切精神却更近于一个兵士，到他们身边时，我们谈到的问题，实在就比我到一个学生身边时可谈的更多。就现在说来，我同任何一个下等人就似乎有很多方面的话可谈，他们那点感想，那点观念，也大多数同我一样，皆从实生活取证来的。可是若同一个大学教授谈话，他除了说从书本上学来的那一套心得以外，就是说从报纸上学来得他那一分感想，对于一个人的成分，总似乎缺少一点什么似的。可说的也就很少很少了。

我有时还跟随一队埋人的行列，走到葬地去，看他们下葬时所用的一些手续与我那地方的习俗如何不同。

另外那件使我离开原来环境逃亡的事，我当然没有忘记，我写了些充满忏悔与自责的书信回去，请求母亲的原恕，母亲知道我并不自杀，于是来信说："已经作过了的错事，没有不可原谅的道理。你自己好好的做事，我们就放心了。"接到这些信时，我便悄悄到城墙上去哭。因为我想像得出，这些信由母亲口说姊姊写到纸上时，两人的眼泪一定是挂在脸上的。

我那时也同时听到了一个消息，就是那白脸孩子的姊姊，下行读书，在船上却被土匪抢入山中做押寨夫人去了。得到这消息后，我便在那小客店的墙壁上写下两句别人的诗，抒写自己的感慨："佳人已属沙吒利，义士今无古押衙。"义士虽无古押衙，其实过不久这女孩就从土匪中花了一笔很可观的数目赎了出来，随即同一个黔军团长结了婚。但团长不久又被枪毙，这女人便进到沅州本地的天主堂作洋尼姑去了。

我当然书也不读，字也不写，诗也无心再作了。

那时我其所以留在常德不动，就因为上游九十里的桃源县，有一个清乡指挥部，属于我本地军队，这军队也就是当年的靖国联军第一军的一部分。那指挥官节制了三个支队，本人虽是个贵州人，所有高级官佐却大半是我的同乡。朋友介绍我到那边去，以为做事当然很容易。那时节何键正作骑兵团长，归省政府直辖，贺龙作支队司令，归清乡指挥统辖，部队全驻防桃源县。我得到了介绍信后，就拿去会贺龙，又去晋谒熟人，向清乡指挥部谋差事。可是两处虽有熟人两处却毫无结果。书记差遣一类事情既不能作，我愿意当兵，大家又总以为我不能当兵。不过事情虽无结果，熟人在桃源的既很多，我却可以常常坐小轮船过桃源来玩了。那时有个表弟正从上面委派下来作译电，我一到桃源时，就住在他那里。两人一出外还仍然是到河边看来往船只。我离开那个清乡军队已两年，再看看这个清乡军队，一切可完全变了。枪械，纪律，完全不同过去那么马虎，每个兵士都仿佛十分自重，每个军官皆服装整齐凸着胸脯在街上走路，平时无事兵士全不能外出，职员们办公休息各有定时；军队印象使我十分感动。

那指挥官虽自行伍出身，一派文雅的风度，却使人看不出他的本来面目，笔下既异常敏捷，做事又富有经验，好些日子听别人说到他时就使我十分倾心。因此我那时就只想：若能够在他那儿当一名差弁，也许比作别的事更有意思。可是我尽这样在心中打算了很久，却终不能得到一个方便机会。

船上

住在那小旅馆实在不是个办法,每天虽只三毛六分钱,四个月以来欠下的钱很像个大数目了。欠账太多了,非常怕见内老板,每天又必得同她在一桌吃饭。她说的话我可以装作不懂,可是仍然留在心上,挪移不开。桃源方面差事既没有结果,那么,不想个办法,我难道就作旅馆的伙计吗?恰好那时有一只押运军服的帆船,正预备上行,押运人就是我哥哥一个老朋友,我也同他在一堆吃过喝过。一个作小学教员的亲戚,答应替我向店中办个交涉,欠账暂时不说,将来发财再看。在桃源的那个表弟,恰好也正想回返本队,因此三人就一同坐了这小船上驶。我的行李既只是一个用面粉口袋改作的小小包袱,所以上船时实在洒脱方便。

船上装满了崭新棉布军服,把军服摊开,就躺到那上面去,听押船上行的曾姓朋友,说过去生活中种种故事,我们一直在船上过了四十天。

这曾姓朋友读书不多，办事却十分在行，军人风味的勇敢，爽直，正如一般篁人的通性，因此说到任何故事时，也一例能使人神往意移。他那时年纪不会过二十五岁，却已赏玩了四十名左右的年轻黄花女。他说到这点经验时，从不显出一分自负的神气，不骄傲，不矜持。他说这是他的命运，是机缘的凑巧。从他口中说出的每个女子，皆仿佛各有一分不同的个性，他却只用几句最得体最风趣的言语描出。我到后来写过许多小说，描写到某种不为人所齿及的年轻女子的轮廓，不至于失去她当然的点线，说得对，说得美，就多数得力于这个朋友的叙述。一切粗俗的话语，在一个直爽的人口中说来，却常常是妩媚的。这朋友最爱说的就是粗野话，总仿佛不用口去亲女人下体时，就得用口来说它。在我作品中，关于丰富的俗语与双关比譬言语的应用，从他口中学来的也不少。（这人就是《湘行散记》中那个大老板。）

我临动身时有一块七毛钱，那豪放不羁的表弟却有二十块钱，但七百里航程还只走过八分之一时，我们所有的钱却已完全花光了。把钱花光后我们仍然有说有笑，各人躺在温暖软和的棉军服上面，说粗野的故事，喝寒冷的北风，让船儿慢慢拉去，到应吃饭时，便用极厉害的辣椒在火中烧焦蘸盐下饭。

船只因为得随同一批有兵队护送的货船同时上行，一百来只大小不等的货船，每天皆同时拔锚，同时抛锚，故景象十分动人。但辰河滩水既太多,行程也就慢得极可以。任何一只船出事时皆得加以援助,一出事总就得停顿半天。天气又冷,河水业已下落,每到滩上河槽容船处都十分窄,船夫在这样天气下,还时时刻刻得下水中拉纤,故每天即或毫无阻碍也只能走三十里。送船兵士到了晚上有一部分人得上岸去放哨,大白天则全部上岸跟着船行,所以也十分劳苦。这些兵士经过上司的命令,送一次船一个钱也不能要,就只领下每天二毛二分钱的开差费,但人人却十分高兴,一遇船上出事时,就去帮助船夫,作他们应作的事情。

我们为了减轻小船的重量,也常常上岸走去,不管如何风雪,如何冷,在河滩上跟着船夫的脚迹走去,遇他们落水,我们便从河岸高山上绕道走去。

常德到辰州四百四十里,我们一行便走了十八天,抵岸那天恰恰是正月一日,船傍城下时已黄昏,三人空手上岸,走到市街去看了一阵春联,从一个屠户铺子经过,我正为他们说及四年前见到这退伍兵士屠户同人殴打,如《水浒》上的镇关西,谁也不是他的对手。恰恰这时节我们前面一点就抛下了一个大爆竹,訇的一声,吓了我们一跳。那时各处虽有爆竹的响声,但曾姓朋友却以为这个来得古怪。看看前面不远又有人走过来,就拖我们稍稍走过了屠户门前几步,停顿了一下,那两个商人走过身时,只见那屠户家楼口小门里,很迅速的又抛了一个爆竹下来，又是訇的一声，那两个商人望望，仿佛知道这件事，赶快走开了。那曾姓朋友说："这狗杂种故意吓人，让我们去拜年罢。"还来不及阻止，他就到那边拍门去了。一面拍门一面和气异常的说："老板，老板，拜年，拜年！"一会儿有个人来开门，把门开时，曾姓朋友一望，就知道这人是镇关西，便同他把手拱拱，冷不防在那高个子眼鼻之间就是结结实实一拳，那家伙大约多喝了杯酒，一拳打去就倒到烛光辉煌的门里去了。只听到哼哼乱骂，但一时却爬不起来，且有人在楼上问什么什么，那曾姓朋友便说："狗肏的，把爆竹从我头上丢来，你认错了人。老子打了你，有什么话说，到中南门河边送军服船上来找我，我名曾祖宗。"一面说，一面便取出一个名片向门里抛去，拉着我们两人的膀子，哈哈大笑迈步走了。

我们倒以为那个镇关西会赶来的，因此各人随手还拾了些石头，预备来一场恶斗，谁知身后并无人赶来。上船后，尚以为当时虽不赶来，过不久定有人在泥滩上喊曾××，叫他上岸比武。这朋友腹部临时还缚了一个软牛皮大抱肚，选了一块很合手的湿柴，表弟同我却各人拿了好些石块，预备这屠户来说理。也许一拳打去那家伙已把鼻子打塌了，也许听到寻事的声音是镇筸人，知道不大好惹，且自己先输了理，故不敢来第二次讨亏吃了，因此我们竟白等了一个上半夜。这个年也就在这类可笑情形中过了。第二天一早,船又离开辰州河岸,开进辰河支流的北河了。

从辰州上行,我们仍然沿途耽搁,走了十四天,在离目的地七十里的一个滩上,轮到我们的船出险了。船触大石后断了缆。右半舷业已全碎,五分钟后就满了水,恰好船只装的是军服,一时不即沉没,我们便随了这破船,急水中漂浮了约三里,那时船上除了我们三人,就只一个拦头工人一个舵手。水既激急,所以任何方法总不能使船安全泊岸。然而天保佑,到后居然傍近浅处了。慢慢的十几个拉纤的船夫赶来了,兵士赶来了,大家什么话也不说,只互相对望干笑。于是我们便爬到岸边高崖上去,让船中人把搁在浅处的碎船篷板拆下,在河滩上做起一个临时棚子,预备过夜。其余船只因为两天后已可到地,就不再等我们,全部把船开走了。本地虽无土匪,却担心荒山中有野兽,船夫们烧了两大堆火,我们便在那个河滩上听了一夜滩声,过了一个元宵。

保靖

目的地到达后,我住在一个做书记的另一表弟那里。每天早晚应吃饭时,便赶忙跑到各位老同事老同学处去,不管地方,不问情由,一有吃饭机会总不放过机会。这些人有作书记的,每月大约可得五块到十块钱,有作副官的,每月大约可得十二块到十八块钱。还有作传达的,数目比书记更少。可是在这种小小数目上,人人却能尽职办事,从不觉得有何委屈,也仍然是在日光下笑骂吃喝,仍然是有热有光的打发每一个日子。职员中肯读书的还常常拿了书到春天太阳下去读书。预备将来考入军官学校的,每天大清早还起来到卫队营去附操,一般高级军官,生活皆十分拮据,吃粗粝的饭,过简陋的日子,然而极有朝气,全不与我三年前所见的军队相像。一切皆得那个精力弥满的统领官以身作则,擘画一切,调度一切,使各人能够在职务上尽力,不消沉也不堕落。这统领便是先一时的靖国联军一军司令,直到现在,还依然在湘西抱残守阙，与一万余年轻军人过那种甘苦与共的日子。

当时我的熟人虽多，地位都很卑下，想找事时却全不能靠谁说一句话。我记得那时我只希望有谁替我说一句话，到那个军人身边去作一个护兵。且想即或不能作这人的护兵，就作别的官佐护兵也成。因此常常从这个老朋友处借来一件干净军服，从另一个朋友又借了条皮带，从第三个又借了双鞋子，大家且替我装扮起来，把我打扮得像一个有教育懂规矩的兵士后，方由我那表弟带我往军法处，参谋处，秘书处，以及其他地方，拜会那些高级办事员，先在门边站着，让表弟进去呈报。到后听到要我进去了，一走进去时就霍的立一个正，作着各样询问的答复，再在一张纸上写几个字。只记着"等等看我们想法"，就出来了。可是当时竟毫无结果，都说可以想法，但谁也不给一个切实的办法。照我想来其所以失败的原因，大体还是一则作护兵的多用小苗人同乡下人，做事吃重点。用亲戚属中子侄，做事可靠点。二则他们都认识我爸爸，不好意思让我来为他们当差。我既无办法可想，又不能去亲自见见那位统领官，一坐下来便将近半年。

这半年中使我亲亲切切感到几个朋友永远不忘的友谊，也使我好好的领会了一个人当他在失业时萎悴无聊的心情。但从另外一方面说来，我却学了不少知识，凭一种无挂无碍到处为生的感情，接近了自然的秘密。我爬上一个山，傍近一条河，躺到那无人处去默想，漫无涯涘去作梦，所接近的世界，似乎皆更是一个结实的世界。

生活一面那么糟，性情却依然那么强，有一次同那表弟吵了几句，半夜里不高兴再在他床上睡觉了，一时又无处可去，就走到一个养马的空屋里，爬到有干草同干马粪香味的空马槽里睡了一夜，到第二天去拿那小包袱告辞时，两人却又讲了和，笑着揉到地上扭打了一阵。但我那表弟却更有趣味。在另外一个夜里，他与一个同事说到一件小事，互相争持不下时，就向那人说："您不服吗，我两人出去打一架！"那人便老老实实同他披了衣服出去，到黑暗无人的菜园里，扭打了一阵，践踏坏了一大堆白菜，各人滚了一身泥，鼻青眼肿悄悄回到住处，一句话也不说。第二天从饭桌上才为人从脸目间认出夜里情形来，互相便坦白的大笑，同时也就仍然成为好朋友了。这一群年轻人大致都那么勇敢直爽，十分可爱，但十余年来，却有大半早从军官学校出身作了小军官，在历次小小内战上牺牲腐烂了。

当时我既住到那书记处，几月以来同所有书记原本虽不相识，到后也自然皆熟透了。他们忙时我为他们帮帮忙，写点不重要的训令和告示，一面算帮他们的忙，一面也算我自己玩，有一次正在写一件信札，为一个参谋处高级参谋见到，问我是什么名义。我以为应受责备了，轻轻的怯怯的说："我没有名义，我是在这里玩的。"到后那书记官却为我说了一句公道话，告给那参谋，说我帮了他们很多的忙。问清楚了姓名，因此把我名单开上去，当天我就作了四块钱一月的司书。我作了司书，每天必过参谋处写字，事作完时就仍然回到表弟处吃饭睡觉。

事业一有了着落，我很迅速的便在司书中成为一个特出的书记了。我比他们字写得实在好些。抄写文件时上面有了错误处，我能纠正那点笔误。款式不合有可斟酌处，我也看得出，说得出。我的几个字使我得到了较优越的地位，我因此更努力写字。机会既只许可我这个人在这方面费去大部分时间同精力，我也并不放下这点机会。我得临帖，我那时也就觉得世界上最使人敬仰的是王羲之。我常常看报，原只注意有正书局的广告，把一点点薪水聚集下来，藏到袜统里，或鞋底里，汗衣也不作兴有两件，但五个月内我却居然买了十一块钱的字帖。

一分惠而不费的赞美，带着点幽默微笑："老弟，你字真龙飞凤舞，这公文你不写谁也就写不了！"就因为这类话语，常常可以从主任那瘪瘪口中听到，我于是当着众人业已熄灯上床时，还常常在一盏煤油灯下，很细心的用《曹娥碑》字体誊录一角公文或一分报告。

各种生活营养到我这个魂灵，使它触着任何一方面时皆若有一闪光焰。到后来我能在桌边一坐下来就是八个钟头,把我生活中所知道所想到的事情写出,不明白什么叫作疲倦,这分耐力与习惯却应感谢我那作书记的命运。

我不久被调到参谋处服务了。

书记处所在地方,据说是彭姓土司妃子所住的花楼。新搬去住的参谋处,房子梁架还是年前一个梁姓苗王处抬来的,笨大的材头,笨大的柱子,使人一见皆保留一种希奇印象。四个书记每天有训令命令抄写时,就各个伏在白木作成的方桌上抄写,不问早晚多少,以写完为止。文件太多了一点,照例还可调取其他部分的书记来帮忙,有时不必调请,照例他们也会赶来很高兴帮忙。把公事办完时,若那天正是十号左右发饷的日子,各人按照薪水多少不等,各领得每月中三分之一的薪饷,同事朋友就各自派出一份钱,亲自去买狗肉来炖,或由任何人做东,上街去吃面。若各人身边皆空空的,恰恰天气又很好,就各自手上拿一木棒,爬上后山顶上去玩,或过附近一土坡上去玩。那后山顶高约一里,并无什么正路,从险峻处爬到顶上时却可以看许多地方。我们也就只是看那么一眼,不管如何总得爬上去。土坡附近则常常有号兵在那里吹号,四周埋葬了许多小坟,每天差不多皆有一起小棺材,或蒲包裹好的小小尸首,送到这里来埋葬。当埋葬时远近便蹲了无数野狗同小狼,埋人的一走，这坟至多到晚上，就被这群畜生刨开，小尸首便被吃掉了。这地方狼的数量不知道为什么竟那么多，既那么多为什么又不捕捉，这理由不易明白。我们每次到那小坡上去，总得带一大棒，就为的是恐怕被狼袭击。这畜生大白天见人时也并不逃跑，只静静的坐在坟头上望着你，眼睛光光的，牙齿白白的，你不惹它它也不惹你。等待你想用石头抛过去时，它却在石头近身以前，飞奔跑去了。

这地方每到夜间当月晦阴雨时，就可听到远远近近的狼嗥，声音伏在地面上，低而长，忧郁而凄惨。间或还可听到后山的虎叫，昂的一声，谷中回音延长了许久。有时后山虎豹来人家猪圈中盗取小猪，从小猪锐声叫喊情形里，还可分分明明的知道这山中野兽，从何处回山，经过何处。大家已在床铺上听惯了这种声音，也不吃惊，也不出奇。可是由于虎狼太多，虽窗下就有哨兵岗位，但各人皆担心当真会一天从窗口跃进一只老虎或一只豺狼，我们因此每夜总小心翼翼把窗门关好。这办法也并非毫无好处，有一次果然就有两只狼来爬窗子，两个背靠背放哨的兵士，深夜里又不敢开枪，用刺刀拟定这畜生时，据说两只狼还从从容容大模大样的并排走去。

我的事情既不是每天都很多很多，因此一遇无事可作时，几个人也常常出去玩。街上除了看洋袜子，白毛巾，为军士用的服装，同值两元一枚的镀金表，别的就没有什么可引起我们注意的。逢三八赶场，在三八两天方有买卖。因此我们最多勾留的地方，还是河边。那河边有一个码头，长年湾泊五十号左右小木船。上面一点是个税局，扯起一面大大的幡旗。有一只渡船，每天把那些欢喜玩的人打发过河去，把马夫打发过河去，把跑差的兵士打发过河去，又装载了不少从永顺来的商人，及由附近村子里来作买卖的人，从对河撑回，那河极美丽，渡船也美丽。

我们有时为了看一个山洞，寻一种药草，甚至于抖一口气，也常常走十里八里，到隔河大岭上跑个半天。对河那个大岭无所不有，也因为那山岭，把一条河显得更美丽了。

我们虽各在收入最少卑微的位置上作事，却生活得十分健康。即或胡闹，有时把所有点点钱用到一些最可笑事情方面去，也仍然是健康的。我们不大关心钱的用处，为的是我们正在生活，有许多生活，本来只需我们用身心去接近，去经验，却不必用一笔钱或一本书来作居间介绍。

但大家就是那么各人守住在自己一分生活上，尽日月把各人拖到坟墓里去吗？并不这样，我们各人都知道行将有一个机会要来的，机会来时我们会变更自己的，会尽我们的一分气力去作一个人的。应死的倒下，腐了烂了，可以活的，就照分上派定的忧乐活下去。

十个月后,我们部队有被川军司令汤子模请过川东填防的消息,我们长官若答应时,便行将派四团人过川东。这消息从几次代表的行动上决定了一切,不久便因军队调动把这消息完全证实了。

一个大王

参谋处有个同乡问我:"本军开过四川去,要一个文件收发员,你去不去?"他且告给我愿去时能得九块钱一月。答应去时,他可同参谋长商量,作为调用,将来要回湘时就回来,全不费事。

听说可以过四川去,我自然十分高兴。我心想:上次若跟他们部队去了,现在早腐了烂了。上次碰巧不死,这次应为子弹打死也不碍事。当时带军队过川东的司令姓张,也就正是我先前在桃源时想跟他当兵不成那个很有分材干的指挥官。贺龙作了我们部队的警卫团长,另外有一顾营长,曾营长,杨营长。有些人同去的也许皆以为可以捞几个横财,我所想的还不是钱。我那时自然是很穷的,六块钱的薪水,扣去伙食两块,每个月我手中就只四块钱,但假若有了更多的钱,我还是不会用它。得了钱除了充大爷邀请朋友上街去吃面,实在就无别的用处。我那时所需要的似乎只是上司方面认识我的长处,我总以为我有分长处,待培养,待开发,待成熟。另外还有一个理由,就是我很想看看巫峡。我有两个朋友为了从书上知道了巫峡的名字后,便亲自徒步从宜昌沿江上重庆过一次。我听他们说起巫峡的大处,高处,险处,乡下人所想的就正是把自己全个生命押到极危险的注上去,玩一个尽兴!我们当时的防地同川军约好了的是酉阳,龙潭,彭水,龚滩,前卫则到涪州为止。我以为既然到了那边,再过巫峡当然很方便了。

我既答应了那同乡,不管多少钱,不拘什么位置,皆愿意去,于是三天以后,就随了一行人马上路了。我的职务便是文件收发员。临动身时每人照例可向军需处支领薪水一月,得到九块钱后,我什么也不作,只买了一双值一块二毛钱的丝袜子,买了半斤冰糖,把余钱放在板带里。那时天气既很热,晚上还用不着棉被,为求洒脱起见,因此把自己唯一的两条旧棉絮也送给了人,自己背了小小包袱就上路了。我那包袱中的产业计旧棉袄一件,旧夹袄一件,手巾一条,夹裤一条,值一块二毛钱的丝袜子一双,青毛细呢的鞋子一双,白大布单衣裤一套。另外还有一本值六块钱的《云麾碑》,值五块钱的《圣教序》,值两块钱的《兰亭序》,值五块钱的《虞世南夫子庙堂碑》。还有一部《李义山诗集》。包袱外边则插了一双自由天竹筷子,一把牙刷,且挂了一个钻有小小圆眼用细铁丝链子扣好的搪磁碗儿。这就是我的全部产业。这份产业现在说来仍然是很动人的。

这次旅行同任何一次旅行一样,我当然得走路。我们先从湖南边境的茶峒到贵州边境的松桃,又到四川边境的秀山,一共走了六天。六天之内,我们走过三个省分的接壤处,到第七天在龙潭驻了防。

这次路上增加了我经验不少,过了些用木头编成的渡筏,那些渡筏的印象,十年后还在我的记忆里极其鲜明占据了一个位置。晚上落店时,因为人太多了一点,前站总无法分配众人的住处,各人便各自找寻住处,我却三次占据一条窄窄长凳睡觉。在长凳睡觉,这是差不多每个兵士皆得养成习惯的一件事情,谁也不会半夜掉下地来。我们不止在凳上睡,还在方桌上睡。第三天住在一个乡下绅士家里,我便与一个同事两人共据了一张漆得极光的方桌,极安适的睡了一夜。有两次连一张板凳也找寻不出时,我同四个人就睡在屋外稻草堆上。一切生活当时看来皆不使人难堪,这类情形直到如今还不会使我难堪。我最烦厌的就是每天睡在同样一张床上,这分平凡处真不容易忍受。到现在,我不能不躺在同一床上睡觉了,但做梦却常常睡到各种新奇地方去。

通过黔湘边境时,我们上了一个高坡,名棉花岭,上三十二里,下三十五里。那个坡折磨了我们一整天,可是爬上这样一个高坡,在岭头堡垒边向下望去,一群小山,一片云雾,那壮丽自然的画图,真是一个动人的奇观。这山峰形势同堡垒形势，十余年来还使我神往。在四川边境上时，我记得还必需经过一个大场，每次场集据说有五千牛马交易。又经过一个古寺院，有六人不能合抱的松树，寺中南边一白骨塔，穹形的塔顶，全用刻满佛像的石头砌成，径约四丈。锅井似的圆坑里，人骨如山如丘，有些腕骨上还套着银镯金镯，也无谁人取它动它。

我们的军队到川东时虽仍向前方开去，司令部却不能不在龙潭暂且住下。

我们在一个庙里扎了营，办事处仍然是戏楼，比较好些便是新到的地方墙壁上没有多少膏药，市面情形也不如数年前在怀化清乡那么糟了。我们各人有个木板床，上面安置一条席子，院中且预先搭好了凉棚，因此住在楼上也不很热。市面粗粗看来，一切都还像个样子。地方虽不十分大，但正当川盐入湘的孔道，又有一条小河，从洞庭湖来的小船还可由湘西北河上行直达市镇，出口的桐油与入口的花纱杂物交易也很可观。因此地方有邮局，有布置得干净舒适的客商安宿处，还有"私门头"，供过往客商寻欢取乐。

地方有大油坊同染坊，有酿酒糟坊，有药店同当铺。还有一个远近百里著名的龙洞，深处透光处约半里，高约十丈，长年从洞中流出一股寒流，冷如冰水，时正六月，水的寒冷竟使任何兵士也不敢洗手洗脚，手一入水，骨节就疼痛麻木，失去知觉。那水灌溉了千顷平田，本地禾苗便从无旱灾。本部上自司令下至马夫，到这洞中次数最多的，恐怕便是我。我差不多每天皆来一回，用一个大葫芦贮满了生水回去，款待那些同事朋友。

那地方既有小河，我当然也欢喜到那河边去，独自坐在河岸高崖上，看船只上滩。那些船夫背了纤绳，身体贴在河滩石头下，那点颜色，那种声音，那派神气，总使我心跳。那是美丽动人的，永远使人同时得到快乐和忧愁。当那些船夫把船拉上滩后，各人伏身到河边去喝一口长流水，站起来再坐到一块石头上，把手拭去肩背各处的汗水，那光景照例总很厉害的感动我。

我的职务并不多，只是从外来的文件递到时，在簿籍上照款式写着某年某月某日某时收到某处来文，所说某事。发去的也同样记上一笔。文件中既分平常次要急要三种，我便应当保管七本册子，一本作为来往总账，六本作分别记录。这些册子到晚上九点时，必把它送给参谋长同司令官检察一次，画一个阅字再退回来。我的职务虽比司书稍高，薪饷却并不比一个弁目为高。可是我也有了些好处，一到了这里，不必再出伙食，虽名为自办伙食，所有费用皆归副官处报账。我每月可净得九块钱，得了钱时，就邀朋友上街过面馆吃面，每次得花两块钱。那时可以算为我的好朋友的，是那司令官几个差弁，几个副官，同一个青年传令兵。

我们的住处各用木板隔开，我的职务在当时虽十分平常，所保管的文件却似乎不能尽人知道，因此住处便在戏楼最后一角，隔壁是司令官十二个差弁，再过去是参谋长同秘书长，再过去是司令官，再过去是军法。对面楼上分军法处，军需处，同军械处。楼下有副官处同庶务处。戏台住卫队一连。正殿则用竹席布幕编成一客厅，同时又常常用来审案。各地方皆贴上白纸的条子，写明所属某部，那纸条便出我的手笔。差弁房中墙上挂满了大枪小枪，我房间中却贴满了自写的字。每个视线所及的角隅，我还贴了小小字条，上面这样写着："胜过钟王，压倒曾李"，因为那时节我知道写字出名的，死了的有钟王两人，活着却有曾农髯同李梅庵。我以为只要赶过了他们，一定就可独霸一世了。

我出去玩时，若只一人我常到龙洞与河边，两人以上则常常过对河去。因为那时节防地虽为川军让出，川军却有一个旅司令部同小部分军队驻在市中，我一人过去时怕吃人的亏，有了两人则不拘何处走去不必担心了。

到这地方每月虽可以得九块钱，不是吃面花光，就是被别的朋友用了，我却从不缝衣，身上只就一件衣。一次因为天气很好，把自己身上那件汗衣洗洗，一会儿天却落了雨，衣既不干，另一件又为一个朋友穿去了，差弁全已下楼吃饭，我又不能赤膊从司令官房边走过，就老老实实饿了一顿。

我不是说过我同那些差弁全认识吗？其中共十二个人，我以为最有趣的是一个弁目。这是一个土匪，一个大王，一个真真实实的男子。这人自己用两只手毙过两百个左右的敌人，却曾经有过十七位押寨夫人。这大王身个儿小小的，脸庞黑黑的，除了一双放光的眼睛外，外表任你怎么看也估不出他有多少精力同勇气。前在辰州时，大冬天有人说："谁现在敢下水，谁不要命！"他什么话也不说，脱光了身子即刻扑通一声下水给你看看。且随即在宽约一里的河面游了将近一点钟，上岸来时，走到那人身边去："一个男子的命就为这点水要去吗？"或者有人说谁赌扑克被谁欺骗把荷包掏光了，他当时一句话不说，一会儿走到那边去，替被欺骗的把钱要回来，将钱一下掼到身边，一句话不说就又走开了。这大王被司令官救过他一次，不再作山上的大王，到这行伍出身的司令官身边做了一个亲信，用上尉名义支薪，侍候这司令官却如同一个奴仆一样的忠实。

我住处既同这样一个大王比邻，两人不出门，他必走过我房中来同我谈话。凡是我问他的，他无事不回答得使我十分满意。我从他那里学习了一课古怪的学程。从他口上知道烧房子，杀人，强奸妇女，种种犯罪的纪录；且从他说明中了解那些行为背后所隐伏的生命意识。我从他那儿明白所谓罪恶，且知道这些罪恶如何为社会所不容，却也如何培养着这个坚实强悍的灵魂。我从他坦白的陈述中,才明白在用人生为题材的各样变故里,所发生的景象,如何离奇,如何眩目。这人当他作土匪以前,被军人把他当成一个土匪枪决过一次,到时他居然逃脱了,后来且居然就作了大王了!

他会唱点旧戏,会写写字,画两笔兰草,每到我房中把话说倦时,就一面口中唱着一面跳上我的桌子,演唱《夺三关》与《杀四门》。

有一天,十个人同在副官处吃饭。不知谁人说到听说本市什么庙里,川军还押得有一个古怪的犯人,一个出名的美人,十八岁时作了匪首,被捉后,年轻军官全为她发疯,互相杀死两个小军官,解到旅部后,军官全想得到她,可是谁也不能得到便宜。听过这个消息后,我就想去看看这女土匪。我由于好奇,似乎时时刻刻用这些新鲜景色喂养我的灵魂,故说笑话,以为谁能带我去看看,我便请谁喝酒。几天以后,对那件事自然也就忘掉了。一天黄昏将近时分,我正在自己擦拭灯罩,那大王忽然走来喊我:

"兄弟,兄弟,同我去个好地方,你就可以看你要看的东西。"

我还来不及询问到什么地方去看什么东西,就被他拉下楼梯走出营门了。

我们到了一个庙里,那里驻扎得有一排川军,他同他们似乎都非常熟悉,我们一直向后殿走去。不一会转入另一个院落,就在栅栏边看到一个妇人了。

那妇人坐在一条朱红毯子上,正将脸向另一面,背了我们凭藉灯光做针线。那大王说:

"夭妹,夭妹,我带了个小兄弟来看你!"

妇人回过身来,因为灯光黯淡了一点,就只见着一张白白的脸儿,一对大大的眼睛。她见着我后,才站起身走过我们这边来。逼近身时,隔了栅栏望去,那妇人身材才真使我大吃一惊!妇人面目不算得是怎样稀罕的美人,但那副眉眼,那副身段,那么停匀合度,可真不是常见的家伙!她还上了脚镣,但似乎已用布片包好,走动时也无声音。我们隔了栅栏说过几句话后,就听她问那弁目:

"刘大哥,刘大哥,你是怎么的?你不是说那个办法吗?今天十六。"

那大王说:

"我知道今天已经十六。"

那妇人便吐了一个"呸",不再开口说话。神气中似有三分幽怨。这时节我虽把脸侧向一边去欣赏那灯光下的一切,但却留心到那弁目对妇人把嘴向我呶呶,我明白在这地方太久不是事,便说我想先回去。那女人要我明天再来玩,我答应后,那弁目就送我出庙门,捏捏我的手,好像有许多神秘处,为时不久全可以让我明白,于是又进去了。

我当时只希奇这妇人不像个土匪,我还以为别是受了冤枉捉到这里来的。我并不忘掉另一时在怀化所经过的种种。一夜过去后,第二天当吃早饭时,一桌子人皆说要我请他们喝酒。因为那女匪王天妹已被杀,我要想看,等等到桥头去就可看见了。有人亲眼见到的,还说这妇人被杀时一句话不说,神色自若的坐在自己那条大红毛毯上,头掉下地时还并不倒下。消息吓了我一跳,我以为昨晚上还看到她,她还约我今天去玩,今早怎么就会被杀。吃完饭我就跑到桥头上去,那死尸却已有人用白木棺材装殓,只地下剩一摊腥血同一堆纸钱白灰了。我忙匆匆的走回衙门找寻那弁目时,只见他躺在床上,一句话不说。我不敢问他什么,便回到自己房中办事来了。可是过不多久,我却从另一差弁口中知道这件事情原委了。

原来这女匪早就应当杀头的,虽然长得体面标致,可是为人著名毒辣,爱慕她的军官虽多,谁也不敢接近她,谁也不敢保释她。只因为她还有七十枝枪埋到地下,谁也不知道这些军械埋藏处,尽想设法把她所有的枪诱骗出来,因此把她拘留起来,且待她比任何犯人也不同。这弁目知道了这件事,又同川军排长相熟,就常过那边去。同女人熟识后,却告给女人,他也还有六十枝枪埋在湖南边境上,要想法保她出来,一同把枪枝掘出上山落草,就可以天不怕地不怕在山上做大王活过下半世。

女人信托了他，夜里在狱中隔了栅栏两人便亲近过了一次，因此这女人第二天一早，便为川军牵出去砍了。

当两人在狱中所作的事情被庙中驻兵发觉时，触犯了作兵士的最大忌讳，十分不平，以为别的军官不能弄到手的，到头来却为一个外来人占先得了好处，因此一排人皆把步枪上了刺刀，守在门边，预备给这弁目过不去。可是当有人叫他名姓时，这弁目明白自己的地位，结束了一下他那皮带，一面把两枝小九响手枪取出拿在手中，一面便说："兄弟，兄弟，多不得三心二意，天上的野鸡各处飞去，谁捉到手是谁的气运。今天小小冒犯万望海涵。若牛身上捉虱，钉尖儿挑眼，不高抬个膀子，不要见怪，灯笼子认人枪子儿可不认人！"那一排兵士知道这不是个傻子，若不放他过身，就得要几条命。且明白这地方川军只驻扎一连人，算军却有四营，出了事也不会有好处。因此让出一条路，尽这弁目两只手握着枪从身旁走去了。人一走，这王幺妹第二天一早便被砍了。

这弁目躺在床上约一礼拜左右，一句空话不说，一点东西不吃，到后忽然起了床，又同往常一样活泼豪放了。他走到我房中来看我，一见我就说：

"幺妹为我死的，我哭了七天，现在好了。"

当时看他样子又好笑又可怜。我什么话也不好说，只同他捏着手，微笑了一会儿。

我们军队既因故不能开过涪州，我要看巫峡一时没有机会。我到这里来熟人虽多，却除了写点字以外毫无长进处。每天仍然是吃喝，仍然是看杀人，这分生活对我似乎不大能够满足。我不久就有了一个机会转湖南，我便预备领了护照搭坐了小货船回去。从水道走一面我可以经过几个著名的险滩，一面还可以看见几个新地方。其时那弁目正又同一个洗衣妇要好，想把洗衣妇讨作姨太太。司令官出门时，有人拦舆递状纸，知道其中有了些纠纷，告他这事不行，我们在这里作客，这种事对军誉很不好。那弁目便同其他人说："这是文明自由的事情，司令官不许我这样作，我就请长假回家，拖队伍干我老把戏去。"他既不能娶那妇人，当真就去请假，司令官也即刻就准了他的假。那大王想同我一道上船，在同一护照上便填了我与他两人的姓名。把船看好，刚准备当天下午动身。正吃过早饭，他在我房中说到那个王夭妹被杀前的事情。忽然军需处有人来请他下去算饷，他十分快乐的跑下楼去。不到一分钟，楼下就吹集合哨子，且听到有值日副官喊"备马"。我心中正纳闷，以为照情形看来好像要杀人似的。但杀谁呢？难道枪决逃兵吗？随即听人大声嘶嚷，推开窗子看看，原来那弁目已被绑好，正站在院子中，卫队已集了合，值日官正在请令，一会儿就要推出去了。

被绑好了的大王，反背着手，耸起一副瘦瘦的肩膊，向两旁楼上人大声说话：

"参谋长，副官长，秘书长，军法长，请说句公道话，求求司令官的恩典不要杀我罢。我跟了他多年，不做错一件事。我太太还在公馆侍候司令太太。大家做点好事说句话罢。"

大家互相望着，一句话不说。那司令官手执一枝象牙烟管，从大堂客厅中从从容容走出来，温文尔雅的站在滴水檐前，向两楼的高级官佐微笑着。

"司令官，来一分恩典，不要杀我吧。"

那司令官说：

"刘云亭，不要再说什么话丢你的丑。做男子的作错了事，应当死时就正正经经的死去，这是我们军队中的规矩。我们在这里作客，你黑夜里到监牢里去奸淫女犯，我念你跟我几年来做人的好处，为你记下一笔账，暂且不提。如今又想为非作歹，预备把人家女子拐走，且想回家去拖队伍。我想想放你回乡去做坏事，尽人怨恨你，不如杀了你，为地方除一害。现在不要再说空话，你太太同小孩子我会照料，自己勇敢一点做个男子吧。"

那大王听司令官说过一番话后，便不再喊公道了，就向两楼的人送了一个微笑，忽然显得从从容容了："好好，司令官，谢谢你几年来的照顾，兄弟们再见，兄弟们再见。"一会儿又说，"司令官你真做梦，别人花六千块钱运动我刺你，我还不干！"司令官仿佛不听到，只嘱咐副官买棺木。

于是这大王就被拥簇出了大门，从此不再见了。我当天下午仍然上了船。我那护照上原有两个人的姓名，大王那一个临时用朱笔涂去，这护照一直随同我经过了无数恶滩，五天后到了保靖，方送到副官处去缴销。至于那温文尔雅才智不凡的张司令官，同另外几个差弁，则三年后在湘西辰州地方，被一个部属客客气气请去吃酒，到辰州考棚二门里，连同四个轿夫，当欢迎喇叭还未吹毕时，一起被机关枪打死，所有尸身随即被浸渍在阴沟里，直到两月事平后方清出尸骸葬埋。刺他的部属某旅长，也很凑巧，一年后又依然在那地方被另一个部队长官派人刺死。

学历史的地方

从川东回湘后,我的缮写能力得到了一方面的认识,我在那个治军有方,名誉极佳的统领官身边作书记了。薪饷仍然每月九元,却住在一个山上高处单独房子里。那地方便是本军的会议室,有什么会议需要纪录时,间或便应归我担任。这分生活实在是我一个转机,使我对于全个历史各时代各方面的光辉,得了一个从容机会去认识去接近。原来这房中大橱里约有百来轴自宋及明清的旧画,与几十件铜器及古瓷,有十来箱书籍,一大批碑帖,不久且来了一部《四部丛刊》。这统领官既是个以王守仁曾国藩自许的军人,每个日子治学的时间,似乎便同治事时间相等,每遇取书或抄录书中某一段时,必令我去替他作好。那些书籍既各得安置在一个固定地方,书籍外边又必需作一识别,故书籍的秩序,书箱的表面,全由我去安排。旧画与古董登记时,我又得知道这一幅画的人名时代同他当时的地位,或器物名称同它的用处。

全由于应用,我同时就学会了许多知识。又由于习染,我成天翻来翻去,把那些旧书大部分也慢慢的看懂了。

我的事情那时已经比我在参谋处服务时忙了些,任何时节皆有事作。我虽可随时离开那会议室,到别一个地方去玩,但正当玩得十分畅快时,也会为一个差弁找回去的。军队中既常有急电或别的公文,于半夜时送来。回文如需即刻抄写时,我就随时得起床作事。但正因为把我仿佛关闭到这一个房子里,不便自由离开,把我一部分玩的时间皆加入到生活中来,日子一长,我便显得过于清闲了。因此无事可作时,把那些旧画一轴一轴的取出,挂到壁间独自来鉴赏,或翻开《西清古鉴》《薛氏彝器钟鼎款识》这一类书,努力去从文字与形体上认识房中铜器的名称与价值。再去乱翻那些书籍,一部书若不知道作者是什么时代的人时,便去翻《四库提要》。这就是说我从这方面对于这个民族在一段长长的年分中,用一片颜色,一把线,一块青铜或一堆泥土,以及一组文字,加上自己生命作成的种种艺术,皆得了一个初步普遍的认识。由于这点初步知识,使一个以鉴赏人类生活与自然现象为生的乡下人,进而对于人类智慧光辉的领会,发生了极宽泛而深切的兴味,这点幸运是不得不感谢那个统领官的。

那军官的文稿草字极不容易认识,我就从他那手稿上,望文会义的认识了不少新字。但使我很感动的却是他那种稀有的精神和人格。天未亮时起身,半夜里还不睡觉。任什么他明白,任什么他懂。他自奉常常同个下级军官一样。在某一方面说来,他还天真烂熳,什么是好的他就去学习,去理解。处置一切他总敏捷稳重。由于他那分稀奇精力,筸军在湘西二十年来博取了最好的名誉,内部团结得如一片坚硬的铁,一束不可分离的丝。

到了这时我性格也似乎稍变了些,我表面生活的变更,还不如内部精神生活变动的剧烈,但在行为方面我已经同一些老同事稍稍疏远了。有时我到屋后高山去玩玩,有时又走近那可爱的河水玩玩,我总拿了一本书。我所读的一些旧书,差不多就完全是这段时间中读的。我常常躺在一片草场上看书,看厌时,便把视线从书本中移开,看白云在空中移动,看河水中缓缓流去的菜叶。既多读了些书,把感情弄柔和了许多,接近自然时感觉也稍稍不同了。加之人又大了一点,也间或有些不安于现实的打算,为一些过去了的或未来的东西所苦恼,因此生活虽在一种极有希望的情况中过着日子,但是我却觉得异常寂寞。

那时节我爸爸已从北方归来,正在那个前驻龙潭的张指挥部作军医正。他们军队虽有些还在川东,指挥部已移防下驻辰州。我的母亲同最小一妹皆在辰州;家中人对我前事已毫无芥蒂。我的弟弟正同我在一个部中作书记，我们感情又非常好。

我需要几个朋友，那些老朋友却不能同我谈话。我要的是个听我陈述一分酝酿在心中十分混乱的感情。我要的是启发，是疏解，熟人中可没有这种人。可是不久却有个人来了，是我一个姨父，这人姓聂，上一次从桃源同我搭船上行的表弟便是他的儿子，这人又正是那统领官的先生，一来时住在对河一个庙里，我便常常过河去听他谈"宋元哲学"，谈"大乘"，谈"因明"，谈"进化论"，谈一切我所不知道却愿意知道的问题。这种谈话显然也使他十分快乐，因此每次所谈时间总很长很久。但这么一来，我的幻想更宽，寂寞也就更大了。

我总仿佛不知道应怎么办就更适当一点。我总觉得有一个目的，一件事业，让我去做，这事情是合于我的个性，且合于我的生活的，但我不明白这是什么事业，又不知用什么方法即可得来。

当时的情形在老朋友中只觉得我古怪一点，老朋友同我玩时也不大玩得起劲了。觉得我不古怪，且互相有很好的友谊的，只四个人：一个满振先，读过《曾文正公全集》，只想作模范军人。一个陆弢，侠客的崇拜者。一个田杰，就是我小时候在技术班的同学，第一次得过兵役名额的美术学校学生，一个心怀大志的脚色。这三个人当年纪青青的时节，便一同徒步从黔省到过云南，又徒步过广东，又向西从宜昌徒步直抵成都。还有一个郑子参，从小便和我在小学里念书，我在参谋处办事时节，便同他在一个房子里住下。平常人说的多是幼有大志，投笔从戎，我们当时却多是从戎而无法投笔的人。我们总以为这目前一分生活不是我们的生活。目前太平凡，太平安。我们要冒点险去作一件事，不管所作的是一件如何小事，当我们未明白以前，总得让我们去挑选，不管到头来如何不幸，我们总不埋怨这命运。因此到后来姓陆的就因泗水淹毙在当地大河里。姓满的作了小军官，广西江西各处打仗，民十八在桃源县被捷克式自动步枪打死了。姓郑的从黄埔四期毕业后也消失了。姓田的从军官学校毕业作了连长，现在还是连长。我就成了如今的我。

我们部队既派遣了一个部队过川东作客，本军又多了一个税收局卡，给养也充足了些。那时"兵工筑路垦荒"，"办学校"，"兴实业"，几个题目正给许多人在报纸上讨论。那个统领官既力图自强，想为地方作点事情，因此亲手草了一个精密的计划，召集了几度县长与乡绅会议，计划把所辖十三县划成一百余乡区，试行湘西乡自治。草案经过各县区代表商定后，一切照决议案着手办去。不久就在保靖地方设立了一个师范讲习所，一个联合模范中学，一个女学，一个职业女学，一个模范林场。另外还组织了六个工厂。本地又原有一个军官学校，一个兵士教练营。再加上六千左右的军农队。学校教师与工厂技师，全部由长沙聘来，因此地方就骤然有了一种崭新气象。此外为促进乡治的实现与实施，还筹备了个定期刊物，办了一部大印报机，设立了一个报馆。这报馆首先印行的便是《乡治条例》与各种规程。这种文件大部分由那统领官亲手草成，乡代表审定通过，由我在石印纸上用胶墨写过一次，现在既得用铅字印行，一个最合理想的校对，便应当是我了。我于是暂时调到新报馆作了校对，部中有文件抄写时，便又转回部中。从市街走两地相距约两里，从后山走相距稍近，我为了方便时常从那埋葬小孩坟墓上蹲满野狗的山地走过，每次总携了一个大棒。

一个转机

调到报馆后我同一个印刷工头住在一间房子里。

这印刷工人倒是个有趣味的人物。脸庞眼睛全是圆的，身个儿长长的具有一点青年挺拔的气度。虽只是个工人，却因为在长沙地方得风气之先，由于"五四运动"的影响，成了个进步工人。他买了好些新书新杂志，削了几块白木板子，用钉子钉到墙上去，就把这些古怪东西放在上面。我从司令部搬来的字帖同诗集，我却把它们放到方桌上。我们同在一个房里睡觉，同在一盏灯下做事，他看他新书时我就看我的旧书。他把印刷纸稿拿去同几个别的工人排好印出样张时，我就好好的来校对。到后自然而然我们就熟习了。我们一熟习，我那好向人发问的乡巴老脾气，有机会时，必不放过那点机会。我问那本封面上有一个打赤膊人像的书是什么，他告了我是《改造》以后，我又问他那《超人》是什么东西。我记得他那时的样子，脸庞同眼睛皆圆圆的，简直同一匹猫儿一样："唉，伢俐，怎么个末朽？一个天下闻名的诗人……也不知道么？"我看到他那神气我倒觉得有点害羞，我实在什么也不知道。等一会儿我可就知道了，因为我顺从他的指点，看了这本书中一篇小说。看完事后我说："这个我知道了。你那报纸是什么报纸？"于是他一句话不说，又把刚清理好的一卷《创造周报》推到我面前来，意思好像只要我一看就会明白似的，若不看，他纵说也说不明白的。看了一会，我记着了几个人的名字。又知道白话文与文言文不同的地方，其一落脚用也字同焉字，其一落脚却用呀字同啊字，其一写一件事情越说得少越好，其一写一件事情越说得多越好。我自己明白了这点区别以后，又去问那印刷工人，他告我的大体也差不多。当时他似乎对于我有点觉得好笑。

不过他说白话文最要紧处是"有思想"，当时我不明白什么是思想，觉得十分忸怩。若猜得着十年后我写了些文章，被一些连看我文章上所说的话语意思也不懂的批评家，胡乱来批评我文章"没有思想"时，我即不懂"思想"是什么意思，当时似乎也就不必怎样惭愧了。

这印刷工人使我很感谢他，因为若没有他的一些新书，我虽时时刻刻为人生现象自然现象所神往倾心，却不知道为新的人生智慧光辉而倾心。我从他那儿知道了些新的，正在另一片土地同一日头所照及的地方的人，如何去用他们的脑子，对于目前社会作一度检讨与批判，又如何幻想一个未来社会的标准与轮廓。他们那么热心在人类行为上找寻错误处,发现合理处,我初初注意到时,真发生不少反感!可是,为时不久,我便被这些大小书本征服了。我对于新书投了降,不再看《花间集》,不再写《曹娥碑》,却欢喜看《新潮》《改造》了。

我记下了许多新人物的名字,好像这些人同我都非常熟习。我崇拜他们,觉得比任何人还值得崇拜。我总觉得稀奇。他们为什么知道事情那么多。一动起手来就写了那么多,并且写得那么好。可是我完全想不到我原来知道比他们更多,过一些日子我且会比他们写得更好。

为了读过些新书,知识同权力相比,我愿意得到智慧,放下权力。我明白人活到社会里应当有许多事情可作,应当为现在的别人去设想,为未来的人类去设想,应当如何去思索生活,且应当如何去为大多数人牺牲,为自己一点点理想受苦,不能随便马虎过日子,不能委屈过日子了。

我常常看到报纸上说的卖报童子读书补锅匠捐款兴学等记载,便想自己读书既毫无机会,捐款兴学倒必需做到。有一次得了十天的薪饷,就全部买了邮票,封进一个信封里,另外写了一张信笺,说明自己捐款兴学的意思,末尾署名"隐名兵士",悄悄把信寄到上海《民国日报·觉悟》编辑处去,请求转交"工读团",这捐款自然不会有什么着落,但作过这件事情时,心中却有说不出的秘密愉快。

那时皮工厂，帽工厂，被服厂，修械厂，组织就绪已多日，各部分皆有了大规模的标准出品。第一班师范讲习所已将近毕业，中学校，女学校，模范学校，全已在极有条理情形中上课。我一面在校对职务上作我的事情，一面向那印刷工人问些下面的情形，一面就常常到各处去欣赏那些我从不见到过的东西。修械处的长大车床，与各种大小轮轴，被一条在空中的皮带拖着飞跃活动，从我眼中看来实在是一种壮观。其他各个工厂亦无事不触目惊人。尚有学校，那些从各处派来的青年学生，在一般年轻教师指导下，在无事无物不新的情形中，那份活动实在使我十分羡慕。我无事情可作时总常常去看他们上课，看他们打球。学生中有些同我在小学时节一堆玩过闹过的，把我请到他们宿舍去，看看他们那样过日子，我便有点难受。我能聊以自解的只一件事，就是我正在为国家服务，却已把服务所得，作了一次捐资兴学的伟大事业。

本军既多了一些税收，乡长会议复决定了发行钞票的议案，金融集中到本市，因此本地顿呈现空前的繁荣。为了乡自治的决议案，各县皆摊款筹办各种学校，同时造就师资，又决定了派送学生出省或本省留学的办法。凡学棉业，蚕桑，机械，师范，以及其他适于建设的学生，在相当考试下，皆可由公家补助外出就学。若愿入本省军官学校，人既在本部任职，只要有意思前去，即可临时改委一少尉衔送去。我想想，我也得学一样切实的技能好来为本军服务。可是我应当学什么？能够学什么？

因为部中的文件缮写，需要我处似乎比报纸较多，我不久又被调了回去，仍然作我的书记。过了一阵，一场热病袭到了身上，在高热胡涂中任何食物皆不入口，我支持了四十天。感谢一切过去的生活，造就我这个结实的体魄，没有被这病把生命取去。但危险期刚过不久，平时结实得同一只猛虎一样的老同学陆弢，为了同一个朋友争口气，泅过宽约一里的河中，却在小小疏忽中被洄流卷下淹死了。第四天后把他死尸从水面拖起，我去收拾他的尸骸掩埋，看见那个臃肿样子时，我发生了对自己的疑问。我病死或淹死或到外边去饿死，有什么不同？若前些日子病死了，连许多没有看过的东西皆不能见到，许多不曾到过的地方也无从走去，真无意思。我知道见到的皆太少，应知道应见到的可太多，怎么办？

我想我得进一个学校，去学些我不明白的问题，得向些新地方，去看些听些使我耳目一新的世界。我闷闷沉沉的躺在床上，在水边，在山头，在大厨房同马房，我痴呆想了整四天，谁也不告，自己很秘密的想了四天。到后那么打量着："好坏我总有一天得死去，多见几个新鲜日头，多过几个新鲜的桥，在一些危险中使尽最后一点气力，咽下最后一口气，比较在这儿病死或无意中为流弹打死，似乎应当有意思些。"到后我便这样决定了："把自己生命押上去，赌一注看看，看看我自己去支配一下自己，比让命运来处置得更合理一点呢还是更糟糕一点？若好，一切有办法，一切今天不能解决的明天可望解决，那我赢了；若不好，向一个陌生地方跑去，我终于有一时节肚子瘪瘪的倒在人家空房下阴沟边，那我输了。"

我准备过北京读书，读书不成便作一个警察，作警察也不成，那就认了输，不再作别的好打算了。

当我把这点意见，这样打算，怯怯的同我上司说及时，感谢他，尽我拿了三个月的薪水以外，还给了我一种鼓励，临走时他说："你到那儿去看看，能进什么学校，一年两年可以毕业，这里给你寄钱来，情形不合，你想回来，这里仍然有你吃饭的地方。"我于是就拿了他写给我的一个手谕，向军需处取了二十七块钱，连同他给我的一分勇气，离开了我那个学校，从湖南到汉口，从汉口到郑州，从郑州转徐州，从徐州又转天津，十九天后，提了一卷行李，出了北京前门的车站，呆头呆脑在车站前面广坪中站了一会。走来了一个拉排车的，高个子，一看情形知道我是乡巴老，就告给我可以坐他的排车到我所要到的地方去。我相信了他的建议，把自己那点简单行李，同一个瘦小的身体，搁到那排车上去，很可笑的让这运货排车把我拖进了北京西河沿一家小客店，在旅客簿上写下——

沈从文年二十岁学生湖南凤凰县人

便开始进到一个使我永远无从毕业的学校,来学那课永远学不尽的人生了。

(完)

出版说明

"大家小书"多是一代大家的经典著作,在还属于手抄的著述年代里,每个字都是经过作者精琢细磨之后所拣选的。为尊重作者写作习惯和遣词风格、尊重语言文字自身发展流变的规律,为读者提供一个可靠的版本,"大家小书"对于已经经典化的作品不进行现代汉语的规范化处理。

提请读者特别注意。

北京出版社